U0062516

微型小说鉴赏辞典

第三版

江曾培 主编

上海辞书出版社

主　　编：江曾培

副 主 编：胡永其

撰 稿 人（以姓名笔画为序）：

汝荣兴　李春林　陆建华

虹　菁　顾　震　顾建新

徐学飙　凌焕新　凌鼎年

谢志强

目　录

出 版 说 明

本社 1983 年出版的《唐诗鉴赏辞典》是国内文艺类鉴赏辞典的发轫之作，是中国出版史上的一个创举。它首创的融文学赏析读物和工具书于一体的编写体例，已成为中国文学鉴赏辞典的经典范式。本社经过几十年不懈地拓荒和耕耘，形成规模宏大的中国文学鉴赏辞典系列，涵盖自先秦以迄现当代各种体裁文学名篇，受到广大读者的普遍欢迎，也得到国内学术界及出版界同行的广泛认同。《微型小说鉴赏辞典》即为该系列品种之一。

《微型小说鉴赏辞典》自 2006 年出版第一版以来，又于 2016 年推出了新一版。此次改版修订，仍由主编江曾培主持。因 2006 年之前，本社已出版有《中国古代小说鉴赏辞典》，为避免重复，最初两版《微型小说鉴赏辞典》对中国微型小说均只收现当代作品，古代微型小说暂不收入。该书出版后，部分读者觉有缺憾，因为购买《微型小说鉴赏辞典》者，不一定会拥有《中国古代小说鉴赏辞典》；再者，《中国古代小说鉴赏辞典》所收多为篇幅较长的作品，不一定符合喜爱微型作品的读者需要。2018 年，《中国古代小说鉴赏辞典》（上、下册）改版修订，分别易名为《唐宋小说鉴赏辞典》和《明清小说鉴赏辞典》，如此一来，中国古代微型小说更是缺少比较集中的选本了。鉴此，此次改版修订，主编与出版社商定，增选中国古代微型小说 10 篇。增选作品按朝代顺序，为晋 2 篇，南朝 2 篇，唐 1 篇，宋 1 篇，明 2 篇，清 2 篇。同时，对部分内容进行修改，以使后出转精，更好地满足读者需要。

由于编辑时间仓促，书中难免存在一些瑕疵，恳请读者批评指正。

上海辞书出版社

2023 年 5 月

凡　例

一、本书选收中国微型小说 210 篇,其中包括中国台湾、香港、澳门的作品。

二、本书选收外国微型小说 120 篇,大部分为现当代作品,少部分为近代作品。

三、本书正文按中国、外国的顺序排列。中国作品先按内地、台港澳的顺序编排,内地作品再按作品发表的年代先后排列,同一年代的又按作者的署名笔画为序;台港澳作品则按作者的署名笔画为序。外国作品按洲际国别排列。同一作者选有两篇作品的则放在一起。

四、本书是一篇作品一篇鉴赏文字,每篇鉴赏文字紧排于每篇作品之后。

五、原作文字未作校勘,对其中的错漏字如明显影响阅读的,则酌加订正。

六、原作者写的外国人名、地名一如其旧,未加改动。鉴赏文字中的外国人名、地名则采用现在通行的译法。

序

　　"微型小说"这一名称,在我国虽然是近二三十年才出现的,但微型小说——短小的小说,则是古已有之。而且可以说,小说这门艺术的发展,篇幅最初就是短小的,而后才有中篇、长篇。当然,在唐宋以前,如鲁迅在《中国小说史略》中引用桓谭之语所说,这些小说多系"残丛小语,近取譬喻,以作短书"。唐宋以后,短小的小说逐渐摆脱了粗放简略的状态,走向精悍凝练。到了清代,诞生了《聊斋志异》这样杰出的短篇小说集。它共收四百多篇作品,其中不少是不足一千字的"微型",有的短至一二百字。然而,由于它进步的思想内容和高超的艺术技巧,使得它的作者蒲松龄与曹雪芹、吴敬梓这些长篇巨匠一起,同为我国文学史上的灿烂明星。"崇白话而废文言"的中国现代文学,伴随着大量短篇、中篇、长篇小说的问世,也诞生了不少微型小说。五四新文学运动时期,鲁迅、郭沫若、郁达夫、冰心等,都创作过微型小说。郭沫若于 1920 年 1 月在《学灯》上发表的《他》,只有三百多字。20 世纪三四十年代,在左翼文艺运动和抗日战争中,一些进步报刊更有短小说的提倡和实践。到了五六十年代,则有"一鸣惊人的小小说"的一时兴起。

　　在国外,短小的小说也是早已有之。阿·托尔斯泰在《什么是小小说》一文中指出:"小小说产生于中世纪……是文艺复兴和资产阶级革命的第一批小鸟。文艺复兴时代的小说家赋予这种笑话以文学的形式。17 世纪又把生活及政治的热血灌入了小小说。它还造成了 18 世纪戏剧创作的百花争妍的繁荣局面。"19 世纪、20 世纪的不少作家,在小说领域创作长篇、中篇、短篇的同时,也奉献出一些微型小说。其中有雨果等被称为"巨匠"的作家,有拉格奎斯特、海明威、斯坦贝克、辛格、川端康成、伯尔、马尔克斯等获诺贝尔文学奖的作家,有与我国蒲松龄一样以写短篇小说著称的作家契诃夫、欧·亨利、厄尔凯尼等。被称为"日本超短篇小说之神"的星新一,目前仍活跃在文坛上。超短篇小说,也就是微型小说。这些优秀作家的不少微型作品,构思精巧,以最小的篇幅容纳了最多的内容,成为传世之作。

综如上述,微型小说可以说是源远流长。不过,多少年来,微型小说只是附属于短篇小说之内,作为它的一个分支而存在,并不具有独立的文体意义。小说在体裁上历来只有长篇、中篇、短篇之分,而无"微型"之名。近二三十年来,随着时代发展的加速、社会生活节奏的加快,人们在艺术审美上也愈来愈要求"节省律",用尽量少的时间来获取尽量多的信息,因而钟情于精短文体,希望小说创作长话短说,多多精练,而不要短话长说,无节制地拉长。在这样的背景下,短小精悍的微型小说就应运而生,迅速崛起。在我国内地,从20世纪80年代初开始,微型小说创作数量不断增加,随之有关微型小说的理论研究也日益展开,显示了微型小说将从短篇小说中分化出来的趋势。1992年6月,中国微型小说学会成立,标志着微型小说最终摆脱了它作为短篇小说的一个分支、一个附庸的地位,成为一个独立的文学品种。小说世界由长篇、中篇、短篇形成的"三足鼎立"状态,变成了由长篇、中篇、短篇、微型共同组成的"四大家族"。在这同时或稍前、稍后,在中国的台、澳、港地区,在东南亚各国,在世界华文文坛,微型小说也都完成了这一蜕变,成为一种新兴的小说品种。

微型小说"独立"后,开始还只是处于一种襁褓状态,势单力薄,根不深,叶不茂。我在当时曾这样说过:写微型小说的作者虽然很多,但绝大多数是习作,出众的作品甚少,且多系"兴之所至"的匆匆过客,今天写了,明天就不再写了。一些著名作家虽有涉足微型小说的,也往往是"逢场作戏",缺乏应有的专心。而一种文学品种,如果没有相应的"专业"队伍,没有那么一些人为它朝思暮想、鞠躬尽瘁,是难以形成自己的力量与独立的品格的。因而也难怪当时一些人对微型小说能否真正"立"起来抱着怀疑态度了。

时间过了十多年,微型小说依靠它切合时代需要的强大生命力,依靠社会各方面的提倡与支持,迅速地迈出了弱小的襁褓期而成长起来,虽然还远远没有成熟,但已是少年形象了。少年尽管稚嫩,但生气勃勃,发展空间很大。文学大家柯灵先生逝世前在评述由中国微型小说学会主办的"春兰·世界华文微型小说大赛"时,就曾用"现代小说中最少年"的话来形容微型小说。他说:"在大树参天的文学老林里,微型小说是后起之秀,现代小说中最少年。"

现在,作为"少年"的微型小说,以近百位专攻微型小说创作的"微型小说专业户"为核心,形成了一支比较有力的创作队伍。中国微型小说学会现有会员近五百人,几十位在微型小说创作和评论上取得显著成绩的作者,参加了中国作家协会,参加省作协的则有三四百人。同时,不少知名作家在从事其他文体创作之余,越来越多地涉足微型小说,不时奉献出一些精品佳作。微型小说作为训练写作的最好学校,更吸引了大量业余作者。目前全国经常在报刊上发表微型小说的作者达千人,发表过微型小说的作者估计不少于一万人。这样一个多层次的庞大作者群,为微型小说的稳定发展奠定了基础。

微型小说迅速发展的最深厚的根源,是广大读者的热爱与支持。近些年来,不少文学刊物的销量呈下滑态势,南昌的《微型小说选刊》与郑州的《小小说选刊》适应读者的需求,却由月刊改成了半月刊,月销量分别达到七十万份与六十万份左右,在文学刊物的销量上名列前茅。正因为有读者、有市场,这几年,全国在调整报刊结构中,微型小说报刊的数量明显增加,由初始的两三家唱戏,变为时下的群雄并起。微型小说的图书也有了明显的增多,近来每年出版的各种微型小说选本与专集达几十种,印数大多超过一般的文学作品集。这一切,正如中国作家协会第六次代表大会上的工作报告中所指出的:"微型小说的创作,广受读者的欢迎。"

　　还值得一提的是,微型小说正大举进入学校课堂,许多优秀的微型小说作品被选进教科书。南京师范大学、四川大学、中国矿业大学等十多所大专院校,开设了微型小说选修课。一些学士、硕士、博士的论文,就是专门研究微型小说的。近年,微型小说与高考越走越近。好几名高考作文"状元"的作品,用的都是微型小说的文体。凌焕新教授主编的《高校金榜作文与微型小说技巧》等书,赢得读者的热烈欢迎。微型小说走进学校,赢得青少年,就为自身注进了生生不息的活力。

　　这些情况表明,微型小说在日益发展中,一方面,越来越走向普及化,写微型小说的人越来越多,读微型小说的人也越来越多;另一方面,又逐步走向专业化,一批专攻微型小说创作的"专业户"已经形成,微型小说在学界也正成为一个独立学科。这种普及性与专业性的结合,使微型小说从短篇小说分离出来而另立门户的根基不断地得到巩固与加强。

　　我国的微型小说及其业绩,引起海外广泛的重视。东南亚和欧美不少国家,近些年不断发表和出版中国微型小说的作品和理论著作。微型小说已成为与海外文化交流的一个重要文学品种,由中国微型小说学会与新加坡作家协会共同发起的世界华文微型小说研讨会,已经开了五届。中国微型小说在世界华文微型小说界的影响越来越大,由于中国是华文的母语国,中国也正成为世界华文微型小说的中心。

　　微型小说的"初长成",使得微型小说创作的整体水平较褓褓期有明显提高。在每年一万多篇的作品中,虽然仍有不少雷同化、浮浅化的平庸之作,但可圈可点之作日益增多。近些年在中国微型小说学会主办的年度评选中,每年都有一些富有艺术原创力、艺术震撼力与艺术张力的优秀作品浮现出来。这些作品短小精悍,贴近生活,扬"短"避长,"以最小的面积,集中最多的思想",别开了文学的新生面,为一些读者反复鉴赏把玩。基于优秀作品已经有了一定的积累,也基于读者集中鉴赏微型小说这一新兴文体的需求,上海辞书出版社与中国微型小说学会共同认为,现在是到了有可能也有必要编选一部《微型小说鉴赏辞典》的时候了,既对大量的微型小说作品做一梳理,收"去芜存菁"之效;同时,也为读者提供一个经过筛选的范本,能以最经济的时间鉴赏到最好的作品。

　　微型小说既然是古已有之,《微型小说鉴赏辞典》对古代短小说也应当收入一些,但由于上海辞书出版社的"鉴赏辞典系列"中的《中国古代小说鉴赏辞典》已经选了这方面的作品,为避免重复,这里只收现当代微型小说。而在现代文学中,如前所述,微型小说还没有与短篇小说分家,一般都把它看作是短篇小说的一部分,只不过篇幅更加短小而已,如老舍在 20 世纪 50 年代所说的:"小小说是最短的短篇小说。"这就是说,在现代文学中,微型小说还不具备独立的文体意识,因而吻合微型小说审美特征的优秀作品并不是很多,仅选了十多篇。书中的主体,是微型小说获得独立意识后的当代作品。外国作品则包括当代与现代,少量作品延伸到十八九世纪,涉及五大洲四十个国家。

　　《微型小说鉴赏辞典》共计选收中外作品三百余篇,是按照"好中选好,优中选优"的原则选出来的,多为在流传中获得广泛赞誉的拔尖之作,有些已经具有公认的经典性与权威性。歌德说:"鉴赏力不是靠观赏中等作品而是靠观赏最好作品才能培育成的。"作为"鉴赏辞典",就必须坚持把最好的作品选进来,才能较好地满足读者鉴赏的需要,才能有效地培育读者的鉴赏力。书中经典性的优秀作品,善于用精短的手法展现人物和情节,虽是小小的"微型",却是精彩的"小说",凸显着微型小说特有的审美特征,以小见大,言微旨远。在题材上,以少胜多;在结构上,由点涉面;在情愫上,纸短情长;在内涵上,言简意赅。总之,善于"小""大"结合成"尖",既给人以瞬间的冲击力,又给人以长久的回味力,尽现微型小说特有的美妙。

　　从书中经典性的作品中还可以看到,好的微型小说都有自己的艺术个性与艺术风格。风格是作家与作品成熟的表现。这一点,微型小说的作者与作品也不例外。人们常说微型小说"麻雀虽小,五脏俱全"。这个"五脏",不仅是人物、情节、结构、语言等文学因素,同时包括作家的品格、风度、才华、学识在作品中所综合表现出来的风格。风格是"麻雀"的"灵魂"。这部"鉴赏辞典"中的三百二十篇作品,呈现出现实主义、浪漫主义、现代主义等不同的风格,反映了各自不同的艺术个性。而这当中,又有着现实、抽象、空灵、象征、怪异、幽默、科幻、寓言、隐喻、错位等手法,被用于不同风格的创作,显示了微型小说世界的多姿多彩,"亦各有美,风格存也"。

　　为选入"鉴赏辞典"中的作品撰写鉴赏文字的几位作者,均是对微型小说有着深刻研究的行家里手。他们的鉴赏,可以为读者鉴赏这些作品做引导;但也只能是引导,而不可看作是结论或定评。因为,好的微型小说与其他文学作品一样,是形象性与概括性的统一、有限与无限的统一。如同俗话说的,"言有尽而意无穷",并非某个人一下子就能把它说尽的,后面的读者完全可以从中"挖"到新的东西。何况,内涵丰厚的作品,"横看成岭侧成峰",不同的人也完全可以"仁者见仁,智者见智"。好的文学作品的"象外之形""弦外之音",如高尔基所说,是要鉴赏者"以自己的经验、印象和知识的积累去补充"、去发现、去丰富的。希望读者在鉴赏书中的作品时,参考书中的鉴赏文字,充分展开自己的想象翅膀,多作由此及彼的联想,如此将会从以"纸短情长,言微旨远"为特点的微型佳作中获取远较鉴赏文字写出来的更多的感悟。

　　是为序。

江曾培(中国微型小说学会会长)

2005 年 7 月 1 日

篇 目 表

中国微型小说

外国微型小说

中国微型小说

韩 凭 夫 妇　　　　[晋] 干　宝

　　宋康王舍人韩凭娶妻何氏，美，康王夺之。凭怨，王囚之，论为城旦。妻密遗凭书，缪其辞曰："其雨淫淫，河大水深，日出当心。"既而王得其书，以示左右，左右莫解其意。臣苏贺对曰："'其雨淫淫'，言愁且思也；'河大水深'，不得往来也；'日出当心'，心有死志也。"俄而凭自杀。其妻乃阴腐其衣。王与之登台，妻遂自投台，左右揽之，衣不中手而死。遗书于带曰："王利其生，妾利其死，愿以尸骨，赐凭合葬。"王怒，弗听，使里人埋之，冢相望也。王曰："尔夫妇相爱不已，若能使冢合，则吾弗阻也。"宿昔之间，便有大梓木生于二冢之端，旬日而大盈抱，屈体相就，根交于下，枝错于上。又有鸳鸯，雌雄各一，恒栖树上，晨夕不去，交颈悲鸣，音声感人。宋人哀之，遂号其木曰"相思树"。"相思"之名，起于此也。南人谓此禽即韩凭夫妇之精魂。今睢阳有韩凭城，其歌谣至今犹存。

[鉴赏]　"小说"之称虽古已有之，但唐宋之前，被称为"小说"的作品，多系"丛残小语，近取譬论，以作短书"，不过，其中也出现了一些富有小说品性的佳作。晋代干宝的《搜神记》一书内就颇多"神祇灵异人物变化"，吸引着一代代的读者。

　　小说是需要写人的。即使是微型小说，限于篇幅，在书写上不宜求全，面面俱到，但也不可"目中无人"，而应另辟蹊径加以表现。人是在社会活动中呈现的，因而小说也就必然伴之于故事情节。《韩凭夫妇》全文不足四百字，却相当深刻地暴露了宋康王荒淫无耻、凶残暴虐的罪恶行径，同时热情歌颂了韩凭夫妇生死不渝的坚贞爱情。这其中不仅有较完整的艺术结构，有故事，有情节，更可贵的是人物有了性格。特别是写何氏面对康王的荒淫无耻，她先是"密遗凭书"，以表死志，当韩凭自杀后，遂暗暗将自己的衣服腐蚀得不结实，以便跳台而死时不被他人抓住，并遗书要求与韩凭合葬，以示坚贞不二。这不仅写出了她不慕富贵、不畏强暴的坚强意志，而且写出了她细心机智的聪慧品性。故事以"屈体相就"的相思树和"交颈悲鸣"的鸳鸯结尾，更添上了一层浓厚的浪漫主义色彩，表达了人民的深切同情和良好愿望。

　　今天河南省商丘市梁园区境内的青陵台，据传就是韩凭夫妇的埋葬处，墓侧有绿树相交，飞鸟哀鸣其上，被称为"相思树""比翼鸟"。历代文人多有吟咏。唐李商隐游青陵台有句："青陵台畔日光斜，万古贞魂倚暮霞。莫讶韩凭为蛱蝶，等闲飞上别枝花。"李白在《白头吟》中写道："古来得意不相负，只今唯见青陵台"。《韩凭夫妇》以微型的篇幅，生动地展示了与梁祝一样的反抗压迫、忠于爱情的人物与故事，可谓小中见大，值得一读。　　　　（虹　菁）

宋　定　伯　　[晋]干　宝

南阳宋定伯，年少时，夜行逢鬼。问之，鬼言："我是鬼。"鬼问："汝复谁?"定伯诳之，言："我亦鬼。"鬼问："欲至何所?"答曰："欲至宛市。"鬼言："我亦欲至宛市。"遂行数里。鬼言："步行太迟。可共递相担，何如?"定伯曰："大善。"鬼便先担定伯数里。鬼言："卿太重，将非鬼也?"定伯言："我新鬼，故身重耳。"定伯因复担鬼，鬼略无重。如是再三。定伯复言："我新鬼，不知有何所畏忌?"鬼答言："惟不喜人唾。"于是共行。道遇水，定伯令鬼先渡。听之，了然无声音。定伯自渡，漕漼作声。鬼复言："何以有声?"定伯曰："新死，不习渡水故耳。勿怪吾也。"行欲至宛市中，定伯便担鬼，着肩上，急执之。鬼大呼，声咋咋然，索下。不复听之。径至宛市中，下着地，化为一羊，便卖之。恐其变化，唾之，得钱千五百乃去。当时石崇有言："定伯卖鬼，得钱千五。"

[鉴赏]　鲁迅说："中国本信巫，秦汉以来，神仙之说盛行，汉末又大畅巫风，而鬼道愈炽；会小乘佛教亦入中土，渐见流传。"因而，魏晋南北朝小说多志怪神异色彩，用鬼神怪异的故事来反映人的吉凶祸福，其中不乏荒诞不经的迷信，有些则是以非现实的情节寄托人们的现实情怀，《宋定伯》是其中的一篇优秀作品。

世间本无鬼，宋定伯怎么能卖鬼呢? 岂非是无稽之谈? 实际上，这里关于鬼的故事，只是一种象征。作者凭借艺术想象力，借助鬼的形象来呈现人生的感悟。想象力是文艺创作所不可缺少的，西晋陆机称作者的创作需要一种想象的飞腾，"精骛八极，心游万仞""观古今于须臾，抚四海于一瞬"。干宝在民间传说的基础上驰骋想象，创作了这一鬼故事。

不过，创作想象的根基，仍然离不开现实生活。《宋定伯》中的遇鬼、诳鬼、捉鬼、卖鬼等细节描写，之所以栩栩如生，并无虚妄之感，就因为它来自生活。更可贵的是，作品所展示的人鬼之争，并不是为讲故事而故事，而是显示了一种不怕鬼的精神。宋定伯首先是遇鬼不畏鬼，以"我亦鬼"诳鬼，接着以自己的智慧，一再化解鬼的疑心，获得鬼的信任，最后转守为攻，使鬼化为一羊而卖之。读者从这一鬼故事中，感受到的不是鬼气，而是人的勇敢与智慧。

20世纪60年代初,根据毛泽东主席提议,人民文学出版社出版过《不怕鬼的故事》一书,从中国历代典籍中选了100则不怕鬼的故事,在当时影响很大,激励大家"不怕鬼,不信邪",敢于斗争,敢于胜利。此书选入的第一篇作品即本篇,题作《宋定伯捉鬼》。

另外需要说明的是,本篇主人公的姓名一作"宗定伯"。古代典籍引《搜神记》本篇时人名多作"宗"。又有研究指出,宗氏是古代南阳地区的望族,当以"宗定伯"为是。而"宋""宗"两字字形相近,确有可能在传抄、引用过程中发生混误。然"宋定伯"此名已为广大当代读者所熟悉,故特志于此,以备一说。

(虹　菁)

小 时 了 了　　　[南朝宋] 刘义庆

孔文举年十岁,随父到洛。时李元礼有盛名,为司隶校尉,诣门者皆俊才清称及中表亲戚乃通。文举至门,谓吏曰:"我是李府君亲。"既通,前坐。元礼问曰:"君与仆有何亲?"对曰:"昔先君仲尼与君先人伯阳,有师资之尊,是仆与君奕世为通好也。"元礼及宾客莫不奇之。太中大夫陈韪后至,人以其语语之。韪曰:"小时了了,大未必佳!"文举曰:"想君小时,必当了了!"韪大踧踖。

[鉴赏]　《小时了了》的主人公孔文举,即大名鼎鼎的孔融。"融四岁,能让梨",人们从历代流传的"孔融让梨"故事中,都知道他从小拥有礼让的好品德,而"小时了了"一说,则进一步显示了他少年的聪慧敏捷。

《小时了了》选自被鲁迅称之为"志人小说"的《世说新语》中的"言语"篇,其特点就是用孔融与门吏、李元礼、陈韪的对话,来表现他的少年才智。李元礼即李膺,官高位重,他家的大门不是谁都能随便进的,"诣门者皆俊才清称及中表亲戚乃通",就是说,只有才俊之士和亲属方能造访。孔融首先遇到看门人的阻挡,但他并未被难倒,他对门吏说:"我是李府君亲。"这是符合"中表亲戚"可以进门的规定的,于是门吏放他进入了这一深似海的"侯门"。

不过,这一说法能蒙过门吏,却骗不过李元礼。两人见面后,李问孔:"君与仆有何亲?"孔融急中生智,对曰:"昔先君仲尼与君先人伯阳,有师资之尊,是仆与君奕世为通好也。"先君也指先人,孔融确是孔子二十代孙,而孔子曾向李元礼先人伯阳即老子李耳拜师求教过,情为师友,有累世的通家之好,因而说他与李元礼是有中表之亲的。李元礼不一定完全信服孔融的说法,但惊叹孔融的智辩,同时也乐于孔融将孔、李两家先祖联在一起,因而也就默认了这一说法,与众宾客"莫不奇之"。

后到的太中大夫陈韪听了前面的对答情况,不以为然,说了一句"小时了了,大未必佳!"意思是说,小时通达聪慧,大了不一定会美好出众。这句话有一定道理,人小时候表现好,如果不继续努力,长大后不一定会成为杰出之材。王安石写的《伤仲永》,讲的就是一个神童长大沦为庸人的故事。不过,陈韪是要借"大未必佳"来打压小孔融,机智的孔融则以子之矛,攻子之盾,回敬了一句"想君小时,必当了了!"这一下就坐实了陈韪是"大未必佳"的代表,弄得他"大踧踖",局促不安。

作品通过与三个人不同的对话,生动地展示"了了少年"孔融的机敏才智,体现了作者运用语言之妙。文学的第一要素是语言,好作品需要好语言,无论是作品的叙述语言还是其中的人物语言,都应力求准确、鲜明、生动。《小时了了》这则微型小说的成功,是用语言刻画人物的成功。　　（虹　菁）

东 床 坦 腹　　　[南朝宋] 刘义庆

郗太傅在京口,遣门生与王丞相书,求女婿。丞相语郗信:"君往东厢,任意选之。"门生归,白郗曰:"王家诸郎,亦皆可嘉,闻来觅婿,咸自矜持。唯有一郎在东床上坦腹卧,如不闻。"郗公云:"正此好!"访之,乃是逸少。因嫁女与焉。

[鉴赏]　此文讲的是郗太傅(郗鉴)向王丞相(王导)求女婿的故事,郗、王两家均是东晋豪门,这两家联姻,正是"门当户对",在男欢女悦中,还可以加强高门士族的政治经济联盟,可谓天作之合。因而,郗太傅求婿就省去了通常的烦琐礼仪,而只是写了一封信派门客送到王家去"求",王丞相也潇洒随意,要信使径往东厢房去看王家"诸郎",可"任意选之"。这在特定的角度上,反映了魏晋名士特有的那种率真任诞、不拘礼节的"魏晋风流"。

接着,作品并没有写郗太傅门客在王家如何进行挑选,而是写门客径直回去向郗太傅回报。从他的回报中,读者知道王家诸公子都很好,听说郗家来"觅婿",个个都精心打扮,故作庄重,显得不大自然。唯有一公子,坦腹东床,逍遥自得,对选婿之事似乎没有听到过一样。郗太傅听后,也许觉得"坦腹东床"显示性情之真,为人真诚洒脱,要好于那些故作矜持者,因而当即选中了他。随后一打听,他叫王逸少,就是后来名扬千古的书圣王羲之。

《东床坦腹》全文不到一百字,按当今说法,是一篇百字小说,是微型小说中的微型,但它简练空灵,计白当黑,以"不写之写""不全之全"的艺术手法,形成一个完整的故事,让读者在阅读中驰骋想象,得到充分的艺术享受。这是古代微型小说中的精品力作。

（虹　菁）

崔　护　　　　　　　　［唐］孟　棨

　　博陵崔护,资质甚美,而孤洁寡合。举进士下第。清明日,独游都城南,得居人庄。一亩之宫,而花木丛萃,寂若无人。叩门久之,有女子自门隙窥之,问曰:"谁耶?"护以姓字对,曰:"寻春独行,酒渴求饮。"女入,以杯水至,开门,设床命坐,独倚小桃斜柯伫立,而意属殊厚,妖姿媚态,绰有余妍。崔以言挑之,不对,目注者久之。崔辞去,送至门,如不胜情而入。崔亦睠盼而归。嗣后绝不复至。

　　及来岁清明日,忽思之,情不可抑,径往寻之。门墙如故,而已锁扃之。因题诗于左扉曰:"去年今日此门中,人面桃花相映红。人面只今何处去?桃花依旧笑春风。"

　　后数日,偶至都城南,复往寻之,闻其中有哭声。叩门问之,有老父出,曰:"君非崔护耶?"曰:"是也。"又哭曰:"君杀吾女!"护惊怛,莫知所答。老父曰:"吾女笄年,知书,未适人。自去年以来,常恍惚,若有所失。比日与之出,及归,见左扉有字,读之,入门而病,遂绝食,数日而死。吾老矣,惟此一女,所以不嫁者,将求君子,以托吾身。今不幸而殒,得非君杀之耶?"又持崔大哭。崔亦感恸,请入哭之。尚俨然在床。崔举其首,枕其股,哭而祝曰:"某在斯,某在斯。"须臾开目,半日复活矣。父大喜,遂以女归之。

　　[鉴赏]　本文由崔护的七绝《题都城南庄》改写而成。崔护年轻时于清明时节孤身至城郊春游,因口渴,至一桃花满园的院落索水,开门接待的是一位美貌女郎,他内心顿生爱意。次年清明时节再去时,却是铁将军把门,人去楼空,这使他十分失落,当即在大门左方题下一诗:"去年今日此门中,人面桃花相映红。人面只今何处去?桃花依旧笑春风。"其中"人面桃花"的描写,将桃花与人事相映照,桃花依旧,佳人不再,抒发了一种自然永恒、人生无常的伤感与惆怅,成为流传千古的成语佳句。

　　《题都城南庄》是诗,《崔护》则是小说,诗与小说同属文学,就其艺术性来说,诗多属空间的艺术,小说则主要是时间的艺术。诗重抒情,小说重叙事。因而,小说《崔护》虽然脱胎于诗《题都城南庄》,其情节则大大丰富了。小说不仅点明了崔护的资质(甚美)、性格(孤洁)、身份(落第士子),而且将崔护清明独游、口渴求饮、敲门遇女、两情相悦与隔年重访、左扉题诗，以及女郎绝食而逝又死而复生的过程，都一一生动展出，尽现了小说的叙事特性。

再者，作为诗的《题都城南庄》，作者用的是内视角，表现的是作者对年轻女郎的单方面情感；而小说《崔护》作者用的则是全视角，同时表现了年轻女郎的内在情感波动，以及老父的忧喜交替，这就丰富了作品的情节，使人物形象更鲜明。

自然，作为诗的《题都城南庄》，也有着特有的长处，简明含蓄，情愫醇厚，它与情节生动的小说《崔护》各美其美，共同成为可贵的文学遗产，让"人面桃花"的故事永留人间。

（虹　菁）

卖　油　翁　　[宋]欧阳修

陈康肃公善射，当世无双，公亦以此自矜。尝射于家圃，有卖油翁释担而立，睨之久而不去。见其发矢十中八、九，但微颔之。康肃问曰："汝亦知射乎？吾射不亦精乎？"翁曰："无他，但手熟尔。"康肃忿然曰："尔安敢轻吾射！"翁曰："以我酌油知之。"乃取一葫芦置于地，以钱覆其口，徐以杓酌油沥之，自钱孔入而钱不湿。因曰："我亦无他，惟手熟尔。"康肃笑而遣之。此与庄生所谓"解牛""斫轮"者何异？

[鉴赏]　一代文宗欧阳修乃文学全才，他的散文诗词多有传世之作，但少有提及他的小说创作。《卖油翁》一文，虽然只有两百字左右，却有人物有故事有情节，构思精巧，耐人玩味，是一篇优秀的微型小说。

《卖油翁》中的人物，除卖油翁外，还有陈尧咨（谥号康肃），此人并非虚构，而是宋代进士，曾任翰林学士、节度使等高官。他"善射，当世无双"，并"以此自矜"，表明他虽然射箭有一手，但自负、自夸、自大，眼睛长在脑壳上。当他看到卖油翁观他的射箭，并没有惊叹他有多么高妙的神技，只是漫不经心地斜着眼看，微微点下头表示赞许。这伤了他的自尊心，遂火冒三丈地责问卖油翁："汝亦知射乎？吾射不亦精乎？"

至此，小说转写卖油翁，他并未回嘴争论，只是平静地展示一项"酌油"的绝技。他先在地上放置一葫芦，用中间有孔的铜钱覆其口，然后用杓舀油，从铜钱孔中注入葫芦里，铜钱不沾一滴油渍。这是较射箭中靶更难的绝技，迫使陈尧咨改变了狂妄骄傲、咄咄逼人的态度，折服于卖油翁所说的善射也是"无他，惟手熟尔"，最后"笑而遣之"，友好地送走了卖油翁，显示了态度的转变。

　　陈尧咨虽然位高权重，但这篇作品的一号人物并非他，而是卖油翁。作者用精练的语言，表现了卖油翁面对陈尧咨气势汹汹的责问，"睨之""颔之""徐以""沥之"，不紧不慢，不卑不亢，从容应对，显示了一个平民老者的高尚风度。

　　《卖油翁》的主题思想可概括为"熟能生巧"，张扬着业精于勤的精神，这与《庖丁解牛》《纪昌学射》的内涵一脉相承，有着先秦寓言的血脉，因而作品以"此与庄生所谓'解牛''斫轮'者何异？"一句结尾。有初中语文教材收入此文，却将结尾一句删去，不知何意，似不妥。　　　　　　　　　　（虹　菁）

明太祖试儒生　　　　　［明］姚　福

　　洪武初，欲于南京狮子山顶作阅江楼，楼未造，太祖先令儒臣作记。即日文成，上览之曰："乏人矣。昔太宗繁工役，好战斗，宫人徐充容犹上疏言：'地广非久安之道，人劳乃易乱之源，东戍辽海，西役昆邱，诚未可也。'今所答皆顺其欲，则唐妇人过今儒者。"又曰："昔与君同游者，皆'和而不同'，今与我游者，皆'同而不和'。"楼竟不作，乃试作者耳。

　　[鉴赏]　此篇选自明代笔记小说《青溪暇笔》。明初，对科举制能否真正选拔英才，朝廷颇多纷争。朱元璋属于摇头派，认为通过科举考试选拔的官员，擅长夸夸其谈，却少实际工作能力，从而导致科举考试在洪武年间停办十年。不过，改用荐举制，以推荐方式选拔人才也弊端丛生，后来又不得不恢复科举制。尽管如此，朱元璋对科举出身的官员总是心存芥蒂，"试儒生"就是他考察儒臣的一次举动。

　　这次考试可谓别出心裁，既非笔试行政，也非口试民情，而是要儒臣为即将在南京狮子山顶建造的阅江楼写篇文章，儒臣为表忠心，当天就把文章写好，争相赞颂这一建造盛举。吊诡的是，"楼竟不作"，实际上朱元璋并没有造楼的打算，只不过是用"造楼"来测试儒臣对这一劳民伤财工程的态度。结果，个个都是溜须拍马，争相称颂，没有一个勇于说真话，敢于对这一工程摇头的。这一情节不论有没有生活根据，它不按常规出牌，想人所未想，出人意料而又合情合理，使这篇作品大放异彩。

　　接着，作品写朱元璋谈到唐代有个名叫徐充容的宫妃，鉴于唐太宗"繁工役，好战斗"，犹敢于上疏力谏，对比之下，这些不辨是非，只是一味逢迎自保的儒臣，还不如唐代的一个妇人。这就在"试儒生"中，进一步凸显了朱元璋的"英明"。随后，他还引用孔子的话，说从前帝王身边的人，都是"和而不同"，能相互和谐共处但不纵容包庇对方；而如今他身旁的人，则是"同而不和"，纵容包庇他的错误缺点，一味讨好他的溜须拍马者。这就进一步显示了大明开国皇帝朱元璋的清醒。作品在极短的篇幅中，用出人意料的情节和耐人咀嚼的语言，给了读者鉴赏的满足。

值得注意的是，《明太祖试儒生》中的明太祖朱元璋是文学形象，文艺作品来自生活，但高于生活，其中少不了想象，艺术形象和生活实情的两者有联系有区别，是不宜混淆的。

（虹　菁）

高　　娃　　　　　　　　［明］冯梦龙

高娃者，京师娼也。自幼美姿容，昌平侯杨俊与之狎，犹处子也。昌平去备北边者数载，娃闭门谢客。天顺中，俊与范都督广为石亨所构，以正统十四年，大驾陷土木，俊等坐视不救，为不忠，论死。二人赴市，英气不挫。杨尤挺颈，但云："陷驾者谁？今何在？吾提军救驾，杀之固宜。"亲戚故吏，无一往者。俄有一妇人缟而来，则娃也。杨顾谓曰："汝来何为？"娃曰："来视公死。"因大呼曰："忠良死矣。"观者骇然。杨止之曰："已矣！无益于我，更累若耳。"娃曰："我已办矣。公先往，妾随至。"杨既戮，娃恸哭，吮其颈血，以针绵纽接著于颈，顾杨氏家人曰："好葬之。"即自取练缢于旁。

[鉴赏]　冯梦龙为明代著名通俗文学家、戏曲家，其编撰的"三言二拍"之"三言"——《喻世明言》《警世通言》《醒世恒言》，为广泛流传的传世之作。《高娃》一文，选自他编撰的《情史》，内收多篇有关男女之情的故事，分列于"情贞""情侠""情豪""情痴""情仇""情秽"等类，《高娃》属"情贞"类。

冯梦龙作品重视写情，他说："我欲立情教，教诲诸众生。"这是符合"无情不成书"的创作规律的。因为，文艺是用形象思维反映生活的，形象思维带有强烈的感情特点，而艺术形象的主体和核心，又是人物形象，因而写人就必须写情。基于此，文艺作品总要饱含着感情的浓汁，即使是对自然景物的描绘，其景语也多为情语。对此，罗丹说得干脆："艺术就是感情。"

《高娃》就是一篇多情之作，虽然主角高娃是一位妓女，但她并不水性杨花。一旦遇到自己的所爱，从此就"闭门谢客"。当杨俊被陷害即将受死刑时，"亲戚故吏，无一往者"，她不计个人利害，满身缟素前来为爱人送别，并大呼"忠良死矣"，极力控诉世道的不公。随后坦然对杨俊说"公先往，妾随至"，即自取绳索吊死于杨俊身旁。她的殉情表明她情深意重，可以为爱人和爱情而死，确属"情贞"，同时还表现了她对不公社会的激烈控诉，其悲情更富社会意义。

《高娃》篇幅微小，却有故事有情节有人物，小说的元素俱有，较好地表现了微型小说"以少胜多"的特色，成功于它行文上虚实相生，该写的写，那些可以诱发读者想象的地方，就留下空白，让读者用想象去补充。比如写高娃"京师娼也"，娼妓就是卖淫女，可作品接着写了一句，说高娃与杨俊亲近前，"犹处子也"，只用了四个字，就把高娃与一般娼妓分别开来，让读者生发出好的想象，为后述的高娃形象做了很好的铺垫。

（虹　菁）

劳　山　道　士　　　　［清］蒲松龄

邑有王生，行七，故家子。少慕道，闻劳山多仙人，负笈往游。登一顶，有观宇，甚幽。一道士坐蒲团上，素发垂领，而神观爽迈。叩而与语，理甚玄妙。请师之。道士曰："恐娇惰不能作苦。"答曰："能之。"其门人甚众，薄暮毕集。王俱与稽首，遂留观中。凌晨，道士呼王去，授以斧，使随众采樵。王谨受教。过月余，手足重茧，不堪其苦，阴有归志。

一夕归，见二人与师共酌，日已暮，尚无灯烛。师乃剪纸如镜，粘壁间。俄顷，月明辉室，光鉴毫芒。诸门人环听奔走。一客曰："良宵胜乐，不可不同。"乃于案上取壶酒，分赍诸徒，且嘱尽醉。王自思："七八人，壶酒何能遍给？"遂各觅盎盂，竞饮先釂，惟恐樽尽；而往复挹注，竟不少减。心奇之。俄一客曰："蒙受赐月明之照，乃尔寂饮。何不呼嫦娥来？"乃以箸掷月中。见一美人，自光中出。初不盈尺，至地遂与人等。纤腰秀项，翩翩作《霓裳舞》。已而歌曰："仙仙乎，而还乎，而幽我于广寒乎！"其声清越，烈如箫管。歌毕，盘旋而起，跃登几上；惊顾之间，已复为箸。三人大笑。又一客曰："今宵最乐，然不胜酒力矣。其饯我于月宫可乎？"三人移席，渐入月中。众视三人，坐月中饮，须眉毕见，如影之在镜中。移时，月渐暗；门人然烛来，则道士独坐而客杳矣。几上肴核尚存。壁上月，纸圆如镜而已。道士问众："饮足乎？"曰："足矣。""足宜早寝，勿误樵苏。"众诺而退。王窃忻慕，归念遂息。

又一月，苦不可忍，而道士并不传教一术。心不能待，辞曰:"弟子数百里受业仙师,纵不能得长生术,或小有传习,亦可慰求教之心。今阅二三月,不过早樵而暮归。弟子在家,未谙此苦。"道士笑曰:"我固谓不能作苦,今果然。明早当遣汝行。"王曰:"弟子操作多日,师略授小技,此来为不负也。"道士问:"何术之求?"王曰:"每见师行处,墙壁所不能隔,但得此法足矣。"道士笑而允之。乃传以诀,令自咒毕,呼曰:"入之!"王面墙不敢入。又曰:"试入之。"王果从容入,及墙而阻。道士曰:"俯首骤入,勿逡巡!"王果去墙数步,奔而入;及墙,虚若无物;回视,果在墙外矣。大喜,入谢。道士曰:"归宜洁持,否则不验。"遂助资斧遣之归。

抵家,自诩遇仙,坚壁所不能阻。妻不信。王效其作为,去墙数尺,奔而入,头触硬壁,蓦然而踣。妻扶视之,额上坟起,如巨卵焉。妻揶揄之。王惭忿,骂老道士之无良而已。

异史氏曰:"闻此事未有不大笑者,而不知世之为王生者,正复不少。今有伧父,喜疢毒而畏药石,遂有舐痈吮痔者,进宣威逞暴之术,以迎其旨,绐之曰:'执此术也以往,可以横行而无碍。'初试未尝小效,遂谓天下之大,举可以如是行矣,势不至触硬壁而颠蹶不止也。"

[鉴赏] 劳山也称"崂山",为道教圣地,位于今山东青岛市,濒临黄海。《劳山道士》一文选自清代杰出文学家蒲松龄的短篇小说集《聊斋志异》。此书收入近 500 篇作品,多有神仙鬼狐的故事,因而又称《鬼狐传》。蒲松龄称其为"孤愤之书",他借鬼狐说事,意在抒发他对当时政治现实、科举制度、封建礼教以及人性阴暗的"孤愤",因而可读性与思想性都很强,为中国古典小说的珍品,于康熙年间就有抄本流传,随后在中国风行的同时,并不断外传到海外多国,是中国文学作品走向世界的一部颇具影响力的小说力作。

《劳山道士》讲王生向劳山道人学仙的故事,尽管开始热情很高,但吃不了苦,他想打退堂鼓。一天晚上,他忽见道士剪纸成月,在明亮的月光下与客人在道观宴饮,酒壶并不大,但"往复挹注,竟不少减"。随后,以箸掷月,竟呼来一"纤腰秀项"的美女,与道士等同杯共舞。美女高歌一曲后,跃登几上,惊顾之间,又复化为箸。道士与客人又移席月中,继续饮酒,王生等人仰头看去,"须眉毕见,如影之在镜中"。过一会,月渐暗,只见道士一人独坐观中,而客人早就不在了。道法如此神奇,王生觉得失之交臂就太可惜了,遂打消了回家的念头。然而，留下来要早起晚睡，不停劳动，他又受不了了，还是向道士告辞，只是希望临行前道士能将穿墙法教授他。道士允之，在教会他以后，特意关照他"归宜洁持，否则不验"，就是说，要保持洁净，不为非作歹，否则穿墙法失效。可是，王生回家后，自吹自夸，墙壁未能穿过，却把头额撞了个大包，受到妻子讥讽。这则故事启示人们，学问之道，需要长期坚持努力，浮慕者不但难于得道，反而会落得"碰壁"的下场。

《劳山道士》是一篇寓言小说。寓言，指有所寄托的话。寓言作品，常以故事或拟人的手法说明某个道理，带有劝诫教育的性质。我国先秦诸子行文就常用寓言，始初多散文，随后逐步向小说发展，明清是其鼎盛期。《聊斋志异》多借神仙鬼狐说事，是一部集寓言小说大成的短篇小说集。　　（虹　菁）

某　公　扶　乩　　　　[清] 纪　昀

　　宋按察蒙泉言：某公在明为谏官，尝扶乩问寿数。仙判某年某月某日死。计期不远，恒悒悒。届期乃无恙。后入本朝，至九列。适同僚家扶乩，前仙又降。某公叩以所判无验。又判曰："君不死，我奈何？"某公俯仰沉思，忽命驾去。盖所判正甲申三月十九日也。

　　[鉴赏]　　此文选自纪昀（即纪晓岚）的《阅微草堂笔记》。此书为《滦阳消夏录》《如是我闻》等 5 种笔记小说的合集，多为神鬼怪异故事，与蒲松龄的《聊斋志异》并称为清代笔记小说中的"双璧"。

　　扶乩，同"扶箕"，是道教的一种占卜方法，由乩人拿着乩笔在沙盘上不停写字，口中念叨着某某神灵附身，所写的文字由旁边的人记录下来，就是神灵的指示。本篇中"扶乩问寿数"的，是明朝末年的一位高官"某公"，乩仙说他来日无多，将死于某年某月某日，为此他甚是忧郁。然而，到时他并没有死，此时明亡清兴，他反而活得很滋润，高官厚禄，位列九卿（"九列"）。这时，上次为他扶乩的乩仙又来行法，他斥之为测不准，不可信。故事到这里如果只是为了说明扶乩不灵，那就平而又平了。

　　这时，作品平中陡然出奇，奇峰突起。扶乩的乩仙反问了一句："君不死，我奈何？"顿使这位"某公""俯仰沉思"，羞愧不已，夹着尾巴赶快逃走。为什么？因为，乩仙判他的死期是甲申年三月十九日，明朝崇祯皇帝在这一天吊死于煤山，明朝灭亡。作为明朝高官的"某公"，本应随同殉难，他反而怕死降清，苟活于世。这样有力的讽刺出人意料之外，却又极为自然有力，从而使这一微型作品饱含思想意境，远不只是一般的批判封建迷信。　　（虹　菁）

一 件 小 事　　　　　鲁 迅

　　我从乡下跑到京城里，一转眼已经六年了。其间耳闻目睹的所谓国家大事，算起来也很不少；但在我心里，都不留什么痕迹，倘要我寻出这些事的影响来说，便只是增长了我的坏脾气，——老实说，便是教我一天比一天的看不起人。

　　但有一件小事，却于我有意义，将我从坏脾气里拖开，使我至今忘记不得。

　　这是民国六年的冬天，大北风刮得正猛，我因为生计关系，不得不一早在路上走。一路几乎遇不见人，好容易才雇定了一辆人力车，教他拉到 S 门去。不一会，北风小了，路上浮尘早已刮净，剩下一条洁白的大道来，车夫也跑得更快。刚近 S 门，忽而车把上带着一个人，慢慢地倒了。

　　跌倒的是一个女人，花白头发，衣服都很破烂。伊从马路边上突然向车前横截过来；车夫已经让开道，但伊的破棉背心没有上扣，微风吹着，向外展开，所以终于兜着车把。幸而车夫早有点停步，否则伊定要栽一个大斤斗，跌到头破血出了。

　　伊伏在地上；车夫便也立住脚。我料定这老女人并没有伤，又没有别人看见，便很怪他多事，要自己惹出是非，也误了我的路。

　　我便对他说：“没有什么的。走你的罢！”

　　车夫毫不理会，——或者并没有听到，——却放下车子，扶那老女人慢慢起来，搀着臂膊立定，问伊说：

　　“你怎么啦？”

　　“我摔坏了。”

　　我想，我眼见你慢慢倒地，怎么会摔坏呢，装腔作势罢了，这真可憎恶。车夫多事，也正是自讨苦吃，现在你自己想法去。

　　车夫听了这老女人的话，却毫不踌躇，仍然搀着伊的臂膊，便一步一步的向前走。我有些诧异，忙看前面，是一所巡警分驻所，大风之后，外面也不见人。这车夫扶着那老女人，便正是向那大门走去。

　　我这时突然感到一种异样的感觉，觉得他满身灰尘的后影，刹时高大了，而且愈走愈大，须仰视才见。而且他对于我，渐渐的又几乎变成一种威压，甚而至于要榨出皮袍下面藏着的"小"来。

　　我的活力这时大约有些凝滞了，坐着没有动，也没有想，直到看见分驻所里走出一个巡警，才下了车。

　　巡警走近我说："你自己雇车罢，他不能拉你了。"

　　我没有思索的从外套袋里抓出一大把铜元，交给巡警，说，"请你给他……"

　　风全住了，路上还很静。我走着，一面想，几乎怕敢想到我自己。以前的事姑且搁起，这一大把铜元又是什么意思？奖他么？我还能裁判车夫么？我不能回答自己。

　　这事到了现在，还是时时记起。我因此也时时熬了苦痛，努力的要想到我自己。几年来的文治武力，在我早如幼小时候所读过的"子曰诗云"一般，背不上半句了。独有这一件小事，却总是浮在我眼前，有时反更分明，教我惭愧，催我自新，并且增长我的勇气和希望。

（1919 年）

　　[鉴赏]　这篇写于 1919 年 11 月的《一件小事》，或许可以称为中国现代文学史上微型小说的发轫。

　　无论鲁迅生前还是身后，总不断有脏水往他身上泼来，说鲁迅"刻薄"、气量小等。如果不是敌意，这些说法至少也是大大的误解。事实上，鲁迅终其一生都对人民群众倾注了极大的热情，他常常无情面地解剖社会和别人，更常常无情面地解剖自己，难怪一位网友如此评价："鲁迅是一个高明的医生。"车夫主动承揽责任的光明磊落的胸怀，深深地触动了"我"，"我"觉得车夫的形象"须仰视才见"。这绝不是一时的冲动、感动，两年之后这件事"反更分明，教我惭愧，催我自新，并且增长我的勇气和希望"，也就是"我"从这件事看到了中国的未来，"我"当然也有了生活的原动力。

　　该小说是有思想容量的。读者反复阅读，会为作品对劳动者品格的深情礼赞所打动，更会被作品自我解剖的无畏精神而感染。作家铁凝说，文学"必须有勇气反省内心以获得灵魂的提升"。礼赞和反省，也就是热情歌颂劳动者和无情解剖自我紧密融合，这正是《一件小事》的思想内核，也是鲁迅创作的精髓，因而也可以说，阅读它，是感受鲁迅人格魅力的亲密接触。质言之，《一件小事》是鲁迅小说创作主旨的形象宣言，是解读鲁迅作品基本精神的一个起点。

（徐学飙）

他　　　　　　　　　　　郭沫若

近来西欧文艺界中,短篇小说很流行。有短至十二三行的。不知道我这一篇也有小说的价值么?

天色已晚,他往街上卖柴去了。

回来的时候,他在街道上看见那位二八的月娥,披着件缟素的衣裳,好像是新出浴的一般,笑向着他;月娥旁边还有许多的明眸,也在向他目礼。他默默地望着他们叹道:啊,光呀! 爱呀! 我要怎么样才能够修积得到呀? 修积得到的人真是幸福呀! ……

——喔,K 君! 你往哪儿去来?

招呼他的人是他的同学 N 君。他从 mantle① 底下露出一个柴来示 N,说道:你又遇着我卖柴! N 笑。他也笑。他问 N,你要往哪儿去?

——往 Y 君处去耍。你不同去么?

——不,抱起柴拜客!

——你不往那儿去耍么?

——不,我要回去了。

他们在 H 神社分了手。他又默诵起他自家的诗来。

（1920 年）

[鉴赏] 郭沫若是个多面手,不仅诗写得好,他的小说也颇具特色。在进步作家革命加恋爱的创作模式盛行之时,这篇《他》吹来一股清新之风。"他"没有沉溺于对"月娥"的艳羡,从"你又遇着我卖柴"一句可知,"他"坚守着打柴为生的清贫日子,脚踏实地地生活着。"他"也不想跟随 N 君去玩,终不为外界的种种诱惑所动,跟 N 君分了手,"又默诵起他自家的诗来",这表明自有"他"充实的精神追求和操守。作者笔下的这个"他",有常人的并不富足的物质生活,又有坚定不移的乐观精神,这样一个形象正是五四时期追求进步的青年知识分子的形象。

这篇微型小说的选材和表达洋溢着一种诗意美。"他"不掩饰对异性美的称道,尽管生活有些艰难甚至有点困顿,可"他"依然陶醉于诗歌创作这一个人的精神家园,这些活泼、开朗、乐观的性格,正是那个狂飙突进的时代投

————————————
① mantle：斗篷。

射在"他"身上的灿烂阳光。我们今天面对这个人物形象，仍然觉得"他"耀眼炫目，光彩照人，有一种别样的阳刚美、诗意美。这可能是作者的浪漫主义风格和诗人气质使然吧。

（徐学飙）

一个不重要的军人　　　　冰　心

　　小玲天天上学，必要经过一个军营。他挟着书包儿，连跑带跳不住的走着，走过那营前广场的时候，便把脚步放迟了，看那些兵丁们早操。他们一排儿的站在朝阳之下，那雪亮的枪尖，深黄的军服，映着阳光，十分的鲜明齐整。小玲在旁边默默的看着，喜欢羡慕的了不得，心想："以后我大了，一定去当兵，我也穿着军服，还要揹着枪，那时我要细细的看枪里的机关，究竟是什么样子。"这个思想，天天在他脑中旋转。

　　这一天他按着往常的规矩，正在场前凝望的时候，忽然觉得有人抚着他的肩头，回头一看，只见是看门的那个兵丁，站在他背后，微笑着看着他。小玲有些瑟缩，又不敢走开，兵丁笑问，"小学生，你叫什么？"小玲道，"我叫小玲。"兵丁又问道，"你几岁了？"小玲说，"八岁了。"兵丁忽然呆呆的两手拄着枪，口里自己说道，"我离家的时候，我们的胜儿不也是八岁么？"

　　小玲趁着他凝想的时候，慢慢的挪开，数步以外，便飞跑了。回头看时，那兵丁依旧呆立着，如同石像一般。

　　晚上放学，又经过营前，那兵丁正在营前坐着，看见他来了，便笑着招手叫他。小玲只得过去了，兵丁叫小玲坐在他的旁边。小玲看他那黧黑的面颜，深沉的目光，却现出极其温蔼的样子，渐渐的也不害怕了，便慢慢伸手去拿他的枪。兵丁笑着递给他。小玲十分的喜欢，低着头只顾玩弄，一会儿抬起头来。那兵丁依旧凝想着，同早晨一样。

　　以后他们便成了极好的朋友，兵丁又送给小玲一个名字，叫做"胜儿"，小玲也答应了。他早晚经过的时候必去玩枪，那兵丁也必是在营前等着。他们会见了却不多谈话，小玲自己玩着枪，兵丁也只坐在一旁看着他。

　　小玲终究是个小孩子，过了些时，那笨重的枪也玩得腻了，经过营前的时候，也不去看望他的老朋友了。有时因为那兵丁只管追着他,他觉得厌烦,连看操也不敢看了,远望见那兵丁出来,便急忙走开。

可怜的兵丁! 他从此不能有这个娇憨可爱的孩子,和他作伴了。但他有什么权力,叫他再来呢? 因为这个假定的胜儿,究竟不是他的儿子。

但是他每日早晚依旧在那里等着,他藏在树后,恐怕惊走了小玲。他远远地看着小玲连跑带跳的来了,又嬉笑着走过了,方才慢慢的转出来,两手拄着枪,望着他的背影,临风洒了几点酸泪——

他几乎天天如此,不知不觉的有好几个月了。

这一天早晨,小玲依旧上学,刚开了街门,忽然门外有一件东西,向着他倒来。定睛一看,原来是一杆小木枪,枪柄上油着红漆,很是好看,上面贴着一条白纸,写着道,"胜儿收玩爱你的老朋友——"

小玲拿定枪柄,来回的念了几遍,好容易明白了。忽然举着枪,追风似的,向着广场跑去。

这队兵已经开拔了,军营也空了——那时两手拄着枪,站在营前,含泪凝望的,不是那黧黑慈蔼的兵丁,却是娇憨可爱的小玲了。

(1921 年)

[鉴赏]　凡人都有一个隐秘的情感世界,军人也如此,只不过这种世界更不易察觉罢了。这个看门的兵丁的内心世界是被叫小玲的孩子偶然触碰而闯入的。富有潜台词的是,开始小玲只是对枪感兴趣,一门心思玩枪,那个兵丁倒是对小玲又是询问又是凝望,以自己孩子"胜儿"的名字称呼小玲,显然表现了他对家人的不尽思念。到最后开拔之前,那看门兵丁送给小玲一杆小木枪,小玲念了又念"胜儿收玩爱你的老朋友"的留言,这回"含泪凝望的"轮到"娇憨可爱的小玲了"。这一大一小、一前一后的"凝望",深沉而含蓄,不啻千言万语。

"一个不重要的军人",其内心世界反映了部队士兵对家庭普遍思念的情绪,这种情绪是作品所要突出和强调的。这篇小说的突转是看门兵丁的突然开拔,好像突然留下了一个情感空白,而这空白正好由小玲对这位不知名军人的思念所填补,由此也引起了读者对也许开拔到前线的兵丁的猜想:他肯定还在思念着小玲,思念着他的胜儿。这种丰富的想象空间源自两个变换了主角的"凝望",还来源于极富人情味的朴实语言。这种语言随处可见,仿佛每行、每字都注满了情感。

(徐学飙)

落　价 冰　心

　　我们家的老阿姨回安徽老家去给儿子娶媳妇的时候,对我说:"宋老师,我这次回去,可能不来了。我总觉得在您家里干活,挺轻松、挺安逸的。我的侄女昨天从乡下来了,她刚念完初中,她妈妈就死了。她爹又娶了后妻,待她很不好,尽叫她下地干农活。我听说了怪心疼的,就托同乡把她带来了,想让她顶我的缺。她什么都会,又有文化,比我强多了。"说着从身后拉过一个二十岁左右、面黄肌瘦、衣衫褴褛的姑娘来,说她叫方玉凤,又推她说:"你快见见宋老师,她就是你的东家!"小方腼腆地向我鞠了一个深深的躬。

　　那时我还没有退休,我女儿小真大学刚毕业,也在中学里教书。家中里里外外的事也不少,有小方来帮忙,我很高兴。

　　小方虽然瘦弱,却很利落麻利,来了不到一个月,我们就都十分喜欢她。她也因为久已没有了家庭的温暖,在我们这个简陋的小家庭里,似乎又得到了和睦融洽的"家"的滋味。小真总把自己穿过的衣服,一年四季给小方换上。她俩就像姐妹一样地亲热。每天晚上小真还教她英语、数学等,鼓励她去考中专。

　　两年过去了,忽然有一天,小方很难为情地来对我说:有个同乡介绍她到一家面铺当售货员,每月工资有一百九十元,奖金除外。她几乎流着眼泪说:"我真是舍不得离开你们,可是我若想上学,不攒一点学费不行……"这时我已经退休了,足可以料理家务了,因此我和小真都连忙说:"这个我们了解,而且也替你高兴,你去吧,有空常来走走。"

　　小方真的像回家一样,每个星期天都来。本来在我们家两年,她已经丰满光鲜得多了,这时再穿上颜色鲜艳的连衣裙,更是十分漂亮,我们都笑说几乎认不得她了。

　　她每次来,都带着果品,尤其常送些新鲜的南豆腐。她说:"从书上看到老人骨质疏松,最好吃些带'钙'的东西,除了牛奶、鸡蛋之外,最好的是豆制品了。你们上街买菜时,不容易碰得到好豆腐。"当我们辞谢她时,她还对小真挤眼,笑说:"我的工资比你们高,这点东西算不了什么。"我们也只好由她。

　　有一天,她拿来了一架小长方形的白色蓝面的收音机,放在我的书桌上,说:"这收音机才十八块钱,不到我工资的十分之一,你们早晨起来听'新闻和报纸摘要'不比订那些报纸强么? 从前我每次到邮局去替您订这个报那个报的,我都觉得很浪费! 其实那些报纸上头登的都是一样的话!"我一边赏玩着那台小巧的收音机,一边笑说:"报纸上也不尽是新闻,还有许多别的栏目呢。而且几份报纸看过了,整理起来,也是一大摞,可以卖给收破烂的,不也可以收回一点钱?"

小方打断了我,说:"您不知道,破烂才不值钱呢! 现在人人都在说一切东西都在天天涨价,只有两样东西落价,一样是破烂,一样是知识……"小方忽然不往下说了。

我的心猛然往下一沉,心说:和破烂一样,我们是落价了,这我早就知道!

(1988 年)

[鉴赏]　从写《繁星》走过来,一直走到九秩的作家寥寥可数,而作品能永葆青春活力的作家又有几人? 冰心就是这样的作家。你只要读过冰心的作品,就会深深体会到,她始终在和生活、和时代同呼吸、共命运。这篇写于 20世纪 80 年代的作品《落价》,从身边小阿姨小方的生活遭遇入手,生动细致地写出了人物的热情、真诚,有血有肉,彰显了人物的精神风貌,同时也反映了转型时期中国社会的矛盾。在价值观上,小姑娘道出了人们不愿说却又不得不承认的某种必须正视的现实:破烂和知识竟然同时在落价。听闻此言,"我的心猛然往下一沉",并作出迅速的回应:"我们是落价了,这我早就知道!"一句"早就知道",何其悲哀的共鸣!

但是,且慢,作品立意绝非止于此。试着再次解读前文,小方离开"我"家到面铺"高就"的初衷是:"我真是舍不得离开你们,可是我若想上学,不攒一点学费不行……"石在,火种是不会灭的,在人们的内心深处,文化知识仍然占有崇高的位置,"读书无用论"也只能甚嚣尘上于一时。现在,知识价位的日渐攀高,就是振奋人心的好消息。

如同冰心其他作品一样,作家凭着特别的敏感,善于从普通的日常生活中感受时代的脉搏,捕捉从生活中获得的激情,这是一个有责任感的作家最难能可贵的素质,也是冰心作品的一个突出特点。

(徐学飙)

灯
王鲁彦

我愤怒的躺在母亲的怀中。母亲紧紧的搂着我,呜咽的哭泣着，她的泪纷纷的落在我的颈上，我只是愤怒的躺着。

"你不生我不好吗，母亲？"我怨怨的问。

母亲没有回答，母亲的脸色极其苍白。

我愤怒的伸出右手，竭力的撕我胸上的衣服。

"为了母亲，孩子……"母亲按住我的手，呜咽的说。

"咳咳……"我哭了。

风凄凄的摇荡着窗外的枇杷树，雨潇潇的滴在我心上。母亲的脸色是那样的苍白。我悲苦的挽住了她的颈，她的颈如柴一般的消瘦。

"让我死了罢，母亲……"我哭着说，紧紧的挽着她的颈。

"不能，不能，孩子，我的孩子……"她的泪纷纷的落在我的脸上。

灯光暗淡的照着她的头发，她的头发如丝一般的乱，如霜一般的白。

静寂，静寂，世界上除了我和母亲外，没有一个人影，除了风和雨的哭声外，没有半点响声。

"罢了，罢了，母亲。我还你这颗心，我还你这颗心！你生我时不该给我这颗心，这在世界上没有用处！"说着，我用两手竭力的撕我胸上的衣服，怨怨而且悲伤。

"啊，孩子！"……母亲号啕的哭了。她紧紧的按住了我的手，我竭力的挣扎着。

风凄凄的摇荡着窗外的枇杷树，雨潇潇的滴在我的心上。灯光暗淡的照着母亲的头发，母亲的头发如丝一般的乱，如霜一般的白，母亲的泪如潮一般的流着，我抱住她的消瘦的颈，也号啕的大哭了。

有一滴泪，从母亲的眼中落了下来，滴在我的眼上，和我的泪融合在一处，渐渐的汇成了一道河。

我溯着河流走去，进了母亲的眼帘，一直到了母亲的心坎上。

在那里，我看见母亲的心萎枯了。

"母亲，为了你的孩子，你将你自己的心萎枯了。然而你分给你孩子的那颗心，在世界上只是受人家的诅咒，不曾受人家的祝福，只能增加你孩子的悲哀，不能增加你孩子的欢乐。现在，取出来还了你罢，母亲！"我哭着说，跪倒在母亲的心旁。解开胸衣，用指甲划开胸皮，我伸手进去从自己的腔中挖出一颗鲜血淋淋的心，放在母亲的心上。母亲的心和我的心合成一个，热血沸腾了。

我急忙合上自己的胸皮，扣上了胸衣，忽忽的离开了母亲的心，出了母亲的眼帘，由原路回到了母亲的膝上。

母亲不知道。

"母亲，我不再灰心了，我愿意做'人'了。"我拭着眼泪对母亲说。

母亲微笑了。母亲的心中充满了无限的欢乐，母亲的眼前露出了无限的希望。

只有灯，只有站在壁上的灯，他知道我在母亲心中所做的什么，不忍见那微笑，渐渐的惨淡了下去……

（1924年）

[鉴赏]《灯》的主旨，鲁迅先生曾作如下评论："欲爱人类而不得……要逃避人间而不能，他只好将心还给母亲，才来做'人'，骗得母亲的微笑……无心的'人'，和人间社会是不会有情愫的。"《灯》对于容不得人心的罪恶社会现实，是持否定和批判态度的；另一方面，作品也体现了对人性的关怀，有向往自由乐土的正义感，正如巴金所说，洋溢着"强烈的人道主义气息"。
《灯》是王鲁彦早期的作品，今天读来仍受到它深深的感染，原因有二：一是诗化的语言和回环复沓的艺术手法，这手法成功地营造了一种悲愤痛苦的氛围，这氛围表达了作者既憎恨现实又不敢面对现实，只好逃避现实的愤怒和悲伤交织的内心痛苦。作品有相当多的独句段，和诗歌形式很相似，有些意象和场景反复多次出现，这种语言表达颇具诗的韵味。如孩子不止一次地对母亲痛苦地发问，母亲和孩子的哭泣，窗外摇荡的树和潇潇的雨；还有母亲"如丝一般的乱，如霜一般的白"的头发和"消瘦的颈"。这些多次再现的场景，一波又一波地冲击着读者的心灵。二是《灯》的艺术性还表现在具有魔幻色彩的超意识流的叙述方式。作品写到母亲的泪和"我"的泪融合在一起，汇成了一条可以让"我"溯流而上走进母亲心坎的河，看到了母亲心的"萎枯"，终将自己的心还给了母亲，使母亲得以微笑。这很不一般的想象把作者思想意识的流动具体地化为一种超现实场景，因而形成了一种特殊的感染力。

（徐学飙）

立 秋 之 夜　　　　　　　　　　　郁达夫

黝黑的天空里，明星如棋子似的散布在那里。比较狂猛的大风，在高处呜呜的响。马路上行人不多，但也不断。汽车过处，或天风落下来，阿斯法儿脱的路上，时时转起一阵黄沙。是穿着单衣觉得不热的时候。马路两旁永夜不息的电灯，比前半夜减了光辉，各家店门已关上了。

　　二人尽默默的在马路上走。后面一个穿着一套半旧的夏布洋服，前面的穿着不流行的白纺绸长衫。他们两个原是朋友，穿洋服的是在访一个同乡的归途，穿长衫的是从一个将赴美国的同志那里回来，二人系在马路上偶然遇着的。二人都是失业者。

　　"你上哪里去？"

　　走了一段，穿洋服的问穿长衫的说。

　　穿长衫的没有回话，默默的走了一段，头也不朝转来，反问穿洋服的说：

　　"你上哪里去？"

　　穿洋服的也不回答，默默的尽沿了电车线路在那里走。二人正走到一处电车停留处，后面一乘回车库去的末次电车来了。穿长衫的立下停了一停，等后面的穿洋服的。穿洋服的慢慢走到穿长衫的身边的时候，停下的电车又开出去了。

　　"你为什么不乘了这电车回去？"

　　穿长衫的问穿洋服的说。穿洋服的不答，却脚也不停慢慢的向前走了，穿长衫的就在后面跟着。

　　二人走到一处三岔路口了。穿洋服的立下来停了一停。穿长衫的走近了穿洋服的身边，脚也不停下来，仍复慢慢的前进。穿洋服的一边跟着，一边问说：

　　"你为什么不进这岔路回去？"

　　二人默默的前去，他们的影子渐渐儿离三岔路口远了下去，小了下去，过了一忽，他们的影子就完全被夜气吞没了。三岔路口，落了天风，转起了一阵黄沙。比较狂猛的风，呜呜的在高处响着。一乘汽车来了，三岔路口又转起了阵黄沙。这是立秋的晚上。

（1925 年）

　　[鉴赏]　《立秋之夜》勾勒了一幅凄惨的图景。立秋的夜晚，两个失业者同行总共只四句话，无言的行走、带沙的秋风、低压的云层都透出压抑、沉闷的基调，显示出了失业者沉重的心情。他俩谁也不坐电车是因为身无分文，失业的苦恼使这两个昔日好友愁容满面，关系冷漠，这反映了失业给人们带来

的巨大痛苦。

　　作品所选的是那个时代的一个不起眼的生活画面，它塑造了两个因生活无着落而徘徊踯躅街头的失业者形象，给读者打开了一扇时代的小窗，给读者心里吹进了虽是初秋却是凄冷的寒夜之风。这篇作品的成功之处在于它营造了人物的生存环境。两人在立秋之夜默默地走了一段又一段，互相默默地送了一程又一程，"默默"一词出现四次，一再重复，证明了生活的重担不但压在肩上而且沉在心里，压得他俩一路几乎无话可说，压得他俩心头几乎喘不过气来。他俩从根本上说，首先缺失了一个月朗星稀的好的对话环境！另一方面，作品刻意设置了一个令人压抑的立秋之夜，人们感受到了"三岔路口，落了天风，转起了一阵黄沙。比较狂猛的风，呜呜的在高处响着"，这些篇首文末都点到的天气，没有温暖只有寒意。

　　作者揭示的人物活动环境，符合恩格斯提出的典型人物必须具备典型环境的论述，是两个失业者悲凉心境的外化。郁达夫的作品在低调的艺术处理中，有它的千钧力量在。

　　　　　　　　　　　　　　　　　　　　　　　　　　　　（徐学飚）

三贝先生家训　　　　沈从文

　　年高有德的三贝先生不幸于今年正月初四日"遽返道山"了！这在Ｃ城是一种惊人的骚动，重大的损失。当三声落气炮响过后不到五分钟，全县城人便都在纷纷议论他的"平生大节"了。大凡贤者身后，总有一部分不能了解他伟大人格的人，常常立于反对方面加以攻讦诋毁。三贝先生自然也不是例外。也许是他太好——不然，便是Ｃ县的舆论太不公允了；你无论走到什么地方，见了一个卖豆腐或卖落花生的小贩，问他"三贝先生如何？"他答复了你所问以外，必定还附带的加一句奚落三贝的话，如"那个啬刻鬼"或"那老怪物"一类言辞。

　　据说三贝是无疾而终的。还正是一般"积德厚福"人应有的事。不过，从田大伯妈处得来的消息，则又明明是因问他做校长的那个儿子索退抚育费不得而气死的。田大伯妈是与三贝有瓜葛的人。她女婿曾拜寄过三贝隔房堂弟做干息，大概这话总不是全无把柄！

　　总之，三贝先生是今年正月初四日午时死去了。是"无疾而终"还是"气伤肚肠"而死的，我们不是应措意的事，很可以不必再过问。倘若是真有那种好揽闲事的人寻根究底，只指示讣文给看就得了；讣文明明载着"享年七十有八……无疾而终"。

　　三贝是有钱有势的人，丧事自然是非常之热闹。他第五儿子是现在县署第二科的科员，第六儿子——就是有气死老子嫌疑的那个——又是中学的校长，儿孙又多，因之出殡那一天竟有许多人执绋。有用松柏枝扎成的香亭，有用白布缠就的灵轿，有十来个敲法器的大师傅，有各种无字的脚牌，有朱红绫子的铭旌，有写上"典型犹存"或"里失贤者"的挽联和祭幛，有两堂锣鼓及一队细乐，有一队制服整齐的学生，而且，知事大人也屈尊到送丧。此外，典狱官张四老爷，地方财产保管处田老爷，宋连长，复查局刘局长，初从上海毕业转来的九二先生……都莫不大襟上佩了一朵白纸花，沉肃谨敬地在鼻涕眼泪一把抓的孝子前头走着。警察所长呢，另外又专派了四名着号衣年轻的警兵，随同灵柩左右照料，免得那些打高脚牌、扛祭幛的小孩子，沿途吵嘴滋事。

　　"好热闹阔绰的丧事！"

　　当灵柩从道门口菜市过身时，许多妇人、老头子以及卖白菜的老孀，和担水卖的哑爷，都带了羡慕神气这样说。

　　三贝先生生活就是这样结束了，也可谓"生荣死哀"。

　　不过，人虽死去，但其"嘉言懿行"流传于C城老一辈人口中的却很多很多。大体都极有关于"世道人心"。因此谨就我所知者，摘录一二；至其"出处大节"，则已有C县宿儒方梧庐先生为之作传，兹均不述及。

　　节抄家训：

　　过大桥时，应将脚步加速——但亦不必如驰如奔免撞损徐元记之窖货担子——不然，设于此时桥忽圮下，岂不危极险极？桥久不修，年代渊远，适于此时圮下，实亦"事所必至理有固然"者也！

　　进城时，到城洞下亦应加快一脚，尤其是曾经失火之东门。并须用双手将脑壳掩护，如此，既可防意外之虞，即或万一猛不知道于彼时从上而掉落一砖头瓦片，亦可因手在上而不至伤脑。至于到城门洞卖羊肉、卖粉条、卖布那种要钱不要命之事情，千万莫去做。最好连买也莫买，即或东西再好，价钱再贱。

　　有客久坐未动时，应不俟呼唤时将茶献客。冲茶之水不必顶沸——不沸之水则尤好。若然，客即不知趣硬赖到吃饭后方去，其食量因喝水过多亦必大减。

　　逢年过节用大荤祀祖——其实不用亦可,不见"采藻明其洁"之训乎?——实在万不得已,最好是用零买法为佳。譬如称肉一斤,则分为四处称,每处四两。如此办法,既可选择皮薄骨少心所欲得之肉,而斤两上亦占便宜不少。

　　厨房粪坑到夏天粪过稀不能售出时,可加以草灰斗许;但应切记将草灰之价同时算入。

　　……

　　三贝先生家训多至百余则,而每则均有独到之见解,此处但选其一小部分耳。其行为尤钦敬不同于流俗,容当汇次编出,以介绍于"未获亲炙"三贝先生诸读者前。

　　C县大概是湖南一县,究竟在湖南哪一处,我也不大清白了。至其家训,除为代加标点外,初未敢易去一字。

(1925年)

　　[鉴赏]　小说总是以塑造人物形象为根本任务的。三贝先生已驾鹤仙逝,怎么写他?高手沈从文自有妙招:侧面描写。虽然风传三贝先生是"气伤肚肠"而死,但讣文写的是"无疾而终"。作者竭尽送丧场面描写之能事,连知事大人亦屈尊前来,警察所长也派员相随灵柩左右,这岂不是羡煞世人的哀荣?!

　　这三贝其死似乎印证着三贝其生。录入作品的五则家训是突转,依然为侧面描写,让人看到三贝先生哪里是"年高有德",原来就是一个迂腐、呆板、虚伪、吝啬、贪小、处处工于算计的小人。作者摹写的是一个人,刻画的却是当时社会的众生相。这样一个小人之死,死后竟还有那么多各色人等的追随者,这是一个怎样的社会,人们的价值评判标尺准星何在?是非曲直何在?作品充满调侃,寓庄于谐,借死者讽时人,批判倾向鲜明,讽刺辛辣,这便是三贝先生这个典型人物形象的意义所在。如果说送丧场面乃三贝的虚有其表,那么那五则家训无疑是该人物的自画像,暴露了此人丑恶的灵魂。该作品虽然只是采用对人物死后的一种"追记"形式,却仍然细致逼真地勾勒出了一个活生生的而又散发着腐烂气息的人物形象,以致读者回过头来再看那送丧场面,不觉哑然失笑,不仅对那个社会深深忧虑起来,还会引发一些新的思考和联想。

(徐学飙)

<h1 align="center">余　　辉石评梅</h1>

日落了,金黄的残辉映照着碧绿的柳丝,像恋人初别时眼中

的泪光一样,含蓄着不尽的余恋。垂杨荫深处,显露出一层红楼,铁栏杆内是一个平坦的球场,这时候有十几个活泼可爱的女郎,在那里打球。白的球飞跃传送于红的网上,她们灵活的黑眼睛随着球上下转动,轻捷的身体不时地蹲屈跑跳,苹果小脸上浮泛着心灵热烈的火焰,和生命舒畅健康的微笑!

苏斐这时正在楼上伏案写信,忽然听见一阵笑语声,她停笔从窗口下望,看见这一群忘忧的天使时,她清癯的脸上显露出一丝寂寞的笑纹。她的信不能往下写了,她呆呆的站在窗口沉思。天边晚霞,像绯红的绮罗笼罩着这诗情画意的黄昏,一缕余辉正射到苏斐的脸上,她望着天空惨笑了,惨笑那灿烂的阳光,已剩了最后一瞬,陨落埋葬一切光荣和青春的时候到了!

一个球高跃到天空中,她们都抬起头来,看见了楼窗上沉思的苏斐,她们一起欢跃着笑道:“苏先生,来,下来和我们玩,和我们玩!我们欢迎了!”说着都鼓起掌来,最小的一个伸起两只白藕似的玉臂说:“先生!就这样跳下来罢,我们接着,摔不了先生的。”接着又是一阵笑声!苏斐摇了摇头,她这时被她们那天真活泼的精神所迷眩,反而不知说什么好,一个个小头仰着,小嘴张着,不时用手绢擦额上的汗珠,这怎忍拒绝呢!她们还是顽皮涎脸笑容可掬地要求苏斐下楼来玩。

苏斐走进了铁栏时,她们都跑来牵住她的衣袂,连推带拥地走到球场中心,她们要求苏斐念她自己的诗给她们听,苏斐拣了一首她最得意的诗念给她们,抑扬幽咽,婉转悲怨,她忘其所以的形容发泄尽心中的琴弦,念完时,她的头低在地下不能起来,把眼泪偷偷咽下后,才携着她们的手回到校舍。这时暮霭苍茫,黑翼已渐渐张开,一切都被其包没于昏暗中去了。

那夜深时,苏斐又倚在窗口望着森森黑影的球场,她想到黄昏时那一幅晚景和那些可爱的女郎们,也许是上帝特赐给她的恩惠,在她百战归来,创痛满身的时候,给她这样一个快乐的环境安慰她、养息她惨伤的心灵。她向着那黑暗中的孤星祷告,愿这群忘忧的天使,永远不要知道人间的愁苦和罪恶。

这时她忽然心海澄静,万念俱灰,一切宇宙中的事物都在她心头冷寂了,不能再令她沉醉和兴奋!一阵峭寒的夜风,吹熄她胸中的火焰,觉仆仆风尘中二十余年,醒来只是一番空漠无痕的

噩梦。她闭上窗,回到案旁,写那封未完的信,她说:

钟明:

　　自从我在前线随着红十字会做看护以来,才知道我所梦想的那个园地,实际并不能令我满意如愿。三年来诸友相继战死,我眼中看见的尽是横尸残骸,血泊刀光,原只想在他们牺牲的鲜血白骨中,完成建设了我们理想的事业,谁料到在尚未成功时,便私见纷争,自图自利,到如今依然是陷溺同胞于水火之中,不能拯救。其他令我灰心的事很多,我又何忍再言呢!因之,钟明,我失望了,失望后我就回来看我病危的老母,幸上帝福佑,母亲病已好了,不过我再无兄弟姊妹可依托,我不忍弃暮年老亲而他去。我真倦了,我再不愿在荒草沙场上去救护那些自残自害,替人做工具的伤兵和腐尸了。请你转告云玲等不必在那边等我,允许我暂时休息,愿我们后会有期。

　　苏斐写完后,又觉自己太懦弱了,这样岂是当年慷慨激昂投笔从戎的初志。但她为这般忘忧的天使系恋住她英雄的前程,她想人间的光明和热爱,就在她们天真的童心里,宇宙呢?只是无穷罪恶、无穷黑暗的渊薮。

(1927 年)

[鉴赏]　个人的不幸乃是时代的不幸所造成,石评梅的《余辉》就是这样昭告世人的。

对主人公苏斐的内心世界,作者先从外部神态的描述中给读者提供解读的思路,“她清癯的脸上显露出一丝寂寞的笑纹”,在这富有诗情画意的黄昏,“一缕余辉正射到苏斐的脸上,她望着天空惨笑了……”在十几个那么活泼可爱、那么阳光的女学生面前,这位苏先生走进她们,竟然没有受到她们良好情绪、快乐环境的感染,读自己“最得意的诗”,还是“抑扬幽咽,婉转悲怨”,诗言志,诗确实是她内心宣泄出来的哀伤。小说一开始就运用电影蒙太奇式的快乐和悲愁的相互对照,映衬女学生越热烈、快乐,就越显得主人公的“心海澄静,万念俱灰”。那么,为什么苏斐的情绪会低落到如此地步的呢?揪着心的读者不能不追问。当我们读到后文及作品完稿时间终于明白个中缘由:连年军阀混战致使诸友无谓牺牲,同胞依然处于水深火热之中。作为看护的苏斐,多次目睹“横尸残骸,血泊刀光”,实在不愿再去沙场“救护那些自残自害,替人做工具的伤兵和腐尸了”。这种对战争的厌恶就是对战争的诅咒和抗议,而且是充满血性不乏悲壮的抗争!

《余辉》的两个鲜明的艺术特色是：对比和悬念，正是它们贯穿全文，巧妙而自然地推动了情节的发展，步步吸引读者，逐层深入地揭示了主人公苏斐无比悲愤和痛苦的内心世界，而她又不愿让这种压抑情绪传染到那些"天真的童心里"。

（徐学飙）

便　宜　货

胡也频

　　我们的军需长又要做喜事了——不，与其说是做喜事，倒不如干脆说他又要弄一个女人了。说他"又要"，这就是，自从他委任军需长以来，纵然还不到两年，是已经弄过七八次了，而且每次准弄到手的。照这样情形，说不定以后要弄多少次呢。这弄女人似乎就等于军需的一半职务。

　　至于为什么要这样弄，那倒不必研究。极简单的理由就是：由一个人变成了这样的军官，并且在全武力占据着某一个地方时候，弄多少个女人却是并不在乎的，这在他们的生活中，简直比开一门步枪还要平常。

　　对于弄，各人采取的手段并不一样，有的用欺诈，有的用诬赖，有的用野蛮，终于都免不掉威吓的。但是我们的军需长一个人独独冠冕多了，他用钱——钱并不多。关于这方面的耗费是也有账目可观的，这自然因为他是当军需的缘故，所以在一本另外的流水簿上写着——

　　第一个四十元
　　第二个三十五元
　　第三个四十四元
　　第四个二十元
　　第五个五十元
　　第六个三十元
　　第七个五十五元

　　假使不因为这样挨一个的记着价目，恐怕到后来，连他自己也会记不清白究竟曾弄了多少个吧。像这一本账簿，虽说并不特别珍惜似的也和"马料开支簿"放在一起，但有一个生朋友来的时候，总难免又故意去翻开，让别人知道，好像这账目正不亚于那少校肩章的光荣。

我们的书记官对于这本账簿有一句很好的赞叹：

"这比委任状好多了！"他说。

这真不是一句过誉的话。一张委任状在现职的军官眼中已经是寻常的东西了。可是这一本账簿却不寻常，它实在有它的新鲜异样的地方。譬如说，那账目中，虽然所记的全是多少元，但是元之中就有那各别的意义——如同四十元等于一个女人，三十五元则又等于别一个女人。而且这四十元和三十五元的每一元又等于这个或那个女人的某一部分。单在这一点上，当然，比起那死板板的委某某某为什么什么什么的委任状，好多了。所以我们的军需长对于这一句话是十三分地受用的。

那末在他写着第几个和多少元之时，那心中的快乐和骄傲，实在不是别的人所能够知道了，至少总比他从军需上揩油的欢喜，要增加好几百倍吧。

那末这一夜我们的军需长又有了这种心情，因为他又在这本账簿中加上一笔了。这一笔是挨着"第七"添下去的，不消说是"第八个"，并且数目是"七十元"——这是比其余的价钱都大。

"这一个可不贱！"我们的军需长是这样觉着的。其实呢，七十元在他身上真不算什么，他哪一夜不在赌博中输赢一两百。

不过女人究竟比不上麻将牌。我们的军需长是能够在牌桌上并不在乎的输上两三百，但他总不肯弄一个女人用上一百元。这一个七十元的确算是很不贱了。

为什么我们的军需长会这样贱视女人？自然，这有他的理由。他觉得无论怎样，女人都不能和麻将牌相比的。打牌有输也有赢，钱是来来往往的，说不定昨天输了一百今夜又反赢了两百。女人呢，可就不同了，花四十就是四十，一百就是一百，是永远拾不回半个铜板的。因此在他的灵魂中便有了一种不可磨灭的真理，这真理又变成格言了，是：

"宁肯在一副麻将牌上尽输，却不能只和一个女人在床上尽睡！"

所以还不到两年的光阴，我们的军需长，截至此刻为止，是一个又一个，没有间断地把女人弄到八个了。在每一个新的女人弄到时候，那旧的，便像一床旧毡子似的弃掉了，于是由军需长个人取乐的玩具落为兵士们共同撒野的游戏场了。

　　在这里,谁能够不这样的承认么? 一个女人,纵然七十元,但是你看,多便宜!

（1929 年）

　　[鉴赏]　娶妻又纳妾,这是旧时代的陋俗。胡也频写的这篇《便宜货》里的军需长,究竟是"娶"呢还是"纳",似乎不甚了然,如果模糊于二者之间,那就更清楚地揭露了旧军队的恶俗和龌龊了。

　　小说没有满足于这第八次"弄女人"的叙述,而是以此为原点上溯了前七次的"女人"的不同价码,这各有分别的价码差不多"等于这个或那个女人的某一部分",这十分突出地暴露了军需长丑恶又肮脏的灵魂。纵向剖析的同时,作品还交叉着两个横向比较:"这比委任状好多了!"书记官此言道出了军需长嗜好女人之甚,弄女人远胜于弄"委任状"。然而,这值七十元的第八个比起那麻将牌的几百元来看,又算得了什么呢? 还是"贱"得很哪! 这岂不是"便宜货"么? 而可悲可叹的还在于当旧的女人离去,"便像一床旧毡子似的弃掉了,于是由军需长个人取乐的玩具落为兵士们共同撒野的游戏场了"。可见天下乌鸦一般黑,那旧军队真是腐朽透顶,而军需长不过是那群体中典型的"这一个"罢了。

　　作品刻画的"这一个"并没因篇幅短而苍白乏力,相反,由于采用纵横交错的描写,大大充实和丰富了军需长这个有血有肉的兵痞形象,颇有艺术张力。多侧面的描写使人物在读者眼前栩栩如生,甚至仿佛闻到了军需长身上散发出来的阵阵酒味、臭气——作者对这个人物深恶痛绝,对他灵魂的刻画入木三分。而作品把第一个女人到第八个女人的价码一一列出,也使人们对当时处于社会底层最悲惨地位的妇女产生了深切的同情。　　　（徐学飙）

两个不能遗忘的印象　　　夏　衍

　　编者出的题目已经忘了,大约是要写一些上海战争中的印象。印象实在太多,现在就将两件自身遭遇的,使我永也不能忘记的印象写下来吧。

其　一

　　二月十五日,搭了载着某团体捐给十九路军兵士的军需品和食粮的运货汽车,从中山路到真如去。过了大杨桥,前面就没有连接的市廛,而只展开着随时点缀着土堆和池沼的耕地。因为那时来往的汽车很多,所以那条平时坐在汽车里会使你上下跳跃的交通路已经修铺得相当的平稳;汽车开足每小时 40 哩的速率,汽车夫已在溅着口沫的和坐在旁边的送货的办事员谈话。突然,离开我们的车子前面不到 100 码路的一辆红十字会汽车,好像前面碰到了一条土堤一般的停住,车上的五六个穿制服的职员,好像一盘豆子倒在地上一般的四散的望着两面的耕地乱闯。无疑的,这是日本帝国主义的飞机。于是我们的车子也很快的停了,我们也像他们一样的躲在土堆和沟渠里面。飞机只有一只,飞得很低,在我们两辆汽车前后飞了一转,弃下了一捆白地蓝字的传单,很快的就曳着尾巴望东方飞去。大家透了口气,重新聚会拢来,汽车夫说,传单正丢在他的前面,不到两三丈路,假使这是炸弹,那就性命没了,他又说飞机师一共两个,掷传单的好像还在带笑的挥手。传单,在地上散很多,出于意料的,这真是太出于意料了,在署名中央党部的写着"打倒抗命的十九路军"的传单之外,还夹着不少日本文的署名日本革命士兵委员会的宣言。很长,最少也有七八百字,最后的口号是:"掉转枪尖来刺死你真正的敌人","大胆的和中国的革命的士兵握手"。有许多人看了发怔。

"怪了,东洋人里面也有这样的人?"

"而且是飞机师呢。"

可是汽车夫不服气地用袖子揩了一揩脸上的泥土,说:

"丢在这儿有什么用? 我们又不是东洋兵。"

"就是要使你知道呢,东洋人里面也有这样的人!"其他一个很快的讲。

其　　二

日子记不清了,是在爱文义路梅白克路口的一处伤兵医院。午后,淡淡的太阳斜射在靠街的玻璃窗上,义勇的,一个什么医学校的女生伏在矮矮的板桌上面,正在替一个诸暨口音的八十八师的打断踝骨的伤兵写信。

"唔,现在没有钱寄,一时也不能回来,……还有呢?"女学生催促一般的问。

伤兵望着银鱼一般的在纸上跃动的手,尽是呆了一般的傻笑。

"什么? 挂了彩还笑? ……你这人痴了?"女的被他看红了脸,鼓起了腮子说。

"天下真有这样白嫩的手! 你看,我们手上都是蚕豆大小的趼。喂,老孔!"他喊着,"记得全家宅的那件事吗?"

被他叫做老孔的,脸上被纱布包得只露出两只眼睛的同是八十八师的士兵慢慢的将头动了一下,依旧没力的躺下去。

"在老孔挂彩之前三五天,我和他在全家宅拼命的想要夺一支东洋兵的步枪,可是那东洋人凶得很,打死了还不放手。老孔捏了枪,我将他的手扳开来。对啦,他的手也和我们的一样。"

停了几秒钟,谁都不响,女学生怔怔的望着他的手。

"东洋兵大概也和我们一样的捏铁耙、捏斧头的吧。"另外一个伤兵讲。

（1932 年）

［鉴赏］　这是一篇纪实性微型小说。在 1932 年"一·二八"抗战中的十九路军士兵,从飞机散发的传单上,意外得知敌军中居然也有和他们站在同一条战线上的人,将日本军国主义作为双方共同的敌人。第二部分叙写,在和日军拼死搏杀中,老孔忽然发现敌军士兵的手和自己的一样,都是"捏铁耙、捏斧头的"。这些细节描写分别从对战争的立场和士兵的出身入手,含蓄地揭示了侵华战争的人心向背,受害的是劳动者,两国人民是同一条战壕里的战友,日本军国主义终将失败。

微型小说有别于其他叙事作品的局限是篇幅,因而要求作者选材必须特别严格,文字尽量俭省,但主题的开掘必须深刻,不能浮光掠影。限制未必是坏事,这篇文章虽只写了"策反"的传单和士兵粗糙的手,但却隐藏着并传递出了许多关于战争命题的信息:战争的参与者,战争的性质,战争过程敌我力量的消长和战争可能的结局,可谓词约义丰,给人以丰富的联想和想象,一点不亚于一个普通短篇的容量。

从大处着眼,从小处入手,这表现了作者驾驭微型小说的高超本领。作者谦虚地给题目冠以"印象",其实作品思维的触角相当深入,战争的性质已昭然若揭。小说闪耀着理性的光辉,从一定程度上显示了作者作为杂文家、剧作家和社会活动家的本色。

（徐学飙）

买　彩　票　　　　　老　舍

在我们那村里,抓会赌彩是自古有之。航空奖券,自然的,大受欢迎。头彩五十万,听听! 二姐发起集股合作,首先拿出大洋二角。我自己先算了一卦,上吉,于是拿了四角。和二姐算计了好大半天,原来还短着九元四角才够买一张的。我和她分头去宣传,五十万,五十万,五十个人分,每人还落一万,二角钱弄一万!

举村若狂，连狗都听熟了"五十万"，凡是说"五十万"的，哪怕是生人，也立刻摇尾而不上前一口把腿咬住。闹了整一个星期，十元算是凑齐。我是最大的股员。三姥姥才拿了五分，和四姨、五姨同凑了一股；她们还立了一本账簿。

上哪里去买呢？还得算卦。二姐不信任我的诸葛金钱课，花了五大枚请王瞎子占了个马前神课……利东北。城里有四家代售处；利成记在城之东北；决议，到利成记去买。可是，利成是四家买卖中最小的一号，只卖卷烟煤油，万一把十元拐去，或是卖假券呢！又送了王瞎子五大枚，重新另占。西北也行，他说，不但是行，他细掐过手指，还比东北好呢！西北是恒祥记，大买卖，二姐出阁时的缎子红被还是那儿买的呢。

谁去买？又是个问题。按说我是头号股员，我应当跑一趟。可是，我是属牛的，今年是鸡年，总得找属鸡的，还得是男性，女性丧气，只有李家小三是鸡年生的，平日那些属鸡的好像都变了，找不着一个。小三自己去太不放心啊，于是决定另派二员金命的男人妥为保护。挑了吉日，三位进城买票。

票买来了，谁拿着呢？我们村里的合作事业有个特点，谁也不信任谁。经过三天三夜的讨论，还是交给了三姥姥，年高虽不见得必有德，可是到底手脚不利落，不至私自逃跑。

直到开彩那天，大家谁也没睡好觉。以我自己说，得了头彩——还能不是我们得吗？！——就分两万，这两万怎么花？买处小房，好，房的地点、样式，怎么布置，想了半夜。不，不买房子，还是做买卖好，于是铺子的地点、形式、种类，怎么赚钱，赚了钱以后怎样发展，又是半夜。天上的星星，河边的水泡，都看着像洋钱。清晨的鸟鸣，夜半的虫声，都说着"五十万"。偶尔睡着，手按在胸上，梦见一堆现洋压在身上，连气也出不得！特意买了一副骨牌，为的是随时打卦。打了坏卦，不算，另打；于是打的都是好卦，财是发准了。

开奖了。报上登出前五彩，没有我们背熟了的那一号。房子，铺子……随着汗全走了。等六彩七彩吧，头五奖没有，难道还不中个小六彩？又算了一卦，上吉；六彩是五百，弄几块做件夏布大衫也不坏。于是一边等着六彩七彩的揭露，一边重读前五彩的号数，替得奖的人们想着怎么花用的方法，未免有些羡妒，所以想着想着便想到得奖的人乐极生悲，也许被钱烧死；自己没得也好，自然自己得奖也不见得就烧死。无论怎说，心中有点发堵。

六彩七彩也登出来了，还是没咱们的事，这才想起对尾子，连尾子都和我们开玩笑，我们的是个"三"，大奖的偏偏是个"二"。没办法！

二姐和我是发起人呀！三姥姥向我们俩索要她的五分。没法不赔她。赔了她，别人的二角也无意虚掷。二姐这两天生病，她就是有这个本事，心里一想就会生病。剩下我自己打发大家的二角。打发完了，二姐的病也好了，我呢，昨天夜里睡得很清甜。

（1933年）

[鉴赏]　现在买这彩票、那彩票非常平常，可在旧社会，能买彩票的不多。谁买了彩票都一心梦想中头彩。老舍这篇精彩的微型小说，淋漓尽致地描写了买彩票的心理活动。一大家子好不容易凑齐十元钱，这十元钱寄托了这一大家子人多少年的梦想呵！然而这梦想最终不过是梦想。可小说难道仅仅是写了一个不可能实现的梦幻吗？凑钱，买券，选人，挑吉日，开奖，盼中彩，哪怕是小彩，作品不厌其烦地叙写这些，反映了广大劳动人民迫切要求改变穷困生活的渴望，这种渴望愈无法满足便愈说明他们生活的悲惨和那个社会的不合理。另外，中彩幻想变为一枕黄粱，也留下了喻世诚人的思考。

老舍的小说向以幽默著称，不过这幽默并非取悦俗人的轻松，却是让人思索的沉痛。"连尾子都和我们开玩笑"，真是"没办法"！买彩票的闹剧结束，还了各位"股东"的钱，"我"无事一身轻，"昨天夜里睡得很清甜"。梦醒过后人们复归平静，生活又回到原来状态，人们的种种智慧都奈何不了那个社会和自身的命运。老舍描摹的这一市井的世俗风情画，写出了人物的细微心理，真实地再现了旧社会底层人民一种满怀希望但却是徒劳无益的挣扎。

（徐学飙）

河　豚　子　　　　　　王任叔

他从别人口中得来了这一种常识，便决心走这一着算盘。

他不知从什么地方讨来了一篮的河豚子，悄悄地拿向家中走来。

一连三年的灾荒，所得的谷只够作租，凭他独手支撑的一家五口，从去冬支撑到今岁二三月夜，已算是困难极了。现在也只好挨饥了！

但是——怎样挨得下去呢？

这好似天使送礼物一般的喜悦，当一家人见到他拿来了一篮东西的时候。

孩子们都手舞足蹈地向前进去。

"爸爸，爸爸！什么东西呵！让我们吃哟！"

这么样的情景，真使他心伤泪落的了！

"吃！"他低低地答一声后，无限的恐怖！为孩子生命的恐怖，一齐怒潮般压上心头，喘不过气来。

他嘱咐妻子把河豚子煮熟来吃，自己托故外去一趟。他并不是自己不愿死，不吃河豚子，不过他不忍见到一家人临死的惨状，所以暂时且为避开。

已过了午了，还不见他回来。孩子却早已绕着母亲要吃了。这同甘共苦的妻子，对于丈夫是非常敬爱，任何东西断不肯先给孩子尝吃的。

日车已驾到斜西，河豚子，还依然煮着。他归来了。他的足如踏在云上一般。他想象中一家尸体枕藉的惨状，真使他归来的力也衰了。

然而预备好的刀下舍生的决心，鼓起了他的勇气。早已见到孩子们炯炯的眼光在门外闪发着，过后，一阵欢迎归来的声音也听到了。

"怎么还没有死呢？"他想。

"爸爸！我们是等你来一同吃呀！"

"哦！"他知道了。

一桌上争争抢抢的吃着。久不得到鱼味的他的一家人，自然分外感到鲜甜。

吃好后，他到床上安安稳稳的睡着，静待这黑衣死神之降临。

但毕竟因煮烧多时，把河豚子的毒性消失了，一家人还是要安安稳稳地挨饿。

他一觉醒来，叹道："真是求死也不得吗？"泪绽出在他的眼上了。

（1936 年）

[鉴赏]　作品写黑暗的社会里主人公一家被穷困所逼，吃河豚子而求生不能、求死不得的悲惨命运。全文以乐衬悲，一波三折，跌宕起伏，扣人心弦，堪

称微型小说中的精品。

　　小说以吃河豚子作为情节的主干,主人公讨来河豚子给全家人吃,为的是穷困的生活因无法挨下去而准备集体自杀,这是一出罕见的悲剧。可挨饥多日的孩子见了却似"天使送礼物一般的喜悦",他们可享受暂时的"饱福"了,这是第一次一悲一喜的撞击。第二次主人公托妻子把河豚子烧煮给孩子们吃,自己托故外出,不忍现场目睹中毒的惨状,可当他傍晚回家时,孩子们没死,他们在等爸爸一起吃,欢乐的争抢场面和他内心的揪心痛苦又一次进行撞击。最后吃好后大家安静地睡着,他则静待死神的降临,孩子则酣然入睡,最终因河豚子烧煮时间过长毒性消失而没死,造成求生不能、求死不得的困境。故事以喜写悲,以喜衬悲则更悲。情节几经曲折,都是出人意料,却又在情理之中。

　　全文回肠荡气,都是在生与死的相交中煎熬、反思,这绝不是主人公一家的厄运。作品折射出黑暗时代的影子,可以让人进行更多的社会思考。

（凌焕新）

懒马的故事　　　　　　孙　犁

一

　　懒老婆每日里是披头散发,手脸不洗,头也不刮。整天坐在门前晒暖,好像她一辈子是在冰窖里长大起来的。

　　年纪还不到四十,好吃懒做,老头子也不敢管她。

　　有一回丈夫骂她一句:"你这个老王八,只会晒暖。"

　　夜里,她就拿着腰带系到窗棂上去上吊了。

二

　　一天,妇救会分配给她一双鞋做,她就大张旗鼓地从东街走到西街,逢人便说:"都说我懒,你看我不是做抗日鞋了吗?"

　　看看她的针线笸箩吧:

　　三条烂麻线,一个没头的锥子;一块她的破裤里,是她用锅底烟子染了黑,来做"鞋表布"的;还有一堆草纸。

三

　　懒老婆做这双鞋,什么也不干,做了十天,后来同着全区的五百双鞋一块送到军队上,四百九十九双都有同志们心爱的拿走了,就剩下了懒老婆这双。放在管理科没人去看它,鞋底向上,歪歪趔趔写着懒老婆的名字"马兰"。

　　放了半年,还是有一个母耗子要下小老鼠了,才把这双鞋拉进洞里去了。

　　我看她这名字可以改换一下,叫"懒马"倒不错哩。

(1941 年)

　　[鉴赏]　一上吊,二做布鞋,三是做的鞋成了母耗子生小老鼠的所用之物。这是名叫"马兰"的懒女人生活中的三部曲。马兰是个不折不扣的懒人。这篇近乎三则日记式的微型小说,其实仅用三个细节,就刻画出了这个特殊的懒人形象。该女人手脸不洗似乎还无伤大雅,连妇救会让她做"抗日鞋",竟然也用坏得不能再坏的烂麻线、没头锥子和她的破裤里去做,然后用锅底烟染黑充数。这种懒妇人的形象,谁都会唾而弃之。

　　孙犁以他特有的细腻的笔触,刻画过许多栩栩如生的人物形象,他尤擅长塑造可爱的女性形象。这一篇也是一个女性形象,但她不同于那些鼓舞人心的光彩夺目的先进的女性形象,而是一个身上有着严重缺点的落后的女性形象,"她"无疑有警告世人改变坏习惯的规劝意义。这样一个形象的时代意义显而易见,在那抗日烽火连天的年代,我们民族需要每个人都勤快起来,努力克服自身的各种缺憾,反对懒散,以便把全部精力投入到抗日救亡的伟大斗争中去。

(徐学飙)

田 寡 妇 看 瓜　　　　　赵树理

　　南坡庄上穷人多,地里的南瓜豆荚常常有人偷,雇着看庄稼的也不抵事,各人的东西还得各人操心。最爱偷的人叫秋生,因为自己没有地,孩子老婆五六口,全凭吃野菜过日子,偷南瓜摘豆荚不过是顺路捎带。最怕人偷的是田寡妇,因为她园地里的南瓜豆荚结得早——南坡庄不过三四十家人,有园地的只是王先生和田寡妇两家,王先生有十来亩,可是势头大,没人敢偷;田寡妇虽说只有半亩,可是既然没人敢偷王先生的,就该她一家倒霉,因此她每年夏秋两季总要到园里去看守。

　　一九四六年春天,南坡庄经过土地改革,王先生是地主,十来亩园地给穷人分了;田寡妇是中农,半亩园地自然仍是自己的。到了夏天园地里的南瓜豆荚又早早结了果,田寡妇仍然每天到地里看守。孩子们告她说:"今年不用看了,大家都有了。"她不信,因为她只到过自己园里,王先生的园在哪里她都不知道。

　　也难怪她不信孩子们的话,她有她的经验:前几年秋生他们一伙人,好像专门跟她开玩笑——她一离开园子就能丢了东西。有一次,她回家去端了一碗饭,转来了,秋生正走到她的园地边,秋生向她哀求:"嫂! 你给我个小南瓜吧! 孩子们饿得慌!"田寡妇没好气,故意说:"哪里还有? 都给贼偷走了!"秋生明知道是说自己,也还不得口,仍然哀求下去,田寡妇怕他偷,也不敢深得罪他;看看自己的嫩南瓜,哪一个也舍不得摘,挑了半天,给他摘了拳头大一个,嘴里还说:"可惜了,正长哩。"她才把秋生打发走,王先生恰巧摇着扇子走过来。王先生远远指着秋生的脊背跟她说:"大害大害! 庄上出下了他们这一伙子,叫人一辈子也不得放心!"说着连步也没停就走过去了。这话正投了她的心事,她一辈子也忘不了,因此孩子们说"今年不用看了",她总听不进去。不管她信不信,事实总是事实。有一天她中了暑,在家养了三天病,园子里没丢一点东西。后来病好了虽说还去看,可是家里忙了,隔三五天不去也没事,隔十来天不去也没事,最后她把留作种子的南瓜都刻了些十字作为记号,就决定不再去看守。

　　快收完秋的时候,有一天她到秋生院里去,见秋生院里放着十来个老南瓜,有两个上边刻着十字,跟她刻的那十字一样,她又犯了疑。她有心问一问,又没有确实把握,怕闹出事来,才又决定先到园里看看。她连家也没回就往园里跑,跑到半路恰巧碰上秋生赶着个牛车拉了一车南瓜。她问:"秋生! 这是谁的南瓜? 怎么这么多?"秋生说:"我的! 种的太多了!""你为什么种那么多?""往年孩子们见了南瓜馋得很,今年分了半亩园地,我说都把它种成南瓜吧! 谁知道这种粗笨东西多了就多得没个样子,要这么多哪吃得了? 种成粮食多合算?""吃不了不能卖?""卖? 今年谁还缺这个? 上哪里卖去? 园里还有! 你要吃就打发孩子们去担一些,光叫往年我吃你的啦!"他说着赶着车走了,田寡妇也无心再去看她的南瓜。

（1949 年）

　　[鉴赏]　著名作家赵树理以写农村题材闻名,这篇《田寡妇看瓜》就很精彩。其出彩处体现在田寡妇这个人物形象的生动、真实上。小说立足于土改后的一天,将秋生以前因贫穷而偷南瓜、要南瓜和现在有了地种南瓜而吃不了主动送南瓜做了鲜明的对比,既反映了土改后农业生产的大发展,也说明

了农民精神面貌的巨大变化。上述这些变化，全是从田寡妇看瓜心理的微妙变化中折射出来。

全文心理描写极为充实，且层层推进，成为该小说一大特色。起先田寡妇不相信孩子们"今年不用看"瓜的好心告知，后来中暑在家养了三天病，"园子里没丢一点东西"，遂"决定不再去看守"，但还是刻了十字记号，这表明她一贯的小心谨慎。因为被偷瓜偷怕了，在去自家园子的路上恰巧碰上秋生拉了一车南瓜，不禁疑惑地问道："秋生！这是谁的南瓜？怎么这么多？"等问清楚了，疑虑尽消，才"无心再去看她的南瓜"。

从选材看，可以说小中见大。作品巧妙地从原先园子里的瓜要看、到现在不必看这样一个事实入手，集中而深刻地反映了土地改革给农村生产和农民精神带来的翻天覆地的变化。作品尽管没有正面表现轰轰烈烈的土改，但一样让读者感受到翻身解放给农村带来的稳定，给像秋生、田寡妇这样的农民带来的实惠。

　　　　　　　　　　　　　　　　　　　　　　　　（徐学飙）

电线杆子的喜剧　　　　苏叔阳

"信不信由您，您要想瞧点新鲜，出门先瞧瞧电线杆子！"这是东屋里老孙师傅对我的忠告。

可不，细一思量，确乎如此。记得小时候电线杆子都是木制品。挺长的大杉篙顶着几个白瓷瓶儿。电线杆子上贴着戏单儿、花花绿绿的广告和"天皇皇，地皇皇，我家有个夜哭郎……"的歌诀，好像那时候的孩子都特别爱哭，非得让人千数落、万唠叨才能费劲儿地活着。前些年，电线杆子上贴的是"火烧、炮轰、油炸、千刀万剐"之类，足见人的生命是够顽强的，不遭够了罪是不死的。现在不同了，水泥电线杆子已经兼任劳动介绍所、人事局与房屋交换管理处了。甚而至于您想治治痰喘咳嗽、风湿骨蒸都可以求教于它，它大公无私地告诉您祖传秘方、药物服法。这就是进步。老孙师傅有概括生活的能力，一针见血地指出了这个进步。

我和我爱人却是傻子。我们结婚十五年老是这么"牛郎织女"地过日子，总是依赖双方的人事科长，愣没想到求求电线杆子。您瞧电线杆子上那一张张动人的调换工作广告，说明一定有人这么办成过，不然，谁费那个纸呢？我在山区搞勘探，六年了，没回北京，不知道这个。这回，我也想贴张广告，求求善心人到我们那山沟去，让我换回北京。

　　贴广告之前,我想先察访一下门路,于是从和平里向南走,逐个审查所有的电线杆子"文学"。

　　哈,好极了!在由北新桥向南路西第十三根电线杆子上,我发现了一则油印广告。一位具有高尚情操的同志自愿由北京换到我们那山区去。愿换者请拨电话××××××找王同志,或至王宅面谈。

　　我高兴得差点儿没背过气去,把那宝贝广告念了五遍,手舞足蹈。一位卖冰棍儿的老太太以为我要买那凉玩艺儿吃,推车走过来招呼我。这不是存心吗?想让我透心儿凉?不吃!我撒腿就跑,直奔王宅。

　　找到王宅。好熟的门口儿,仿佛来过。甭管,找王同志。出来了,是一位胖大姐。哟,认识:我爱人的好朋友,王姐。更好了!

　　王姐让我进屋,端茶,送葵花籽,寒暄一番。我憋不住了:"快说,谁托您调换工作?帮我办办。我得谢谢您,谢谢他,谢谢电线杆子。"王姐扑哧一笑:"哎哟,是她,你媳妇儿!"得,满完!唉,电线杆子!

　　　　　　　　　　　　　　　　　　　　　　　　(1980 年)

　　[鉴赏]　作者是戏剧家,他懂得如何设置戏剧冲突和悬念。小说的开始,作者通过描写电线杆子和贴在电线杆子上的广告品的变化,渲染时代的变化和进步,仿佛电影中的空镜头,艺术地暗示岁月如流,点明"我"与妻子两地分居已长达十五年,急需结束这牛郎织女式的生活。接下去才写"我"与妻子看到依赖双方的人事科长无望,不得已求助于电线杆子,贴张广告,"求求善心人到我们那山沟去,让我换回北京"。读者看到这里会忍不住想,这样的恳求式广告,而且是希望在北京工作的人到山沟去,能行吗?悬念就这样产生了。

　　作者更懂得在高潮时适时地抖开包袱,以求最佳的戏剧效果。当"我"真的从电线杆子上看到调动有望成功的信息,不免欣喜若狂,读者也为他高兴。最后却意外地发现,这信息其实是自己的妻子发的。"我"明白真相后,有点微微失望,还忍不住叹了一口气。读者笑了,虽然笑得有点苦涩。但读者相信,"我"的内心其实充满了感动,为的是妻子的那份难能可贵的真情。

　　　　　　　　　　　　　　　　　　　　　　　　　　(陆建华)

摆　　渡　　　　　　　高晓声

　　有四个人走到了渡口,要到彼岸去。

这四个人：一个是有钱的，一个是大力士，一个是有权的，一个是作家。他们都要求渡河。

摆渡人说："你们每一个人，都要把自己最宝贵的东西分一点给我，我就摆。谁不给，我就不摆。"

有钱人给了点钱，上了船。

大力士举举拳头说："你吃得消这个吗？"也上了船。

有权的人说："你摆我过河以后，就别干这苦活了，跟我去做一点干净省力的事儿吧。"摆渡人听了高兴，扶他上了船。

最后轮到作家开口了。作家说："我最宝贵的，就是写作。不过一时也写不出来。我唱个歌儿你听听吧。"

摆渡人说："歌儿我也会唱，谁要听你的！你如实在没有什么，唱一个也可以。唱得好，就让你过去。"

作家就唱了一个。

摆渡人听了，摇摇头说："你唱的算什么，还没有他（指有权的）说的好听。"说罢，不让作家上船，篙子一点，船就离了岸。

这时暮色已浓，作家又冷又饿，想着对岸家中，妻儿还在等他回去想办法买米烧夜饭吃，他一阵心酸，不禁仰天叹道："我平生没有作过孽，为什么就没有路走了呢？"

摆渡人一听，又把船靠岸，说："你这一声叹，比刚才唱的好听，你把你最宝贵的东西——真情实意分给了我。请上船吧！"

作家过了河，心里哈哈笑。他觉得摆渡人说得真好，作家没有真情实意，是应该无路可走的。

到了明天，作家想起摆渡人已跟那有权的人走掉，没有人摆渡了，那怎么行呢？于是他就自动去做摆渡人，从此改了行。

作家摆渡，不受惑于财富，不屈从于权力；他以真情实意缝渡客，并愿渡客以真情实意报之。

过了一阵以后，作家又觉得自己并未改行，原来创作同摆渡一样，目的都是把人渡到前面的彼岸去。

（1980 年）

[鉴赏] 《摆渡》原是作者为自己的《七九小说集》写的代前言。文中作家的所作所为、所言所思，其实都是高晓声本人关于文学创作的夫子自道。

虚构一个故事以表达自己对某个问题的看法，这做法本身就很有艺术性;本篇更大的艺术性表现在,作者把文贵情真和文学家应承担"摆渡"众生的神圣职责的道理,通过文中作家的言行、感悟,说得有滋有味、层次分明。

文虽短,却一波三折,情趣盎然。先写作家无钱无势,遭摆渡人拒载,正苦恼绝望之际,却不料自己的无意一声长叹,竟感动得摆渡人回心转意,并得以上船。他高兴之余,懂得"作家没有真情实意,是应该无路可走的"道理。继而写作家自己改行当了摆渡人,他"不受惑于财富,不屈从于权力;他以真情实意飨渡客,并愿渡客以真情实意报之"。最后写作家顿悟:"原来创作同摆渡一样,目的都是把人渡到前面的彼岸去。"作者就这样让读者于艺术欣赏之中,不知不觉地明白了一个关于文学创作的重大命题。　　（陆建华）

月 照 南 窗　　　　邓开善

月儿,玉碟似的,探出蝉翼般的云帘,悄悄然,闪进了古朴的南窗,跌落在倚窗的小木桌上。主人的小楷狼毫笔,喷着幽幽的墨香,在雕花的空烟斗上架着。

五只深赭色的荸荠。准确地说,四只半:有一只荸荠,主人咬了一半,那半只,连着蒂儿,竖在小木桌上。素裹着皎皎的月色,俨然似一座纤维的金字塔儿。

一小块人工凿成的方形汉白玉石,圣洁无瑕,犹若一方凝固的月光。石下压着一叠方格稿纸,蝇头小字,一笔不苟,标题是:关于《山乡春秀》(三卷)修改参考意见。

稿纸下盖着一封家书,信纸的折叠纹路,已经断裂了一处,呈"V"形的裂纹里,注满了月儿的光波,溶成一柄晶亮的短剑。家书只露出一截儿,字迹清秀,秀里含刚,写的是:

"明月皎皎,星汉西流,从心底里,我愧叹:月圆人不圆!'一夜夫妻百日恩'。在一起,我们生活了十二年哪!生活的旋流,把我和你冲散了,良心,女性的良心,至今折磨着我的灵魂。灵魂在哭泣,在滴血。复婚吧!我只求求你,不要再去当编辑,你半生'为他人作嫁衣裳',得到了什么呢?十年风寒,一头白霜。听我的话吧!"

信的末尾,还有一行字:"恳求你,少吸烟。"信角上,有两粒红色的小药丸,仿佛是两滴溅落的血浆,渗透了信笺。旁边,主人写了一句"读后感":"此情绵绵无绝期!"这行诗,是模仿《长恨歌》中的,主人改动了一字:"恨"成了"情"。

风儿窸窣,似一支小夜曲低吟,潺湲的,水似的,流进注满月光的南窗;从一张墨汁未干的稿纸上淌过,卷落了一茎灰白的发丝,稿纸的页码是——

第109页。

(1981年)

[鉴赏] 微型小说在篇幅上与诗一样短小,又与诗一样极为讲究"言外之意""象外之旨",因而在结构上与诗一样,特别重视虚虚实实,实实虚虚,实中生虚,虚中生实。它想要表现什么,切忌"首尾鳞鬣"毕现。这不仅在有限的篇幅中难以做到,即使做到了,也因有实无虚,露而无藏,缺少耐人思索的意蕴与意境。成功的微型小说,总是巧于通过露出云中的一鳞一爪,让读者想到首尾完好的神龙。

《月照南窗》这一作品,较突出地体现了这种以"不全"求"全"的艺术特点。它刻意描绘的主人公,对编辑工作"此情绵绵无绝期",即使为此受过很大的磨难,以致妻子都和他"冲散了",也不改他对"为他人作嫁衣裳"事业的满腔忠诚。然而,他的具体经历语焉不详,他到底受了什么磨难,作品也并没有交代,甚至连他的声音容貌也未着一字,着力描写的,只是能表露他内心世界的月色下的四只半荸荠,以及卷落有一茎白发的一张墨汁未干的稿纸,这些"不全"的空白,含有丰富的意蕴,为读者留下想象的空间,诱发读者作由此及彼的联想,使作品增添了"曲终人不见,江上数峰青"的韵味,读者"思而得之",咀嚼起来更具情味。这是一篇饱含意境美的微型小说。 (虹 菁)

路 口

沈善增

一个同学告诉过我这样一个故事。

他很有一点小聪明,可惜那时待分配在家,常常"吃饱了饭没事体做"。一天,他邀了两个同学,到大街上去寻求刺激。

他们来到闹市口的一个阴沟边,蹲下,全神贯注地往里看。不到一分钟,他们身后已站下了五六个人。"看什么?"有人问。

"一只大老鼠,浑身雪白,这么大。"我那同学用手比划说。

"喏,头露出来了!"他的同谋趁机起哄。七八个脑袋立刻一齐凑向阴沟洞。

"缩回去了,等会儿还会出来的。"

不消十分钟,阴沟边上已围上了几圈人,外圈的人焦急地向里层的人打听："什么东西?""什么东西?""白毛老鼠,绿眼睛,连尾巴两尺长。""哟!"

我那同学和他的同谋,悄悄地引退了。

待他们到别处逛了一大圈再回来时,那里已围得黑压压的。十字路口被堵塞了,排成长蛇阵的电车、卡车像乌鸦一样狂叫。

"什么事?"我那位同学拉住一个踮脚张望的人问。

"一只大老鼠。"那人摆摆手,向人圈里挤。阴沟边有人在喊:"头露出来啰!"

多么伟大的愚蠢啊!

(1981年)

[鉴赏]　作品中这个"很有点小聪明"的同学,他寻求刺激的方法未免有点恶作剧。但他这一有意无意的举动,却揭示了一个事关国民劣根性的社会现象,这就是,生活中有太多太多的看客。

看客们大多胸无大志,委琐平庸。因为胸无大志,所以什么国家的前途、人民的利益,他们概不放在心上;因为委琐平庸,他们常常把肉麻当有趣,甚至公然亵渎正义与真理。总之,他们属于饱食终日、无所事事的那一种人,其热衷于做的事,常常属于"伟大的愚蠢"。小说中的那黑压压的一群人,为看阴沟里一只不存在的大老鼠,一蹲就是半天。

生活中的看客们,看似对社会没有直接的危害,但如果听任病态的看客精神的蔓延,则祸害无穷。就像小说中描写的,因为越来越多的看客在无聊地等待阴沟里出现老鼠,结果,"十字路口被堵塞了,排成长蛇阵的电车、卡车像乌鸦一样狂叫"!毫无疑问,是看客造成了这一次交通堵塞。这是看得见的,还只是有限的损失;更可忧虑的,如果人人都成了麻木不仁、玩世不恭的看客,那将会造成看不见的堵塞,即社会的停滞不前,这将是最为可怕的事情。

本篇的第一句话,作者以看似平静的口吻写道:"一个同学告诉过我这样一个故事。"读完这个故事,我们不能不陷入深刻的思考之中。每个人都会遇到自己人生的路口,重要的是,决不做无聊的看客,而必须抛弃委琐、无聊、麻木不仁等劣性而奋然前行。《路口》所传递出来的思想意义就在这里。

(陆建华)

枪　　口

徐光兴

官复原职的N省建材局杨局长和李秘书,走在蒿草丛生、芦荻疏落的湖边。

"烟中列岫青无数,雁背夕阳红欲暮。"西风,秋水,雁阵,衔着落日的远山,交融在一起,更增添打猎者的无限兴致。

"嘎——"传来一声水禽被惊动的鸣叫。杨局长从李秘书手里接过一支崭新的猎枪,爱抚地摸了一下。它是双筒枪管,枪身瓦蓝锃亮,枪口黑黝黝的,有一股子逼人的寒气。三十多年前他打游击时,也没拿到过这么好的枪。

"吱嘎——嘎呷",从附近湖面的荷梗残苇中,蹿出几只白颈黄蹼、羽毛灰麻麻的水鸭子,在空中扑腾乱飞,惊悸声声。赶着猎狗的捕猎社员,也悄悄地摸到这儿。好几支猎枪的枪口,同时瞄准了这些空中猎物。

"砰——"老杨开枪了。一缕白烟消散,一只水鸭子像断了线的风筝从半空里坠下。

"打中喽,打中喽! 杨局长,你真不愧是当年游击队里的神枪手。"李秘书像个孩子似地跳着嚷着,奔过去捡猎获物。

老杨只是"嘿嘿"笑了几声,拍着枪,连声说:"好枪,好枪!"

他俩朝熄了引擎的黑色小轿车走去。老杨说:"老王这家伙,介绍的地点还蛮不错呢。"

李秘书试探地凑上前去说:"他是您的老部下嘛。这次他请您批五十吨建材物资给他……"

"你不要为他做说客。不批,半个字也不批;针尖大的洞,也会刮进斗大的风。咱党员干部,那歪门邪道不要搞。"他停了一下,朝烟波迷茫、水天一色的湖面瞧去,"好景致,可惜婷儿没有同来。"

"她今天有更高兴的事儿。"李秘书故作神秘地笑笑说:"王主任托了文化局的老马,同意把你的女儿调到省实验话剧团工作。"

"嗯?"老杨的眉毛拧了个结。李秘书只当没察觉,坐进轿车,手扶在车门上,仿佛自言自语地说:"就拿这辆车来说吧,也是王主任出力调拨给您的。那回大姐犯病进院,还多亏这辆车接送。"

"该死,早把我当猎物给瞄上了。"他下意识地攥紧枪把想。李秘书一眼溜到枪上,像又想起什么,说:"王主任知道您喜欢打猎,这支猎枪,就是他特意托人专程送到您家的……"

车发动了。老杨陡然一惊,不觉倒抽一口冷气:黑黝黝的双筒枪口,冒着寒气,就像两只黑洞洞的眼睛,死死地瞄准了他……

（1981 年）

[鉴赏]　在叙事为主的微型小说中,如何与象征性的物结合起来,加大作品的艺术容量,独树一帜,创作出别具特色的佳作来,值得作者认真琢磨一番。本篇的特色,就在于把具有象征性的物——猎枪,作为主人公出去打猎而敷衍的情节枢纽物,两者巧妙结合,巧夺天工,给人以无限的遐想和警示。

本文写建材局杨局长和李秘书乘小车到湖边芦荡中去打野水鸭的故事。要打野水鸭,就少不了这支崭新的双筒猎枪。这里猎枪成了他俩打猎的最好武器。没有猎枪,就构不成打猎这个情节。情节继续发展,终于交代出这支好猎枪的来源,以及隐藏在猎枪背后的真实意图。当杨局长听了李秘书一席话后,他紧攥着枪不禁意识到:他们早把我当猎物给瞄上了。这里的猎枪已上升为象征物,它通过情节的暗示,把杨局长当作猎物,而这个隐匿的猎枪手正是歪门邪道的代表人物——大大小小的王主任们。他们正在光天化日之下,无孔不入地在进行着一场"打猎运动"。

本文在纪实的叙事中巧妙地运用象征手法,使"枪口"蕴含着更深层的意义,扩大了作品的艺术容量,可算是微型小说中的精品。　　　　（凌焕新）

关于申请添购一把铁壶的报告　　许世杰

"天津卫吗? 请到总务科来一趟,你们打的报告批了。"

小卫一愣:"吗报告?"

"那个,那个——"电话里,一阵翻动纸张的窸窣声之后,总务科吴科长一板一眼地念道:"关于申请添购一把铁壶的报告。"

"嗬,我的老天爷! 这都吗时候了,才批下来呀! 去年冬天,办公室里生火,空气太干,急需一把铁壶,可现在——"小卫瞥了一眼正在摇头晃脑的电扇,不由得一声苦笑:"哼,好么,一把铁壶批了半年! 我说吴头,是不是报部里批的?"

申请一把铁壶竟费如此周折,是小卫万万没有料到的。他第一次向总务科提出来,是在去年十一月中旬。当时,一位姓郑的科长一口应允。可是等了半个多月,连壶的影子也不见,他又去找总务科。郑科长不在,另一位王科长合上手中的《八小时以外》,吸了口烟,打着官腔说:

"天津卫,一把铁壶,看来事情不大,但是,一旦其他科室知道了,也来要,事情就不好办喽。"

小卫急了:"他们要得着吗! 他们在楼里办公,有暖气。只有我们在木板房里,也只有我们生炉子!"

"不要张口'他们''我们'的,要注意团结啊!"

小卫的鼻子都差点给气歪了! 他只好去找总务科的第一把手吴科长,然而,得到的回答却是:"那个,那个,既然他们二位意见不一致,你们打个报告,请领导研究一下吧!"

这"研究一下",竟是五个多月。不过总算批下来了。去年冬天虽然过去了,但还有今年冬天呐。为避免夜长梦多,小卫急忙去总务科,填写那一式三份的领物单。

吴科长捧着保温杯,正端详着面前那张被画得密密麻麻的报告。见小卫进来,他抬手理了理稀疏的银发,浑浊的双眼吃力地从老花镜上方望着小卫,为难地说:"不好办啊! 赵局长没有批具体意见。"

"吗玩艺儿? 一把铁壶,要赵局长批?!"小卫简直不相信自己的耳朵了。他凑到吴科长身边,扫了一眼那张报告,"嘀! 还真是赵局长批的。哎,赵局长不是同意了吗?"

"正是因为这'同意'二字才不好办啊!"

"怎么呢?"

吴科长呷了口茶,慢吞吞地说:"那个,那个,这上面,郑科长的意见是'同意购买';王科长的意见是'不同意购买';李主任和周主任只画了个圈圈;孙副局长的意见是'要注意关心群众生活,应该添购';而钱副局长的意见却是'一把铁壶,也要公文旅行,何其荒唐! 不精简机构,不整顿作风,怎么行? 建议以此为例,在干部中进行教育'。那个,那个,赵局长究竟是'同意'哪一种意见呢?"

"这⋯⋯"

　　　　　　　　　　　　　　　　　　　　　　　　(1982年)

[鉴赏] 冬天,科室里烤火急需添置一把普通不过的铁壶,这不但要郑重其事地打申请,而且还要经过三位科长、两位主任和两位副局长的层层批示。报告呈上后,好容易历时半年批下来了,但已到第二年夏天。即使这样仍不能领取水壶,因为一把手的批示还不够明确。

本篇对官僚主义作风所作的无情揭露和辛辣讽刺，可谓淋漓尽致，入木三分！作品中那些大小官僚，无不面目可憎，令人生厌。难得的是，作者在刻画他们的官僚主义作风时，面对同一件事，却能在语言上有所区别，努力地让读者如闻其声，如见其人。且看那三位科长：郑科长的话振振有词，官腔十足；吴科长的答复一味推诿，不负责任；王科长则是一口拒绝，冷淡无情。至于两位副主任，他俩竟然不置可否、不可捉摸地在申请报告上画了个圈圈。两位副局长看似态度明确，但在一把手正式表态之前，他俩的话也只能仅供参考而已。

不要以为写于20世纪80年代初的这篇作品已经过时，尽管改革开放已深入进行四十多年，但官僚主义、官僚作风以及官话、套话等并未绝迹，只不过不再表现为区区一把铁壶的添置艰难罢了。明乎此，我们就会觉得，本篇既因真实记录了改革开放之初的机关生活而具有认识意义，也如警钟长鸣，提醒我们，改革开放还需继续进一步深入，与官僚主义的斗争仍未有穷期。

（陆建华）

醉人的春夜　　　　吴金良

"再遇到人，一定开口。"陈静想着，抬眼望了望胡同里昏黄的路灯。夜深了，到处是一片片黑黝黝的怪影。"唉，这倒霉的自行车！"她从心底发出一声无可奈何的喟叹。

身后传来一串自行车铃声，陈静只来得及"哎"了一声，骑车的小伙子已经一掠而过。

咦！骑车的小伙子又回来了。陈静心里却紧张起来："这么晚了，他……""您刚才喊我？"小伙子跳下车。"啊，没。"矜持和自卫的心理占了上风，她语无伦次了。"是车子坏了吧？"一双似笑非笑的细长眼睛望着她。陈静稍稍镇静了一下："链子卡在大套里了。"她讷讷着，低着头，心里升起一线希望的光。"那，我也爱莫能助了。没工具，谁也拆不开大链套呀。"陈静心里又是一片黑暗。"你家远吗？""我家？"她没了主意，下意识地推着车子往前走了几步。"这样吧，胡同口外边往左，有个车铺这会儿可能还有人，你去看看吧！"小伙子在她身后跨上车子，边说边飞快地骑跑了。"这号人！"陈静差点哭了。11点了，哪家的车铺这时候还有人？她心里咒那小伙子："骗人！叫你今晚做个噩梦。"

不信归不信，出了胡同口，陈静忍不住真朝左手方向看了一眼。便道上，果然有间小屋还亮着灯。她踌躇地站住了，小屋里走出一位 20 来岁的姑娘，冲着陈静喊："同志，来吧！"哎呀，真是车铺！陈静觉得周围一下子亮了起来，沮丧、恐惧一古脑儿没了。

这是间临街筒子房，通里屋的门关着。外面这间，只有一桌、一床和一辆自行车。一个年轻人正蹲在桌边翻看什么。"请进，就是地方小了点。"年轻人站起身，手里拿着把改锥。陈静一愣："是你？""是我。"年轻人笑了："我说有人嘛，还能骗您？"他狡黠地眨了眨细长的眼睛。"我哥送我嫂上夜班，回来就急火火地把我叫起来，说有要事，原来是……"跟在陈静后面的姑娘说话像是放机枪。"还是有个体户好。"陈静心里想着，感激地冲着那姑娘笑了笑："太麻烦你们了。""没什么，我哥怕您不敢来，才让我起来招呼您。其实您也是胆子小，我就不怕。"说得陈静怪难为情的。

会者不难，车很快修好了。"多少钱？"陈静打心里希望这小伙子多收她点儿钱。"钱？"小伙子一愣，旋即笑了，"给五元钱吧。"一只大手，满是油渍，伸到陈静面前。"五元？！敲诈！"陈静心里一惊，却又无可奈何地掏出钱包。"哥——"快嘴的姑娘拉长了声音叫着，"这么晚了，你还开玩笑！"她娇嗔地把那只油污的手打下去，转头对着陈静。"同志，您别多心，他就这样，跟谁都瞎逗。我们又不是开业修车的，哪有帮帮忙就要钱的？"姑娘有点不好意思了，脸上泛着红潮。"好了，不开玩笑了。"小伙子搓了搓手，咧开嘴笑着，露出一排洁白整齐的牙齿。

一路上，微风吹着陈静的长发，拂到脸上，怪痒痒的，又很舒服。她觉得今天晚上的路灯格外地亮，亮得耀眼；空气中，也仿佛有种醇美的甜味。

啊，你这醉人的春夜！

(1982 年)

[鉴赏]　这真是一个"醉人的春夜"呵——作品让我们看到了一种可贵的人情和一个可爱的人物，它使我们也觉得"空气中，也仿佛有种醇美的甜味"！

就故事及其艺术特色而言，这篇作品的最大特点是，在情节设计与安排上的起起伏伏与跌跌宕宕：正当陈静觉得深夜车坏无助而又无奈的时候，突然出现了一个小伙子；正当陈静因那小伙子的出现而"心里升起一线希望的光"的时候，这小伙子却又说他是"爱莫能助"；而正当陈静并不认为"胡同口外边往左"的地方真会有那小伙子所说的车铺的时候,那儿的便道上却"果然有间小屋还亮着灯",而且这屋的主人竟然就是那个小伙子;最后,在自行车被修好后,正当陈静觉得小伙子那"给五元钱"的修理要价是"敲诈"的时候,却原来这小伙子不过是在开玩笑,而且他也根本就不是专业修车的……就在这情节起起伏伏又跌跌宕宕的过程中,随着陈静心情的不断变化,小伙子那种助人为乐的精神风貌得到了全程的体现。同时,小伙子那种既热情又不怎么善于表现自己的热情、既朴实又带着那么点幽默的性格特征被生动地刻画了出来,从而使小伙子这一形象显得更为丰满和立体。

有必要补充并强调的一点是:这是一篇发表于四十多年前的作品。它之所以能使我们今天读来还依然觉得那个春天的夜晚是那样地醉人,显然是由于它那思想性与艺术性得到了完美结合的缘故——这也是微型小说乃至所有文学作品强盛生命活力的唯一来源。

（汝荣兴）

锁　　　　　　　　何敏翔

谁都有不小心的时候。老张出门倒水,随手一带,门"砰"地一下锁住了。

他拎着脸盆,站在门边发愣。热心的邻居拥来,想尽了办法,结果还是——"没门儿"。

我家大姑站在人群里眨眼,忽然她笑起来,挤到老张跟前向他神秘地说着什么,眼神一个劲地往南院飞。老张愁眉渐渐舒展,却又显得很为难。大姑摆摆手,叫上几个小伙子连请带拽地拉来了南院的李小川。

小川前几年因偷盗,在劳教所待了一年多。现在他成天不言不语,闷着头在厂里干活,谁也没再听说过他干那号事。平时人们很难想起他来,似乎院里根本就没这个人。

他茫然不知所措地被人们推到门前。大姑脸上浮着尴尬的笑容,拉着他连说带比划;老张笨拙地拿着根烟一个劲儿地往他嘴里塞。他们极力怂恿小川打开这把锁。

小川脸有些发红,鼻尖上沁出细密的汗珠。他低着头,手抄在口袋里,紧抿着嘴唇,一只脚在地上来回蹭着。邻居们期待的、好奇的目光落在他身上,一下子周围变得异常安静。

他终于像是下了决心,慢慢地抬起头,脸上皱起一种古怪的表情——似乎想笑一笑,却又笑不出来。他用手背拭了一下鼻子上的汗水,向邻居要了一根旧锯条。

他缓缓地举起手,仿佛提着根千斤重的东西。人们注意地望着他的一举一动,后面的人起劲地往里挤,往上踮脚……他忽然闭上眼睛,锯条顺着门缝往里插,手猛地一抖。谁都还没弄清是怎么回事,老张的门被打开了。

一片说不清是什么意思的"啧啧"声从人们口里发出来。小川拨开人群低着头往南院走去。我看见大姑又开始眨眼,目光富有深意地向人们扫了一圈,随后她急步跟上小川。满面堆笑然而又似乎漫不经心地问小川会不会开双保险锁。

小川站住了。一双眼突然变得冰冷、冰冷,那寒彻人心的目光迟钝地盯住大姑僵住了的笑脸,又缓缓地扫过人群,嘴角痛苦地抽搐着发出一声低沉的冷笑。

"咔"的一声,钢锯条在他指间断成两截。他用尽全力把它扔到远远的阴沟边,像是扔出了一件沉重且又污秽不堪的东西。这一瞬间,我发现他的手指闪着一星红色的光点。

我的心骤然紧缩了。我几乎是跑着回到了家里。我似乎觉得,我的心也在滴血……

第二天,大姑家和老张家都换上了双保险锁。

(1982 年)

[鉴赏] 李小川帮助老张打开了他家门上那把被不小心反锁上了的锁,李小川又使得老张家的门在第二天换上了一把双保险的锁——这是一个多么地叫人感到悲凉,悲凉得实在要"心也在滴血"的故事呵!表面上,这是一个关于家家户户门上的锁的故事;实际上,这是一个关于许许多多人心里的锁的故事——这无疑已足够显现作品那可贵的"分量"了。而更可贵的是,作者用充分的形象化而不是用直露的概念化手段去表达他的那种"分量"的。

作品成功地塑造了这样三个人物形象。"我"。"我"当然首先是故事的叙述者,有了"我"这一视角,故事的展开过程便也就既清晰又自然、既生动又真实了。但"我"在作品中又绝不仅仅是个"视角",作者在写"我"的所见所闻的同时还写了"我"的所思所想。于是,随着"我的心骤然紧缩了",我们便看到了一种正义与良知。大姑。这是个十分典型的人物,她的一"眨眼"、一"笑",她的"神秘地说着什么""目光富有深意""似乎漫不经心"……都无不透露着一个好事又庸俗、聪明又愚蠢的小市民所特有的那种性格特征。她与"我"正好形成了鲜明的对比。她这种人给"心锁"提供了广阔的市场。李小川,他显然是作品的主角。不错,他先前无论如何都不该去偷盗的,但人们难道就该因此而认为"院里根本就没这个人"么? 而在他帮老张家打开了锁之后,面对着如此这般的大姑,又怎么能不叫他"一双眼突然变得冰冷、冰冷"呢? 因此,我们实在有些不敢设想,经过了开锁这件事后的李小川会成为怎样的一个人……

所以,就让我们与作者一起来呼吁吧:人们哪,请赶快打开你心头那把总是那么不理解、不信任、不接纳别人的锁吧!　　　　　　　　　(汝荣兴)

一个复杂的故事　　　　　绍　六

"张工;看了你的《职工经济状况调查表》,想核实一下你在'其他负担'一栏内填的十五元,我们不明白……"

"那是寄给我妹妹的,在房县上畈中学,不信我可以将历年的每月汇款收据……"

"别误会,不是不相信你每月寄去这十五元,是想问你为什么要寄这十五元。"

"为什么? 因为她是我妹妹,在我困难的时候——你知道我有整整七年,每月只拿生活费——她每月寄十五元支持我的家庭,直到我平反恢复名誉,还因为我的'问题'影响了她的毕业分配,在山坳坳里呆了十五年。如今她有困难,我……"

"他们夫妇只一个孩子,农村生活水平也低,不至于有困难吧!"

"不,他们每月要给妹夫家乡应山里寄十五元。"

"你妹夫要供奉双亲?"

"不,妹夫的双亲早亡。"

"那寄钱给谁呢?"

"寄给妹夫服役时的战友罗元凯的家。"

"姓罗的收入低?"

"他在中越边界自卫反击战中牺牲了。"

"啊——当地政府应当照顾这位烈士之家呀!"

"照顾得不错。不过,烈士的父亲每月要寄十五元给烈士生前的部队所在地襄阳。"

"寄给谁呢?"

　　"烈士生前曾救过一位盲人老太婆,并坚持每月照顾老人十五元,罗元凯同志牺牲后,烈士的父亲按照儿子的心愿,继续照顾这位老人。"

　　"原来是这样。不过,你寄钱给你妹妹,妹夫寄钱给应山,应山寄钱给襄阳,这……未免太复杂了。"

　　"难道有什么简单的办法吗?"

　　"你若直接寄钱给襄阳,不就省去几道关节和邮费吗?"

　　"这个……可是,生活并不是数学,人的感情更不是数学呀!"

(1982 年)

　　[鉴赏]　这篇小说运用并列铺排,同时讲述出四个不同情形但同一性质的事件;不以单个形象感人,而是以群像震撼读者,从而形成了不同于一般微型小说写法的很独特的风格。

　　小说对每一个事件都用概叙,注意撷取其中的闪光点,并以崇高的品德作为串联的红线,把颗颗闪光的珍珠,缀成一条光彩夺目的珠串。因为运用概叙而不进行细致描写,所以,每一个事件都留下了空白,为读者展开充分的想象打开了广阔的空间。张工每月给妹妹寄十五元钱,其中涉及了本人历经的政治磨难、妹妹为之受到的影响等背景。选择这个情节,具有历史的纵深感,给读者以无限的遐想,使区区的十五元钱赋予极深的内涵,顿时有了沉甸甸的分量。妹妹给妹夫的战友罗元凯寄钱,又引出了战友在中越边界自卫反击战中牺牲的事件,加强了汇钱的意义。而烈士的父亲给一位盲人老太婆邮钱,是为了完成烈士罗元凯的遗愿。这一事件,把烈士、烈士父母的情操全都写了出来,我们不能不赞叹作者选材和构思的巧妙。

　　小说运用对话,如剥茧抽丝般、有条不紊地把复杂的事件清晰地表述出来;在每一个事件的背后,都有着深厚的内容和丰富的情感。多个事件的组合,说明在我们今天的社会里,关心他人比关心自己为重,这绝不是个别的现象,而是蔚然成风的社会面貌。

(顾建新)

扯皮处的解散 　　　　　　　王　蒙

　　牛皮厂扯皮处举行第一百零六次例会。会议由托处长主持,参加会的有十二个副处长和一名秘书。会议宣布开始后,托处长突然发现最爱闹意见的第十三副处长没有前来,忙叫秘书派车去接,因此只得休会二十分钟。

　　第十三副处长到达后立即大发牢骚,认为开会不通知他并非偶然。"太不正常了！太不正常！"他说。

托处长宣布这次会议的议程是讨论扯青蛙皮的最新工艺并评选扯皮先进人物。第一副处长介绍了滚身扯皮法、叹气扯皮法、会议扯皮法、文牍扯皮法、太极扯皮法、哼哼扯皮法等等新工艺的推行情况。

第二副处长建议暂停讨论工艺问题，因为由他负责拟稿的一个关于在上厕所期间不得打篮球和饺子馅里不得搀有马粪和小豆冰棍的书面通知亟待下发。此通知已传阅四个月，各正副处长均签名表示同意，掌管印章的第三副处长却迟迟不肯盖章，因而影响了厕所的环境保护和扯饺子皮的质量。

第三副处长立即说明，他每盖一个章需费时一个月左右，否则会人为地造成前紧后松、月计划完成不平衡、盖完章后无事可做的现象，影响大局。

第四副处长插言说，发给副处长以上干部用的公用自行车只有三辆，而处长、副处长共有十四人，人多车少的现象日益严重。他建议：一、起草一个申请追加自行车的报告，打印四十份。二、把车少人多的情况汇总，写一个单行材料。三、把现有的车拆开，每个处长发给零点四二八个车轮。如有剩余，留成归己。

第六副处长建议增补两名年富力强的副处长，扩大处编制，处下增设六个科：初扯科，复扯科，齐扯科，闲扯科，乱扯科，暗扯科。

第七副处长提出了增加扯皮的财务预算问题，并建议采取包干制。

第八副处长提出了派遣代表团出国考察的计划……以汲取欧美扯皮学最新成就。

这时候来了一个电话，叫秘书去取文件。

秘书走后，立即休会，因为在座的只剩下了处长、副处长，却没有做具体工作的人了。

秘书回来，宣读文件道：

"着令立即撤销扯皮处建制。该处所有工作人员，立即集训待命。"

处长、副处长面面相觑。最后，不知是谁说了一句："早该这样了。"

（1983 年）

［鉴赏］ 满纸荒唐言,却揭示出一个严肃的主题:现实生活中的扯皮现象必须坚决制止,所有扯皮单位必须立即解散,因为它误党误国,误振兴中华的千秋大业。所谓牛皮厂扯皮处云云,生活中自然是不存在的,作者用的是荒诞手法;然而作者讲述的故事,我们又是那么似曾相识,丝毫不怀疑其真实性。最佳的阅读效果就这样产生了:因为真实,我们对作者采用的荒诞手法报以会心的微笑;因为荒诞,我们对作者的无情嘲讽和深刻揭露感到痛快淋漓。

一以当十的人物语言和精心独到的数字设计,是本篇艺术上的两大亮点。小说总是要写人的,这个扯皮处共有正副处长十四人,要在有限的篇幅内写出他们不同的音容笑貌,几乎是不可能的事情;但作者尽可能弥补这个缺陷,他的办法是在人物语言上下功夫,因为言为心声!于是,我们从那些正副处长的振振有词的发言中多少可以看出他们的性格,虽然这只是写意的、粗线条的,但同样令人回味无穷。例如会议宣布开始后,"托处长突然发现最爱闹意见的第十三副处长没有前来,忙叫秘书派车去接,因此只得休会二十分钟"。作品一开始的这个描写简直是"未成曲调先有情",这个细节起了一石二鸟作用,既不动声色地写出人浮于事的现象触目惊心,也暗示着那些占着位置不干事却善于扯皮的老兄们都不是好惹的角色。果然,"第十三副处长到达后立即大发牢骚,认为开会不通知他并非偶然,'太不正常了!太不正常!'他说。"明明是自己迟到误了大家,却怒形于色大发牢骚,可见此人"爱闹"水平之高;读者完全可以趁此猜想,此人能当上第十三副处长,绝非偶然,很可能与"爱闹"有关。

这篇作品充满数字,触目皆是。诸如,扯皮处"举行第一百零六次例会",正副处长竟多达十四人,一个无聊的通知"已传阅四个月",起草一个买车的报告,"打印四十份",等等。如此众多数字,连篇出现,宛若群蝇乱舞,令读者生烦、生厌,这正是作者希望达到的效果。作品最后,上级下令"立即撤销扯皮处建制","不知是谁说了一句:'早该这样了。'"说这话的虽是作品中的人,但无疑也道出了读者的心声。

（陆建华）

手

王　蒙

太忙,友谊也就成了奢侈。一位没有忘干净名字的小学时同学,想谈谈:吃着烤白薯走过的胡同,老师的绰号,爱噘嘴的同位子女生。一位老同事,结婚时吃了许多脆枣,值夜班时六轮手枪走了火……叙旧就像什锦火锅,好吃,需要吃得起。他推辞掉了。

等离休以后,他一定天天吃什锦火锅,喝着董郎一类酒怀旧。冲这一点,也得废除终身制。

但是秘书还是要他接见了她。她老伴十天前死了。死者是无官无名无足轻重的角色，是他的下属的下属的下属。但是死了，重要了最后一回。而且女同志说，有重要的话，面谈。

女同志含泪给他鞠了一个深躬。五十多岁样子，头发差不多都白了，喘气挺重。他吃了一惊。年轻时候，他们这一辈人对领导倒是衷心拥戴尊敬。轮到他当领导了，他更习惯的是被抱怨，如果不是嘲笑和没完没了的纠缠。

"谢谢您！谢谢您！"女同志用嘶哑的嗓音说。准是哭哑了的。"我丈夫最后的时刻还说到了您。"

什么？说到我？怎么会说到我？吓了一跳。死人的事是很麻烦的，不开追悼会就更麻烦。要停尸谈判，讣文上要加更好的形容词，党龄要往早里算，不光彩的一切要往没里平反，还要解决亲属的城市户口。通往火化的道路坎坷崎岖。

女同志含泪而又不无欣慰地继续讲下去："我丈夫说，他一事无成，他微不足道。但您关心他，您关心了他。您是惟一关心了他的领导。现在您的职位和声望更加显赫了，而他得到了您的关心。您使一个小人物临终时感到了温暖。谢谢您！死者感谢您，九泉含笑。后死者也感谢您……对不起，我耽误了您的时间，再见，告辞了……"

请留步！这是怎么回事！素昧平生，毫无印象，却奉献了跨越两岸的感激之情……无功受谢……但是，怎么办呢？对一个服丧的未亡人说，不，我根本不认识你，也不认识你的丈夫，你的感谢像是在黄昏，没有什么值得温暖和感激的……

"这个这个，"他说，"请保重，请节哀。有什么困难，有什么需要他们做的……请留下地址和姓名……"他看到了女同志眼里的泪花，他的眼睛也湿润了。

五天以后，随着汽车驶过一个坑洼时的大颠簸，他想起来了。两年前，他担任厅长的时候，去省委开会，随着一个颠簸，车抛锚了。司机说，要半个小时才能叫另一辆车来。他没有法子，便走入附近的一个居民楼。恰好他的身患不治之症的一位下属的下属住在这所楼里。他去看望了他。他看到一个苍白的蓬首垢面的病人，因他的到来而显出笑容。他永远忘不了病人从被子下面伸出的细瘦枯黄带汗的手。那手握他的时候，竟比他的健康高贵

的手有力得多。回家后为洗手打了三遍扇牌香皂。他没有说是
因为车的引擎出了毛病。他没想到这个病人又活了那么长时间。

　　他不知道应该自责还是自慰。是需要一种古板的诚实、冒着
刺伤善良者的危险,退回他不配得到的感激?还是就这样接受了
一个人临终前念念不忘的刻骨铭心的感情?他看了看自己的手
觉得掌心发热,确实有许多待援的手伸向了他。

(1988 年)

　　[鉴赏]　"两年前,他担任厅长的时候……"由这一句可以想见,他现在仍
是厅长以上的领导。但我们很难简单地评说这位领导的为人。他是饱食终
日、无所事事的扯皮干部吗?不是!他整天忙得连与老朋友叙旧的时间都没
有,甚至把这看成是一种奢侈的愿望,并下决心等到离休后一定要完成。他
是对下属漠不关心、毫无人情味的官僚主义者吗?也不是!他不拒绝利用等
待修车的短暂时间,去看望"他的身患不治之症的一位下属的下属"。那么,
他是孔繁森、郑培民式的时刻把人民疾苦放在心坎上的好干部了?也不尽
然!他去看望"身患不治之症的一位下属的下属",是在被迫等车、"没有法
子"的情况下的顺便举动;最引起我们注意的是,他在握了病者的手之后,竟
在"回家后为洗手打了三遍扇牌香皂"!

　　作者写《手》,当然不是为了简单地为我们提供一个具有多种性格倾向的
领导干部形象,全文的重点在于作者通过对这位领导干部真实内心世界的细
微揭示,呼唤人间真情的回归。从作品中我们可以看到,人间自有真情在!
但这种真情,更多的是以一种"古板的诚实"形式,普遍存在于民众之中。就
像那位身患不治之症的病人,因领导的看望而"感到了温暖",不仅顿生感激
之情,并因此而多活了那么长时间,还不忘叮嘱其家属于他死后一定要向"惟
一关心了他的领导"表示感谢。遗憾的是,这种"古板的诚实"的真情,在我们
的众多领导者那里正越来越变得淡薄起来,情感淡薄的实质是领导与群众的
距离在增大,昔日干群之间的鱼水深情正慢慢变得如同油和水一样若即若
离,这才是值得我们重视和深思的事情。《手》的价值和意义就在这里。

　　作品中的那位领导,最初不知来访的女同志因何向他表示感激,及至了
解真相后,他的灵魂受到强烈的震撼,并因此产生深深的自责。"他看了看自
己的手觉得掌心发热,确实有许多待援的手伸向了他。"作品于此收尾恰到好
处,读者也于此为这位领导者认识上的升华感到稍许的宽慰。　　　(陆建华)

陈　小　手　　汪曾祺

　　我们那地方,过去极少有产科医生。一般人家生孩子,都是

请老娘。什么人家请哪位老娘,差不多都是固定的。一家宅门的大少奶奶、二少奶奶、三少奶奶生的少爷、小姐,差不多都是一个老娘接生的。老娘要穿房入户,生人怎么行?老娘也熟知各家的情况,哪个年长的女佣人可以当她的助手,当"抱腰的",不需临时现找。而且,一般人家都迷信哪个老娘"吉祥",接生顺当。——老娘家都供着送子娘娘,天天烧香。谁家会请一个男性的医生来接生呢?——我们那里学医的都是男人,只有李花脸的女儿传其父业,成了全城仅有的一位女医生。她也不会接生,只会看内科,是个老姑娘。男人学医,谁会去学产科呢?都觉得这是一桩丢人没出息的事,不屑为之。但也不是绝对没有。陈小手就是一位出名的男性的产科医生。

陈小手的得名是因为他的手特别小,比女人的手还小,比一般女人的手还更柔软细嫩。他能专治难产。横生,倒生,都能接下来(他当然也要借助于药物和器械)。据说因为他的手小,动作细腻,可以减少产妇很多痛苦。大户人家,非到万不得已,是不会请他的。中小户人家,忌讳较少,遇到产妇胎位不正,老娘束手,老娘就会建议:"去请陈小手吧。"

陈小手当然是有个大名的,但是都叫他陈小手。

接生,耽误不得,这是两条人命的事。陈小手喂着一匹马。这匹马浑身雪白,无一根杂毛,是一匹走马。据懂马的行家说,这马走的脚步是"野鸡柳子",又快又细又匀。我们那里是水乡,很少人家养马。每逢有军队的骑兵过境,人家就争着跑到运河堤上去看"马队",觉得非常好看。陈小手常常骑着白马赶着到各处去接生,人家就把白马和他的名字联系起来,称之为"白马陈小手"。

同行的医生,看内科的、外科的,都看不起陈小手,认为他不是医生,只是一个男性的老娘。陈小手不在乎这些,只要有人来请,立刻跨上他的白马,飞奔而去。正在呻吟惨叫的产妇听到他的马脖子上的銮铃的声音,立刻就安定了一些。他下了马,即刻进产房。过了一会(有时时间颇长),听到"哇"的一声,孩子落地了。陈小手满头大汗,走了出来,对这家的男主人拱拱手:"恭喜恭喜!母子平安!"男主人满面笑容,把封在红纸里的酬金递过去。陈小手接过来,看也不看,装进口袋里,洗洗手,喝一杯热茶,道了声"得罪",出门上马。只听见他的马的銮铃声"哗棱哗棱"走远了。

陈小手活人多矣。

有一年，来了联军。我们那里那几年打来打去的，是两支军队。一支是国民革命军，当地称之为"党军"；相对的一支是孙传芳的军队。孙传芳自称"五省联军总司令"，他的部队就被称为"联军"。联军驻扎在天王庙，有一团人。团长的太太（谁知道是正太太还是姨太太）要生了，生不下来。叫来几个老娘，还是弄不出来。这太太杀猪也似的乱叫。团长派人去叫陈小手。

陈小手进了天王庙。团长正在产房外面不停地"走柳"，见了陈小手，说：

"大人，孩子，都得给我保住！保不住要你的脑袋！进去吧！"

这女人身上的油脂太多了，陈小手费了九牛二虎之力，总算把孩子掏出来了。和这个胖女人较了半天劲，累得他精疲力尽。他拖里歪斜走出来，对团长拱拱手：

"团长！恭喜您，是个男伢子，少爷！"

团长龇牙笑了一下，说："难为你了！——请！"

外边已经摆好了一桌酒席。副官陪着。陈小手喝了两盅。团长拿出二十块现大洋，往陈小手面前一送：

"这是给你的！——别嫌少哇！"

"太重了！太重了！"

喝了酒，揣上二十块现大洋，陈小手告辞了："得罪！得罪！"

"不送你了！"

陈小手出了天王庙，跨上马。团长掏出枪来，从后面，一枪就把他打下来了。

团长说："我的女人，怎么能让他摸来摸去！她身上，除了我，任何男人都不许碰！这小子，太欺负人了！日他奶奶！"

团长觉得怪委屈。

　　　　　　　　　　　　　　　　　　　　　　　　　（1983 年）

[鉴赏]　都说"文似看山不喜平"，作者偏偏一开始却以平淡的口吻，老翁闲聊式地分三层告诉读者："我们那地方"有一个名叫陈小手的男性产科医生；他手术高超，出诊时喜骑一匹白马；他不惧别人非议，不计报酬，救人第一。这前三层平实的叙述，其实都是为最后一层的惊人结局作充分的渲染与

铺垫。读者本来如坐船行驶在水平如镜的湖面上,边赏景边漫不经心地听作者介绍陈小手,冷不防枪声骤响,狂澜顿起!就是这样一个"活人多矣"(包括救活了那个团长的太太)的陈小手,竟死在蛮不讲理的团长的枪下,而且杀人者是那样一个强盗逻辑!是可忍,孰不可忍!"团长觉得怪委屈",作者这样结束全文。依然平淡,还有点幽默,其实内藏悲愤。那罪恶枪口的硝烟会很快随风散去,但悲剧陈小手的形象,肯定从此长留在读者的心中再也不会消失了。

《陈小手》使我们领略到,作者十分善于在清新平和的格调中,有滋有味地讲述生活中到处可能发生的平凡故事。他长于通过表面波澜不惊的叙述,塑造性格鲜明的人物形象,并着力开掘蕴藏在那些貌不惊人的普通人身上的纯洁的人性、人情和美好的灵魂。深受儒家思想影响的汪曾祺,极为重视表现平民百姓身上的传统美德,在陈小手身上,可以清楚地看到诸如急公好义、助人为乐、救人于危难之中等美德的闪光。作者长于在叙事中抒情,用抒情的笔触叙事。他对笔下的人物有着强烈的爱憎,但他不喜欢外露,故绝不特别显现,而是尽量把这种爱憎"经过反复沉淀,除尽火气,特别是除尽感伤主义"(汪曾祺语),然后化作一片浓浓的诗意,形成一种艺术氛围,让其弥漫于作品的字里行间。也许,读者一开始并不十分在意,但读着、读着就被吸引住了,慢慢地着迷了,最后竟完全被作者精心构造的艺术氛围所笼罩,与作品中的人物同喜共悲。至此,作者与读者完成了一种艺术创造,一起享受一种审美愉悦。

汪曾祺的文学主张历来是:"融奇崛于平淡,纳外来于传统,不今不古,不中不西。"《陈小手》正是这一文学主张的生动而成功的体现。　　　(陆建华)

尾　巴　　　　　汪曾祺

人事顾问老黄是个很有意思的人。工厂里本来没有"人事顾问"这种奇怪的职务,只是因为他曾经做过多年人事工作,肚子里有一部活档案;近两年岁数大了,身体也不太好,时常闹一点腰酸腿疼,血压偏高,就自己要求当了顾问,所顾的也还多半是人事方面的问题,因此大家叫他人事顾问。这本是个外号,但是听起来倒像是个正式职称似的。有关人事工作的会议,只要他能来,他是都来的。来了,有时也发言,有时不发言。他的发言有人爱听,有人不爱听。他看的杂书很多,爱讲故事。在很严肃的会上有时也讲故事。下面就是他讲的故事之一。

厂里准备把一个姓林的工程师提升为总工程师,领导层意见

不一,有赞成的,有反对的,已经开了多次会,定不下来。赞成的意见不必说了,反对的意见,归纳起来,有以下几条:

一、家庭出身不好,是资本家;

二、社会关系复杂,有海外关系,有个堂兄还在台湾;

三、反右时有右派言论;

四、群众关系不太好,说话有时很尖刻……

其中反对最力的是一个姓董的人事科长,此人爱激动,他又说不出什么理由,只是每次都是满脸通红地说:"知识分子! 哼! 知识分子!"翻来覆去,总是这一句话。

人事顾问听了几次会,没有表态。党委书记说:"老黄,你也说两句!"老黄慢条斯理地说:

"我讲一个故事吧——

"从前,有一个人,叫做艾子。艾子有一回坐船,船停在江边。半夜里,艾子听见江底下一片哭声。仔细一听,是一群水族在哭。艾子问:'你们哭什么?'水族们说:'龙王有令,水族中凡是有尾巴的都要杀掉,我们都是有尾巴的,所以在这里哭。'艾子听了深表同情。艾子看看,有一只蛤蟆也在哭,艾子很奇怪,问这蛤蟆:'你哭什么呢? 你又没有尾巴!'蛤蟆说:'我怕龙王要追查起我当蝌蚪时候的事儿呀!'"

(1983 年)

[鉴赏]　改革开放之初,清"左"是一项重大而艰巨的任务。多年来,由于"左"的影响,人们的思维常常自觉不自觉地在一个无法理喻的习惯轨道上运行。就像《尾巴》中那个姓董的人事科长,他反对提拔林工程师,却"又说不出什么理由",只是每次都满脸通红地说:"知识分子! 哼! 知识分子!"

千万不要简单地认为这只是一种偏见。这种偏见看似无知和可笑,其实,很可怕! 当年许多知识分子不正因为这"左"的偏见而被无端打成"右派"的吗?《尾巴》写于 1983 年,但熟悉汪曾祺创作的人都认为,这篇作品酝酿的时间可能要更长得多。1957 年"反右"时,汪曾祺在单位领导再三动员下写了一篇题为《惶惑》的短文,此短文不足千字,只不过对单位的人事工作提出一些个人看法,而且仅仅发表在本单位黑板报上。但到 1958 年,因单位"右派"指标没有完成,有关人员就抓住《惶惑》这篇短文,把汪曾祺补划为"右派"。了解到这一点,我们不难看出并有理由相信,《尾巴》其实就是《惶惑》的文艺版,两篇不同文体的作品都表现了一种对"左"的思想的憎恶与批判。不妙说,在人事顾问老黄的身上有作者的影子。他洞察一切,对激烈争论产生的根源了然于胸;他看似没有明确表态,却委婉地以一个寓言故事明白不过地表达了自己的看法;他没有大声疾呼,在如何看待知识分子的问题上要彻底清除"左"的观点,但所讲故事的批判锋芒,直指现实生活中动不动就抓别人尾巴的"龙王"们!

《尾巴》立意深远,含不尽之意于言外,读来妙趣无穷。 (陆建华)

打 电 话

郭志一

"喂?"

"你哪儿?"

"我杨庄。"

"噢。你等等啊,占线。"

……

"喂?"

"你哪儿?"

"我杨庄。"

"谁?"

"刘文。"

"噢。等等,占线。"

……

"喂?"

"你哪儿?"

"我杨……"

"占线!"

"喂?"

"你……"

"这会儿还占线吗?"

"占!"

"什么时候不占啊?"

"我能知道?"

这难道可能？打了三次电话，前后相隔近两个小时，竟是这样一个结果，我简直有点忿忿然了。怎个占线法，我倒要弄个明白，索性拿起话筒，等着！

也许您这位话务员粗心，忘记了拔我这根插线销，我听到声音啦。

"喂？"

"你哪儿？"

"我张村。"

"噢。你等等啊，占线。"

嘿，敢情她对谁都这样。再听听。

"喂？"

"你哪儿？"

"我张村。"

"谁？"

"我是你爹！"

"我是你妈！"

好家伙，要不是相隔两地，这俩非打起来不可。哎，怎么没声音啦？初听这位"爹爹"火气实在不小，现在怎么不做声了？倒是"妈妈"还不完——

"哪的一个流氓，在你奶奶跟前来这一套？也不看看奶奶是谁！"

"真不像话！这种服务态度不改怎么得了？"

"我是尹东满！"

"啊！原来是——爹啊。爹，您怎么到张村啦？我不知道是您啊。"

"原来你、你、你真是这样！从明天起，你给我仍然回家做饭来！"

尹东满。认识吗？他就是我们县的新任县长。嘿！我简直快要跳起来了。电话我不打了（明天吧）。这位县长的厉害，我早有所闻。没曾想到他对自己的女儿也这样严厉。我相信这位县长，也相信明天！

（1983 年）

[鉴赏]　这篇作品的发表时间是1983年。这一"时代背景"对我们理解作品的基本内容十分重要——那时候的电话就是这么个打法的：得经人(也叫总机)转接，你才能与对方通上话。

　　作品写的，就是一个负责给人转接电话的话务员的故事。那是个很不负责的话务员："我"在前后相隔近两个小时的时间里打了三次电话，她竟每次都以"占线"为由不给转接，但有此遭遇的敢情不是"我"一个人，因为"我"从她"忘记了拔我这根插线销"的粗心中，听到了她对别人的态度也是这样的。她与张村那个打电话的人"要不是相隔两地""非打起来不可"，而且扬言"也不看看奶奶是谁"……就这样，在多个几近完全相同的情节单元的刻意反复与不断强化中，一个"真不像话"的人物形象便很逼真地勾画了出来。

　　不过，倘作品到此为止了，那它充其量也只能算是批评某些人的服务态度恶劣罢了。而这篇作品的最成功处，便是它没有到此为止，而是在结尾时来了个奇峰突起——原来那话务员竟是该县新任县长的女儿！"我早有所闻"的那新任县长的"厉害"，竟一下子就落实在了他自己女儿的身上！这样，作品所要塑造的第一形象，就不再是那话务员，而是那尽管线条很粗却形象很是丰满的新任县长了。这样，作品的主题，也就不再单纯是对服务态度差的批评，而更是对一位能使人"相信明天"的父母官的歌颂。这样，作品也便显得厚实了。

　　　　　　　　　　　　　　　　　　　　　　　　　　　　(汝荣兴)

项　　链　　　　　　　　　　　吴若增

　　高洋的表姨从美国回来探亲、旅游，可把高洋乐坏了。表姨临走的时候，把一支带电子表的圆珠笔送给他，说："我这趟回来没带什么，把这支笔送给你留个纪念吧。"

　　"谢谢表姨！嗯……"

　　"嗯？"

　　高洋接过圆珠笔时有点儿漫不经心，这表情被表姨发现了。

　　"你不喜欢？"

　　"不，喜欢，不过……"

　　"不过什么？"

　　毕竟是活了二十多年才认识的表姨呀，高洋实在有些难以开口。

　　"说吧，你还想要什么？只要我有……"

　　表姨还是微笑得那么亲切，那么真诚。

　　这微笑给了高洋以鼓励，于是，他终于红着脸，嗫嚅着说话了："表姨，您戴的那项链……嗯，如果……如果……"

"哈哈哈……"表姨爽朗地笑了,毫不犹豫地摘下了颈上的项链,"我还以为是要什么呢?噢,给你。是想送给女朋友吧?倒挺合适的呢。"

高洋接过项链,又惊又喜,脸涨得通红。他反倒有些不好意思了:"表姨,真,真,真太谢谢您啦!"

"没关系,我还有。要是就这一条啊,我还真舍不得送你呢。"

……

表姨回美国了。高洋将那项链送给了女朋友。

"不要白不要,哼!这是西方最时髦的项链呀?真没想到表姨会这么大方!来,我给你戴上!"

女朋友戴上了项链,高兴得连眉眼都在笑:"哎呀,这是什么做的?得多少钱哪?"

"不知道,我想,至少……至少也得五百元吧?"

高洋和他的女朋友真的不知道这是用什么东西做的项链——扁圆形的珠子,发红褐色,明光锃亮。表姨父是美国一家大公司的高级职员,生活富裕,穿用考究,因此,表姨戴的项链还能不高级么?

两个人都很高兴。

……

一个月后,高洋去旅游胜地石林出差。那是个有山有水有古迹的地方,他办完公事便到山里游玩。

忽然,他看见山道的边上有几个小女孩儿正在卖什么东西。

嗯?项链?

天哪,女孩儿面前的地上,摊着一块农村家制土布,在布上面一条一条摆着的就是——这项链!

扁圆形的珠子,发红褐色,明光锃亮……

"是你们这儿出的?"

"是呀!您买一条吧!"

"这是用什么做的?"

"黑瓜子。嗯,外面涂的是透明漆。"

"黑瓜子?"

"对。嗳,您买一条吧,留个纪念!连外国人都喜欢呢,说这是最有现代感的工艺品。"

"多少钱一条?"

"不贵——两毛五!"

(1984 年)

[鉴赏]　这是一篇批评崇洋媚外的小说。此类相同主题的作品,我们曾经见过;但是,这篇小说在写法上有它的特点:全篇集中在一个物件上,并运用两个场面对比的方式来表达主旨。

高洋在见到从美国回来的表姨时,他并不满足只送给他一支圆珠笔,而是大胆地、毫无顾忌地讨要对方脖子上的项链。这一举动对"活了二十多年才认识的"亲戚是有些超出常规的,不大符合现代人的礼仪交往。他开始时也为自己的唐突感到不安:"红着脸,嗫嚅着说话",是自己觉得过分,还是怕被拒绝? 此刻他的心情是复杂的。但忐忑不安,并没有使他终止自己的行为。作者这样的安排是有深意的。在得到项链时他"脸涨得通红""反倒有些不好意思了"——如果说此刻多少还有些羞耻心,那么,见到女朋友时,他的话语"不要白不要,哼!"就彻底暴露了他的贪婪。作者由浅入深地逐层展示人物的心理,为后边的结果做了充分的铺垫。同时,在与女朋友议论项链的价值时,提到"至少也得五百元吧?"仿佛是极随便的不经意的一笔,而我们只有读到最后,才知道这句话的分量。

第二个场面,出差石林,托出主旨。观完全篇,我们才知道作者真正的意图。在结构的安排上,第一个场景是副,是铺垫,第二个场景才是主。特别是结尾有意点出项链是"黑瓜子"做的,才值"两毛五"(故意的贬损),把前边所有的一切都贬得一塌糊涂,显示一切的精心策划都是毫无价值的,旨在使人们在笑声中猛醒。作品结尾只写一句话,却如惊雷震撼,小说戛然而止,把无尽的意味留给读者自己去体会,可谓言已尽而意无穷。

(顾建新)

到五月花烈士公墓去　　　　木　公

清明那天的上午,市长罗同同志在办公楼大门口叫住了我,要我和他一起去五月花烈士公墓。我刚分到这里不久,"五月花"这个很美的名字吸引了我。

"叫车吗?"我问市长。

"不用。"他说。

"骑车去?"

"步行吧。"

我们沿着一条明净的小河的河岸向东走去。天气很好,清明节,被大自然的巨手镶嵌在嫩绿和鹅黄的色彩中。我们走得不快。我很兴奋,市长同志却显得十分平静。

"我戴红领巾那阵子,每逢清明,都要去扫墓的。"我说。

"是。以前……这是一个传统。"市长说。

"现在,好像……"我看见市长面部难以察觉地抽动一下,突然把话截住了。

"好像什么?"他转过头来问我。

"好像去的人不多了……"我声音很低地回答。

"会多起来的。"

我们不再说话。

"您怎么突然要去公墓呢?"我抵不住沉默,又问道。

"突然? 噢,我是突然想去,看看……"

我感到自己问得荒唐,有点不安了。市长投来一束并不介意的目光。我给自己鼓了些勇气,决定再对他提出几个我琢磨过多次的问题。

"罗市长——"

"嗯。"

"您为什么还不搬进市府的首长楼里去?"

"我拿不起房租。"他笑笑,说。

他不愿告诉我,我心里想。我接问道:

"听说您在省里当过副部长?"

"嗯。"

"那您为啥要求来这个边远小城当市长?"

"这里空气好。"

没法再问! 但我不死心:

"您的独生女下乡时嫁在农村了,是吗?"

"嗯。"

"怎么不安排在城里照顾您呢?"

"我专门留她在乡下给我种菜呢——我这人很自私的。"

我不再问什么了。

五月花烈士公墓到了。

墓地被松柏树守护着。地上萌生了茸茸的草芽儿。墓地中心有一块青石巨碑。我们朝那里走去。

石碑上赫然地刻着"黑流河战斗殉难烈士纪念碑"一行字。

下面刻满了烈士的姓名。我一个个看下去。忽然，一个名字跳进我的眼睛——"罗同"！我被震动了，回过头看着表情肃穆的罗市长，充满敬意地问：

"和您重名？"

"不，就是我。"

"我不明白……"

"三十七年前我们在这里打过一次恶仗。当时我是副营长，我带领的一百六十七名同志在突围中全部牺牲了，当然，也包括我……后来，我苏醒了，是被大雨浇醒的。我发现自己还活着，只是肚子被炮弹皮炸开了。我拼命往前爬，老乡的担架把我救了。在兄弟部队医院里我活了下来，可是我所在部队的同志却以为我牺牲了……解放后，在这里建立纪念碑，把我的名字和死去的同志们刻在一起了。你来看——"市长指着石碑告诉我，"这个刘二牛，他是个大个子机枪手，忒勇敢，我们都叫他'小歪把子'；这个鲁新刚是个通讯员，好机灵的一个小鬼头，才十七岁；这个马光是个排长，读得一肚子好诗文……"

我眼里涌满了泪水。

市长又说话了："解放后，我和一位诗人一起来这里瞻仰公墓，那正是五月，满地开着黄的、红的蒲公英和别的什么花，那诗人便说把公墓叫作'五月花烈士公墓'吧。就是那天，我才看到碑上有我的名字。我痛哭了一场。能和自己那些死去的战友们在一起我真幸福……"市长声音有点哽咽。我感到血在胸膛里激荡。

过了几分钟，市长问我：

"你说，一个死去的人会不会提出这样或那样的种种要求？"

"不会。"我小心地回答道。

"会不会要好车坐，好房子住，要当大官，要利用权力搞特殊？"

"不会。"

"是的，不会的。我就是这样一个死人——和我的那些战友一样——死了三十多年了。现在你看到的我，只不过是死去的我和我死去的战友们派出来为人民做事的仆人——是一个灵魂——你懂吗？"市长问。

"懂了！"我说。

（1985 年）

[鉴赏]　这篇微型小说塑造的是一个不忘革命传统、全心全意为人民服务的优秀人民公仆形象，读后，使我们深受教育和鼓舞。小说几乎没有情节，对人物的刻画也不直接写他的事迹，而主要运用对话来侧面表现。小说涉及的内容较多，时间的跨度也很大，将两个时代融入在一个不长的篇幅和有限的场景中，显示了作者较强的驾驭题材的能力和剪辑素材的功力。

通过罗同与"我"的谈话，我们了解了这个市长的所作所为：坚决不住市府的首长楼；辞去省里副部长的职务，到这个偏远的小城当市长；独生女嫁到农村而不在城市安排工作——这是一个廉洁奉公、严于律己的党的好干部。但是，如果只是一味罗列他的一些行为，即使写得再多一些，人物的刻画也只能呈现平面化；必须展现他的内心世界，才能给读者以更强烈的印象。为此，作者设计了一个现实生活中极鲜见的细节：在烈士的墓碑上刻有罗同的姓名，以此引发他对权力、地位、生活待遇等的深刻认识与评论。这是一段对历史与现实两相观照的高屋建瓴的哲理阐发；是对生与死、人生价值的大彻大悟；是一首激情洋溢、大气磅礴、震撼人心的抒情诗。如雷霆在大地上奔涌，如飓风在山谷中轰鸣，使人读之热血沸腾。我们不仅对一个真正的革命者的远大理想、博大胸怀、高尚情操有了更深的理解，人物的种种行为也因此有了坚实的依据；而且，使我们在人生的道路上对如何摆正个人与集体、权利与义务的关系，如何时刻不忘用自己的实际行动来告慰那些为今天的幸福生活献出生命的先烈，便有了深刻的思考与实践的标准。

通过一个小的场景，引发我们对人生、对现实、对未来的广泛思索，一篇千字左右的微型小说，能写到这个份上，实在是难能可贵的了。　　（顾建新）

客厅里的爆炸　　　　　白小易

主人沏好茶，把茶碗放在客人面前的小几上，盖上盖儿。当然还带着那甜脆的碰击声。接着，主人又想起了什么，随手把暖瓶往地上一搁。他匆匆进了里屋。

做客的父女俩呆在客厅里。十岁的女儿站在窗户那儿看花。父亲的手指刚刚触到茶碗那细细的把儿——忽然，啪的一声，跟着是绝望的碎裂声。

——地板上的暖瓶炸了。女孩也吓了一跳，猛地回过头来，事情尽管极简单，但这近乎是一个奇迹：父女俩一点儿也没碰它，的的确确没碰它。而主人把它放在那儿时，虽然有点摇晃，可是并没有倒哇。

暖瓶的爆炸声把主人从里屋揪了出来。他的手里拿着一盒

糖。一进客厅,主人瞅着热气腾腾的地板,下意识地脱口说了声:

"没关系!没关系!"

那父亲似乎马上要做出什么表示,但他控制住了。

"太对不起了。"他说,"我把它碰倒了。"

"没关系。"主人又一次表示这无所谓。

从主人家出来,女儿问:"爸,是你碰的吗?"

"……我离得最近。"爸爸说。

"可你没碰!那会儿我刚巧在瞧你玻璃上的影儿。你一动也没动。"

爸爸笑了:"那你说怎么办?"

"暖瓶是自己炸的!地板不平。李叔叔放下时就晃,晃来晃去就炸了。爸,你为啥说是你……"

"这,你李叔叔怎么能看见?"

"可以告诉他呀。"

"不行啊,孩子,"爸爸说,"还是说我碰的,听起来更顺溜些。有时候,你简直不明白是怎么回事,你说的越是真的,也越是像假的,越让人不能相信。"

女儿沉默了许久。"只能这样吗?"

"只好这样。"

(1985 年)

[鉴赏]　白小易曾这样说过:"有人戏言,我的名字正好可以作小小说(即微型小说)的修饰语——'白,小,易'。"其实不然,凡读过白小易微型小说作品的人,事实上却常常会有那种非白、非小、非易的感觉——这也显然便是白小易微型小说的最突出的特点,这篇《客厅里的爆炸》就是一个最好不过的例证。

先说"非白"。白者,清楚明了之谓也。但白小易的微型小说所写的,哪怕是情绪也好心态也罢,也不管是体验还是感觉,却几乎都如谜团般的难以言说——这篇作品写的是一对父女去一位朋友家里做客,那朋友家的暖瓶在客厅里突然爆炸了,于是,那父亲就将责任揽到了自己身上,结果导致了女儿诸多的疑问……可不是,那暖瓶明明不是你碰的,你为什么要说是自己碰的呢?毫无疑问,我们肯定也都觉得一下子很难理解,从而也就引起了我们深深的思考。

再说"非小"。客观地说,要一篇千字左右的微型小说去"席卷天下,包举宇内,囊括四海,并吞八荒",那是不现实的,但事实已经一再证明,一篇真正好的微型小说,是同样可以写出极大的容量和极深的内涵来的,而白小易的作品便常常是这样的作品——这篇作品的内容不是谜一样的很难理解么?那么,作为一个谜,它的谜底到底是什么呢?或者是它究竟有没有谜底呢?实际上,在我们阅读并思考的过程中,我们便会渐渐地感受到它那容量的大与内涵的深:比如它揭示了那种"你说得越是真的,也越是像假的,越让人不能相信"的现实;又比如它反映了人与人之间那种表面上很是亲热而内在里却很是冷漠的关系;还比如它表现了不少人那种逆来顺受的柔弱性格等,总之,那一切都完全是"非小"的。

至于"非易",那当然是指写作的不容易了。事实上,像这篇作品,虽然从表面去看,其内容与形式似乎也都是人人可以为之的,但它又纯粹并绝对地是白小易式的,也就是说,别人想写出如此这般"非白""非小"的作品来,却绝非易事。

(汝荣兴)

神奇的绳子　　　　　　　　朱士奇

是腊月的事——冶金学院的张秦家失盗了!跟搬家似的,钱、电视机、一台小录音机、好一点的衣服、羊毛毯,都一下子从他那二十八平方米的单元中消失了。

张秦家两口子都是学院的讲师,每月挣钱六十五元乘以二,加一块儿才一百三十块。他们置这点家当,很不是一件容易事。张秦本来肠子就细,这下更愁得吃不下啥。学院已放寒假了,工会管困难补助的同志一时也难以找见。

公安局来了一车人,牵着警犬到处闻。可好几天过去了,贼是谁仍是个谜。

"……眼看就要过年了,想给孩子买几个炮仗都……怎么办呢?"张秦爱人坐在公安局里,眼泪一个劲地砸脚面。

局长非常同情地看着她,皱了皱眉,说道:"哎……要不,你们先把那几条绳子拿回去吧!"

张秦爱人恍恍的,吓了一跳——怎么?让我们上吊啊!呜呜地又哭了起来。

局长狠劲了一会儿,给她开了一张临时证明,派了个干警,扛着一大卷绳子送她回家了。

事到了这一步,也顾不得许多。合家三口饱吃了一顿,睡了一天,到了第三天——大年初一的大清早,便揣着证明,来到指定的动物园正门口,把绳子一根一根接起来,捆在树干上,圈了一个大空场。

"这能行吗?"张秦爱人一阵辛酸,又掉泪了。

"唉,试试吧! 不是说,这绳子救活过好几家人的命吗?"张秦劝着,用钉子把写着"存车处"三个魏碑体大字的硬纸板钉在树干上。唉,能赚几个是几个吧!

节日里的游客们如潮水般地涌来了。车铃声叮叮当当地响成一片,像大江大海的涛声。张秦三口子极其忙乱地接待着他们的主顾们:主讲高炉设计理论的丈夫负责发放用牛皮纸做的"牌子";研究金属疲劳专业的妻子负责从那些大手、中手、小手中,一把一把地接过钱币;他们那八岁半的刚上小学的儿子则跑前跑后地指挥叔叔、阿姨们把车放整齐。

从清晨到傍晚;从初一到初六……然后,他们把绳子还给了公安局。

尚不知人间有愁苦的孩子由于累而早睡了。张秦两口子傻傻地坐在床边,望着那堆在圆桌上的、小山似的足可买回被贼偷走的一切的硬币和纸币发呆。他们那充满知识和智慧的大脑已经思考得发疼了,却依然没有想明白,几条破旧的绳子为何如此神奇!

睡梦中的孩子突然翻了个身,喃喃地说:"……不上学了,还发牌子,收大钱!"

张秦家两口子吓坏了,忙去捂那孩子的嘴……

(1985 年)

[鉴赏]　优秀的微型小说,如同巴尔扎克说过的那样,"用最小的面积惊人地集中了最大的思想"。1985 年,全国掀起一股全民从商热潮,"经济原则""经济效益"一时被抬到凌驾一切的高位,"一切向钱看"的歪风趁势刮起。这时,《小说界》编辑部收到一篇题为《神奇的绳子》的微型小说来稿,我看了,不禁拍案叫好,惊喜作者思想上的敏锐与艺术上的凝练。

故事很简单:讲师张秦夫妇家失窃,所有财物被一卷而空,生活顿时无着。公安局破案无门,给他们一卷绳子,准其在动物园的正门口围上一块大空场,作存车处收费。只用六天时间,得到的钱就可以买回被偷去的一切。这时,他俩充满知识与智慧的大脑糊涂了,"几条破旧的绳子为何如此神奇"?

主人公的糊涂,实际上蕴藉着当时社会上许多人的困惑与思考:在公共场地上随意"划地而治",以致人们骑车走路处处都要留下"买路钱",这对吗?由此自然而然地想到人际交往上,无论办什么事也都时兴起付"买路钱"来,这正常吗?如此"上下交征利",结果会怎样?简单劳动与复杂劳动的收入如此严重倒挂,这合理吗?长此下去,对未来、对下一代将是什么影响?这样有内蕴的作品,就达到莫泊桑对文艺作品的要求:"不仅给我们讲述一个故事,娱乐我们或感动我们",而且能"诱发我们思索,来理解蕴含在事件中的深刻意义"。

作品最后写了这样一个细节,睡梦中的孩子突然翻了个身,喃喃地说:"……不上学了,还发牌子,收大钱!"张秦家两口子吓坏了,忙去捂孩子的嘴……这寄寓着主人公的思想还是站得比较高的,对来势凶猛的"一切向钱看"的歪风是坚决摇头的。微型小说就要努力于具有这样的"微言大义",来提高自己的品位、自己的深度。

(虹 菁)

找 "帽 子"   蒋子龙

这一下可叫金流傻眼了,他站在教育局大院中间的花坛旁边木呆呆、懵懵懂懂,像一棵被落霜打蔫的老水仙。他本来就是立身无傲骨、遇事缺主见的人,这一刻他真想一头撞死在花坛的岩石上。同村的右派分子一个个全都摘帽改正,落实政策回到城里,只剩下他没人管、没人问。今天,他来到原工作单位——教育局查问,组织科的同志一查档案,全局的右派分子已全部改正完并落实政策回城了,记载右派名单的老册子上并没有金流的名字。当初既没有给他戴上右派帽子,现在只好回去。

"天哪,当初明明是把我打成了右派嘛!不然为什么要把我赶到农村去?"

"这我们就不知道了。当初整你的人已经不在教育局了。"

二十多年来,金流对右派这顶帽子既厌恶又害怕。可是如今这顶帽子对他来说,犹如吉祥鸟,恰似财神爷,变得无比珍贵、无比重要了。却偏偏在这时候右派的帽子飞走了,没有这顶帽子,他的名誉就得不到恢复,政策就得不到落实。往哪里去找到这顶得而复失的帽子呢?传达室的老王头看他可怜,走过来拍拍金流的肩膀,真心实意地对他说:

"你去找找老隋,求他给你证明一下。"

对，金流挨整的时候老隋是教育局的书记，他会证明自己是右派。金流打听了五十个人，跑了五十个地方，最后才在一家高级宾馆的小会议室里找到了老隋。没说上两句话，老隋就想起来了，眼前这个傻小子当时作为右派上报过，上面没有批。后来同右派分子一样待遇，送到农村去了。现在，怎好认这笔账？老隋斩钉截铁地说："金流同志，我在教育局当书记的时候，绝对没有把你打成右派分子，这都是有档案可查的。"

金流又气又恼，还想辩解。老隋一挥手："现在我有重要的会议，你的事同你讲清楚了，你没有什么落实政策的问题，现在还是回去好好工作。"说罢，迈着方步，走到里间去了。

金流无可奈何地离开了宾馆，嘴里还在喃喃地咕哝着："帽子，我的帽子……"

（1985年）

[鉴赏]　金流之所以沦落在社会最底层，二十多年来在农村过着卑微屈辱的生活，就是因为头上那顶"右派"分子的帽子。如今，好容易熬到新时期，又幸逢摘帽改正、落实政策可以回城的良机，却被告知："记载右派名单的老册子上"并没有他的名字。为此，他不得不焦急地到处找"帽子"。好不容易从原教育局书记老隋那里，总算弄清事情的真相，但老隋的无情推诿振振有词、无懈可击，金流最终只能失望地离开。

仔细阅读本篇，我们不难体会作者的深刻立意。值得我们赞赏的是，他把沉痛、愤慨的情绪隐含在表面平和甚至有点幽默的叙述之中，这样，金流越是找不着那顶曾经令人既厌恶又害怕，如今却显得无比珍贵、无比重要的右派帽子，读者越是感到无言的沉痛。事情有点荒唐和可笑，但读者笑不起来，并不能不因而进行深刻的反思。

还值得称赞的是，作者仅粗疏几笔，便勾勒出两个形神兼备的人物形象，使人过目不忘。一个自然是"立身无傲骨、遇事缺主见"的金流，他的遭遇、他的命运令读者无比同情，并且欲哭无泪。再一个就是用三言两语打发走蒙冤数十载、如今求证无门的金流的上级老隋！一个善良，柔弱无助，沉冤多年后幸逢落实政策良机却申冤无望；一个冷酷，心硬如铁，为保住自己一贯正确的形象，不惜以草菅人命的卑劣手段在事实面前闭上了眼睛！作者成功地用对比手法，让这两个人物互相映衬而存在，并使各自性格更加强烈和鲜明。

（陆建华）

那 团 云 雾 　　　　濮本林

真见鬼！尽管他一遍遍地自我宽慰，可缠绕在他心头的惆怅，仍像严严实实地包裹着天都峰顶的那团云雾一样，推不走，排不开。

他是来游玩的，却失落了兴致，那惟妙惟肖的巧石、苍郁虬髯的青松、清澈透明的流泉，在他的眼里，似乎只是一片空白。

早晨从北海下山，面对大自然的造化神工，他手舞足蹈、如醉如痴，每一个景点，他都细细品味、流连忘返，以至于同行的伙伴们再也经不住他那磨蹭劲，先下山了，相约在玉屏楼等他。

可现在，唉……他深深地叹了口气。

他为自己而悲哀：堂堂五尺之躯，竟然被一件小事搅得心绪不宁，而且无法自拔。

确实是小事一桩——光明顶上，他花了一元钱从一位老太婆手里买了一袋云雾茶，可没到莲花峰，就知道吃亏了：那里也卖这样的云雾茶，只要八角钱……

"真没出息。"他在心里又一次骂自己。现在几角钱算得了什么？加个夜班，少吃几根冰棍，或者——虽然他企图从愁云悲雾中解脱出来，可是不行，头昏沉沉的，一切思维都没了头绪，步履也越来越沉重了。

好不容易走到玉屏楼，他懒懒地坐在一棵松树下。对面有个地摊，不看倒也罢，一看心里更窝火了：那里也在卖茶叶，和自己买的一模一样，可价格只要五角。

他又叹了口气，闭上了双目。

"你怎么才来？"不知什么时候，几个伙伴站在他面前。

他没有回答，下意识地摸着那袋茶叶。

"哟，你也买了云雾茶？"一个伙伴问。

他点点头，小声地说："刚刚……在这里买的。"说完他感到脸上有点发烧。

"那你可没吃亏，瞧，我们每人四袋，都是在光明顶买的，一袋要贵五角钱呢。"

"真的？"他眼睛里突然迸射出一道光亮，一阵莫名的欢悦使他猛地站了起来。怪呀，眼前的一切又显现出迷人的魅力，每一座山峰、每一棵青松都像一幅绝妙的图画,在他的眼前跃动起来。

　　失去的兴致又在身上复归了,狂喜竟使他的心怦怦乱跳起来。

　　再看天都峰,峻峭宏伟,直插霄汉。看着看着,他感到奇怪了:咦,那团云雾呢……

(1985 年)

　　[鉴赏]　这篇小说选择了一件极小的事,却表现了一个不小的主题;作品不注重情节的曲折,而是旨在表现一种心理,进而刻画出一种人性。

　　小说主人公为在黄山的光明顶买了一袋云雾茶,多花了几角钱而懊恼不已;但听说几个伙伴每人各买四袋比他花的冤枉钱还多时,立刻由沮丧变得振奋;仿佛从谷底一下飞上了莲花峰,前后情景判若两人。这使我们很自然地联想起名著《阿Ｑ正传》。鲁迅先生写这篇小说,是企图刻画出当时沉默的国民的灵魂。鲁迅揭示的"阿Ｑ精神",是落后的中华民族心理与封建文化长期积淀的产物。这种畸形的心态并没有随着时间的流逝而消失,却依然在影响着人们,《那团云雾》就是深刻地揭示了这个哲理。小说的主人公,稍遇挫折就垂头丧气;与人比较,又马上沾沾自喜,极容易自我满足,极善于自我安慰:猥琐,狭隘,可鄙。这种心理与个性实在是民族前进与国家发展的障碍。

　　小说对人物的刻画,主要是通过神态以及心理描写来完成的。开始时,这个人发觉买茶叶上了当,立刻情绪低落,黄山美丽的景致变成了"一片空白",他的心中充满的是一团云雾,无论怎样宽慰自己也无济于事。作者真实地写出了人物的感觉,"头昏沉沉的,一切思维都没了头绪,步履也越来越沉重了"。用白描的手法勾勒了一幅极有趣的肖像画。但作者仍感到意犹未尽,在"玉屏楼",进一步写他"懒懒地"坐下,"心里更窝火","叹了口气,闭上了双目",用一连串传神的细节描绘,把人物的心理更加充分地展现出来,给读者留下了强烈的印象。而当他得知别人比他吃的亏还大四倍时,作者转用了夸张的笔墨写他眼睛中射出"一道光亮","莫名的欢悦"使他浑身充满力量,眼前的景色"又显现出迷人的魅力",与先前的颓丧形成鲜明对比,从而把人物可悲心理的演示推向了一个新的高度。从开头的心中有雾,到结尾雾的陡然消失,作者展现了一个人物完整的心路历程,使我们清晰地看到了当代某些人一种畸形的心态。

(顾建新)

阿Ｔ赴宴　　　　　　冰　峰

　　让大自然重新塑造

　　　那一个个跪倒的身躯……

　　　　　　　　　　——摘自日记第96页

　　这几日阿T囊中空空，无一文可名，走在街上颈项微弯，一副蔫朽之态。红星市场是B市繁华热闹之处，小摊小贩云集，叫卖声不绝，苹果、香蕉……一列列挑衅胃口的"士兵"威武而立，使人唾液泪泪。

　　"阿T老师?!"

　　阿T正在俯首思忖，忽觉背后有人唤他，回眸望去，竟是自己新收的门徒Z女士。Z女士可谓聪灵矣！近日写小说，写得朦胧诙谐、幽默俏皮。阿T宠极，时有褒扬之辞加之，相处甚契。

　　师生相见自是一番寒暄。Z女士好客，便揪得阿T前往路旁饭馆小坐。阿T自知囊中无物，生怕丢了颜面，怎料Z女士求知心切，相邀再三而不罢。阿T无奈，便亦步亦趋，随入。

　　稍缓，Z女士竟点得菜肴数十花样，一派盛宴气氛。然阿T却不敢虚张声势，生怕失掉体面，举手投足皆得分寸，夹菜饮酒更是检点有度。这便又多生出几缕大家风度，让Z女士自叹弗如而又崇拜有余。

　　俄顷，门外传来一阵急促呼声，服务员跑来唤了Z女士，Z便匆匆告辞而去，良久不归。阿T看看雅座内无人，便大吃，吃得狼吞虎咽，令人骇然。

　　饭足，阿T起身便走，忽又想起酒款、菜款尚未付清，便浑身汗湿。欲逃之，却又不敢，于是只好坐着等Z女士归来。脸色紫青交变，一副可怜之状。

　　时间从他身边萎去数十分钟，亦不见Z女士归来，他起身欲走、欲坐、欲问……那服务员见而问之。阿T吞吐无言，不知如何作答。正当他寻地觅缝之时，另一服务员却递来账单及十三元现款曰："饭费、菜费、酒费、雅座费共计二百八十七元，应找您十三元，请查收……"

　　阿T懵了："这……哦！Z女士……"

　　阿T走出门来，整整衣冠，抹抹口角，将威严重新安装面部。一只不知趣的苍蝇跑来与他接吻，他狠狠地抽了那脏物一下，苍蝇便逃了，嘴巴子却给打得生痛。阿T没有皱眉反而转嗔为笑——因为这世界又多了一只向他乞讨之物！

（1986 年）

　　[鉴赏]　这篇《阿 T 赴宴》既是篇讽刺小说，又是篇幽默小说，却又不忘写人，且人物栩栩如生，实属不易。阿 T 被写小说的 Z 女士等称之为老师，想来应该是个作家、评论家，至少也是个报刊编辑。然阿 T 空有其名，囊中羞涩，以致现"蔫朽之态"。这也罢了，常言道"一文钱逼死英雄汉"，孔子也有厄陈蔡之时，秦琼也有落魄市曹之行，本算不了什么。

　　作者笔锋一展，便峰回路转了。阿 T 碰到了 Z 女士，而 Z 女士执意相邀阿 T 去饭馆小坐。因阿 T 口袋里布头贴布头，戏就来了。所谓戏，乃阿 T 心理变化、心理承受能力以及因此而附带出的小心状、尴尬样。而这一切又歪打正着，被 Z 女士视之为大家风度。即便作者是随意写来，讽刺也够辛辣的了。本来写到此，阿 T 形象也基本勾勒了出来，偏又来了个一波三折，让事情再次发展了下去。Z 女士的突然离去，使阿 T 没了顾忌，饕餮相顿现，这是落魄之人常态，回归本性而已。有意思的是，酒足饭饱后买单问题让阿 T 坐立不安了。这种尴尬真是如坐针芒，当又一次峰回路转时，阿 T 才如释重负。这时的阿 T 俨然变了一个人，自信、威严重新回到了他脸上，而这一切，仅仅是关乎两三百元钱而已。最神来之笔的是文末的那只苍蝇，看似闲笔，却大有深意。

（凌鼎年）

临 终 关 怀　　汤吉夫

　　病危通知已经下过两回了，家属也早已把病人的后事准备妥帖，可龚先生依然顽强地昏迷着。

　　几度清醒的时刻都很短暂。插在鼻子里和臂弯处的输氧、输液的管子限制了他的自由——事实上，即使没有管子的限制，他也无力移动他的失去了感觉的躯体——他那微微睁开的疲惫已极的目光，一度曾经瞥见过窗外的落雪，于是那目光忽地一闪，显示了他最后的渴望。他是多么希望能走到纷纷扬扬的大雪中，去吸一口那凛冽而又清新的空气啊。

　　他似乎并无太多的痛苦。久久的昏迷中，竟然接连着一个又一个的梦，他甚至梦到在南京的大街上骑着飞奔的白马，那驰骋进了云端的白马竟然还驮着他飞过了一个海峡。

　　他从未意识到死。他还年轻，刚刚五十二岁，事业和生活仿佛刚刚开始，不容他早早地想到每个人迟早要经过的旅程。

　　他又一次醒来的时候，懵懵怔怔之际，似乎看到了床前站着两个人影。他们不像是日夜守候在他床边的妻子，于是他便努力地睁开了眼睛。那人影里，有一个高大且肥胖的男子。龚先生见他圆盘大脸，脸上的肉慢慢向四周湮散，边际也随之模糊。他记不起这是哪位朋友，眼皮无力支撑，差一点当即昏迷过去。然而，当他的魂灵将走未走之际，忽然又听到一个声音说："龚教授，高教局孙局长来看您了。"于是那闭上的眼皮便重又张开来，一派惊恐的神情立时袭上他胡子拉碴的黄表纸一样的瘦脸。

　　午后的一个时刻里，龚先生又一次清醒过来。他吃力地拉住了妻子的手，用那种微弱到几乎听不到的声音说："你太不该了，你不该瞒着我。"

　　妻子说："老龚，别胡寻思了，我瞒你啥啦？"

　　"病啊，"他痛苦得脸都扭歪了，"不能治的病啊。"

　　"谁告诉你说的？"妻子还想隐瞒下去，泪水却止不住地流下来。

　　"局长来过了。"他无力地说着，痛苦地紧闭着紫黑色的眼睛。

　　"局长跟你说的？"

　　"没有。"

　　"那你不是胡寻思吗？一点根据都没有。"

　　"有，"他固执地摇头说，"连局长都来过了。"

　　龚先生的判断不错。那日黄昏时分，他病逝在市立医院的肿瘤科病房里。室外依旧下着大雪，迷迷茫茫又纷纷扬扬的。

　　　　　　　　　　　　　　　　　　　　　　　　　　（1986年）

　　［鉴赏］　濒临死亡的龚教授在医院已下过两回病危通知，虽然已经昏迷，但仍然顽强地活着；可是，在高教局的孙局长来看望后，却一下子精神垮了，很快告别人世。他先前的顽强，是因为"他从未意识到死。他还年轻，……不容他早早地想到每个人迟早要经过的旅程"。他后来的精神崩溃并走向死亡，是因为他敏感地从孙局长的关怀中感觉到，自己的病已无治愈希望。

　　领导的关怀，竟成了催命符。作者敏锐地从生活中捕捉到的这一社会现象，令人深思。我相信，作者对生活中常见的领导者们对患病的下属，特别是患重病的下属，总是习惯性地或者说例行公事地实行临终关怀，绝无指责之意。去关怀、去看，总比不关怀、不看要好。但我同样相信，作者确也想通过这个故事,呼吁领导者(不仅是领导者)不要把对他人的关怀总是公式化地放在对方的临终时刻。

临终关怀的举动诚然出于善意,但如果形成习惯,甚至变为不成文的规矩,对病者及其家属无疑是精神上的致命一击。因为,这样的关怀无异于诀别。关怀是爱的一种善意表现,它应该渗透在、溶化在日常生活的每一个细节里,应该是彼此间经常的心的真诚交流和碰撞,而绝不仅仅是一种简单的礼节。明乎此,我们就会更加觉得,《临终关怀》不只是再现了一个内涵深刻的生活现象,作者更是在大声呼唤人与人之间的真诚的爱的回归。

（陆建华）

风 雪 夜 归　　　　　　　　　何蔚萍

早归者与晚归者的心理是不一样的。她是个晚归者,街上早已冷冷清清,多的是风、是雪、是脚印。

拐过这个弯,就可以看到大门了,她觉得心跳得很急,但愿不要关。但愿……她觉得手脚冰凉。在大街的拐弯处,在雪花萦绕的惨淡的灯光下,大门紧紧地闭着。

她拉紧了围巾,向目所能及的地方张望了一番,希望大院里还有一个跟她一样晚归的人,但一个也没有。

只得叫门了。她绕着墙走过去。叫谁呢? 金娣是她最好的朋友,可上个月出嫁了,要是在上个月看这场电影就好了,她立刻觉得自己很好笑。算了,叫刘安婶吧,在大院里,打招呼数她最亲热,可她嫌这胖老婆子势利,平常是不大搭理她的。那是好多年前了,她读完高中被下放,妈妈难过得在哭,刘安婶却说:"你下放以后就是贫下中农了,以后生了伢儿也是贫下中农了。"后来她招工回城,这刘安婶对她并不坏,可她总忘不了那句话,不能叫她,再说,既然平时没交往,现在打搅人家也不合适。

那么只好叫马平平了。这个十四岁的男孩,父母在外省工作,他跟姥姥住。打小时候起,他就总缠着她讲故事,她也不叫他失望。她瞅准了平平家的方向,她像是第一次发觉,墙头怎么这么高哇! 声音该传不进吧? 唉,就传进了又怎么样呢? 十四岁的孩子,哪怕在旁边敲大鼓也不会醒的。

那就叫平平的姥姥吧。那是最慈祥不过的老太太了,全院里也就她最关心她的婚事,三天两头要给她介绍对象。但她却"对"

得怕极了。那些衣冠楚楚的小伙子的审视的目光，能把她的人看矮了一截，她心里很痛切地感到了悲哀，她在广阔的天地里磨去了最美好的年华，人说，十七、十八无丑女，可她，已经三十岁了，如果再年轻五岁，哪怕三岁呢，她也要争取一下。她并不笨；可现在，都晚啦，就像去看这场电影，不防门已关上一样。那么，就听天由命，随便找一个，她又不愿意；于是人们背后都讲她会挑剔，只有平平的姥姥没讲过，可是，叫这六十多岁的老人深更半夜又冒着大雪来给自己开门，这万万使不得！

　　她觉得很冷。才发现雪更大了，风更紧了，近处远处，都是白茫茫的世界。当看到大街尽头时，有个黑点朝这边走来。她的眼猛然睁大，如果是大院里的人该多好啊！她一定会对他说一千声、一万声的谢，不管他在不在意。

　　终于走近了，一个提篮子的中年人。但他丝毫没有拐进大院的意思，匆匆过去了。

　　她真想顿脚，真想诅咒。不知是诅咒那人，还是诅咒自己；是诅咒天气，还是诅咒运气。她眼巴巴地盯着他的背影，一时充满了羡慕。他是提着东西的，回家一定有人给他开门，是母亲，是妻子？那家，一定是温暖极了的。她也有家，有床，有被，有炉子；尽管有点孤独，却是暖和的，然而她进不去，咫尺天涯，该死的电影。

　　她不能设想在门外过一夜。喊吧！笼统地喊，谁愿意谁来开，她发誓，不管开的是谁，以后都要对他很好、很好。

　　她终于放开了嗓子，并用手去捶："开开门——"

　　"吱"的一声，门开了。

　　原来并没有关上。

（1986 年）

　　[鉴赏]　这篇小说几乎没有情节，写一个女子看电影回来，想叫门又犹豫再三，如果一般化的叙述就很平淡。但作者采用了类似"意识流"的手法，充分展示人物复杂微妙的心理，引发了我们对诸多问题的思考。

　　小说以"叫谁呢"为顶点，辐射出五条思想线：想、愤、怜、哀、慕。首先是"想"，女子由叫门，首先想到好友金娣，由金娣的出嫁，产生了好友远离而孤独的惆怅。其次是"愤"，女子的思绪延伸，由叫刘安婶想到了自己被下放的遭遇，引出了中国历史上极复杂的那段历程，隐约透露出人物内心的愤懑。文中表面上写得很平缓，实际上对女子来说是刻骨铭心的，要不，她何以耿耿于怀,会从"叫门"这么小的事情立刻产生这一系列的联想。历史,在她身上深深地刻下了印迹。第三是"怜",女子对十四岁的马平平的一连串想法,告诉了我们两人的交往,说明她性格的善良。第四是"哀",女子从自己爱情的不幸,深深哀叹青春年华的流逝。这一段作者昭示了两点:一是那段社会动乱给青年身心带来的深重影响,二是现代青年不正常的爱情观。这里,从当前到以往,从他人到自己,思绪跳荡,借鉴"意识流"的手法,很确切地表现出了此情此景。第五是"慕",女子对中年人温暖家庭的羡慕,反衬出自己的孤独、忧伤以及处境的艰难。由生活中一件极小的事,反映出社会、历史、人物的个性、心理,在极有限的篇幅中有如此大的包容,我们不能不感慨作者的艺术概括力。

小说结尾写"门"原本是开着的,换言之,女子的一切想法本来就是不必要的。这是极妙的一笔:使小说言尽而意未绝,又一次打开读者想象的"门"。是在讽刺"世上本无事,庸人自扰之"? 还是以此揭示如文中女子这一类人细腻、多虑的性格? 或是有意使用陡转,增加小说的趣味性、可读性……开放式的结尾,任你随意展开想象的羽翼。

　　　　　　　　　　　　　　　　　　　　　　（顾建新）

永 远 的 门　　　　　邵宝健

江南古镇。普通的有一口古井的小杂院。院里住了八九户普通人家。一式古老的平屋,布局多年未变,可房内的现代化摆设是愈来愈见多了。

这八九户人家中,有两户的常住人口各自为一人。单身汉郑若奎和老姑娘潘雪娥。

郑若奎就住在潘雪娥隔壁。

"你早。"他向她致意。

"出去啊?"她问话,擦身而过,脚步并不为之放慢。

多少次了,只要有人有幸看到他和她在院子里相遇,听到的就是这么几句。这种简单的缺乏温情的重复,真使邻居们泄气。

潘雪娥大概过了四十了吧,苗条得有点单薄的身材,瓜子脸,肤色白皙,五官端正,风韵犹存,衣饰素雅又不失时髦。她在西街那家出售鲜花的商店工作。邻居们不清楚,这位端丽的女人为什么要独居,只知道她有权利得到爱情却确确实实没有结过婚。

郑若奎在五年前步潘雪娥之后,迁居于此。他是一家电影院的美工,据说是一个缺乏天才的、工作负责而又拘谨的画师。四十五六的人,倒像个老头儿了。头发黄焦焦、乱蓬蓬的,可想而知,梳理次数极少。背有点驼了。瘦削的脸庞,瘦削的肩胛,瘦削的手。只是那双大大的眼睛,总烁着年轻的光,烁着他的渴望。

他回家的时候,常常带回来一束鲜花,玫瑰、蔷薇、海棠、腊梅应有尽有,四季不断。

他总是把鲜花插在一只蓝得透明的高脚花瓶里。

他没有串门的习惯。下班回家后,便久久地耽在屋内。有时,他也到井边洗衣服、洗碗、洗那只透明的蓝色高脚花瓶。洗罢花瓶,他总是斟上明净的井水,噘着嘴,极小心地捧回到屋子里。

一道厚厚的墙把他和潘雪娥的卧室隔开。

一只陈旧的一人高的花竹书架贴紧置放在床边。这只书架的右上端,便是这只花瓶永久性的位置。

除此之外,室内或是悬挂、或是傍靠着一些中国的、外国的、别人的和他自己的画作。从家具的布局和蒙受灰尘的程度可以看得出,这屋里缺少女人,缺少只有女人才能制造得出的那种温馨的气息。

可是,那只花瓶总是被主人擦拭得一尘不染,瓶里的水总是清清冽冽,瓶上的花总是鲜艳的、盛开着的。

同院的邻居们,曾经那么热切地盼望着他捧回来的鲜花,能够有一天在他的隔壁——潘雪娥的房里出现。当然,这个奇迹就从来没有出现过。

于是,人们自然对郑若奎产生深深的遗憾和绵绵的同情。

秋季的一个雨蒙蒙的清晨。

郑若奎撑着伞依旧向她致意:"你早。"

潘雪娥撑着伞依旧回答他:"出去啊?"

傍晚,雨止了,她下班回来了,却不见他回家来。

即刻有消息传来:郑若奎在单位的工作室作画时,心脏跳搏异常,猝然倒地,刚送进医院,就永远地睡去了。

这普通的院子里就有了哭泣。

那位潘雪娥没有哭,眼睛却是红红的。

花圈,一只又一只。那只大大的缀满各式鲜花的没有挽联的花圈,是她献给他的。

这个普通的院子里,一下子少了一个普通的、生活里没有爱情的单身汉,真是莫大的缺憾。

没几天,潘雪娥搬走了。走得匆忙而又突然。

人们在整理画师遗物的时候,不得不表示惊讶了。

他的屋子里尽管灰蒙蒙的,但花瓶却像不久前被人擦拭过似的,明晃晃,蓝晶晶,并且,那瓶里的一束白菊花,没有枯萎。

当搬开那只老式竹书架的时候,在场者的眼睛都瞪圆了。

门!墙上分明有一扇紫红色的精巧的门,门拉手是黄铜的。

人们的心悬了起来又沉了下去。原来如此!

邻居们闹闹嚷嚷起来。几天前对这位单身汉的哀情和敬意,顿时化为乌有,变成了一种不能言状的甚至不能言明的愤懑。

不过,当有人伸手想去拉开这扇门的时候,却“哇”地喊出声来——黄铜拉手是平面的,门和门框平滑如壁。

一扇画在墙上的门。

(1986年)

[鉴赏] 《永远的门》不是一般意义的爱情小说。当然,如果把小说的主题看作是封建主义对孤男寡女的思想的束缚,也是可以的。但是我们不能把问题看窄了。由于历史和社会的种种原因,人在心理和思想上产生各种各样的隔膜,彼此不能沟通;囿于心理和世俗的压力,宁愿沉默也不爆发。这是怎样的一个悲剧啊!小说的深刻性也正在于此。特别值得指出的是,这种妨碍人与人之间思想、情感交融的压力,固然来自社会,更多的是来自我们自身。

郑若奎对潘雪娥早就心里向往,知道她在花店工作,因此常带一束鲜花回来,而且总是把高脚花瓶擦得一尘不染。他在墙上画一扇门,但是他心里的门却永远也打不开。他是一个悲剧式的人物。郑若奎的内心阻隔,使他失去了爱情而终身遗憾。如果扩大来看,这种阻隔的危害将更大:它妨碍了社会上人与人之间的交流,妨碍了社会的进一步发展。深刻的内涵,如果找不到适合的承载,微型小说也难获得成功。这篇小说的巧妙之处,还在于作者寻找到了一个令人难以忘却的细节——画在墙上的“门”。

这个“门”有三个好处:一、在现实生活中鲜见,造成一种新奇的刺激,因此给人留下深刻的印象。二、使情节跌宕,墙上有一扇门,引起人们的惊异和愤懑。正当读者也感到意外之时,笔锋又突转:“门”是画上去的,使读者的情绪再次陡转。情感的大起大落,思绪的千回百折,使小说产生震撼力量。三、具有令人回味的艺术魅力,作者深刻的思想,包孕在具有强烈视觉形象的画图中,虽不着一字,却暗示了千言万语,让读者去感叹、去联想。由此可见,微型小说的细节虽不必如短篇小说展示得那么细腻,但也必须予以高度重视:它同样具有强烈的艺术感染力。

(顾建新)

神　杯　　　唐训华

　　一向默默无闻的甚至令人有点生厌的李老头突然身价百倍，成了人人喜欢的人。人们私下里这样议论：这可是个重要的不可轻视的了不起的神秘人物啊！别看他不哼不哈的瑟瑟缩缩的穷酸样，却原来是市长的座上宾，要不然，市长怎么会赠送他一只茶杯呢？多么精巧的式样新颖的杯子啊，据说是外国人送给市长的，市长能把外国人送给他的礼物轻易转送给一位普通人吗？

　　于是，往日李老头无人问津的寒舍一下子门庭若市了，他平日的仇人也寻找种种借口来消除隔阂，不分是非地一古脑儿承认自己的过错，公开的、隐蔽的送礼人来了，为上学、工作、调动、住房、进城、落户、离婚、孩子入托、买煤气、订牛奶、买月票等一系列生死攸关的大小事，恳求李老头到市长面前说上一句话……这一切弄得李老头十分惶恐，一再解释："这有什么呢？真的没什么，我也不知道为什么，事情就这样简单……"他越是解释得这样平淡，人们越是猜测得神奇、研究得深奥。有权威人士得出这样的结论：李老头原是××大将的马夫，由此又传出李老头当年为保卫××大将而出生入死的英雄传奇。李老头在众人眼里成了神仙，那只杯也成了神杯，凡到李老头家串门的人都为能喝上一杯用市长杯子泡的茶而荣耀，一边啧着嘴，一边互相证实那杯子泡的茶确实非同一般，有提神补气之功，明目爽心之能。

　　这件事惊动了某报一位记者，他觉得探求其中真谛定能获得一件爆炸性新闻。于是几次跟踪李老头，要他谈谈真情，但李老头仍然守口如瓶，一个劲地说："没什么，真的，事情就这样简单……"

　　记者是不会甘心的，决定另辟蹊径，采访市长。

　　市长想了半天，说："真有这回事吗？我怎么没有一点印象呢？"

　　记者更加深信这其中奥妙非同一般了，于是穷追不舍，晚上跟踪到市长家，家里比办公室好办事，采访也是这样。

　　正当市长被逼得走投无路时，市长夫人回来了，她是市医院一位内科大夫。

　　"是有这么一回事，"她提醒丈夫说，"他是我的病人，一位瘦瘦的长脸老汉，来找我的，你招待他喝了茶，后来，我把他喝水的那只杯子送给他了!"

"你为什么要送他杯子呢?"

市长夫人红了脸,说:"我知道他的病情,他的病是传染的,这样,那只杯子留下来也没用,就送给他了!"

弄清真相后,记者觉得索然无味,叹息了一阵,只好搁笔作罢。

自此以后,李老头家中又恢复了平静。凡是在李老头家用那只杯喝过茶的人,一个个到医院作了 X 光检查。虽然透视单上印有心肺正常的字样,仍是"心有余悸",担心这传染病已埋伏在哪颗细胞里,时机一到,谁拿得准不犯病呢?

(1986 年)

[鉴赏]　《神杯》的题目起得好,发人深思:"神杯""神"在何处?为什么极普通的水杯会突然变成了"神杯"?是谁把它神化的?这一连串的问题,便构成了小说深刻的主题。小说事件并不复杂,结构也很简单:由"设疑"与"释疑"两个板块组成。但是所揭示的内容却并不简单。它犹如一个多棱镜,映射出当代社会民俗的一个侧面,引发人们丰富的联想和深刻的思考。

小说中的前半部以"设疑"为主,详写人们在得知李老头拿到市长的赠杯后引起的躁动。小说由浅入深,由小到大,挥洒笔墨尽情描写水杯的神奇。文中分成三个层次:第一,他家中一下子"门庭若市",想借他的关系来办各种事情的人潮水般涌来;第二,人们开始传说李老头的神奇身世,由水杯将它的主人神化;第三,那只普通的杯子便成了"神杯"。三个层次的笔法有变化:第一、二层次是实写,是我们日常生活中可以见到的;第三层次写周围人的感觉,是虚拟。三个层次从不同角度,反映了当前社会生活、社会心理中存在的各种各样的问题。由于作者使用艺术的笔法,把平时散乱的事件集中起来,把潜藏的事物凸显出来,因此,人们司空见惯的事情一下子显示出了矛盾的尖锐性,让我们对周边的生存环境、对当前的社会心理意识,感到了其中存在问题的严重性和复杂性,从而引起人们的警觉和思考,小说便有了极其深刻的内涵。因为是市长送的杯子,竟然在群众中引起如此大的反响,固然反映了一些市民"盲目攀上"的庸俗风气;但如果我们进一步深究,就会发现小说所揭示的问题并不那么简单:它让我们进一步联想:形成这种风气的真正根源是什么?同时,上学、工作、调动、住房……这些与百姓休戚相关的问题,谁来解决?又靠什么来解决社会矛盾?总之,这篇微型小说能在有限的篇幅中,引发读者这么多的思考,确实发挥了这种文体"以小见大"的艺术潜能。

小说后半部以"释疑"为辅。杯子由来的解释合情合理,使整个故事显得真实可信;同时,前后情景又形成极大的落差,在读者心中产生震撼。特别值得提出的是,这一部分叙写不是简单地把事情的真相告诉给读者就完了,而是特意加了一个尾巴:用杯子喝过水的人又产生了新的恐慌。这是极妙的一笔,妙处有三:一是前后对照,加大了讽刺的力度;二是行文再添曲折;三是一个故事结束,又是一个新故事的开始。微型小说能做到"尺幅千里",自然是妙趣无限。

(顾建新)

睡　美　人　　　　　　　戴长征

清丽、优美的芭蕾舞剧《睡美人》序曲奏响了。可是扮演公主奥罗拉的Ａ角却"失踪"了。

"砰",化妆间的小门开了,一名女演员朝回过头的导演一耸肩:"找遍了,哪儿也没有。"导演阴沉着脸,心中紧扣着的希望之弦也随着这声响给绷断了。突然,他的手指向了端坐在一边的Ｂ角:"你上!"

Ｂ角激动地站起身,双手抚摸着短裙,眼里闪着倔强和自信的目光。只见她,跷起脚尖,一个优雅的旋转,轻盈地提着舞裙,飘然来到台上……

导演余怒未息。Ａ角有丰富的舞台经验,和扮演王子菲利浦的男Ａ角又是老搭档,今天的汇报演出正是胜败定局的关键时刻,万一Ｂ角腿一软……他不禁打了个冷颤。

……Ｂ角在追光下独舞。多么典雅雍容的舞步,多么飘洒翩翩的舞姿,她巧妙地把音乐的颤动和光芒融会在一整套芭蕾舞的语言里了……

……英俊的王子出现了,两人在月光如水的舞台上跳起了双人舞。导演紧张地眯起了眼。这是最令人担心的,Ｂ角和男Ａ角是第一次同台演出。奇怪,导演的眼前,Ｂ角分明已被爱情拥托而起,漂浮在浪花之上,乘着白色双翼;她手臂的姿势犹如玫瑰花瓣的开放;她的双脚和着音乐在踩踏,犹如树叶飘然落地。她和男Ａ角的搭档真是天衣无缝!

导演的拳头松开了,他暗暗惊讶,我平时怎么会没有发现呢?是由于她的倔强和顶撞?是由于她的执着、自信大于技巧?是由于我对女Ａ角的偏爱所形成的偏见?还是……

……Ｂ角弯曲双腿,柔软的身子向地面上倾倒。

　　……哀怨、激昂的主题乐如泣如诉在轻叩观众的心扉。一个个音符,飘坠在导演的心湖上,泛起圈圈涟漪。B角不是曾经要求和男A角搭档吗?而他却用"A""B"角这道坚固的厚墙将一对"情人"隔开,导演了一出"悲剧"。唉!

　　……醒了,奥罗拉醒了!安睡了100年后,由于菲利浦纯真的爱情,她,死而复苏了!而B角,这位现实生活中的"睡美人",恰似许多沉睡着的美;她,春花怒放了!

　　"哗",忽然,剧场里响起了热烈的掌声。B角噙着泪,微笑着向观众躬身还礼;可是,她的目光在观众席上凝滞了——A角正微笑着坐在那儿鼓着掌……

(1986年)

　　[鉴赏]　这是一篇复调小说,这在那样短小的篇幅里是极端不容易的。也正因为成功地使用了这种方式,使一个极普通的更换演员进行演出的小故事,成为一篇极具情趣的微型小说。作者如此精心的构思,不能不令人击节叹赏!

　　小说的开头,写舞剧《睡美人》即将演出,女A角却突然神秘失踪。在制造了悬念之后,小说延伸出两条线索。首先是明线,主要写女B角。作者用大量的篇幅叙写临时顶替的B角舞姿清新优雅、旋转轻盈,而且与男A角第一次同台演出,便配合得天衣无缝。其间,又有意插入导演心理变化的描写,展开了愤慨——担心——自责——喜悦的复杂过程,旨在使整个演出变得跌宕起伏、动人心弦。

　　其次是暗线。暗线写女A角的行动。虽然只写了开头和结尾,但对整个作品却有着举足轻重的作用。A角的整个活动作者不写一笔,却在小说结尾时,突然出现一个细节——"A角正微笑着坐在那儿鼓着掌"。这实在是神来之笔!如奇兵突降,不禁令人浮想联翩。这一笔可谓一石三鸟:首先,它顿时激活了全篇,使一个司空见惯的事件立时变得鲜活灵动,小说从地上腾空飞起,实现了境界的飞越;其次,完成了对A角的人物塑造:A角是个极有心计又极关心他人的人。她在演出前突然"失踪"——实际是主动让贤,又不露声色;在B角演出成功时,"她在丛中笑"——表现出由衷的喜悦与祝贺。对她的高风亮节,作者"不着一字,尽得风流"。第三,由开头的A角"失踪",到结尾A角在观众席上鼓掌,小说首尾呼应;两条线索在结尾处自然融会,全篇浑然天成,美不胜收。

(顾建新)

壶　王　　　　汤祥龙

　　白厂长喝茶并不很讲究,没有茶叶,白开水也行,可厂里有人

见了他,总是笑着喊他"壶王"。原来,他家里有一只紫砂茶壶,据
见过的人说,这只紫砂壶如果拿到国际博览会上去展出,也许根
本不算什么一回事,可在他们这家一千多人的厂子里,称得上是
"稀罕之宝"了。壶身虽然只有拳头大小,可造型十分奇特,整个
壶看上去就像一截梅花树桩,两三枝枝丫曲曲弯弯地绕着壶身,
梅树的特征、个性体现得淋漓尽致。白厂长珍如宝物,只有遇到
贵客登门,才让儿子把"壶王"拿出来。

星期天,他们厂的李师傅突然登门拜访厂长来了。李师傅是
厂里的发明大王,平时从不外出串门,白厂长一见,连忙吩咐儿子
端上"壶王"。

不知怎么搞的,李师傅伸出双手,却没能接住白厂长递过来
的"壶王",只听"叭"的一声,那只紫砂壶顷刻间变成了碎块。白
厂长的儿子见此情景,吓得脸都变了色。他记得自己有一次不小
心重重地碰了一下壶盖,差点挨父亲打呢!

"这,这不是那把'壶王'吗?"发明大王也被眼前突然发生的
事惊呆了。

"没事,没事,反正早晚总是要碎的,你请坐。"白厂长似乎毫不
在意似的挥挥手,转身对呆立一旁的儿子说道:"快去拿包烟来!"

发明大王赶紧摸出自己带来的烟。两人默坐了一会,李师傅
一句话也没有说就向白厂长告辞了。

发明大王一走,白厂长赶紧蹲下身子,把地上的那些碎片小
心地整理起来,儿子见状,故意说道:"爸爸,瞧你,刚才你不是还
说没事吗?"

白厂长叹道:"孩子,这可是祖上传下来的啊!"

"那你刚才怎么一点也不着急呢?"

"孩子,你不懂,李师傅今天是第一次登我们家的门,要是让
他背上了思想包袱,他以后还会来吗?"

翌日清晨,白厂长去厂里上班。

"白厂长!"厂组织科谢科长忽然喊住他,笑着说道,"厂长,你
可真有办法啊。"

"什么办法?"白厂长不解地望着他。谢科长认真地问道:"你
昨天是用什么办法留住发明大王的呀? 这家伙昨天在我家里闹
着非要调走不可,我让他来找你,可过了会儿,他又回来对我说,

他已经找过你了,决定不走了。我感到奇怪,后来想你可能向他许了什么愿。"

白厂长听了,不由一怔。他实在不知道发明大王是为了调走的事才来找他的。见谢科长两眼愣不然地审视着自己,他连忙摇头大笑道:"小事一桩,小事一桩,哈哈哈……"

（1987 年）

[鉴赏]　这篇作品所讲述的,是一个很有点"无意插柳柳成荫"味道的故事——发明大王李师傅之所以决定留在厂里不调走了,其实并不是白厂长"真有办法"或者是"向他许了什么愿"的缘故,而不过是白厂长在李师傅来他家里时,没将李师傅因"没能接住"而打碎了那把他"珍如宝物"的"壶王"当回事而已。

当然,写白厂长的这种"无意",作者却分明是有意的——实际上,在白厂长的那种"无意"中,作者寄寓着一种十分鲜明的为人处世的哲理:你待人热情真诚,别人也就会以同样的热情真诚来待你;你可能会由于自己待人热情真诚而失去什么,但你因此而得到的,一定会比失去的多得多。可不是,对白厂长这位一厂之长来说,虽然那把称得上"稀罕之宝"的"壶王"的被打碎无疑是个不小的遗憾与损失,但由此换来的发明大王李师傅的"决定不走",则显然更是能让白厂长"大笑"的。

在艺术上,这篇作品的最大特点是,立意的表达采用的是"迂回战术"而不是直奔主题的方法。作品中的故事时时处处都只讲"壶王":先是浓墨重彩写"壶王"是如何的珍贵,然后是详详细细地说"壶王"是怎样破碎的和白厂长对此的态度——这种写法,既有效地保证和实现了故事本身的曲折有致与生动活泼,更因其既不动声色又水到渠成的匠心独运,而使作品的题旨获得了那种非常有力的形象支撑,同时使作品题旨的可信度和纵深度都得到了那种属于作品内在的而不是人为的强化。　　　　　　　　　　　　　　　（汝荣兴）

立　正　　　　　　　　　　　许　行

"你说说,为什么一提蒋介石你就立正? 是不是……"

我的话还未说完,那个国民党军队的被俘连长,又"叭"一下子来了个立正,因为他听到我提蒋介石了。

这可把我气坏了,若不是解放军的纪律管着,早就给他一撇子了。

"你算反动到底啦!"

"长官,我也想改,可不知为什么,一说到那个人就禁不住这样做……"

"我看你要为他殉葬啦!"我狠狠地说。

"不,长官,我要改造思想,我要重新做人哪!"那个俘虏连长很诚恳地说。

"就凭你对蒋介石这个迷信的态度,你还能……"

谁知我的话里一提蒋介石,他又"叭"一下子来了个立正。

这回我终于忍不住了,一杵子把他打了个趔趄,并且高声说:

"再立正,我就打断你的腿!"

"长官,你打吧!过去我这也是被打出来的,那时我还是个排副,就因为说到那个人没有立正,被团政训处处长知道了,把我弄去好一顿揍,揍完了对我进行单兵训练,他说一句那个人的名字,我就马上来个立正,稍慢一点就挨打。有时他趁我不注意冷不防一提那个人的名字,我没反应过来便又是一顿毒打……从那以后落下来这个毛病,不管在什么时间地点。一说到那个人或一听到那个人的名字就立正,弄得像个精神病似的,可却受到嘉奖,说这是对领袖的忠诚……长官,你打吧!你狠狠地打一顿也许能打好呢。长官,你就打吧、打吧!"俘虏连长说着就痛苦地哭了,而且恳切地求我打他。

这可真怪了!可听得出来,他连蒋介石三个字都回避提,生怕引起自己的条件反射。不能怀疑他这些话的真诚。

他闹得我也有些傻了,不知该怎么办啦!

1948年我在管理国民党军队俘虏时,竟然遇到了这种事。当时那个俘虏大队里都是国民党军队连以下的军官,本来是想把他们改造、改造好再使用,未曾想会遇到这么个家伙。

"政委,咱们揍他一顿吧!也许能揍过来呢。"我向大队政委请示说。

"不得胡来,咱们还能用国民党军队的办法吗?你以为你揍他,就是揍他一个人吗?!"

吓!好家伙,政委把问题提得这么高。

"那么?"我问。

"你去让军医给他看看。"

当时医护水平有限,自然看不出个究竟来,也没有啥医疗办法。以后集训完了,其他俘虏作了安排,他因这个问题未解决,便被打发回了家。

事隔三十年,"文化大革命"后,我到河北一个县里去参观,意外地在街上遇到他。他坐在一个轮椅上,隔老远他就认出我来。

"教导员,教导员!"他挺有感情地扯着嗓子喊我。

他头发发白,面容憔悴,显得非常苍老,而且两条腿已经坏了。我问他腿怎么坏的,他说因为那毛病没改掉,叫"红卫兵"给打的,若不是有位关在"牛棚"里的医生给说一句话,差一点就要没命啦!

我听了毛骨悚然,生活竟是这样……打断了他两条腿,当然就没法立正了,这倒是一种彻底的改造办法。于是,我情不自禁地说:

"你这一辈子,算叫蒋介石给坑啦!"

天呵!我非常难过地注意到:在我说"蒋介石"三个字时,他那坐在轮椅中的上身,仍然向前一挺,作了个立正的姿势。

(1987 年)

[鉴赏]《立正》这篇作品最大的成功是写活了人。其写作特点是反复渲染人物的性格特征,把人物的个性进行适度夸张,也就是说把人物个性绝对化、极端化,用文学术语讲就是把人物性格推向极致。在这篇千余字的作品中,共出现过十次"立正",可以说"立正"贯穿于全文。由于作者几乎把所有的笔墨都聚焦在了"立正"这一细节上,并在这一点上做足了文章,可以说,把"立正"写透了,也就把人物写透了,这样,读者眼前就会浮现出一个活生生的人物形象来。

题目是《立正》,行文开门见山就写到"立正",最后结尾写到的还是"立正"。从结构上说,前后呼应,又层层递进。因为此"立正"非彼"立正",不是细节的简单重复,而是细节内涵的加深。作者开篇时的那"立正"细节,与作品结尾时的那"立正"细节,前者是 1948 年的事,后者是"文革"后的事,前后相隔三十年。三十年的历史沉浮、风云变化以及社会、人、价值观念,一切的一切,改变了多少啊,可称得上是翻天覆地,但文中那位主人公依然未改掉条件反射般的"立正",这样的细节怎不叫读者过目难忘、掩卷深思啊。

有位作家曾说:你给我三个好的细节,我还你一个好的中篇,信哉!请看作者只一个细节就把这篇微型小说写绝了,可见细节在作品中的重要性。有经验的作家都知道,情节可以编,细节没法编。所以,写好作品很重要的一点是注意收集细节。这篇作品篇幅不长,历史跨度却不短,有情节,有细节,有人物。人物有个性,故事有内涵,确实让人印象深刻。微型小说写到这份上,着实不易。

(凌鼎年)

天　职　　　　　　　许　行

　　海尔曼博士是位医术高超、医德高尚的大夫。他开的诊所已远近闻名,在布拉沙市里没有人不知道海尔曼和他的诊所的。

　　海尔曼这个倔老头子,像他那把用最好钢材做成的手术刀一样坚硬、锋利。

　　有这样两件事,一下子就把海尔曼给抬了起来。

　　一天夜里,他的诊所被一个小偷给撬开,一点现金和几样珍贵的药物都被他放在提兜里准备带走,不巧,慌忙中撞倒吊瓶支架,他又被氧气罐绊倒,摔折了大腿,要跑也爬不起来了。这时,海尔曼和助手从楼上下来,助手说:

　　"打电话让警察把他带走吧!"

　　"不,在我诊所的病人不能这样出去。"

　　把小偷抬上手术台,海尔曼连夜给他做了接肢手术,并给打上了石膏绷带。一直在诊所里把他彻底治好才交给了警察。

　　助手说:"他偷了你的财物,您怎还如此给他治疗呢?"

　　"救死扶伤是医生的天职。"

　　小偷自然感激得五体投地,惟在交警察前,他恳求把他放了。他说:"海尔曼博士,你不愧是上帝的儿子。我愿再次得到您的拯救,不到那阴森的牢房里去领面包……"

　　海尔曼博士两手一摊说:"先生,对您这个要求,我这把手术刀就无能为力了。"

　　一时传为佳话。又一天,一个女人护送一位车祸中受重伤的人来诊所。

　　海尔曼一愣:呵,是她?她早已徐娘半老,怎么这般漂亮?这是他被人夺去的爱妻。直至今天她在他的眼里,仍然具有不可替代的魅力。

　　女人泪流满面地说:"海尔曼,亲爱的海尔曼,你还恨我吗?……为了拯救他的生命,我不得不来求你,你是全市惟一能给他做手术的人。"

　　重伤的人是他原来爱妻的后夫,就是这个人把她夺去了,当时就差未同他进行古老的决斗。

"亲爱的海尔曼，我和他都对不起你，可是我们遇了难……但愿你的手术刀不带着往日的仇恨。"

海尔曼曾经受过他们的侮辱。现在这种场合的重逢，使他不由心潮起伏、思绪万千。他始终一言未发，只冷冷地反问一句："列夫斯基夫人，你忘记我教导过你的话吗？"

"救死扶伤是医生的天职。"

手术前列夫斯基一直处于昏迷的状态。待手术中清醒过来，见拿着手术刀的是海尔曼，不由大吃一惊，连忙要挣扎起来。

"老实躺好，这是上帝的安排。你是我永难宽恕的情敌，你又是我必须抢救的患者。"

一个修补头颅骨的手术，让海尔曼站了十多个小时，最后晕倒在手术台旁。

列夫斯基伤愈后，夫妻俩在海尔曼面前忏悔地说："如您不嫌弃，我们愿意为服待您而献出余生。"

"医生在手术室里记住的，只是他的天职，忘记的是个人的恩怨。"

这事更引起了人们的敬重。

这年，德国发动第二次世界大战，占领了布拉沙，一个盖世太保头目，被波兰地下战士一枪打中了胸部。随军医生没人能给他做这样的开胸大手术，便把他化了装送到海尔曼的诊所。海尔曼一眼就认出这是个最凶残的德国刑警队警官，在这个城市里不知有多少波兰人丧生在他的枪口下。他心中猛然一震，暗自喟叹，这也是上帝的旨意呵！

海尔曼支走了所有的助手和医护人员，他洗手、刮脸，重新穿好了上教堂才穿的那套西服，罩上一件最新的白外套。然后拿起他最大的那把手术刀，一下子剖开他的胸膛。他没有去找子弹，而是把手术刀插在他的心上……

在受审时，德国人说："你玷污了你的手术刀。"

"没有，它用得其所。"

"你忘记了医生的天职。"

"没有，此时此刻反法西斯就是最高的天职！"他一字一顿，字字千钧，全市人都听到啦。

海尔曼牺牲了。可城市里到处都张贴着"天职"两个大字，不用再加其他文字，它就成了一条具有巨大号召力量的反法西斯标语。时至今日,布拉沙还在最高的楼宇上挺举着"天职"两个大字,谁都明白人们赋予了它更深远的含义。

(1989 年)

[鉴赏]　《天职》虽然只是篇微型小说的构架,但其内涵完全可以与一篇短篇小说相媲美。微型小说要有故事,这篇《天职》有故事;微型小说要有人物,这篇《天职》有人物;微型小说要有立意,这篇《天职》有立意。小说的三要素齐全了,堪称微型小说中的一篇经典。

　　这篇《天职》写了三个小故事,通过故事反映人物个性、人物品性,一个故事一次递进,人物得到一次升华。给小偷治伤,给情敌开刀,最后把手术刀插到受伤的盖世太保头目的心脏上。如果把此题材给一个中篇小说作家的话,可能会铺排成一部几万字的中篇,但作者惜墨如金,把水分全部挤干,把内涵藏到了文字的背后、故事的背后。

　　这篇作品,题目也起得好。所谓"天职",在这篇作品里具有双重含义。就海尔曼医生的本职工作而言,他的天职就是救死扶伤,也即我们常说的敬业精神。在这里,敬业精神得到了最神圣的诠释,因为海尔曼经受住了两次考验,特别是对情敌的处理,使他白衣天使的形象更加高大丰满。但是,海尔曼不仅仅是个医学博士,他更是个布拉沙的市民、反法西斯的战士,因此与法西斯抗争也是他的天职。海尔曼可以为窃他财物的小偷治伤,可以为他的情敌开刀,他可以有这种胸怀、肚量;但面对残杀他同胞的法西斯,他宁可牺牲自己的生命也要履行自己的天职——读到这里怎不让人肃然起敬。这篇作品岂止是写活了一个海尔曼,还让读者感悟到许多、许多。　　　(凌鼎年)

⊙ 的 故 事　　　　　冀彤军

　　他见了教授,"嘻嘻"笑了。那年他十二。天真地问:"都说你识字多,认得这个字吗?"说完,他用树棒在地上划了个规规矩矩的"⊙"。教授笑了:"这是古代象形文字中的太阳。"他鄙夷地摇摇头,说:"不对! 这是咚儿。亏你还当教授。"教授莫名其妙地瞪大眼睛:"为什么念咚儿?"他得意地眨眨黑亮的眼珠,用树棒指指地上的"⊙"说:"这圈儿是口井。"然后又指指"·"说:"这点是小石子儿,石子掉到井水里……"

　　"哦,咚儿,溅响的水声。太妙了,你是仓颉!"教授兴奋地搓着手。

　　教授又见到了他。他已长成二十四岁的大小伙子了。他严肃地拽住教授,捡块石子在地上又划了一个象形字"◎◎",问:"教授,可认得这个字?"教授想起第一次见面的情景,不由得笑了,脱口说道:"这是两口井!"他听了阴郁地摇摇头,说:"错了,教授,这是两个人在亲嘴,他和她。"教授百思不得其解,反驳说:"小伙子,两个人亲嘴应是一个'○',他和她的嘴重叠在一起。"他苦恼地说:"错了,教授,他和她是包办的,她不乐意,晚上,他要亲她,她不让,结果只亲了她的嘴角……"望着他阴郁的面孔,教授这次怎么也笑不出声。

　　半月后,教授又见到了他,是在一座荒芜的山坡上。他默默地跪在一座新筑的坟丘前,手指在坟上划着一个又一个"⊙"。教授疑惑地问:"这是……"他没有抬头,哽咽着说:"她至死不愿意,最后……"

　　教授的心缩紧了,双手用力抓住他的肩膀问:"你说她……"

　　他点了点头,在坟丘上又划了个深深的⊙……

（1987 年）

　　[鉴赏]　这是一个令人从轻松到沉重、从发笑到想哭的故事——你看,十二岁的"他"竟然将古代象形文字中的太阳"⊙",说成是石子掉到井水里所发出的那声"咚儿"! 如此满是童真与童趣的奇思妙想,实在是连见多识广的教授也忍不住要搓着手兴奋的呵。我们便因此而感到了轻松,那种不由得要发笑的轻松。然而,即使我们已经轻松地笑出来了,我们那笑容却肯定又很快便会僵硬乃至变形,因为到了二十四岁时,虽然"他"在地上画的依然是那个"⊙",可此"⊙"根本已非彼"⊙";此"⊙"代表的,是"她至死不愿意,最后……"对此,我们又怎么能不觉得沉重、怎么能不想哭呢?

　　实际上,这种令人从轻松到沉重、从发笑到想哭的效果,也正是本文作者艺术构思的巧妙之所在——通过一前一后同为画"⊙"却又截然不同的情节与氛围的强烈对比,作者既给我们讲述了一个完整而又跌宕的故事,更将故事的重心,从情节深化到了意蕴,从关于婚姻提升到了关于人生。这样,这一篇幅仅为短短六百余字的故事,也便有了很是绵长的意味。

　　说到这篇作品的篇幅,我们还有必要注意这样一点:它尽管短,却不但结构完整,而且注重起承转合,特别是"他"画"⊙"的那一段文字,所体现的从内容到结构的过渡作用真可谓既显而易见又天衣无缝,而这无疑也是作者艺术功力的一种充分体现。　　　　　　　　　　　　　　（汝荣兴）

杭州路 10 号　　　　　　　　　于德北

我讲一个我的故事。

今年的夏天对我来说很重要。

随着待业天数的不断增加，我愈发相信百无聊赖也是一种合理的生活方式。这当然是从前。很多故事都发生在从前，但未必从前的故事都可以改变一个人。我是人。我母亲给我讲的故事无法诉诸数字，我依旧一天到晚吊儿郎当。

所以，我说改变一个人不容易。

夏初那个中午，我从一场棋战中挣脱出来，不免有些乏味。吃饭的时候，我忽然想出这样一种游戏：闭上眼睛在心里描绘自己所要寻找的女孩的模样，然后，把她当作自己的上帝，向她诉说自己的苦闷。这一定很有趣。

我激动。

名字怎么办？信怎么寄？

我潇洒地耸耸肩，洋腔洋味地说："都随便。"

乌——拉！

万岁！这游戏。

我找了一张白纸，在上边一本正经地写了"雪雪，我的上帝"几个字。这是发向天国的一封信。我颇为动情地向她诉说我的一切，其中包括所谓的爱情经历（实际上是对邻家女孩儿的单相思），包括待业始末，包括失去双腿双手的痛苦（这是撒谎）。

杭州路 10 号袁小雪。

有没有杭州路我不知道，也不必知道。我说过，这是游戏，是一封类似乡下爷爷收的信。

信寄出去了。

我很快便把它忘却。

生活中竟有这么巧的事，巧得让人害怕。

几天之后，我正躺在床上看书，突然一阵急切的敲门声把我惊起。我打开门，邮递员的手正好触到我的鼻子上。

"信。"

"我的？"我不相信，是因为从来没有人给我写信。

杭州路 10 号。我惊坐在沙发上。仿佛有无数只小手在信封里捣鬼，我好半天才把它拆开。字很清丽，一看就是女孩子写的。信很短：谢谢您信任我，向我诉说您的痛苦，我不是上帝，但我理解您，别放弃信念，给生活以时间。您的朋友雪雪。

　　人都有良心。我也有良心。从这封信可以知道袁小雪是个善良的女孩子,欺骗善良无疑是犯罪。我不回信,不能回信,不敢回信。

　　这里边有一种崇敬。

　　我认为这件事会过去,只要我闭口不言。

　　但是,从那封信开始,我每个月初都能收到一封袁小雪的信。信都很短,执着,感人。她还寄了两本书给我:《张海迪的故事》、《生命的诗篇》。

　　我渐渐自醒。

　　袁小雪,你这是为什么、为什么、为什么呀?

　　我渐渐不安。

　　四个月过去了,你知道我无法再忍受这种折磨。我决定去看看袁小雪,也算负荆请罪,告诉她我是个小混蛋,不值得她这样为我牵肠挂肚。我想知道袁小雪是大姐姐、小妹妹还是阿姨、老大娘。我必须亲自去,不然的话我不可能再平静地生活。

　　秋天了。

　　窄窄的小街上黄叶飘零。

　　杭州路 10 号。

　　我轻轻地叩打这个小院的门,心中充满少有的神圣和庄严。门开了,老奶奶的一头花发映入我的眼帘。我想:如果可以确定她就是袁小雪,我一定会跪下去叫一声奶奶。

　　"您是?"

　　"我,我找袁小雪。"

　　"袁?……噢,您就是那个……写信的人?"

　　"是,是她的朋友。"

　　"噢,您,进来吧。"

　　我随着她走过红砖铺的小道,走进一间整洁明亮的屋子里,不难看出是书房。就在这间屋子里,我被杀死了。从那里出来,我就是另外一个人了。

　　"她不在么?"

　　"……"她转过身去,从书柜里拿出一沓信封款式相同的信,声音蓦然喃喃:"人,死了,已经有两个多月了,这些信,让我每个月寄一封……"

我的血液开始变凉。这是死的征兆。

"她?"

"骨癌。"

她指了指桌子让我看。

在一个黑色的木框里镶嵌着一张三寸黑白照片。照片是新的。照片上的人的微笑很健康、很慈祥。照片上的人,是一位白发苍苍的老爷爷。

他叫骆瀚沙。

他是著名的病残心理学教授。

(1988 年)

[鉴赏]　这是一篇故事及其艺术品格和思想意蕴已成为既是微型小说又是生活象征的作品。

这故事说的是一个巧合——"我"在"百无聊赖"中给纯粹是"闭上眼睛在心里描绘"的"杭州路 10 号袁小雪"写了封信,结果居然不仅真有其址和真有其人,而且还由此使"我""渐渐自醒"!于是,我们便从这个属于巧合的故事中明白到:其实,生活中什么事情都有可能发生。

这故事说的又是一个奇迹——从某种意义上说来,巧合也就是奇迹,而这一故事所创造的最大的奇迹,则是"我"的变化,那种从"一天到晚吊儿郎当"到"渐渐不安",到"心中充满少有的神圣和庄严",到我似是"被杀死了。从那里出来,我就是另外一个人了"的质的变化,从而让我们从这个属于奇迹的故事中知道:虽说"改变一个人不容易",但人又确实是可以改变的,哪怕他是个"小混蛋"。

当然,这故事说的更是一种十分可贵的真诚与真情——尽管那位曾被"我"认准为女孩子的"袁小雪",事实上是一位"白发苍苍的老爷爷",是一位名叫骆瀚沙的著名的病残心理学教授,但从他身上所体现出来的那种对别人的真切的理解和深沉的关怀,却是如此的博大和如此的令人从心底里被感动,而有了这种难能可贵的真诚与真情,我们也就有充分的理由相信:所有人的微笑便都会显得"很健康、很慈祥"!

是的,就这样,作者笔下的"杭州路 10 号"已成为一种象征,一种既属于微型小说又属于生活的象征。

(汝荣兴)

岳　跛　子　　　　　　叶大春

鞋匠岳跛子手艺棒,讲书也棒,特爱讲岳飞,慷慨激昂泪满襟怀，常炫耀道："俺是岳飞的第四十四代子孙咧！"众人并不肃然起敬，且嗤笑揶揄："哼！莫腌臜岳飞哨！你配做岳飞子孙么？岳飞子孙甘戴绿帽子么？嘻嘻……"岳跛子瞠目结舌、汗颜湿背，跌进汗腥氤氲的被窝茶饭不思、心如锥扎……

岳跛子倾囊从人市上买来的婆娘却无缘消受。他阳痿，婆娘熬不住，偷偷与木匠憨二相好了。岳跛子几次撞上，蹲在门外干咳嗽抽闷烟。憨二根本不把他放在眼里，从不跳墙爬窗，总是大摇大摆来去从容。憨二剽悍劲大，挥斧比岳跛子舞锥还轻巧，要揍扁岳跛子还不比捏瘪臭虫容易？众人耻笑他，他无奈苦笑，自嘲道："天要下雨娘要嫁人，没法管，让她快活吧！"

如今辱及祖宗岳飞，岳跛子才痛苦不堪。

不久，日本兵占了野牛镇。一日，鬼子小队长闯进鞋铺，搂住岳跛子的婆娘就往房里拽。鞋铺对面就是木匠作坊，憨二正在挥斧劈料。婆娘凄厉地呼喊："憨二救救我！"憨二怔了怔，斧落地，溜进屋。婆娘绝望了，瞥瞥呆若木鸡、噤若寒蝉的岳跛子，但没呼喊。岳跛子浑身一颤，怒火攻心：狗日的，都不把老子放在眼里，连她也小觑我……房里传出婆娘撕心裂肺的惨叫声和鬼子阴森吓人的怪笑声。岳跛子真想伏地痛泣、仰天长啸，耳边回荡起喧嚣的耻笑声、唾骂声。他颤抖地操起那把锥了多年鞋的钢锥，橐橐地走进房里。鬼子小队长泄尽淫威后死猪般躺着，见岳跛子怒目圆睁走进来，一愣，腾地跳起叽里咕噜地怒吼。岳跛子冷冷地逼视着他。鬼子小队长慌忙抓手枪，但岳跛子迅若脱兔、捷如猿猴，飞起一锥，鬼子小队长惨叫一声砰然倒地，脑袋被锥了个透穿。岳跛子嫌不解恨，舞锥狂扎，不一会，鬼子脑袋成了马蜂窝……婆娘双手捂脸恐惧万分。岳跛子瘫软地坐在门槛上啜嚅："好汉做事好汉当！你快逃吧，跟憨二去……"婆娘猛地扑进他怀里："不！我不逃！我不跟憨二去！你才真正是我男人……"

岳跛子叫鬼子的大狼狗撕碎了！野牛镇人肝胆俱裂，默默叨念：岳跛子，你有种！谁再耻笑你，就他娘的不是人！

在岳跛子的坟前，竖着这样一块墓碑："岳飞的第四十四代子孙。"

（1988 年）

[鉴赏]　小说的最重要任务是塑造人物形象,微型小说自然也不例外——这篇作品的最成功也最动人处,便是它极为圆满地完成了自己所肩负的那个重要任务,给微型小说的人物画廊中增添了"岳跛子"这一很是生动、很是让人难忘的形象。

岳跛子这一形象的生动和让人难忘,源于其个性特征的鲜明及其身上所内在的那种可歌可泣的民族精神。事实上,在这篇不足千字的作品中,作者并没有也不可能去对岳跛子作全面的刻画,但作者笔之所至,却处处可见岳跛子那完全属于"这一个"的鲜明的个性特征——比如,在整篇作品中,岳跛子虽然只说了三句话,可这三句话既句句为岳跛子的心声,又句句都显现着岳跛子的性格(一句为"炫耀",一句乃"自嘲",一句是"嗫嚅")。而岳跛子最终手持钢锥将鬼子小队长的脑袋扎成马蜂窝,尽管一方面是他怒于"都不把老子放在眼里"所致,但又无疑是他作为"岳飞的第四十四代子孙"的大义大勇身份及内在精神的自然而然的体现。

当然,岳跛子这一形象的生动和让人难忘,还离不开作者将对比这一艺术手法给予得心应手的运用。在这篇作品中,对比几乎无处不在,其中憨二这一人物设置的对比作用尤为鲜明强烈——憨二的平时"剽悍"、关键时刻懦弱,更衬托出了岳跛子的平时懦弱、关键时刻"有种",从而便使表面胆怯实则英勇的有血有肉的岳跛子,很是让人"肝胆俱裂"地活在了野牛镇人和广大读者的心中。

(汝荣兴)

混　　浊
杨东明

一条混浊的大河。

灰色的堤坝在两山之间冷漠地矗立而起,截断了它那大漠狂沙般的黄色的热情。上游的水依旧是黄色的,平静得像一张摊开的饼。下游的水自然是黄色的,坝底的泄流孔和山边的隧道排沙泄流洞犹如巨兽的鼻孔,喷出漫天的黄雾。

一只小小的划艇载着一胖一瘦两个人,沿着堤坝在上游的河道里漂。瘦子坐在船头,胖子坐在船尾,因而那船便微微翘起来,颤动着,像是坠着鱼钩的浮标。

水底莫非有一条吞了钩的大鱼?那船好似被拖曳着,顺着堤坝向岸边的山崖滑去,船底那怪异的大鱼是要进洞的吧?——排沙泄流洞就在那山崖下,一边发出怒不可遏的狂吼,一边搅起黄风般的漩流。

坝上和崖边的人见了,禁不住声声发喊:"快回!"船上的人不呆,胖子和瘦子一起拼命打圆了桨,小船像只被粘住翅膀的苍蝇似地鼓着翅挣着腿。然而,那船依然向深幽幽的洞口滑……

岸上的人都看见了,胖子忽然跃起身,坚决地从船上跳进了水里;岸上的人也都看见了,瘦子忽然弯下腰,坚决地向船里一缩……

小船被吸进了洞中。

胖子拼命游了一段,终于沉了底。小船却奇迹般地穿越了几百米隧道,从下游的洞口弹射而出,将瘦子平安地载回。

有人感叹胖子死得勇敢,他勇于跳入水中求生。躲在船上的是懦夫,而懦夫总是容易侥幸地在世上活着。

有人赞叹瘦子活得勇敢,他敢于留在船上,穿越那地狱般的隧道。而胖子的勇敢本身即是一种怯懦,他怯于穿越那可怕的通路。

人们询问瘦子,彼时他们想了些什么、说了些什么。他却哑了似的沉默着,只木然地望着大河。

河水是混浊的,似乎永远也不会澄清。

(1988 年)

[鉴赏]　这是一篇需要并值得我们一而再、再而三地去读、去品的作品。那么,我们究竟应该去读、去品它的什么呢?

当然,最主要又最重要同时也是最首要的,无疑便是那胖子和那瘦子的遭遇及其结局——胖子之死真是一种勇敢么?抑或真的是"胖子的勇敢本身即是一种怯懦"?同样,因"躲在船上"而活着的瘦子真的是个懦夫,而且真的是"懦夫总是容易侥幸地在世上活着"么?抑或真的是"瘦子活得勇敢,他敢于留在船上,穿越那地狱般的隧道"?也许,在一而再、再而三地读过、品过之后,留在我们脑海里的还依然是那些问题。由于依然只有问题留在我们的脑海里,所以我们便会埋怨作者:你为什么只说"河水是混浊的,似乎永远也不会澄清",而不将那些问题的答案告诉我们呀?

没错,在作品中,作者只是给我们讲了关于胖子与瘦子这样一个故事,同时使我们不由自主地想到了这样一些问题,却并没有给我们揭示问题的答案。但这又正是作者的高明之所在,也正是这篇作品的精妙之所在——事实上,发现并思考问题比知道问题的答案更重要;一篇作品能令你一而再、再而三地去读、去品,已经是它最大的成功。是的,这是一篇蕴含着深沉的人生哲理的作品,作者的全部用意,就是要让我们深入地去思考:面对着那条"混浊"的生活的大河,我们到底该做胖子还是瘦子?　　　　　　(汝荣兴)

饱 学 之 士　　　　沙叶新

观念更新，姑娘们的婚恋观最善于更新。解放前别提了，那时候姑娘们没自主权，"全凭父母一句话，屎壳郎、癞蛤蟆都要嫁"。解放了，姑娘们才开始有权选择意中人。50年代那会儿，当兵最光荣，姑娘们"不爱金，不爱银，最爱肩上有星星"，大多爱找当军官的。到了"文革"，又不一样了，"只要成分好，别的不计较"，所以，当时的国营企业工人、三代贫下中农最容易娶到如花似玉的老婆。80年代初，又一变，有那么一阵子是"姑娘找老公，专找海陆空"，凡是有海外关系的、落实政策补还一大笔钱的、家有空房的，姑娘们都趋之若鹜，你争我夺。这几年，随着改革开放，姑娘们的心也搞活了，找港商，找洋人，找什么样的人都有；还有一些"华籍美人"，专找那"美籍华人"的。但也有许多不同流俗的姑娘，由于"尊重知识，尊重人才"的社会风气使然，别具眼光，爱才若命，"只要学问高，就把彩球抛"，专找那有真才实学的郎君。

绝代佳人黄娅便是不同流俗的姑娘。

黄娅今年二十七，不算小了，之所以至今尚未婚配，就是想找一个饱学之士。找呀找呀找，还真让她找到了。

那天，黄娅在书店，面对浩瀚的书海，她深感自己的浅陋无知。"有没有《美学入门》?"黄娅不那么自信地问营业员。

"有。"营业员说。可他找了很多书架，一层一层地找，也没找到这本书。

一个男子不知何时来到黄娅的身边，他突然用一种似乎转速不对的声音一口气说道：

"浅表层次信息载体积淀于框架深层之书的群落耗散无序之网络淡化视象之走向致使文化消费呈现危机氛围。"

他说什么？黄娅不知其所云。但从这男子的语气和态度上推断，黄娅似乎感到他是在说书摆得不好，所以找不到。但他干吗不直说呢？而且说得又没标点。黄娅想也许有学问的人都是这么说话的；假如说得平淡如水，那还有什么学问可言？黄娅侧身看了看这个男子，只见他高挑的身材，清瘦的面孔，戴副金丝边眼镜，头微仰，下巴前伸，目光居高临下。没学问的人是不可能有这种架势的。黄娅顿时肃然起敬。男子又说道：

"种姓符号余非社会角色诗人。"

黄娅似懂非懂，心想他大概是在作自我介绍：他叫余非，是个诗人。不，也许他是说我不是个诗人。说话没标点，真难断句。

此时这个可能叫余非的诗人或者他不叫余非也不是诗人的男子又向黄娅伸出手来：

"一丁角色期待使用非语言的重声姿态符号期待与另一角色系统的沟通 and 反馈。"

这下黄娅可懂了，她的懂并不是听懂了，而是看懂了。谁都可能看得出一个人向你伸出手来意味着什么。黄娅很高兴地也伸出手去，她想这可能就是对方期待的反馈。

他们就这么认识了，而且很快就进行了约会。

他是叫余非，也确实是个诗人。第一次约会，余非就向黄娅出示了他的诗作，标题为《熵与性的倒错及孤独的裂变》，全诗有四句：绿色的乳房挂在透明的树枝上/在厕所尽量把蓝色的屁放响/叫春的猫排泄出一碗酒刺/负面超越人生哲学。

黄娅怀着崇敬之心将这首诗反复吟诵了三遍，她不敢说不懂，这倒不是担心会显露自己的无知，而是害怕伤害诗人的自尊，所以她尽力做出充分理解并被感动的样子。但最后一行的三个字她实在不解其意，还是忍不住问了："最后三个字是不是缺了几笔？"诗人摇摇头，不屑一答。

"您这是什么诗派？"

诗人拿出一纸宣言，递给黄娅，上面写道：

"超前意识诗派主张诗歌是诗人超前意识的排泄是诗人边缘意识的错乱是诗人人格分裂的击撞是诗人孤独情感的呼吸是他妈的滚他娘的闹着玩。"

越是不懂，黄娅越是对诗人崇拜。经过和诗人的几次接触之后，她深感自己的才疏学浅。为了缩短她与诗人的差距，她要诗人介绍几本高层次的书籍供她学习。诗人开列了一个长长的书单，并一一指示快速阅读的门径。于是黄娅沉下心来，闭门谢客，发奋攻读。不出半年，她便自觉学有所成，为了感激她的启蒙者，也为了向诗人表达自己的爱慕之心，她请诗人来家中一叙。诗人来后刚一坐下，黄娅便激动地说道：

"为了拓展你我之间的情感张力为了构建新的角色组合为了使我们两性之间的亚稳结构嬗变为超稳定系统特通过语言媒介向您传播爱的代码请求您多元的多层次的多视角的全方位的对我观照反思我多么期望我的爱能化释你被压抑的伊特能涵盖你的心能通过原发过程在你的口唇区获得心灵的对应物。"

据说不久黄娅就与诗人结合了，而且也成了一位诗人。

（1988 年）

[鉴赏]　这篇小说写得奇特、怪诞，作者采用了夸张的手法刻画了一位"饱学之士"的形象，写得幽默、诙谐。"绝代佳人黄娅"，是"不同流俗的姑娘"，想找一位"饱学之士"为恋人，终于在书店邂逅一位颇有才学的青年。该人说话的语言和写的诗特怪，黄娅一点也不懂，但她觉得这便是他学问高深的体现。"她不敢说不懂，这倒不是担心会显露自己的无知，而是害怕伤害诗人的自尊，所以她尽力做出充分理解并被感动的样子。"而且"越是不懂，黄娅越是对诗人崇拜"。不久，黄娅便和诗人结合了，而且也成了诗人。作者这些夸张的描写，惟妙惟肖地活画出黄娅和饱学之士的无知的形象，给予这类人物以绝妙的讽刺。

鲁迅说："夸张要夸而有据，夸而有节。"饱学之士在生活中未必多见，然而却是"会有的实情"，是有据有节的。他的语言看似荒诞，其实还是合乎艺术真实的。作者沙叶新曾在《答读者问》中写道："我写这篇小说，是想对在文化开放过程中所出现的'消化不良'现象开一个友善的玩笑。对那些坚持改革开放、观念更新、文化引进的朋友们，我是引以为同道的，正因为如此，我就非常不希望我的朋友们出洋相、闹笑话，以致授人以柄，有损改革形象。倘若我们确有辫子，无妨自己割去，免得别人揪住不放。假如这篇小说根本就达不到这样严肃的讽喻目的，那就请读者把它当作是一则单纯的笑话，不必那么当真。"作者的话，能使我们加深对作品的理解。

（李春林）

<h2 align="center">走 出 沙 漠　　　　沈 宏</h2>

他们四人的眼睛都闪着凶光，并且又死死盯住那把挂在我胸前的水壶。而我的手始终紧紧攥住水壶带子，生怕一放松就会被他们夺去。

在这死一般沉寂的沙漠上，我们对峙着。这样的对峙，今天中午已发生过了。

望着他们焦黄的面庞与干裂的嘴唇，我也曾产生过一种绝望,真想把水壶给他们,然后就……可我不能这样做!

　　半个月前,我们跟随肇教授沿着丝绸之路进行风俗民情考察。可是在七天前,谁也不知道怎么会迷了路,继而又走进了眼前这片杳无人烟的沙漠。干燥炎热的沙漠消耗了我们每个人的体力。食物已经没有了。最可怕的是干渴。谁都知道,在沙漠上没有水,就等于死亡。迷路前,我们每人都有一壶水;迷路后,为了节省水,肇教授把大家的水壶集中起来,统一分配。可昨天夜里,肇教授死了。临死前,他把挂在脖子上的最后一个水壶交给我说:"你们走出沙漠全靠它了,不到万不得已时,千万……千万别动它。坚持着,一定要走出沙漠。"

　　这会儿他们仍死死盯着我胸前的水壶。

　　我不知道什么时候能走出这片沙漠,而这水壶是我们的支柱。所以,不到紧要关头,我是绝不会取下这水壶的。可万一他们要动手呢?看到他们绝望的神色,我心里很害怕,我强作镇静地问道:"你们……"

　　"少啰唆!"满脸络腮胡子的孟海不耐烦地打断我,"快把水壶给我们。"说着一步一步向我逼近。他身后的三个人也跟了上来。

　　完了!水壶一旦让他们夺去,我会……我不敢想象那即将发生的一幕。突然,我跪了下来:"求求你们不要这样!你们想想教授临死前的话吧。"

　　他们停住了,一个个垂下脑袋。

　　我继续说:"目前我们谁也不知道什么时候能走出沙漠,而眼下我们就剩下这壶水了。所以不到紧要关头,还是别动它,现在离黄昏还有两个多小时,趁大家体力还行,快走吧。相信我,到了黄昏,我一定把水分给大家。"

　　大伙又慢慢朝前艰难地行走。这一天总算又过去了,可黄昏很快会来临。过了黄昏还有深夜,还有明天,到时……唉,听天由命吧。

　　茫茫无际的沙漠简直就像如来佛的手掌,任你怎么走也走不出,当我们又爬上一个沙丘时,已是傍晚了。

　　走在前面的孟海停了下来,又慢慢地转过身。

　　天边的夕阳渐渐地铺展开来,殷红殷红的,如流淌的血。那景色是何等壮观!夕阳下的我,与孟海他们再一次对峙着,就像要展开一场生死的决斗。我想此时已无路可走,还是把水壶给他们。一种真正的绝望从心头闪过,就在我要摘下水壶时,只听郁平叫道:"你们快听,好像有声音!"

大伙赶紧趴下,凝神静听,从而判断出声音是从左边的一个沙丘后传来的,颇似流水声。我马上跃起:"那边可能是绿洲,快跑!"

果然,左边那高高的沙丘下出现一个绿洲。大伙发疯似地涌向湖边⋯⋯

夕阳西沉,湖对岸那一片绿色的树林生机勃勃,湖边开满了各种芬芳的野花。孟海他们躺在花丛中,脸上浮现出满足的微笑。也许这时他们已忘掉了还挂在我胸前的那个水壶。可我心里却非常难受,我把他们叫起来:"现在我要告诉你们一件事。为什么我一再不让你们喝这壶水呢?其实里面根本没有水,只是一壶沙子。"我把胸前的水壶摘下来,拧开盖。霎时,那黄澄澄的细沙流了出来。

大伙都惊住了。

我看了他们一眼,沉重地说:"从昨天上午开始,我们已没有水了。可教授没把真相告诉我们。他怕我们绝望,所以在胸前挂了一个水壶,让我们以为还有水。为了不被我们看出是空的,他偷偷地灌上一壶沙。事后,教授知道自己不行了,因为他已好几天不进水了,他把自己的一份水都给了我们。教授把事情告诉我并又嘱咐,千万别让大家知道这水壶的真相。它将支撑着我们走出沙漠。万一我不行了,你就接替下去⋯⋯"

我再也说不下去了。孟海他们已泣不成声。当大家回头望着身后那片死一般沉寂的长路时,才明白是怎样走出了沙漠⋯⋯

(1988 年)

[鉴赏]　微型小说因其篇幅短小,所以,塑造鲜明的人物形象就成了创作的难点。这篇小说运用侧面描写的手法,成功地刻画了肇教授的形象,为我们提供了有益的启示。

首先,把人物放在一个特殊的环境,以突出人物不平凡的性格。在进入沙漠考察迷了路、断了水的危急时刻,肇教授毅然把自己的水让给了别人喝,最终牺牲了自己的生命。这种大义凛然的精神风范,不能不令人肃然起敬!但如果仅此止笔,人物刻画并不能显示出深度。作者进一步开掘,设计了"空水壶"的情节,凸显出肇教授十分善于把心理安慰和精神鼓舞紧密地结合起来;

同时，他对后事的安排也分外精心。实践也证明了他的安排完全符合实际并最终获得了成功：使濒临死亡特别在生死关头已经绝望的年轻人，鼓起了勇气，最终战胜死亡，走出了沙漠。小说把人物放在跌宕起伏的情节中，着重刻画人物深谋远虑、高屋建瓴的高度智慧和非凡气质，因此写得大气磅礴、振奋人心，人物的精神风貌与个性特征十分鲜明突出，收到了极好的艺术效果。

其次，运用第一人称和侧面描写的手法，不仅让人感到真实可信；而且通过"我"的叙述，很自然地并顺理成章地把教授的精心策划一步步地和盘托出，又能引起读者的无限遐想。小说不写人物须眉，但人物灵魂却镌刻在了读者心上。

（顾建新）

梭鱼与鲛鱼　　　　林斤澜

大江东去，浪淘沙。

一条梭鱼随着浪头上来，到了浪尖，把前鳍、后鳍一起往后扇，那修长的身体就飞起来一尺多高。随着把鳍一松，又斜斜落到浪中。重新再过来，用英语重复一遍："Try again（再试一试）。"它高兴的时候，心角落里会跳出英语——也不多，几个单词。这"踩浪飞浪"运动，实在是生命的欢乐。

梭鱼小名棍儿鱼，一身是肉又不臃肿，紧绷绷像根棍子，来往有如水蛇般灵活，可是比水蛇体面，别的鱼别想学得会那绅士风度。

这时候，一条鲛鱼从身旁掠过，虽说是忙里偷闲，两眼也还炯炯又愣愣。梭鱼倒没有迎上去，可是挺直身体，摆出一种不卑不亢的挺拔姿态。谁知鲛鱼全没看见，只管插到小鱼群里去。如果大家本不认识，倒也罢了。共过患难的哥们，这是干什么呀！

鲛鱼，南方叫麻鲛，北方叫霸鱼，又简写为巴鱼。貌不惊人，灰黑的脊背，蓝灰色肚皮，有暗暗的麻点仿佛丑角服装。从头看到尾，却看见尾巴直竖简直是舵。这好！倒过来看全身就有了舵手模样。看出了舵手模样，就感觉到真有点霸气了。它稍微动动尾巴，小鱼群就蜂拥过来、蜂拥过去。

扔下梭鱼直挺挺冷落一边，梭鱼发话道：

"俗话说，一潮一潮鱼嘛。当初一个潮头，把一潮鱼打到沙滩上，有两条落在一个沙窝里，跑不了啦。风吹日晒，谁也眼见活不成死得了的，还吐沫沫滋润难友呢，那才叫同生死、共患难。好容易熬到又一个潮头，给裹回大江，舒展啦，得意啦，好啦，眼珠子朝天啦,六亲不认啦。怨不得老祖宗老庄早说,'相濡以沫,相忘于江湖!'"

鲛鱼,一摆尾舵,直愣愣地过来,说:

"你嚷嚷什么?一江的水还不够你自在的?搬出老祖宗来啦?老庄是这么说的吗?是说'相忘于江湖',还是'不如相忘于江湖'?有没有'不如'两个字?有'不如'和没有'不如',意思一样不一样……"

梭鱼都没有听清楚连珠炮,这一位的拿手,因为在这位老熟鱼脸上,新发现它那嘴里竟密密麻麻那么多牙齿,个个尖利闪光,个个机动灵活……梭鱼昏头昏脑直往后退,鲛鱼也没有要咬,可是那模样也透出来不是吃素的,半真半假地咧咧着:

"相濡以沫的时候,你说只要一口水,别的全没意思。现在一江水也嫌不够了,你什么也要,要名,要利,要权,要时髦流行色,就是不要了'不如'两个字,还跟我卖弄老庄哩,你回沙窝歇着去吧!"

梭鱼这才觉着身下已是泥沙,难道真退回沙窝去?再有谁"相濡"也没这份心劲儿了。眼望大江滔滔,甭管霸气不霸气,那尾舵后边,小鱼群可是得意洋洋,心里叹道:今天我算开眼了,别找不自在,世上哪得不低头。随着从鲛鱼身下、小鱼群身下钻到江里去,修长身材也还不忘绅士风度,连连说道:

"劳驾,借光,对不起……"本来只在高兴时候跳出来重复的英语单字,在这没奈何时刻却也跳出来了:"Excuse me(对不起)……"

(1988 年)

[鉴赏]　出自被称为文坛"怪味葫豆"林斤澜之手的这篇作品,也确实有点怪。初读,甚至有点不知所云。是谴责鲛鱼忘了昔日曾患难与共的朋友吗?是批评梭鱼贪心不足吗?好像是,细想又不完全是。我想起作者的挚友汪曾祺先生曾经有过的评论。他说:"斤澜的小说一下子看不明白,让人觉得陌生。这是他有意为之的。他就是要叫读者陌生,不希望似曾相识。这种做法不但是出于苦心,而且确实是'孤诣'。"汪曾祺先生还传授我们读懂林斤澜作品的方法,他说,林斤澜有意让自己的作品"使读者陌生",与他的叙述方法有关系,"他常常是虚则实之,实则虚之;无话则长,有话则短"。

依靠汪曾祺先生的指点,我们再来读《梭鱼与鲛鱼》,多少看出一些门道来了。在本篇中,作者实写了鲛鱼的"舵手模样"。它在大海中遇到昔日曾与它相濡以沫、共过患难的朋友梭鱼,而且就在其身旁,但它"全没看见"!这不仅令梭鱼,也令读者感到它"真有点霸气"。就在我们以为作者的矛头是指向鲛鱼时,从两鱼的关于庄子的那句名言的争论中,慢慢听出作者的矛头好像实对鲛鱼,其实虚之。梭鱼搬出庄子的话,指责鲛鱼"六亲不认":"怨不得老祖宗老庄早说,'相濡以沫,相忘于江湖'!"鲛鱼马上严词反驳道:"相濡以沫的时候,你说只要一口水,别的全没意思。现在一江水也嫌不够了,你什么也要,……就是不要了'不如'两个字!"

庄子那段名言,出于《庄子·大宗师》:"相濡以沫,不如相忘于江湖。"这是一种典型的"回归大道"的老庄思想。以鱼而言,与其困境中相濡以沫,还不如互相遗忘在江湖里,水各一方,各自悠游,也不必友我爱你。林斤澜写鱼是为了写人,作者是以鱼喻人,含蓄而深刻地批评了现实生活中那些无止境地追名逐利之徒。这种人表面上一副正人君子的模样,还动不动引经据典以示自己的博学清高,一旦扯下其虚假的外衣,就会露出其空虚、贪婪的本色。他们就像梭鱼装模作样地引老庄的话,却偏偏漏掉十分关键的"不如"两字;也像梭鱼口口声声指责别人忘掉过去相濡以沫的朋友,其实真正忘掉过去的是它自己,而且是那样地贪心不足:"现在一江水也嫌不够了,你什么也要,要名,要利,要权,要时髦流行色……"

汪曾祺说:"林斤澜写人,已经超越了'性格'。他不大写一般意义上的、外部的性格。……他写的是人的内在的东西,人的气质,人的'品'。得其精而遗其粗。"对照这段话,再读《梭鱼与鲛鱼》,信哉!　　　　　　　(陆建华)

莜 麦 秸 窝 里　　　　　曹乃谦

天底下静悄悄的,月婆照得场面白花花的。在莜麦秸垛朝着月婆的那一面,他和她为自己做了一个窝。

"你进。"

"你进。"

"要不一起进。"

他和她一起往窝里钻,把窝给钻塌了。莜麦秸轻轻散了架,埋住了他和她。

他张开粗胳膊往起顶。"甭管它,挺好的。"她缩在他的怀里说,"丑哥保险可恨我。"

"不恨,窑黑子比我有钱。"

"有钱我也不花,悄悄儿攒上给丑哥娶女人。"

"我不要。"

"我要攒。"

"我不要。"

"你要要。"

他听她快哭呀,就不言语了。

"丑哥。"半天她又说。

"嗯?"

"丑哥唬儿我一个。""甭这样。"

"要这样。""今儿我没心思。"

"要这样。"

他听她又快哭呀,就一低头在她脸上亲了一下。绵绵的,软软的。

"错了,是这儿。"她嘟着嘴巴说。他又在她的嘴唇上亲了一下。凉凉的,湿湿的。

"啥味儿?"

"莜面味儿。"

"不对,不对。要不你再试试看。"她扳下他的头。

"还是莜面味儿。"他想了想说。

"胡说,刚才我专吃过冰糖。要不你再试试看。"她又往下扳他的头。

"冰糖,冰糖。"他忙忙儿地说。

老半天他们又是谁也没言语。

"丑哥。"

"嗯?"

"要不,要不今儿我就先跟你做那个啥吧。"

"甭,甭,月婆在外面,这样是不可以的。咱温家窑的姑娘是不可以这样的。"

"嗯,那就等以后。我回来。"

"嗯。"

又是老半天他们谁也没言语,只听见外面月婆的走路声和叹息声。

"丑哥。"

"嗯?"

"这是命。"

"命?"

"咱俩命不好。"

"我不好,你好。"

"不好。""好。"

"不好。""好。"

"就不好。"

他听她真的哭了,他也滚下了热的泪蛋蛋,"扑腾扑腾"滴在她的脸蛋蛋。

（1988 年）

[鉴赏]　离别的恋人,在乡村莜麦秸窝里相约,全篇几乎都是对话,至多用简洁的语言交代他和她的动作状态。语言干净,干净得不能再去掉什么,但深处却蕴藏着更多的东西。

这是一篇海明威风格的小说。我曾与曹乃谦相处过,他嗜好海明威的小说。海明威创造了海明威式的小说。众多的海明威的追随者里,专写乡土题材的曹乃谦怎样消化海明威的文学营养,来表现中国乡土的东西? 由此构成了他的温家窑风景系列微型小说在形式和内容上的独特风格。曹乃谦洋为中用,取之有道。作者深知对话底下那巨大的冰山底座——有关他俩恋情的背景、阴影,无可奈何又满怀追求。恋人的恋爱场景很是特殊。莜麦秸垛构筑了临时的爱情之巢,窄小、脆弱,我相信,爱情的力量足以支撑这温馨的秸窝。值得注意的是,对话和环境以及简洁生动的人物行为的叙述,都是中国纯粹的乡土气味和道德观念,而叙述却有海明威式的神韵。读者不妨找来作者关于温家窑系列的其他篇目来一睹为快。

系列微型小说的灵活在于:独立成篇,组合在一起又构成一个不同侧面的整体生活图景。如果说作者承继了"山药蛋派"的传统,那也是在题材上写了农村农民的生存状态,透出浓郁的地域风俗特点,却超越了地域,进入了普遍性。

（谢志强）

雁　的　悲　剧　　　　　中杰英

天要黑了,一群南飞的雁落在湖畔。饥饿、劳累和寒冷让他们非常难受。

雁儿们望着西沉的太阳,情绪低落,昏昏欲睡。这守夜的雁奴,便自然地摊在最新丧偶的孀妇名下。为什么要这样安排,不大清楚。打孤雁,便是他们那个王国的宗法。越是凄苦义务越多,连睡觉的权利也要贡献出来。不过雁奴似乎无意去计较那不公平的待遇,她伶俐地站在土丘上,机警地歪起脑袋,一只耳朵捕捉危险的信息,另一只耳朵倾听在草堆栖息的伙伴的动静。啊,那一对对夫妻多么幸运,或许那正在梦中憧憬着明天能落在食物丰盛的好地方吧!

夜渐深沉,风声凄紧,一种古怪的声音远远传来,几个小黑点仿佛在朦胧中闪动……这是梦吗?不对,昨天不就是这样的小黑点夺走了我最亲爱的伴侣吗——从那里喷出一股火焰,铺天盖地的沙子打过来,于是他张开臂膀遮住我的胸脯,一刹那间便从天上掉进了无底的深渊。她不禁慌忙发出本能的警号:

"伙伴们醒呀,危险——"

雁儿们骚动了,纷纷探出头来,可是大家什么也没有发现,那古怪的声音和小黑点霎时隐没了。

"我们睡得好好的,你瞎咋呼什么!""想你死鬼了吧!也不害臊!""这家伙一准是患精神病了,给她治治……"

那群因未能吃饱而满心怨恨的小生灵,立时鼓噪起来,扑过去拔她的毛,拿她出气。她本想申辩的,不过,最好还是把头埋起来吧,说不定这还真是我自己的过错呢!

好久好久,喧闹平息了,傻瓜们又渐渐进入梦乡。这倒霉的哨兵才把脑袋从泥草里拔出来,忍住浑身的伤痛,跛着腿重新爬上土丘。哎呀,不好啦!那些小黑点又闪出来了,还有几条绳子在晃动!发警报吗?假如又跟方才那样闹鬼呢?他们会把我掐死的。最聪明的办法,当然就是趁那些黑洞洞还没有喷出火来的时候,独自逃走,藏到安全的角落去……可是,此刻她绝不再怀疑自己的眼睛了,那巨大的网子明明正在顺风的方向拉起来,乌黑的枪口却从逆风的方向迅速逼近。

"逃命吧——逆风飞呀——"那可怜的雁奴大声嘶喊起来,衔起一块泥巴拼力掷过去。

在发出震耳欲聋的第一声巨响的同时,傻瓜们全部逃跑了。只剩下这悲惨的守夜者,她也想飞,可是扑腾了两下,原地不动——那羽毛早已被同伴们拔光了。当她侧起垂死的头,望着已重新集合起来的人字形队伍在自由的天空中向南飞去的时候,一只大手掐住脖子把她拎起来:

"瞧这只没有毛的丑鸟,就是她坏了事!"

"狠狠地煮！拿她下酒！"

（1989 年）

[鉴赏]　这是一篇吸收寓言的营养而创作的微型小说,它有寓言明显的虚拟性,以及用动物比喻人类的特点。但它又不同于一般的寓言。首先,寓言的道德指向性比较明确,它往往通过一个编织的故事,简单直白地向读者灌输一个道理,而这篇小说则有着比较复杂的内涵。

小说中的一只母雁有着悲惨的遭遇:新失去配偶,悲哀未消,就被迫派去守夜,为此遭受了更大的苦难。小说写了两个场面。第一个场面,她高度警觉,却遭来同伴的叱责,甚至受到残害,被愤怒的大雁拔掉了羽毛,在这种情况下,她不是奋起反抗,而是自责,充分表现了她懦弱的性格。第二个场面,在她已经看清人类的行动,整个雁群面临着巨大的危险时,她也曾有过独自逃生的念头,但一闪即逝;此时的她,在关键时刻,权衡个人和群体的利弊后,一改懦弱的性格毅然报警,她弱小的生命闪烁出巨大的火花。但是,小说如果就此结束,仅只表现她顾全大局、舍己为人的品格,作品的意蕴就显得浅了。作者在结尾处意味深长地写道:众大雁在她报警后全都得以逃生,唯独救人者不仅受到打击迫害,而且最终没有好结果。小说通过这只孤雁"善有恶报"的有悖惯常逻辑的遭遇,揭示出当前社会中存在的一个弊端,以及私欲蔓延给人们带来的危害,从而引发读者深深的反思。

其次,这篇作品与一般寓言的不同之处,在于运用细致的心理描写来塑造人物,展开情节。寓言大多采用具有突出特征的外形,写出的是类型化的人物,它不多写心理;而这篇微型小说,大段细腻的心理描写,是它的另一个特色。小说开头写一个新丧偶的母雁在孤寂地守夜。作者把深沉的夜色,与她对昨天失去伴侣的联想结合起来,不仅渲染了凄凉的情景,而且突出了母雁的警觉。在四周并没有动静、大雁们一阵怒斥声后,作者又写了母雁的自责,不仅写出了她性格的软弱,也为她最终的悲惨结局做了铺垫。当再次出现危险的时候,作者写了母雁思维极其复杂的矛盾心理:一是怕又搞错了受到同伴的惩罚,二是想到独自逃跑,但最后还是毅然报了警。总之,这篇作品细致的心理描写,刻画出了一个复杂的、立体化的"人物",塑造出了有血有肉的艺术形象。

（顾建新）

高　手

刘学林

孔老四十岁当上处长,六十岁还是处长。自觉政绩不错。孔老不吸烟、不喝酒、不钓鱼、不养花,惟一的癖好是饭后茶余到街心花园观棋。观而不弈,无胜无败,无喜无怒,修养成鹤发童颜,仙风道骨。时间久了，棋盘上的各种高招绝技、阴谋杀手、圈套陷阱，尽皆谙熟。有时看双方棋艺悬殊太大，便给失利者指点几步，失利者无不茅塞顿开，反败为胜。于是，会聚在这里的棋迷们都尊他为高手。

一天晚饭后，日光斜照，余热未散，晚霞未成。孔老摇一把雁翎扇，悠悠然来到街心花园。一群人重重叠叠围成浑厚的一圈，伸长脖子如长颈鹿一般。孔老凑上，目光如锥竟插不进去，他拍拍一小伙子肩膀，问："谁和谁?"小伙子扭头一看，大喜，松出一口气，说："这下好了，孔老来了。"众人一听，都如身释重负一般，忙两边让开。孔老趋前，见是本土棋王老钟正和一面生的中年汉子对弈。老钟执红子，中年汉子执绿子。红帅已被兵困皇城，虽不一招即死，却也命在旦夕。故老钟眉头锁紧，目光凝结棋盘；中年汉子坦然自若，左手心像玩健身球一样玩着两枚棋子，极熟练。孔老手摇羽扇，观透棋局，说："舍炮杀士。"老钟看了一会儿，犹犹豫豫照办了。中年汉子落士杀炮干脆利索。孔老说："进马。"老钟不再犹豫，因为他已看出对方如果不撤车逼马，就有一步高调马死棋。中年汉子果然撤车看马。红帅遂解围。之后过程中孔老又点拨两步，老钟竟然赢了中年汉子。

中年汉子手中依然玩着两枚棋子，对孔老挑战地一笑，说："我想向这位老同志请教一局。""是我多嘴了。"孔老歉意一笑，又谦虚说："对不起，我向来不下棋。"中年汉子说："您刚才几步够绝的，怎么说向来不下棋呢?"孔老说："我是向来不下棋。"中年汉子咄咄逼人："那就请老同志破例赐教了。"孔老执意谦让，众人早已不平，纷纷怂恿："孔老，您就和他下一局。"孔老说："不下不下。"然而众人早已替他摆好棋子，不由分说地簇拥他坐在中年汉子对面。"晚辈就先走了。"中年汉子说着已架起当头炮。孔老迫不得已，只好上马为应。才走几步，已觉局促如辕中驹，继之破绽屡出，先丢一炮，再折一车，不到十分钟，红帅已受靖康之辱。众人还以为孔老欲擒故纵，先礼后兵，就有人说："好汉不赢前三局。"可是孔老此时却已面如死灰，汗迸如豆，艰难一笑如哭，起身踉跄就走。

回到家中，孔老很是沮丧。心想：我观那人棋艺并不算高明，我略加指点老钟便赢了他，可我亲自下场怎么会惨败如此呢? 夜不成眠,静卧繁思,忽然大彻大悟,心明如镜。转天毅然写了退休报告。然后离开闹市,搬到市郊上街镇居住。

　　依然爱观棋,不论在什么场合见到有人下棋必驻足观之。不觉十年,孔老越加出神入化,目光一扫便纵览全局,细察秋毫,棋观十步之外。偶尔给人点拨几步,对方不论是怎样高手,必败无疑。但绝不与人对弈。上街镇的象棋爱好者都把他奉为棋仙。这日,省青年象棋冠军到镇俱乐部辅导象棋,孔老自然前去观看。冠军名叫寇克,年轻有为又虚心好学。寇克和一青年进行表演赛时,孔老拈须站在青年身后。当青年处于困境时,孔老只说了一步棋就令寇克惊羡佩服之至。忙恭聆尊姓大名。孔老含笑不答,飘然而去。寇克问那青年,青年说大家都称老人棋仙,并不知老人名字。寇克怎肯放过这样好的机遇,打听到孔老住处,备下厚礼,登门请求赐教一局。孔老笑容可掬地一口回绝。寇克不肯罢休,学技心切,长跪不起。孔老无奈,叹一口气说:"你若心诚,三日后再来。"

　　好不容易熬过三日,寇克急急登门。大门紧锁,久叩不开,问邻居,说孔老已经搬家。问搬到了何处,邻居摇头一笑,关上房门。寇克怅然痛惜,连说:"异人,异人!"孔老隔窗看寇克走远,拈须而笑。

(1989 年)

　　[鉴赏]　读罢这篇《高手》,相信大家都会忍不住这样去赞叹作者:高手!那么,作者高在何处? 不妨看看以下两点。

　　意蕴厚实丰润,此其一。作品表层写的虽然都是棋事,但在深层里,棋事即人事与世事。谁谁谁眉头锁紧,谁谁谁坦然自若;谁谁谁咄咄逼人,谁谁谁汗迸如豆;谁谁谁虚心好学,谁谁谁拈须而笑……不管是赢是输,无论是亲自操棋还是在旁观棋,一切均与为人处世有关。而孔老的从"自觉政绩不错",到"转天毅然写了退休报告",则更是他在再三品味棋事之后,终于大彻大悟的结果。当然,要说作品的意蕴,其实还有很多,譬如:一向都是只看棋不下棋的孔老,那一次为什么还是跟那中年汉子下上了? 仅仅是因为别人的"怂恿"和"簇拥"么? 又譬如:对那一片真诚的青年冠军寇克,孔老为什么就是不肯"赐教"? 如此等等,我们再三地去思、去想,所得到的,也就会越发的厚实丰润。

　　语言精练老到,此其二。对一个作者来说,语言一方面是基本功的一种体现,另一方面又是其深厚功力究竟有几多的一个显著标志。凡使用语言能真正得心应手者,其艺术修养便无疑已到炉火纯青地步。而这篇作品的语言,其精练老到程度,倘借用作品中的一个短语,可说让人"惊羡佩服之至",实在是一点都不为过的。这里,我们只需看这样一个数字,便能对此作出充分说明:全文约1 500字,几乎都由十字之内的句子(以有标点隔断为界)组成,其中尤以三到五字的短语为主。这种情况,在除文言文外的其他作品中,显然是很难得一见的,而不论叙述还是描写,都能做到如此简洁明了,且又极为生动准确,我们也就唯有这般去感慨了:高,实在是高呵!

(汝荣兴)

错　位　　　　　　　林如求

　　她上的是两班制,每周都有三个晚上要到夜里十一点才下班。尽管她的单位离家又偏又远,可二十年来,他连一次也没去接过她。他的话:又不是三岁小孩上幼儿园! 因此,他从没感到不安。

　　一天晚上,有个朋友来家串门。两人倚在沙发上吞云吐雾,从美国航天飞机失事聊到戈尔巴乔夫上台,从哪种冰箱省电聊到小白菜一斤卖六毛钱……正聊到兴头上,朋友忽然一瞥腕上手表,抬起屁股说:"我得走了,去接老太婆下班!"

　　他知道朋友的妻上班很近,不像他的妻那么偏远,而且还早一个钟头下班,不禁诧异了:"你每晚都去接?"

　　朋友嗯了一声,应得像铁板钉钉:"风雨无阻。""这也是一次很好的夜间体育锻炼!"朋友出门时又补充了一句。

　　他赧然,一丝内疚涌上了心头:难为妻二十年深更半夜孤身一人而回……我难道还不如朋友他? ——晚上就去接妻下班!他心血来潮,突然萌发出这个新念头。

　　呆到十点多钟,他果然跨上自行车出发。四外月光如银,晚风软丝丝如淋喷泉,远近灯火闪烁,树影婆娑……他第一次发觉夜色竟如此美妙,这时出来兜风,不啻一场享受! 叹之再三,于是由衷地信了朋友夜间体育锻炼之说。

　　正在洗手准备下班的妻见了他,恍如见了天外来客一般,两眼瞪得贼大,吃惊地问:"出了什么事?"

　　"没有呀!"他感到好笑,喘着气,欢快地说:"我是专程来接你的呀！"

　　妻却没有显露出他所预期的喜色。她若有所思地低头洗她的纤手。

　　这没啥奇怪的。他知道，妻的性格内向，情感是从不轻易裸露的。

　　"以后上夜班，我都来接你。"他未减方才的兴奋，有点献媚地补充了一句。

　　妻浑身一颤，手蓦地像僵了一样，两眼闪着陌生的光，不安地在他身上搜索了好一阵，忽然一甩手，头也不回地自顾自走了。

　　他傻了，像丈二和尚摸不着头脑，便尾巴似地跟在她后面。

　　一路上，他们谁也不搭腔。

　　到家后，妻关上房门，猛地一把攥住他的两条胳膊，乌着脸，瞪着眼说："说，你究竟听到什么了？"

　　"没有呀！"他犹如坠入五里雾中，真不知哪儿触着了妻的哪个霉头。

　　妻在他胸脯上擂了几拳，竟呜呜地哭起来："你这棉花耳朵！我跟你结婚二十年了，啥时候有做过对不住你的事，你竟这样信不过我……"

　　他分辩绝无此事，说是受了朋友每晚接妻的启示才好意去接的。不料这一说反而更糟。妻冷笑起来："我就猜着了！说，你朋友对你说了什么了……"硬逼着要他"坦白交代"。他有点不知所措，又有点哭笑不得：二十年了，破天荒地去接一次妻，没想到竟落得这般田地！真是……

　　　　　　　　　　　　　　　　　　　　　　（1989 年）

　　[鉴赏]　丈夫受朋友的启发，晚上也去接他上夜班的妻子。本是一片好心，甚至觉得自己的举动带有某种对妻子的献媚意味。却不料妻子不但不领情，还引起一番误解。原因何在？作者交代，"妻的性格内向，情感是从不轻易裸露的"。但问题不在这里，而在于："二十年来，他连一次也没去接过她！"

　　作品中的丈夫因受妻子的误解而啼笑皆非，我们从他的困惑中可以得到这样的启示。世界上没有无缘无故的爱，爱是一个渐进的过程。它不仅取决于彼此间感情的真挚、真诚，还取决于这感情是否经过了一定时间的积累和升华。突然萌发的、心血来潮式的爱意，即使出于真心，也很难有好的结果。因为对方不能不考虑：不同寻常的爱何以没有任何征兆地突然降临？这时就很容易像小说中的妻子那样,二十年来上夜班,丈夫从没有来接过,她也已习惯了。如今,见丈夫忽然来了,还说"受了朋友每晚接妻的启示","以后上夜班,我都来接你",这时的妻子,不是喜悦,而是"浑身一颤,手蓦地像僵了一样,两眼闪着陌生的光",而且非得要丈夫交代"出了什么事"……

本篇的立意不仅于此。作者还试图从一个很容易被人们忽略的角度来提醒人们,夫妻之间只有在平日自然地充满爱意,这样的夫妻才能相互信任并不断深化爱情,这样的家庭才会圆满幸福。许多人结婚后不久,就失去了结婚前的激情,不再去关心对方,夫妻间的一切变得不在乎起来,就像作品中的他,二十年来从未接过上夜班的妻子,虽然妻子并没有说过什么,但误会的种子其实已在丈夫大大咧咧的不在乎中暗暗滋生。一旦丈夫异乎寻常地突然"专程"地去接她,还说"以后上夜班,我都来接你",此时妻子只能猜想丈夫是否怀疑她不贞。

当然,这次丈夫去接上夜班的妻子是出于真心,其中还有某种愧疚,他也会向妻子把事情说明白,这个家庭肯定会变得比以前更加幸福美满。但是,关键的关键,丈夫这样充满爱意的接妻行动一定要持久,千万不能是"破天荒"的唯一的一次。

(陆建华)

儿 子 的 旋 律　　　　　　　　　徐　平

儿子下班了,父亲紧张地数着儿子的脚步声。果然儿子啪地开了门。父亲默默地看着他。儿子没有看父亲,似乎点了个头,往自己卧室边走边脱外套。

收录机又响了。儿子!

两人面对面准备吃饭。儿子在撬午餐肉。父亲从儿子脸上看不出什么异常。

父亲一字一句:

"我被免职了。明天宣布。"

儿子猛地扬起脸。父亲没有在这稍纵即逝的惊讶里看到别的什么。没有怜悯,没有安慰,也没有懊恼。儿子手不停:"你也需要休息了。"

父亲感到胸闷气短。他盯着儿子。儿子的手健美粗大,血管里青春在跃动。

儿子一声不吭。父亲没有说话也不再盯着儿子。他感到儿子匆匆搁筷,找衣服,又跨进卫生间。马上,水声哗啦哗啦,跟着儿子的歌声高高扬起，声音温存自信，旋律跳荡。

儿子！儿子！儿子！

儿子你在想什么？你大了不再崇拜父亲，你越来越沉默，你不再抱怨父亲呆板僵化，不再为各种政治问题与父亲争论不休，也不再说父亲刚愎自用。儿子，你甚至看不起父亲。可父亲这样了你还是无动于衷吗？这就是这一代的冷漠理智？你匆匆吃饭洗澡是因为那打字员在等你去看歌剧？可是儿子，我从来没有像现在这样需要你啊。我的官龄比你年龄还大一圈……

电视在播相声。父亲茫然四顾时才发现儿子并未出门，而是坐在他身后看书。父亲不由纳闷：打字员前天就订了票，还兴冲冲地问他是否同去。

父亲彻夜来回踱步，儿子也辗转反侧。父亲老了，他的一切都老了。曾和父亲这一辈很协调的背景已走向薄暮黄昏。这是变幻莫测的时代，不是仅仅需要赤诚热血的岁月。

早上儿子起得很早，父亲晨练回来，儿子已准备好早餐。收录机照样开着，而且旋律明亮欢跃。

父子俩依然沉默着洗漱用餐。儿子几次似乎要开口，父亲沉下心微颤地期待着，儿子却什么也没有说。

父亲佝偻着进卧室更衣。儿子不知什么时候在身后捧着一套西装。

"穿这精神。——是去开宣布会吗？"儿子又拿过领带走到父亲跟前。父亲迟疑着。

"我给你打。"儿子看着父亲。温柔的手像父亲过世的妻子。父亲心紧成一团。

"行吗？"儿子侧侧身。

父亲和儿子一起看着穿衣镜。沉默着，父亲凝视着儿子的眼睛，儿子也凝视着父亲。儿子对着镜子：

"一夜之间你衰老许多，"儿子声音低沉、温柔，"可我一直为你感到骄傲，为你一辈子正直无私，一辈子对信仰的忠诚。你尽力了。"

父亲心潮翻涌。肩头上儿子的手十分有力。他感到心中的自信像空气注入瘪气球一样迅速饱满地回归。

最后，接送父亲的小汽车在频频呼唤，父亲走到门口又折回头："昨晚干吗不去找她?"

儿子沉默了一会:"分手了。"

"因为……我下台?"

"大概——但这没关系。"

儿子! 儿子! 儿子!

父亲老泪闪烁。儿子把双手搭在父亲肩上,笑道:"结束,意味着新的开始。我很高兴不再有你的耀目光环笼罩我的光彩——你说呢?"

儿子! 儿子! 你可以把收录机再开大点。

（1989 年）

[鉴赏]　小说采用"欲扬先抑"法,塑造了"儿子"的鲜明形象。作品写了两个场景:第一天下午到深夜;第二天早晨。两个场景又用了不同的写作手法。第一天,主要是细写父亲的真实感受,有意给读者造成错觉,为进一步展现人物精神和性格做了充分的铺垫。

这里,作者先写了几个细节:儿子下班,收录机响起——心情愉快;接着"撬午餐肉"——吃得很起劲;听到父亲说"被免职了"这样的大事,儿子无动于衷;进卫生间洗澡,旁若无人地大声唱歌。这一切,给人的印象是:儿子对发生在父亲身上的重大变化,或是漠不关心,或是因为自身幼稚而根本不知道它将会带来何种影响。接下来,作者用了一大段措辞强烈的语言,淋漓尽致地抒发了父亲的不满情绪,旨在进一步强化读者对儿子的不良印象。这里,又写了一笔儿子并未与做打字员的女友同去看歌剧,这是"隔年下种"——又一次精心安排的铺垫。

如果说,第一个场景是以父亲为主对儿子的侧面描写,到第二个场景则变成以儿子为主的正面描写。这里,又是一组令人深思的细节:儿子很早起来做早餐;捧来一套西装,并亲自给父亲打领带;对父亲真诚的赞扬和鼓励——儿子在父亲被免职后表现出异常的镇定与达观。特别是点出了因父亲的免职而导致女友的分手——这一个细节在全篇中是最烁目的亮点:儿子心中有着巨大的痛苦,他不仅自己承受着沉重的精神负担(由此,我们可以体味出作者多次写收录机响起和儿子唱歌的深意),同时也乐观地鼓励父亲,这是何等的气度,这是怎样的胸怀!

从全篇的布局上看,第一个场景起到铺垫和有意引导读者思路产生偏差的作用,第二个场景则揭出谜底,通过"释疑"最终完成了人物形象的塑造。两个场景相互补充,比衬得当,相得益彰。在人物安排上,两个人物又形成了鲜明的对比:官龄比儿子年龄还大一圈的父亲,把官位看得十分重要,一旦失去,就像贾宝玉丢了"通灵宝玉"，表现出极度的失落和沮丧。他狭窄的心胸，与年轻一代目光远大、宽广无比的心胸难以相比。我们从"儿子"的身上，看到了新一代人的精神风貌，看到了国家的希望，看到了灿烂的明天！（顾建新）

还　有……　　　　　　唐　栋

　　温局长一头歪倒在桌子上时，将会议桌周围的十多名处级以上干部都吓坏了。只见他口溢白沫，双目紧闭，脸色蜡黄，这是他的心脏病又犯了。秘书记得清楚，温局长是在有人提议让他离休的话说出后倒下的，这话一说出，几个常委跟着表态赞同，局长一下子就不行了。好狠那，这不是要逼死人命吗?! 局长多次说过，他不离休，不离开工作（战斗）岗位，党培养了他多年，他要为革命散发余热，要死在办公桌上。今天，莫非真要应了他的话？……

　　救人要紧，先不管别的，大家立即将局长送进了医院。随后，局长年轻的妻子也闻讯坐着卧车赶来了，自然是一阵哭。

　　经抢救，局长脱离了危险后，护士用担架车推着仍处于昏迷状态的温局长，在弥漫着来苏水味的走廊里拐了几道弯，进入了一个单身病房。护士小心翼翼地将局长从担架车上移入病床，然后从挂在床头上的蓝色塑料袋里抽出一张卡片——这是病员卡，按规定凡住院者必须进行登记。

　　昏迷中的局长不能说话，有关提问当然由局长妻子和秘书来回答了。护士手握小巧的圆珠笔，转向他们问:"姓名?""温局长。"秘书说。

　　护士眨眨眼:"我问姓名?"

　　"噢，温贵成。"局长妻子说。

　　"年龄?"

　　"六十八。"秘书说。

　　"不，是六十七。"局长妻子纠正。

　　动作迅敏的护士已经将"六十八"写上去了，她看看局长妻子很看重此事的神情，犹豫之后还是将"八"改成了"七"。

　　"单位?"

　　"市××局。"（请读者原谅，为避免对号入座而引起的麻烦，

笔者故隐去单位名称）

"级别？"

"十二级。"

"职务？"

"局长。"秘书说。

"还有市政协委员。"局长妻子紧接着说。

"还有市纪检委委员。"秘书说。

"还有局整党办公室副主任。"局长妻子说。

"还有市钓鱼协会副会长。"秘书又补充说。

病员卡上"职务"一格，只有一项职务位置，该写哪一项呢？护士犯难了。她忽又听病床上发出一声浓重的痰音，只见局长双目微启，嘴唇哆嗦着吃力地说：

"还有……市……爱国卫生运动……委员会……顾问。"

（1989 年）

[鉴赏]　"相逢尽道休官好，林间何曾见一人"，这两句古诗本来描绘的是，在旧官场，老人都有些"恋栈"，其实，时至今天，"恋栈"者依然大有人在。这两年，到时退休的制度已逐渐为人们所接受，但偷改年龄以求推迟退休者、虚拟种种借口赖在岗位上不走者，此类不良现象仍时有发生，其根源就在于"恋栈"。

绝大多数"恋栈"者，除了迷恋权力、金钱等物质利益外，更为迷恋由职务带来的虚荣。本篇中的温局长可谓是个典型。他已年近七十还不肯从领导岗位上退下来，终于某天突发心脏病。故事由此开始，作者的艺术才能也由此得以展示。他巧妙地抓住温局长起病原因和住院登记两个环节，将手中的笔变成解剖刀，淋漓尽致地也是毫不留情地揭示了温局长平时不大对人敞开的无比"恋栈"的内心世界。

"温局长是在有人提议让他离休的话说出后倒下的"，"局长一下子就不行了"。看似简单朴实的叙述，因骨子里的调侃显得意味无穷。接着描写住院登记尤为生动，先是报职务不报姓名，继而写六十八岁还是六十七岁的斤斤计较，到填写单位职务时，已在填了"局长"后加了四个"还有"，想不到一直昏迷不醒的温局长，忽然"双目微启，嘴唇哆嗦着吃力地说：'还有……市……爱国卫生运动……委员会……顾问。'"昏迷中竟仍然对职务如此敏感，连一个闲职、一个兼职也不放过。全文至此戛然而止，一个官位痴迷者的艺术形象就此塑造成功，并长留在读者心中。

（陆建华）

不 泪 人

程世伟

他经受无数次"考验"，确实没流过泪。他的同伙称他是"硬汉"。有人愿以五十元人民币同别人打赌，结果这个人没有输。

一次，他被驻街民兵抓住（"文革"期间），他们把他的两个脚趾绑在一起，吊在暖气的上水管，下面只准脚趾着地，脚后跟至少要离地两寸。这种姿势不大好摆，要好一气调整才行。一个矮个子说："你什么时候哭，什么时候把你放下来。"他闭上眼睛，似乎在酝酿哭，眼泪却怎么也挤不出。六小时后，民兵队长指令那矮个子道："放下来，马上放下来！"

哦，他真的没哭。

又一次，他偷了一位妇女的钱包，那里面全是些内部食堂的饭菜票。他行窃有个原则：损人利己的干，损人不利己的则不干。他决定把钱包还给那位妇女，尽管他知道"还"比"取"要难。那位妇女果然嚷起来："该死的，这里面有你要的东西吗？看看，二十多元，可不是人民币！"一个穿三接头皮鞋的中年人首先飞起一脚，接着，雨点般拳头向他面部袭来。他倒在地上，任人们去踢、去打！血从他的鼻孔、嘴角不断地往外涌，然而他铁青的左眼眶和馒头般的右眼竟没有挤出眼泪。

哦，他确实没流眼泪。

又一回，夜里，他听到继父与母亲吵架："他若是我的儿子，我就用刀砍去他的两只手，看他还怎样偷！"

"正因为他不是你儿子，你才说出这种话！"他母亲哽咽道。他猛地从被窝爬起，去厨房取了菜刀，扔给继父："你砍！你不砍你是我儿子！我要让你看看没有手，照样可以偷！"母亲抓起菜刀，朝自己脖子抹去。他扑上去，抢下刀，他跪在母亲身边却没落泪。

哦，他果真没有眼泪。

十二年过去了。他成了家，有了儿子。一天，五岁的儿子给他两个甜橘，他瞅着儿子，目光像两把剑。几天前，他搞了一个水果商贩三斤多甜橘。他后悔那天不该带儿子去。他认为，这种事让儿子发现比让小贩发现还要坏，他用颤抖的声音问："哪儿来的？"

　　"我把帽子放在橘子上,再去抓帽子……可我的手没你的手大,一次只能藏一个。"

　　他咬着牙,眸子却失去凶恶的光。他举起手却没落在儿子身上。他突然跪在儿子面前大声喊道:"不能学偷呀!孩子,万万不能啊!"

　　行窃以来,他第一次流泪了。

　　　　　　　　　　　　　　　　　　　　　　　　(1989年)

　　[鉴赏]　小说以"不流泪"与"流泪"的对比为主线,展示了四个场面,反映了如何教育子女的重大主题。

　　前三个场面为第一组,着重写"他"的不流泪。第二组为一个场景,写他终于流泪。前者虽然篇幅很大,实际是为后者做陪衬。标题是"不泪人",作者真正要写的却是落泪——发自内心深处的惨痛。

　　第一个场面,写"他"在"文革"中被吊而不流泪的经历。"六个小时"的折磨,他纹丝不动,说明他是个硬汉。旨在点出,外在的肉体折磨对他是不会产生任何影响的,这就与后边的流泪形成了鲜明对比。

　　第二个场面,写"他"偷钱包时挨了毒打。作者有意写出,较前挨打程度更深:口鼻流血,左右眼都肿起,"他"仍不流泪,这样写更突出他的个性。同时,发人深思的是,"他"不是在偷而是在归还钱包时挨的打。这说明,"他"在受到外人的曲解而精神痛苦时,也是不会流泪的。

　　第三个场面,作者再次使矛盾升级,冲突更为激烈:动开了刀子。在母亲欲自杀的生死关头,他仍不流泪。作者把人物的个性推向极致,在读者心中造成了"这是一个铁石心肠的汉子"的思维定势,为后边的流泪做了最充分的蓄势。

　　第四个场面,与前面截然不同。"十二年后",这个惯偷发现自己五岁的儿子正在步自己的后尘偷小贩的橘子时,这个从不流泪的人内心受到极大的震撼,在极度的哀伤中流下了惨痛的眼泪。小说在"流泪"这个司空见惯的生活小事上,揭示了作为一个父亲应该怎样对子女进行言传身教的重大课题。小说的成功提示我们:只要深入开掘,有较高的立意,微型小说很短的篇幅也能创作出发人深省的力作。

　　　　　　　　　　　　　　　　　　　　　　　　(顾建新)

二次大战在双牛镇的最后一天　　冯曙光

　　双牛镇一九四五年八月十四日的这天清晨,一位日本军人用刀柄重重地撞在尤再三酒店的门上。尤再三提着裤子打开门,把腰弯成一架桥:"太君,早请早请!"

"酒店的开了开了，我的喝酒！"

听了这话，尤再三从胸中放出一口大气。情绪的巨大落差带给眼前一片黑暗，他跌倒了。

双牛镇人觉得发生了一件奇怪事情。这个刽子手，怎么敢一个人出来喝酒。大家看天，是怎么回事？

中午，据点那边几声沉闷的枪响后，田中正二一声嚎叫出现在小镇的石板街上。

这一天，不仅对田中正二，对双牛镇，对整个中国，对全世界，都是一个重大的日子。日本天皇接受波茨坦公告，宣布日本无条件投降！

但双牛镇的人不知道。

田中正二没醉。他一下子跪在地上，两眼注视着远方。那里的天地已经区别开来，一线玫瑰色红霞蜿蜒展开……

又有一连串枪声从据点传来。他的部下在自杀。他一把撕开军衣，抽出军刀。这一刻，他觉得神圣庄严，丝毫没有绝望。

双牛镇人壮起胆步步挪动地围来。就在他们嘴里要惊叫出声的时候，巷尾，张货郎挑着货担边跑边喊："乡亲们，日本鬼子投降了，据点的鬼子全死了！"这是一声炸雷。也就在这时，田中正二对自己举起的刀，收了回来。

张货郎拨开人群指着田中正二："这样死便宜了他，乡亲们，把他捆起来！"

人群挤动了一下，张货郎借势一推，未及田中正二顺过刀柄，有十几个人压在了他身上。

有人飞跑送来一根绳子。

血从田中正二嘴角流出。他被捆成一团，这使他的形体失去了军人所有的气质，包括他的残忍和孤傲。还是张货郎的声音："给他灌辣椒水，再剥皮，最后烧死他！"

这个奸诈的小贩，怎么一夜间换了另一个模样？他长期在据点里进进出出，拍着日本人的屁股骂自己祖宗，还把骗来的闺女往据点里引。他不是人，只有他才做得出这种残忍事。

张货郎找来辣椒，撕碎，浸泡在一碗酒里，酒即刻鲜红。他端起酒，向田中正二走去……

"住手！"一声严厉的呵斥，抽打在张货郎身上，使他一颤。双牛镇德高望重的寿星,九十六岁的贝母大爷威严地出现在大伙眼前。他的一只手已被田中正二砍去。贝母大爷说:"就是砍下我的头,我也还说你们的日子长不了!"为了要贝母大爷看到他们的胜利,田中正二没杀死他。

贝母大爷接过碗,向田中正二走去。

"田中队长,今天并不是我们双牛镇的人要你死,这是天意,是阎王爷要招你们这群害人精回地狱!我不想再提这只手,不过当时有一句话,不知你忘了没有?"

田中正二愤怒地燃烧着双眼,他没有忘记这位可以做他爷爷的老人与他打的赌。对,那是一次极不公平的打赌,他肆意地砍去了一个中国人的手臂。结果他赌输了。今天,他不得不在事实面前低下头:"嗨,你的赢了!"人群仅仅蠕动了一下,没有欢呼。长期的煎熬,人们麻木了。

张货郎抱来了干草。一切准备就绪,张货郎叫道:"贝母大爷,把辣椒酒给他灌了,再点燃他,好看得很哩!"贝母大爷的手一挥,碗飞出去撞在墙上。贝母大爷问张货郎:"你是人吗?"

张货郎惊讶地说:"我怎不是人?"

"放屁!你不是人,你连畜生都不如!"

张货郎指着贝母大爷后退:"你,你疯了。"

这是二次大战在双牛镇的最后一天。这一天,双牛镇上自杀了一个日本人,他很年轻。这一天,双牛镇赶走了一个中国人,一个小贩。人们忘不了这一天,用刀,刻在心里。

捆绑田中正二的绳索被割开,为此,他跪着向这个灾难深重的大地,向一群被他们践踏蹂躏的人民,致敬。然后举起刀,奋力剖开自己的胸膛。

这一天,从不哭的双牛镇人,扶着门框,扶着拐杖,扶着镇上那棵干死的大树,全都哭了。

(1990 年)

[鉴赏]　读罢这篇作品,我首先最想说的话是:让那些一直来都以为微型小说不过是小打小闹的"小儿科"的人来看看吧——其实,微型小说虽"微"虽"小",可它却能如那些鸿篇巨制一样,将那历史和全世界人民都无法忘怀也不能忘怀的"二次大战",几乎是完整地而且又是艺术地给予浓缩并表现在自

己的尺幅之内！是的,这是一篇堪称"大制作"的微型小说作品——这《二次大战在双牛镇的最后一天》,它所展示和记录的,可是我们这个民族的一段苦难史和一段辉煌史呵！

　　而作为一篇小说,作为一篇艺术作品,本文作者最突出的成就和贡献就是,他是从人物而不是从概念的角度,是以描写而不是以说明的方法,去以点带面又以小见大地构思故事和组织情节,并实现那种动人心魄的表达效果的。应该说,在这样的一个篇幅中,虽然同时放进田中正二、张货郎、贝母大爷这三个人物是显得"挤"了点,但由于作者处理得简要精当,所以,那三个人物还是栩栩如生,而且作为不同类型人物的典型代表,充分地将"二次大战"的艰巨性、复杂性,特别是那种交织着美与丑、善与恶的人性的丰富性给体现了出来。以小说中田中正二这一人物为例,从他的"用刀柄重重地撞在尤再三酒店的门上",到"他一下子跪在地上,两眼注视着远方",再到"他的形体失去了军人所有的气质,包括他的残忍和孤傲",再到他"愤怒地燃烧着双眼",再到"他跪着向这个灾难深重的大地,向一群被他们践踏蹂躏的人民,致敬。然后举起刀,奋力剖开自己的胸膛",便是人物形象及其行为意蕴,同时也是作品题旨被一步步展开、一步步揭示,又一步步充实丰满的极完整又极艺术的过程。

（汝荣兴）

看不见的歪脖树　　　　　邢　可

　　我家门前有条柏油路不算宽,最多有四米。路两边是楼房,高高低低新旧不一。从我家往东十几米处的柏油路直直地向南拐去。拐弯处靠里角有棵腿粗的白杨树。白杨树紧挨路边,小学生从它身边经过常常不自觉地摸它一下。时间长了,树干上便留下油滑的痕迹,在太阳下闪闪发光。

　　有年夏季,大雨连下几天。大地喝饱了雨水,踩一脚软乎乎的像海绵。雨后接着刮风,风很大,呜呜直叫。拐弯处那棵白杨树像被一只看不见的大手推歪成四十五度,占去小半个路面。

　　从此,人们从那经过都得靠外角多走几步。因为谁都没有勇气用自己的脑袋去跟树干较量。但聪明的人们能少走半步决不多走半步而白白浪费气力。所以我发现,人们从那路过时总是紧贴树干擦身而过。为了不让自己的脑袋撞到树上带来不必要的痛苦,他们常常不自觉地歪一下脑袋。仿佛不那么歪一下脑袋就会被树干撞起一个馒头似的大包。其实,他们即使不歪脑袋,树干离他们的脑袋至少也有十几厘米的距离。

邢　可

　　风雨过去很久,那棵树也没有直起腰身。就那么成四十五度角向路面歪斜着。城市绿化队的人不知是否看见那棵歪斜的树,反正是无人过问,更无人去把那棵被风刮歪的白杨树扶正。人们从那路过,为了少走哪怕是半步路总要很自然地歪一下脑袋。

　　不记得过去了多长时间,也不记得是什么人在什么时候把那棵被风刮歪的白杨树锯掉了。被锯掉的白杨树留下一个离地面大约有10厘米高泛着白光的树墩。那泛着白光的树墩仿佛是一只大眼睛,每天都不知疲倦地瞪着来往的行人。

　　我发现,人们从那路过并没有因为那棵歪斜的树被锯掉而少走几步紧挨路边通过。他们仍像过去那样绕个弯,白白地多走几步。而且他们从拐弯处经过的时候仍然像过去那样不自觉地把脑袋向外边歪一下,为的是不碰到那已经不存在的树干上。

　　开始发现这种现象时,我感到分外惊奇。一有时间,我就站在家门口呆呆地观看,连吃饭都会忘记。但没过多久,我就失去新鲜感,觉得人们歪一下脑袋是自然而然、稀松平常而又实在乏味的事情。

　　后来我参加高考有幸被录取到外地上学。人们从那经过是否还为了不撞到树干上而歪一下脑袋,我已没有兴趣再去关心。不过我估计,从那路过的人们绝不会还像过去那样不自觉地歪一下脑袋。但歪脑袋的人可能还会有的,至于他们要歪到什么时候我可说不清,最好去问他们本人。

（1990 年）

　　[鉴赏]　作者在本篇作品中显示出来的聪明才智,首先表现在他注意并且发现到日常生活中一个司空见惯的生活现象:路人为了不被歪向马路上的那棵树撞疼脑袋,"总是紧贴树干擦身而过",并"常常不自觉地歪一下脑袋"。如果说,这个"发现"还不算十分特别的话,那么,作者接下去的"发现"就不能不令我们刮目相看了:在那棵被风刮歪的树被锯掉之后,经常路过那里的人,"并没有因为那棵歪斜的树被锯掉而少走几步紧挨路边通过。他们仍像过去那样绕个弯,白白地多走几步";这还不算稀奇,稀奇的是,这些人"从拐弯处经过的时候仍然像过去那样不自觉地把脑袋向外边歪一下,为的是不碰到那已经不存在的树干上"。

　　文学作品是现实生活的反映,决定作品质量高低的是作者能否在日常生活中有真正属于自己的独特发现,并且能从这独特发现中引申出深刻的思考。读者很可能一开始会被作者的独特发现而逗笑,但认真地想一想就会笑不出来了,并陷入深深的思索之中。

为看不见的歪脖树歪脖子,这是习惯使然,更是人们潜意识中的一种畏惧感,一种对曾经被歪脖树碰撞而疼痛过的难忘的畏惧。再深入地想一想,在现实生活中经常见到一个原本朝气蓬勃的人,随着岁月的流逝慢慢地失去锐气,不思进取甚至暮气沉沉。发生这种变化的原因,往往就是因为他(她)经历过类似被"歪脖树"碰撞过的疼痛和因此产生的畏惧。由于这种畏惧没有被及时消除,就会逐渐地变得凡事小心谨慎而随波逐流。长此以往,就会像小说中的那些人,"歪脖树"已经不存在了,但走过那里时,"仍然像过去那样不自觉地把脑袋向外边歪一下"。

(陆建华)

苦 乐 年 华　　　　　　杨晓敏

我家的南边,有一片不大规则的南窑塘,约有三四十亩大小。不知从什么年代起,村里在此处建窑烧砖,就地挖土,逐渐掘成一大块可观的低洼地,雨水日积月累,形成全村最大的清水塘。即使在干旱的冬季,塘边儿水位骤降,南窑塘的西南角仍有一带深水域,凝结着一层薄薄的冰片儿。南窑塘名扬乡里。

南窑塘给故乡带来的欢乐,绝不仅仅限于夏季。它犹如一个聚宝盆,对于钟情于劳作的人来说,清水塘会毫不吝啬地奉献出它的宝藏。秋末冬初,落叶潇潇,在一派朔风肃杀中,荷叶儿残败凋零,芦花儿被风吹散,蒲条儿东歪西倒,水鸟也已迁徙。随着农闲的到来,塘边儿陆续多了挖藕人。

在泥塘里挖藕,本是一道讲究的工艺。懒汉永远不会精于此道。关键在于,掏了力气,能否会有所收获,这也是对自己判断力和灵性的一种验证。冬季的塘边儿早已是一片狼藉,莲秆儿不见,下铁锹时往往没有目标可鉴。有时挖了半天,累得通身冒汗,依然寻觅不到一星半点的藕边儿。泥塘里的芦根、杂草等,硬拉软扯,像搅拌在混凝土里的钢筋一样,使铁锹不能灵活自如。连换几个地方,弄得泥浆沾身,只得哀叹运气不佳,苦笑作罢。所以,明知塘有藕,不愿下泥池的大有人在。

我的五伯父则不然。他骨瘦如茎,颀长的身子略佝偻些。在塘边儿走动时,他喜欢把铁锹横在身后,用两只胳膊弯紧,那姿势显得很潇洒。当那双微眯的小眼睛睁开时,亮幽幽的,精气神很足。溜着、溜着待他把铁锹向下一插,莲藕似乎就聚集在箩筐大的泥坑中了。哪怕是别人挖剩的闲坑，五伯也能挖出大藕来。我常去看五伯挖藕，以为那是一种享受，高明的魔术师，也只不过有此本领，何况五伯是真功夫。他横背着铁锹在前面走，我提着小箩筐在后面晃悠悠地向塘边儿去，无异于师徒俩。五伯虽然不爱指点，久了，我也看出些挖藕的诀窍。五伯挖藕非常注意寻找所谓"藕窝"，坑里只有一两挂藕，或者藕太小，费劲而划不来。他讲究站位，两脚绝不能乱晃动，否则泥浆四溢，随挖随淤，老挖不成一个完整的"坑"。锹锹下去，都要利索，不能拖泥带水，不能太零碎。见了藕最忌轻易下手动它，一则易弄断，二则手上沾泥，无法抓锹。

　　无论多么复杂的藕层，五伯差不多都不用手刨，而用锹一条条剔拨出来，我曾学到一招半式，虽不算真传，也足够旁人羡慕了。

　　一年初冬，连刮几天干风，有一片凸起的塘面露底了。我大约十岁出头吧，还是有些力气的。也算是第一次踏入距塘边儿稍远的纵深处挖藕。那天如有神助，往日的疲倦感一扫而光。我像五伯那样，审时度势般地选好角度，抖动了铁锹。这是一片过去尚未开发过的处女地，泥浆下呈沙质状，锹头无遮无拦，我在泥塘中硬铲出一条通道，惊讶地发现藕层居然会排列得那么协调完美。一挂挂赤裸裸的嫩藕被我揪出示众了。塘边儿逐渐增多的观众喝彩起来，我的情绪沸腾到极点。多少年来，我也能清晰地回忆起那个富有创意的下午。塘边的汉子们眼热，忍不住也下塘了。令人不可思议的是，在那一大片泥塘中，谁也无法再挖到叠现的"藕窝"。直到父亲收工归来，在塘边呼喊我回家吃饭时，我才感到饥饿和疲惫。

　　堆成小山似的莲藕，足有六七十斤重。要知道，那时一斤萝卜才卖两分钱，像这样上好的莲藕，拉到四十里开外的新乡菜市场，一斤可卖三角钱。半天时间，我的劳动价值为二十元，比我父亲在田里辛苦一个月还挣得多！对于穷人家来说，这预算简直是个辉煌的天文数字。晚饭后，母亲细心地用针线穿透着我满手的血泡，抚摸着我稚嫩的肩膀，泪流双颊。

　　掌灯时分，来了几位新乡的知青，缠着父亲说，队长大叔，这藕让我们几个过节带回家吧，怎么样，每斤算一角钱，年终分红扣除。父亲的喉结滚动几下，硬生生把拒绝的话咽了回去，挥了挥手说，拿去吧，塘里还有，我再让洲儿去挖。知青走后，母亲几乎把父亲吵得无地自容,一会儿,从未对我怜悯过的父亲,竟给我掖了掖被子,用关切的语调说,累吧,明早让你妈给你煮个鸡蛋吃。算是对我少年时期的最高奖赏。

哦,故乡的清水塘,你还记得我儿时的几丝苦涩吗?

(1990 年)

[鉴赏] 这篇小说打开了我们封存的记忆。年长一点的读者,都很熟悉小说中生动描绘的那段不平凡的时光。因此,读后会产生诸多的感慨。

小说题为《苦乐年华》是极有深意的。全篇写的是历史上那个极其艰难的年代,物质极端匮乏,人们的生活水平很低。作者用了许多生动的、典型的细节展示苦难:"一斤萝卜才卖两分钱";一个十岁的孩子挖半天藕,竟然比一个大人"在田里辛苦一个月还挣得多"。精神上的困乏,作者则用暗写:没有丰富的文化生活,没有电影,没有演出,没有各种体育活动。于是,只有在严寒的初冬以挖藕为乐,而塘边则站满了围观的老乡,这大约是他们生活中的一大盛事了!

小说以"苦"与"乐"作为互相映衬的两个板块结构。"苦"是写作的重点,浓墨重彩,给人留下了深刻的印象。但是,作者不是一味地诉说苦难,而是在黑云的缝隙中闪射出一线灿烂的阳光,给我们带来生活的希望。"我"的挖藕颇有收获,整个劳动过程充满着喜悦;这些是通过"我"挖藕的感觉与心理变化以及众人的喝彩表现出来的。另一方面,小说又写了一个重要的内容:父亲对知青深情的爱,体现着人间永不磨灭的真情。这个爱是十分厚重的,用对比的方式写出:为挖藕,十岁的儿子干了整整半天;而且,一斤藕可卖三角钱,但父亲却十分慷慨地将藕送给了知青。父亲对"我"也充满了关爱,作者用掖被子和煮鸡蛋两个细节来表现这种关爱,写得十分真挚感人。

综上所述,可以清晰地了解这篇作品独特的构思:在苦中写乐,以乐衬苦。全文用抒情的笔调、散文式的笔法娓娓道来;通过细节,将深切的情感表达得十分充分,从而激起读者心潮的朵朵浪花。小说用第一人称的笔法,以一个十岁少年的视角来展开全文,给人以真实亲切的感觉。 (顾建新)

理 发　　　　陆颖墨

老周转业到地方已有三个年头了。三年里,每到理发的时候,他都要忍受老婆没完没了的唠叨。全是为了他头上的发型。不到一寸的短发,从当兵起他就是这样理的,在脑袋上站立了快二十年了,现在已站出几根花白的。老婆偏要叫他变一变,留个长发,再吹

一吹风。说是要跟得上时代，别整天工农干部似的。说归说，每次
她还得老老实实拿起推子，像随军以前收拾麦茬那样把丈夫的头发
收拾好。有时，老周都觉得好笑，嫌我工农干部，当初人的最高理想
还不就是当工人么？现在跟我扯起时代不时代来了。

　　老周不肯改掉那个短发，倒不是不忘本或者不想跟时代，没
想那么复杂。他班长、排长、连长一直到营长，工作的主要内容之
一就是捏一把推子，嚓嚓嚓要给战士们理平头。还记得有个新兵
不愿意理，从一楼的窗户飞身而出，光给他们讲军容风纪条令要
求自然不够，老周费了不少心思，还说出了这短发如何如何好看。
说着说着，心里想想还真是那么回事，理出了短发好看的许多道
理。跟人家、跟自己说了那么多好处，转眼自己倒变了？虽说战
士们看不见，自己总觉得不厚道。

　　"短发好呀，你看那个日本的杜丘，都说是一条汉子。"有闲心
时，老周逗她一逗。

　　"拉倒吧。人家脸上是一道一道肌肉，你呢……"

　　老周生气似地绷起胖脸，不再理她。你爱说什么就尽管说什
么，只要不误了给他倒洗脚水，不误了给他晚饭温二两，尽管说。
当然，她不敢误了给他理短发。

　　不觉到了结婚二十周年，金银铜铁，老周也弄不清是哪个婚，
二十年前的时光让他胖脸泛红。想了好几天，觉得要让老婆惊喜
一下有难度，终于咬咬牙说："我要留长发了，给我吹一吹。"

　　老婆张大嘴巴呆了好半天，等发现这死东西确实不是作弄她
时，满脸绽开了花。其实老周给她出了个难题，他头发是该理了，
也只是比平头长一些，就是加化肥，也到不了吹风的地步。

　　可老婆顾不了那么多，她要的是政策。连着好几天，拿儿子
的铅笔头在纸上画来画去，说是设计发型呢。老周等得没耐心
了，催了几次，说头上痒死了，还不快理。老婆说别急别急，趁长
势不错，再坚持几天。

　　老周没办法，看看她画的发型，也看不明白，问："那个方框，
麻将豆子上五点一面的是什么？"

　　"你的脸呀。"老婆深情地说。

　　老周心有灵犀一点通，明白了那个方框上的五点是他脸上的
眉毛眼睛嘴。

终于,老婆拿起了推子,在他头上细细修理着,还不时瞄一眼那纸上的图样。老周叹口气:"你应该放个大样才好呢!"

说归说,接过镜子,他不能不赞叹老婆的手艺,不长的头发还真弄出了一波三折,像那么回事。老婆说是"乘风破浪"式。

老婆不认识似地盯他看半天,接着过来继续修理起来。忽然,老周觉得有些不对头,忙看镜子,竟发现又变成了小平头。惊呼:"你这是搞什么名堂?"

老婆也吃了一惊,看看他的脑袋,眼角有些发亮:"我也不知怎么回事,光想着咋不见了我的老周……"

(1990 年)

[鉴赏]　从人们天天都可以见到的头发上,作者挖掘出一个深刻的事理,表现出一种心态,体现了微型小说"以小见大"的特点。老周在部队工作了二十年。由于工作的需要,他一直留的是短发;而且还要做战士的思想工作,为战士理平头。转业三年了,他的老伴希望他留长发,老两口还为此经常发生争执。小说用了将近三分之二的篇幅进行这些叙述,从表面上看似琐碎,无多大意义,实际上为揭示主题做了很好的铺垫。特别是"她不敢误了给他理短发"这句话,似乎微不足道,我们只有看完全篇,才能体会作者安排的深意。

小说讲到老周同意留长发,情节发生了巨大的转折;作者的本意是在后半部分的篇幅里透露出来的。老伴为了理好长发,下了功夫,又是画图,又是细细修理。结果完全出乎所有人的意料,仍然理的是平头。

对照整个故事,琢磨小说的结局,给人以诸多的联想:老伴给丈夫理了二十多年的平头,尽管她常唠叨,但从"不敢"违抗老周的旨意。这表明,"理平头"在她的心中已形成了一个固定的理念(理长发,她倒觉得"咋不见了我的老周"了);长期不变的生活方式以及外力的强制,形成了她的思维定势。一切已经无法更改,尽管她用尽心思(又是画样,又是精心整治),但终究无法走出心理与现实的"围城"。小说以喜剧的形式,揭示出生活中的一个小小悲剧,引发我们对许多同类事物的广泛思考。　　　　　　　　　(顾建新)

天　道

陈建功

丁囡囡发誓自己也得去发财的时候,别人都已经发够了财了。

其实此前她也没少见到人家发财,好像也没怎么动心。可母校的校庆日那天,一个曾经叫她"红卫兵奶奶",趴在她的皮带底下哭爹喊娘的"狗崽子"居然坐上一辆"卡迪拉克",牛气烘烘地停在了她的面前,又成心要再灭她一道似的,当着她和全体校友们的面,甩给了校长一张七位数的支票,把她看得差点儿没背过气去。

"操,我们老爹打下的江山,凭什么让他们这么发财啊!"

在一个朋友家,我认识了丁囡囡。说起这事,她还咬牙切齿,又仿佛从中顿悟猛醒出了一点什么。

"我这才明白我们真他妈的傻帽儿,真他妈的八旗子弟,真他妈的败家子——还慎什么呢,赶紧,与其让他们'发',干吗不他妈的让我们'发'?……"

……

没多久,听说丁囡囡果然"发"了;她在南边捣腾了几个月的地皮,成了一个富婆。

你不能不感叹,到底是人家老爹打下的江山。

听朋友说起了好几次,说丁囡囡还是那么"气不忿儿",别看她发了财。

"不是都发了财了吗,还有什么气不忿儿的?"我这个人永远是"燕雀不知鸿鹄之志"。

"谁知道她! 老骂人,问:'这天下到底是谁的?'"朋友说。

"你得告诉她,天下就算是她的,也得留条道儿让别人走啊。"丁囡囡那副气哼哼的模样是不难想象的。想起时至今日,居然还有人这样想问题,我就忍不住想乐。

最近,在一家大医院的门口遇见了我的朋友。他说他看丁囡囡来了,她快死了。"快死了?"

"是啊,肝癌。已经爬不起来了。"

我陪我的朋友到病房里去看她。

"瞎掰! ……我这一辈子,竞争半天,管屁用,甭管谁,往火化炉里一塞,全他妈的只占巴掌大的地方!"她蜡黄的脸上冒着虚汗,口气却和没病时一样。

我说:"你早想到这一层,就得不了这病。不过现在还不晚,你明白了,你的病就好了……"

"扯淡,甭蒙我,好不了了! ……不过,你说得对,他早告诉我了。"她指指我的朋友,"……我跟我家里人说了,我死了,把我的骨灰扬了,我连巴掌大的地方也不要——我活着时,给别人留的道儿太少,死了,给别人腾点儿地方吧……"

听说丁囡囡居然没死,直到今天。

(1990 年)

[鉴赏]　本篇负载着丰富的思想内涵和深刻的人生哲理,作者通过叙写宛如八旗子弟的丁囡囡而曲折表现之。这个满嘴污言秽语、骄横不可一世的女人,其实是个泼妇。常挂在她嘴边的一句话是:"我们老爹打下的江山!"就凭这一点,她内心深处的想法是,今天的一切,只有她这样的人才配享受。她不懂"人间正道是沧桑"的道理,她看不惯时代的进步并且总是留恋、追忆、惋惜她自己已经不再的昔日辉煌。对于丁囡囡这种复杂阴暗心理的揭示,作者并没有费上千言万语,而是巧妙地用一个心理细节描写,清清楚楚地说明一切,并令人遐想万千——在母校校庆日那天,看到有个同学比她阔气、神气,她马上愤愤不平地想到,当年,正是这位同学,"叫她'红卫兵奶奶',趴在她的皮带底下哭爹喊娘"!

本篇最值得玩味的,是作者不无调侃地以丁囡囡的一悟再悟,揭示她的至死方悟。欲抑先扬,欲擒故纵,一波三折,妙趣无穷。她先是从当年"狗崽子"的今天发迹,"悟"到自己傻,进而想到,"与其让他们'发',干吗不他妈的让我们'发'?"后来,她显然凭借打江山的老爹的威力,"在南边捣腾了几个月的地皮",迅速"成了一个富婆"。虽然发了财,可她仍然"气不忿儿",老骂人,因为她还是想不通:"这天下到底是谁的?"最后,她不幸患上癌症,居然"大悟":"我这一辈子,竞争半天,管屁用,甭管谁,往火化炉里一塞,全他妈的只占巴掌大的地方!"这与其说是真悟,不如说是一种哀鸣。但,经过这么多折腾,她总算明白一点:"我活着时,给别人留的道儿太少,死了,给别人腾点儿地方吧……"

作者对丁囡囡这类人物的嘲弄鄙夷之情,充盈在全文的字里行间。或许是被这类人的最终也有所觉悟而感动,作者顿发慈悲之心,竟于文末放丁囡囡一条生路:"听说丁囡囡居然没死,直到今天。"短短一句话,亦庄亦谐,意味深长。

(陆建华)

写　信　　　　　　雨 瑞

他们是在一个偶然的机会里相识的。相识不久就要分道扬镳,各奔东西了。可谓聚也匆匆,别也匆匆。分手时,她意味深长地瞅着他问:"你会给我写信么?"

"当然。"他毫不迟疑地点了点头。

她嫣然一笑,伸出温暖柔软的小手让他握了一下:"那我等着。"

一晃半个月过去了。该不该写这封信的问题搅得他食不甘味,夜难成眠。在经过漫长的权衡、掂量过程之后,他觉得无论如何这封信是非写不可了。

他铺开一叠信笺,拧开了笔帽。

一开头他就卡了壳。怎么称呼她? 他在一张废纸上写下"余莉雯"三个字,又添上了一个硕大无朋的"?"。

就直呼其名吧? 是不是显得太生硬太突兀? 冰冷冷气汹汹的,倒像是找人家兴师问罪似的。不行不行!

于是在"余莉雯"后面添上"同志"二字,想了想,又划去了。太公事公办了吧? "同志"? 这称呼是不是过时了? 全国十二亿同胞,怕有十亿同志吧? 你干吗偏给这位余同志写信呢?

于是又写出"小姐""女士"几个字。琢磨了一会,又划掉了。总觉得不伦不类的有股馊味儿。人家准会笑话我装腔作势附庸风雅假洋鬼子!

要么就称"小余"吧? 啊呀,是不是有点居高临下倚老卖老的口气? 何况也太机关化公式化了。

他忽然将"余"字划去。要不就呼"莉雯"? 还是不妥! 这种称呼让人感觉过于亲昵,像是在拉近乎,弄不好会使她产生错觉和误会,甚至……

真难哪! 怎么称呼都不够妥当。好吧,暂且空在这儿,等想好了再补上。先往下进行吧。

接下来该是问候语了。他又犯了难。是写"您好"呢? 还是写"你好"? 要是写"您好"是不是太假客套假斯文了? 明显地带有那种寒暄味,颇犯虚伪做作之嫌。要是写"你好",又会不会显得太随便,显得对人家不够尊重,显得写信者太粗鲁太没礼貌太没教养? 得,干脆也先空着,等想好了再补上吧。还是先写正文要紧。

可这"正文"的开头怎么个"开"法? 原想写"我早想给您(你)写信",又觉不妥。她会不会觉得你这个人太黏乎? 见过一面就"早想"给人家写信了,人家只是顺口随便说说你倒认起真来,兴许人家压根就没把你当回事哩。你小子莫不是癞蛤蟆想吃天鹅肉? 这信要是被别人看到传出去还不成了一个大笑柄! 那么,干脆这样写:"我原本不打算给您(你)写信了,但我既然答应过写信,只得履行自己的诺言了。"哎呀,这成什么话! 她会觉得你这人太自高自大瞧不起人,明明说好的"当然"写信,却又"原本不打算"了,现在写这封信也不过仅仅是为了"履行自己的诺言"。难道说你对给她写信毫无兴趣、毫无热情,只是在敷衍应付,只是在尽一种义务,只是迫不得已而为之?难道你把这封信当成了一种负担,当成了是对收信人的施舍恩赐?你倒是有多大多粗?人家余莉雯难道还要仰你鼻息不成!只这一句话,就足以把她气得半死……得得得,万万不可如此造次!

他瞅了瞅涂改得一团糟的那张废纸,又瞅了瞅面前那叠空白信笺,长叹了口气,慢慢拧上了笔帽。

一个月后,他收到她的一封信。信上说:"真想不到,这么快你就将我连同你的许诺忘得一干二净。我原以为你是个诚实可靠的人哩!"

(1990 年)

[鉴赏]　对现在的年轻人来说,"写信"可能是一件很陌生甚至是很可笑的事情。但在电话普及之前,自然更在"伊妹儿"和"QQ"们满世界横冲直撞之前,写信却是人们交流思想、联络感情、互通信息的一条极其重要的途径。

于是便有了这个故事。应该说,这是个很简单的故事,简单得差不多只需用一句话就可以将它完全概括出来:"他"要给"她"写信,却不知道该怎么个写法。完了——不,事实上没完。因为,虽然故事内容真的很是简单,但作者却在这种简单中真真切切又实实在在地写出了一种复杂来。

复杂的是"他"的心理状态——作品行文中那条贯穿始终的线索,便是"他"面对着一叠信笺时的那种心理活动:只觉得这样称呼不好,那样称呼不行;如此开头不当,这般开头不妥……而就在"他"这一系列细致入微的心理活动过程中,作品的内在容量,也就一步步又一层层地由写信这一平常事,扩展到了广阔的社会生活之中:譬如有些人待人的"冷冰冰气汹汹",譬如有些人的喜欢"装腔作势附庸风雅假洋鬼子",譬如办事的"机关化公式化",譬如那种虚伪做作和假心假意,譬如……就在这样一种复杂社会生活的巧妙呈现中,在最终却是"她"给"他"写了一封信这样一个结尾的袅袅余音里,作品便有了一种像是很可笑却又叫人笑不起来,像是很浅显却又无疑不那么浅显的味道,从而也就使这一故事不仅仅是个关于写信的故事了。　　　(汝荣兴)

裸　　　　　　　金 黎

宽敞明亮的县文化局会议室里,会议正在进行,与会者个个显得年富力强、精明强干。

县委主管文化工作的严副书记正在传达省委文件。此刻,室内烟雾缭绕。严副书记刚从部队转业,他以军人严肃认真的精神,一字一句读着文件,而且边读边讲解。不料他把"赤裸裸"读做"赤果果",顿时,满座愕然,有面面相觑者,有低头窃笑者,看来,这些文化人儿谁都听出严副书记把字音念错了。

此时,县文化局贾局长瞥一眼一本正经的严副书记,暗忖:严副书记初来乍到,谁要当面指出,在这公开场合,实在有损严副书记的面子。想到此,贾局长不由环视众人:嗯,好在没人吭气儿……

"贾局长,你接着读吧,我喝口水。"严副书记的话打断了贾局长的思绪。他心中蓦然一颤:哎哟,这文件我曾事先看过,下边还有几处有这个"裸"字,自己是读"裸"呢?还是读"果"?他一边点着头接过文件,一边端起桌上的茶杯,喝口水,润润嗓子。其实,他哪里是在润嗓子,只是借这几秒钟思谋该怎么办。处变不惊是贾局长修炼多年的看家本领了。此刻,他聪颖的大脑飞速旋转:倘若和严副书记读得不一样,这岂不是让他当众丢丑?哎呀呀,不行! 他虽初来乍到,可正因这一点,自己才不摸他的脾气呀! 嗯,干脆将错就错。得罪顶头上司,恐怕只有小学一年级的小孩才会干! 于是他干咳一声,接着读下去。

谁知,当他又把"裸"读做"果"字音时,会议室里竟有人交头接耳,贾局长不由心中咒骂:真他妈官大压死人! 刚才严副书记读错,你们干瞪眼不吭气儿。怎么? 我照着读,你们便叽叽喳喳……

其实,贾局长此刻想得并不全对,人们窃窃私语,是因贾局长有张大学本科文凭,而且是铁嘴钢牙,无论大会小会,只要有发言的机会,他总是妙语连珠,口若悬河。这暂且不提,就说这刚读的"赤裸裸"三个字,他昨天在这个会议室,关于"赤裸裸"就有一番语惊四座的高论。他说:"我这个人,喜欢人与人之间是赤裸裸的。什么叫赤裸裸? 也就是去掉一切伪装,好也罢、孬也罢、爱也罢、恨也罢、对也罢、错也罢,一切言行都要出自真诚!"瞧瞧,这话讲得多有水平! 当时在场的也正是现在到会的这几位骨干,谁心里不为贾局长如此深刻的高见所打动? 仅一夜之隔,贾局长便把"赤裸裸"读做"赤果果",人们怎能不莫名惊诧?

贾局长此刻似乎也悟出了人们交头接耳的原因,他正欲"以正压邪",赶紧读下去,忽见严副书记缓缓站起来,低声说:"我去方便一下。"不料,严副书记刚一出会议室的门儿,局党委书记老郑突然说:"老贾,刚才你读的什么'赤果果',不对吧?是不是该读'赤裸裸'?"

老郑一戳破这层"窗户纸",贾局长脸上一红一白地说:"对!对!应该读'赤裸裸'!"可心里却暗暗骂道:这老滑头!刚才严副书记在这儿,你怎么不吭气儿?……于是贾局长以守为攻,悠然一笑,借题发挥道:"是该读'赤裸裸',嗯,这'裸'字嘛,原意是一丝不挂……"

"哈哈哈……"众人笑了,老郑笑了,贾局长也笑了。但每个人各不相同的笑脸上,也有各不相同的意味儿。

宽敞明亮的会议室里,会议仍在进行。

（1990 年）

[鉴赏]　这篇小说场景高度集中,人物集中,事件集中,作者对微型小说的艺术特点把握得十分准确。特别是紧紧扣住"裸"字,展开故事情节,颇值得玩味:一个"裸"字,犹如一面三棱镜,折射出世间万象的多种色彩,映照出迥然不同的人性,使小说取得了"见微知著"的艺术效果。

刚从部队转业的县委主管文化工作的严副书记,在读文件时,不慎将"赤裸裸"读成了"赤果果",这本来是一件微不足道的小事,但在"有文化"的人中间,竟然掀起了一场风波。在这个读错的"裸"字面前,作者使三种人现出了原形:第一种人,贾局长。为了不得罪领导,他放弃自尊,竟然将错就错。这种人昨天能在大庭广众中大讲"真诚",今天为了私利又可以把"真诚"公然踩在脚下。作品以此揭示了一种为保住既得利益可以不讲廉耻的人的人性。第二种人,局党委书记老郑。这种人尚有良知,对事物的是非曲直十分清楚。他心中自有一杆秤,但对上、下级使用的方法不同。比起贾局长,他显得老辣沉稳,更胜一筹。第三种人,在场的群众。当严书记读错时,"有面面相觑者,有低头窃笑者";而在贾局长读错时,有的人就敢交头接耳。这些人很会见机行事。但是,他们的处事是有范围的,不管怎样表现,是绝不肯越雷池一步的:绝不肯当面指出领导的错误,不论这领导的职位是大还是小。

一个小小的会议,实际是一个社会的大舞台,我们看到了形形色色的社会众生相,我们也可以从中看到自己的影子。一篇短短的微型小说,涵盖了这么多的内容,启发人们这么多的联想,我们能不由衷地去赞叹么?

（顾建新）

教 父 赵 冬

我是在北方那座俄罗斯式的城市里长大的。

那时候，教堂顶的白雪，尖楼上的钟响，紧裹黑衣的修女……无不诱惑着我对神秘殿堂产生不着边际的遐想。

外公是天主教徒，对耶稣十分虔诚。他不仅自己信教，每周还要领儿孙们去教堂做礼拜和做弥撒。他与教堂的老神父交情甚密，神父待人谦恭、和善，小孩子们都喜欢围着他蹦呀跳呀，或听他讲圣经故事。

神父是外公的挚友，也是两个舅舅的教父。闲暇时经常来家里与外公聊天、对饮，一瓶酒，四碟菜，多至深夜。谈得投机便与外公同榻而眠，情同手足。两个舅舅才十八九岁，对教父更是顶礼膜拜，言听计从。

外公的兴趣很广泛，爬山、钓鱼、打猎、打拳、下棋、舞文弄墨……没有他不好的。有一次去雪山打猎，一熬就是半个月，结果还真打死一头黑熊，一个人把熊用爬犁拉了回来。他在人前最得意炫耀的是那件火狐狸蹄皮大衣，据说是件宝物。外公说穿上它就是在雪地里睡上三天三夜也冻不死。这件大衣是用好几百只红狐狸蹄皮缝制的，我猜，皮大衣一定是很值钱的。

秋去冬来，北方的大地又覆盖了一层白皑皑的冰雪。天气冷得能冻掉行人的下巴颏，松花江被冰雪封了顶。外公是个不甘寂寞的老人，他不听家人劝阻，拿着鱼具到江面上戳出一个冰窟窿，下网捞起鱼来，从清晨到黄昏，家人见这么久未归，便去人寻找。江面的冰上摆着鱼具，却不见了老人。

全家人慌慌张张地奔到江边，望着冰窟窿里蒸腾出的寒气哭号不停。人们都说，一定是老头子捞鱼不慎跌进冰窟窿里了。

由于未捞到尸首，外公的丧事也只好草草举行。尽管这样，还是赶来了许多人，都是他各界的朋友，人们大都受过外公的恩惠，希望能为老人做点什么……忙前忙后，里外张罗得最欢的要属老神父了。分家的时候，他把我大舅拉到了一旁，对他说："告诉你，我昨晚做了个梦，梦见你爹在那边呢……"他用手指了指天空："他蹲在雪地里，一丝也不挂呀！我看见他身体直打颤，好可怜呢!"

　　第二天,教父伏在二舅耳朵上,神秘地说:"孩啊,昨夜你爹又托梦给我,他说那边天冷,他快被冻死了……"

　　两个舅舅像两只傻鹅,呆呆地望着教父,不知如何是好。

　　翌日,教父又来到我家,告诉舅舅说外公梦中委托他把那件狐皮大衣给捎过去。

　　舅舅不敢怠慢,急忙取来大衣,让教父拿走了。

　　做礼拜的时候,教父满脸慈祥地拍了拍大舅的肩,眨着眼睛说:"你爹接到大衣穿上了,还夸你是个大孝子呢……"几句话说得大舅轻飘飘的。

　　可是,没过几天,外公突然活着回来了。四邻震惊不小,家人欢天喜地。

　　原来,那日外公在江面网鱼,几网下去,不见半点鱼腥,来了脾气。旁边正好有位老渔翁经过,便赌气扔下鱼具,随老渔翁到江下游用大网捞鱼去了……

　　从此,教父再也没到家里来过。外公到教堂几次,教父均以病相避。一连好几年,外公怕教父难为情,也就换了一个教堂做礼拜。

　　记得外公临终前,还念念不忘这件事。他躺在床上,用微弱的声音对大家说:"……唉,真没想到,一件破大衣,竟伤了一位……老朋友。罪过呀!……"

　　　　　　　　　　　　　　　　　　　　　　　　(1990 年)

　　[鉴赏]　假如作者把本篇作品结束在教父骗走那件狐皮大衣,而外公依然下落不明,作品照样是完整的,读者仍可看出教父的虚伪,但无论如何也及不上现在这样的情节设计以及随之产生的强烈的思想冲击力和艺术感染力。

　　对比的艺术在作品中得到了十分成功的运用。这首先表现在作品的开始,大力渲染外公和教父之间亲密无间的友情和两个舅舅对教父的爱戴和崇敬。这是一个必要的艺术铺垫,既为下文教父从两个舅舅手中骗走珍贵的狐皮大衣埋下伏笔,更以这里出现的教父的神圣面目,对比他最终暴露的虚伪面孔。因为对教父的"顶礼膜拜,言听计从",所以,教父一次又一次地白日说梦,而且其掠夺狐皮大衣的意图愈说愈明显,但两个舅舅却深信不疑。

　　本篇对比艺术的成功运用,更表现在真诚的外公和虚伪的教父这两个性格迥异的人物形象的塑造上。特别是外公临终前的忏悔,是十分难得的精彩一笔,堪称全文最为华美的感人乐章。令读者感到意外也最为感动的是,外公不因为教父使用卑劣的手段骗走他那很值钱的狐皮大衣而怀恨教父,却反而因这件狐皮大衣中止了他与教父的往来而严责自己,并耿耿于怀。这种视友情高过一切的博大胸怀,实属世间少有,难能可贵!

本来应该忏悔的是以神的代言人形象出现的教父,作者偏偏让忏悔者换位变为外公。这一换位描写无疑取得了很大的成功,不仅高尚与卑鄙于此对比得愈加鲜明,外公也于此换位成了真正的神!　　　　　　　　　　（陆建华）

八　爷　　　　　　　　　袁炳发

村子小,偏僻,四面有山。

八爷不是村长,可大家有事都愿找他合计。这家婚丧嫁娶那家婆娘闹离婚,只要八爷到场,事情便有定夺。

为啥这样崇拜八爷?有一段故事。

抗日那阵,八爷年轻,长得帅,身子壮实。

八爷有筒猎枪,常打猎。一天,八爷去野猪沟打猎,刚进林子不久,便听得林子里有女人的呼喊声。八爷循声急急向前跑去,近了,见是一个日本兵扒一个日本女人的衣服,扒得女人露出屁股和两个小白馒头般的奶子。八爷不忍看,火了,一枪托下去,那个日本兵就脑浆迸裂。

日本女人感激得忘了穿衣服,光着屁股给八爷行大礼,八爷前去扶女人,却又突然愣在那不动。咋回事?原来八爷看见女人光滑白嫩的身子……他觉得脑发热,心跳,血沸血涌……"妈的! 这是怎么了?"八爷心里骂,接着背过身对女人喝道,"把衣服穿上!"

女人这才慌里慌张地穿上衣服。

八爷要走,女人不让。女人说,她叫美子,是来中国寻未婚夫的,可未婚夫已战死,现走投无路。

八爷听美子说得可怜,就把她领回家。

美子想报答八爷,便要嫁给八爷。八爷寻思,美子这么远来寻夫,看来心还是挺不错的。他便要娶,可村里的老人说:"日本人烧我们的屋,糟踏我们的女人……这事办不成!"

娘也说:"你要娶那女人,老娘就跳井。"

八爷难住了,不好向美子道出实情。其实,用不着八爷说,美子也从八爷的长吁短叹中悟出点什么，一天，美子偷偷地走了，八爷找了几天也没有找到。后来，八爷去野猪沟打猎时，发现了美子的和服和尸骨。

八爷那个哭呀，捧着和服用拳砸头。末了，八爷双膝跪地，在野猪沟的林子里对天发誓："今后不娶女人，娶女人不是娘养的！"

这以后，八爷真的没娶女人。有人给他介绍女人，他就说："不行，俺发过誓。"

这里人不知何时形成一种不成文的条规，男人说出的话必须信守，不然算不上汉子，还要遭人唾骂。

八爷信守了誓言。

从此，全村人都崇拜八爷。从此，八爷成为全村人公认的一条顶天立地的硬汉子；从此，全村人有事便都愿找八爷合计。

几十年过去，八爷上了年纪，可是身子还硬实。冬天，八爷腿上缠着绷带，走起路来腾腾腾，老人们看着他的背影说："八爷行，真行，是条硬汉子！"

村里的后生柱子，离婚不成，在外做出了拈花惹草的事，阿四爹便指着柱子骂："孬种！自己有老婆还干那事。看人家八爷，没解放那会儿，庙胡同的'窑子'姐往里拉都不进。可你们这号人……学吧，八爷够你们学一辈子的！"

这时，八爷闻声走过来，往阿四爹和柱子中间一站，只"哼"一声便走，谁知这一声"哼"是冲着柱子还是阿四爹来的，反正阿四爹和柱子互相看了半天也还捉摸不出个味来。

忽一日，八爷患病。又过几天，八爷病重，看气色，八爷是没多大活头了。人们围在八爷的床前，盼望着这德高望重的老人，能在弥留之际给村里人说点什么，可八爷什么也不说。

这工夫我来尿意了，不尿不行憋得难受。尿完回来，咋就这个巧，八爷咽气了。我问狗子："八爷到底也没说什么吗？"

狗子眼有些红："说了，说得断断续续，那意思是他一辈子不知道女人是怎么回事。"

听完狗子的话，我愣了。没想到，八爷这条硬汉子最后说出的话竟是关于女人……

（1990 年）

［鉴赏］　本篇的题材与主人公八爷的人生一样独特奇异,并因此余韵悠长。八爷救下一个被日本兵凌辱的女子,而这女子却是一个日本女人,这是一奇;被救的日本女子爱上了八爷,八爷也想娶,但村民们包括八爷的娘在内,囿于狭隘的民族感情齐声反对,八爷只好死了这条心,从而酿成一个凄美的跨国爱情故事,这是二奇;就是这样一位全村人都崇拜的八爷,为了信守誓言而终身未娶,却在咽气时说出和他"硬汉子"身份极不相称的话,这是三奇。读者和村民们一样,听了八爷那句抱憾终身的话,心中顿时像打翻了五味瓶,一时不知说什么才好!

人们总是看重一诺千金,鄙夷背信弃义,八爷也是这样。为信守誓言,维护自己的"硬汉子"形象,他一辈子痛苦地紧锁自己渴求性爱的心扉。但他终于在告别人世前说出藏在自己心里一辈子的话,村民们惊愕不已,读者则陷入沉思。难得作者以千字之微,塑造出八爷这样一个性格丰富复杂的艺术形象。

本篇之结尾,作者写村中人已习惯将八爷看作偶像,在他临终前围在他的病床前,希图聆听到他的珍贵遗言,却不料"这条硬汉子最后说出的话竟是关于女人……"这精彩的一笔,既写出了八爷到底压抑不住的性的觉醒,也把八爷从偶像宝座上拉下来,还原成了一个有七情六欲的普普通通的人。

（陆建华）

预　感　　　　　　　　　　　　滕　刚

W君早晨下床时,忽然一个可怕的意念像闪电一般划过他意识的上空——今天可能被汽车撞死! 这个意念来得很突兀。W君觉得这种意念的出现不是无缘无由的。是一种预感。人死之前总是有预感的。关于人死之前是否有预感,W君原先是将信将疑的。可最近发生的一些事使W君对此深信不疑。

前天上午,W君家门前的马路上接连出了两起车祸,死了两个人,一位是花匠,一位是教师。两人都被车轮碾成肉酱。后来人们的考证证明,他们死之前都有预感。据说花匠在遇难的那天早晨,睁开眼睛便沉默不语,面呈死相。更怪的是他下了床便洗澡,剪指甲,穿了一身崭新的衣服。一个人居然会在早晨洗澡,这在当地是前所未闻不可思议的事。花匠死亡之前的怪异表现说明他对自己的死是有预感的。至于那位教师就更奇了。据说他在遇难之前一个月就开始焚烧他的日记、信件和其他手稿了。他甚至写信给他的朋友们,要回他以往写给朋友们的信。总之,他几乎把这世上所有留有他文字的东西都化为灰烬。那天上午,他踏上柏油马路不久,就有一辆刹车失灵的卡车盯着他追。他一边呼喊一边狂奔,结果还是被压死在轮胎底下。

W君认为他们之所以死,是因为他们没有重视预感。既然有了预感,就该不惜一切去避免预感实现,绝不能听之任之。所以,W君决定今天坚决不出门。

汽车总不会冲进屋里来撞他。

他漱洗完毕,就对妻子说:"今天一天我不上班也不出门,我在后院看书。天塌下来你都不要叫我,有人来找我就说我不在家。我今天有重要的事。什么重要的事你不要问,问我我也不知道。就这样。"他说完就拿了一本小说书和几块面包,钻进后院放杂物的土坯屋里去了。

W君没头没脑的话把妻子搞得晕头转向如入五里雾中。W君一年三百六十五天,从不迟到早退,即使有病也坚持上班,今天怎么突然不上班了?为什么要到土坯屋里读书?他以前可是从未去过土坯屋的。妻子几次想去问他都没敢。W君从来是说一不二的。妻子只好去自己单位请了假,便匆匆回到家里,不论怎么说她不能让W君一人呆在家里,她想他一定有什么难言之隐。

从早晨八点至下午四点,先后有十四个人来找W君,都被妻子拦在门外。下午四点一刻的时候,W君单位里的经理来找他,说有十万火急的事,要他赶快去上班。来者是经理,又有十万火急的事,他妻子不敢怠慢,便把经理领到后院。

"我不去!我今天哪儿也不去!你什么话也不用说了,你开除我我也不会去。什么原因你不用问,我有非常非常重要的事,以后你们会知道的。你走吧!"W君挥舞着手臂声色俱厉地说。他急得虚汗淋漓。这时候发生十万火急的事,本身就是不祥之兆,是死亡的召唤。他没法让经理理解他的态度和做法,他现在不能说出预感,预感说出来肯定凶多吉少。待预感消失后,他会好好地向经理解释的。

经理被他搞得莫名其妙。经理出门前对他妻子说:"再观察一段时间,情况严重,就去叫医生。"他妻子含泪点头。

大约晚上七点光景,一辆重型卡车飞驰在一条柏油马路上。临近三岔路口时,为了避免和一辆违章行驶的客车相撞,卡车急转弯冲向路边的小道,撞倒一堵围墙和一座土坯小屋后停住了。

人们把 W 君从乱砖中扒出来时,他已经咽气了。

W 君之死使人们震惊不已。这一奇特的事件在当地传为奇谈。以后人们谈到人死之前是否有预感时,总拿 W 君之死作为例子。如果他没有预感,他怎么会突然一天不出门? 突然钻进给他带来灭顶之灾的土坯屋? 又怎么会说那些奇怪的话呢?

(1990 年)

[鉴赏] 这是一篇十分好读又很十分耐读的作品。说它好读,是因为作品写的是一个很能吸引人的"奇特的事件"——主人公 W 君因为预感到自己这天可能会被汽车撞死,并对这种预感深信不疑,所以他就千方百计地想"去避免预感实现",并"决定今天坚决不出门",但最终,已在自家后院放杂物的土坯屋里躲了整整一个白天的 W 君,还是在当天"大约晚上七点光景",被一辆"为了避免和一辆违章行驶的客车相撞"而突然急转弯的重型卡车给撞死了……于是,"这一奇特的事件在当地传为奇谈",而人们在为此震惊不已的同时,对人死之前是否有预感也就同样都深信不疑了,至少会"总拿 W 君之死作为例子"去说明。

那么,这一"奇特的事件"真能说明人死之前会有预感么? 或者是作者给我们讲述这个故事的目的,真是为了说明人死之前是有预感的么? 没错,从故事本身看,W 君之死与他的"预感"确乎十分的合拍。但只要我们透过故事表面深入它的内核,只要我们细心地、反复地去品味和揣摩,就不难发现,作者通过这一故事要告诉我们的绝不是那种人生的宿命,而是在揭示人生中各种各样可能性的客观又现实的存在,是在展现人生旅途的那种艰难与困苦,是在对人们对待不幸与磨难的态度作深入的探讨与真诚的规劝:消极的逃避绝不是对付厄运的好办法,甚至越逃避那厄运就会离你越近……

如此,作品所娓娓道来的这一"奇特的事件",便因其饱满的哲理内涵而具有了那种容量的广度与厚度以及艺术的深度与力度。如此,我们在读罢这篇作品之后,就不仅仅是看到了一个构思精巧、结构圆润的故事,而且是对人生况味有了更多又更深的认识与了解,同时会因从中所受到的启迪而对自己的生活和生命作同样更多又更深的思考。是的,这也就是这篇作品的耐读之所在。

(汝荣兴)

证　人

滕　刚

那天下午,布兰克路过法庭,看见一堆人正往里挤,上前一问,才知道马上有公审。布兰克也挤了进去,在后排的一个旁听席上坐下。

　　被告跟布兰克一样,穿着西装,但没有打领带。被告被指控杀了人。控方的证据是被告具备作案时间,被告辩护的理由是案发当天下午他一直在家。但是,在近两个小时的法庭调查和辩论中,被告未能拿出证据证明案发当天下午他在家,不在案发现场,结果被法官判了死刑,这让布兰克大惊失色,他连忙问坐在他旁边的一位戴夹鼻眼镜的先生:“请问先生叫什么名字?”那位先生说:“我叫弗兰德。”布兰克说:“我叫布兰克。我想,你能证明我今天下午一直在法庭。”弗兰德先生说:“对不起,我只能证明你现在在法庭,至于你跟我说话前,你是否在法庭,我不能证明。”布兰克急了:“整个下午我都跟你坐在一起,我一步都没有离开这个座位,你怎么不能证明呢?”刚刚走下审判台的法官看见他俩在纠缠,走了过来。布兰克说:“我确确实实整个下午都在法庭,我一直坐在他的旁边。”法官说:“你自己说了没用,你得有证人! 有人证明你今天下午都在法庭吗?”布兰克望着弗兰德,弗兰德摇摇头。法官说:“幸好还没有人指控你!”布兰克惊出一身大汗。

　　布兰克出了法庭,挤上公共汽车。布兰克拿着售票员撕给他的票问:“你这票能够证明我今天下午五点左右在你们车上吗?”售票员说:“我们的票只能证明你乘过我们的车,不能证明你在什么时间乘的车。我们是公共汽车。”布兰克小心翼翼地把车票放进内衣口袋。临下车前,他问售票员:“请问小姐芳名?”售票员说:“我叫玛丽娜。”布兰克指着自己的额头说:“我叫布兰克。记住,我这儿有个刀疤。”下了公共汽车,布兰克走进一家面包店。他要了一盘沙拉、一块面包。他跟服务员要发票。服务员说:“我们这样的小店没有发票。”布兰克说:“刚才那个被告说他案发那天下午三点曾下楼到面包店吃过点心。那家面包店不肯证明,他又拿不出发票之类的证据,结果被判了死刑。”服务员给他写了张条子,证明他某日某时某刻在他们店用过餐。布兰克临走前指着自己的额头说:“我叫布兰克。记住,我这儿有个刀疤。”

　　布兰克刚到家门口,就敲响了邻居的门。他对邻居说:“你看见了,我现在进门了,你能证明我到了家,我在家里。”布兰克关上门,倒在沙发上睡着了。他醒来,一惊,拉开门,敲开邻居的门说:

"你看到了,我在家里。"邻居说:"我只能证明你两次敲我门的时候你在家里,至于其他时间你是否在家,请谅解,我不能证明。"布兰克急得在屋里乱转。他看见了床头柜上的电话机。他打通了一个朋友的电话。他说:"我打电话给你,是想让你证明我在家,万一将来有人指控我,你可以为我证明。"朋友说:"从来电显示看,你是在家。但我只能证明你给我打电话的时候你在家,至于不打电话的时候,你是否在家,对不起,我不能证明。"就这样,布兰克不断敲邻居的门,不断打朋友的电话。夜深了,他不能再敲邻居的门,不能再打朋友的电话。他仰在床上,看着天上的星星,想到自己无法证明一个人在家睡觉,他恐惧极了。他下了楼,来到街对面的一个朋友家。他睡在朋友的身边说:"你能证明,我今晚是跟你睡在一起的。"朋友打起了呼噜,他却睡不着觉。想到法庭上那个被判死刑的人,布兰克发现自己以前的生活是多么的危险。他一直一个人生活,他一直过着没有证人的生活,他甚至刻意追求这种孤独的生活。万一有人指控他,他真的会跟那个被告一样,因为没有证人而被判死刑的。他再也不能一个人生活了,那是不可以的,那太危险了。他决定明天就找个证人,一起生活。

(2003 年)

[鉴赏] 一般说来,我们在现实生活中是很难看到像布兰克这样的人物的。也就是说,作品中的布兰克不仅是个虚构的人物,而且还是个虚化的人物;这个关于布兰克的故事,完完全全是一个荒诞故事。荒诞故事可分为两类:一类是在表面上、内在里都是极不真实、极不近情理的,我们可谓之荒诞不经或荒诞无稽;另一类则是虽然表面上也显得极不真实、极不近情理,但其内在里却闪烁着真实的光芒,甚至是包含着比真实还要真实的东西,即它其实是荒而不诞的——毫无疑问,这篇作品便属于后者。

还是让我们具体来看布兰克这个人物及其故事吧。当然,像布兰克一样因旁听了一场公审,因看到一个没有证人能证明其无罪的人被判了死刑,而一而再、再而三甚至可以说是艰苦卓绝地要为好端端的自己找"证人"的人,在我们周围确确实实是找不出能对号入座者的。然而,当我们稍一联想,就肯定会惊异地发现:在我们周围,像布兰克这般活得如此惶恐、如此辛苦、如此孤独、如此无助的人,事实上却大有人在,甚至我们自己便可能就是这样的人,而周围的别的那些人,又往往都跟那些不愿做布兰克证人的人一样,总是那样地冷漠,总是那样地事不关己、高高挂起……

于是,可能就在读罢这个故事之后,我们也会不由自主地"决定明天就找个证人,一起生活"了。因此,被虚构而且是被虚化的布兰克这个人物形象,便显得是那样的实实在在又真真切切的了;这个完完全全的荒诞故事,也就因其内在里所包含着的那种绝对的真实,而让我们清清楚楚地看到了那种荒诞的真实和真实的荒诞。

(汝荣兴)

复活节岛的落日　　　　　　杨少衡

"那时太阳落在海面上,"老人说,"那是让人一眼看去永远忘不了的奇迹——几层楼那么高的巨大石像站在海岸上,排成一排,面对落日眺望远方。在大洋中一个人迹稀少的小岛上,石像就像一队天外来客,没有人知道它们为什么会在远古时代突然出现在那一座小岛上。"

"复活节岛?"

老人点了点头。他苍白的脸上布满风霜的印迹。他坐在轮椅上。海滨公园的黄昏像往常一样静寂冷清,风在树梢轻摇,白色的海浪线在空旷的沙滩上翻卷,涛声反复着,蓝色海洋的尽头,一座黑黝黝的岛礁上垂着一轮日复一日垂挂在那里的平静的落日。

"那座岛屿在南太平洋上,南回归线的南边,"老人说,"我到那儿寻找奇迹。从我听到那些石像的传说后,我就一直在想着它们。我知道那些巨人石像紧闭着嘴唇,嘴唇里含着一个永恒的生命之谜,那个谜等着一个人去译解,那个人就是我。"

"那有几万公里呀!您怎么到的那儿?坐飞机?坐船?您当过水手,还是地理学家?"

老人没有回答。他沉浸在他浪迹天涯的回顾里。他垂着眼睑,嗓子里咕噜咕噜犹如梦呓。静静的滨海大道上就他们两人:老人和他的对话者。对话者是个小伙子,他看着海洋远处。

"那些石像排列在海边上,一动不动地眺望着远方。太阳正一点儿一点儿地沉入海面,海面像红色的火焰熊熊燃烧,"老人说,"我跟那些石像一起站在岸边看着落日。"

"真漂亮!"

"我听到石像在低语：用涛声低语。南太平洋的海涛此起彼伏、无休无止，长长的，从石像的脚下一直滚到太阳落下的那个地方。"

"不同凡响，"小伙子赞叹道，"那么您知道那个谜了？关于生命的？"

"我知道，"老人说，"宇宙间最了不起的奇迹是什么？是生命。就是它。"

老人深深陷入他的思绪之中，他没再说话，渐渐地在海滨习习晚风中沉沉睡去。小伙子听到海滨大道上清脆的高跟鞋声咔咔地响着向这边走来。

"谢谢您帮我照顾他，"走过来的姑娘说，"现在我要把他推回去了。"

小伙子看看轮椅上的老人，他垂着头，头发稀疏斑白。

"他是我伯父，"姑娘道，"很不幸。三岁时得了小儿麻痹症，在轮椅上硬撑了一辈子。"

"他到过很多地方？"

"他从没离开过这座城市。"

轮椅上的老人面对大海，瘦小的身躯在海风中蜷成一团。他像在沉思默想，像是马上要化成一道光华升腾而去。宽阔无边的海洋尽头垂挂着一轮灿烂的落日……

（1991 年）

[鉴赏]　这是一篇从内容到结构都看似很随意实际上却极为精心的作品。

先看内容——一个"三岁时得了小儿麻痹症，在轮椅上硬撑了一辈子""从没离开过这座城市"的老人，随心所欲地编了一个《复活节岛的落日》的故事，这便是这篇作品的全部内容。然而，读罢作品，我们却一点都不会觉得那是老人在随心所欲，而更会相信这是老人在用心体验生命与人生的意义，同时更会被这位老人对不幸命运的那种不屈不挠的抗争精神深深地感动。于是，那个地处南太平洋的遥远的复活节岛、岛上那些传说中的谜一样的石像以及那轮熊熊燃烧的落日，也就成了一种象征甚至是一个宝藏，能让我们从中获得许多许多。

再看结构——这篇作品的结构，差不多可以用简单得不能再简单的一句话来归纳：构成全篇的，只是两组对话（先是老人与小伙子的对话，后是姑娘与小伙子的对话）；而且，就结构意义而言，那两组对话本身又各自都平淡无奇。但是,当这两组对话形成了一个整体之后,其结构的看似随意实则精心的安排便充分地体现了出来——后一组对话就如奇峰突起般地完全颠覆了前一组对话的情节,使作品出现了一个"意料之外又情理之中"的结局,从而让原本很像一篇散文的作品,一下子就悄然回归并极自然又极巧妙地凸显了它那微型小说的特质。

（汝荣兴）

儿子睡中间　　　　　　张卫明

小宇以幼儿园中班程度的判断力瞅着妈妈,固执地摇摇头。

她仍好言相劝:"宇儿,乖啊,你爸就在家半晚上。你睡中间,老蹬他怎么办?"

"捆住我这脚呗,"小宇赖在床中间,泪光闪烁,"爸好长好长不来家了,要挨爸,就挨!就挨!"

他停了电动剃须刀,拨拨儿子会动的小耳朵:"好好,宇儿挨爸,宇儿挨爸。爸挨着你,爸在中间,你靠里,当第一名,好吗?"

"那我又挨不上妈了。"小宇索性抱了枕头,坚守着他越发认为重要的好地方。

"宇儿!妈生气了啊,你要淘气,你爸就再也不回来了。"

"就回来!就回来!我们班的小朋友,都挨着爸爸妈妈,就我老没爸。"小宇好委屈哟,嘤嘤地伤起心来。

他忙硬脸贴软脸抱了儿子,少了半截中指的手,在儿子这小屁股蛋儿上摩挲。"好好,宇儿睡中间,谁欺负我们了?爸给你打他。"

"树诚,你别惯他。"妻回他脆脆一掌。他笑笑,朝妻眨眨眼。

小宇破涕为笑,嫩藕似的肥腿把床跳得咚咚响,小鸡鸡在裤衩里一颤一颤,嘴里念念有词:"水啊水,我爱你,每天用你把手洗。阿姨夸我真干净,爸爸妈妈多欢喜。"

"行了,别欢喜了。你爸坐了一天车,累着呢。"随她话落,日光灯灭,壁灯亮,梦境般的嫣红。

"爸,"儿子小嘴出气温软,奶甜味,"明天你带我一天吧。"

"不行,明天爸爸就走了。"

"就送我上幼儿园,就送一次嘛。"

她严厉了:"你到底睡不睡?早跟你说过,你爸明早两点钟走。"

小宇诡秘一笑，拱着她耳朵："爸不走了。"

"你爸说的?"大人的心竟然一跳。

"不是。我把军帽藏在小人书下面了，他走不了。"

她笑。他笑。小宇笑。嫣红色幻成幽蓝，月光将竹影折上窗帘，刷刷拉拉作响。

"爸，上次你说不走，又走了。你得给我讲故事。"

"短的。"

"长的。"

他折衷："不长不短。睡中间，就讲中的。"

从前呀，有个小孩割草。一个老师问他，割草干吗? 他说，卖钱。卖钱干吗? 盖房。盖房干吗? 娶媳妇。谁教你这样说的? 我爸。你爸是谁? 郑瞎子。那娶了媳妇又干吗? 生小子。生了小子干吗? 割草。孩子，跟我读书去吧，读了书，就不受穷了。

"后来呢?"

"后来小孩就读了书，成了大孩。啊——哈——"

"再后来呢?"

她接口："再后来，长成大人，当了兵。再后来，有了儿子，儿子没割过草，可还特别淘气。再后来，他去打仗，儿子问妈妈：爸爸干吗去了? 妈妈说，爸爸割草去了。背着儿子，妈妈偷偷哭。再后来，他从前边回来路过家，只呆半晚上。好了，别缠你爸了。"

"那你再给我讲个故事。"

"哼个歌吧。"

"那你闭上眼睛。"

"搓着背哼。"

让我们荡起双桨，小船儿推开波浪……

唱，拍；越唱越远，越拍越轻。第五首没唱完，她已和儿子换了位置。

"宇儿睡了，树诚!"

丈夫呼呼大睡。亲亲他的肩，汗咸味。

她呆呆枕着臂。闹钟嘀嗒，不再似机枪嗒嗒。

床上月影急匆匆移了几尺。

一点钟。

"树诚,醒醒吧。"

他翻个身,嘴里黏黏嚼动,鼾声愈发沉闷悠长。

她亲亲他的肩,又分寸极好地轻咬一下,忙转脸装睡。

他腾地坐起:"有情况?"下了地,迷迷瞪瞪乱摸,撞到立柜上,"妈的,通信员!"

忽地浴了满屋温馨的嫣红。

妻的脸。

(1991 年)

[鉴赏]　我们肯定都读过不少写军人的作品。我们又肯定都会对这篇作品留有特别深刻的印象。为什么? 因为这是一篇在"满屋温馨的嫣红""梦境般的嫣红"氛围中展开故事、塑造人物、表现题旨的作品——这样的选材角度,当然是少了那种通常情况下最能体现军人特点的金戈铁马、枪林弹雨的吸引力与震撼力,却又最充分、又最准确地表现了非常年代(既是和平年代又是战争年代)的军人生活的本质特征,从而使作品既充满了那种特定的时代气息和军人味道,又闪烁着那种迷人的生活与人性的光辉。事实上,在读这篇作品时,也正因为它是以日常生活的视角,去反映军人及其家属那浓厚又深挚的情感的,我们才会对它特别地动心又特别地动情,从而使我们感受到了另一种意义上的吸引力与震撼力。

而且,在确立并展开那日常生活的视角时,作者又匠心独具地将故事只局限于军人树诚只能在家过半夜,妻子自然非常珍惜这难得的机会,而儿子却又非要睡中间不可,这样极其概括的时间与空间之内。如此,作品便从最细小又最生活处,以最自然又最人性化的设计和处理方法,不仅使故事的情节得以最大限度地集中并达到最可读的视觉效果,而且更使微型小说那"以小见大"的艺术特质得到了既充分又形象的体现。　　　　　　　　　(汝荣兴)

热 线 电 话 薛建康

冯在久经不适之后,被查出患了国人谈之色变的那种病。冯惊讶于汉字的魔力,仅仅一个字就足以将一条堂堂七尺汉子置于绝地。在大夫们反复会诊决定动手术之前,冯很真切地听到了死神逼近的脚步声。

明天,冯就要被人推进手术室了。明天是一道决定命运的生死界,逾越或者沉沦。冯没有去理会挤在病房里唠叨不休的探望者。冯独自坐在午后的阳光下,看行云流水、芳草垂柳,在四月的暖风里叹息人生的短暂。

突然,吴出现在冯的视线里。身穿条纹住院服,踯躅于草坪上的吴,看上去像匹斑马。冯注意到吴身边挨着一个少女,很漂亮,装束有点异国情调。

吴走近冯。冯为吴一人走近自己觉得有点遗憾。吴不久前动过一次手术,令冯始料未及的是吴气色不错。吴说,在动手术前我也是愁肠百结的,后来是一个电话救了我,心理咨询电话。这不可能,冯摇摇头说,谁也救不了我。吴说,你认为不可能是因为你没尝试过。吴双手叉腰似乎激动而双颊绯红。吴是来告别的,吴说他明天就要出院,转到另一个康复中心去继续治疗。

冯终于被吴的成功所打动。冯按吴提供的电话号码,在当晚7点半打电话给一号小姐。

吴说,根据他的经验,咨询电话里服务得最好的是一号小姐,而一号小姐服务时间是每周二、四、六晚上7点至9点。那天是星期四。

冯在走出电话间的时候,果然笑了笑。很久以来冯脸部的肌肉一直绷得很紧。

听得出来,您的音质很好,唱流行歌曲一定绝了。一号小姐说。您去过卡拉 OK 吗?

一号小姐温柔悦耳的声音将冯带进一个色彩纷呈的场景,那种久违了的成功体验又一次冲击心扉。

那一次,陶醉于歌声之中而又怯于上场的冯被结识不久的吴重重地推上了舞台。冯觉得被闪烁的灯光轻轻托起,漂浮在大厅的上空,下面是音乐的河流。箭在弦上不得不发。冯使劲唱了一曲《我的未来不是梦》。演唱大获成功,持续的掌声使冯泪眼蒙眬。

一号小姐的声音适时切入:在没有上台演唱之前,您想到过会成功吗?这说明,任何不可能的事情都会变得可能,关键在您自己。

冯默诵着这句话,在无影灯下,闯过了命运生死界。

冯出院后,又拨通了这个电话。在那个时候,话筒里却传出一个苍老的声音:这里是私人电话。跳线或者打错了。冯又拨了几次,那个苍老的声音很耐心地重复了几次:这里是私人电话。

　　冯在陷入迷惘之后，突然想起看望吴。午后的太阳很好，这使冯回忆起吴那天在医院草坪上走近他时的情景：一匹斑马，冯孩子气地笑了。冯还决定问一下那天吴身边的女孩子，那个装束有点异国情调的女孩子。

　　来开门的正是那个装束有点异国情调的女孩子，吴的妹妹琴。冯看到墙上的那张遗像便明白了一切。吴死于肝癌。琴说，一切都出于吴的安排。琴说，您不会认为这是一个骗局吧？冯在一阵激动之后就觉得喉咙哽住了。冯断断续续地表达了这样的意思，我该怎么来报答您和您的哥哥呢？

　　琴说，在吴的遗言里有一句话是给您的。那句话是："你不必谢我，因为拯救你的正是你自己。"

（1991年）

　　[鉴赏]　行将告别人世的吴，得知朋友冯身患不治之症后愁肠百结，竟忘记了自己病危，苦心安排了一场"骗局"，使冯得到鼓舞与激励，从而闯过命运生死界。这篇作品写得很用心，也很精致。作者仿佛是一位高明的编织手，他用生活的丝线细心地编织好这个略带哀婉的真情故事，那煞费苦心设计的善良骗局，不仅骗过了当事人冯，也骗过了读者。英国思想家培根说过："一个好朋友实际上使你获得了又一次生命。"冯不就是从吴这样的好朋友那里获得了又一次生命吗？

　　我们在赞扬吴的时候，也不应忘记吴的妹妹，那个很漂亮、"装束有点异国情调"的少女。说她人美心灵也美，恐怕一点也不过分。如果说，吴在自知将不久于人世的情况下，却能关心即将动手术的冯，实属不易；那么，琴在自己的哥哥去世后，能强忍丧失亲人的哀痛，坚持按哥哥的遗愿，不露一点破绽地继续扮演"一号小姐"的角色，"用温柔悦耳的声音"给冯思想上巨大的精神抚慰，直至帮助冯战胜死神、恢复健康，这同样不容易，或许更难。

　　小说的最后，冯见到了琴，并终于明白事情的真相。当我们听到琴略带歉意地向冯打招呼，并且问冯："您不会认为这是一个骗局吧？"我们与冯一样，"在一阵激动之后就觉得喉咙哽住了"。一篇千字左右的微型小说，能叙述得如此波澜起伏、跌宕多姿，真是难能可贵。　　　　（陆建华）

画家和他的孙女　　　　王奎山

　　画家有一个6岁的孙女。6岁的孙女叫婷婷。婷婷也喜爱画画。

婷婷画了一棵树。

他说:"婷婷,你画的树不对。"

婷婷说:"怎么不对呢?"

他说:"树枝不对。"

婷婷说:"树枝怎么不对呢?"

他说:"树枝怎么能比树干粗呢?"

婷婷说:"树枝怎么不能比树干还粗呢?"

他说:"那就不是树了。"

婷婷说:"不是树你怎么说是树呢?"

他无话可说了。

婷婷画了一只小兔子。

他说:"婷婷你画的那小兔子不对。"

婷婷说:"怎么不对呢?"

他说:"兔子有红色的吗?"

婷婷说:"兔子怎么会没有红色的呢?"

他说:"你见过红色的兔子吗?"

婷婷说:"没见过的就没有吗?"

他说:"那就不是兔子了。"

婷婷说:"不是兔子你怎么说是兔子呢?"

他没话说了。

婷婷画了一匹马。

他说:"婷婷,你画的那马不对。"

婷婷说:"怎么不对呢?"

他说:"马有翅膀吗?"

婷婷说:"马没有翅膀。"

他说:"那你为什么给马画了翅膀呢?"

婷婷说:"我想让马长出翅膀来。"

他说:"那就不是马了。"

婷婷说:"不是马你怎么说是马呢?"

他又没话说了。

婷婷还画了一只老母鸡。老母鸡下了一个蛋,那蛋比老母鸡还大。婷婷就拿那画去参加西班牙的一个国际儿童画展。结果,婷婷得了一等奖。

画家心里就犯嘀咕："这洋人，怎么跟小孩子没两样儿呢？"

(1992年)

[鉴赏]　读这篇作品时，首先引起你注意并忍不住为之叫好的，很可能便是它那种几乎通篇为对话的结构形式。这是一种极为别致的结构组织形式，而且，这还是一种一般的微型小说作者平常不大敢用的结构组织形式。因为在篇幅极为有限的微型小说作品中，与叙述相比较，对话并不是实现作者表达意图的主要手段，更何况在所有的文学描写手段中，对话描写(特别是那种既利于情节发展又利于主题挖掘的对话描写)实际上是最难把握和控制的。也就是说，敢于并成功地使用这样的结构组织形式，无疑是作者深厚艺术功力的一种充分显现。

当然，在这篇作品中，作者的深厚艺术功力还在反复手法的运用上得到了同样充分的展示。相信你一定已看得很清楚：作品那几乎通篇的对话，实际上由三个情节单元组成，而在展开这三个由对话组成的情节单元时，作者所唯一运用的手法，就是反复——几乎是完完全全的，而且显然是作者所刻意为之的句式、句型甚至是词汇的反复。这看起来似乎有些单调。但正是在这看似单调的反复过程中，因循守旧的画家形象和天真奔放的孙女形象，却获得了一次又一次的强化，并在那种强化中完整又生动地站立在了我们的面前。与此同时，由于反复的过程又是一个很明显又很有效的铺垫过程，所以，当作品的情节在结尾处出现了陡然又合理的转折(孙女画的老母鸡居然获得了国际儿童画展的一等奖)时，它所留给我们的思想与艺术的冲击力，也就显得更加强大了。

(汝荣兴)

耳　　朵　　　孙学民

方副县长搞不明白秘书小任为什么不敲门便走了进来。方副县长坐在可以旋转的沙发椅上，手里握着一支粗粗的红蓝铅笔，红笔尖斜刺里伸向办公室屋顶，很有气势。

秘书小任看了方副县长一眼，说了句什么，直奔电话机。

电话机就在办公桌上，距方副县长那支红蓝铅笔10厘米多一点儿。

小任站在对面抄起电话的时候，方副县长心里陡然升起一丝不快：政府办是有电话的嘛，他这是要搞什么名堂？而且，小任一向是很有礼貌、很懂规矩、很讨领导喜欢的啊……

不过，方副县长很快就明白了，是自己的耳朵出了问题。意识到这一点,耳鼓突然一阵涨痛,乱七八糟地轰鸣了一阵子,便又什么也听不见了。

方副县长于是大吃一惊。

方副县长首先意识到不能让任何人晓得这种病状。历史地看来,他是个沉得住气的人。

看看压在玻璃板下面的两个魏碑体大字,"谨慎"!方副县长不露声色地站了起来,给自己沏上一杯"铁观音",放到茶几上,人也在沙发上坐了下去。

耳朵!耳朵!!耳朵!!!五十九岁的人还很年轻嘛,怎么搞的?这不争气的耳朵。

所以,小任便以为他不愿接电话,或是以为他还聚精会神思考忘了接电话才主动跑了过来?对对。可是,这电话是谁打来的,什么内容呢?

方副县长望着小任,像是很注意地谛听着,面露一种捉摸不定的微笑。

小任一手举着电话,侧身跟他说了几句什么。他点点头,摆摆手:"唔……可以,可以吧。"他含糊其辞。小任于是兴奋地对着听筒说了起来。

到底是什么事情啊?唉!

后来,小任终于走了出去。

那么,去医院瞧瞧大夫?不不,这怎么行呢?会闹得满城风雨的——喔!知道吗?方副县长的耳朵、脑神经、洞察力、思维质量、决策水平……

而且,即便是去了,就能保证妙手回春?

但是,失去了听觉功能,又如何当得领导?主管工业副县长有一大摊子工作啊……

他急得在屋里来回踱开了步子。当小任再一次走进来的时候,他居然没看见——他从门边踱回来的时候,发现小任正在打电话呢,不由得再吃一惊。

故伎重演:点头,摆手;唔,唔,可以,可以,可以吧。很有修养,很有派头。

……算起来一个下午,小任总共替他接了四次电话。就是说,替他当了四次"传声筒"。幸好这半天没人登门拜访,汇报请示工作。

　　嗯，小任不会想到我的耳朵出问题了吧？

　　晚上，方副县长早早上床，却无论如何睡不着。耳边少了老伴儿的唠叨，缺少了一大半世界。夜半，爬了起来，他悄悄地坐在台灯下。

　　第二天，市报驻本县记者来访。敲过门的，方副县长不知道，小任送记者走进了他的办公室。

　　记者递上一份材料，请他审阅。

　　是一篇通讯，很醒目的标题：《A 县工业改革扎实前进，一天办成四件大事》。

　　方副县长吓了一跳。四件大事？！我怎么一件也不知道？

　　急速地看了下去，他明白了。

　　不，他糊涂了。这几件事牵涉到全县工业经济体制，争论了好久的，一摞摞的报告就放在写字台上嘛，为什么在他耳聪目明的时候一件也办不成呢？

　　方副县长有些后怕，他看了记者一眼，沉思着这场谈话该如何开始和继续下去。

　　……

　　　　　　　　　　　　　　　　　　　　　　　　　　（1992 年）

　　［鉴赏］　我们都知道，耳聪目明不但是一个人健康的重要标志，同时也是一个人生活好、工作好的重要条件。从这个意义上说来，主管工业、"有一大摊子工作"的方副县长的耳朵出了问题，实在是一件非常糟糕的事情，也怪不得他要"大吃一惊"，要"急得在屋里来回踱开了步子"，要晚上"无论如何睡不着"……作品以方副县长的耳朵为切入点，通过对方副县长在明白自己的耳朵出了问题后的一系列细致入微的心理活动与装模作样的动作描写，十分生动地刻画出了一个"五十九岁的""很有修养，很有派头"又很是坐立不安的官员形象。

　　不过，这一形象的最典型的意义，倒又并不在于方副县长的那种心态之类，而是从这一形象身上，我们很清晰地看到了那些如方副县长一般的官员的无作为与不作为——尽管他们表面上总是一天到晚都"很有气势"地"手里握着一支粗粗的红蓝铅笔"，很像那种日理万机又勤于职守的样子，但实际上，他们平时最关心和最当回事的，却不过是自己的形象、自己的升迁之类罢了。可不是，在读到作品结尾处记者来采访方副县长这一情节时，我们不仅会对由此显示出来的作者讲述故事的本领之高超感到钦佩,更会在对方副县长这一形象的认识上产生质的飞跃。而且,我们还无疑会随着方副县长的"沉思着这场谈话该如何开始和继续下去",而也陷入那种对作品所蕴含的更多和更深意义的沉思。

另外值得一提的是,作为一篇讽刺性的作品,作者没有采用那种漫画式刻画人物的方法,而是处处从人物心理的角度去展开和表现,显然收到了一种更辛辣又更内在的讽刺效果。

(汝荣兴)

万先生与方女士　　　　　戴　涛

不知道哪位名人说过,人与人的关系,距离远了太冷,靠得太近又有刺。夫妻之间,可谓是最接近的,自然就容易生出些"刺"来。

比如这一对,女的姓方,当然是方女士;男的姓万,该称万先生。方女士是某医院的麻醉师,因为她聪明好学,年纪轻轻的就在医院里有了名气。于是,她就有种青年得志的感觉,手术后回到家里总喜欢在万先生面前畅谈,今天又采用了什么什么麻醉新方法,效果又是如何如何地好。完了,往往用遗憾的语气补充一句:"唉,你又不懂这些,说了也是白说。"可她下次还是照样大谈一通。

这种反复的刺激终于使得万先生有些沉不住气了,便反唇相讥道:"那么我搞的法律工作你懂吗?"方女士马上回敬:"我懂医学、你懂法律至多是一比一打个平手,你这个大丈夫并不比我高明呀。"

听了方女士的这句话,万先生岂肯罢休:"那你历史地理知道多少?'丝绸之路'从哪到哪? 马可·波罗什么时候到中国的? 鉴真和尚又在哪儿下船去日本的?""哼,这种东西,懂了又有什么用? 本人不屑回答。"方女士的这种战略,使得万先生的进攻再也无法向纵深发展。

后来,因工作需要万先生经常出差,两个人在一起的日子少得可怜,于是这种磕碰也就几乎绝迹了。一次万先生在外奔波了一年后,两人又重新厮守在一起,日子一久,难免"刺"又萌生。

这天,方女士回来得很晚,一到家,她就抑制不住地对万先生说:"今天开胆,照规矩麻醉进针应在第八胸椎,我来个第十胸椎,不料效果特好。"说到这里，她冷不防又冲出一句："喂，你知道第十胸椎在哪里吗？"这无疑是战斗的信号，万先生只得慌忙应战，武器嘛，倒是现成的。

"你知道上海到成都坐几次列车？"

"一百八十二次、一百九十次直快。"

居然给她答出来了，万先生感到有些意外："请问，两趟车走的是同一条线吗？"

"不是，一百八十二次走陇海线、襄渝线、阳安线；一百九十次走陇海线、宝成线。"

又给她答上了，万先生有些发急了："你说，两趟车都经过哪些省份、哪些城市？"

"它们都先经过江苏的苏州、无锡、南京，安徽的蚌埠，河南的郑州，然后在洛阳分手。一百八十二次再经湖北襄樊、陕西安康，到四川成都；一百九十次再经陕西西安、宝鸡到四川成都。"

方女士的回答如行云流水，万先生好一阵发愣，似乎坐过这两次火车的不是他自己，而是方女士了。不过，他岂肯轻易败下阵来，他还要作最后挣扎："你知道两次列车的运行路线全长多少公里？"

"一百八十二次全长两千六百二十公里，一百九十次全长二千三百五十一公里。"

"哼，笑话，连我都不知道，你会说得清楚？还不是胡编乱造！"万先生冷笑道。

可方女士仍不动声色："不信你自己翻火车时刻表。"

当万先生一翻开火车时刻表，顿时目瞪口呆，竟然一公里不差！这下他终于全线崩溃，半晌才缓过劲来："你，你怎么如此精通？"

方女士从床底下拿出一卷纸和一本小册子，万先生急忙接过一看，一张中国地图和一本火车、轮船、飞机时刻表。"你怎么突然研究起这些玩意来了？"万先生问。

"这叫急用先学嘛。"

"难道你能猜到我会考你这些东西？"

方女士不语，用幽怨的目光看着万先生，看得万先生又低下头去看地图。他忽然发现，地图的一些地方全用红铅笔勾过，再仔细看,凡是红铅笔勾过的地方竟然都是他出差走过的地方!

顷刻,万先生明白了一切,于是情不自禁地冲上去,对准方女士的秀脸狠狠地一连啄了几下。

(1992 年)

[鉴赏] 爱情作为文学创作的永恒主题,以微型小说篇幅之短去表现,自然有一定难处,本篇却能给我们留下不可磨灭的印象。这全在于作者精巧的构思和极富生活情趣的叙述。

本篇在寥寥千字文中,写了一对夫妻的两次斗嘴。表面看来,都是斗嘴,而且内容又都是互相考问,争强好胜,各不相让。这一切看起来好像是重复,但仔细读了便会发现,作者于重复中寓变化,这也正是本文的最大特色。

第一次斗嘴,妻咄咄逼人,夫反唇相讥。这样的各不相让,使我们有点担心,还有那么一丝不祥的预感。两人分别一年后的第二次斗嘴,几乎是第一次斗嘴的翻版,依然各不相让,依然针锋相对。当丈夫用旅途常识近乎刁难地诘问妻子时,连读者也觉得这些问题古怪刁钻,已经不近情理了。但最后的结果不仅丈夫目瞪口呆,更令读者大出意外!原来,在这分别的一年中,妻的深情目光一直紧追着丈夫的足迹,看似争强好胜的她,竟是如此深爱着自己的丈夫。

不妨说,第一次斗嘴是蓄势于前;第二次斗嘴则是急转于后。两次斗嘴,在内容和叙述方式上也有明显不同,从而相映成趣。第一次斗嘴,双方都有些强词夺理,挑衅式地反问对方,隐藏着情感上的不十分和谐。第二次斗嘴,丈夫以现成的"武器"慌忙应战,还满以为胜券在握,却不料妻子对答如流、从容破阵。见难不倒对方,丈夫急了,语速明显加快;而妻子的回答仍然不慌不忙,如云卷云舒……正是在这一问一答、一急一徐之间,一幅难得一见的夫妻逗趣图跃然纸上。

真相大白后,丈夫因读懂妻的幽怨目光而情不自禁;读者也因意外地欣赏到又一人间真情故事而得到美的享受和情感的升华。　　　　　(陆建华)

配　套　魏金树

"请坐。"我拉过一把椅子,笑吟吟地对同事小王说。

"咔嚓","扑通",小王笑吟吟地坐到了地上。

笑容很快在小王脸上凝固,面对原本四条腿现在还剩下两条腿的椅子,他现出一副尴尬而不好意思的神色。

我歉意地笑了一下,说:"真对不起,没摔疼你吧?"

他爬起来,掸掸尘土,做出一副大度的样子说:"我倒是没事儿,只是你这椅子该换新的了。"

　　这时,我才发现他的话具有非常的现实性与合理性。椅面千疮百孔,椅腿长短不齐,又黑又脏,像个出土文物。每当人一坐上去,它便发出有节奏的"嘎吱嘎吱"声,很给你一种"山雨欲来风满楼"的危机感。

　　此后的半个月,我开始着手做一把椅子。

　　"我一定要将椅子做得既美观又结实。"我暗暗下了狠心。

　　椅子做成了,浑然一体的红松结构严丝合缝、玲珑剔透,古铜色的油漆散发出一股芳香,表面光亮得像面镜子。

　　来的人都说我这椅子做得好,只是跟另一把椅子不配套。我这才想到,椅子原来是一对的,分别摆在茶几的旁边。这把椅子已很漂亮,可它越漂亮,就越衬出茶几另一侧那把椅子的寒酸和丑陋。

　　于是,我重又绰起工具,改造另一把椅子。

　　半个月之后,又一把椅子完工了,与前一把椅子一模一样。

　　"嚯,这椅子可真漂亮!"我小舅子一进门就大嚷。

　　也难怪,由于我这一屋子破烂家什的烘托,这对椅子成了鸡群里的凤凰,自然非常显眼。

　　"只是,这个茶几太不来劲了,若再换个茶几就配套了。"

　　小舅子临走时又甩下这么一句话。

　　我一想也对,椅子是立在茶几两侧的,椅子光彩照人,茶几却黑不溜秋,就像两个天姿国色的丫环守着一位奇丑无比的小姐,的确让人看着别扭。

　　又费了一个月的时间,我为"小姐"做了整容。

　　"这回该行了吧!"我退后一步,看着自己的杰作踌躇满志。

　　"不行!"邻居李妈用挑剔的眼光扫视了一下"丫环"和"小姐",目光又落在椅子旁边那只旧木箱上:"依我看,这只箱子若改成个酒柜就好了,你这种箱子早就不时兴了。"于是过了几个星期,箱子又变成了酒柜。以后,又有许多人来过,逐渐地,双屉桌变成了写字台,床头柜变成了高低橱,旧书架变成了梳妆台……而且还增添了彩电、冰箱、空调机等。里里外外焕然一新,整个屋子里的一切都无可挑剔地配套了。

　　东西在更新,赤字在增长,为此妻子整天跟我叫苦连天:"你这老不死的,信的哪门邪? 别人说吗你听吗,日子你还过不过?——老婆也是旧的,你怎么不再换一个?"

言者无心,听者有意。妻子的气话令我一振,也是!这么一屋精巧细致的东西,却由这么一位粗笨龌龊的女人来管理和使用,的确让人憋气。

有志者,事竟成。经过我不懈的努力,两年之后,我的屋里终于换进一个年轻貌美的老婆。

我满足了,很惬意地微笑,并得意洋洋地向朋友炫耀。朋友们于是纷纷表示赞叹,其中一位跟我开玩笑:"你这屋里,真没的说!除你之外一切都换成新的了,是不是连你本人也换换呀?"

大家都笑,我也跟着笑。

没想到,我这位朋友的预言不久就应验了。有一天下午,我也搬了出去,因为,另有一位年轻英俊的男人搬了进来。

（1992 年）

[鉴赏]　由写实的手法,引出荒诞的结局;由常见的生活小事,引出当代人情感蜕变的重要话题,是这篇小说突出的特色。小说入笔并不奇崛,其后也没有惊天动地、震撼人心的大事,整个情节少有曲折。读着它,犹如乘一叶扁舟,行于江上,一路风平浪静。完全出乎读者意料的是,在结尾处风波陡起,形势突变:主人辛勤愉快的劳作,换来的却是被扫地出门的悲剧。作者刻意制造的平静与惊变之间的巨大落差,使小说平添了许多阅读的情趣和令人回味的韵味。

作者选择的是普通百姓平凡的生活,写的是常见的家庭琐事,在手法上又主要是平铺直叙,而不用夸张、隐喻、怪诞等方法,但作品何以让人读之心动?换言之,在处理这类凡人小事题材的微型小说时,作者给我们提供了什么有益的启示?前人曾指出,写作的一个较高的境界是:表面上似不经意,而未落笔之先,实则经营惨淡。《配套》就是这样一部作品。表现现代人情绪的浮躁与情感多变的题旨是早已确立好的,在小说中注意紧紧围绕主线、环环相扣:家具的不断转换,是作者有意的铺垫;"我"的感情变化,使事件发生突变,实际是二次铺垫;最终推出"我"被抛弃的小说情节最高潮,是真正目的。精心策划,步步为营,使平凡的题材创造出新奇的效果,便是这篇小说给我们的启迪。

（顾建新）

新式扑克游戏　　　　　　　王明义

在卧铺包厢里,电视台张记者和报社李记者聊完了,睡够了,书也看得厌了，听列车单调的行进声，不似酒吧的音乐悦耳刺激，便觉寂寞无聊。张记者建议：剩下的旅途还很漫长，我们必须用娱乐活动来保持生机了。李记者环视四周，摊开两手说，这儿可一无所有。张记者眨眨眼睛从兜里摸出一把名片说，这个你有吧？李记者说，只要出门，哪天都有一大把。便也摸出一把名片来。张记者说，咱们就用这些名片玩新式扑克游戏。喏，咱们每次各自从手里任意抽出一张名片来互相对抗，名片上人物职务高的吃掉职务低的，谁的名片先被吃完谁输。谁输，晚餐请客。李记者抚掌大笑，说这玩法好，符合弱肉强食法则，和你玩。

于是，张记者和李记者便在这飞驰的时代列车上玩起了新式扑克游戏。

张记者抽出一张名片：某某，市委组织部部长。李记者抽出一张名片：某某，锅炉厂材料科科长。组织部部长吃材料科科长，小菜一碟。张记者没收了李记者的名片。张记者抽出第二张名片：某某，省委宣传部宣传处处长。李记者抽出第二张名片：某某，某大学教务处副处长。张记者说，官大一级压死人，对不起，还是我赢你。

李记者抽出第三张名片：某某，纺织厂厂长。张记者抽出第三张名片：某某，化工厂党委书记。李记者说，如今是厂长负责制，该他的厂长吃了张记者的书记。张记者说，党是领导一切的，还是该他的书记吃了李记者的厂长。于是游戏出现了僵局，二位互不相让，几乎弄得要红脸了。后来张记者提出补充规则：职务相等看背景。他那化工厂党委书记的名片上有一行小字，表明这位书记还兼了一个什么委员会的委员，李记者只好再次认输。

李记者亮出了第四张名片：某某，远东实业公司总经理。李记者惊喜万分，说，不信这吃不了你的。张记者从容地亮牌：某某，人事厅厅长。张记者微微一笑说，还是我赢你。李记者说，你可看清了，我这位可是大公司经理呢。张记者说，再大的经理还得人事厅厅长管。李记者说，你可晓得我那次去采访这位总经理，许多人在外头排队等这位总经理接见，排队的人中，有一位就是厅长。张记者说，那个远东公司我知道，那位总经理早先在澡堂子里给人搓背，还蹲过号子。李记者说，你这人观念有问题。

张记者说,据我所知,我这位人事厅厅长手上就掌握有几个像远东这样的公司。前不久我去一家比你那远东公司大得多的环球实业公司采访,环球总经理告诉我,就这位人事厅厅长是他们公司的特别顾问。李记者说,他咋不把这职务印在名片上? 张记者高深地一笑,说,你这人咋会提这样的问题? 李记者叹气说,既然你那样官商结合,我只好再认输了。我和你跑的部门不一样,得到的名片总比你的差一个档次,这样玩不合理,要玩,将咱们两人的名片搁一起搅和了,然后一人分一半,公平竞争。张记者想一想,同意李记者的意见,于是所有的名片被放到一起搅和了。

　　牌被彻底搅乱了,往下到底谁赢谁输呢? 这就难说了。

(1993 年)

　　[鉴赏]　这篇小说的主题非常明确:对当前社会上存在的"官本位"现象进行了猛烈的抨击和辛辣的嘲讽。小说的特别之处在于它的构思:首先,设计了用"名片上人物职务高的吃掉职务低的"情节,实在是奇思妙想,令人拍手叫绝! 既荒谬又不失真,对主旨的充分表达起到了极好的作用。其次,不使用正面描写,而是吸收了"小品"的一些艺术营养,如同在舞台上现场演出,运用幽默、夸张、戏谑的对话组成全篇,让人如临其境、如闻其声,在笑声中受到启迪和教益。由于它构思新颖独特,因此被直接改编成小品,在春节联欢晚会上演出,受到了极大的欢迎。

　　精心组材,亦从另一个方面体现小说构思的巧妙。组织部部长"吃掉"材料科科长;宣传处处长"吃掉"教务处副处长,按照"游戏"的规则,理所当然。虽然直接揭示主题,但一直这样写下去,不免单调。于是,作者又设计了厂长与书记比大小的情节。这一笔意味深长:两者本身不是一个职业,根本无法进行比较。但又偏偏非让他们比较,这样,因事件的荒唐而平添了情趣。同时,由于刻意制造的矛盾又增加了行文的曲折。特别是从各自申述的理由中,我们又可以清晰地看到,目前在实际工作中仍存在着体制没有理顺的弊端。小说不是仅写一出闹剧让人发笑,而是把深刻的含义融入其中。第三次比赛,是小说的高潮:展开大公司总经理与人事厅厅长大小之争。这里,不仅涉及到权力,而且有更复杂的官商结合的问题。事情的进一步复杂化,揭示了当前社会更深层的弊病。

　　一个小小的游戏比赛,却使我们的许多现实社会问题浮出水面;作者不是直接揭露而是采用侧面描写,并巧妙地使用喜剧小品的形式,读来既有趣又发人深思。

(顾建新)

女 儿 长 大 了　　　　　白旭初

要在 10 平方米的卧室兼厨房的斗室里再架上一张单人床绝非易事,一切都得挪动位置:椅子上了柜顶,书桌和锅台为伍,双人床下成了堆放杂物的储藏室。刘二夫妇费了九牛二虎之力,终于把单人床架好了,和双人床并排着,要不是中间留下尺许宽的空隙,说这两张床是一张床恐怕更确切一些。

单人床是为女儿准备的。

刘二今天中午才回到家。他一年中只有个把月的时间告别山野、帐篷和地质锤。他有三年没有回家探亲了。探亲,无非是睡个舒坦觉,松松筋骨,亲近亲近老婆。过去,女儿小,睡熟了炸雷都轰不醒,床第之欢绝少干扰。女儿十二岁了,再不能三个人挤睡在一张床上了。

"睡吧!"刘二双手按压着松软的床铺,深情地注视着妻子,旅途的劳累顿时消失得无影无踪了。

"女儿没回。你先别睡!"

是呀,不能睡。过去女儿小时,他和妻都遵守着一条不成文的规矩:晚上,要等女儿睡熟了,他和妻才上床;早上,不等女儿睁眼醒来,他和妻至少有一个已不在床上了。如今的孩子都精灵得很,不能让孩子看到大人们的亲昵之举。

女儿何时能回来? 不知道。回来后,什么时候睡下了,又是什么时候能睡熟? 这些都不得而知。做爸爸的三年才回来一趟,说不定女儿回来后还要缠着问这问那,夜不能寐哩。刘二觉得时间过得真慢,就跟他归途在火车、汽车上一样,分分秒秒都难捱。为消磨时间,他打开了电视。

电视里,一位妙龄女郎正在游泳池里戏水。透明的池水,推拉摇移的电视拍摄技巧,把女郎穿比基尼的冰清玉洁的胴体从不同角度展示给观众;接着镜头一转,一对男女卿卿我我、如胶似漆地黏在一起……这些画面好似催化剂,把刘二原本囚禁住了的激情又释放出来了,他啪地换了频道。

女人还在忙,朝屏幕上瞟上几眼,说:"不好看么? 这是岑凯伦的小说改编的电视连续剧《双面女人》,我喜欢看。"

刘二没吭声，他答非所问："你们单位修了宿舍吗？"

"修了两栋，可没我的份。"女人突然变得悒郁起来，"除非你调回来。"

刘二又沉默了。调回来和妻女生活在一起，他做梦都想，但谈何容易！他做过努力，都失败了。改行他又不愿意，谁叫自己当初傻乎乎地报考其他同学都不愿报考的地质勘探专业呢！他爱这个专业。

刘二忙换了话题问："小洁学习成绩好么？"

"她的东西都在抽屉里，"女人说，"你看吧！"

刘二从抽屉里找出一大摞书本和作业本，坐在灯下逐一翻看着。他很欣慰。女儿读书很用功，作业做得认真，差不多全是满分。刘二正要说几句夸赞的话，忽然惊住了，课本的最下层竟是一本《性的知识》。

"这书是你的吗？"刘二急忙问女人。

"什么书？"女人接过书，一看也呆住了，"不是我的，哎呀，她怎么能看这种书呀？"

"这要学坏的，"刘二突然怒不可遏地说，"把她找回来！"

女人抓住男人的手近乎哀求道，"刚回来就发火，她不是告诉了你去小玲家做作业……书小洁已看过了，骂也迟了，好好给她说嘛！"

刘二软了，一屁股跌坐在床上。他掏出烟点燃，闷闷地吞云吐雾，心里像塞了一团乱麻。是呀，骂也无济于事了。令人担心的是，这男女之间的事，她不是也知晓了吗？今晚，不！这探亲假的日子该如何打发呀？"哎……"刘二垂头丧气，为女儿，也为自己。这件事揪着他的心，他顿觉浑身发软、乏力。

女人愣愣地站着，一会儿打量着男人，一会儿看看两张床。

"再拉块布帘隔开两床……"女人柔声说。

"我睡这，你和小洁睡双人床。"刘二心烦意乱地在单人床上躺下了。

女人不吱声，静静地坐着，两耳仔细捕捉门外响声，盼望女儿回来。她等呀等呀，觉得不对劲儿，都深夜十一点了，女儿还没人影，到哪儿去了呢？她决定去小玲家。

女人刚出门又被他喊回来了。他在门板上发现了一张纸条。

女儿写的,说她晚上和小玲睡,不要等她。

　　女人一时没转过弯来,十分纳闷:干嘛不用嘴说,而要写纸条呢?

(1993 年)

　　[鉴赏]　人常道,久别胜新婚,何况身为地质队员的刘二已经是"三年没有回家探亲了"。作者并不讳言:"探亲,无非是睡个舒坦觉,松松筋骨,亲近亲近老婆。"这样一个写夫妻床笫之欢的故事,把握不好,很可能写得俗气,甚至格调不高。但本篇不是这样。全文的矛盾中心在于,丈夫因为疲劳,更因为与妻阔别三年,迫不及待地希望早睡,但是不能!因为女儿没有回来!更要命的是,女儿大了,"再不能三个人挤睡在一张床上了";还有,"过去,女儿小,睡熟了炸雷都轰不醒",而今,女儿已经十二岁了。

　　为了强化这个矛盾,当然也为了使故事吸引人,作者故意写刘二夫妻边看电视边等女儿。偏偏电视里正播放着:"一位妙龄女郎正在游泳池里戏水","镜头一转,一对男女卿卿我我、如胶似漆地黏在一起了……"

　　直至小说的最后,"女儿"仍未出现。但读者深信:女儿长大了。不仅因为女儿个头增高,要与爸爸、妈妈分开睡;更在于女儿开始朦朦胧胧懂得"男女之间的事"。当她知道干地质工作的爸爸今晚回家,而家仅 10 平方米,无可回避,懂事的她干脆到同学家借宿去了。

　　全文充满生活情趣,并于细致描写中道出生活的无奈。有那么一种淡淡的苦涩味道弥漫在字里行间,但不悲观。刘二做梦都想调回来和妻女生活在一起,几次努力失败后,并不灰心,也不怨天尤人,"改行他又不愿意","他爱这个专业";住房很小,而女儿已长大了,便想方设法地再搁上一张床。这一切,读之令人回味无穷,也让人自然地想到地质工作者的生活状况和他们需要的社会关心。

(陆建华)

人 到 老 年　　　　　　刘连群

　　女儿一家走的时候,他正在厨房里洗碗。

　　水池上方挂着一面家传的老式圆镜,他洗着碗不时瞟上一眼,发现自己的气色很好,晚饭时喝了两杯花雕酒显得越发红润。头发黑密,只两鬓、额际有些花白,仍不像年过半百的人。亲友们见面都这么说。

　　是妻送女儿出门的。女儿临走还招呼了一声:"爸,我们走了啊……"未等他应声,妻已经又继续叨念她的叮咛嘱咐,随后"嘡"地一声,门就关上了。

　　单元房里骤然变得很静，没有了小外孙噔噔噔地跑来跑去的脚步声，没有了女人们喊喳不完的家常话，连电视机也沉寂了。妻总是这样，每当她要出去都随手把电视关掉，不管他是否在看，这似乎是对他每天晚上没完没了地冲着电视发呆，不到所有频道的节目播送完毕不肯挪动屁股的某种报复。可是，平日家里只有老夫老妻，冷冷清清的，不泡电视又干什么呢？

　　门外，隐隐传来妻送女儿一家下楼的声音，越来越远了。他有点后悔刚才没有一道去送，忙往阳台上跑，不料被厨房的门槛绊了一下，身子前扑，差点跌在煤气炉上，多亏及时收住脚步，又站稳了。自己的腿脚还算利索，他庆幸地想。如果是母亲，就糟了。母亲去世前的几年，两条腿就不听使唤了，上下楼梯很困难，在屋里走动也很慢、很吃力。但母亲又闲不住，他们去时，不论干什么活儿，总嚓嚓嚓地在身后跟着转，受了抱怨，脸上便露出歉意的笑："一个人，做惯了呢……"他们就不再言语。他和妻商量过把母亲接走，或者他们搬去一起住，却总有这样、那样的考虑定不下来，后来他又觉得每星期去一次，倒显得更新鲜、亲热。母亲问过几次，渐渐地也就不再提了。

　　晚了一步，女儿一家已经顺着楼前的小路去远了。妻还立在楼门口招手，喊着下次早来一类的话。从阳台往下看，妻变得很矮小，伸出的右臂像一只细弱而又竭力摇动着的翅膀。随之望去，他的手臂也不由地扬了起来，喉间涌动着要喊什么，还没有出口，有两句话，先颤颤地在耳边响了："小蓓！下星期天，和爸爸、妈妈一起来呀……"是母亲在叮嘱孙女。他听了，就忙让女儿答应，女儿仰头脆生生地叫："……奶奶再见！"又听老人应了，他们一家才骑上车出发。总是这样，下楼到门口，母亲已在阳台上探着身子招手、张望了。他们下三层楼梯，用不了多长时间，母亲的腿脚又不灵便，竟每次都抢在前面，现在一想简直不可思议——厨房，还有一道门槛呀……

　　小路尽头，一抹烧得血红的霞云，暗了。夜色浓重。阳台陡然像旋离了楼身，高高地、孤零零地在茫茫夜空中悬浮……

　　妻唤了几次，他才转身踽踽地往屋里走。路过厨房，在那面家传的老式圆镜里，他看见了满头如雪的白发。

（1993年）

[鉴赏]　真是可怜天下父母心啊！做儿女的，我们究竟有没有从心底里想过自己那已"人到老年"的父母那种冷清与孤独呢？读罢这篇作品，我相信我们一定会对自己的父母有更多和更深的了解与认识，也相信我们的情感深处一定会油然而生那种"常回家看看"的热忱……

　　这是一篇叙述得那样平实朴素又那样催人泪下的作品。作品写的，虽然仅是"他"在"女儿一家走的时候"的所作所为和所思所想，但正是从"他"那最自然不过又最生活不过的所作所为和所思所想中，我们真真切切又明明白白地看到了既是父亲又是儿子的"他"内心深处那激荡起伏的情感波澜，并不由得为之深深地感动：无论是"他"的"有点后悔刚才没有一道去送，忙往阳台上跑，不料被厨房的门槛绊了一下，身子前扑，差点跌在煤气炉上"，还是"他的手臂也不由地扬了起来，喉间涌动着要喊什么，还没有出口，有两句话，先颤颤地在耳边响了"，让我们所感受到的，实在全是那最真挚又最强烈的亲情的冲击，实在要让我们禁不住为"人到老年"的父母潸然泪下！

　　与此同时，这又是一篇结构组织得那样简单自然又那样完满圆润的作品。从表面上看，整个故事仿佛完全是作者脱口道来的，可实际上，开头与结尾的呼应是那样的严谨缜密又不着痕迹(特别是"老式圆镜"这一细节的设置)；"他"那父亲与儿子的双重身份的转变过渡是那样的娴熟巧妙又自然而然；还有结尾前的那一小段景物描写，看似闲笔，其实不但进一步点明了故事发生的时间，更是一种鲜明的象征：象征着此时此刻的"他"那种与"暗了"的云霞和"孤零零"的阳台一样的心境……从而使读者对"他"这个形象更是久久难以忘怀。就这样，这篇《人到老年》给我们留下了很深很深的印象。

(汝荣兴)

除　法　　　　　周　锐

一个房间里有一个人和十二只蚊子。

十二只蚊子咬一个人。

$12 \div 1 = 12$

这个人觉得吃不消。

他就又去找一个人到这房间里来。

十二只蚊子咬两个人。它们分成了两队。

$12 \div 2 = 6$

人觉得比原先好受一些了。

但还可以更好受一些。

这两个人又找来第三个人。

$12 \div 3 = 4$

好极了,再找第四个。

$12 \div 4 = 3$

第五个人跑来了。

$12 \div 5 = ?$

大家叫第五个人别进来,因为这样蚊子不好分了。

但第五个人硬要进来。响起"啪啪"声。第五个人打死了两只蚊子。

$10 \div 5 = 2$

OK,这下好分了。

大家正高兴,又听"啪啪"声,第五个人又打死了两只蚊子。

$8 \div 5 = ?$

又不好分了。

大家觉得第五个人老是添麻烦,就齐心合力地把他赶走了。

(1993 年)

[鉴赏] 微型小说是一新兴的文种。它借鉴姊妹文体之长,或杂交,或渗透,变幻异化,千姿百态,尽管形式上变式借体,但其内在意蕴,总不失其小说之神。此类作品,有意不重形似,尽管在形上不似,然细品内核,却存神似。重神似,比形似的微型小说有更强烈的审美效果。这篇作品似在解释一个数学运算题目——除法。数学是理性的计算之学,而微型小说是文章之学,不仅风马牛不相及,而且似是对立的两个学科门类。然而作者偏从这相悖处入手,变式入招,以一则除法之法,演变一则变形的寓言故事。这个除法的故事虽然用的是除法,但采用了六个连续不同的场景,体现出叙事的一维过程性,其中第五人的跑来与被赶走,又体现出叙事的曲折性和矛盾冲突的尖锐性,意想不到的结局又让人获得更多的哲理思考。

这篇除法的故事,完全符合作为微型小说叙事的要求,开端是一人和十二只蚊子共处一间房里,发展线索是不断找一些人来,共同减少被叮的负担。高潮是第五人跑来后无法除尽,负担不均引起了矛盾,第五人采取的方法是消灭蚊子,先灭两只,可以除尽,也减了负担,再灭两只,除不尽,其余四人采用原先惯用的模式,即与之相反的方法:减人。结局,把消灭蚊子的第五人赶走,最终演变成一场悲剧性的结果。从中引出了许多耐人寻味的话题,寓托了许多人生诸如消灭祸害还是适应或屈服祸害之类值得思之再三的哲理,告诫人们如何处理好除数与被除数之间的关系,从而谱写人生新的篇章。

(凌焕新)

小 站 歌 声 修祥明

子夜时分,山村的小站昏暗静谧。苗兰老师提着行李来到站台,像触电般浑身颤抖起来。

她本想在夜深人静时悄悄离开山村,没想到全班四十多个孩子全站在这里为她送行。

站牌下,放着一篓子山核桃,篓把上贴着个红双喜字。这是山里人祝贺新婚的礼节。

三天前,她去了趟县城,回到山村,她对孩子们说,要和远隔千里的男朋友举办婚礼,婚后,她就在那里定居了。

孩子们舍不得她,却没张口将她挽留,只将一串串难舍难离的泪水洒下。

远处传来列车的长鸣。

四十多个孩子含着泪水,像一棵棵被雨水浇伤的禾苗一样,凄悲地立着。

班长说:"咱们为苗老师唱一首《好人一生平安》吧。"

歌声在夜空中响起:"有过多少往事/仿佛就在昨天/有过多少朋友/仿佛还在身边/也曾心意沉沉/相逢是苦是甜/如今举杯祝愿/好人一生平安。"

这歌声,低沉悲哀。这是孩子们真诚的祝愿。

列车徐徐地向前开动着,孩子们像一阵旋风一样随车跑着、唱着……

好人一生平安。

歌声像让泪水滤过似的。

车上,苗兰老师失声痛哭起来。

孩子们怎知道,她不是去结婚,三天前,去县城体检,她患了白血病,在人生的旅途上,只有半年的时间了。

(1993 年)

[鉴赏] 微型小说特别重视结尾。美国著名评论家罗伯特·奥弗法斯特把它当作微型小说三要素之一:"1. 构思新颖奇特;2. 情节相对完整;3. 结尾出人意料。"所以,作者往往在结尾处妙笔生花,做足文章,恰似凌波仙子临去

那秋波一转,让人勾去魂魄,似惊似呆,余意绵绵。《小站歌声》的结尾就有这种艺术魅力。

作品写一小站午夜时分,山村小学全班四十多个孩子在站台上为女老师送行。事由:她要回城结婚,然后就留在城里了。孩子们舍不得他们的老师离开,他们的深情只有泪水才能表达。结尾处一个意外的"交代",把隐情的包袱一下子甩开:"三天前,去县城体检,她患了白血病",估计只有半年的寿命了。这真是晴天一声惊雷,这一交代式的发现,引起了全文的转折。如果说,前面所写的小站上孩子们送女老师回城结婚,属于喜庆式的喜剧的话,那么,这一突转的发现,一下子把喜剧转化为悲剧。这一突转式的交代,写出了山村女教师为了不使学生悲伤,有意隐瞒了悲剧性的真情,却编造出喜剧式的结婚理由,让学生安心学习。这一无奈的善良的"欺骗"显示她的美好心灵,为刻画普通山村女教师的形象,添上了具有艺术张力的关键性的一笔。

结尾,对读者有没有吸引力、感召力,至关重要,正如本文的结尾那样,能诱发读者触目惊心,产生无限的遐想,甚至勾魂摄魄使人执卷流连。看过数日,犹觉声音在耳,情形在目,心绪绵绵,终不能忘怀,这就是微型小说特别重视结尾的艺术魅力所在。

（凌焕新）

排　　斧　　徐习军

"叮叮、咚咚咚;叮叮、咚咚咚……"河南岸修船的排斧声响彻云霄。

"叮叮、咚咚咚;叮叮、咚咚咚……"河北岸修船的排斧声震耳欲聋。

望见招旗上那大大的圆圈里的"徐"字,便可知道,在河南岸修船的是徐家班子。

徐家搞水上修理这一行已经历了好几辈人,经验丰富,手艺精湛,名声随着船主已响遍大江南北。徐氏门徒更是遍及苏北水网。走到任何一个码头,只要有修船的作场,你猜他们是徐家班子,那保准是八九不离十。

徐家班子太庞大,虽说名声显赫但也招来大江南北同道们的不满,大有"欺行霸市"之嫌。再加上有些门徒实属鱼目混珠,乘着家大业大"吃大锅饭",弄得门徒之间常有摩擦,是非也渐渐多起来,这令掌门人徐老先生深感不安,他多次想打发他的弟子另立门户出去闯闯,可无人肯离群。偶有一两个勇敢的徒弟想自立,徐老先生便会兴高采烈地送给他们全套工具,并亲自写条子把某地某地生意划给他。可各地船家、老顾主们不买徒弟的账,只认徐家班子。再加上分布在各地的徐氏班子见到另立门户的弟子,都一再竭尽攻击之能事,搞得已自立的弟子只好灰溜溜地再叩拜返回,龟缩在"徐"字旗下,徐老先生为此忧心忡忡。

王大是徐老先生最得意的弟子之一,师傅对他寄予很大期望,有意培养王大接班,可王大却出乎意料地出走自立。这不,河北岸的排斧声正是他领的头。

徐老先生对王大出走实在舍之不得,但从长远计又积极鼓励王大一番,依旧送他一套家什,把他送上了"码头",并给各地打了招呼。

不愧名师出高徒,王大手艺日臻完美,信誉渐高,也组织起了一些人马来,赢得了不少桩生意。师傅看到王大能自立于江湖非常高兴。尽管徐家班子中的弟子对王大另立门户骂声不绝,什么"叛徒""逆子"……甚至王大的老婆、孩子在村里也受尽了村人的谩骂歧视,可徐老先生还是理解支持王大的,经常到王大的工地上来转转,以示助威。

俗话说"同行是冤家",更何况是王大这"叛徒"呢?沭河岸边王大与徐家最有实力的班子相遇,一场心理战一开始就弥漫着硝烟味。河南岸那飘着"徐"字旗的班子的领班是徐老先生的得力弟子朱大虎。大虎不仅生得虎背熊腰、力气过人,且手艺超群,处事待人十分妥帖,由他领头的每一项工程都能为徐家班子赢得极好的声誉。所以把徐家最精干的班底交给他领着,徐老先生是十分放心的。

昔日师傅最得意的门徒,今日又很自然地成了擂台上的对头。

两岸拖上来的都是清一色的二十吨位的楠木大驳船,这在当时已算是大型运输驳船了。正值水运黄金季节,耽误一天运营,损失掉的就是白花花的银子,所以船家不到万不得已是不会在这时修船的。这时节抢修,除了修船质量外,这速度、工期当然是竞争的主要尺度。钉、灰、油、麻丝、木料备齐,就看两家木工、捻工的水平了。两岸虽未发出竞争倡议,但从两岸人来回穿梭忙碌的举动及两家船主的言语中已经感觉出来。

船体晾干,河南岸首先发出挑战,那挑战信号是从排斧声中传来的。

　　船家和业界都知道：排斧是鼓志气、扬威风的，由一个人领头用敲锣或击鼓发号，其他人同一刻出斧击凿，一齐用力不仅阵势浩大，且由于用力均匀修船质量也好。尤其徐家班子的排斧声，那是威震河网的。一旦徐家班子的排斧声传来，工地周围的四乡八邻都会像看大戏似地涌来观赏。据说有一次在洪泽湖边上修船，排斧声吸引来数百人围观，造成拥挤，堤坝塌陷，落水好几十人，有两人被湖水淹死。为此事徐家班子被庄上人硬逼着作了赔偿，那以后徐老先生一再叮嘱："慎用排斧！"

　　这一次，为了向王大挑战，大虎决定打排斧。无锣鼓司号，大虎就在船头大勒板上钉了一根爬头钉，用斧头敲击钉子发号，排斧声仍显示出铮铮雄威。

　　王大班子的弟兄们本来手艺也算不错，可遇到了徐家班子便自惭形秽，听得挑战的排斧声顿时心里发毛。王大自分户以来一直有一种对不起徐老先生和徐家班子的感觉，听见那边响起排斧，心理压力更大，自己的班子组建时间不长，刚刚开了好头，要是败下阵来，自己在江湖上无法立足不说，班子的弟兄们也肯定要散伙。可眼前已由不得他多考虑了，只好硬着头皮仓促上阵，也便指挥班子打起排斧来。开始一段时间还挺整齐，不一会便乱了阵脚，竞争明显处于劣势。

　　中午收工，王大划着舢板来到对岸，抱拳向徐家班子众兄弟作揖，众人毫不理会不说，还勾三刮四地辱骂些难听的言语。

　　哀莫大于心死，王大返回自家班子，见众兄弟神情沮丧，犹如战场上溃退下来的败兵。

　　下午捻船开始后，南岸的排斧声，阵阵敲击着北岸工友的心，王大被逼上梁山般心情沉重地走向船头，只听得王大指挥的斧声"叮、叮"响了两声之后便是"哇"的一声惨叫，人们迅速拥过来，只见王大一斧头砸了自己的手腕，断了的左手血淋淋地软软吊在胳膊上……

　　徐老先生得知此事赶到现场，在两家班子弟子前失声痛哭起来。

　　后来的几十年时间，再也听不到徐家班子的排斧声了。

　　王大又回到了徐老先生的门下，做了徐家的管家……

（1993 年）

[鉴赏]　这是一篇兼具笔记功能与传奇色彩的作品,而笔记也好、传奇也罢,它们的一个共同特点,便是一方面尽最大可能将故事讲得引人入胜,另一方面则是不露声色地在客观叙述的过程中寄寓作者的用意。

我们先来看这篇作品所讲述的故事。故事一开头,便以或"响彻云霄"、或"震耳欲聋"的排斧声,营造了一种很是浓烈的气氛;然后就在对徐家班子的有关介绍交代中,引出了王大这一中心人物;接着随又一人物朱大虎的出场,王大与朱大虎那场较量就紧锣密鼓地正式展开了,而这场较量的结果,则是作为徐家班子"叛徒"的王大不仅断了自己的左手,而且"又回到了徐老先生的门下,做了徐家的管家"……在读这一既是娓娓道来又大起大落的故事的过程中,我们无疑都真切地感受到作者讲述时的那种既从容不迫又徐疾有致的本领。这样,作品显然也就有了那种可读的吸引力。

接着我们来看作品的用意。前面我们已经说过,这类兼具笔记功能与传奇色彩的作品的用意,常常是在客观叙述的过程中不露声色地"寄寓"的。确乎如此,你想从这篇作品的外在文字中寻找到"主题",那实在是难而又难的。不过,只要拨开那些文字的迷雾,只要透过那些文字去品味、去思考,我们事实上又不难发现其中的"奥妙"的:王大这位出走自立的徐家班子的门徒,实际上是连徐老先生都"理解支持"并"积极鼓励"的,那么,为什么还会有那么多人要骂王大是"叛徒"、是"逆子"呢?王大敌不过朱大虎,确是实力不济的原因么?而他最终又回到徐家班子,更能说明什么样的问题呢——就在这一系列的问题里,诸如传统势力之强大、突破传统之艰难之惨烈等作者的意图,便早已经自然又沉重地呈现在了我们的眼前。　　　　　　　　　(汝荣兴)

编　年　史　　　　　　　徐慧芬

仿佛是一个遥远的故事了。

九岁的女孩,一个爱看童话书的女孩,跟着她的妈妈来到一家鞋店。当一双带花边的新鞋穿到女孩脚上的时候,母亲却发现钱包不见了。妈妈的惊呼声使女儿睁大了眼睛去寻找坏人。突然,女孩指着人群中一个手提破篮、脸上有块疤的女人喊了起来:是她偷的!于是人们轰着、骂着把女人揪到了派出所。女人被搜了身,没查出什么。丑女人不是"狼外婆",可是丑女人那双痛苦的眼睛,那声凄厉的哀号,却永远地留在了女孩的记忆中。好多日子里,女孩做着噩梦,在梦里哭醒。从此,她害怕看到这样的人。

十八岁,如花如诗的年龄。女孩长大了,她爱好文学。她为雨果笔下那些貌丑心善的小人物的悲惨命运而叹息,记忆深处那个脸上有疤的女人又走了出来。这让她战栗,她觉得自己好像杀了人。从此走在路上看到衣衫褴褛的乞讨人,她总要掏出钱包。

二十七岁的姑娘,该是婚嫁的时候了。她固执地拒绝了许多好小伙子的求爱。她觉得,和漂亮的小伙子卿卿我我,对于她分明是一种不可饶恕的奢侈,是一种犯罪。最后,她看中了一个屏弱的青年。青年刚从农村出来,除了一身尘土、一身债务,脸上还有一道伤疤。青年用疑惑的眼睛说,我一无所有啊! 她却从这张丑陋的脸上,看出了自己内心泛涌上来的圣洁感。她吻了青年,一字一句地告诉他,谁说贫寒的人就没有一颗金子般的心呢? 于是两人的眼泪流到了一起。以后的日子里,她为丈夫做饭洗衣,她为丈夫补习功课。她的生命支撑起他的脊梁。终于,丈夫自强起来,要去国外求学了。她卖掉了娘家祖传的金手镯,凑齐了路费,送别了丈夫。

三十六岁了,女人成熟的季节,她也该收获了。她盼着她的夫君学成归来。等啊等,终于等来了容光焕发的丈夫。丈夫冷傲地对她说,我们分手吧。从此,她的一头青丝有了霜色。当霜色弥漫开来的时候,她开始了文学创作。

四十五岁的生命,谁料到竟如秋天的枫叶了。在一次文人聚会上,朋友们盛赞她的成名作时,她不无哀伤地说,感谢生活的磨难。于是她讲了她九岁、十八岁、二十七岁、三十六岁的故事。

(1993 年)

[鉴赏]　成功的文学作品无一不是现实生活的真实反映,其中必须、必然有作者自己的血泪和真情。这绝非易事。因为,它要求作者首先必须读懂生活本身这部巨著,其次还必须经历痛苦和磨难。

这个创作真谛,作者巧妙地通过叙述"她"的编年史的方法表达了出来。四个不同年龄段,九年一个阶梯,每上升一个阶梯,不只是女孩年龄的增大,更是她人生阅历的丰富和加深的过程。不仅如此,四个年龄段还自然地成为对女孩人生的四个关键时期的准确的概括,从幼稚到成熟,从天真到老成。这样简洁的构思,处理不好会显得单调,作者以诗意的叙述避免了可能出现的缺陷。其中作者重点写了女孩九岁这个年龄段,她因幼稚而以貌取人,把丑女人当成狼外婆,严重地伤害了丑女人的自尊。这是一个惨痛的教训,在女孩幼小的心灵上打下深刻的烙印。从此,她懂得绝不可以貌取人,生活中的人常常可能貌丑而心善。这自然是一个对社会人生认识上的进步。可是,当她把这个认识绝对化后,见到貌丑的人总是给予同情,甚至在决定自己的终身大事时,宁愿拒绝漂亮小伙子的追求,而把爱献给一个一无所有、身体孱弱而且脸上有一道伤疤的农村青年,最后却遭到貌丑心也丑的丈夫的无情抛弃。几经反复和磨难,她终于发现生活并不总是诗情画意,尤其在发现生活一再欺骗了自己后,虽然她的心在滴血,"一头青丝有了霜色";但,在"霜色弥漫开来的时候",她开始成熟了,也就在这个时候,"她开始了文学创作",并终于成功、成名。

《编年史》讲的是一个女人投入文学创作的故事,其中所阐明的道理又绝不限于文学创作本身。岂止文学创作者,我们每个人都必须直面生活的磨难,勇于接受挑战的人生。

　　　　　　　　　　　　　　　　　　　　　　　　　　　　　　(陆建华)

紫　色　人　形　　　　　　毕淑敏

那时我在乡下医院当化验员。一天到仓库去,想领一块新油布。

管库的老大妈,把犄角旮旯翻了个底朝天,然后对我说,你要的那种油布多年没人用了,库里已无存货。

我失望地往外走,突然在旧物品当中,发现了一块油布。它被折叠得四四方方,从翘起的边缘处,可以看到一角豆青色的布面。

我惊喜地说,这块油布正合适,就给我吧。

老大妈毫不迟疑地说,那可不行。

我说,是不是有人在我之前就预订了它?

她好像陷入了回忆,有些恍惚地说,那倒也不是……我没想到把它给翻出来了……当时我把它刷了,很难刷净……

我打断她说,就是有人用过也不要紧,反正我是用它铺工作台,只要油布没有窟窿就行。

她说,小姑娘你不要急。要是你听完了我给你讲的这块油布的故事,你还要用它去铺桌子,我就把它送给你。

我那时和你现在的年纪差不多,在病房当护士,人人都夸我态度好、技术高。有一天,来了两个重度烧伤的病人,一男一女。后来才知道他们是一对恋人,正确地说是新婚夫妇。他们相好了许多年,吃了很多苦,好不容易才盼到大喜的日子。没想到婚礼的当夜,一个恶人点燃了他家的房檐。火光熊熊啊,把他们俩都烧得像焦炭一样。我被派去护理他们。一间病房，两张病床，这边躺着男人，那边躺着女人。他们浑身漆黑，大量地渗液，好像血都被火焰烤成了水。医生只好将他们全身赤裸，抹上厚厚的紫草油，这是当时我们这儿治烧伤最好的办法。可水珠还是不断地外渗，刚换上的布单几分钟就湿透。搬动他们焦黑的身子换床单，病人太痛苦了。医生不得不决定铺上油布。我不断地用棉花把油布上的紫色汁液吸走，尽量保持他们身下干燥。别的护士说，你可真倒霉，护理这样的病人，吃苦受累还是小事，他们在深夜呻吟起来，像从烟囱中发出哭泣，多恐怖！

我说，他们紫黑色的身体，我已经看惯了。再说他们从不呻吟。

别人惊讶地说，这么危重的病情不呻吟，一定是他们的声带被烧糊了。

我气愤地反驳说，他们的声带仿佛被上帝吻过，一点都没有灼伤。

别人不服，说既然不呻吟，你怎么知道他们的嗓子没伤？

我说，他们唱歌啊！在夜深人静的时候，他们会给对方唱我们听不懂的歌。

有一天半夜，男人的身体渗水特别多，都快漂浮起来了。我给他换了一块新的油布，喏，就是你刚才看到的这块。无论我多么轻柔，他还是发出了一声低沉的呻吟。换完油布后，男人不做声了。女人叹息着问，他是不是昏过去了？我说，是的。女人呻吟了一声说，我们的脖子硬得像水泥管，转不了头。虽说床离得这么近，我也看不见他什么时候睡着、什么时候醒。为了怕对方难过，我们从不呻吟。现在，他呻吟了，说明我们就要死了。我很感谢您。我没有别的要求，只请您把我抱到他的床上去，我要和他在一起。

女人的声音真是极其好听，好像在天上吹响的笛子。

我说，不行。病床那么窄，哪能睡下两个人？她微笑着说，我们都烧焦了，占不了那么大的地方。我轻轻地托起紫色的女人，她轻得像一片灰烬……

老大妈说，我的故事讲完了。你要看看这块油布吗？

我小心翼翼地揭开油布，仿佛鉴赏一枚巨大的纪念邮票。由于年代久远,布面微微有些粘连,但我还是完整地摊开了它。

在那块洁净的豆青色油布中央,有两个紧紧偎依在一起的淡紫色人形。

(1994 年)

[鉴赏]　一个生死相依的爱情故事,一段令人刻骨铭心的伟大爱情。没有常见的爱情故事那种卿卿我我、柔情蜜语,但即将告别人世的新婚女子,恳求护士将她"轻得像一片灰烬"一样的躯体抱到与她一道遇难、即将死去的丈夫的病床上去,"我要和他在一起",这一句极为普通的话,胜过千言万语的爱的表白,也像雷击火烧一样灼痛了千千万万读者的心。

作者借老大妈之口,借助她的深情叙说,由衷地赞美了人间难得一见的如此圣洁的爱情。"他们的声带仿佛被上帝吻过",虽遭遇恶人的纵火,但"一点都没有灼伤";为了怕对方难过,他们心心相印,从不呻吟,但"在夜深人静的时候,他们会给对方唱我们听不懂的歌";面对死亡,他们毫无畏惧,而后死的女子唯一的要求,就是让护士帮她实现与丈夫死在一起的美好愿望。

作品的重点当然是赞美生死不渝的纯真爱情,但作者似乎也在有意地暗示读者,特别是告诫年轻人:美的爱情不只是花前月下、情语绵绵,有时还不得不接受严峻的甚至是生死的考验,唯其如此,真正的、伟大的爱情才能在严酷的考验中焕发出夺目的光辉。即使死了,也能昭示后人!作品中的这对夫妻,"他们相好了许多年,吃了很多苦,好不容易才盼到大喜的日子。没想到婚礼的当夜,一个恶人点燃了他家的房檐"!现实生活就是这样灾难与幸福同在,善与恶如影随形,没有办法,这就是生活!

小说的最后,是"我"听老大妈讲完故事后,虔诚地展开那块记录着伟大爱情的油布:"在那块洁净的豆青色油布中央,有两个紧紧偎依在一起的淡紫色人形。"其语言、其描绘依旧朴实无华;然因语含真情,尽管小说就此结束,但这块有着紫色人形的油布已永留我们心中,再也不会消失了。(陆建华)

习　　惯　　　　　　刘　平

潘林走路腰背总是伸不直,他妻子小丽便经常给他纠正。

本来潘林是挺帅的一个人,一米七五的个子,一张棱角分明的脸充满了阳刚之气。可就是走起路来露出遗憾:腰不直,胸不挺,一点不能给人以伟岸、洒脱之感。小丽不知道潘林怎么会养成这个坏习惯。他要是走路昂首挺胸那该多有风度啊!于是就暗自下定决心要帮助丈夫纠正过来。

　　好在他们的单位挨得很近，都走一条街。每天从家里去上班同路，下班回来小丽也要等着潘林一道走。一路走着，只要见丈夫出现了弓腰驼背状，小丽就急忙发出一连串指令："直腰！挺胸！双目平视前方！"潘林一听到"指令"，马上就照着"指令"办。他也知道，那样走起来要显得美得多。然而走着走着，"指令"就在他脑子里淡漠、消失，于是不知不觉中，那腰又渐渐弯了下来。

　　"你怎么搞的嘛！"次数一多，小丽就有些烦了。

　　"养成习惯了，哪能那么容易一下子改过来。"潘林无奈地笑笑。

　　然而小丽决心已定，她是无论如何也要给丈夫纠正过来的。和他走在一起，随时都注意着他的腰、背，只要一发现有弯下去的迹象，就马上加以提醒。然而令人失望的是，两个多月过去了，丈夫仍没有改正过来。只要一没了"指令"，那腰就不自觉地弯了……

　　小丽禁不住有些恼火了！大街上走着，只要一见丈夫的腰弯下去，当即就在他腰背上重重的一拳："记着！挺胸！挺胸……"

　　潘林自然有些尴尬，瞅着妻子眼里的莹莹泪光，嗫嚅着："算……算了吧。个子高的……都这样，改……不了。"

　　"什么个子高的都这样！"小丽说，"你们单位的张科长个子比你还高，人家走路咋不像你！"

　　潘林无话可说了。张科长上下班也走这条街，他们天天碰面打招呼的，人家走路的身姿的确很挺拔、很精神。

　　"要有信心！"小丽又鼓励道，"只要脑子里时时记着，会改过来的。"

　　"嗯。"潘林点点头。

　　一年过去了，尽管小丽花了不少心血，可潘林的坏习惯一点也没改正过来。小丽终于失望了，叹道："唉，你怎么就改不了呢！"于是以后便不再为他纠正了。

　　又一年，潘林当了科长。这天小丽和他一起在街上走，有人叫"潘科长"。那一刻，小丽惊奇地发现，丈夫的腰背竟挺拔起来，而且再没弯下去。小丽高兴万分，往他身上又是重重的一拳，叫着："好！就这样！"

（1994 年）

[鉴赏]　从一个人们司空见惯的、十分熟悉的小事中,开掘出一个深刻的主题;把毫无情节可言的琐事编织成一个有趣的故事,是这篇小说最突出的特点。在构思上,盘马弯弓,引而不发,把深刻的意蕴埋藏在逐步展开的情节中;直到最后,也不点破,而是通过事情的突然转变,让读者自己去领悟。这种写法,使小说意境深远,言简而充满令人反复咀嚼的意味。

小说写潘林"挺帅的一个人,一米七五的个子",但走路总是弯着腰,任凭妻子怎么纠正也无法改变,而且历时一年多,已经成了习惯。如果小说这样一直写下去,至多是记述了一件可笑的生活中的小事而已,我们读后也就淡忘了。但结尾处写道,随着一声"潘科长"的称呼,奇迹突然发生:潘林经久难改的习惯顷刻改变,不仅仅是腰直了,作者还特意用了"挺拔"二字,突出变化的程度,颇令人深思。这是石破天惊的一笔:顿时使平凡化为特别,使腐朽化为神奇。仅此一笔,小说意境全出矣! 而且,为读者开拓了无限广阔的思维天地,使你的思绪像冲决闸门的洪水奔涌而出。读者可以用自己的想象,结合自身的社会体验,去填充小说有意留下的空间。作者为一件小事,精心设计了一个开放性的结尾,便使小说意蕴无穷。

一个"弯腰"的习惯,犹如一面三棱镜,照出了人间万象的多重色彩。在极有限的篇幅里,有如此大的包容,不能不令人赞叹作者精湛的构思!

（顾建新）

苹　果　雨　　　　　　　　李春林

二十年前,若谈出国西方,他会狠狠地批评谈论者的。没想到如今他竟会喜笑颜开地与同一单元的各家老小一一握手话别,说要去美国小女儿处看一看西方世界,神情之得意令人怀疑他与妻这一同去,便会永居国外了。他是苦大仇深的"老大粗"干部,只读了两年小学便在店铺当学徒。解放后,他勤于自学,天资不错,慢慢地当了官。虽属外行领导内行,他却有自知之明,遇到自家水平不能胜任的问题时,他会暗中请教专家,把专家的意见消化,而后做指示。不久,他离休了,精力还相当旺盛,往日发号施令的劲头,很平和地转移到宿舍生活区,诸如走廊路灯下,贴上他签名的字条:"夜晚十点随手关灯,长明灯会炸泡",云云。他福气很好,上有九十岁的老母;下有四五个儿女,都已大学毕业,最小的女儿去美国留学后已成家立业定居了。老母身体特健康,大院子里比她小的老人如秋叶般纷纷谢世,老母恰如苍松一棵。他的儿女各自离家另筑新巢,平日,两代三位老人,皓首相聚,泱泱四房两厅住所空空然，若有所失。尤其他有事外出了，时时听得到婆媳间磕磕碰碰，相吵相骂。一相骂，儿媳就去儿女家。儿媳接连几日不回，多子多孙的老婆婆独坐阳台晒太阳。我的小孩在一楼院子里玩耍，突然发现从天上掉下一个个苹果，都是大号的，孩子惊叫：苹果雨！苹果雨！抬头一看，三楼老婆婆笑嘻嘻地向下示意，苹果是她送给孩子吃的。孩子虽年幼也懂事，姐弟商量着把苹果拾起，提到三楼，回送老婆婆。老婆婆的防盗门上了锁，她从铁门的空格里摸摸孩子的脸蛋，孩子进不去，把苹果递到老婆婆的手里。老婆婆喜盈盈地对孩子说：这些苹果很可爱，可知道是从哪里来的吗？对！苹果树上摘下来的，苹果是苹果树的儿子；这些苹果可没有你们聪明啰，它们不会记得苹果树妈妈的。说着，老婆婆一脸的皱纹像波涛一样滚动着，笑开的嘴里还有较完整的牙齿。……暮霭沉沉，孩子欣喜地回到家中，院子里又在稀稀落落地下着苹果雨。

"老不死的东西还不早死，硬要吃掉几个后辈人才愿去死！"儿媳回来了，这话太刻薄了，听者无不愤愤然。老婆婆并不示弱，高声对骂："天休的！天休的！"一边抢步出门，下楼向邻居诉苦。老婆婆二十几岁在农村守寡，丈夫黄肿大肚，一病不起，留下四个孩子，最大的六岁，最小的女孩六个月。屎一把尿一把，好容易把孩子拉扯大，她终身未再嫁。孩子成家后她跟着老大住，洗衣做饭，里外一把手，又将四五个孙子、孙女带大成人……夜里，忽听一阵苍老的呼喊声，是老婆婆敲我家的门。又吵开了？她老泪横流，急匆匆地说：不，不，儿媳得了急病要开刀抢救。她说儿媳骂她骂得对，她不能总这样活下去了，这样真会折减后人的寿的；她说儿媳不能死，要死也得她自己先死。老婆婆摸黑出了大院，去求神拜佛，保佑儿媳。不久，儿媳的病转危为安，老婆婆又重复往日的生活，防盗门牢牢锁着，我家的院子里时不时下起苹果雨。她的二儿子来看她了，二儿子是老工人，住本市。老二没有钥匙，只能探监式地与老母聚叙。老母说老大冰箱里东西吃不完，她自己会做饭，拒收老二送来的食物。

又一日，儿媳回来，老婆婆溜下楼，心急火燎地进了我家。她低声地问我，知道不知道她判给了老大还是老二。我十分愕然。原来，她的大儿子与二儿子为母亲该住谁家而发生了纠纷。说着，她眼泪往下落。她说，平心而论，老二忠厚，贫穷；老大能干，富足；若她住老二家，房子太小，一房一厅，五口人，挤不下；若住老大家，婆媳前世冤家，难住。老大的孩子全是她带大的，住老大家有理；她没帮老二带孩子，她说住老二家理亏。她从老二处得到消息，老大为了她的事闹到了法院，她不知裁决的结果便偷偷地来问我。我哪里知道有这等事？兄弟间为赡养老人而对簿公堂，我百思不解。老婆婆说可以理解。老大的小女在美国要生小孩了，请不起保姆，要老大夫妇同去美国照料。老大夫妇一走，老婆婆谁管？老大夫妇不去，美国的外孙谁带？"眼泪只会往下流！"老婆婆说着又流下了泪。我蓦地捕住了她话中"往下流"的三个重音的双关语。泪不会往上流，老人只能为下辈流泪。我搞不清楚后来法院如何裁决，只知道老大赴美的前一夜，我家院子里又下了一阵苹果雨……老婆婆终于病倒了，在医院整天整夜呼喊老大的名字。她不知老大为什么不来看她，不知老大去了哪里。临终，老婆婆问道，老大是不是因为同老二打官司输了而被关进了班房……大家摇摇头，她才咽气。霎时间，窗外下起了大雨，沉甸甸的雨珠像泪珠、像苹果一样硕大……

（1994 年）

[鉴赏]　平实，无疑是这篇作品给我们留下的一个最深刻的印象——那平实的叙述语言，那平实的故事情节，那平实的人物形象……一切都如我们在听作者拉家常一样，一切都如发生在我们身边的事、生活在我们身边的人一样，一切都使我们受到那种既平凡又实在的感动。其实，文学作品（当然也包括微型小说）要反映、要关注的，应该是这些既平凡又实在的人与事，否则，我们的文学作品（当然也包括微型小说）从何处去寻找取之不竭的创作源泉呢？

当然，微型小说又不是那些一般意义上的记叙文。所以，作者在驾轻就熟地展开他平实叙述的过程中，又时时处处都在注重从微型小说的角度去展开——那就是人物形象的塑造，也就是"老婆婆"这一人物形象的塑造。那是位饱经沧桑的老婆婆，这有她"二十几岁在农村守寡"和"一脸的皱纹"等为证；那是位和善又倔强的老婆婆，这有她与儿媳的关系及与大儿子和二儿子的关系等来说明；那是位孤独而痛苦的老婆婆，这有她……有她所制造的那一场又一场的"苹果雨"在诉说、在演绎、在宣泄。

这里，我们一定得特别注意并注重那一场又一场的"苹果雨"，因为，"苹果雨"这一充分体现着作者艺术匠心和艺术功力的细节与意象的设计及安排,不仅既生动又深刻地凸显了老婆婆这一形象的本质特征,强化了这一形象的艺术表现力与感染力,同时也使作品那种平实的风格得到了一种具有诗情画意般的表现元素,从而使作品最终有了那种既平而不淡又平中见奇的艺术效果。

(汝荣兴)

洗　澡　何立伟

老何下班回家,迈着比肋下的公文包更为沉重的步子,走在拥挤的人群里,老何眼前晃动着的是一张张都市人疲惫的脸。老何想,我的脸被别人觑见时大约也正是这番可怜的模样吧。这么一想,老何便觉得生活怪累的,而且怪没意思的。遇到红灯,所有的脚都停下来;然后绿灯,所有的脚又匆匆走动。累也好,没意思也好,总而言之是这般地走走停停、停停走走。这就是都市里的人必须每天面对的。而"必须",老何想,多么叫人无可奈何啊。

老何拐过一个路口,踅进一条僻静的老街,为的是把甚嚣尘上的喧闹和芜乱杂沓的人影甩在身后。经过一个门前爬满了常春藤的旧式院子,老何听到里头有人在弹钢琴,弹得非常好、非常悦耳,也非常柔和明丽。这琴声使老何想到春天的原野、山间的绿树、明净的溪涧和婉转的鸟啼。老何就站住了。老何感到了自然和生命美丽的呼吸与盎然的诗意。

此后,老何每天下班,都要从这条静静的老街走过,而且每天都驻足在那被常春藤缠绕的旧式小院前,凝神屏息,让那如水的琴声淙淙地流过蒙尘的心野。

有一天,正好老何的老婆也从这儿路过,远远看见老何呆呆地站在那里,就大声唤他:"好哇,难怪你每天下班都回得那么迟嘛,原来你是站在这个鬼地方泡时间啊——还不赶快给我回家去! 今天你做这顿晚饭躲不掉啦!"

路上,老何的老婆问老何:"站在那个鬼地方你到底干什么呀,嗯?"

老何想了想,答曰:"洗澡。"

老婆睁圆了眼睛,说:"你说什么,嗯? 洗澡? 那个鬼地方有个澡堂子么? 嗯?"

(1994 年)

[鉴赏]　在急剧嬗变的大千世界面前,人们往往有些矛盾,既欢迎新时代的到来,却又常常为不适应新生活的快节奏而感到身心疲惫,有人甚至因此产生逃离现实的想法。这是一个具有普遍意义的世界性话题。本篇就是着力写现代人,特别是现代知识分子的这种复杂心态。

上班,下班;红灯停,绿灯行,日复一日,年复一年,"老何便觉得生活怪累的"。当他偶然一次在一条僻静的老街,听到从一个旧式院子里传出"非常悦耳,也非常柔和明丽"的琴声,他便想每天通过听"如水的琴声",来获得灵魂片刻的宁静。本篇中的红绿灯、夹着公文包匆匆走动的上班族,与老街、旧式院子以及那琴声,是写实,也是新旧生活的不同象征。而老何,是具体人,也是急剧变革现实中的一种情绪代表。作品暗示:虽然有甚嚣尘上的喧闹和芜乱杂沓的人影,可能会令人心烦意乱和感到某种疲惫,但时代总是在不以人们意志为转移地向前发展,别无他法,只有抖擞精神去努力适应。否则,只能使自己更疲惫、更烦恼。

作品的结尾不乏幽默,细细体会更感到意味深长。老何又一次在下班后特地赶到那"被常春藤缠绕的旧式小院前",驻足凝神屏息听琴,并把那琴声想象为净水一般流过自己"蒙尘的心野"。就在这时,其老婆正好也路过这里。她问明情况后"睁圆了眼睛",惊诧莫名。连自己的亲人都难以理解精神洗澡,更何况他人? 这就越发生动地反衬出老何的苦闷和无奈之情。

(陆建华)

女教师的特异功能　　　　　张玉庭

假如没有粉笔,你知道怎么上课吗? 请准许我给你讲个故事。

这故事发生在一个偏僻的小村庄,村头有一所小小的学校。

有一天,上课必需的粉笔突然用完了,女教师便想了个办法,她找了杯清水,然后对孩子们说:"来,老师蘸着水在黑板上写,上课——"

孩子们懂事地点了点头,答应了。

于是,她一笔一画地写,孩子们一笔一画地学。

当然了,这需要速度——因为,只要教得慢了点,或者记得慢了点,那用水写的字就立刻干了,看不见了。

这以后,每当出现这种局面,女教师就以水代笔,而可怜的孩子们,也便渐渐地适应了这种奇怪的上课方式。

一天,女教师哭了。她想起了鲁迅笔下的孔乙己。那蓬头垢面的孔乙己,为了教咸亨酒店的小伙计认字,曾用他的长指甲蘸着酒，在柜台上写过茴香豆的茴字，可是今天，她——一位亭亭玉立的女教师，却要用那仙女般的纤纤玉指，蘸着水在黑板上写字，在冰凉冰凉的黑板上耕耘！

可她想想，又笑了。磨秃了自己的手指甲，却丰富了孩子们的心灵，值得。

她从容、坦然，她一如既往。

又一天，她走进教室，正准备上课，突然发现杯子里的水已全部漏完——也难怪，那盛水的杯子太陈旧了，陈旧得能让人想起这个古老民族的沉重的历史。

没水，怎么板书？

没水，怎么上课？

也就在这山穷水尽的时候，女教师突然感到，从她右手的手指尖上，正在不断地渗出亮晶晶的水珠——

水！水！

有水就能上课！

女教师猛地转身，在黑板上滔滔不绝地写了起来。

她写得飞快，孩子们也记得飞快。

当然了，每当她转身板书的时候，那指尖上的水珠也就恰到好处地冒出来。

天！她从此有了特异功能！

日复一日，年复一年。

这种古怪教育的奇异结果，便是造就了一帮可以高速理解、高速记忆、高速运算的神童，也正是由于这种神奇的高速度，他们被一所著名的大学破格录取了。

后来，有人专门研究过这批神童，发现他们都具有特异功能，即凡是被泪水浸泡过的地方，他们都能准确地断定，这里曾经发生过什么，是悲剧，还是喜剧。

那么，从女教师的手指上奔涌而出的那些液体，究竟是什么呢？

有人化验过，那水，与泪水的化学成分一模一样……

（1994 年）

［鉴赏］　这是一曲嘹亮的颂歌，一曲关于偏僻的小村庄里的乡村女教师的嘹亮颂歌，一曲由那儿教师的泪水谱写成的嘹亮颂歌——这曲嘹亮的颂歌让

我们绝对相信的是："她"那种无需粉笔(事实上是"上课必需的粉笔突然用完了")只用手指"在冰凉冰凉的黑板上耕耘"的"古怪教育",确实是会有"奇异结果"的,即"女教师"们那种宽广博大又艰苦卓绝的奉献精神,是确实能造就出一帮"能准确地断定""被泪水浸泡过的地方"究竟发生过悲剧还是喜剧的"神童"的。

这又是一曲凄美的颂歌——说它"凄",是因为作品给我们展示了"偏僻的小村庄"那种实在是艰苦又落后的教育现状,作品中的女教师如"鲁迅笔下的孔乙己"一般的用水在黑板上写字的场景,实在是让人痛心疾首;说它"美",则是因为作品所塑造的女教师这一形象,毫无疑问地洋溢着那种"不着一字尽得风流"的最完善的美,而这种产生于"凄"的环境中的"美",那才是真正的可歌可颂呵!

同时,这还是一曲十分奇异的颂歌——很显然,作品中那位女教师所具有的那种"特异功能",不过是作家艺术变形与夸张的结果罢了。也就是说,那位女教师事实上是不可能具有如此这般的"特异功能"的。然而,又正是这样一种极具荒诞意味的不可能,这样一个充满着作者最真挚的情感和最诗意的想象的故事,令我们既清楚地看到了我们这个古老民族的那部沉重的历史,又欣喜地对我们这个古老民族的明天充满了希望与信心。　　(汝荣兴)

篱　笆　墙　　　　　　　　周仁聪

三婆娘家姓刘,婆家姓王,嫁到王家后唤王刘氏,三公死得早,三婆守寡守了二十多年,是远近皆知最守妇道的人。对儿女要求也严,要他们规规矩矩做人,常说娃儿们要争气点,也不枉你娘为你们守一辈子寡。

三婆平常就背个背篓四处拾柴禾。这天,她走得好远好远,在一片围着竹篱笆墙的橘子林外,三婆拾到了满满一篓柴。

"刘姑娘,你是刘姑娘吗?"

三婆一惊,几十年前曾听到过的称呼又在耳边响起,她仿佛又回到了少女时代,那时村人和家人就这样叫她。多么亲切! 她甚至怀疑是否在叫自己,但篱笆墙内那个佝偻着腰、掉了满口牙的老头确实正笑呵呵地望着自己。

"刘姑娘,不认得我了吗? 我是你屋男人的大老表嘛。"

三婆突然忆起,她和三公拜堂时,还是大老表点的鞭炮呢,闹房时他口口声声喊刘姑娘。

三婆满是皱纹的脸忽地红了,她望着挂满枝头的橘子:"大老表,你还多康健啰!"

"哎,人老了没事做,就出来帮儿子们守守这柑橘。你那当家的也死了好些年了吧……"

"二十几年了……"

"你也过得不容易啊!"

三婆沉默不语,这么多年来,她一个妇道人家为拉扯儿女,多少辛劳奔波,多少辛酸坎坷,却还没有一个人说过一句同情的话。三婆心里忽地一下,眼泪盈满了浑浊的老眼。

"进来坐会儿吧。"大老表站在篱笆墙里说。

"呵,不啦不啦!"三婆慌忙背起一篓柴禾走了。

"刘姑娘,你慢走……"大老表在身后喊。

这一夜,三婆失眠了。那一声声"刘姑娘"叫得她好欢喜。她知道自己老了,孙子都比自己高出了一头,但她好喜欢再听听那声叫唤。

第二天,三婆又去那里拾柴,隔着竹篱笆墙,三婆对大老表说:"你的橘子开始红了。"

大老表说,是开始红了,他又邀三婆进去坐,三婆慌忙背起半篓柴禾走了。大老表又在背后喊:"刘姑娘,你慢走哇!"

第三天,三婆又去了,依然隔了竹篱笆墙对大老表说:"你的橘子该卖好多钱哦!"

大老表就咧着一口无牙的嘴笑,然后再请三婆里面坐,三婆又慌里慌张起来,背着还是空的背篓走了。

"刘姑娘慢走哦!"三婆知道大老表依然要喊。

以后的日子里,三婆天天去拾柴,几乎天天都愿意走得那么远,天天站在竹篱笆墙外和大老表说上几句话。

"你的橘子红了。"三婆说。

"红了下完枝就不再守了。"大老表说。

三婆有几分怅然,但却不知为哪般。

"吃几个橘子吧。"大老表伸手去摘,三婆从怅然中回过神,慌忙背上空背篓走了,这次大老表却没喊她慢走。

三婆整整一晚没睡好觉,第二天她没再去拾柴。

她已好几天没去那片柑橘林了。

这天她终于忍不住,又背了背篓去那片橘林,林子里空空的,橘子已摘完。

　　风飒飒地吹,三婆想哭。

　　三婆望着那堵整齐严实的篱笆墙,心里蓦地升起一阵怒火,她发疯似地将那一根根竹片拔起背回家,放在灶内,望着那燃旺的火渐渐变成瓦色的灰团。

(1994年)

　　[鉴赏]　这是描述黄昏恋的作品,写得隐隐约约,微微妙妙。作者善于捕捉言行背后微妙、隐蔽的情感,但又保持着叙事的简洁和克制,而且把人物置于特殊的场景,那场景就是围着竹篱笆墙的橘林。她拾柴,他守林,话就多起来了。文章侧重写三婆的心态,天天走那么远的路去拾柴,就是想说几句话罢了。话语都有分寸,没往深里说。但是,三婆的行动却流露出来了。结尾,她发疯似地拔起"整齐严实的篱笆墙",满腔怒火,背了竹片回家,看着灶内"燃旺的火渐渐变成瓦色的灰团",那不正是她感情的象征吗?全篇积蓄的情感在这里爆发。

　　结尾处,三婆拔那"严实的篱笆墙",又背回家去烧,那篱笆墙是她与大老表的情感之墙。她嫁到王家,便冠了丈夫的姓,所以,大老表叫她刘姑娘,这是对她独立人格的尊重。

　　本篇作品的叙事有一个明显的特色,即详略得当。开头一句概述她出嫁后到守寡数十年的人生和橘子林的相逢,一详一略。而橘子林的数次相见,每一次的详略不一,注意最初的"这天"以及"第二天""第三天""以后的日子里",直至最后的"这天"所叙述的分层和细部,其中穿插着"橘子开始红了""橘子红了""橘子已摘完",这一系列表示橘子成熟、收获的短句,而这两位老人的情感却没有结出果实,是无形的篱笆墙隔开了呀,那实在是心中的"篱笆墙"。

(谢志强)

<h2 align="center">黄　绍　先　　贾大山</h2>

　　黄绍先是我小时候的同学,做了大半辈子商业工作,现在退休,人们仍然叫他"黄经理"。

　　绍先长得矮矮的、胖胖的,像一个半大孩子。他年轻的时候,工作很卖力气,我天天早晨看见他抱着一把大扫帚在商店门口扫地。可是人们记得,他领导的百货商店,真不怎么样:货架子一半是空的,售货员的脸孔一向是黑的。那年上级提出了"全面整顿"的方针,绍先心一横,也把他的商店狠狠整顿了一番,并且订了服务公约,贴在店堂里。服务公约一共是五条,前四条的内容还可以,不迟到不早退呀,百问不厌百挑不烦呀,等等,最后一条就不像话了:"保证不打骂顾客。"顾客看了,没有不笑的,也没有不害怕的。那年省里来了一个检查团,看见那服务公约,笑得东倒西歪、前仰后合,检查团的那位首长,竟然笑得趴着柜台,浑身哆嗦,像是得了癫痫似的……

商业局局长也笑了,笑完就把他的经理免了,说是:"绍先是个好同志,可惜水平太低了。"

于是绍先这事儿成了人们的一个笑柄儿。直到现在,熟人们一看见他,就说:

"保证不打骂顾客!"

绍先莞尔一笑,也不恼怒。

绍先水平不高,却有一片忧国忧民的心。最近的一天中午,我在下班回家的路上,看见他站在大街上的一根电线杆下,正吃烧饼。他看见我不打招呼,也不笑,一脸的忧郁之色。我问他怎么了,他竖起一个手指,朝电线杆上一指,说:"你听!"

电线杆上安着一个小喇叭,小喇叭里正在广播县里一位领导同志的讲话。讲话的声音不高,口气很硬。

广播完了,绍先的烧饼也吃完了,他说:

"听见了吗?"

"听见了。"

"听见什么了?"

"不准用公款吃喝玩乐。"

我的话音未落,他便笑了,先是噗噗地笑,继而吃吃地笑,然后仰起脸,笑得没了声音、没了眼睛,最后搂着电线杆子,笑得浑身哆嗦,像是得了癫痫似的……

"绍先,笑什么呢?"我问。

他说,他觉得"不准用公款吃喝玩乐",跟他的"保证不打骂顾客",味道差不多……

说完又笑了,笑得叫人难过。

(1994 年)

[鉴赏] 当年黄绍先在服务公约中写上"保证不打骂顾客!"这一条时,那

显然是一个与改革开放的今天不可同日而语的时代。这从作品中的下述描写中可以想见——"他领导的百货商店,真不怎么样:货架子一半是空的,售货员的脸孔一向是黑的。"在那样一个动不动搞"全面整顿"、不注重发展生产的时代,物质匮乏是必然的,售货员也不可能舒心工作,而只会成天黑着脸。正因如此,黄绍先把"保证不打骂顾客!"这一售货员本该遵守的职业道德写入服务公约,便让人觉得"不像话"。当然,这一条无助于商店工作的改进,也根本不是商店工作上不去的症结所在,所以显得荒唐可笑。但黄绍先却因此被领导说成"水平太低",并被免去经理职务,这就反衬出那个时代的可笑与荒谬。

　　时过境迁,如今轮到黄绍先嘲笑广播喇叭里的讲话了,县里领导"口气很硬"地在大讲"不准用公款吃喝玩乐"这一屡禁不止而各级领导理应遵守的为官准则。因为在"有一片忧国忧民的心"的黄绍先看来,这一条与他当年强调"保证不打骂顾客!"一样,同样是"不像话"。这样,黄绍先从昔日"不像话"被人笑,到他如今笑别人"不像话",作品写的两次嘲笑意味深长。

　　肆意挥霍国家财富进行公款吃喝,是反腐斗争中一个久治不愈的顽症。反映这类题材的作品不少,但本篇有其独到之处。仔细咀嚼作品最后一句话:"说完又笑了,笑得叫人难过。"真令人越咀嚼越是感到沉重。(陆建华)

猎　手　　　　章海生

　　伟强靠在一墩残颓的汉代烽火台下休息,他刚刚打到两只野兔。他几乎是手都不抬地从右胯边扣动扳机,两只小动物就倒下了。他对自己四十多岁身手依然矫健感到满意。他从十七岁起就迷上打猎,这种胜利曾带给他多少欢乐!可惜,这些年野物越来越少。年轻时戈壁滩上黄羊成群,甚至有时几百上千只拥在一起。那时工厂的人夜里开着汽车追捕黄羊,汽车冲到羊群眼前,猛然停车打灯,羊群便傻子般呆住了,车上的人就用步枪射击。这些年,大动物渐渐不见了,只剩下野兔、雪鸡、狐狸,也不容易猎到。伟强轻轻叹息一声,目光越过洪荒的戈壁高原,久久地落在塬下那片庞大的、自己生活的新兴工业城市上。

　　突然,几乎是本能,伟强感觉到右侧的山坡上有个东西在移动。他用眼瞄过去,是一只青羊!他兴奋了。健硕的青羊,这简直是上苍对他的恩赐。他周身的血在沸腾。

　　一只青羊正沿着山坡曲折上行,伟强从西侧的山坡直接插上去。青羊在岩石间轻灵地跳跃,伟强大步紧跟。青羊身上暗灰色的软毛和黝黑的双角已经用肉眼看得很清楚了,伟强握枪的双手也渗出了一把汗。他犹豫了一下,又端起枪来,在青羊向前跳跃的一刹那,扣动了扳机。羊晃了晃,两条前腿沉重地踏向前面的石岩。这正是伟强所期待的,他果断地再扣扳机。然而,这次枪却没响。原来,他在打完野兔后双筒猎枪中仅剩下一发子弹。这在他的打猎史上简直是绝无仅有的重大失误!他几乎绝望了。

可是,这时他看到青羊有些蹒跚,它缓缓地向山顶岩壁攀去。它受伤了!伟强又鼓起了希望。青羊扭动着短粗的脖颈向东移动,他也跟着向东;青羊折向西北,他也向西北翻上。双脚蹬落的碎石哗哗而下,眼睛却不曾从羊身上离开须臾。在一个喘息的当口,他娴熟地从腰间摸出一颗子弹填进枪膛。青羊此刻似乎回头望望,然后直向崖顶跳去。伟强仿佛听到一声召唤,顿时身如鼓翼,几乎同时登上了山顶,就在青羊准备越过山脊、隐没于巨崖后的一刹那,伟强的枪响了。青羊肥硕的身体倒了下去。

伟强奔向前。青羊已沉重地跌落进深深的山谷之中。伟强向下望去,下面万仞如削,寒气阴森,他倒吸了口凉气,旋即决定绕下山去取回自己的猎物。就在他转过身准备从来路下山时,他忽然惊呆了:来路竟是山势嶙峋,巉岩峭立!下不去了。

他站在嵯峨的山巅。这时,薄暮笼罩大漠。血红的夕阳冉冉降下,群山显出从未有过的奇丽与悲壮。

（1994 年）

[鉴赏]　这是则打猎的故事,可以当作哲理小说来读。《猎手》的故事构架谈不上有多少奇巧、曲折。前半部用一种流畅简洁的文笔写人、写环境,或者说写出了人与自然的关系。人与自然本来应该是和谐的、统一的。中国先哲的最高理想是天人合一,但由于“新兴工业城市”在戈壁高原的崛起,早先黄羊成群的情景已成为历史。这都是人们漠视生态环境而造成的,是人(猎手是人的代表)造成了与动物之间的对立,造成了人与自然之间的失衡。

但作者的高明之处在于没有半点说教,而是把这种思考融入了字里行间,让读者自己去思考、去领悟。他只是不动声色地描述行猎过程。青羊在这里,可视之为濒危动物的化身,由于某些人不顾生态、不顾环境无节制地狩猎,已造成了动物与人之间的对立。青羊受伤后,在走向它最后的归宿时,竟一步一步诱惑猎手走入了一个陷阱,一条欲回不能的不归路——这仅仅是猎手偶然的失误吗?不,这正是大自然对人类的报复啊。青羊以自己悬崖处的一跃,让猎手既得不到猎物,又欲下不得,让读者悚然惊叹,幡然深省。结尾极美,悲凉,苍然,上升到一种哲学境界,让人回味再三。　　　　　（凌鼎年）

金丝鞋垫　　　　　万芊

　　两旦家原是陈墩镇上较为殷实有脸面的人家,乡下有良田,镇上有大屋,两旦父亲又常年在外做些生意。不想四几年闹鬼子那阵,田里收成不好,房子被东洋鬼子的飞机炸弹炸得稀里哗啦,外出做生意的两旦父亲又死于非命,且欠下一屁股说不清爽的冤头债,讨债鬼日夜缠着,两旦娘一气之下,怨结哽胸,自此重病缠身。为了还债、活命,她三钿不作两钿地变卖了所有的田产和细软;又为两个儿子日后的生计,两旦娘把手中的碎金暗地托人打制编织了两双一般大小、厚薄与轻重相同的纯金丝鞋垫。在一个风刀霜剑的寒冬之夜,已似风中残烛的两旦娘有气无力地把大旦叫到病榻前。

　　两旦娘把一双金丝鞋垫递给了大旦,泪水汪汪地说:

　　"大旦,娘不行了,娘死后,你就自个儿出去闯天下吧!……实在过不下去了,就把金丝鞋垫变卖掉,总还可以对付一阵子……"

　　大旦抹抹眼,宽慰母亲说:

　　"我跟爹出去做过生意,爹的朋友我也认识些,你放心吧,我会把日子过好的!"

　　两旦娘又说:

　　"往后日子过好了,不要忘了给爹和娘的坟头上加点土……"

　　大旦嘤嘤地点了点头,攒着金丝鞋垫出来唤小旦。

　　两旦娘又把另一双金丝鞋垫递给了小旦,想想昔日的小旦总是饭来张口、衣来伸手,越发凄惨惨地道:

　　"小旦,跟爹娘的好日子没了。娘死后,你只能自个儿出去寻条活路了,你也不要巴望你哥。这鞋垫是娘的心血,你好生带在身边,不管啥时,都不能丢了,往后不管到啥地方,都不要忘了老祖宗。"

　　小旦默默地听着,攒着金丝鞋垫怔怔地望着骨瘦如柴的娘,点了点头,但他压根儿不知道那鞋垫竟会是纯金丝的。

　　当晚,两旦娘安详地合上了眼。在乡邻的帮助下,两旦草草地料理完了娘的后事,便各自外出谋生。

大旦去了上海,一边找工作,一边打听父亲昔日生意场上的朋友,然兵荒马乱的,工作找不到,父亲的朋友又一个个冷眼以待,所带的盘缠不多时就用尽了。拖着金丝鞋垫,饿着肚子,大旦在典铺前转悠了好几天,最后实在挺不住了,咬咬牙把金丝鞋垫典了,靠它支撑了一段日子,终于在一个不大的杂货店里找到了一份打杂的差使,还是那老板看在他父亲的份上,给他碗饭吃。干了半年,工资没领到半分,杂货店倒闭他便失了业。走投无路之际,他只得乞讨重回故里,好不容易挨到了土改,总算以贫农身份分到了土地和房屋,在陈墩镇重又落了户。

小旦先是去了唐山,身边仅有的盘缠早已所剩无几,他便打工养活自己,干码头搬运工、干黄包车夫、干厨工、干清道夫……后来,又跟人去了南洋,先是做苦力,后来便在这只或那只海轮上当水手、做厨工,终年满世界地转悠,吃遍人世间万般苦难,一次次几乎是死里逃生,后来靠朋友的帮助,在新加坡落脚,做些小本生意,积了些小钱。因他有一手炒菜功夫,朋友开中国餐馆也拉他入了伙,渐渐地开始发展。在这含辛茹苦、风风雨雨的几十年中,这凝聚母亲心血的金丝鞋垫,小旦白天穿在脚底下,晚上洗净擦干了捂在胸前,早磨得锃光发亮。小旦只知它奇妙,少有的耐穿,压根儿没想到它竟是纯金丝的。

五十年后,小旦重又回到了故里,这时,他已是当地华侨中颇为知名的餐饮业大业主。

在父母新修的坟前,满头银丝的小旦把那双锃亮的金丝鞋垫供在双烛之间,一遍遍地磕着响头。

"你知道么?"早已苍老的大旦问,"那双鞋垫是纯金的!"

小旦说:"纯金的?! 我怎么会知道,这几十年,我只知它是娘的心血,万分地珍惜它……"小旦沉默片刻,不无感慨地说,"其实,要是我知道鞋垫是金的,这身老骨头可能早就化成不知哪处他乡的尘土了!"说罢,又给娘磕了三个响头。

(1995 年)

[鉴赏] 一双鞋垫,两个人物,演绎了一个饱满深沉的哲理故事——大旦因为知道娘留给自己的是一双"金丝鞋垫",所以就在"实在挺不住了"的时

候,"咬咬牙把金丝鞋垫典了,靠它支撑了一段日子",而后则陷入了走投无路的境地;小旦呢,由于只知道那双鞋垫"奇妙,少有的耐穿,压根儿没想到它竟是纯金丝的",便终于在"吃遍人世间万般苦难"后,以"当地华侨中颇为知名的餐饮业大业主"的身份,带着依然锃亮的金丝鞋垫来到了父母的坟前……

大旦、小旦这兄弟俩那截然不同的生活境遇与人生经历,虽然并不能说完全是由他们的娘留给他们的金丝鞋垫决定的,但已是满头银丝的小旦那声"其实,要是我知道鞋垫是金的,这身老骨头可能早就化成不知哪处他乡的尘土了"的感慨,实在是非常地耐人寻味与发人深省的。实际上,有时候,一些所谓的事实真相,倒会蒙蔽人的眼睛;实际上,有时候,明白并不比糊涂更有益;实际上,面对着艰难困苦,只要你坚持住,只要你挺一下,你的眼前便会出现一条康庄大道!

当然,关于这篇作品所包含的生活与人生哲理,我们其实可联系各自的经历与经验,作更多的甚至是完全不同的认识与理解。而作为一篇哲理类的微型小说,这篇作品在表达上的最大长处,便是它的含而不露——它只是给我们讲了有关"金丝鞋垫"这样一个故事,至于故事背后的意思,则需要我们去品味、去思索。事实上,对所有的文学作品来说,任何外显的意思都只能是小意思、浅意思。因此,哲理类微型小说中哲理的最好表达方式,便是应该像这篇作品一样,便是应该像那个名叫"朵而"的保健产品的广告词说的那样:由内而外。　　　　　　　　　　　　　　　　　　　　　　　　　(汝荣兴)

开 天 目　　　　　　　生晓清

现代解剖医学证明,人的确有第三只眼。两眉之间、印堂周围存在着一片退化了的视网膜。训练有素的气功师若能调动丹田之气沿尾闾至天柱直冲百会穴,激活脑中的松果体,那片视网膜有可能恢复视觉,就有可能出现透视和遥视的功能。

小松看到这则报道时,眼睛突然一亮。拍拍额头,乖乖,活到三十岁,今天才晓得我还有第三只眼,而且一直藏在这里呢。

如果天目打开,我就开个私人诊所帮病人透视,赚大钱。倘若天目打开了,我就能窥视到别人的隐私,然后开个私人侦探所,捞大票子。至于隔壁的一举一动,我坐在家里也能看得一清二楚,说不定还能看到他小夫妻俩……嘿嘿嘿……

小松想到这里,抹了把厚嘴唇,咽了下口水,忍不住还是笑出了声。

小松练过几年气功,小腹凸出了不少,自感丹田气很足,向外胀气时能胀到天边，能和天边的信息沟通。按照杂志上介绍，对小松来说，开天目并非难事。当即就进行试验，全身放松，两眼垂帘，眼观鼻，鼻观心，心视丹田，意守到丹田发热时，便调动元气沿脊梁向上提至百会穴，再呼气引至印堂穴，左右各旋转三十六圈后，乖乖，奇迹出现了：额前三寸处有一团火球，金光闪闪。

小松把这一现象告诉他的师傅王老。王老说，你再用台灯开开熄熄，刺激视觉神经，也许速度会快点。他照师傅的话去做，连续坐在台灯下练七个晚上，子夜时分，天目处突然跳了几下，他立刻把灯熄灭，眼睛紧闭，居然能隐约可辨室内的东西。

王大师说，快了，天目快开了，每天早晨必须凝视初升的太阳，把功运到眼球上，阳光就刺伤不了你的眼睛。小松接连观了七日的太阳，乖乖，天目处好像嵌着一颗蓝宝石，宝石外围数百道七彩光环在高速旋转，而且瞬息万变。

大师告诉他，还差最后一道工序：用橡皮棍子敲天目，震活松果体。当你能透视、能遥视还能搞预测时，你就有了神通，有神通的人与神仙无异。于是，小松就天天敲天目，敲得他头昏脑涨，敲得那片皮肉青红夹半。但令人沮丧的是，他的天目还是没有完全打开，在街上看人，男人还是男人，女人还是女人。在公园里散步，看到的山还是那座泰山；河，还是那条玉带河……

小松气得把那本杂志撕得稀巴烂，把王大师的祖宗八代骂了个底朝天。小松气得在床上睡了整整三天三夜。就在第三夜的三更，他起来解手，掀开被子，眼睛一睁，突然看见床上躺着一具白骨，蓝荧荧的，吓得他尖叫起来。更可怕的是，他的尖叫声激活了骷髅，白骨坐了起来，抡圆五根若连若离的指骨，给他一巴掌："神经病！我是玉芬！"

"胡说！你是白骨……对，你是白骨精，我有火眼金睛，我认得你。你三番五次化成老头、老太、小姑娘来骗俺师傅、俺老孙……"他自己也吓了一跳：我怎么会是孙悟空猴子了？想起来了想起来了，他拍拍额头，欣喜万分："乌拉！OK！我的天目终于打开了，我能透视了！"这时，玉芬也清醒过来，一把抱住小松亲了又亲。

第二天，他去谢师傅，看见满街都是白骨架子在乱蹿，而且行色匆匆。到动物园里，看到的全是青面獠牙、白骨森森的鬼魅。小松想，坏了，真是活见鬼了，一夜之间整个世界翻了个个儿。有鬼就有阎王,何不去见见阎王爷,查查我的寿限?他一凝神,忽然看见"白骨芬"正在家里洗澡。澡盆下有道道金光向上顶。他看清了,他家地下埋着一只宝罐哩。

小松改道回家,把这一重大发现告诉"白骨芬",芬很高兴,如果真能挖出一罐财宝,那以后就不用住这又破又旧的小平房了。于是,夫妻俩用铁锛和铁锹,挖地三尺。那宝罐似乎会移动,始终与他们保持一尺距离,看得见拿不着,真急人。地越挖越深,沟越挖越长……

"轰隆——"一声,房子突然倒塌了,碎砖碎瓦把夫妻俩埋在深沟里。就在快断气的时候,小松紧抱住芬:"是我害了你,我对不起你!"只见芬挣脱小松,抡圆了臂膀欲扇他的嘴巴,谁知打偏了,却击中了他的小脑部位。

"咦——我们怎么躺在床上?"小松揉揉眼睛,发现床还是那床,桌子还是那桌子,橱子还是那橱子,老婆还是那老婆——玉芬那巴掌打中了他的玉枕穴,意外地封了天目——一切又恢复了正常。

不过,天目开时,能超前看到为发财挖宝而自掘坟墓的一幕,实在叫人看透了人生,这倒是开天目的好处了。如果人人都能开一回天目,那该多好。小松想。

(1995 年)

[鉴赏]　事实上,即使现代解剖医学真的已证明"人的确有第三只眼",我们对作品所讲述的故事,也还是难免要觉得不可思议的。不过,作品所展现的,却又绝对是一种荒诞的真实——现实生活中,像小松那样一心希望打开自己的"天目"以便去"赚大钱"或"窥视到别人的隐私"的人,实在是大有人在呵!

以荒诞的形式去揭示那生活的真实,便是这篇作品最显著的艺术特色——无论是将真实变形为荒诞,还是从荒诞中揭示真实,作者的目的都十分地鲜明而集中,即"演出一幕幕悲喜剧,或叫人喜笑颜开,或叫人哭泣胆寒"(生晓清语)。特别是作品淋漓尽致地描述小松"为发财挖宝而自掘坟墓的一幕",在令人惊心动魄的同时,又使人不由得作这样的思考:这是不是真能"叫人看透了人生"呢?或者说,人们是不是都能开一回那样的"天目"呢?

作品是写给人看的,而写给人看的最好的作品,应该是既能让人从作品本身中看到些什么,更能令人由此想到更多的东西。这篇作品,由于采用了那种真实与荒诞错杂糅合并融会贯通的写法,确实使我们从一种真实的荒诞和荒诞的真实中看到并想到了许多许多,从而也很好地体现了有评论者所指出的生晓清微型小说作品那种"沉郁蕴藉"的风格特征。　　　　　　(汝荣兴)

多 活 一 小 时　　　　冯骥才

　　时间有时像尘土,需要打发掉;有时确实比金银财宝还要珍贵,但它又和流光一样,抓也抓不住。生者和死者之间的区别,就看有没有时间;没时间,生命就结束了。

　　年根底下的一天,有十个人由于年老、疾病、意外事故等等原因,失掉时间,死掉了。不管他们生前热爱还是厌烦生活,却都一样地渴望返回到世界上来,哪怕一忽儿也好,这种感觉是活着的人不曾体会到的。这当儿他们碰到掌管人们寿命的天神。天神手里刚好还富余十个小时。他对这些恋生的死者起了恻隐之心,决定给他们每人一个小时,回到人间享用——这可是从来没有过的事情!十个死者欣喜若狂。但天神在使他们复生之前,很有兴趣地想了解一下他们将怎么利用这短暂而又珍贵的一个小时的时光。下面是十个死者依次的答话——

　　一:"我想把我做过的一件缺德事告诉亲人们。我一直没有决心这样做,现在反而有决心了。原来这种事带在身上,死了也是一种累赘。"

　　二:"我盼望在这复活的一小时内,科学家们能把我致死的病由找到,并找到特效药,那么我就不止多活一个小时了。"

　　三:"在这最宝贵的一小时里,我要妻子女儿守在我身旁。我活着时,天天忙工作,一直没能同她们一起安安静静地度过一小时。"

　　四:"我回去就要把自己立的遗嘱撕了!我现在才真正想开了,再不管那些事了。什么这个百分之十呀!那个百分之五十呀!我之所以死得这么快,就是给写遗嘱累的。"

　　五:"我这次非要秘书把我孩子们的住房办下来不可,否则我一死就没指望了。"

　　六:"只要得到她一个小时的爱,就足够了!"

　　七:"我想利用这时间,写一篇真实的作品。我一辈子都是闭着一只眼写东西,这次要睁开一双眼睛了。只担心这一小时太短了,不够用。"

八："是呵！一个小时太少了。我活着时，是有希望出国的。只要能出国转一圈，开开眼，这一生也就算不白来了！"

九："我就想知道李四的胖老婆生的是男孩儿还是女孩儿。虽然他样样超过我，但如果他这次生个女孩儿，李四家绝后，我这辈子的气儿也就顺了！"

十："我要不浪费每一秒钟，再拼一下，把我画了四年仅仅剩下一个人物的左耳朵的那幅画儿画完，死而无憾！"

天神听罢，忽然变了主意。他不想分给每个人一小时了，打算把这十个小时重新分配。他把时间赐给人们时，一向单凭兴趣，没动过脑筋，不懂得时间是有内容和有价值的。但他从此能否改变这个亘古以来就有的习惯？未必！

（1995 年）

[鉴赏]　动了恻隐之心的天神，恩准十位已死的人每人多活一个小时，但必须说明，自己对这短暂而又珍贵的一个小时如何利用。作者的丰富想象令人击掌叫好，而借此展示人生百态的构思更令人拍案叫绝。

十个人的回答各不相同，有善良与丑恶、高尚与卑鄙、真诚与虚伪、执着的追求与无聊的赌气、仁者的忏悔与小人的贪婪，均寥寥数语，但生动形象，其内心世界暴露无遗。十个人都想利用天神恩赐的宝贵的一个小时，做好生前没有做好的事，实现生前没有达到的目标，以求死而无憾。难能可贵的是，每个人的简要表白，几乎都能让读者想了解这个人的一生简史，细细品味，余韵无穷。比如第九个人，他一生看不得李四比自己好，其嫉妒心已跃然纸上；而他渴望李四"生个女孩儿"以"绝后"的恶毒诅咒又是何等的可怜、可悲和可笑。又如第十个人，显然是个画家，但他决定把难得的一个小时不是用于享受，而是用于画好自己最后一幅画中仅剩下的"一个人物的左耳朵"。如此严谨的创作态度和对艺术完美的不懈追求，令读者听了不能不悄然动容，肃然起敬。

文末，作者写天神听罢各人的叙述后"忽然变了主意"。继而作者又幽默地断定：天神很难改变亘古以来就有的单凭兴趣赐予人们时间的习惯，他永远"不懂得时间是有内容和有价值的"。在这里，被幽了一默的当然绝不仅仅是事实上并不存在的天神。

（陆建华）

风　铃

刘国芳

兵回家探亲时，小琪抱一个孩子来看他，兵屋里一屋子人，很热闹,小琪进来,把一屋子的热闹熄灭了。

旋即,众人离去。

一屋子只剩下兵和小琪,还有那个抱在小琪手里的孩子。

相对无言。

良久,小琪开口说话了:"我对不起你。"

兵无言。

小琪说:"是我母亲逼我嫁给大狗的,他有钱,给了聘礼两万元,我不嫁,母亲跳了两次河。"

兵无言。

小琪说:"我是爱你的,一直爱你,我也知道你喜欢我,你还同意的话,我跟大狗离婚,跟你结婚。"

兵无言。

小琪见兵不说话,出去了。俄顷,小琪走了回来,她手里除了抱着一个孩子外,还多了一只风铃。

小琪说:"这风铃是你以前送我的,这两年我一直把它挂在门口。"

兵看见风铃,开口了:"你现在来还我风铃,是吗?"

小琪摇头:"我刚才说了,你还同意的话,我跟大狗离,跟你结婚。这事,你不要急于回答我,你考虑考虑,同意的话,把风铃挂在你门口,我看见了风铃,会来找你。"

小琪说着放下风铃走了。

屋里剩下一个兵。

兵呆着,许久许久,后来兵拿起风铃,在手里晃动,于是有丁零丁零的声音在屋里响起。小琪住在隔壁,听得到风铃声,她跑出来,抬头往他门口看。

他门口没有风铃。

小琪呆在自家门口,眼里潸然泪下。

兵回部队时,也没把风铃挂在门口,兵把风铃带走了。回连队后,兵把风铃挂在营房门口。是大西北,风大,风铃整天在门口丁零丁零地响。兵没事时,呆呆地看着,还说:"小琪,我把风铃挂在门口了,你看到了么?"

军营里挂一个风铃,起先让兵们觉得好玩,久了,兵们烦了,觉得丁零丁零的声音很吵人,于是让兵拿下。兵拿下来,把风铃放好。但没事时,兵会把风铃拿出来,兵找一个无人的地方,坐下来,然后把风铃在胸前晃动,让风铃丁零丁零地响,还说:"小琪,我把风铃挂在我的心口了,你看到么?"

小琪看不到,兵把风铃挂在心口也罢,门口也罢,小琪都看不到。小琪只看得见他的家门口,那儿,没有风铃。

两年后兵退伍了,这回,小琪没来看兵。兵问人家,小琪呢,怎么不见。人家说小琪不怎么出来了,整天缩在家里。兵说出了什么事,人家说小琪老公找了一个更年轻的女人,把小琪离了。

兵沉默起来。

隔天,兵把风铃挂在门口。

小琪没来。

兵便看着风铃发呆,在心里说:"小琪,我把风铃挂在门口了,你看到吗?"

有风吹来,风铃丁零丁零地响,兵听了,又在心里说:"小琪,风铃在响哩,你听到吗?"

小琪听到了,也看到了,但她一动不动地抱着孩子坐在屋里,没出来。隔天,兵找上门去。

兵去之前,把风铃取了下来,然后放在胸前,同时用手晃动着。于是在风铃丁零的响声中,兵走进了小琪屋里。

小琪见了兵,把头勾下,然后说:"我现在被人遗弃了,你还来做什么?"

兵说:"来告诉你,我不但把风铃挂在门口了,还挂在心上了。"

说着,兵又把手中的风铃晃动起来。抱在小琪手里的孩子,四岁了,会说话,听见风铃响,孩子把一只手伸出来,还说:"妈妈我要。"

(1995 年)

[鉴赏] 很显然,这是一个爱情故事。大凡爱情故事,总有情节与情感的起起伏伏——或者是起起伏伏的甜蜜与欢乐,或者是起起伏伏的苦涩与忧伤,或者是起起伏伏的收获,或者是起起伏伏的失落……

这篇作品也不例外。作品中的兵与小琪之间,自然也充满了那种情节与情感的起起伏伏:先是小琪还是那样地爱着兵,可兵却总是"无言";接着是兵如此这般地想着小琪,但小琪要么是"看不到",要么是"没来";最后,在小琪四岁的孩子那声"妈妈我要"里,故事戛然而止,从而令我们在掩卷之后,还会忍不住地去回味兵与小琪之间那种情节与情感的起起伏伏,去想象他们那或者是甜蜜与欢乐、或者是苦涩与忧伤、或者是收获、或者是失落的最终结局……

　　但作品的最感人和最动人处，又并不在于那种情节与情感起起伏伏的本身，而是串联起这起起伏伏的情节与情感的那个小小的"道具"——风铃。在这篇作品中，是风铃结构了整个故事，是风铃在传达和诉说人物的全部内心，是风铃使作品的叙述充满了诗情画意……就在风铃那"丁零丁零"的响声中，我们被吸引着走进了作品；而当我们读完作品之后，风铃那"丁零丁零"的响声还依然在我们的耳边经久不息。于是，我们便得到了这样一个启示：在微型小说创作中，有时候，一个看似小小的"道具"，却可以起到既组织起作品的内容又决定了作品的形式甚至是作品风格的作用。

（汝荣兴）

老 人 与 狗　　　　　杨轻抒

　　别的老头儿退休如鱼得水，提笼架鸟品茶打小牌，乐得清闲，活得有滋有味。惟有赵爷浑身不对劲。想退下来之前，自己管着百来号人，心情不好，对下属惊天动地般吼几嗓子，谁也没显出不乐意来；如今退了，在家虽也是头号人物，是一家之长，却根本无从表现家长权威——现在的年轻人在单位或许还能老老实实甚至唯唯连声，在家却脾气大得吓人。几回交锋，均以赵爷一败涂地告终。自此，赵爷小心翼翼不敢轻试锋芒，因此，赵爷心里那份别扭就别提了。

　　赵爷与狗的结缘起因纯属偶然。

　　那天，赵爷正站在巷口看天上那轮惨白惨白的太阳，忽然，一声惊天动地的狗叫有如半空响起惊雷："嗷——"吓得赵爷猛一哆嗦，头皮直发麻。抬眼望去，只见一只脖子上还拖着半截铁链的壮如小牛的狼狗正从巷口追着一个惊慌失措的年轻人而来，眼看惨祸就要发生。这时，才回过神来的赵爷不知忽然从哪儿冒出一股勇气来，一个箭步蹿了上去，双臂一张，威风凛凛往狗身前一站，那神态宛如一尊天神。那狗一时竟呆住了，忘了咆哮，直瞪瞪地盯着赵爷，盯了足足一分钟。那狗忽然把头低了下去，粗大的尾巴也软了，不由自主地摇摆起来，还挨挨擦擦地上前直往赵爷身上蹭。

　　躲在一旁的年轻人不住地抹着额头上的冷汗，嘴里不住地说道："谢天谢地，谢天谢地！"伸手来扶赵爷，竟扶不动，原来赵爷腿都僵了。

　　赵爷大无畏的勇敢精神避免了一场不幸事件的发生，使得四邻肃然起敬。但谁也不知道赵爷到底用什么绝招降服了狼狗的。问起，赵爷认真想想，却不无遗憾地说："其实，那一刻我只想对它说：'我比你位置高！'"

　　赵爷的话有几分真实，谁也不敢肯定，但赵爷能镇住恶狗的消息却不胫而走，赵爷一觉醒来便成了民间奇人。于是就有远近养狗的来请赵爷现场献技。开始的时候赵爷还心底发虚，谁知竟屡试不爽，于是信心大增，逢请必到。赵爷当选为当年爱犬协会主席。

　　赵爷一辈子也实在没什么特别的光彩，没想到老来竟意外地辉煌起来，这不能不说是有赖于狗的功劳，赵爷对狗的感情自是不必多提了。然而谁也没想到，赵爷的死也因为一只狗，算是应了那句老话：成也萧何，败也萧何。

　　新建的狼狗驯养场聘请赵爷当顾问，赵爷也正值春风得意，便欣然从命。

　　场里新进一批才从深山老林里捕来的狼狗，虽不甚高大却极凶悍，而且不像一般狼狗见人就肆意咆哮，而是用高傲与仇视的眼光直盯着你，盯得你心底发颤，让你感觉面前站着的不是狗，是神，是灵。赵爷就大意在他并不了解这种狗的特点，而是一如既往地往狗面前一站，面含冷笑，和狗对视。谁知五分钟、十分钟过去了，赵爷额头已密密地布满了汗珠，面色潮红，腿也开始发颤，那狼狗依旧丝毫没显出退却的样儿。二十分钟、三十分钟过去了，旁人见赵爷脸色惨白，目光散乱，热汗滚滚，正待要冒险上前去扶，赵爷已猛地一个哆嗦，一头栽了下去。

　　赵爷倒下去就再没起来，临终前只说过一句谁也不懂的遗言："那不是狗！"

　　尽管这句遗言太玄奥了些，却并不影响人们对一代奇人的尊重与敬畏，自愿为赵爷送葬的人足足排了一条巷。

　　"赵爷真有面子呢！"几个退休老头由衷地感叹。

（1995 年）

　　[鉴赏]　对于官僚，现在的许多小说只注重于对他们贪污受贿的腐败行径与糜烂生活的揭露，而对他们思想深层的东西与个性特点却揭示不多，因此，

此类题材意蕴深刻的作品较少。本篇将一个退休前"管着百来号人"、退休后又想表现"权威"的赵爷形象惟妙惟肖地刻画出来，可谓精彩绝伦。赵爷在退休前虽然官阶不高，但在位时，总要要要威风；退休后，在家却处于受气的地位。小说开头用简练的叙述，介绍了人物的背景，为后边人物的行动立下了可信的依据。

小说的核心在于揭示一种心理：为官者，维护自己的面子是头等重要的事情，犹如"通灵宝玉"之于贾宝玉，须臾不能离开，不管他是在台上还是在台下。为此，作者用了两个场面对比的方式进行刻画。第一个场面：赵爷战败了"壮如小牛"的狼狗，救了一个年轻人。究其原因，在与狗的对峙中，那狗先自把头低下，赵爷顿时感到"我比你位置高"。居高临下使他自信心大增，所以一举获胜。第二个场面：赵爷与"深山老林里捕来的狼狗"对视，那畜生绝不是他当年可以"惊天动地般吼几嗓子"的下属，全然不知退让，两人处于平等地位，赵爷威风不再，优势顿失，致使没了面子。结果"脸色惨白"，一头栽下，直至死亡——作者有意运用夸张，来强调这件事的严重后果，以引起人们的充分警惕。

人与狗战，是我们常见的事物；但作者却能巧妙地利用生活中人们司空见惯的琐事，通过对比来揭示某种人的心态；运用描绘芸芸众生相来展示一种人性。作者对生活的细致观察和对社会现象深度开掘的能力值得赞赏。

（顾建新）

妻　　　　　　茨　园

玫住院的那些日子，伟来寸步不离地陪着她。

"讲一讲你过去的事情，好么？"有那么一天，病房里只剩下了他们两个人，玫说。

"我记得我小时候……"伟来笑了笑，替玫披了披被角，说。

"我不想听这些。"玫打断了伟来的话，把头侧到一边。

伟来知道玫想让他说什么，但他不想说。于是，伟来搪塞地说了句"所有的我不都告诉你了吗"，便起身离开了病床，开门走了出去。玫在后面喊他，他也没听见似的……

玫和伟来的结合也许是一种缘分，就像电影中安排的那样。

那天下着雨，伟来正在屋檐下躲雨，一个女人把一把伞举在了他的头顶，说："我们同路。"于是，伟来就认识了玫。三个月后，他们结婚了。

婚后，伟来常和玫面对面坐着发呆。也不知为什么，伟来总觉得玫的那双眼睛挺像他的前妻,于是就呆呆地看着玫的眼睛出神。好多次,玫被他看得久了、累了,忍不住问他:"你为什么总这么盯着我的眼睛?"伟来便乍醒似地说一句:"没什么……"然后就去忙些别的什么。

伟来和玫在一起的日子,玫一直对他很好,疼他爱他,但也常常无缘无故地发脾气,骂他吵他。而伟来从不生气,因为玫漂亮,漂亮的女孩子总有些脾气的。

而今,玫就要死了。

"还有什么话要说吗?"玫临终的时候,伟来流着泪,问她。

"我说过,生生死死都要和你在一起的。"玫笑了笑说。

伟来不由一愣!玫的这话,让伟来想起了他的前妻。伟来的前妻是一个很丑的女人,住在另一个城市里。伟来和她在那个城市里足足共同生活了两年。这两年中,伟来和她过着平平淡淡但又不乏温馨的日子。不过后来伟来炒股票发了财,西装革履出入一些场合时,渐渐就觉得她和他是那样的不般配。于是有那么一天伟来就对她说:"我们离婚吧。"丑女人却并没有把他的话当真,只是愣了愣,然后就微笑着对他说:"我说过,我这辈子跟定你了。"

"你会后悔的。"伟来说,然后就连着半个多月没有回家。后来,丑女人在一家交易大厅里找到了伟来,对他说:"给我五万元钱。""你要那么多钱干什么?""和你离婚。""可以,不过要等在'协议'上签过字以后。"

离了。伟来离开了那个城市来到了这里,并认识了玫……

给玫换衣服的时候,伟来从她身上找到了一把小钥匙。伟来知道这钥匙是家里玫放在枕边的一个精美的小盒子上的,但伟来从不知道里面是什么。

料理完玫的后事,伟来坐在空荡荡的屋子里好生无聊,伸手想从兜里掏一支烟吸,却摸到了那把小钥匙,怀着从没有过的好奇,伟来取过那个小盒子,打开了它,里面装的仅是一本病历,那上面记载着一个女人整容的全部经过。

(1995 年)

[鉴赏]　微型小说更注重细节,有时,一个典型细节能使全篇生辉。本篇细节的力量来自所谓的第二任妻子那把小盒子的钥匙。美和丑仅是表象。

前妻很丑,后妻很美,然而,这个结尾突出的小盒子揭示了美的奥秘:整容的结果。于是,读者可以联想到另一个细节,伟来"呆呆地看着玫的眼睛出神","总觉得玫的那双眼睛挺像她的前妻"。这个细节会让聪明的读者生发联想,莫非这个后妻正是整容了的前妻?他为漂亮迷惑了。由此,再看他对前后妻的感情,便无言了。这是怎样的婚姻生活呐!

作品中有一个疑问贯穿全篇:讲一讲你过去的事情是什么?是"不在场"的前妻。这个悬念是通过伟来的回忆来解答的。"讲一讲你过去的事情",无论是他,还是她,都存在着一个"过去"。作者就是由这一点出发,留下了关于过去的悬念,并一步一步地揭示了"过去"的真相。但是,在结构上,有不断的插叙,这是作者在出面组织故事。因为,按常规展开情节,是微型小说的篇幅所难以承受的,作者剪接了故事,将过去、现在、未来放到一个平台上来展示。而最后那把小盒子的钥匙,传达出另一个面目:现代的整容技术使得一个人有两种面目,由丑到美。其实,作者已作了铺垫:眼睛挺像他的前妻。进而,我们看到了一个双重人格问题:丑是她的过去,美是她的现在;整容改变了她,却迷惑了伟来。那句"我这辈子跟定你了",终于有了着落。保持往日的是眼神,而改变了的却是容貌。眼睛是心灵的窗户。显然,有些东西是不可改变的。

(谢志强)

总 统 梦　　　　　　谌 容

"胖胖,快起来!"

"天还没亮呢!"

"你昨晚保证了,早晨起来把作业做完呀!"

"嗯——嗯,人家刚做了个梦……"

"别说梦话了,快穿衣服,看你爸打你!"

"妈,我真的做了个梦嘛!"

"好,好,好孩子,听妈的话,快点,抬胳膊!"

"我梦见呀,我当了总统了!"

"算术不及格,还当总统呢?伸腿儿!"

"不骗您,我还下了一道命令呢?我……"

"伸脚丫儿!"

"管学校的大臣跪在我面前,我坐在宝座上,可威风啦!我命令:给老师的孩子的作业留得多多的!"

(1995 年)

[鉴赏]　我们至今还记得,作家谌容当年发表的中篇小说《人到中年》在社会上引起的巨大轰动和产生的深远影响,许多人甚至就因为这篇作品记住了她的名字。同时懂得了这样一个道理,密切关注现实生活,努力深刻地反映现实生活,是每一位优秀作家的神圣职责。本篇无论在分量上还是发表后产生的影响,都不能与《人到中年》相比,但作品所表现出来的作家对现实生活的关注,和她对重大社会现象的深刻思考,两者仍是一脉相承。

梦幻从来都是现实生活的曲折反映,大人如此,小孩亦然。本篇中的孩子胖胖和现实生活中的许多孩子一样,不堪学校沉重的作业负担,以至于天真地做了一个"总统梦",幻想凭借总统的无限权力,不仅使自己得到解脱,同时严惩一下"管学校的大臣",还不忘报复一下老师:"给老师的孩子的作业留得多多的!"

无论是作品立意、表现形式,还是语言运用,本篇都可谓匠心独具、别出心裁。对当前普遍存在的小学生负担过重的现象,作者深感同情并为之忧虑,但对这样一个重大社会问题的思考和批评,她不是正言厉色,而是站在儿童立场,以儿童做"总统梦"的形式谴责之。全文没有一句人物行动描写,没有一句客观事物叙述,全是母子之间的对话,但读者完全可以从对话中想见母子之性格及其内心活动。妈妈对儿子的疼爱、责备、催促,儿子的天真、任性、撒娇,全都跃然纸上,令读者回味无穷。　　　　　　　　　（陆建华）

怀念拥有阳光的日子　　　　墨　白

车停了,站牌前的人一齐拥向车门。乘务员用尖细的声音喊道:"先下后上,先下后上……"车里的人鱼贯而出,接着车外的人鱼贯而入。在门快要关闭的时候,车门外伸进来一根竹竿。我和萍同时看到了一位盲人,他摸索着走上车,把竹竿揽在怀中,伸手探摸着头上的吊栏。他高大的身子像一堵墙贴在我身边,他的衣襟被车外的风扬起来撩着我的脸,这使我的心中生出几丝不快。我看了身边的萍一眼,身子往里挤了挤。萍看了盲人一眼,对我说:"让他坐下吧。"说完她就站了起来。

萍的善意驱走了我心中的不快,我也跟着站了起来,拉着盲人的衣服说:"来,你坐下吧!"盲人很感激地说着谢谢,坐了下来。在行驶的公共汽车上,萍靠在我的怀中,她那光滑而散发着菠萝香味的长发使我感到无比幸福。恋爱使我身边的一切都变得十分美好,我用祥和的目光去看待世间的一切。那段日子我成了世上最幸福的人,那些日子里的阳光也无比的明媚,我和萍几乎每次都乘 6 路车去河滨公园,度过我们拥有浪漫情调的周末。

也就是在那个春季里,我和萍几乎每个周末都能在河滨公园里见到那位盲人。他总是一个人坐在河边的石凳上,面对洒满阳光的河道,久久地一动不动。渐渐地,我们对他产生了兴趣,一个盲人,每个周末都来到这里,他在寻找或者怀念什么呢? 我想走过去和他交谈,但被萍拦住了,萍说:"或许他正在回忆一段幸福的往事,你不要去打扰他。"

"那他在想什么呢?"

"可能在想他所爱的人吧。"

"他所爱的人到哪里去了呢?"

萍对我摇摇头说:"不知道。"而后她又对我补充说:"或许他所爱的人出远门了。他们约好了在这里相见,他就一直这样在这里等她归来……"

我抚摸着萍的头发说:"或许是这样。"说完紧紧地把萍拥在怀中。我们一同望着河道。在河岸上,有几个孩子正在放风筝,风筝飞得很高,风哨声从撒满阳光的天空中传下来,那快乐的风哨声掺和了某种情绪,布满了世界的每一个角落。

这样快乐的时光一直延伸到夏季。在最后一个周末里,一场暴风雨即将来临之前,我和萍又一次看到那个盲人。盲人在闷热的空气里坐在那条石凳上一动不动。雷声从头顶上滚过,狂热的风仿佛像一个巨人在蹂躏着我们身边的树丛和物体。萍说,我们应该去告诉他:"暴风雨来了。"但没等我们说,那个盲人已经站起身来用竹竿探着路向我们这边走过来。这时暴雨已经来临,可是,就在盲人的前边有一条高压电线不知道什么时候被风刮断了,黑黑的粗线像一条蛇盘在地上。盲人还在向我们走来。萍惊叫一声,挣脱我的手朝那个盲人跑过去。萍在风雨中展开她的双手像一只飞翔的鸽子,她一边跑一边朝接近高压线的盲人喊叫:"别动——"我心里闪过一丝惊恐。我知道他们都处在危险之中,我也朝萍飞奔过去。在大雨中,我看到萍在拉起那根黑线的时候被什么东西抛起来,而后又摔倒在地上。我还没有接近萍倒在雨里的身体,就感到一股强烈的电流涌进我的体内,我的身子被什么东西狠推了一下似地抛在了路边的冬青树丛里……

当我醒来的时候,我的眼睛上缠着白色的绷带,我再也看不到外面的世界了！我伸出颤抖的双手喊着："萍——"可是没有萍的声音，回答我的只是悲伤的哭泣声。我撕心裂肺地叫着："萍——"又一次昏迷了过去。

　　在那个遥远的夏季里，我失去了明亮的双目，世界从此在我的面前变得一片黑暗。我常常处在一种凄伤的情绪里，我的耳边常常回响着萍的笑声。我开始变得沉默不语，在黑暗里我常常回忆起我和萍在一起度过的快乐的时光。在一个周末，我突然产生了一种要到河滨公园去的渴望，就独身一人用竹竿探着路来到 6 路车的站牌前，我仿佛看到了萍就站在我的身边。车来了，我听到乘务员那尖细的声音："慢点，慢点。"我被一只手拉到了车上，我把竹竿揽到怀中，伸手摸索到了头顶上的吊栏。这时我听到了一个女孩子的甜甜的声音，她说："你坐吧。"我在一只手的搀扶下在座位上坐了下来，然后，我听到一对情人站在我身边如歌的窃窃私语。在黑暗里，我突然看到了萍，萍在灿烂的阳光里朝我奔过来，像一只飞翔的鸽子。我在心里默默地叫了一声："萍——"泪水夺眶而出……

（1995 年）

　　[鉴赏]　"我"的那些"拥有阳光的日子"真的是非常值得怀念，而就在"我"深深的怀念中，一片亮灿灿的人情又人性的阳光，便如此绚丽又如此迷人地铺展在了我们的面前……

　　你最好是在夜深人静时去读这篇作品。这样，你就可以在那种静谧的氛围中，慢慢地、细细地去品味"我"的那份心情，去咀嚼作者给我们讲述这个故事时的那种随意又诗意的深沉。这真的是一篇需要我们用心去阅读的作品，也真的是一篇充盈着诗意的深沉的作品：你看，那去河滨公园的 6 路车上竟丝毫见着半点的嘈杂，有的只是那种或鱼贯而出或鱼贯而入的安宁，有的或者是"我"与萍给盲人让座、或者是另外一对情人请"我"入座的如歌似的善意；你再看，在写萍为那盲人而不幸遇难的过程中，作者用的是"萍在风雨中展开她的双手像一只飞翔的鸽子"这样的语言，在写"我"对萍的思念时，又说是"萍在灿烂的阳光里朝我奔过来，像一只飞翔的鸽子"；还有，在情节的构思与组织上，作品先是安排"我"与萍这对恋人在车上遇到一位盲人并给他让座，后是叙写作为盲人的"我"在车上遇上一对情人并接受他们的关怀……

　　哦，这一切的一切中所包含的，也只有用心与心的触摸和交流、用情与情的碰撞和体验，才可以使我们真正地获得并感受的呵！是的，让我们一起来"怀念拥有阳光的日子"吧，也但愿那种"拥有阳光的日子"能体现并伴随在我们每一个人的生活中！

（汝荣兴）

末 班 车

叶倾城

相识那年,他30岁,她29岁。那之前,是相似的下乡、返城、求学、工作,转瞬间,流年如山逝水沉,轻易便坠进大龄青年的陷阱。碰面的刹那,都从对方的脸上读出了自己的芳华不再。

整个一场恋爱,仿佛也不过是看看电影,在散场后的街上走一走,聊聊天,话渐渐说尽了,只有脚步声,一前一后轻轻敲着寂静的夜。相处半年,是该作决定的时候,感情却始终淡如一杯白水。他明白两人条件相当,算是般配,也知道年岁不饶人,这次耽误了,以后机会不会更多而只有更少,心里却念念地记着两人的疏离和陌生。

那晚,电影格外长些,秋雨下得一塌糊涂,遍地泥泞。正走得艰难,一辆公共汽车轰隆隆地从他们身边开了过去,他忍不住一声惊叫:"末班车!"

他拔腿就追,深一脚浅一脚,泥水飞溅也来不及看一眼,上气不接下气还不停挥手:"等一等,等一等!"看她快跑不动了,他不假思索,回身一把抓住她的手,拖着她拼命地跑。

他们好不容易追上的时候,车已缓缓开动,司机怨气冲天,大骂他们耽误他的时间。他来不及回嘴,只是庆幸自己终于赶上了末班车,半晌才陡地发现,她喘得腿都软了,整个人半靠在他身上。

车一路散了架般哐啷哐啷,寒风从破了的车窗直刮进来,两人都瑟瑟发抖。他终于迟疑地伸出手环住她,忽然把一切想得清清楚楚。

他们都已经走到青春的结束,他是她的末班车,她也是他的末班车,除此之外,他们不再有其他的选择,而一旦错过,就没下一班车。在最紧要的关头,他们很自然地彼此支撑,一起追赶,无论车况多么坏,司机的态度多么差,也无论身边的那个人是不是一个陌生人。他在她耳边轻声细语:"……拿个证吧。"

十二年后,他和她协议离婚。

并没有不可调和的矛盾,只是各自沿着不同的方向越走越远,渐渐地即使对面而坐,中间也仿佛隔了一层玻璃墙,所以平静地分手,都不觉有太多的冲击与疼痛。

　　办完手续的当晚，他参加朋友聚会，酒阑人散，夜已深，远远看见车站上末班车模糊的影子，他稍一迟疑，几辆的士和三轮车都已围拢过来。上车后，的士司机拧开小小的圆灯，淡粉的光如一场小雨般温柔落下，他却突然错觉是多年前那辆晃晃荡荡的末班车。

　　如果没有这些的士和三轮车，他还是会去追赶末班车吧？就好像如果他和她还过着从前的日子，他们也不会离婚吧？

　　两个在末班车上互相扶持的人，默默地忍受着颠簸，面对司机的骂骂咧咧而无可奈何，因为一天只有一辆末班车，一生也只有一次最后的机会。然而时代的大潮席卷而来，仿佛一夜之间，路上跑满了的士、摩托、私家车、专线车、三轮车，各种各样的交通工具，每一辆都可以任意地挑拣、随便地代替，都可以舒服自在地将自己送往目的地。

　　于是，他们下了末班车，去搭最适合各自的那一种。

　　他会一直记得那个秋天的雨夜，他们相依相偎，那一刻直至心头的温暖。可是，大概再也不会搭末班车了，因为已经有了太多种其他可供选择的车辆，无论是深夜的街头，还是生命中的每一个关口。

（1996 年）

　　［鉴赏］　从作品内容来看，说这是篇爱情小说当然可以，但实际上，作者是通过一对大龄青年的爱情故事揭示了某种生活哲理。当生活中只剩下末班车一种时，两个互相扶持的人，便只好"默默地忍受着颠簸，面对司机的骂骂咧咧而无可奈何"，甚至还成了夫妻。可是，一旦仿佛一夜之间生活中突然出现多种交通工具，人们有了多种选择的余地，而且每一辆"都可以舒服自在地将自己送往目的地"，再无末班车之虞，本来两个"互相扶持的人"的爱情，反而走向了终点。

　　一般说来，两个人的婚姻走到尽头，总不免给人以遗憾之感；因离婚也会产生些许惆怅或哀愁。但本篇中这对在一起生活了十二年的夫妻却是"平静地分手，都不觉有太多的冲击与疼痛"，更不会由此生恨、生仇。原因在于，他们当初的结婚是一种迫于"年岁不饶人"、为结婚而结婚的凑合，是无爱的婚姻，甚至决定结婚了，"心里却念念地记着两人的疏离和陌生"。看清楚这一点之后，我们就会为两人终于盼来新时光并实现协议离婚而庆幸，会由衷觉得离婚对他俩来说是一种解脱，甚至可以说是一种幸福。他们不但从此结束了长达十二年的无奈厮守，更重要的是，他们从此开始了可以尽情地张扬自己的个性、可以理直气壮地追求自己幸福的新生活。

作者借爱情而表达自己对生活的思考，作者更是借爱情唱出一曲发人深省的时代的赞歌。想到我们都曾有过类似那对大龄青年面对末班车的无奈遭遇，而今，有越来越多的交通工具供我们自由选择，载着我们奔向崭新的人生目标和幸福美好的未来，我们当然有理由为这一切感到幸福和自豪。

（陆建华）

高 等 教 育　　　　　　　司玉笙

强高考落榜后就随本家哥去沿海的一个港口城市打工。

那城市很美，强的眼睛就不够用了。本家哥说，不赖吧？强说，不赖。本家哥说，不赖是不赖，可总归不是自个儿的家，人家瞧不起咱。强说，自个儿瞧得起自个儿就行。

强和本家哥在码头的一个仓库给人家缝补篷布。强很能干，做的活儿精细，看到丢弃的线头碎布也拾起来，留作备用。

那夜暴风雨骤起，强从床上爬起来，冲到雨帘中。本家哥劝不住他，骂他是个憨蛋。

在露天仓垛里，强察看了一垛又一垛，加固被掀动的篷布。待老板驾车过来，他已成了个水人。老板见所储物资丝毫不损，当场要给他加薪，他就说不啦，我只是看看我修补的篷布牢不牢。

老板见他如此诚实，就想把另一个公司交给他，让他当经理。强说，我不行，让文化高的人干吧。老板说，我看你行——比文化高的是人身上的那种东西。

强就当了经理。

公司刚开张，需要招聘几个大专以上文化程度的年轻人当业务员，就在报纸上做了广告。本家哥闻讯跑来，说给我弄个美差干干。强说，你不行。本家哥说，看大门也不行吗？强说，不行，你不会把这里当成自个儿的家。本家哥脸涨得紫红，骂道，你真没良心。强说，把自个儿的事干好才算有良心。

公司进了几个有文凭的年轻人，业务红红火火地开展起来。过了些日子，那几个受过高等教育的年轻人知道了他的底细，心里就起毛说，就凭我们的学历，怎能窝在他手下？强知道了并不恼，说，我们既然在一块儿共事，就把事办好吧。我这个经理的帽儿谁都可以戴，可有价值的并不在这顶帽上……

那几个大学生面面相觑，就不吭声了。

一外商听说这个公司很有发展前途，想洽谈一项合作项目。强的助手说，这可是条大鱼哪，咱得好好接待。强说，对头。

外商来了，是位外籍华人，还带着翻译、秘书一行。

强用英语问，先生，会汉语吗？

那外商一愣，说，会的。强就说，我们用母语谈好吗？

外商就道了一声"OK"。谈完了，强说，我们共进晚餐怎么样？外商迟疑地点了点头。

晚餐很简单，但有特色。所有的盘子都尽了，只剩下两个小笼包子，强对服务小姐说，请把这两个包子装进食品袋里，我带走。虽说这话很自然，他的助手却紧张起来，不住地看那外商。那外商站起，抓住强的手紧紧握着，说，OK，明天我们就签合同！

事成之后，老板设宴款待外商，强和他的助手都去了。

席间，外商轻声问强，你受过什么教育？为什么能做这么好？

强说，我家很穷，父母不识字。可他们对我的教育是从一粒米、一根线开始的。后来我父亲去世，母亲辛辛苦苦地供我上学，她说俺不指望你高人一等，你能做好你自个儿的事就中……

在一旁的老板眼里渗出亮亮的液体。他端起一杯酒，说，我提议敬她老人家一杯——你受过人生最好的教育——把母亲接来吧！

（1996 年）

[鉴赏] 从某种意义上说来，我们所处的是一个文凭时代，所以，我们的"高等教育"便蓬蓬勃勃地发展着。不过，这篇作品要给我们讲述并强调的，却是另外的一种"高等教育"——那就是我们首先得学会做人，学会做一个"能做好你自个儿的事"的人！这道理似乎很简单，但这才是真正意义上的"人生最好的教育"，也是我们能在生活和事业上无往不胜的最可靠的条件与依托。

所以，我们首先得感谢作品中的"强"，因为他虽然文化不高，却以自己朴素而又高尚的言行，给我们上了一堂很是精彩也很是生动的"高等教育"课；我们更得感谢"强"的母亲，因为是她老人家给了"强""人生最好的教育"，从而造就了"强"这么个令人敬佩又令人感动的人物；我们也得感谢那公司老板和那外商,因为是他们对"强"的重视与厚爱,告诉了我们究竟该做一个什么样的人。

当然,我们同时还得感谢作者,因为是他以艺术的笔触和艺术的手段,给我们揭示了什么才是我们最重要和最必需的"高等教育"——应该说,倘就故事情节的设置而言,这篇作品因为主要由一些生活化的细节架构而成,并没有扣人心弦的大起大落,所以似乎也就少了我们通常所说的那种曲折与跌宕。然而,只要悉心地去体味一下显然是作者精心选择和安排的那些生活化的细节(比如"强"在暴风雨中为加固被掀动的篷布而"成了个水人",又比如"强"要饭店服务小姐将他与外商一起吃剩的两个小笼包子打包"带走",等等),我们便不难从中感受到作品题材背景的宽广,作者对生活、对人生的体验与思考的深入,以及"强"这一人物形象所具有的那种能极大地激发人的热情、感动人的心灵的力度,从而也就对作品的题旨有了比那些只有情节表面的曲折与跌宕的作品更细腻、更深刻的认识。

这篇作品以其鲜活的人物形象和丰富的人生意蕴,成了对包括你、我、他在内的所有人进行"高等教育"的最简明扼要又最生动活泼的好教材,而我们,也将由此获得那张最有效、最永久的"高等教育"的"文凭"。　　(汝荣兴)

满　　票　　　　　　　　　　孙方友

村中有一小学校,学校虽小,但年代久远,据说开初伊始是村上一位乡绅办的。乡绅姓张,名毅斋,学校也就起名叫"毅斋小学"。解放后,张毅斋被镇压,学校就更了名,改为"张广小学"。张广也是本村人,是位烈士,解放战争时期任共产党的第一任村长,不料当时反动势力猖獗,被反动派暗杀团杀害。因为张广是在小学校里被敌人活活钉死的,为纪念这位为革命献身的烈士,所以经政府同意,将学校改为"张广小学"。

校名本来应该顺理成章地叫下去,岂料不久前张毅斋的儿子从台湾回来了。他见家乡小学校房屋破旧,院墙倒塌,决心为乡人办点好事,捐款 5 万元人民币修建小学校,但也附加了个条件,学校修建好之后恢复原名:毅斋小学。

老村长的独生子张郑原在乡政府里当书记,眼下离休在家安享晚年,一听说要更改校名,大发雷霆,气冲冲地找到村支书,说是坚决反对学校更名。村支书更是左右为难:改吧,烈士遗孤不同意;不改吧,这里为老区,经济困难,眼看 5 万元就要顺水漂走。

万般无奈,他急忙召开村委会研究,干部们议论了一天,最后决定召开群众大会,让大伙用无记名投票来决定。

大会就在小学校里召开,一家一个户主,几百户人家全来了。村支书发下选票,宣布了两个候选名单,并说为照顾文盲,来个简单行事,只在选票上画圆或打"×"。画圆者表示同意更换校名,打"×"者就是不同意。

可做梦也未想到,投票结果,竟是满票——大伙都同意更换校名!

只是,大伙的情绪也非常低沉!

村支书大惑不解,悄悄问张郑说:"你为何也投了赞成票?"

张郑哭丧着脸说:"昨黑我儿子和媳妇、孙子给我吵了一夜,说我糊涂,说是对子孙万代有益的事儿你为何阻挡?名字算个鸟?爷爷的名字挂在上面就有点儿丢烈士的人!再过几年学校塌了砸死了学生是谁的罪过?孙子劝我说:爷爷你别难过,等我大学毕业挣了钱咱再把名字改过来!"

村支书面红耳赤,许久没说出话来……

(1996 年)

[鉴赏] 读罢这篇很"小"的作品,我的感觉却又分明是极"大"的,而且还"大"得手沉脚重,"大"得心酸肉痛!

我的这种感觉来自《满票》所选择和反映的题材,说得更准确些,是来自作者对那题材的深层的而不是表面的、厚重的而不是轻薄的、尖锐的而不是圆滑的、满含民族和历史意蕴的而不是仅仅为了表达某种浅显的忧患意识的把握和展现。

且看作品所讲述的:村中的小学校原名"毅斋小学",因为那是由一名叫张毅斋的乡绅办的;解放后,张毅斋被镇压(据此可以肯定,他不会是一个好乡绅),校名便为纪念一位为革命献身的烈士而改成了"张广小学";可不久前张毅斋的儿子从台湾回来,决定捐款 5 万元人民币修建已房屋破旧、院墙倒塌的小学校,条件则是学校修好后得恢复"毅斋小学"原名。在是否接受捐款(亦即是否接受那条件)的问题上,尽管"大伙的情绪也非常低沉",但群众投票的结果竟是满票——大伙都同意更换校名。

应该说,写现实生活中诸如学校条件差、教育落后之类的作品是早已有之的,而且还是有过一大批的。但就是这样显然已不新了的题材,作者却以其可贵又可敬的胆识和勇气,从中发掘并揭示了别人不曾触及(抑或是不敢触及)的一个极其沉重深刻也极其尖锐敏感的题旨:那小学校的改名既是一

种莫大的无奈，又是一种莫大的悲哀！　　　　　　　　　（汝荣兴）

霸 王 别 姬　　　孙方友

　　颖河乡的书记郑张来省城开会，想借机请一请在省城工作的颖河老乡，联络联络感情，要他们多为家乡人办些事情。他把这个想法与在省政府当财务科长的吕强一说，吕强说你这父母官请客，哪个不来？郑张说你看放哪儿合适？吕强说就在"天然居"吧，那里有一道好菜，叫"霸王别姬"，很招人。

　　接着，吕强给郑张介绍说，这"霸王"是老鳖，"姬"为小母鸡。老鳖不是人工养殖的那种，是在湖河中自然生长的。小母鸡为"柴鸡"，而且是正在下蛋的"少妇鸡"。做法为传统工艺，先把活鳖放在笼屉里加温，笼为特制笼，周围有圆眼儿，开始用纸糊了，温度一高鳖发渴，找地方换气，便把纸拱烂，头从眼儿里伸出来，赶巧外面有备好的作料水。鳖将作料水吃进五脏，排出去原有的废物，几经"清蒸"，鳖体内吸足了作料，然后开始杀鳖。清蒸的鳖高傲地将一只足踏在卧地的"虞姬"身上，构图给人一种悲壮感，能让人联想起失败的英雄末路状。味道不但独特，而且美妙无比。只是价格高，"霸王"卖到五百元一个，一个上斤重的鳖与一只三斤重的小母鸡组成的"霸王别姬"，至少近千元。郑张说既然请了，就不能丢份儿，那就上"天然居"吃"霸王别姬"。第二天中午，该请的老乡一个个走进了"天然居"。吕强订的雅间叫"紫光阁"，服务小姐是个很清秀的小姑娘，胸前的号码为八号。八号小姐看到郑张时怔了一下，然后赔着笑脸喊先生，礼貌相让。吕强像是常来这里，对宴会的道道很熟悉，指使小姐弄这弄那，喝什么茶，抽什么烟，全由他张罗。因为十几个人都是颖河人，又全说家乡话，室内就充满了颖河气息。

　　八号小姐拿过菜单，要郑张点菜。郑张将菜谱递给吕强，说："吕科长，您先点。"吕强说："一人点一个。"郑张说："那我就点'霸王别姬'吧！"众人大笑。吕强说："父母官，说鸡不带巴。"郑张这才悟出自己失言，面色红了一下，笑道："霸王别姬，霸王别姬！下面挨个儿点。"众人一人点了一个后，又由吕强作"总结"，几热几凉几个汤，喝什么酒，要什么饮料，一拢说了，最后对那八号小姐说："要快!"

不一会儿,凉菜热菜开始陆续上桌。酒是家乡酒:宋河粮液。众人虽同在省城,但平时都各自忙自己的工作,也并不常见面,借此机会,叙说友情,禁不住乱给家乡父母官敬酒。郑张很高兴,说是自己在诸位的家乡问事,请诸位多多关照,谁若有什么事情,只要一个电话,兄弟一定照办。众人同时举杯,齐声说好说好说!话落音,都干了。郑张放下酒杯,问八号小姐说:"'霸王别姬'怎么还不上?"

八号小姐急忙解释:"先生,今日客多,点'霸王别姬'的人也多,大师傅做不及,请诸位原谅。"

过了一会儿,仍不见上"霸王别姬",郑张又问:"怎么还不上那道大菜?"

八号小姐又急忙解释说:"先生,请您别慌,我这就去催!"八号小姐说完,急忙到门外叫来传菜小姐,悄声说着什么。

眼见酒席就要结束了,仍不见上"霸王别姬",众人都禁不住面露急色。郑张更是按捺不住,责问那小姐说:"到底怎么回事儿?"

小姐也有些惶恐,急急出去,不一会儿又急急回来,抱歉地说:"先生,实在对不起,今日的'霸王别姬'已缺料了!"郑张一听变了脸色,忽地站起,怒视那小姐说:"我们早早订桌,又早早报了'霸王别姬',你推三说四,一直不上,现在竟说卖完了! 搞什么鬼?"

众人也深感受了愚弄,纷纷指责八号小姐。吕强口气很硬地说:"叫你们老板来!"

一听要叫老板,八号小姐蒙了,苦苦哀求说:"诸位先生,你们千万别让老板来,老板一来我就要被炒鱿鱼! 实言讲,我压根儿就没给你们报这个菜!"听八号小姐如此一说,众人都怔了。郑张不解地问:"你为什么不报?"

没想那八号小姐竟跪了下来,哭着说:"郑书记,我没什么意思,只是想让你省点儿!"郑张呆了,疑惑地问:"你怎么知道我姓郑?"八号小姐说:"我就是颍河乡的人,来省城打工才两年!"

这一下,全场静极,十几个科级、处级干部齐刷刷望着跪在地板上的小老乡,惊诧万状,许久许久没人说话……

（2001 年）

[鉴赏] 当前,反映反腐倡廉内容的微型小说较多;这篇小说无论在思想性还是艺术性上,都可称为这一时期、这一题材的标志性作品。

这篇小说不同于类似作品的写法,如正面揭露某些人的腐败行径;或是运用嘲讽、夸张等方式进行抨击。它的特别之处在于:巧妙地采用"盘马弯弓,引而不发"的手法,并使用对比,在表面不温不火的叙述中,蕴含着犀利的批判,饱含着作者强烈的情感,因此给人以外柔内刚的突出感觉。

这篇小说前后刻意制造较大反差:前半部分用了一半的篇幅,放笔写"霸王别姬"这道菜的制作与特色,以引起读者的兴趣,产生一睹为快的愿望。但作者却迟迟不让菜上桌,读者顿生疑惑,寻根溯源的情绪被激化并逐渐达到高潮;这时,突然让小服务员道出不能上菜的原委,使前后情景形成极大的错落,在读者心中引起巨大的震撼,读者的期待视野因受到阻隔而产生阅读的快感,作者巧妙的构思收到极好的艺术效果。

运用对比也使这篇小说增色。一边是以颍河乡郑张书记为首的一大堆省里、乡里的干部,受党多年的教育,有较高的政治与文化水平。他们是受到人民养育本应全心全意为人民服务的公仆,却任意挥霍人民的血汗钱,用公款编织关系网。一边是农民小姑娘、一个打工妹,她讲不出更多的大道理,却从真实的情感出发,用朴素的语言,说出了这些干部不愿说或者是从未意识到的真理。极普通的一句话,却由于深深触及了灵魂,犹如石破天惊,震得这些大小干部"惊诧万状"。在现实生活中,每夜饭店霓虹灯彩光闪烁,各种车辆排成长龙,人们对公款吃喝熟视无睹,早已麻木、见怪不怪了。但作者把它放在一个特定的环境中,并有意运用强烈的对比,让人心灵特别受到震动,心潮不禁激起层层涟漪,对反腐倡廉的重要性及实行的艰巨性有了切肤的体验和更深刻的认识。

(顾建新)

端 州 遗 砚　　　　　郑洪杰

马回头村距县城八十五公里,偏僻闭塞,土地贫瘠,山丘荒秃。相传当年乾隆皇帝外出巡视,坐骑面对凄荒,甩颈嘶鸣,不愿前行。马回头村据此得名。

时至 20 世纪 90 年代,马回头村仍很贫困。

惟一令村民骄傲的是,德高望重的恒运老人藏有一名砚。因有名砚,村民才开了几回眼界:不少年来,一辆又一辆豪华轿车不顾一路颠簸驶进村里。来者多为县长、文化局长和书法家,皆慕名赏砚。

一专家曾用掌心抚砚肌肤,又以笔杆轻轻叩之,后又持镜细观砚上圆点、花纹，最后方说，此砚是四大名砚之首端砚，出自肇庆溪河注入羚兰峡汇合处，即烂柯山老坑。你看，其色青紫莹润，石眼黑黄重晕，乃最珍贵的鸲鹆眼。这种砚，石质滋润，易于发墨，不损毫毛，实为正品名砚哪！问其价，专家说不可估、不可估，《明一统志》上就有"匠石识山之脉理，凿一窟，自然有圆石青紫色，琢为砚，可值千金"之说，何况时至今日，又何况这正宗之精品哪！

专家一席话，说得赏者目瞪口呆。车回路转，又悄悄复找老人，许以全家迁往县城、子女就业，或出万元购之。但恒运老人只略略一笑说，受用不起，受用不起，执意不肯出手。

三年前，又有车入村，是才上任的林县长。不同的是林县长没访恒运老人，却随乡长、村长在村里、村外查看个仔细。同来的几个科技人员，登山冈，查地形，取土样，三天后方回县城。

恒运老人站在村口，目送一路黄尘远去的车，捻须在手，轻轻微笑。

如今三年已过，马回头村已是果木飘香，猪羊肥壮。恒运老人难抑胸中之喜，眉宇间却又锁三分心思。收获时节，一辆小车直奔老人家里，老人出迎，见是林县长，方喜出望外，双手打拱，说，我料你该来了。

林县长说，前次来，父老贫苦，日月难捱，作为一县之长，怎有心思赏玩。今日专程来访，不知老人家肯否赐我眼福？

恒运老人乐呵呵取出名砚。但见那砚大如鱼盘，厚寸余，通体青紫，造化天成。林县长观罢惊呼一声，果然名不虚传，宝砚宝砚哪！

恒运老人便问县长，怎见得是宝砚？

林县长略一思忖说，砚质系水云母类黏土矿形成，因而细嫩柔和、磨之无声，是地道的端砚精品，通为历代的贡品哪！

恒运老人又问：你看这花纹怎样？

林县长谦谦一笑说，以我拙见，贵在花纹，这是砚中十几种花纹之最，叫鱼脑冻纹，可谓白如晴云，松似团絮，呵之欲动，触之欲起！

老人复又追问，这石眼如何？

林县长再三观摩后说，这石眼圆晕相重，黄黑相间，瞳子于内，是典型的活眼。

　　恒运老人听罢赞道，县长见地极是。还有，你看这图案雕琢细腻，两龙对舞呼呼生风，游云飘逸吹之欲散，更见古朴和价值。

　　林县长由衷赞道，正是正是，不知您老怎收藏了这等名砚极品？

　　恒运老人告之说，我祖先曾在端州为知州当差，故有缘得之。

　　林县长悟道，果有渊源。又是一席话后，林县长欲起身告辞。老人伸手一拦说，慢。遵先祖遗嘱，为官清正，造福一方，又精通砚器者，当赠之。今日这砚就赠与林县长了，这也是老朽心愿。言罢，双手托砚，请林县长纳之。

　　老人一番话，听得县长双眸湿润，情似波澜。他动情道，算来，我也门出丹青世家，祖父、父亲均有造诣。我自幼受其熏陶，也识得点墨在胸，略知文房四宝。可惜这等好砚，只闻未见。今日见了，已是眼福，怎能再生奢望呢。再说，这等厚礼，我无功无劳，如何受得起？万万不可，万万不可！老人执意要送，林县长说，您老祖上既在端州知州为差，可听说包拯三掷砚的传说。

　　恒运老人说，当然知晓。庆历三年，包拯任端州知府，期满回京师时，没带走一砚。为表清正，还将朋友所赠之砚，尽掷于山沟中。

　　林县长说，想来，所掷也非寻常之砚吧。

　　恒运老人说，当然，皆是佳品。不瞒你说，此砚便是包拯所掷砚中之一。看这七颗石眼，列成勺形，正是相传七星北斗名砚！确为当年祖先目睹包拯掷砚，因惜其珍，才历经艰难潜返山中寻觅。可惜其余或粉或损，惟有此砚落入草莽，得以保全，重见其辉。

　　林县长闻听惊异，连声感慨说，历经九百余年，不料在这里看到传说中之古砚。老人家，这砚我更不能收了。您老就精心收藏，一为马回头村留一财富，二以砚为证为鉴，将佳话说与来访者，岂不更有其用吗？

　　老人再三欲赠，终见林县长言辞恳切，态度肃正，只好双手颤颤将砚收回放好。之后，两双手紧握良久，林县长才登车惜别。

　　回望渐渐远去的车子，恒运老人竟潸然落泪，由衷感叹说，清如水，明如镜，爱子民，前不见古人，后却有来者！这等好官，只盼多些，再多些！

（1996 年）

[鉴赏]　本篇以传奇形式写古砚,目的在借古砚揭示千百年来的中国亘古不变的美好愿望:民盼清官,官盼良民,官民同乐,天下清平。而就官与民两者来说,重点又在民盼清官。

作者首先借专家对古砚的极高评价,暗示其珍贵和来历不凡。其实这并非作者要告诉读者的重点;作者要颂扬的重点是面对如此价值连城的古砚,却有官见之不贪,这才是更为珍贵的东西。常人只看重此砚本身的价值,恒运老人更看重那种见砚不贪的清廉精神! 所以,一批又一批的人到他家参观,他接待;一个又一个爱砚者,许以优厚的条件想得到他手中的砚,他"执意不肯出手"! 他不是待价而沽,他其实是等待真正的识砚者和真正配得上此砚的人。这个人终于被他等到了,他就是三年前才上任的林县长。

为表现林县长是位名副其实的识砚者,作者冒着行文重复的危险,让初次上门观砚的林县长又一次细说此砚的妙处所在。恒运老人貌似问,其实是考;林县长"考"及格了,老人脱口称赞:"县长见地极是。"更令老人欣慰的是,林县长婉拒名砚。老人自己当然熟透此砚的身世和不凡的来历,作者偏将这个民间传颂几百年的包公"三掷砚的传说",由林县长口中提出,并以此作为今天拒收名砚的理由。这不仅令"恒运老人竟潸然落泪",读者于此也会怦然心动。

作者站在今天写历史,并努力写出两代清官之异同。林县长与七百年前的包公,都是恒运老人心目中的好官、清官。但林县长不只像包公一样不贪,民赠宝砚而不受;他还深入实际调查研究,与民一道寻找致富之路,从而使一个偏僻闭塞、土地贫瘠的穷山村三年大变样。正是在这里,作者向我们传达出了浓浓的时代气息。　　　　　　　　　　　　　　　　　　(陆建华)

凤　凰　翅　　　　　徐社文

村子很偏僻,村子很封闭,村子很贫瘠,但村子的传说很美丽。

传说很久、很久以前,有一只美丽的凤凰在村子西南方的大山里承日月精华,采人间正气,修炼正果,羽化成仙。为报答村民们的善良淳朴,便把一对凤凰翅留在了人间,让有缘人得到,插上羽翅,飞出大山,享受人间荣华富贵。于是一传十,十传百;于是父传子,子传孙,做了无数的祈祷,做了无数的跋涉,苦苦找寻凤凰翅,但直到现在也没有谁能走出大山。

日落而息时,村民仍然喜欢黑咕隆咚地聚在一起津津有味地说起凤凰翅的故事,十遍百遍,除此之外他们茫然无知。有一天,一个年轻的后生说:要知道山外是怎样该多好! 村民们一下子沉默了。

忽然有一天，一个带着完全不同气息的陌生人闯进了村里，他被村里的贫穷所惊呆，他被孩子们的无知所惊呆。那一夜他第一次听到了凤凰翅的传说，他被这美丽的故事所感动。他对村民们说，我要帮你们找到凤凰翅。村民们不信，说一个外地人，能有这运气？

他决定留下。他把小山坡一座破庙翻建成学校。他从山外背回了两大包的课本。他挨家挨户地动员村民们把孩子送到他的学校。于是村子里第一次回荡着孩子们琅琅的读书声。村民们开始叫陌生人"先生"。

一年又一年，村里人常问先生：什么时候你能帮助找到凤凰翅，先生说：快了，凤凰翅快要羽翼丰满了。这一年村里出了第一个中专生，一个农家的孩子走出了大山。小村沸腾了，孩子临走时，对大人们说，我们找到凤凰翅了，真的，是先生。大人先是一愣，把孩子的话回味一下，全都醒悟了。

第二天，村民们敲锣打鼓，给先生送去一块牌子，正式给他们的学校命名为：凤凰翅小学。

（1996 年）

[鉴赏] 本篇开头的叙述，简洁而发人深思。"日落而息时……"这样的句子单独看，实在太平常。但如果想到，千百年来，众多文学家们总是习惯选择"日出而作，日落而息"这八个字，用以形容和叙述我们的农民兄弟千年不变的农耕生活，便会觉得作者很用心，写在这里很确当。

一传十，十传百；父传子，子传孙。传的是一个关于凤凰翅的美丽故事。"日落而息时，村民仍然喜欢黑咕隆咚地聚在一起津津有味地说起凤凰翅的故事，十遍百遍，除此之外他们茫然无知。"也有过祈祷，也有过寻找，就是没有找到能给人们带来幸福生活的凤凰翅！因此，"直到现在也没有谁能走出大山"！作者以生动的描述告诉我们，农民如果总是沉浸在幻想中，走不出封闭的大山，一切只能是传说而已，偏僻的山村将永远贫瘠下去。

借助一个美丽的传说，写开发贫穷山村的深刻主题，传说与现实结合得那么自然、贴切，这是本篇的最为成功之处。把知识比喻为凤凰翅，诗意盎然，令人遐想万千。不妨说，凤凰翅成了全文的"诗眼"！作者充满诗情画意地写道，有一天，一位不知名的陌生人闯进来，他用知识唤醒了这个世世代代自满自足、不知山外有天的小山村；他用知识为孩子们插上了飞向山外、飞向未来的翅膀。当第一个农家孩子考上中专,走出了大山,"小村沸腾了",村民"全都醒悟了",那第一个走出大山的孩子自豪地说,"我们找到凤凰翅了"!

看到一辈子生活在大山里的村民们,最后也终于读懂他们祖祖辈辈不知传说了多少年的凤凰翅中所蕴含的诗意,真正认识到知识才是凤凰翅,唯有掌握知识才能有美好的未来,每一个读者都会感到由衷的高兴,并为他们送上真诚的祝福。

（陆建华）

那片竹林那棵树　　　　　　　凌鼎年

市报报道之一:

《古庙镇发现特大灵芝》

大意是:古庙镇牌楼村村民周阿狗在周家竹园采到特大灵芝。据专家测定,至少有百年以上历史。在江南地区发现如此特大灵芝,实属罕见……

市电视台报道之二:

憨厚的周阿狗捧着那特大灵芝,向观众们介绍着发现特大灵芝的经过。

真所谓不看不知道,一看吓一跳。乖乖隆地咚,那特大灵芝竟有小脸盆那么大小,紫赤色,有光泽,犹如红木雕刻品。娄城延天龄药房退休的老药工也说,从未见到过如此大的灵芝。

电视真是个好东西,把市报上语焉不详的新闻术语,全变成了可视画面——原来周阿狗是在那片竹园靠河边的一棵檀树上发现这灵芝的。这棵檀树有几百年树龄已不可考了,看样子,这树历史上曾遭雷劈,一半已枯死,歪斜在河面,一半已浸在水中,但倔强的生命力仍支撑着它枯干上的几枝新绿。也许正是这半死半活、又枯又荣、半干半湿的檀树,为灵芝生长提供了最佳产床。

据老辈人讲:周家是有根有基的人家,祖上显赫过好几代。

传说一:

周家有功于皇上,据说就与灵芝有关。当时皇上莫名中毒,百药无效,连太医也一筹莫展。后,周家祖上进献采自周家竹园的一株百年灵芝,皇上服后,不久即康复如常。于是龙颜大悦的皇上给周家祖上封官加爵,敕建牌楼。一时皇恩浩荡,风光朝野。

传说二：

太平天国时,周家组织民团拼死抵抗,以忠皇室。结果,周家竹园尸横遍野,血红黑土。此后,每逢阴雨天,周家竹园即阴风惨惨,乡民无人敢近前。以致周家竹园无形中成了禁地。那片竹园自生自成,百余年来,几乎无人去惊动之。

传说三：

据说古庙镇发现特大灵芝的消息全国不下百家报刊转登。这之后,有多位大款有意出巨资购买。

最言之凿凿的有这样一则传闻：深圳一暴发户携一密码箱百元大钞,专程前来古庙镇,准备一手交钱,一手取货。不料一台湾老板捷足先登,已在与周阿狗接触之中,最后两人互相竞价,最终因台湾老板财大气粗,以二十万元买走了这株特大灵芝。

传说四：

那竞价失败的深圳大款放出口风：谁能再采得大灵芝,这带来的一箱百元大钞就归谁了。

市电视台报道后的第二天：

有两三位胆大的村民,带了手电、蛇药、镰刀等,拍足胆子,一步三看地进入周家竹园寻觅灵芝⋯⋯

市电视台报道后的第三天：

大约有一二十位古庙乡乡民结伴深入周家竹园探宝,吸引了不少牌楼村看热闹的村民⋯⋯

此后,来周家竹园的人与日俱增,有当地的,有外地的,有来碰碰运气的,有采不到灵芝绝不罢休的,有来瞧稀罕的,有来轧闹猛的。

进竹园的人像梳子似地把周家竹园来来回回梳了好几遍,那些刚冒头的竹笋被踩了个稀巴烂。那棵默默无闻数百年的古老檀树,被人们上上下下、反反复复不知看了多少遍。后来,有人剥它的树皮,说拿回去放家里,看看会不会生出灵芝。这头一开,再也刹不住了,那檀树最后被连根刨起,不知去向。后到的人大失所望,无名火莫名其妙地发到了那些无辜的竹子身上。更有甚者,骂骂咧咧地说："老子采不到灵芝,你们也休想在这儿再采到灵芝！"一时间,周家竹园的大树小树、老竹新竹一起遭殃⋯⋯

周阿狗悄悄来到电视台,一、要求把那特大灵芝献给国家,万万不要宣传;二、恳求电视台播条消息,就说那灵芝是假的⋯⋯

　　电视台的编辑记者感到有责任帮助周阿狗，他们再次去周家竹园，拍摄了遭殃后的周家竹园。播音员用沉痛的心情说：据专家们讲，周家竹园百年内不可能再有灵芝生长，可惜可惜！

　　周家竹园总算又复沉寂起来。

（1996 年）

　　[鉴赏]　在影视艺术中，由镜头、场面组合成一叙事板块，再由若干叙事板块连缀成一个故事。如何运用叙事板块，便成为影视艺术中的重要艺术手段。《那片竹林那棵树》则是在微型小说中运用叙事板块表现某些人的国民性弱点的成功之作。

　　叙事板块有相对的独立性，片断的叙事单位表达一个相对完整的意味。本文中开头就以"市报报道之一"介绍特大新闻——"古庙镇发现特大灵芝"。继而是"市电视台报道之二"，再用"传说一""传说二""传说三""传说四"相继回顾历史，把现实和历史结合起来，形成叙事意味的纵深感，又用报道后的"第二天""第三天"把群众因采集灵芝践踏竹园的严重场面呈现出来，最后又以电视台播音员宣告周家竹园遭殃后的沉寂作结。

　　叙事板块的组合，虽然要遵循事物发展的轨迹以时间一维性的方式推进，但它可以根据叙事艺术的需要，打破时空的限制，在叙事进程中插进历史的板块，从而摆脱时空的客观规定性而进行较为自由的艺术处理。另外，叙事板块的组合，省却了叙事的过渡，形成叙事的空白与跳跃，给读者以更多的想象空间。所以，本文的可贵价值正是在这方面作出了可喜的尝试，取得了艺术上的成功。

（凌焕新）

了 悟 禅 师　　　　　凌鼎年

　　自了悟禅师到海天禅寺后，海天禅寺的平静就被打破了。

　　僧人们无论如何不明白，法眼方丈怎么会要求了悟禅师住下来，更不理解他为什么会容忍了悟的反常行为。

　　别的不说，这了悟自在海天禅寺住下后，竟从来没扫过一次地，从来没关过一次门。若轮到他值勤、值夜，其他和尚总有些放心不下。

　　众僧都不甚喜欢这位新来的了悟禅师。所谓先进庙门三日大，比了悟先进庙门的，自认为比他有资历，也就不把了悟放在眼里，时不时斥责他，骂他是懒和尚。

　　了悟不气不恼，一笑了之。过了几天，众僧突然发现了悟在门口贴了一副对联，上联为"空门岂用关"，下联为"净土何须扫"。

众僧看得呆了，一时竟无法驳斥了悟的这种奇谈怪论。有人去禀报了法眼方丈。法眼方丈闻听后，微微颔首，面露赞许之色。他传下话去："了悟对禅的理解，已非你辈皮相之见，好好向他学道吧。"

僧人们都认为法眼方丈在偏袒了悟，甚至认为他法眼有私，多少有些不服。

法眼方丈终于向众僧们说出了压在心底的一件事：那就是半年前的一个黄昏，他匆匆赶回海天禅寺时，因山雨刚止，河水暴涨，木桥已被冲毁，有一年轻山姑为无法过河正发愁呢。法眼方丈见此，考虑再三，他卷起裤管，折一树枝，以树枝当手杖，一面探底，一面趟过了河。法眼方丈想：男女授受不亲，僧人戒色首先要远离女色，自己这样做，既给她做了示范，又不犯寺规，也算尽到普度众生之责了。然而，那位山姑不知是没有领会法眼方丈的暗示，还是胆小，依然站在河对岸干着急。天渐渐暗下来了，一个山姑过不了河，那如何是好？正在这时，走来一其貌不扬的和尚，和尚上前向山姑施礼后，就抱着山姑过了河。和尚把山姑放下地后，满脸通红的山姑一脸羞涩地向和尚道了谢。和尚说了声："阿弥陀佛，善哉善哉！"就一声不响地继续赶路了。

法眼方丈忍不住上前问："这位和尚，出家人应不近女色，你怎可抱一个姑娘呢？"那和尚哈哈大笑说："我早把那姑娘放下了，你怎么反而老放不下呢？"法眼闻之大惭，始悟遇到得道高僧了，就极力邀请了悟禅师到海天禅寺住下。

这件事对法眼方丈震动很大，他深感了悟禅师道行深厚，有心好好观察，让之熟悉海天禅寺后，再作打算。

不久，清兵南下，发生了"扬州十日""嘉定三屠"等惨烈之事，善男信女逃难的逃难、避灾的避灾，寺庙的香火一下冷落了许多。

海天禅寺落入清兵之手是早晚的事，胆小的僧人离寺避到了乡下，了悟却天天在大殿念经打坐，仿佛不知大军压境之事。

一个阴霾之天，清军一位大胡子将军率军士冲进了寺庙，其他僧人全逃了、避了，惟了悟禅师依然不慌不忙、不紧不慢地念他的经，对大胡子将军的到来熟视无睹，大胡子将军见这和尚竟敢如此蔑视自己，火不打一处来，厉声喝问："好大的胆子，竟敢如此目无本将军，你知道不知道本将军杀人如割草一般。"

了悟正眼也没瞧大胡子将军一眼，朗声回答说："将军，你大概还不知道寺庙中也有不惧死的和尚吧，既然死都不怕了，还有什么好怕的呢？"

本来大胡子将军想大开杀戒，烧了寺庙，但听了了悟的回答，又从心底里佩服这位和尚的豪气与胆识，遂下令撤退。

海天禅寺就这样免于兵灾。

法眼方丈因此有了把方丈之位传给了悟的念头，了悟闻知后借口自己乃闲云野鹤，执意谢绝了法眼方丈的美意，终于又云游四方去了。临走时，他留下一偈语："泥佛不渡水，金佛不渡炉，木佛不渡火，真佛内里坐。"遂头也不回地走了。

法眼方丈与众僧们都默默念着这偈语，各人参悟着。

（2001年）

[鉴赏] 这是一篇描述佛门子弟了悟禅师的微型小说，题材罕见，含蕴深邃。根据资料记载，禅宗有南北之分，北宗主"坐禅"，南宗主"悟禅"。南宗认为：一悟之后，成佛作祖，若不能发悟，即使坐穿禅床也只是呆僧。《五元会灯》中有不少这样的佛教故事。而这悟，不能向外寻求，而需回头看、朝内看，作偈曰："切忌从他觅，迢迢与我殊，我今独自往，处处得逢渠。"了悟禅师就是经内省而得悟的佛家高僧。在平常僧人的眼中，反而觉得他行为反常、性格怪僻，不为常人所容。

对于了悟禅师的艺术刻画了经历四个事件，一是不扫一次地，不关一次门，僧人责怪他，他却贴出对联"空门岂用关"，"净土何须扫"。这里表述了他的第一次禅悟。二是用回忆的方式叙述他曾抱着一个因河水暴涨、无法涉河的山姑过河，不顾忌僧人戒色的佛规而普度众生。三是清兵侵寺欲杀了悟，了悟熟视无睹，视死如归，清将为之敬佩竟撤退而使该寺院免于兵灾。四是请他当方丈，他却谢绝并云游而去，只留下一偈语，泥佛、金佛、木佛皆不是佛，"真佛内里坐"。这就是悟禅的真义。

佛教的参禅悟道，带有一定的修身养性意味，内涵也具有某些朴素的辩证思想，唐宋以来为文人骚客所吸收，吟成参禅诗，或创作出包含着参禅意蕴的佳作，成为古诗创作中的一个流派。而把参禅写进微型小说，本文可算是首创，而且禅师形象鲜明，禅理成趣，闪现出深厚的文化底蕴。 （凌焕新）

鹤

曹多勇

鹤原先画画儿。青春的年龄，人长得如画，修长的腿，修长的颈,修长的臂。尹镇人说鹤长得像鹤,是跳舞的料。鹤便弃画画,跳舞蹈。

尹镇是有舞蹈团的,正规的,很时髦。舞女们穿得很少,脚尖着地,颈项使劲儿向天举。排练有教师,没观众,一墙的大镜子,自己观自己。鹤进练功房,胳膊腿的就想动,脖颈儿就想往天伸。老师说舞蹈的感觉就是鸟飞翔,就是草树生长,就是河水流动……鹤便感觉自个儿不是用脚跳,而是有翅膀飞。鹤跳的感觉好,动作美,很快换下了《鹤》的原主角。

《鹤》是尹镇舞蹈团的传统节目。几年里,尹镇人把原主角的脸瞧老了,皮瞧松了。尹镇人不再爱看《鹤》。团里的自己人也说原主角哪儿是跳,是猎手击中后的挣扎。现在鹤继主角,这《鹤》重又飞翔起来。尹镇人说鹤跳《鹤》活了、神了。鹤自己也感觉在舞台上,她的两脚、两臂有用不完的劲。

那天里,鹤走下舞台,飞翔的两臂仍没有停下的意思,飘飞着走过街道。一阵突猛的高飞间被车轮轧断两脚。尹镇人再瞧见鹤的时候,她已交给转动的轮椅。尹镇人惋惜。鹤自己却显得轻松:不跳舞,还能画画儿呀。

从此鹤摇轮椅每天带自己来练功房。有脚的跳呀蹦的,鹤躲角落里支画架画画儿。画什么?自然是画跳舞。《鹤》的音乐是舒展的,萦绕练功房里似有鹤飞展双翅拍动空气的震颤声。鹤画着、画着便停下,两臂痴迷着随音乐向上伸呀伸的。"哗啦"一声,鹤便从轮椅上摔下。

练功房的人停下脚去搀扶,这才见鹤画的是鹤跳《鹤》。画面里的鹤脚尖着地,两臂伸长,颈项举向天歌,一派从容欲飞的姿态。

那日里鹤没摇轮椅来。舞蹈团的人推开门,见练功房的四壁贴满鹤画的《鹤》。画面形态绰约,形象可人。只是每幅画的舞蹈人都擦去双脚,半悬空中,真正飞翔起来了。从这天起,尹镇人再没瞧见鹤,鹤哪儿去了?

月半的夜,月很圆且明亮一片。夜半,有人路经练功房听见里边传出《鹤》的音乐声。朦胧里瞧见鹤在跳《鹤》。这人知鹤轧断双脚。没脚怎么跳?这人走近,见鹤飞舞半空,确实没有脚。这人骇出一声惊叫。音乐没了,鹤也没了。这人知鹤不是鹤,是鹤的魂。

　　这事传出去，尹镇人都知。再等月朗、月圆的夜，尹镇人便拥向练功房外，不靠近，都远远地等着，生怕打扰鹤。至夜半，练功房的音乐响。远处的尹镇人能瞧见隐隐约约的鹤舞起来。鹤一身素白，旋呀转的有头有尾，跟《鹤》舞一样。曲终，舞止。练功房又安静如旧。然而尹镇人见门缝有一丝白雾飘出，散失天空。

　　鹤死了？没有。

　　尹镇人不再需要舞蹈团，独留练功房，成一处景观。

（1996 年）

　　[鉴赏]　这是一篇十分空灵、十分精致的作品。空灵与精致，是这篇作品的构思，那种很有些荒诞味道的构思，那种亦真亦幻、真幻莫辨的构思。你看，尽管作品前半部分的故事完全可以说是平实的，但自从鹤在"一阵突猛的高飞间被车轮轧断两脚"之后，随着人物命运转折的出现，故事也就如奇峰突起一般将它的精彩一下子展示在了我们的面前，特别是"月半的夜"那两段文字，在那种"朦胧"的"隐隐约约"的氛围的感染下，实在是令我们也会如作品中的"这人"一样，忍不住要为作者那不期而至的妙笔生花"骇出一声惊叫"来的。与此同时，我们又无疑都会觉得纳闷：已经没有了两条修长的腿的鹤，真的是不可能再去练功房跳《鹤》的，那么，尹镇人那有关鹤常在半夜里去练功房跳《鹤》的所见所闻，到底是怎么回事？又能说明什么呢？

　　"鹤不是鹤，是鹤的魂。"便是问题的答案。而就在这种亦真亦幻、真幻莫辨的荒诞气氛中，在"鹤的魂"的引领下，我们也终于在朦胧的隐隐约约里看清楚了作者的这样一条思路：他要告诉我们美是如何被无情地摧残的，他在思考美的魅力究竟有多强大，他更坚信人们对美的执着追求是任何力量都无法阻挡的……是的，鹤没有死，鹤也不会死，像鹤的练功房那样的"景观"，我们是到处可以发现、可以领略的！记得曾有人这样说过：没有荒诞也就没有小说。确实，是那种荒诞的构思才使这篇作品显得如此的空灵和如此的精致。

（汝荣兴）

学　　童

尹全生

　　这是很早、很早以前的事了。

　　那时，洋人开始到中国投资办企业，华阳镇第一个外资企业的老板叫杜拉克，杜拉克在华阳镇郊有一幢别墅。

　　这幢别墅与当地财主尤老爷的后花园只隔着一道栅栏。栅栏两边花草遍地、垂柳成荫，是个读书做学问的好去处。

　　杜拉克的儿子小杜拉克每年随母来华看望父亲时，总在栅栏那边读书。尤老爷家是书香门第，世代为官，小少爷尤鹏举常在栅栏这边读书。两个同岁的学童学习都十分勤奋，天刚亮就来到栅栏边，一个朗读"叽哩哇啦"，一个朗读"之乎者也"，没人来喊连饭都不知道吃。

　　九岁那年，他们隔着栅栏进行了第一次交谈。

　　尤鹏举忽闪着黑眼睛，好奇地问："你，你的鼻子怎么总肿着？肿得好高啊！"

　　小杜拉克受父母熏陶，不但听得懂而且还会说几句华语："NO！NO！我的鼻子没有肿，是天生的。"

　　"天生的？那么大一团肉吊在脸面前仰，不难受么？走路不打前栽么？"

　　小杜拉克笑得前仰后合："我生来就是这样的鼻子，习以为常了，怎么会难受呢？怎么会打前栽呢？"

　　笑过，小杜拉克闪动着蓝眼睛，好奇地问："你后脑勺上怎么生着条尾巴呢？"

　　"不！这不是尾巴，是辫子！"

　　"辫子？是天生的么？"

　　"哪是天生的！蓄的。——我爹说，凡大清子民从小都必须蓄发留辫子。"

　　"后脑勺总拖着那么条大辫子，不难受么？走路不朝后坐么？"

　　尤鹏举笑得前仰后合："我生下来就蓄发留辫子，习以为常了，怎么会难受呢？怎么会朝后坐呢？"

　　问过答完笑罢，两个学童就各自读各自的书，或"叽哩哇啦"或"之乎者也"。但读着、读着都走了神，都觉得对方很笨、很笨——

　　好端端的鼻子他说是肿了！

　　明明是条辫子他说是尾巴！

　　人笨到这份上，还有必要读书么？这么笨的人读书有什么用？

　　尤鹏举就隔着栅栏先发问："你为什么要读书？"

　　"我爸爸说，书是知识的源泉，只有刻苦读书才能掌握知识呀！"

　　"掌握知识干什么？"

　　"搞发明创造呀！"

"搞发明创造干什么？"

小杜拉克觉得对方的提问太可笑了，可是又难以用三五句话说清楚，就反问："那么，你为什么要读书？"

"我爹爹说，书中自有黄金屋，书中自有千钟谷，书中自有颜如玉！"

"……什么意思？"

"连这道理都不懂？——读书能升官发财，还能娶到漂亮媳妇！"

小杜拉克憋不住突然捧腹大笑起来，笑得直喊肚子疼。

尤鹏举本来就认定小杜拉克笨得可怜，见他又如此无端地大笑、傻笑，因此觉得这小洋人十分的可笑，忍不住就也捧腹大笑起来，笑得直喊肚子疼。

笑声撼得栅栏直摇晃……

后来他们都长大成人了，各自在各自的国家谋事，就没有机会交谈了。小杜拉克曾托人给尤鹏举捎过一封信，信中说："我如愿以偿，成为一名研究员……"

尤鹏举问捎信人："研究员算几品官？"

捎信人解释说："研究员不是官，是专门从事科学研究的。"

尤鹏举摇头叹道："既然如此，何必当初？读书不做官，读书又有何用？废了废了！"

小杜拉克在实验室熬到秃了顶、驼了背，终有伟大发明问世，死后墓前有碑，碑文为：人类进步之一阶。尤鹏举皇榜高中后封官授品，有了"黄金屋""千钟谷""颜如玉"，深宅大院里养得脑满肠肥，死后墓前也有碑，碑文为：显赫一世。

小杜拉克的墓碑至今还在，常有人吊唁；而尤鹏举的墓碑却在民国初年被乱民砸了，很可惜。不过尤鹏举是儿孙满堂的。

(1997 年)

[鉴赏] 这篇小说运用了对比的手法，揭示了中国和西方在文化教育、社会心理诸方面的差异，批评了我们存在的社会弊病。虽然讲的是历史故事，但对今天仍有深刻的警策意义。为表现主题，作者进行了四组对比：

首先，关于鼻子与辫子的争论。小杜拉克的大鼻子是天生的，并不值得嘲笑；尤鹏举的辫子却是人为的，是民族耻辱与国家落后的象征。小孩见怪不怪,习以为常,是因为"从小都必须"如此。作品揭露了这种对孩子从小就实行的强制行为与精神灌输给人造成的极端危害性。

其次,对读书意义的理解。小杜拉克父亲对儿子的教育是:学习为了将来能搞发明创造;尤鹏举受到父亲的教育却是:学习为了升官发财,娶漂亮媳妇。在西方,教育的目的是培养青年成才,将来为国家做贡献;在中国的封建社会,教育成为了毒害百姓灵魂、培育官僚的工具。

第三,两人长大后,小杜拉克成为了一名研究人员,生活艰难,却有了伟大的发明问世;尤鹏举成了官吏,过着脑满肠肥的生活。

第四,具有讽刺意味的是,尤鹏举死后墓碑被砸了,以悲剧结束;小杜拉克的墓碑至今仍在,常有人吊唁,善始善终。

小说结局也意味深长:写尤鹏举儿孙满堂。他本人虽然已经消失,但在中国这样的社会里,做官的后代自然而然地受到庇荫,继续过着奢华的生活。这样的结果,也必然鼓励他的后代与其他人再走前人走过的老路。

小说的历史跨度很大,但作者善于抓住关键的细节,进行集中的对比描写,因此容量大而篇幅不增。其间对两个幼童音容笑貌的描写,生动活泼,童趣横生,历历在目,跃然纸上。因此,小说意蕴深刻却不枯燥,而是充满了情趣。

(顾建新)

第八棵馒头柳　　　　　　　刘心武

丈夫是搞地质的,出差是家常便饭,总是背包一背就走了,她从来不送。丈夫下楼出门也从不回头张望。

这回丈夫又走了。门在丈夫背后撞上时,她正站在桌边收拾碗盘,一副若无其事的表情。但门撞上以后,她却撂下手里的东西走向阳台。她站在阳台上朝下望。阳台下面是马路,马路边上栽着一排馒头柳,馒头柳的树冠又大又绿,从楼上俯看下去并不像馒头而像帐篷。她习惯地朝阳台下往东数第八棵馒头柳那里望去。她等待着,她知道,再过五六分钟,丈夫的身影将在那棵馒头柳下出现。他们这幢楼门开在没有阳台的一面,从楼门出去绕出楼区前往地铁入口,必从第八棵馒头柳那儿经过,然后便被一座治安岗亭遮住视线。每次,她总是欣慰地在预计的时间、预计的位置望见丈夫宽厚的背影,特别是那只经丈夫设计、由她改制的帆布旅行背包,她总默默地对着那脊背、那背包送去她的祝福。但她从未向丈夫吐露过这隐秘的一幕,连儿子也全然未曾察觉。

这天她习惯性地去往阳台一站,却忽然不习惯起来,因为丈夫的背影迟迟没有出现。他必得去乘坐地铁直往北京站，不可能改往别的方向。怎么第八棵馒头柳下不见他的踪影？惶急中她痛切地意识到，这往常短暂而稳拿的一瞥于她有多么重要！

她忍不住跑到楼下。楼门口空空荡荡。她不知不觉地来到第八棵馒头柳下，朝四面张望着。难道他钻到地底下或飞到天上去了？真不可思议。她差一点跑进治安岗亭去报失。回到家中时儿子跟她说什么她没听见，却听见了街上急救车"呜哇呜哇"的由远及近又由近及远的声响。她无端地朝儿子发了火，心里堵着一块鹅卵石。

接连好几天她都无精打采。她一会儿暗自取笑自己，一会儿又从逻辑推理上断定情况的不正常。终于，有天晚上她接到了他从很远的地方打来的电话，她情不自禁地说："你哪儿去了你？你急死我了！"丈夫莫名其妙，于是她便向他倾诉了一切，她怎么每次分别时都表面上若无其事，每次却都要跑到阳台上去望他的背影，在那第八棵馒头柳下……电话那边沉默了一会儿，然后是丈夫深受感动的声音："傻女子！那天我刚一出门就遇上了咱们楼的老王，他们单位的车正好接他去火车站，我就蹭了他的油，你真是死心眼儿……不过，我知道那棵馒头柳，对，第八棵馒头柳。你知道吗？每次我出差回去，你别看我进门的时候没事人儿似的，其实，我一走到那棵馒头柳下，就忍不住抬头望咱们家的阳台、咱们家的窗户，有时一站好几分钟，特别是晚上，那一窗灯火，让我心里头好爱你们……"

撂下电话，她才发现儿子站在面前，儿子正问她："妈，您干吗抹眼泪儿？"

　　　　　　　　　　　　　　　　　　　　　　　　（1997 年）

[鉴赏]　馒头柳本是没有生命的无情物，但在这篇作品中却成了一个见证人：它有幸多次目睹一个地质工作者和他妻子之间的平凡但坚贞、普通却珍贵的爱情。

作者在写这篇不足千字的作品时十分用心。"丈夫是搞地质的，出差是家常便饭，总是背包一背就走了，她从来不送。丈夫下楼出门也从不回头张望。"这开头一节，句句重要，一字不可少。因为全文都围绕着这一节而展开。

全篇艺术上的最大特色是，以静写动，以对人物无声行动的真实细腻的描写来展示人物内心深处汹涌澎湃的感情波澜。丈夫每次出差，妻子"从来不送"，但实际上从来都是"在阳台上朝下望"，"送去她的祝福"；丈夫每次离家，"从不回头张望"，但回来时总"忍不住抬头望"自己家的阳台、自己家的窗户。两人那样默契，那样心心相印，他俩"朝下望"和"抬头望"的地点就是那"第八棵馒头柳"！假如不是那次偶然的、丈夫搭乘同楼老王的顺便车，这对夫妻间心知肚明却又都不说破的爱的默契还会无休止地继续下去，直到地老天荒；可也正由于这一次偶然的丈夫搭乘顺便车，长期的默契被打破了，顿使作品的高潮随之自然出现，更让读者亲眼目睹了这对可爱又可敬的夫妻之间的生死不渝的爱情。

　　人世间的爱有千种万种，其表现方式却总是因人因事之差别而不尽相同，大千世界这才显得丰富多样、色彩斑斓。作者为了写出地质工作者的爱情，为了强化人物的职业特点，不放过每一个富有特征性的细节描写，如，"出差是家常便饭，总是背包一背就走了"。甚至连景物描写，作者也努力赋以地质工作的特色。试看作品中那个关键的馒头柳，作者是这样形容的："馒头柳的树冠又大又绿，从楼上俯看下去并不像馒头而像帐篷。"像帐篷，这当然是作者的一个比喻，但更是作品中妻子眼里的幻化物。由此我们可以体会到，中国古典文论中的那句名言何等精妙：一切景语皆情语也。　　　　（陆建华）

舞　　　台　　　　　　　　孙禹文

　　连日来，她的心情一直难以平静，她被一种从未有过的情感牵引着、撞击着……只要一瞥见床头柜上那幅装帧精美的照片，她的心房便会剧烈地颤动，血液会迅速涌上额头。

　　她是一个刚过二十岁的纯真姑娘，一名只有四个月工龄的纺织工人。同许许多多青年人一样，她喜爱看时装模特表演，喜爱听音乐会，平时特爱唱歌，让她最着迷、最崇拜的，是新近从北唱到南、被新闻界炒得正热的清纯派歌星李琼。她那甜甜的嗓音、浅浅的微笑、晶莹剔透的眼睛，足以让她陶醉。

　　眼前，她看着的正是她与李琼合影的照片。

　　她自己不会相信，她的父母不会相信，她的那帮小姐妹也不会相信。那天，著名红歌星李琼会拉着她的手，同她出现在同一个正在直播的晚会现场，从而，成为她的家人、亲友、老师、同学反复品味的一个永恒的电视画面。她怎么也不会想到，她会拥有一张出自《青年报》名记者之手、留下她与最崇拜的人合影的照片。

　　她努力不想这事，好让自己平静一点。可那印象太强烈了，事情虽已过去两个多月，一切就像在昨天、在眼前。

当她听说李琼的又一盘盒带出版了，她又禁不住激动起来："今天刚好厂休，不如现在……"她满怀深情地看了看同样满怀深情看着她的李琼，骑着她心爱的红飞鸽，直奔音像公司。

她觉得人生的道路虽然漫长，但只要一步一步地走，终会有个幸福的终点；她又觉得，人与人相识、相处、相交、相知都是缘分，不在于地理位置的远近、结识时间的长短以及社会地位的悬殊……一边想，一边骑，不知不觉到了街心绿岛。

这是车辆、行人绕道拐弯的地方，也是她人生的重要转折点。

那件事，她一直觉得挺平常、挺普通。你想想，一个流氓对一个晚归的女中学生施暴，她遇到了，她能装作没听见、没看见，就这么坦然地骑着车回家睡觉？她既没有那么多的智慧，也没有那么大的胆量，能巧妙地将罪犯制服。她只是觉得这个坏蛋不应该欺负身背书包的女学生。她记不清是她抓住那个坏蛋，还是那个坏蛋抓住她，直到那家伙拔出匕首，狠狠地捅了她三下，她也没有搞清楚。她也记不清当时有没有呼喊，她只感到她用尽了全身的力气抱住了一样东西。罪犯逃了，直到警察来了，她还抱着那只鞋。后来到医院看她的公安局领导告诉她，正是根据这只鞋，他们很快抓到了那个家伙；正是根据这只鞋，这个城市三年内类似的十起强奸大案得以破获。她也知道，正是这只鞋，把那个比她大两岁的青年送到了另外一个世界。

绕过绿岛，她的心情掠过一丝不安。就是这么件普通的事，她和她的家庭得到了前所未有的荣耀。住院期间，市长亲自去看望她，后来，她被授予"优秀共青团员""三八红旗手"，再后来，她被有关领导通知，参加省"五一"劳动节联欢晚会。

那天，她刻意打扮了一下，本来清瘦的脸，显得更加纯净。按照电视台导演的安排，她平静地坐在前排的中间位置，很直观地看着演员们的表演。当晚会快要结束时，只见一位身材修长、身着白色连衣裙的演员款款地走向舞台中央。这时，舞台灯光大亮，一束柔和的光线照在这位演员脸上。啊，这不是李琼吗，她无数次从电视荧屏上早已熟悉了她的面孔，是的，正是那个清纯歌手李琼。她显得异常激动，很用力地鼓掌，可惜细汗沁满了手掌。她还没有完全从兴奋中醒悟，女歌星已泪流满面：她在动情地向人们讲述关于她的故事。只见她快步走向她，所有灯光随之移动。李琼牵着她的手，慢慢走回舞台。她噙着泪，满怀深情地向观众介绍，"这就是我们故事的主人公，那个身负重伤、只身勇斗歹徒的女英雄！"观众席上顿时响起雷鸣般的掌声。李琼仍然牵着她那双纤巧的手，"下面，我要为我们的英雄演唱一首新近创作的《卫士赞歌》，以表达我和大家对英雄的敬意！"随着她声情并茂的演唱，特别是最后那句略带沙哑的拖腔，感染了所有在场的观众，观众的情绪和晚会的气氛达到了高潮。演唱结束后，李琼牵着她的手回到原来的位置，与她并肩坐在一起，少先队员献来两束鲜花。李琼随即将花献给她。她俩就这么肩挨肩地靠着，开心地交谈着。摄像机的镜头不时转向她俩，那个机敏的《青年报》记者，不失时机地揿动了快门……

一别两个多月，想必她一直都好吧。她一面骑，一面为李琼祝福。不知不觉中，已到了音像公司。

巨大的广告牌上，赫然写着"红歌星李琼最新盒带首发式"。她忙乱地架好自行车，直往里赶。只见营业大厅内熙熙攘攘，人头攒动，无数种嘈杂声好像在重复一句话"给我签一个"。怎么，还有签名，莫非她在这儿？她不顾一切往里钻，一会又被人潮挤回来，她只好踮起脚尖。她简直不敢相信自己的眼睛，那个熟悉的面孔正出现在无数只晃动的手当中。是她，果真是李琼！她用足力气，拼命往里挤，好不容易挤到了她的跟前。她激动地一把抓住她的手，大喊："哎，李琼，你好吗?!"她"嗯"了一下，极熟练地从身后拿起一盒带子，亲切地问她："签哪儿？"她以为李琼没有在意，便向前挪了半步，用力地抓住她的手臂，调皮地冲她喊："哎，你看我是谁？"看着李琼迷惑不解的样子，她着急地说："哎，李琼，我是肖小茹！"李琼停下手中的动作，仔细地端详她。她也极认真地看着李琼。她真想大声说，李姐，你还是那么漂亮。双方对视了一会。李琼好看的眉毛轻轻皱了一下："对不起，我记不起来了。"边说边优雅地摇着头。她愣住了，李琼会认不出她？两个月前的那个晚会，难道她忘了？两人靠得那么近，谈了那么多贴心话，她会没印象？

热情的歌迷仍在往前涌。她被挤在一边，木然地站着。那边，李琼仍然带着浅浅的微笑，满怀热情地为人们签着什么。

她一人彳亍在街头。她为那台晚会害羞。

(1997年)

[鉴赏]　微型小说创作中有一种常见的表现手法，叫"欲扬先抑"，即为了达到"扬"的目的，作者往往并不是直接地去"扬"，而是先故意一味地甚至是拼命地去"抑"，待到"抑"足了、"抑"够了，再让情节来个突然的反转，反转成"扬"，以此突出并强化"扬"的效果。对此，本文作者显然是不但十分熟悉而且还了然于心的，所以，在这篇作品中，他便得心应手地来了个反其道而行之——欲抑先扬。

毫无疑问，这篇题为《舞台》的作品，其用意便是"抑"诸如"红歌星李琼"之类的人物那种只会在"舞台"上作秀的本质面目。但作者的整个叙述过程（除结尾处的反转之外），却始终是在"扬"李琼——作品从"只身勇斗歹徒的女英雄"肖小茹的视角，以一张肖小茹与李琼的合影为线索，充分地写出了肖小茹对李琼这位"清纯歌手"的喜爱、崇拜，及其因为能再次见到李琼而产生的那份内心深处的激动。然而，当真见了面之后，那位"还是那么漂亮"、那位曾与肖小茹"肩挨肩地靠着，开心地交谈着"、那位曾对肖小茹"声情并茂"的李琼，却以"好看的眉毛轻轻皱了一下"后说出来的那句"对不起，我记不起来了"，不仅给肖小茹迎面泼上了一盆凉得不能再凉了的冷水，也使我们从情节的这一既意料之外又情理之中的突然反转中，终于明白了作者那"欲抑先扬"的全部的叙述意图。

于是，在肖小茹要"为那台晚会害羞"的同时，我们也不禁又想起了诸如怎样才能使英雄流血不流泪的话题——如此，我们就不仅欣赏到了作者在这篇作品中是如何得心应手地使用"欲抑先扬"这一表现手法的，更由此感受到了这篇作品那沉甸甸的分量。

(汝荣兴)

桥　墩　　　　　　杨祥生

江心乡大桥通车庆典活动准备就绪。晶莹闪亮的四十四根灯杆上的彩旗哗啦啦地飞舞，四只大彩球凌空飘扬，穿着节日盛装的人群潮水般涌来，历尽"隔江千里远"之苦的人们沉浸在无限欢乐的氛围中。

庆典活动下午两时整举行，倒计时还剩下三个小时，然而为大桥通车剪彩的乔厅长尚未驾到，真急煞人呀！半月前发出的请柬没回音，打宅电嘀嘀忙音，加急电报也如石沉大海。万般无奈，乡政府只得请乔厅长的救命恩人田大爷出山赴省城面请。按理田大爷昨日可归,可眼下却杳无音信,急得赵乡长团团转。

大桥通车剪彩非乔厅长莫属,这是江心人的强烈呼声。乔厅长不仅是江心人相识中职务最高的官儿,更重要的是,他是建桥的"第一功臣"。战争年代,乔厅长在一次战斗中身负重伤,是田大爷冒着枪林弹雨将他用木盆驶过江。从此乔厅长与江心乡结下不解之缘,多次大声疾呼要造桥,甩掉贫困帽,并捐款三万元。江心乡人都清楚,乔厅长是清官,这笔巨款是他从牙缝里省出来的,大家都哭了。乔厅长不剪彩,有谁能担当此殊荣呢?

赵乡长脑海里闪现着斗大的问号:

难道乔厅长有意退避,以此不显山露水永葆美名?否!乔厅长在大庭广众中曾亮底:"大桥通车,我只要有口气,爬也要爬来参加祝贺!"难道是政务繁忙难以脱身?否!乔厅长已离休三载,"为江心乡造大桥是我晚年最大的事!"难道子女尽孝心,带着他游山玩水享清福?否!乔厅长无儿无女,"为江心乡造大桥尽微薄之力是我晚年最大的清福!"

为……为什么?赵乡长百思不解。

正当焦急万分之时,田大爷气喘吁吁地赶到,赵乡长迫不及待地问:"乔厅长怎没来?"

"没……没见到。"田大爷捋着雪白的胡须,嗫嗫嚅嚅。

"什么人都没有见到?"赵乡长呼吸急促起来。

"见……见到乔厅长老伴,说乔厅长身体不适,不参加庆典,晚上来看看。"田大爷声音冷冰冰的。

"唉……"赵乡长十分失望,大会筹委会开了紧急会议,临时请来宾中的副市长剪彩。

夜幕降临,桥灯齐明,人头攒动。来啦!一辆黑色轿车缓缓驶上桥来,人们呼地一下拥了上去。

车上下来一位老太,穿着一身黑衣服,一副憔悴的面容。砰,车门关紧。

"乔厅长呢?"赵乡长问道。

"老头子在里面,他很累。"

老太平静如水。

赵乡长缓缓走向车门:"乔厅长,请您老人家下来看看吧,乡亲们已恭候您半天啦!"

突然老太揉了揉眼,亮开了沙哑的老声:"好吧,我来请老头子下车。"

少顷,老太下了车,人们目光顿时定了格:老太捧着只黑色的骨灰盒:"老头子五天前已去世,这是他的遗信。"

赵乡长虔诚地双手接过信,悲哀的话音在大桥四周弥漫:"我以一个离休老干部的身份衷心祝贺大桥通车!……我恳求将我的骨灰埋在大桥底,请允许我当个桥墩吧……"

哇!哭声轰雷般响起。

接着,人们不由自主地列成几路长队,朝着骨灰盒深深地三鞠躬。

(1997年)

[鉴赏]　这是一篇回荡着高昂激扬的主旋律的作品,作品所塑造的乔厅长这一形象,因其始终不忘人民群众、始终为人民群众谋福利而感人肺腑。

我们知道,在整个微型小说创作中,写官员的作品可以说是多如牛毛,而其中占极大比例的,则往往是表现腐败类问题的——也就是说,从微型小说中,我们更多地看到的,常常是那些千夫所指的贪官形象。因此,就在那形形色色的丑角的衬托下,乔厅长这一形象自然便显得更加的可亲、可爱和可敬了。不过,乔厅长的这种可亲、可爱和可敬的形象,又绝不是由某种概念或者是作者主题先行所决定的,而是深深地扎根并形成于作品情节的一步步展开中:那层层悬念的巧妙设置,那在层层悬念的推进中情感因素的不断被激发并累积,无疑便是乔厅长这一形象生成并使之丰满的最肥沃的艺术土壤;而作品结尾处乔厅长的"出场",则更是既给了所有的悬念一个水到渠成又石破天惊的答案,又引发了人们(不仅仅是江心乡的干部群众,还包括我们读者)感情高潮的狂澜,从而十分自然又十分巧妙、十分真实又十分生动地完成了对人物形象的塑造,同时也完成了对作品题旨的揭示——由此可见,微型小说是完全可以去写也是完全可以写好主旋律的,问题只在于怎么个写法:是概念化还是艺术化。

还值得一提的是作品的标题。作为"文眼","桥墩"显然是一种极为鲜明的象征——它是乔厅长那巨大的人格力量的化身,乔厅长无疑是一座顶天立地的桥墩、一座犹如丰碑的桥墩!　　　　　　　　　　　　　　(汝荣兴)

陶　四　指　　　　　　　　　　　胡永其

陶家在小城是个大家族。老四陶慕青更是了不得,他自小酷爱丹青艺术,尤以画兔享誉画坛。那幅在中堂悬挂的"百兔图",栩栩如生,温柔可爱,令多少骚人墨客为之折服。人们皆敬称他为"陶四爷"。

陶四爷平素深居简出,潜心作画,似乎一介"大隐之士"。可民国二十年那年发大水,当多少百姓流离失所四处漂泊之时,陶四爷竟寝食不安,一口气作画上百幅,并亲自上街义卖,所得的钱财全部赈济给了灾区难民,一时在小城传为佳话。而当县城小报记者去采访他时,他却淡淡地说道:"区区小事,何足道哉!"

抗战那年,小城沦陷,膏药旗如蝗虫般满天飞舞,驻扎在翠园内的鬼子中队骄横不可一世。中队长佐田是个"中国通",亦甚喜爱丹青艺术,当他听说小城有个颇有名气的画家时,便急吼吼地把维持会会长陶慕高唤来"嘀咕"了一通,并指定三日后要取画。谁知那陶慕高竟是陶慕青的大哥。他深知四弟的脾气异于常人,此事不大好办;但又不敢推却,只得强装笑颜应诺了下来。

果不其然,当陶慕高登门说明来意后,竟被四弟痛骂了一通,羞得他面红耳赤,只恨无地洞可钻。

三日过去了,陶四爷称病不起,始终没有作画。

佐田可从没吃过这种瘪,气得疯子似地乱吼。为了不服这口气,他决意亲自登门索画。

那一日,佐田特地备了一盒礼品,拉着陶慕高一道假惺惺地前去探望陶四爷。陶四爷不卑不亢地起床接待。寒暄一阵后,佐田便直通通地向其索画。陶四爷再三婉言推辞,谁料佐田竟面有愠色地吼道:"你的,良心大大的不好!"

陶慕高在一旁急了,赶紧上前打起了圆场。陶四爷无奈,只得忍住性子取来笔墨,铺开宣纸,不慌不忙地画了起来。

须臾工夫,一只通体雪白的兔子便画成了,只是那神态有点蔫。陶慕高凑近一瞧后,不由得倒抽了一口冷气:这只兔子竟没有画尾巴!

这含义是不言自明的。那佐田是个"中国通",也看出了这一"匠心",旋即黑了脸,"叽哩哇啦"地嚷开了,硬要陶四爷添上没画完的那一笔。

陶四爷却把画笔一掷,安然坐下,悠闲地捧着紫砂壶啜了起来。

　　佐田见状大怒,抽出指挥刀猛地砍去了八仙桌的一角。陶慕高大骇,又慌忙上前好言相劝四弟"别吃这眼前亏"。孰料,平素一贯温文尔雅的陶四爷"霍"地站了起来,他面无惧色,一把操起裁宣纸的小刀,对准自己的右手大拇指猛然一斫,顿时,鲜血四溅,汩汩流淌……

　　从此,陶四爷与画绝缘。"陶四指"则名播遐迩。

(1997年)

　　[鉴赏]　写"宁为玉碎,不为瓦全"之高贵品质的作品,古往今来可谓多矣,本篇仍能使我们眼睛一亮,盖因其作品有着独到之处。

　　全篇着意赞美陶慕青刚烈正直、宁折不弯的民族气节,他具有"横眉冷对千夫指,俯首甘为孺子牛"式的宝贵精神。作者一开始并不写他怒目金刚式的刚,却先写他的柔,一种从艺术特长中表现出来的柔。作者告诉我们,主人公平时喜画、善画温柔可爱的白兔,"令多少骚人墨客为之折服"。选择写这样的艺术特长,自然经过缜密的考虑,这样写,不仅巧妙地反映了陶慕青的温和而善良的性格,也自然地营造了一种氛围,用以反衬和烘托下文他在日寇面前表现出来的凛然不可侵犯的浩然正气。作者这是为刚写柔,以柔写刚,刚柔相济,相得益彰。

　　全篇最着力处,在于作者层次分明地、张弛有致地展示陶慕青的独特性格。作者注意不把陶慕青写成一味刚烈但不讲究策略的莽撞汉,这才可能把他刚柔相济的性格表现得多彩多姿。日寇佐田中队长先是通过维持会会长,也就是陶之大哥来索画,意欲借其兄弟之情达到目的,立遭拒绝,这是一。佐田恶狠狠地亲自登门,陶似乎"无奈"而"忍住性子"作画,这是二。陶虽然也画了他所擅长的兔子,但那兔子不仅"神态有点蔫",而且"竟没有画尾巴",这是三。佐田看出此画"兔子尾巴长不了"的含意,"硬要陶四爷添上没画完的那一笔",并挥刀相逼,这是四。最后,矛盾激化,剑拔弩张,生死面前,陶慕青自砍一指以明志。

　　"从此,陶四爷与画绝缘。'陶四指'则名播遐迩。"文末这一句,看似语气平平,其实是塑造陶四爷形象的不可或缺的浓墨重彩的一笔,它宛如一曲中的最强音,声可裂帛,响遏行云。

(陆建华)

啼血红鸟

钱　岩

　　木镇依山傍水。山重重,阻断了路,水潺潺,行不了舟。青年诗人小鱼费尽周折才来到这偏僻的小镇。小鱼来到木镇是为了见见诗友红鸟。

小鱼想自费出版一本诗集,手头缺钱,于是想到红鸟。红鸟为创办一本诗刊《瀑布》,曾向自己约过稿,小鱼的诗在省内诗歌圈子里有一定影响。诗歌现在不景气,诗人们正忙不迭地"逃离"和"自杀"。小鱼不相信一个山村青年能创办一本诗刊,向作者支付稿酬更让小鱼觉得是天方夜谭。小鱼后来还是很随便地寄去了几首短诗,但根本不抱希望。没想到半年后,小鱼真的收到了一本很不错的油印诗刊,同时还收到了五十元稿酬,小鱼很是激动了一番。一个先富起来的山村青年,竟如此钟情诗歌,这实在让人兴奋。

很遗憾,小鱼一连问了几个人,都摇头不知道木镇有个名人叫红鸟。第六位是个青年,他耐心地听完了小鱼的解释,便暧昧地笑道:"你要找的人是丁二宝吧?"

众人闻罢恍然大悟起来:

"对,对,丁傻子写诗……"

"鸡巴?红鸟?……"

"哗——"众人哄笑着四下散去,又在远处立定,目光再肆意地把诗人小鱼剥光了一次又一次。小鱼诧异不已。

小鱼立在白房子前问门口的汉子。汉子坐在那翻飞着篾片编织着篾器。

汉子抬眼白了一下诗人小鱼,旋又低下,同时从嘴里挤出两个字:"死了!"

"这不可能!"小鱼失态地惊叫一声。

汉子再一次抬起头,面无表情:"我是他父亲。我说他死了,那他肯定就是死了。"

"这……"难言的悲哀迅速扩充小鱼全身。小鱼突然觉得自己迷失了方向,于是失魂落魄地在光滑的青石小道上踢踢踏踏。

"我领你去,我儿子现在一人住在后面的山上。"从屋子里走出来个老妇人,朝小鱼笑笑,笑得很悲哀。小鱼默默地点点头,是该到红鸟坟前向他道个谢、问声好。

上了山,让小鱼惊喜的是小鱼看到的不是坟头,而是一间茅棚。在翠翠青竹间,茅棚安详得宛如摇篮中的婴孩。

茅棚门锁着。

"大概又是下山给人家抬石头去了,这一下就不得回来了。他抬上几个月石头挣上一笔钱后,就呆在这屋里写诗、编诗。"

"他老子反对他写诗、编诗,说弄这玩意生不来钱还耗钱。他不听,他老子便把他从家里撵出来了。撵出来了他也不恼,在山上搭个茅棚还写、还编。"

"镇上人都笑话他为丁傻子。我看这孩子是有点傻了,我只这一个儿子呢!"

……

小鱼脸紧贴门缝,和阳光一起挤进屋。目光所及,仅是零零几件破落的用品,惟有一台油印机崭新,这让小鱼灵魂震撼。

"镇上有家闺女是个跛子。我托人去说亲,人家姑娘说,自己腿不好,再找个脑不好的,这日子怎么过?"

"邻镇还有个瞎女,我想过几天托个媒人去说说。"

……

老妇人还要唠叨,小鱼突然转过脸来,吼道:"你怎么这样作践你儿子? 你儿子不是傻子,是诗人! 诗人! 懂吗?"

"我懂! 我懂!"老妇人忙赔上笑脸,小心地问,"这么说我儿子以后能讨上媳妇? 闺女,你别哄我。"

"真的,你儿子一定能娶上很好的媳妇的。"小鱼望着茅棚说话时泪水已铺天盖地。此时,茅棚已被阳光涂抹成一只啼血红鸟。

(1997年)

[鉴赏] 《啼血红鸟》全篇用侧写,加之对比、衬托以及运用意象等多种手法,写得色彩纷呈。

主人公红鸟自始至终没有出现,完全是由小鱼所感、所见、所闻来表现的。但人物却个性突出、形象鲜明,给人留下极深刻的印象。

作者以小鱼寻访红鸟为全文的主线,精心选择了几个有深意的细节。首先是在诗歌极不景气的现代,诗人在忙不迭地逃离诗歌时,红鸟却自办诗刊,还用自己劳动得来的不多的血汗钱,给作者付稿酬。这个细节,一下子就把人物的执着、与众人不同的思想境界凸显了出来! 其次,是同村人对他的嘲讽,污蔑他为"丁傻子",从一个侧面写出他生存的艰难和平日受到的精神折磨。这种反面的对比、讽刺,反而强化了人物的个性特征,并加深读者急于想见这个人物的愿望。第三,行文逐渐升级,写他的父亲不仅不理解他,而且咒骂他。"死了"的说法颇值得玩味:一方面写父亲愤恨之深;另一方面,使小说形成波折,增强作品的吸引力。第四是小鱼所见:破落的用品与一台崭新的油印机形成鲜明的对照。突出"油印机",是运用类似舞台上"追光"的手法,强化读者的视觉,让人看后心灵受到极大的震撼。第五是小鱼的愤慨反驳,写出她内心的极大震动,实际仍是在侧写红鸟精神的感人。第六,老妇人的一声"闺女",点明了小鱼的身份,"你儿子一定能娶上很好的媳妇的"一句话,又给读者以无尽的遐想。第七,人物起名"啼血红鸟"暗含"啼血杜鹃",是运用意象化的手法,点出人物的灵魂。实际上,在作品中,红鸟不仅是一个痴迷诗歌的农村青年,更是一个对事业有着执着精神的化身,是一种崇高人格的写照。他的所作所为,可以引发我们对社会、对人生的广泛联想,并从中得到许多的启发和教益。

运用多种手法并用的方式刻画人物,在普通常见的事件里蕴含深刻的内涵,使这篇小说写得颇不平凡。 (顾建新)

好 望 角　　秦德龙

办公室的西北角是办公室的好望角。

办公室的好望角与世界地图上的好望角异曲同工。世界地图上的好望角在非洲大陆的西南端,经过这里可以通向富庶的东方。而办公室的好望角,一言以蔽之,就是可以瞻望全局。

办公室的全局就是几个干部、几个桌子、几个椅子、几个沙发、几个柜子,还有一些土产日杂。

谁不想掌握好望角呢?几个干部都想占据好望角,想了好多年了。

当然,谁当上科长,好望角就是谁的。科长换了好几茬了,不管谁当科长,第一件事就是把办公桌搬到好望角。往好望角一坐,一拿姿势,全局就尽收眼底了。

科长坐在好望角,能一目了然地看清每个人正在干什么,每个人就会产生芒刺在背的感觉,这就是领导和被领导的关系。科长坐在好望角,还可以最先看见走进来的每一位嘉宾,不管是上级还是下级,当即就会一见如故。当然啦,遇到什么麻烦事,坐在好望角的科长只需把头卧到办公桌上,好像埋伏在草丛里了,就可以事不关己、高高挂起了。

好望角真妙。

又一位科长从好望角提拔出去了,好望角就暂时成了空角。

红头文件还没下来,究竟谁能坐到好望角上呢?

按说,老甲最有条件上好望角。老甲的资格最老,经验丰富,就是下雨淋,也该淋到老甲了。曾经有两个嫩货,跑在老甲的前面当上了科长,坐上了好望角。老甲什么也没说过,没发过任何牢骚。这就是老同志的姿态、老同志的风格。但现在有个老乙,极可能成为老甲的竞争对手。

老乙年富力强,专业技术水平高,国内、国外发表了不少文章。老乙有一个最大的优点就是谦虚。但是谦虚并没有使老乙进步,几次挺进好望角的机会,他都错过了。老乙深知自己这次也不一定行,还有个老丙呢,老丙正在跃跃欲试呢。

老丙是个好人,公认的好人。尊敬领导,团结同志,遵守纪律,助人为乐。老丙特别勤快,打扫卫生、收发报纸等杂活全都默默无闻地承包了。而且老丙有办实事的能力,比如每次分鱼,他都能把最优秀的鱼给大家分回来。

就不说小丁了吧。

也不说小戊了吧。

反正大家都有资格占领好望角,都暗中较着劲儿呢,都揣着明白装着糊涂呢,都是一副大智若愚的样子呢。

好望角一直空着,上级就是不说谁来坐这把交椅。

大家就有些忍耐不住。不知谁出了个主意,抬一张空桌子放到好望角,委婉地向上级暗示,还是应该早地拔葱啊。

这个主意挺好,从表面上看不出群龙无首。大家很团结的样子、很勤奋的样子。无论谁写了材料,都主动地放到好望角的空桌子上。无论谁收了文件,也主动地放到好望角的空桌子上。当然,该谁干什么活,谁就到好望角的空桌上去取,不用任何人布置。

又有人主动把原来串在一起的三部电话机给掐了,只保留好望角上的一部。每当电话铃响的时候,大家都争着向好望角鱼跃。

好望角到底让人望多久呢?

究竟谁能占据好望角呢?

好像现在这样也挺好。甲乙丙丁戊都这样对上级领导说。上级领导认为,是挺好,增强了科室的活力,这个经验很值得推广呢。

(1997 年)

[鉴赏]　作者把办公室的西北角比喻成非洲大陆西南端那个好望角，可谓是奇思妙想。好望角因是通向富裕东方的黄金路道而闻名于世；而办公室这个西北角却也非同寻常，至少在这个办公室的所有人心目中，是人人嘴上不说、心中却无限向往的风水宝地——因为只有科长的办公桌才能放在这个"可以瞻望全局"的地方，换句话说，"谁当上科长，好望角就是谁的"。这样看来，此好望角与彼好望角也并非完全风马牛不相干，此好望角乃通向升官之道也。

科长也是"官"的一种。本来，当"官"不是坏事，老百姓盼望的是能真正为人民服务的好"官"。但这个办公室的诸位争坐"好望角"的动机令人不安，他们想掌握好望角，首先是为了"能一目了然地看清每个人正在干什么"，其次则是"可以最先看见走进来的每一位嘉宾"，还有，"遇到什么麻烦事，坐在好望角的科长只需把头卧到办公桌上，好像埋伏在草丛里了，就可以事不关己、高高挂起了"。作者以略带夸张的幽默口吻，叙述办公室内好望角的玄机之所在。读者在鄙夷生活中某些人的恋官情结的同时，也会赞叹作者为深刻揭示主题而找到一个独特的构思。

本文更妙之处在于，当又一位科长被提拔搬出"好望角"后，其他的人都在觊觎这个宝座，但上级迟迟未能确定谁来坐这把交椅。这样，就出现了群龙无首、但群龙为当首而争相卖力工作的喜剧场面。诚然，迟早有一天，上级终究要明确谁坐"好望角"这把交椅的，但小说描写的群龙无首反倒增强了科室活力的现象十分令人深思。

（陆建华）

剪彩先生　　　　　　韩 英

奠基仪式在山坡上举行。这天，晴转阴，风大，很冷。鲍先生坐在主席台上，冻得直打冷颤。看那礼仪小姐，穿着旗袍走来走去，"难道她们不冷吗？"

当宣布请他出来剪彩时，他一下子不冷了，扶正领带结，扣上一个纽扣，拉一拉衣襟，挺一挺胸，走出来了。一个礼仪小姐轻轻地扶着他，往下走。

当把那一大把红绸子剪断后，他把剪刀放回托盘，面对观众，面带微笑，拍手致意。

他按照来路，往上走，礼仪小姐轻轻地扶着他。他"哎呀"一声，跌倒了。他踩上一块石头，石头一滑……

这时已经燃起爆竹，声音"啪啪"，火光闪闪，硝烟滚滚……

只有他身边的礼仪小姐照顾他，观众的视线已经转移了。

　　鲍先生这一跌，扭伤了脚脖，碰破了膝盖，只好往医院里抬。

　　他住在医院的一个单间里。朱秘书来向他报告工作，顺便带来一大沓子请柬，这儿奠基，那儿竣工，请他前往剪彩。

　　"还剪彩，我能去吗？"

　　他在医院，一住就是七天。医院领导与他交了朋友。

　　"鲍主任，医院门诊大楼明天举行落成典礼，请您参加剪彩。"医院廖院长非常客气地说。

　　"不行啊。您看，这么多请柬，我都没有办法去哇！"

　　"这是在本院，不同别的地方。您是在这儿住院。要不，我们请您都请不到哇！您就应承了吧。"

　　"您看我这腿脚，行吗？"

　　"行，到时叫人照顾一下。"

　　正式会议开始之前，主持人首先介绍到会嘉宾。

　　"各位，我们很荣幸，此次门诊大楼落成典礼，我们请来了德高望重的鲍主任……"

　　大家啪啪啪地给鲍先生鼓掌，鲍先生一下子站了起来，向大家挥挥手。当介绍其他嘉宾的时候，鲍先生这个嘉宾吃不消了，他刚才站起来太急，腰杆子闪了一下，扭伤了，痛得直咧嘴。廖院长坐在他旁边，察觉到了。

　　"鲍主任，请您坚持一下，等剪彩完毕，我就叫刘医生给您推拿。"

　　当请鲍主任出来剪彩时，他双手按住膝盖，缓慢地站了起来，然后，缓慢地向那红绸子走去，腰杆子像木杆子，僵硬得很……

　　当把那一大把红绸子剪断时，他把剪刀放回托盘，面对观众，面带微笑，拍手致意。

　　鲍主任给门诊大楼落成剪彩的消息，报上登了，电台讲了，电视放了。

　　"有人说鲍主任病了。人家哪里病了？你看，人家还出来剪彩，腰杆子还挺得那么直。快快，快去请鲍主任！"

　　宏伟建设公司的刘经理来了，永利实业公司的潘经理来了，华兴电缆厂的牛厂长来了……他们找到这家医院，找到住在这家医院里的鲍主任。

　　鲍主任趴在病床上，刘医生在给他推拿。

“请您剪彩……”

“请您剪彩……”

“请您剪彩……”

鲍主任出院了。他走在大街上，气宇轩昂。

两个小姐跟在后面议论：

“这个人好像在哪里见过？”

“是啊，那天他还亲切地与我们闲聊，说我们是剪彩小姐呢。”

“他是谁？”

“他是谁，他是、他是剪彩先生呗！嘻嘻……”

（1997年）

[鉴赏]　在我国当代微型小说作家中，韩英是一位“官员作家”。本来，一个作家的身份与地位跟其作品应该是互不相干的，但说到韩英的作品，我们却又不能不把两者联系起来——因为，一方面，韩英作品的题材几乎都取自官场；另一方面，身为一位职务不算小的官员，韩英在作品中所塑造的官员形象，又往往以所谓反面的典型居多，并由此形成了他那犀利尖锐的“杂文化”的微型小说特色。

这篇作品便是一个例证——作品以很是辛辣的笔触，活灵活现地刻画了一个“剪彩先生”的形象，虽然从中我们也可以看出官员们的无奈，但作品最直接的客观指向，还是在于对鲍主任们的讽刺与批判。特别是在反复体味鲍主任每次剪完彩（包括他带病给医院门诊大楼的落成典礼剪完彩）时，那总是“面对观众，面带微笑，拍手致意”，以及一从医院出来便“气宇轩昂”的细节后，我们就更可真切地感受到作品那种锋芒毕露、有如鲁迅先生所说的“投枪”与“匕首”一般浓烈的“杂文”味道。

当然，必须指出的是，杂文与微型小说毕竟是两种不同的文体。因此，在从杂文到微型小说的转变过程中，或者说在微型小说“杂文化”的过程中，是一定得遵循诸如情节化、形象化、典型化等微型小说创作的基本规律的。而我们之所以肯定这篇作品是微型小说而不是杂文，就因为它是通过鲍主任这么个人物及发生在他身上的故事来证明其不是“杂文”的——由此可见，微型小说创作既可以从别的文体中得到有益的借鉴，又绝不能脱离微型小说自身的本质属性。

（汝荣兴）

驼　背

谢志强

赵主任上任的头一天，发现一个奇怪的现象：单位工作人员，除两位副职之外，皆弓着脊背。起初，他认为这是对他的到来表示和善、友好。他一一握了手之后，说：大家不必客气，从今天开始，我们都要一起共事，我的性格大家逐渐会了解。

可是，大家仍旧弓着脊背，呈典型的"C"状。赵主任很快通过两位副职的口中得知，这是前任几位主任留下的传统，由此，导致了单位这种恭敬、谦虚、谨慎的风气。赵主任似乎自嘲地摇头笑笑。

于是，赵主任发起一项"挺直腰杆"的活动。并且，他将这项活动提高到单位形象的高度。果然，办公室的全体工作人员雷厉风行，生硬地挺起了胸膛，使赵主任想起电影中的异国军人"海依"的姿势。他感慨万千，说了许多话，渐渐地，他看到大家脸颊沁出汗水。他体谅地说：放松放松，我也清楚，非一朝一夕所能改正，关键要坚持。

随着话音，大家的背部又恢复了弓形，甚至响起轻松的叹息。之后，他走过各办公室，所到之处，本来驼着的背，皆如接受命令那样艰难地挺胸昂头。他稍稍地观察，发现他不在场，大家的背又驼起来。甚至，个别人员，碰见他，习惯性地准备哈腰，却又立即改为挺胸——他的意识中仿佛听见了强作挺胸的动作而引起脊椎骨咯嘎作响。他想：总不能我一个人监督这项活动的实施吧？

他叫来办公室钱主任，要求钱主任拟个考核办法，将"挺直腰杆"活动与单位奖金挂钩。考核办法一出台，大家着了慌似地挺起了胸膛，不过，苦了那几位年龄稍大的同志，他们开始寻门路，欲"跳槽"，而别的单位一听是他们，纷纷打了回票，拒绝接纳。

考核办法具体由钱主任实施，而钱主任的背弓得尤其明显。赵主任不会管得那么具体了，否则，岂不是有失身份。他每月过目钱主任汇总的统计表。统计表分日统计，其中有"挺直率""挺直次数""抽查情况"之类的栏目。赵主任看了月度"挺直腰杆"活动统计表，感慨道："初见成效啦！"

这天，开了会回来，他突发兴致，出现在各个办公室巡视。他的脸慢慢阴沉下来。他没有批评，因为，他看见大家惊慌尴尬的表情。

"你提供的数据是不是掺了水分？"赵主任严肃地说。

钱主任立即弓起腰，红了脸："赵主任，我也十分为难。"

"为难？你看看你！"

钱主任猛地一挺胸，随即，豆大的汗珠扑刷刷地滴落，面色刷白。

赵主任赶紧上前扶起，说："你哪里不舒服？"

"赵主任，我刚才用力过头，伤了脊梁骨，"他惭愧地欲站立起来，"赵主任，大家都养成了习惯了，一下子要照你那样做，都不习惯……我的工作没做好。"赵主任朝走廊喊："快派车，送医院。"

(1997年)

[鉴赏]　"单位工作人员，除两位副职之外，皆弓着脊背。"这样的单位，现实中是不大可能存在的，至少是极罕见的；但见了领导就习惯性地点头哈腰，弓着脊背作恭敬谦虚状，这样的人，生活中却屡见不鲜。作者对生活中的这一常见现象不仅注意到了，而且显然进行了认真的甚至是痛苦的思考，这才有了我们现在看到的用荒诞手法写出的《驼背》。

貌似谦恭的见到领导就"弓着脊背"的现象，伤害的不只是身体，更是人的精神！其产生的原因，既在于某些领导习惯于属下在自己面前低眉敛目，也在于当事者自身精神上的伤残。长此以往，不仅会由"弓着脊背"发展为驼背，而且改也难。赵主任敏锐地发现了这一奇怪现象，后又了解到这一现象的成因。他下决心扭转，甚至发起"挺直腰杆"的活动，但收效甚微。原因在于"大家都养成了习惯了"，"这是前任几位主任留下的传统"。

创作中的荒诞手法运用，其实是对现实生活中人们常见现象的提炼和集中，又以夸张手法出之。作者之所述看似荒谬，但却是来自生活，言之有据，只不过被强化了、放大了。这样做，与其说是创作的需要，更不如说，非如此不足以表达作者对生活的独特发现，以及要大声疾呼以引起人们严重注意的急迫心情。用荒诞手法叙写的作品，读来常常令人忍俊不禁，比如本篇为显示积习难改，作者写赵主任希望人们"挺直腰杆"并为此想了好多办法，不仅搞活动，还"将'挺直腰杆'活动与单位奖金挂钩"，即便如此，人们仍然改变不了"弓着脊背"的习惯，甚至有人因为不愿挺起腰杆而想跳槽。读这样的情节很难不笑，然而，笑后又不能不陷入深深的思索之中。　　　　　(陆建华)

我头顶那一盏灯　　　　　　谢志强

彭老师说我头顶亮着一盏灯。

我那时走读军垦农场偏僻的三营耕读小学，有点全托性质。我家居住的连队离营部三里路，晚饭后，班主任彭老师送我还有另外两个同学回家。两地之间，有一片不大不小的坟地。每回穿过坟地,便生出恐惧,担心传说之中的死鬼出现。坟地荒芜而又阴森。彭老师教我们算术课程,作为奖赏,他每堂课总是讲个神话故事。那时,我的心灵世界里,都是那些变幻莫测却又可爱有趣的神话角色,以致那片戈壁沙漠中的绿洲也成了神话世界。因此,彭老师说:你头顶亮着一盏灯。我并不奇怪,只是我自个儿看不见,我看看同班两个同学的脑袋并没有亮光。

这个说法传出去,连队、学校的人们都来瞧稀奇。彭老师威信很高,可是,人们看了我都失望,说彭老师老花了眼了。

彭老师并不反驳,只是自信地笑笑。他说有些东西,并不是每个人都能看见,但它存在着。

我疑疑惑惑,有时候,伙伴一起藏猫猫,我绝不钻草垛,生怕头上的灯引起了火灾。我相信彭老师的话。想象里,我头上确实亮着一圈光。我看不见。

彭老师格外严格了。我喜欢算术课,却更喜欢玩耍,玩耍起来一切都抛到九霄云外。正是贪玩的年龄呀。

那天,彭老师唤我去他那间办公室。我心里像揣了一窝小兔一样乱乱地蹦跳。

彭老师摘下老花镜,拍拍桌面的作业簿,绷着个脸,说,你这两天咋了?

我的脸火热火热地烧,说,没咋。

彭老师生起气来,样子很凶,说,今天布置的作业你动脑筋了吗?

我低下头,流起泪了,照实说,我抄了同桌的作业,我生怕来不及交作业。

彭老师说,好吧,现在你做一遍。

我出了差错——我抄袭的时候也没动过脑筋,演算过程出了错,结果却对了。

彭老师说,一盏灯,灯光怎么会暗下去呢?

那以后,我撒了谎,头顶那盏灯的亮光总会暗淡下去。我知道只有彭老师能看见我头顶的那盏灯。连我自个儿也看不见。外界都说彭老师迷信。我想我头顶确实亮着一盏灯。我不再撒谎了。

小学毕业,我进场部中学读书,寄读。我仍坚持不撒谎。再考入沙井子中学读高中,后来,我考入阿克苏地区师范。大概是阴差阳错,录取的竟是文科。我再没见过彭老师。渐渐地,我开始说些个谎话,而且极力编得圆些,否则会弄得很狼狈,撒谎的起点是说真话受过两回惩罚。

我的年龄一天天增长。我开始划开神话世界和现实世界。我想象我头顶那盏灯的亮光在逐渐地暗下去。我撒谎了,就有这种感觉。已经无颜碰见彭老师了,虽然我一旦撒谎脸就发烧。

现在,我头顶那盏灯已没了亮光,我想。不过,我常常怀念彭老师——满脸络腮胡,戴着副老花镜,很慈祥的模样儿,我却害怕哪天意外地邂逅他。

(1998 年)

[鉴赏] 这篇小说像是一首耐人寻味的寓言诗。作为寓言诗,在讲述一个生动的故事后总要有比较深刻的思想寓意,承担着讽喻教化的使命。本篇正是如此。

彭老师说"我"头顶亮着一盏灯。身为小学生的"我",从最初的疑疑惑惑到深信不疑,确信一旦撒谎,"头顶那盏灯的亮光总会暗淡下去"。于是,在经历一次抄袭同学的作业这一不光彩的事情之后,"我不再撒谎了"。小说至此,宛如一首优美的抒情寓言诗。但作者并不满足于此,他要继续深挖下去,从而使作品的思想有新的升华。我们看到,随着"我的年龄一天天增长",虽然明知一旦说谎话,头顶上那盏灯的亮光就会逐渐暗淡下去,可他却又不得已而为之。为什么?"撒谎的起点是说真话受过两回惩罚。"读到这里,我们掩卷长叹。作品至此一跃而变为令人深思的哲理诗了。

一个人的一生,是从幼稚走向成熟的过程,但也常常因为社会环境的影响,有可能从天真无邪逐渐变为世故圆滑。作品中的"我",最初对彭老师说他头顶上有一盏灯的说法,曾经是那样笃信不疑,为了保护这盏灯,他在与伙伴玩藏猫猫游戏时,牢记绝不钻草垛,他"生怕头上的灯引起了火灾"。但在他长大成人并且能够"开始划开神话世界和现实世界"之后,却"开始说些个谎话,而且极力编得圆些"。作者意味深长地写出了"我"这样一个令人痛心的蜕变,无疑有力地进一步深化了本文的主题。 (陆建华)

汗 血 马 魏继新

夕阳正在西下,苍茫的暮色给无垠的沙丘涂上了一层忧郁、凝重的昏黄。晚霞正在渐渐黯淡下去,几缕破碎的云丝被烧得通红后,又仿佛随着粗糙而夹着尘沙的戈壁风吹得骤冷,云丝便变得像一块块冷却后的生铁在青黑中镶上了一层红边，使干燥的沙漠更显得荒凉而凄惨，呈现出一派壮观的悲怆。但尽管如此，空气仍然十分干燥，使人嗓子眼里仿佛冒得出火来。所以，在汉子的眼里，那落日依然在使人炫目地燃烧着，使他觉得连呼吸也刺激得嗓子一阵阵针扎般地疼痛。

　　汉子的头发已经有些灰白了，但短而粗糙的胡须却显示出他并未衰老，而恰恰是正值壮年，只不过岁月的沧桑与坎坷过早地给他的须发涂上了一层白霜。汉子留平头，额头像石块一般坚硬，有几条刀砍斧凿般的皱纹横在其间。他面部轮廓分明，线条执拗粗犷，眼睛凹陷，带点儿凶狠、阴沉，与他做伴的，是一匹身架不高，但却并不因风沙干渴折磨而失去其矫捷神韵的枣红马。那马与他一起出生入死、相依为命，好几次在他昏迷时背负着他脱离险境。这一次，又是它，带着负伤的他日夜兼程地奔走了三天三夜，直到闯入茫茫戈壁，才摆脱了仇家的追杀。

　　马喷着响鼻，艰难地把腿一次次从深陷的黄沙中拔出，但尽管如此，它还是不时地用劲拽着缰绳，助不愿再骑它的主人一臂之力，但它终归还是太累了。汉子心疼地拍了拍马背，终于找了一处背风的沙口，躺了下来。那马，便偎在他头前，用身躯替他挡风。汉子见了，艰难地一笑，对它报以感激。

　　月亮升起来了，荒原变得苍白而神秘，一层忧郁的月光，镀在汉子和马身上，使他们看上去，犹如一尊正在被渐渐风化的黝黑的泥塑。

　　汉子醒来时，如炽的烈日已高高地悬挂在荒漠之上。他已记不得闯进戈壁有几天了，只是昏昏沉沉地被同样疲乏的马艰难地拽着走。偶尔看见被风沙掀露出的人兽的白骨。汉子嘴唇喃喃地动着，眼前不断出现许多幻象。他仿佛看见自己杀了杀害他全家的仇人，与弟兄们拉杆子杀富济贫的情景，也仿佛看见官家围杀了全部弟兄，还有他的相好玉茹。他要与官家拼命，玉茹却叫他一定要冲出去。他冲出去了，进了戈壁，却终于因饥渴难耐晕倒了。

　　醒来时马正嘶鸣着，用脚把刀踢到他面前，又躺下来，把脖子对准他的脸。汉子一下明白了，马要他拿自己的血解渴。汉子眼里涌出了泪水，他抱住马脖子，缓缓拿起刀，但他没有割马，而是割了自己手腕,血汩汩涌出,他把手腕对准马嘴。马似乎也明白了,吸吮了几口,便扭过了头,汉子看见马眼里也有了泪水。他撕了条布巾,包住伤口,缓缓爬上马背,马站起来,艰难地向前走去,汉子却昏过去了。

不知过了多久,过了多少个白天和黑夜,马一阵长长的嘶鸣声把他惊醒了,汉子迷迷糊糊地看见了一片绿地,而马也竭尽余力,艰难地奔跑起来,还出了汗。汉子用手一摸,闻到异味,拿到眼前一看,那汗中,竟渗着血丝……

后来,汉子便在这沙漠中的绿地安了家,他终身未娶,放牧着马匹牛羊。渐渐地,这儿变成了一块小小的绿洲,不少牧民也在这儿落了户。汉子的马不仅与他终身为伴,而且也渐渐繁衍成一群。只是,此马虽日行千里,夜行八百,但每汗必血,实非一般良驹矣。

于是,人们便呼那马为汗血马,尽心恤之,非轻易不使其驰骋也。

(1997 年)

[鉴赏]　小说通过对“汗血马”的歌颂,写出了一种精神、一种人性、一种人生。“汗血马”对主人的赤诚和忠心,在今天欲海横流、一些人做事仅以获得个人私利为出发点的情况下,无疑会起到震撼的作用。

对“汗血马”高尚品德的讴歌,作者用了四个层次:第一,小说开头,用了近二百字的篇幅,极写戈壁环境的恶劣;再写马自身受着干渴折磨已失去矫捷神韵,却驮着主人脱离险境;并兼程奔走了三天三夜,使主人摆脱了追杀。作者有意把马放在危难时刻及艰险环境中,凸显它的临危不惧与舍己为人的高风亮节,旨在一开篇,就先给读者留下一个深刻印象。第二,马腿陷在黄沙中,自己实在太累,却一心想的是竭力助主人一臂之力。作者对它的赞颂继续延伸。第三,在汉子晕倒后,马竟然用脚把刀踢到他的跟前,让主人拿自己的血解渴,不禁使人心灵为之一震!作者运用了极为丰富的想象,设计的这个超现实的细节,犹如暗夜中的一道烁目的闪电,长空中一声震耳欲聋的惊雷,把对马的精神品格的赞扬推向了极致,把读者的情感激越到了高潮。第四,马竭尽了全部余力,把主人驮到了绿地,自己汗中却渗出了血丝。它是用自己的生命,做出了真诚的奉献。小说结尾写马终成正果,有了一个美满的结局,它自身也得到了升华。

小说运用的是现实与童话传说相结合的手法,如椽之笔在现实与非现实中间驰骋,写得大气磅礴,叙述的故事曲折而又引人入胜。　　　　(顾建新)

尼 姑 庵　　马宝山

　　山上有竹，竹是紫竹。山下有庵，庵是尼姑庵。

　　尼姑庵里有两个尼姑，五十岁的老尼是师傅，十六岁的小尼是徒弟。师徒两人每天做课、诵经，接纳并不多的香客的施礼。她们在晨钟暮鼓声中悠悠地度过日月。

　　庵前是一条河，河边一座茅屋，茅屋前边是新开辟的一片田园。一对年轻夫妇在田园里春播秋收，日月在这对夫妇的欢声笑语中欢快地流逝。

　　青灯独处，做课的小尼姑常常被田野上飘来的欢声笑语打断思绪，她想：男耕女织的生活真幸福啊！

　　小尼姑常到小河边汲水，这就常常与耕田的青年夫妇相遇，时间久了都相互熟识了。风天雨天，年轻的农夫还替小尼姑把水挑到庵里。一天，小尼姑又到河边汲水，正好耕田的年轻夫妇也在河边小憩，这样就有了一段有趣的对话。

　　农夫问："小师傅每天在庵里做什么？"

　　小尼姑答："做课、修道、求来世……"

　　农夫又问："求美满姻缘？"

　　小尼姑又答："出家人清心寡欲。"

　　"求高官厚禄？"

　　"僧尼戒律，淡泊名利。"

　　"那么，求荣华富贵？"

　　"佛门讲究宁静致远，幽意闲情。"

　　农夫哈哈大笑："莫不是小师傅还修来世再做小尼么？"

　　小尼姑眼里就多了一些迷惘，她遥望山下那座清冷的尼姑庵，长长地叹了一口气，心想，我修身养性，如若来世还做小尼，那我今天还需再求么？

　　小尼姑轻轻抹去两腮上的清泪，挑担回庵了。

　　河岸上，青年夫妇的对话还在继续，只是多了几分戏谑的味道。

　　女人说："你猜猜，我求来世什么？"

　　"求高官厚禄？"

　　女人摇头。

"求荣华富贵？"

女人摇头又摆手。

男人噢的一声："我明白了，你一定是求来世做个清清静静的小尼姑……"

女的就用小拳头在男人的胸脯上捣捶："你坏，你坏，你真坏！"

男的就捉住女的手，追问："那你到底求什么？"

女人面如霞霓，说："不求高官，不求富贵，只求来世好姻缘，只求来世再做你媳妇……"说着女人就投进男人的怀中，两人在小河滩上嬉作一团。

河岸上的对话、河滩上那对情人的戏嬉搅得小尼春心荡漾。小尼不再静心做课，不再认真修道，一副心猿意马的样子。老尼看出这个徒弟已和佛门的缘分尽了，就把她送出了庵门。

举目无亲的小尼暂落脚在河边茅屋里的农夫家，小尼不再叫小尼，农夫夫妇就唤她小妮儿。

小妮儿跟着年轻夫妇日出而作，日落而息。农家的粗茶淡饭竟使小妮儿更健美了，头上渐渐长出飘逸的秀发，使她真正成了一个美人儿。

还了俗的女人就有俗人的性情，有了俗人性情的女人就容易创造出俗人的故事。俗人的故事，大多都是千篇一律，俗不可耐的故事就不在这里赘笔了。总之有那么一天，天上的太阳白晃晃照耀大地，河里的鱼儿欢快地游着，树上的鸟儿也是叫得那么悦耳。茅草屋的女主人从集市上买盐回来，一进茅屋就"噢"的一声尖叫，接着"哇"的一声长哭。哭声一直伴着疯了似的女人的脚步跌跌撞撞地来到河边。她想跳河，河水却浅。女人又跌跌撞撞地爬上山崖。她想跳崖，崖却不高。后来女人就跑进山下那座尼姑庵。

青灯独处，很寂寞了些日子的老尼姑很想知道眼前这个女子对今世和来世的期望是什么："女施主，你在小庵里是暂住还是久留呢？"

女人说："久留，请师傅收我为徒吧。"

老尼又问："你进佛门求高官厚禄？"

女人摇头。

老尼再问："求荣华富贵？"

女人还是摇头。

“那么求来世美满姻缘了?”老尼的话音未落,女人伤心的泪水从她眼睛里流了出来。

……

山上有竹,竹是紫竹。山下有庵,庵是尼姑庵。庵里有两个尼姑,一个是老尼,一个是新来的年轻尼姑。她们每天做课、诵经、求来世……

（1998 年）

[鉴赏] 诚如作品中所言,这是一个“俗人的故事”——尽管故事发生在“尼姑庵”中,但故事中的那两个女人,却确确实实都是“俗人”:她们一个是从尼姑庵里出来的还了俗的女人,一个是由俗人而最终遁入空门的女人。不过,在这两个女人身上,或者说是通过这个“俗人的故事”,作者却环绕着这样的两个女人究竟孰是孰非,特别是她们之间那既是突然而至又是自然而然的矛盾冲突,不露声色又耐人寻味地给我们提出了一个很是值得思考的问题,一个几乎可以说是司空见惯的社会问题,一个在所谓的“红尘滚滚”中关乎人情与人性的问题。可不是,在我们的生活中,除了高官厚禄和荣华富贵之外,还存在着人情与人性,而由后者所导演的那一幕幕喜剧或悲剧,我们到底该如何看待呢?

除了所提出的问题(也即作品的题旨)耐人寻味外,这篇作品在艺术上也很有值得称道之处——那就是反复手法的娴熟而又满含深意的运用。事实上,作品开头和结尾处那几乎是一模一样的“山上有竹,竹是紫竹……”的描写,作品中间那农夫与小尼、男人与女人及老尼与女人的关于今世和来世的大同小异的对话,都绝对不是那种简简单单的文字重复,而是作品题旨与意境的步步展开和层层深化。而就在这种步步展开和层层深化的过程中,在这种娴熟而又满含深意的反复手法的作用下,作者便将那样的一座“尼姑庵”,将那样的一个“俗人的故事”,将那样的一种题旨和意境,形象又深入地植进了我们的眼帘与心间。

是的,这是一篇内容与形式、思想与艺术结合得很是完满甚至可称之为结合得天衣无缝的作品。

（汝荣兴）

把木梳卖给和尚   王 颖 陈 圆

有一家效益相当好的大公司,决定进一步扩大经营规模,高薪招聘营销人员。广告一打出来,报名者云集。

面对众多应聘者,大公司招聘工作的负责人说:“相马不如赛马。为了能选拔出高素质的营销人员，我们出了一道实践性的试题：就是想办法把木梳尽量多地卖给和尚。"

绝大多数应聘者感到困惑不解，甚至愤怒：出家人剃度为僧，要木梳有何用？岂不是神经错乱，拿人开涮？没过一会儿，应聘者接连拂袖而去，几乎散尽。最后只剩下三个应聘者：小伊、小石和小钱。

大公司招聘工作的负责人对剩下的这三个应聘者交代："以十日为限，届时请各位将销售成果报给我。"

十日期到。

负责人问小伊："卖出多少？"答："一把。""怎么卖的？"小伊讲述了历经的辛苦，以及受到众和尚的责骂和追打的委屈。好在下山途中遇到一个小和尚一边晒太阳、一边使劲挠着又脏又厚的头皮。小伊灵机一动，赶忙递上了木梳，小和尚用后满心喜欢，于是买下一把。

负责人又问小石："卖出多少？"答："十把。""怎么卖的？"小石说他去了一座名山古寺。由于山高风大，进香者的头发都被吹乱了。小石找到了寺院的住持说："蓬头垢面是对佛的不敬。应在每座庙的香案前放把木梳，供善男信女梳理鬓发。"住持采纳了小石的建议，那山共有十座庙，于是买下了十把木梳。

负责人问小钱："卖出多少？"答："一千把。"负责人惊问："怎么卖的？"小钱说他到一个颇具盛名、香火极旺的深山宝刹，朝圣者如云，施主络绎不绝。小钱对住持说："凡来进香朝拜者，多有一颗虔诚之心，宝刹应有所回赠，以做纪念，保佑其平安吉祥，鼓励其多做善事。我有一批木梳，您的书法超群，可先刻上'积善梳'几个字，然后便可做赠品。"住持大喜，立即买下了一千把木梳，并请小钱小住几天，共同出席了首次赠送"积善梳"的仪式。得到"积善梳"的施主与香客，很是高兴，一传十、十传百，朝圣者更多，香火也更旺。这还不算完，好戏跟在后头。住持希望小钱再多卖一些不同档次的木梳，以便分层次地赠给各种类型的施主与香客。

在看起来没有市场的地方挖掘市场潜力，充分利用你的头脑，找出卖方与买方之间的最佳结合点，这是营销人员应有的最重要的职业素质。三人最终都被录用，营销"奇才"小钱自然不在话下;小石相形之下不算"奇才",但对营销之道还是有着自己的深刻领悟;小伊虽然只卖出了一把,但念其知难而上的勇气和关键时刻的灵机一动,公司还是决定录用他。当然,三人在公司的位置会有所不同。

(1998年)

[鉴赏] 这是一篇既有着很强的趣味又有着很深意味的作品。

先看它的趣味。对一篇微型小说来说,趣味的重要性,其实就跟我们已经习惯了的平常做菜时的味精一样,没有了味精,那道菜便会索然寡味,哪怕它是大鱼大肉。确实,趣味是一篇微型小说实现其可读性从而达成其可思性的必要前提与保证,只有以趣味为"诱饵",读者才会在那种有滋有味的感觉与过程中,自觉不自觉地进入你想要他进入的那种境地。这篇作品首先深深地吸引住我们并让我们不由自主地感到兴致盎然的,便是它那个"把木梳卖给和尚"的命题——把用以梳头发的木梳卖给头上光秃秃的和尚?有趣!于是,就带着这种有趣的感觉,带着这种很想知道作品中的人物是怎样把木梳卖给和尚的强烈悬念与期望,我们便欣欣然地走进了这个洋溢着浓厚的生活情趣的故事之中。

再看它的意味。事实上,"把木梳卖给和尚"不仅是个洋溢着浓厚的生活情趣的命题,同时还是个寄寓着深刻的哲理思考的命题——"把木梳卖给和尚"?这简直是个不可能完成的任务呀!换句话说,我们又该如何去看待能将这不可能的任务完成的人呢?就这样,随着故事的展开,带着问题与思考的我们便依次看到了小伊、小石、小钱是怎样将他们手中的木梳卖给和尚的。与此同时,不论这一故事是真是假,我们便都会渐渐地相信生活确实是有充分的理由去"录用"小伊、小石和小钱的,而且也会渐渐地明白小伊、小石和小钱在生活中"位置会有所不同"的道理所在。

这样,在读罢这篇作品之后,我们所收获的就不仅仅是一种趣味,而更是一种意味了。而从创作的角度来说,因其故事构思的非同一般性,这篇作品显然也是微型小说创作多元化趋势的一个明证及成功范例。 (汝荣兴)

月 镜 刘 纬

清乾隆年间,有位世家公子移居古刹师从一位老禅师学习经史。"三更灯火五更鸡",公子自入寺中,便一心扑在书卷上,不敢有丝毫的懈息。

一夕,月白风清。公子读书倦了,便踱出书房。此时已月上中天,四周万籁俱寂,惟有修篁翩翩,草虫唧唧。忽然,他见六层塔楼上的一个窗户里隐约透着些光亮,便信步拾阶而上。公子舔破窗纸,室内明亮如昼。墙上悬着一个又大又圆的古铜镜,仿佛一轮满月。月明辉室,光鉴毫芒。镜前一婉丽女子正在对镜梳妆。再看镜中的她,更是冰肌玉骨,妩媚动人。谁知胯下却明晃晃地夹着一条硕大的狐狸尾巴。只见女子将樱唇凑到镜前,不断地哈着热气,将镜中的尾巴遮去后,再坐下来,沾沾自赏,一旦镜子上的雾气散去,露出尾巴后,她又把嘴凑到镜子跟前。公子看得入神,一不小心弄出了动静。那女子听见声音,身影一闪,倏然而逝。惟余镜中夹着尾巴的倩影,让人啼笑皆非。

第二天,公子向禅师请教。老禅师抚着镜子对公子说:此镜是山寺的镇寺之宝。相传是河间王宫里的旧物。能够应月盈亏之变化,称之为"月镜"。晋代大文学家陆机曾对其弟陆云说过此镜,说它"过之辄写人影"。殊不知,此镜锋芒甚锐,任你修行千年的山妖木怪,在它面前都会原形毕露。任你怎样,也涂抹不去,非要等下一个月亏之时。老禅师叹了一口气接着说:至于何时所铸,就不得而知了。公子请求老禅师将宝镜移入寓所把玩几天,老禅师应允。

公子放下书本,对镜痴坐了一天,仍弄不明白,镜子背面的铭文已剥蚀不堪,镜面为何依旧光洁如初。老禅师说过,镜子自入寺中几十年,向来是秘不示人的。傍晚的时候,公子的家人忽来送信,说老夫人贵体欠安,急招公子。公子心中忐忑不安,疾疾奔回。一进母亲的卧房,见母亲端坐太师椅上,神采怡然。公子心中正纳闷,猛听老夫人呵斥道:你不在寺内好好用功,回来做什么?

公子一时找不出合适的话,只好跪下回道:很久没见母亲,心中想念!

老夫人面色缓和了一些说:我很好,不必挂念,你快回去吧!

公子调头出来,正巧碰上送信的老家人,便喝道:"你是怎么送信的?"

老家人一脸的惶惑不解。公子似乎明白了什么。匆匆往回赶,但还是晚了。镜子已在阶前碎成许多残片。

老禅师闻讯赶来,双手合十,口中不停地念道:"阿弥陀佛,罪过罪过。""畜生虽具人形,毕竟器量狭窄。"公子顺手捡起一枚碎片,碎片上依旧清晰地映着一个夹着狐狸尾巴的美女。

(1998 年)

　　[鉴赏]　写微型小说的从《聊斋志异》中汲取养分,那是便道之一,然而真能得其精髓者寥寥也。作者曾写了多篇狐仙题材的微型小说,这篇《月镜》便是其代表作之一。说老实话,狐仙题材似乎已被蒲老先生写绝了,再写往往会有拾人牙慧之嫌,难度是可想而知的。本文作者很聪明,他另辟蹊径,不写狐仙的爱情故事,却用笔去挖掘、探索狐仙的内心世界。

　　写狐仙题材,闹不好就写成了一个俗故事,品位就低了。但作者不仅大胆地编故事,更注重写出故事背后的内涵。这样,情节吸引人了,还能让读者有思索的余地。应该说,作者不写狐仙如何美丽,不写狐仙如何媚人,首先就棋高一着。他着力写的是狐仙如何对那个月镜中隐不去尾巴的耿耿于怀,这就有意思、有深度了。文中的狐仙虽经千年修炼,已成婉丽女子,可惜终因道行不深,一到镇寺之宝月镜前,再如何也会显出那条尾巴来。狐仙于是因此而嫉恨那月镜,最后设计骗开公子,碎了那月镜。也许在狐仙头脑里,月镜既碎,从此就没人再知道她那条狐狸尾巴了。

　　本来,作品至此也可结束了,可作者别具匠心,又设计了一个绝妙的结尾:那月镜碎片上依旧清晰地映着一个夹着狐狸尾巴的美女——这是点睛之笔,堪可玩味。

(凌鼎年)

奴　才

江　离

　　县城东南三十里,过去有一块极好的风水宝地,依山傍水,地脉充盈。

　　此地曾为一郭姓人独占,盖了许多的宅院,方圆几百里无人不知、无人不晓。不晓得底细的人以为这一定是官宦之家,而且不会小于四品。

　　实则不然。

　　此宅的主人,论身份很不显眼、很不够份的,可以说是卑微的——给一位当朝大人当阍人。

　　阍人便是看门的,此人还干些拉马坠镫的活儿。

　　一个阍人何以发迹?

　　别小觑了这角色,相府的丫环大过七品的官。莫说黎民百姓,就是带些衔儿的,要见大人也很不容易。"大人不在家。"阍人一句话掷过来,就是闭门羹。谁敢闯进去,你吃了熊心,吞了豹胆?于是先得打点阍人。阍人将打点的银两不动声色地袖中一掖,公事公办地道:"待我禀报老爷。"结果,便也蔚成风气。尔后,又有打点的多少之分,多的自然捷足先登。

奴才本来是穷人,过惯了紧日子,极为俭省。平素吃穿皆是府上供应,又无甚嗜好,花什么钱?便将收来的钱攒下,碎银一多就兑成整的。然后,找个机会送到乡下家中放债,又不断地生出一些。

日子不可长计,慢慢地,奴才积了很大的数目。这时,他也年过半百,便告老还乡。大人念其几十年如一日忠心不二,又格外地多赏。

奴才早有心置买田产,早托心腹之人选中一片风水宝地,又早请先生查勘过了。奴才便买下了,红红火火地大兴土木,费时八年告竣。

从此,奴才摇身一变,威风凛凛,有了老爷的气派。

又是几年过去。

奴才原先的大人也到了告退的年纪。经皇上恩准,回家颐养天年。大人祖居江左,一路聊作散淡之人,游山玩水,十分地惬意。

一日,恰巧到了奴才庄园。

大人不知,以为地方官绅,或朝中同僚。便打发下人打听,以便小憩,或者叙旧。

下人回来后向大人禀道,这片庄园极不寻常,是大人昔日的奴才所居。大人即道:

"传我的话,说我来了。"

一时,大门张灯,二门结彩,笙乐齐鸣。奴才亲率家人奴仆,匍匐道边迎候。

进了庄园,大人边看边叹:好个奴才!

宅院共起九处,连成一气,又各自成局。梁楹节梲,飞檐斗栱,金碧辉煌。堂上陈设,几屏耀眼,光可鉴人。各房皆朱帘翠幕,兰麝流香。奴才房内,雕槛为床,床有锦被。几上置珠玑古玩,琳琅满目。壁上皆古今名士字画。有花园三座,良田千顷。昔日奴才,丫环仆从成群,纳三房小妾,皆二八姝丽。食则盘行素鳞、络绎八珍,豪奢如京都望族。奴辈皆呼昔日奴才"老爷"。

　　大人捻了胡须,笑吟吟道:"不想你如此造化!"

　　"回大人,"奴才拜倒,诚惶诚恐,"奴才全仰仗大人恩典,托大人齐天的洪福,奴才方能有今天。"

　　奴才又跪前一步:"大人若不嫌奴才寒舍简陋,请大人小住几日,奴才再孝敬大人一回。"

　　"我知道你过得不错,很高兴,很高兴的,"大人捻着胡须,笑吟吟道,"不打算住了。"

　　大人吩咐即刻启程。

　　奴才马上唤大轿侍候。

　　列队为大人送行者百人之众。

　　"不,我要骑马。"

　　大人摆摆手,又捻着胡须笑吟吟道。

　　奴才连忙叫人备马。马备好了,奴才颐指下人充当上马之阶。下人即趋前几步,伏于马肚之侧,恭候大人上马。

　　大人并不动身,只以眼瞥奴才。

　　奴才顿悟,踉跄往前,替换了下人,毕恭毕敬跪了:"请老大人上马!"

　　奴才的头深深垂下,一把花白胡子抖颤颤扫住了尘埃。

　　大人踩稳了奴才的脊梁,跨上马鞍,轻放缰绳,徐行而去……

　　良久,奴才没有爬起,爬起来便病倒。

　　三天后,奴才死去,享年八十二岁。

　　　　　　　　　　　　　　　　　　　　　　　(1998 年)

　　[鉴赏]　一个给当朝大人看门的奴才,一旦得势后,居然"摇身一变,威风凛凛,有了老爷的气派"。像这样嘲讽小人得志便猖狂的故事我们听得很多很多。本文的妙处在于,作者借助一个有些俗套的故事,却能进而以犀利的笔触,深入剖析"有了老爷的气派"的奴才终究难抛奴才本相的可悲性格,从而揭示了一个深刻的、不俗的主题。

　　作者极尽铺陈之能事,写奴才得势后的张狂。但,纵然他已有九处宅院、三座花园、千顷良田;纵然他已拥有成群的丫环仆从,纳了三房小妾,其豪奢如京都望族,可一旦见到昔日主子,他马上奴才本相毕露,极自然地,当然也是不得已地伏于马肚之侧,充当上马之阶,供大人上马。这缘由,不仅在于奴才本性,也在于大人容不得手下奴才摇身一变而为京都望族。虽然这大人已告退,也知道奴才已发迹,他还是要在已八十余岁的当年的看门奴才背上踩上一脚。

本文把因世事变迁而产生的故事娓娓道来。主子有轿不坐偏要骑马,且偏要踏着奴才的脊梁上马;而已经"一把花白胡子抖颤颤"的奴才则心甘情愿地、毕恭毕敬地跪下。这一情节十分精彩,胜过万语千言。就凭这个以一当十的情节,将一主一奴的性格刻画得惟妙惟肖,主子的骄横和奴才的本性被作者刻画得入木三分。作品的结尾尤其耐人寻味,大人"踩稳了奴才的脊梁,跨上马鞍,轻放缰绳,徐行而去……"你看这大人何等心满意足! 那奴才呢,"爬起来便病倒",三天后便死去。奴才想成为老爷的梦彻底破灭了。 （陆建华）

老 爱 情 苏 童

我这里说的爱情故事也许让一些读者失望,但是当我说完这个故事后,相信也有一些读者会感到一丝震动。

话说 20 世纪 70 年代,我们香椿树街有一对老夫妇,当时是六七十岁的样子,妻子身材高挑,白皮肤,大眼睛,看得出来年轻时候是个美人;丈夫虽然长得不丑,但是一个矮子。他们出现在街上,乍一看,不配,仔细一看,却是天造地设的一对。为什么这么说呢? 这对老夫妻彼此之间是镜子,除了性别不同,他们的眼神相似,表情相似,甚至两人脸上的黑痣,一个在左脸颊,一个在右脸颊,也是配合得天衣无缝。他们到煤店买煤,一只箩筐,一根扁担,丈夫在前面,妻子在后面,这与别人家夫妇扛煤的位置不同,没有办法,不是他们别出心裁,是因为那丈夫矮、力气小,做妻子的反串了男角。

他们有个女儿,嫁出去了。女儿把自己的孩子丢在父母那里,也不知是为了父母,还是为了自己。她自己大概一个星期回一次娘家。

这是一个星期天的下午,女儿在外面"嘭嘭嘭"敲门,里面立即响起一阵杂沓的脚步声,老夫妇同时出现在门边,两张苍老而欢乐的笑脸,笑起来两个人的嘴角居然都向右边歪着。

但女儿回家不是来向父母微笑的,她的任务似乎是为埋怨和教训她的双亲。她高声地列举出父母所干的糊涂事,包括拖把在地板上留下太多的积水,包括他们对孩子的溺爱,给他吃得太多,穿得也太多。她一边喝着老人给她做的红枣汤,一边说:"唉,对你们说了多少遍也没用,我看你们是老糊涂了。"

　　老夫妻一听,忙走过去给外孙脱去多余的衣服,他们面带愧色,不敢争辩,似乎默认这么一个事实,他们是老了,是有点老糊涂了。

　　过一会儿,那老妇人给女儿收拾着汤碗,突然捂着胸口,猝然倒了下来,死了,据说死因是心肌梗塞。死者人缘好,邻居们听说了都去吊唁。他们看见平时不太孝顺的女儿这会儿哭成了泪人儿了,都不觉得奇怪,这么好的母亲死了,她不哭才奇怪呢!他们奇怪的是那老头,他面无表情,坐在亡妻的身边,看上去很平静。外孙不懂事,就问:"外公,你怎么不哭?"

　　老人说:"外公不会哭。外婆死了,外公也会死的,外公今天也会死的。"

　　孩子说:"你骗人,你什么病也没有,不会死的。"

　　老人摇摇头,说:"外公不骗人,外公今天也要死了。你看外婆临死不肯闭眼,她丢不下我,我也丢不下她。我要陪着你外婆哩。"

　　大人们听见老人的话,都多了个心眼,小心地看着他。但老人并没有任何自寻短见的端倪,他一直静静地守在亡妻的身边,坐在一张椅子上。他一直坐在椅子上。夜深了,守夜的人们听见老人喉咙里响起一阵痰声,未及人们做出反应,老人就歪倒在亡妻的灵床下面了。这时就听见堂屋里自鸣钟"当当当"连着响了起来,人们一看,正是夜里 12 点!

　　正如他宣布的那样,那矮个子的老人心想事成,陪着妻子一起去了。如果不是人们亲眼看见,谁会相信这样的事情?但这个故事是真实的,那对生死相守的老人确有其人,他们是我的邻居,死于 20 世纪 70 年代末的同一个夜晚。那座老自鸣钟后来就定格在 12 点,就如上了锈一样,任人们怎么拨转就是一动也不动。

　　这个故事叙述起来就这么简单,不知道你怎么看,我一直认为这是我一生能说的最动人的爱情故事。

(1998 年)

　　[鉴赏]　题为《老爱情》,看似本篇中讲述的是一对老人的爱情故事,其实

另有深意在。作者是想强调,真正的爱情永远青春不老。这样的爱情,往往看似平淡无奇,实则情深如海;粗看两人可能不般配,"仔细一看,却是天造地设的一对"!

试看作品中的这两位老人,没有花前月下的浪漫,听不到他俩的海誓山盟,但他们却是一辈子相互体贴、恩爱,漫长岁月中真情相爱的结果是:"这对老夫妻彼此之间是镜子,除了性别不同,他们的眼神相似,表情相似,甚至两人脸上的黑痣,一个在左脸颊,一个在右脸颊,也是配合得天衣无缝。"最为神奇的是,妻子死了以后,丈夫也平静地"陪着妻子一起去了"。难怪作者十分感动地说,"这是我一生能说的最动人的爱情故事",只要读完作品,我们就会对此表示认同。

作者善于从不起眼的日常生活中,精选一些看似不起眼的细节,如到煤店买煤,用以准确地表现老夫妻一生总是心相近、情相随。小说中写的那个回家总是"埋怨和教训她的双亲"的女儿,绝非可有可无的闲人,作者是以她的浅薄和利己映照老夫妻的宽容和仁慈。这两代人的差异大大增加了作品的生活气息。至于老人死后,"那座老自鸣钟后来就定格在 12 点,就如上了锈一样,任人们怎么拨转就是一动也不动",这略带神秘色彩的细节,不只是增加了作品的可读性,更是讴歌了这对老夫妻一辈子生死相依的老爱情!

(陆建华)

坠 落 过 程　　　　　吴万夫

那天,她从菜市场买完菜回来,走到距离自家楼房的马路那边,突然看见三岁的儿子正爬到没有栏杆的阳台上。

那是一幢三层建筑物。按最迅捷的速度计算,从楼下跑到楼上,尚需一段时间,何况她当时还在马路的这一边,根本没有选择的余地去抱下儿子。

她的心猝然悬在嗓子眼儿,紧张得窒息了一般。她清醒地意识到儿子一旦跌下来的最终结果:即使不摔成肉饼,也会摔个头进脑裂! 她像一尊泥塑木雕,立在那里痴傻了一般。

在她看见儿子的同时,儿子也惊喜地发现了她。她下意识地摆摆手,示意儿子赶紧爬下阳台,离开危险地段。

可是儿子却错误地理解了她手势的意思,作一个拥抱的姿势向她扑来——儿子一脚踩空,跌了下来——

"儿子——"

在那一瞬间,她的一声杜鹃啼血式的尖利呼喊,宛若鹰隼的长喙，扎破了所有人的耳膜；又如一只小鸟，扑打着银白色的翅膀，剑一般划破了城市的晴朗上空。所有的行人和车辆，立时便都像患了一时性的意识丧失，刀切般地定格在那里。就在这短短的时间里，人们似乎都看见了她的儿子所处的绝境。有人痛苦地闭上了眼睛；有人眼睁睁地看着她的儿子在空中划出一道优美的弧线，若一只翻飞的小燕子，倒栽着跟头跌了下来。人们知道那个场面将惨不忍睹，个个都埋下了头。

但谁也不会想到，就在他们闭上眼睛的一刹那，却有一道黑色的旋风，从他们眼前呼啸而过，绕过所有的障碍物，穿过一条十几米宽的马路，向她的儿子坠落的地方冲去。

当人们愣怔过来的时候，发现她正跌坐在地上，三岁的儿子在她的怀里哇哇大哭。

儿子安然无恙。

她却脸色惨白。

好奇的人们纷纷围拢上去，问长问短。有的对她惊叹不已，又有的对她表示怀疑。因为按照距离和坠落速度，她根本不可能赶到并稳稳接住。可是当时的现场，除了她又没有第二个人——不是她，还会是谁呢？

当人们再三询问时，她却嘴唇乌紫，汗珠涔涔，蓦然晕厥过去。在众人的积极抢救下，她才苏醒过来。

人们坚信，是她救下儿子确定无疑了。

多少天来，人们一直对这件事情非常感兴趣，街谈巷议，沸沸扬扬。

后来，市电视台知道了这件事，决定以《母子情》为题，拍摄一部反映社会伦理教育的片子。

导演循着人们提供的线索，找上了她的家门。尽管再三央求，却遭到她的满口拒绝。导演又提出给她一笔丰厚的拍摄酬金，她仍是闭口缄默。街道居委会的人也对她进行苦口婆心的劝说，她思忖良久，才没带任何条件地答应下来。

导演请来了特技设计师，依照她的儿子制作了一具形态逼真的模型。可是在投拍的时候，怎么也达不到预期效果。尽管她拼命冲刺，气喘吁吁，总是距模型坠地的好长时间才能赶到。导演很着急，试拍了几次都没有成功。后来干脆又找来一名运动员作为她的替身演员。但运动员使尽浑身解数,仍是不遂人意。

人们永远没有看见那个真实的坠落过程。

(1998 年)

[鉴赏]　这篇小说,讴歌了亲情所具有的超凡脱俗的伟力。小说的写法很特别:不是叙述现实生活中一件感人的故事,而是为常见的事件设计了一个几乎是不可思议的结果,让人对刻意制造的反逻辑感到惊奇,进而经过仔细思考发出由衷的感慨,最终受到深深的启迪。读者阅读的情趣,也在这种反常态的叙述手法中产生了。

三岁儿子不慎坠楼,这在现代都市生活中并不鲜见。结局无非是两个:不幸身亡或有幸被救(邻居相助或恰巧掉在一个特殊的地方)。但小说却偏偏舍去这两种可能,出现了一种意外的结局。在即将发生悲剧、众人惊呆的一刹那间,孩子的母亲如"一道黑色的旋风""呼啸"着"穿过一条十几米宽的马路",接住了从天而降的儿子,创造了常人常态下根本不可能出现的奇迹。小说的结尾特意写她自己"复制"与别人仿做却再也无法重复来说明这件事的特殊性。

这里,就有一个生活真实和艺术真实的问题。实际上,作者就是有意运用这种超现实来突出母爱的伟大。超现实比如实叙述更能使人震撼!读者阅读文学作品,不一定去追根寻源询问事件是否真有,而是希望获得心灵和情感上的满足。俄国作家屠格涅夫曾写过一只老麻雀,当一只狗要吃它的孩子时,它毅然挡在小麻雀前面,并居然赶走了狗。这篇小说也有异曲同工之妙。

(顾建新)

朝霞晚霞一样红　　　　　　　　　　张记书

那时候,他们俩都是山旮旯里的放羊娃,他外号叫羊球,他外号叫羊蛋。大概羊球、羊蛋总连在一起吧,所以,他俩就像火柴棒离不开火柴盒一样形影不离。

羊球放了一群羊,头羊长了一双黑眼圈,叫大黑;羊蛋放的一群羊,头羊长了一对怪犄角,叫二怪。大概大黑、二怪也知道它们的主人关系好,它们也很亲密。两只头羊互相关心着两群羊,就很少出差错。

羊球就常常听着咩咩的羊叫声,骄傲地唱山歌:

朝霞映红天呀,

羊儿爬满坡,

羊蛋弟你东山甩响鞭儿，

哥哥我西山就听回声儿哟！

羊蛋就又用劲甩了个响鞭，也跟着唱：

羊球哥你心儿美哟，

羊球哥你歌儿脆哟，

你的歌儿像美酒，

唱得我心儿醉哟！

歌声、鞭声、羊叫声汇成一支独特的山洼交响曲。

有一次，羊球羊群里一只母羊发情，他提出让羊蛋的头羊交配，说一定会生出漂亮的后一代。这就交配了，后来果然生出五只漂亮的羔羊。羊蛋的母羊发情了，也叫羊球的头羊打羔，也就生出了一伙健壮的小大黑。

有一年，村里过队伍，羊球就随队伍走了。羊蛋也想走，爹娘硬是不依，放羊娃就只剩下了他自己。

羊球一走就是二十年没音信，待他有了音信，已成了古城市S局局长。

二十年，羊蛋早被山风吹打成一个老头子，苍老得像鹰嘴崖上的一块丑石。牧羊鞭也传给了下一辈。

羊球坐着"两头平"轿车回村，羊蛋绕着车转了两圈儿，羊球都不认他。羊蛋就心里想，人家是官了，官儿怎能与老百姓一样呢！他就知趣地走开，在心里忘了羊球。

又过了二十年，羊球早升为古城市市长，并从市长位子上退了下来，成了离休老干部，仍享受地市级待遇。

羊蛋也来到古城市享清福，因他二儿子大学毕业转到古城市成了吃皇粮的，并且还当上了一家工厂的工程师。他成了工程师的老爷子。

羊球买了鸟笼子，养了八哥鸟，清晨到小河边散心。羊蛋也买了鸟笼子，养了八哥鸟，到小河边遛弯儿。

"您不是羊蛋弟吗？"羊球一眼就盯上了羊蛋。

"您不是羊……羊……羊……市长？"羊蛋有些口吃。

"什么市长，我是您的羊球哥哟！"

两双老手又握在了一起。

叙不完的知心话儿，讲不完的老故事儿。

老哥俩变成了一对老小孩儿,日子过得像小时候一样甜蜜!

（1998 年）

[鉴赏] 这是一篇故事时间跨度极长的作品——从人物的童年,一直写到他们的晚年。这其实也是作者在给自己出难题:在这短短千余字的篇幅中,究竟该怎样恰到好处地去把握和处理这个"路漫漫"的故事?事实上,这种以极长的时间跨度为特点的微型故事,只要作者在把握和处理时稍不用心,便至少会使它的形体"微型"不起来,更不用说情节的集中与紧凑了。

不过,所谓没有金刚钻就不会去揽瓷器活,作者既然能迎难而上,自然会有解决那难题的办法——他的办法,便是紧扣自己的立意,只写羊球和羊蛋两人的关系,别的统统排除在外,而在写两人关系的过程中,又只选取两人童年、中年、老年的三个情节单元,以点带面,以少写多,以特殊表现一般,以典型概括个别。这样就使作品既避免了内容上的枝枝蔓蔓,又实现了形式上的简洁明快,而且也使主题的表达显得既单纯又有力。

说到主题,虽然那"朝霞晚霞一样红"的标题无疑将作者的一个主要用意告诉了我们,但事实上又并不这么简单——那朝霞与晚霞果真是"一样红"的么?其实,尽管在清晨的小河边羊球与羊蛋确实是"变成了一对老小孩儿,日子过得像小时候一样甜蜜",可毕竟那是在羊球"离休"了之后啊,而为什么在羊球"坐着'两头平'轿车回村"的时候,却是羊球"不认"羊蛋,羊蛋也"在心里忘了羊球"呢?很显然,我们是不得不去思考诸如此类极具沧桑感的问题的,而这样的思考,则无疑能进一步拓展并深化作品的主题。　　　　　（汝荣兴）

一 碗 羊 肉 汤　　　　　　　　　金 光

就在县里准备树立脱贫致富的典型时,长岭乡建起了一个大牧场。刘乡长说,这个大牧场完全采用孟加拉式的养殖办法,从新疆、内蒙古和西藏各地购进优质绵羊两千只。虽然乡里在农发行贷了一百万元的款,但望着潮水般的羊群,大家心里很踏实:这钱不出两年就可赚回来。

县委张书记亲自到牧场察看,拍着刘乡长的肩膀说:"不错不错,因地制宜,这才是真正的脱贫项目。"回到县城,张书记当即打电话召集开会,谈了到长岭乡察看天然牧场的感受,他要求从县委班子开始,轮流到长岭乡牧场去参观。

县委办的同志不敢怠慢,连夜排出参观者的顺序:从 6 月 8 日起,当天是常委班子成员,9 日是县政府领导,10 日是扶贫办,

11 日是县委办,12 日是县委组织部……一直排到了第二年的 3 月 19 日,把县直各单位和各乡镇、村组都排上了,要求所有各参观单位都应认真了解长岭乡的经验,学习他们敢想敢干的工作思路,结合实际提出自己乡、村的脱贫办法,力争在两年之内摘掉全国贫困县的帽子。

接到县委办的通知,刘乡长说,这次县里对长岭乡牧场如此重视,要把长岭乡树为脱贫致富的典型,我们一定不辜负上级的期望,一要把牧场建设得更好,二要搞好接待工作,给参观者留下深刻的印象。乡政府办的同志冷不丁地提出一个问题:一天要接待二十多个人,生活咋安排? 这一下难住了刘乡长,牧场远在离乡政府二十多公里的荒山上,参观的人在乡里吃饭不合适,到山上又没有好东西招待,怎么办? 刘乡长忽然闪出一个念头。他说:"我说个办法,人家领导来参观牧场,这牧场就是养羊,咱这里啥都缺就是不缺羊,明天领导们来,我们在山上垒两口大铁锅,拣两只大肥羊宰杀,在山上熬两锅羊肉汤,既经济又实惠。"大伙一听,不禁拍手叫绝。第二天,县委的小车一字形排开,足有二十多辆停在了离长岭牧场五六里的山下路旁,领导们一路风尘来到牧场,大家看到荒岭上建成如此规模的牧场,无不咋舌称赞。中午 12 点,每人一大碗鲜羊肉汤配上两个脆香的烧饼,更让领导们赞不绝口。县委张书记端着羊肉汤喝了一口说:"香,这比吃几百、几千元的宴席有滋味多了,你们勤俭节约的精神更值得发扬。"张书记号召,今后无论谁来牧场参观,都只准喝羊肉汤,不准吃酒宴。

第一批来了,第二批来了,一批又一批的参观者都对长岭乡牧场特别是那碗羊肉汤留下了很深的印象。

转眼到了第二年的春天,市扶贫办的领导得知长岭乡牧场的事,决定到牧场看看。这下可慌了刘乡长,他在电话里与县委张书记商量了好长时间,询问接待的事宜,张书记最后在电话中毫不犹豫地指示:仍然用羊肉汤招待。

市领导来了,他们转圈看了看牧场后表示满意,就是不见大羊群,便问羊呢? 刘乡长心慌慌的,说正在联系贷款购买,现在资金是个大问题,希望市里能给扶持点。中午他们端起羊肉汤时,一位老领导提了个问题:这羊肉是从山下买的,还是在山上杀的?

刘乡长忙回话:"这是咱牧场的羊,现宰现熬,鲜得很,鲜得很!"这位领导盯着碗里羊肉和漂在汤里厚厚的一层油,皱起眉头问:"一天能宰几只?"刘乡长忙竖起两根手指:"两只,两只!"领导没有再说话,放下羊肉汤就走了。

刘乡长等着市扶贫办的答复,但眼看牧场的优质绵羊宰完了,还不见上面的精神。于是他沉不住气了,去找县委张书记。张书记正在低着头看一份《内参》,一行醒目的标题在张书记和刘乡长眼前晃着:《参观者一年吃掉一个牧场》。张书记沮丧地说:"刚才市里来了电话……牧场暂时关闭。"

(1998 年)

[鉴赏]　一个价值百万元的大牧场,竟毁于一碗羊肉汤!以微型小说之微,揭示出一个如此重大而振聋发聩的主题,实属难得!更难得的是,作者在有限的篇幅内竟塑造出一个具有强烈现实意义的县委张书记的艺术形象。

是他亲手树立起并大力推广长岭乡这个因地制宜的典型,其良好用心无可置疑;是他连参观者的吃饭问题都想到了,他号召:"今后无论谁来牧场参观,都只准喝羊肉汤,不准吃酒宴",其工作作风不可谓不细。但他几乎什么都想到了,唯独没有想到,以一个穷乡的接待能力,即使每名参观者仅喝一碗羊肉汤,即使有一时的"潮水般的羊群",又如何应付得了潮水般参观的人群?他假如能像市里来参观的那位老领导那样,端起羊肉汤时,能"盯着碗里羊肉和漂在汤里厚厚的一层油",也皱起眉头问一问:"一天能宰几只?"事情或许可以不至于发展到后来那种不可收拾的地步。但他就是没有。当今现实生活中有着太多的张书记这样的领导,他们并不谋私利,也想为群众办些好事,可就是因为工作粗疏,没有真正站在群众的角度考虑问题,不懂得万里江堤溃于蚁穴的沉痛教训,其结果只能是事与愿违、功亏一篑。

真实是本篇的最大特色。因为真实,这才使全文具有深刻的思想冲击力和难以抗拒的艺术感染力。作者采用白描手法,一切据实描写,似乎漫不经心,实则精心安排,且详略适宜。两千只用贷款好不容易从外地购来的优质绵羊,慢慢地化为络绎不绝的参观者面前的一碗碗羊肉汤的过程,经作者看似平淡实则激愤无比地一一道来,有根有据,合情合理,事实俱在,无可置疑!有时候,把握住生活本质的不加任何粉饰的真实描写,反而别具难以比拟的冲击力,这或许就是人们常说的无技巧的技巧吧!

(陆建华)

七 情 六 欲　　　　　　　　　　　　　莫小米

邻家女孩儿美丽异常,且从小学上到大学一直都是优秀生,所以她后来变成精神病人,让左邻右舍都感到无比惋惜。

据说她是因恋爱受挫而发病的。原本文静内敛的姑娘一旦发病就会让所有异性害怕。她将所有的情欲都清清楚楚地写在脸上,让人惊愕与惊悸。

当她与她的情欲被关进一间小小的病室后,她只得不停地来回快速走动,一直走到精疲力竭才猛然栽倒在床上。如此治了发,发了又治,治了又发……一次比一次严重,其痛苦状让家人都伤心掉泪。

后来医生向她的家人出示一个治疗方案。医生说,是否为她做一个大脑皮层切除手术,把她的七情六欲全都切除了吧,既然她自己已无法管住它们。切除之后,她不再痛苦,当然,也不再快乐,重要的是,她将获得她已久违了的宁静。

这真是一个既残忍又人道的主意!对七情六欲的处理将人截然区分——有人把七情六欲燃成点亮心灵的火炬,他成了艺术家;有人把七情六欲铸成杀人刀斧,他成了罪犯;有人把七情六欲封冻成冰,他成了僧侣;而这个可怜的姑娘,她只是把自己折磨得遍体鳞伤……

家人经过三天三夜的讨论,终于采纳了医生的建议。姑娘切除了七情六欲之后,风暴平息,眉眼依旧,美丽却荡然无存。

(1998 年)

[鉴赏] 这篇小说写了现代少男少女情感的危机,更主要的是揭示了简单粗暴的矛盾处理方式所带来的严重后果。

邻家女孩是个大学生,因恋爱受挫而变成精神病人,她由此失去了宁静。医生于是提出了一个把大脑皮层的七情六欲予以切除的极为荒谬的建议,"家人经过三天三夜的讨论",居然接受了这个方案。结果女孩动了手术,恢复了平静,"美丽却荡然无存"。作者通过想象,杜撰了一个在现实生活中不可能存在的情节,试图用隐喻的手法,给我们以深刻的启示:首先,现代的许多青年男女,都存在着感情方面的问题,对情感和思想上的矛盾,应该用爱心去温暖,以平等的态度设身处地地用谈心的方式去解决,但现在不少的家长和社会人员却采用简单的方法去压制(如小说中的方式,去掉情欲),结果只能是适得其反,甚至酿出悲剧。其次,"切除"的方法极其荒谬,奇怪的是家长和医生却一致同意实行,说明这种情况在社会中不是个别的行为,而是很普遍的,是一个共通的心理定势。第三,告诫我们,教育下一代,解决思想意识上的问题,仅仅出于爱心是不够的,还要用适合实际的科学方法。

小说写的是个案,却引发我们对存在的社会问题进行广泛的思考。小说以小见大,纸短情长,不愧是微型小说中的佳作。　　　　　　　(顾建新)

武　松　杀　嫂　　　　　　　贾平凹

要我说,武松是这样杀的嫂。

潘金莲,淫荡妇,你既是嫁给了武家,怎狠心就同奸夫害我哥哥? 武大无能却有武二,我岂能饶了你这贱人! 今日你睁眼看看,这把钢刀白的要进去,红的要出来,割你的头祭我哥哥,我还要戳了你的胸腹掏出心来,瞧瞧天下的女人心是怎么个黑法!

她怎么不声不吭并没吓软? 贱雌儿竟换上了娇艳鲜服,别戴着颤巍巍一朵玫瑰,仄靠了被子在床上仰展了。哎呀,她眼像流星一般闪着光,发如乌云,凝聚床头,那粉红薄纱衫儿不系领扣,且鼓凸了奶子乍得老高。以前她是嫂嫂,不能久看,如今刀口之下,她果真美艳绝伦,天底下有这样的佳人,真是上帝和魔鬼的杰作了! 天啊,她这是临死亡之前要集中展现一次美吗?

啊,这么美的尤物,我怎么就要杀了她呢? 她是害死我哥哥,哥哥实在是与她不般配,一朵鲜花插在牛粪上,她是委屈了。武松若不是武二,武二若没有个太矮的哥哥,我也会是同情这女人的,也会是不满意这门婚姻的,可武大毕竟是我的哥哥,一个奶头掉下来的同胞,我哪能不维护亲生的兄长呢? 哼,杀人者偿命,你就是九天玄女,是观音菩萨,武松若不杀你,武松算什么英雄武松!

她笑了,无声而笑,不是冷笑,也不是苦笑,笑而摄魂,这女人,怎么我要杀她,她还以为这又是同那一个雪天她与我接风的酒桌上一样吧? 这女人是对自己有过感情的,扪心而想,我何尝没有爱过她呢? 现在我真的要杀了她吗? 如果那一天我接受了她的爱,我也被爱所冲动,那我会怎么样呢? 今日要杀的除了她难道没有我吗? 正因为我武松是英雄,才避免了一场千古谴责的罪恶,可正是我成了英雄,才将她推到了西门庆的贼手里吗?

武松呀武松,你这是想到什么地方去了,现在哥哥的灵前,灵堂阴气凝重,哥哥屈死的灵魂在呼唤着你来伸冤,你怎能就要饶了这狠毒角色? 是的,你个潘金莲,就是不爱我的哥哥,你可以再嫁他人,嫁谁都可以,却偏偏是同那个泼皮西门庆?同了西门庆也还可以,竟合谋害了哥哥性命,我武松放过了你,别人又会怎样议论我呀!一顶绿帽子戴给了哥哥,也戴给了景阳冈的英雄。或许更有人说武松不杀嫂,是嫂曾经爱过武松,我一个英雄会在人们眼中是个什么形象呢?

杀吧,杀吧,潘金莲,武松真格要杀你了!

刀怎么提不起来,这般重呀?那么一刀,一代美色就灭绝了吗?世上少了潘金莲,多少人为之丧气了,我武松是不是心太硬了?哥哥,哥哥,我该怎么办呢,我已杀了西门庆,咱就放了这个尤物吧?

咳,咳,这是个景阳冈的老虎就好了。

罢了,罢了,由她去吧。可是可是,我不杀她,她能老老实实在武家守节吗?她一定又要另嫁他人,或许又会与别的不三不四的恶徒勾搭,那这么鲜活的小兽与其让他人猎去,还不如我武松杀了她。杀了她,看着殷红的血怎样染红白瓷般的胸脯,看着她睁开了杏眼在咽气前的痉挛,岂不是更使人刺激吗?我不能成全她爱我,却可以让她死在所爱的人的刀下,不是于她、于我都是一场最合适的解脱办法吗?好了,好了,潘金莲,那我就这么杀了你!

于是,武松就把潘金莲杀了。

(1998 年)

[鉴赏]　贾平凹在文坛素有"鬼才"之称。鬼才者,奇才、异才之别称也。他鬼就鬼在,常从人们司空见惯的生活中捕捉到创作灵感,写出那么多总能令人刮目相看的作品;他还鬼在,对那些即使千百年来已有定评的人物或故事,也能独辟蹊径写出新意,唱出耳目一新的、具有贾平凹独特风格的歌声。

武松杀嫂是一个家喻户晓、妇孺皆知的故事。在这个故事中,武松是英雄,潘金莲是淫妇;武松因杀嫂更显英雄本色,潘金莲则因害夫死有余辜。自有《水浒传》以来都这么说,千百年来人们都这样认为。贾平凹偏要换一个说法,偏要把潘金莲从历史耻辱柱上解救下来;而对武松这个被人们歌颂成神的英雄,则通过深入揭示其隐秘的内心世界,还他一个普通人的本来面目。这种翻案文章非常人可作,但贾平凹作了,而且作得甚为成功。

他仍让武松杀嫂,但杀嫂前的激烈思想冲突不同往常。正是从武松不同往常的激烈思想冲突中,我们发现了一个崭新的、有血有肉的、有情有义的武松。精细入微的心理分析,是本篇最大的特色。作者用他那把锋利无比的艺术解剖刀,直指武二爷的灵魂深处。原来他也爱美,"以前她是嫂嫂,不能久看",如今刀口之下,这才发现,"天底下有这样的佳人,真是上帝和魔鬼的杰作"!原来武松也不是绝情之人,"扪心而想,我何尝没有爱过她呢?"原来英雄也曾想过手下留情,放过这一代美色,"世上少了潘金莲,多少人为之丧气了,我武松是不是心太硬了?"他甚至痛苦地求救于冥冥之中的哥哥:"哥哥,我该怎么办呢,我已杀了西门庆,咱就放了这个尤物吧?"

作者对武松这样细致的心理分析,是建立在把武松当成常人而不是神的基础上。但作者时刻记住武松是个历史人物,如今即使为他翻案,也要考虑当时历史条件的可能,而不能信马由缰,一泻千里!因此,作者笔下的武松,尽管有那么多的心理矛盾和感情冲突,最后他还是狠下心来杀了嫂嫂。写杀嫂与写不想杀嫂一样,作者仍是用心理分析的办法,同样丝丝入扣地、合情合理地一一道来。武松想到,如果放了她,会遭人非议,会影响自己的英雄形象……这些想法,不算特别,也似乎老套了些。妙就妙在最后武松认为:"让她死在所爱的人的刀下,不是于她、于我都是一场最合适的解脱办法吗?"

武松哪能有这明显带有新潮的想法?这分明是作者之所思。但读者心悦诚服地接受了,并由衷地从心底赞叹:好个贾平凹,真不愧为当代鬼才!

(陆建华)

贪官轨迹游戏　　　　　　　　殷国安

王局长酒醒之后,已是黄昏。他决定不上班了,无聊之中玩起了儿子的电脑,无意识地打开"游戏"的菜单,发现竟有"贪官轨迹游戏"。显示屏上的文字说:这是一个记录贪官历程的游戏,你在不断的选择中,是否会变成贪官,不妨一试。

王局长来了兴趣,于是点击"开始",显示屏上说:石大头出身贫苦,读初中时父亲因车祸身亡,母亲多病,还要抚养一个妹妹,面临失学危险。这时,显示屏下面出现了供选择的方框:读书、辍学。王局长觉得再穷也不能失学,手上的鼠标立即选择了"读书"。

下一步:石大头考上了大学,母亲病故。这时,显示屏上出现三个供选择的方框:读大学、回家种田、更多选择。王局长想了想,于是点击了"更多选择",又从几个方案中选择了"乡村支持、群众赞助读书"的办法。

下一步:石大头大学毕业,分配到某局工作。十年后,升任局长。于是每天有人宴请,从不回家吃饭。显示屏上出现三个方框:吃请、不吃请、更多选择。王局长又点击了"更多选择",再选择了"关系好,不影响原则就吃"的答案。

　　下一步:老同学李某请吃饭,席间介绍了包工头吴某相识。中秋节,吴某说因马上出差,来不及买礼品,掏出一张二千八百元的购物券。这时,两个选择框的内容是:收、不收。王局长觉得,这也是人之常情,而且又不是现金,于是点击了"收"。

　　下一步:石局长女儿考上了大学,吴某送来现金五千元,并说:"你要是觉得我们的交情还不够深,那就当是借我的吧。"王局长想了一下,孩子上学缺钱,先收下来,以后再还他吧。于是点击了"收"。

　　下一步:石局长购房,吴某送来两万元,并说"借归借,送归送,这钱是借给你的。不过可以过几年还。"王局长又理所当然地点击了"收"。

　　下一步:吴某请石局长帮忙,拿下县城国贸大厦的工程。王局长觉得这事也可以办,于是在"帮忙、不帮忙"之间选择了前者。

　　下一步:石局长升任副县长。吴某要求帮忙拿下环城公路的工程,并带来现金五万元。王局长想,工程反正要人做,县长也不过帮他打打电话就行了。当王局长点击了"收"之后,方框下方出现了一个提示:你已累计受贿十五笔共计二十一万多元。王局长这才有点吃惊。这时,显示屏上又出现一行字:确实要收下这五万元吗?

　　王局长咬咬牙,才点击了"确定"。

　　下一步:国贸大厦局部倒塌,造成八人伤亡,吴某被逮捕。石副县长被"双规"。显示屏上出现"坦白、部分交代、抗拒"三个对话框。王局长点击的是"部分交代"。

　　下一步:案件移送检察院,石副县长被判刑六年。方框上又出现了"上诉、不上诉"两个选择。王局长认为应当点击"上诉",显示屏上又问"上诉理由"。王局长想了一下,又点击了"取消"。

　　王局长再点击"下一步",屏幕上说:"游戏结束。你如果有权,也会成为贪官吗?"王局长惊出了一身冷汗,不是游戏里的石副县长成了贪官,而是自己成了贪官啊。

(1998 年)

　　[鉴赏]　"你如果有权,也会成为贪官吗?"游戏机屏幕上的最后提问,令偶

尔玩游戏机的王局长惊出一身冷汗,也令我们读者陷入沉思。

有调查研究资料显示:当前群众最反感也最不满的社会现象是贪污受贿,群众最希望的是严惩贪官。党中央顺应民意,不断加大反腐倡廉的力度,已取得重大成果。贪官的不断出现,贪污受贿现象屡禁不止,除了现行体制上的不完备和监督不力是重要原因外,贪官本身个人品德的不完善也是一个重要因素。这些人之所以走上贪官之路,不外乎两方面原因,一是把党和人民赋予他的权力,变为自己牟取私利的筹码,他们总是与金钱持有者进行权钱交易;二是忘记"千里江堤,毁于蚁穴"的古训,他们贪图小便宜,从接受不起眼的"友情赠送"开始,随着对方"赠"款数目逐步增大,最终跌入难以自拔的犯罪深渊。

仔细读这篇小说不难看出,王局长每一次轻点鼠标所作出的选择,都是那么自自然然、轻轻松松,他是在一步一步、不知不觉中走上游戏机设计的贪官之路的。生活中的贪官不也正是这样的吗?对反贪这样一个具有普遍意义的题材,作者显然对生活中的贪官之路进行了规律性总结,尔后巧妙地以游戏形式出之。在一定程度上,这篇千字左右的微型小说所阐明的主题,与同类题材的几十万字的长篇同样重要。作品写的是一次游戏,发出的却是振聋发聩的警告之声:人们,要自重,要警惕啊!任何人一旦持取游戏人生的态度,贪官轨迹游戏中的贪官,就可能变为王局长,变为你、我、他的真正人生,到尘埃落定罪责难逃之时,悔之晚矣。

(陆建华)

残 疾 人　　　　黄克庭

高过天主任放下茶杯,用手指轻弹了几下麦克风后说道:"同志们,现在开始开会。我们长话短说。按照国家关于保护残疾人权益的有关规定,像我们这种单位,必须要落实两名残疾人就业这个问题。但是,我们早已落实,并超过了两名残疾人就业。可是,问题很出乎我们的意料。截至今天,我们这个单位,还没有一名同志向主任办公室申报自己是残疾人。尽管我们私下曾做过几个同志的思想工作。可是,结果还是无人来申报。同志们,这个问题,我们不能轻视!因为,安置残疾人就业是一项政治任务。我们现在无人申报残疾人,就意味着我们必须再接受两名残疾人来就业。事实上,人应该有自知之明!要实事求是。自己身体有缺陷就应该承认!实事求是嘛。人家都是有眼睛的。大家都是看得到的,怎么能够避讳呢?不过,现在提倡搞民主。谁是残疾人,不能由领导说了算,要由大家来定。所以,我们决定开今天这个会。也就是说,我们今天这个会,主要是解决我们这个单位有没有残疾人和谁是残疾人这两个问题。我们行政会议已经讨论过了,决定以无记名投票的方式来解决以上两个问题。我相信,人民群众的眼睛是雪亮的! 人民群众是最公正客观的! 下面请徐达标书记安排无记名投票的有关事宜。"

徐达标书记接过麦克风说道:"我们单位共有工作人员一百三十四人。今天实际到会的人数是一百二十八人,缺席六人。其中一人是产假,一人是切胃住院,两人出差在外,两人不知去向。为了公正、客观和提高透明度,我们决定当场检票。检票人员由抽签决定。必须说明的是,这次无记名投票,结果不论如何,我们都必须接受,因为这是民主评议的结果。下面我先讲一讲如何填写选票的问题……"

会议程序按照预定方案有条不紊地进行着。抽签选出 4 名检票人员。由检票员向大家发选票。大家按规定认真填写选票。检票员收票,检票员数票,检票员检票。检票员公布检票结果如下:

按得票数多少排列:

姓　名	得票数	残疾部位及说明
高过天	125	眼睛,公款、私款分不清
徐达标	123	耳朵,不能听下面的意见
金林清	38	左腿,因偷盗跌断
钱小刚	29	右手食、中两指,被赌友砍去
李巧妹	28	舌头,被情夫咬断
傅友红	28	左脚,因拐骗幼女被打断

(1998 年)

[鉴赏] 微型小说可不可以采用黑色幽默手法,又如何将西方的黑色幽默表现手法移植到我们的文学作品中,有相当一部分人在尝试。本文作者的这篇《残疾人》是比较成功的一篇,可以说是典型的黑色幽默微型小说。比之如

今相声、小品中的某些硬噱头,比之如今风行的所谓笑话段子,这篇作品才是真正意义上的幽默,这样的幽默才会发人深省。

为什么这样说呢?因为《残疾人》的内容既是荒诞的,更是实在的。说荒诞的,现实生活中怎么可能以投票方式确定谁为残疾人呢?说实在的,选举的结果既出人意外,又在情理之中——两位不残的头儿脑儿高票当选为残疾人。理由是:一位"公款、私款分不清",被群众公认其为"眼睛"有疾——真所谓群众的眼睛是雪亮的;一位是"不能听下面的意见",被群众认定为"耳朵"有疾——读到这里,不禁为作者的绝妙构思叫好。这篇作品,形式上有创新,把得票结果用表格方式公布,简简单单,又一目了然。可以这样说,这篇小说,乍读荒诞不经,实质极其严肃,作者的讽刺到位而又辛辣,就似银针,一针深扎到穴位,酸痛至骨。

这篇作品前后的反差也很大。前半部分是铺垫,是蓄势,让高过天主任尽情发挥、尽情表演。他的那一通话,是典型的官场套话、空话、假话,高高在上,作秀作假,似是而非,这样,已大体把高过天这个人物形象勾勒了出来。有了这个基础,最后,高过天以高票当选为残疾人也就不会让读者感到突兀了。落差产生艺术冲击力,作者有意无意地遵循了这一艺术原则,使这篇作品成为一篇有阅读性、有思索性的好作品。

(凌鼎年)

香 水 瓶　　　　　　海 飞

那一天他捡到了一只香水瓶。他记不得具体日子了,只记得那天的阳光很好,有一些风,风中有高音喇叭的声音,要斗私批修,要将阶级斗争进行到底。他看到对面洋楼里一个年轻女人的身影在窗口晃了一下,接着窗口跌落一瓶香水,确切地说是半瓶香水。它安静地躺在泥地上,有只手把它捡了起来,这只手就是他的。他拿着香水瓶看了很久,最终拭去上面的泥灰,轻轻地放进衣兜。

他搞不懂这瓶香水是丢掉的还是失手掉下的。他认得那个漂亮的女人,算起来应该可以说是邻居。但他很少看见她出门,她和这幢洋楼好像是连在一起分不开的。还有她乌黑的长发像云又像瀑布,还有她华贵的衣裳。

他的身边就一直带着这半瓶香水,香水的味道很淡雅,闻到这股味道他就想起那个深居简出的女人。那时候,他是化肥厂里的一名造气工,也到了谈对象的年纪。别人替他介绍了许多个姑娘,最终却没有一个谈成。有一天他躺在床上,脑子里忽然跳出了那个丢香水瓶的女人。他被自己的念头吓了一跳，难道自己看上了她？

她是有老公的，他也见过，那个个子不是很高的男人戴一顶帽子，身上披着一件淡灰色的大衣……

没多久，她被拖出去批斗，她老公也被批斗。在一座桥上，她老公被踢断了肋骨。他也混在人群中，跟着人群喊口号。他举拳的时候，手里捏着那只香水瓶，汗津津的沾着他的手汗。

他偷偷地去给她和她的老公送过一回熟牛肉。在牛棚里吃牛肉的时候，她说："你很面熟，你是谁？"他很高兴，那女人尽管只说了几个字他也觉得很高兴。他本来想说许多话，话到嘴边只说了一句："我是你邻居。"

后来，女人和她的老公突然消失了。他却时常想起她并且终身未娶。三十年后，他也从化肥厂退休了。

化肥厂后来被港商整厂收购了，据说要组建化工集团公司。剪彩那天，他也去了。他看到，那个港商原来就是她，就是他想念了几十年的女人，只变化了一点点、一点点。他的身体开始发热，脑门出了许多汗，脸上涌起了红潮。他的手伸进了衣兜，紧紧握住那只香水瓶，终于他推开人群向前走去，他要问，你还记得吃过我的熟牛肉吗？还记得老邻居吗？还记得许多年前遗落的一只香水瓶吗？

但是他问不出来。他突然发现他发不出声音了，脚步像踩在棉花上，又轻又软。他软软地倒了下去，倒在离港商几步远的地方。

晚报上说，老工人看到企业兴旺、激动过度而引发脑溢血不幸逝世。晚报上没有提到他的名字，其实他姓陈，叫陈贵。晚报上也没提香水瓶，一个字也没提。香水瓶就在他衣兜里，香水早蒸发完了，只留下一个空瓶躺在他的衣兜里，很安静，透着淡雅的香味。

（1998 年）

[鉴赏]　这篇小说的题旨需要反复思考方能领悟。如果认为只是写了一个暗恋或者说单相思的故事，像现在许多写青年男女恋爱的小说一样，实际上是未能读懂这篇小说。这篇小说的内涵丰富，写出了一种人性，揭示这种

人一生沉迷于一种无谓的执着中,陷入于一个人生的怪圈中而不能自拔。小说虽然写的是一个人的人生悲剧,但值得引起我们每一个人的警觉。

小说以"香水瓶"为中心线索,展现了化肥厂造气工陈贵几十年的生活经历。他在"文革"中,很偶然地拾到了对面洋楼上一个年轻女人丢的香水瓶,他自以为喜从天降,实际是一生悲剧的开始。一个小小的香水瓶,竟然打乱了他的思绪,改变了他的一生轨迹。作品沿着这个思路,给我们描绘了一种特别的社会众生相。先是他开始迷恋上这个有老公的女子;接着那女子挨斗,他也参加,是为了能有机会看到她,还是看见她老公被踢断了肋骨而由此产生快意? 人物此时的心情可以说是十分复杂的。后来,他又给自己斗过的这个女子送熟牛肉,女子很平淡的话竟使他激动不已。当女子消失后,他却常常怀念并由此终身不娶。几十年后,与那女子重逢,由于地位悬殊,他自惭形秽,失去上前说话的勇气,而又不甘心几十年的追求、等待化作流水,内心充满极大的矛盾与困惑,终因经不住精神上的强烈刺激而去世。

小说的结尾意味深长,很巧妙地收束了全文:那香水瓶中的香水早已蒸发,只留下了一个空瓶,象征陈贵这么多年苦苦的守候、等待,追寻的只是一个自己设计的空洞的信念,而无任何实际的内容。陈贵一直到死,也未能醒悟;我们读后难道不应深深地反思吗?　　　　　　　　　　　　(顾建新)

行走在岸上的鱼　　　　蔡　楠

红鲤逃离白洋淀,开始了在岸上的行走。她的背鳍、腹鳍、胸鳍和臀鳍便化为了四足。在炎热的阳光和频繁的风雨中,红鲤细嫩的身子逐渐粗糙,一身赤红演变成青苍,漂亮的鳞片开始脱落,美丽的尾巴也被撕裂成碎片。然而红鲤仍倔强而执着地行走着,离水越来越远。

其实红鲤何尝不眷恋那清纯澄明的白洋淀水呢? 那里曾是她的家园呀! 那荷、那莲、那苇、那菱,甚至那叫不上名来的蓊蓊郁郁、密密匝匝的水草,都让她充满了无尽的遐想。她和她的父辈母辈、兄弟姐妹在这一方碧水里遨游、嬉戏、生存,实在是一种极大的快乐啊! 更何况红鲤是同类中最招喜爱、最受羡慕、最出类拔萃的宠儿呢! 她有着与众不同的赤红的锦鳞,有着一条细长而美丽的尾巴,有着一身潜游仰泳的本领。因此,红鲤承受着同类太多的呵护和太多的爱怜。

如果不是逃避老黑的魔掌,如果不是遇到白鲢,如果不是渔人们不停息地追捕,红鲤也许就平静地在白洋淀里生活了,直到衰老死亡,直到化为白洋淀的一朵小小的浪花。

　　厄运开始于那个炎热的夏天。天气干燥久无雨霖,白洋淀水位骤降,红鲤家族居住的明珠淀只剩下了半米深的水。红鲤家族不得不在一天夜里开始向深水里迁移。迁移途中,鲤鱼们遭到了一群黑鱼的袭击,那是一场心惊肉跳的厮杀。黑涛翻腾,白浪迸溅,红波激荡,鲤鱼们伤亡惨重。最后的结局是,红鲤被黑鱼族头领老黑猎获,鲤鱼们才得以通行。

　　其实老黑早就风闻着、垂涎着红鲤的美丽。因此老黑有预谋地安排了这次伏击战。老黑将红鲤俘获到他的洞穴,以一个胜利者的姿态享受着红鲤,折磨着红鲤,糟蹋着红鲤。红鲤身上满布啮痕和伤口,晶莹剔透的眼睛不几天就暗淡了下去。红鲤忍受着、煎熬着,也暗暗地寻找着逃跑的机会。

　　中午是老黑最为倦怠的时刻。为逃避渔人们的捕杀,老黑不敢出洞,常常是吃完夜间觅来的食物后便沉入梦乡。就是中午,红鲤悄悄地挣开老黑粗硬尾巴和长须的缠绕,轻甩尾鳍,打了一个挺儿便钻出了黑鱼洞,浮上了水面。红鲤望见了水一样的天空,望见了鱼一样的鸟儿,望见了树叶一样漂浮的渔船。老黑率领一群黑鱼一路啸叫追逐而来。红鲤急中生智,躲到了一只渔船的尾部。她看到渔船上那个头戴斗笠的年轻渔人甩出了一面大大的旋网,旋网在空中生动地划了一个圆,便准准地罩住了黑鱼群。

　　红鲤扁扁嘴,一个猛子扎入深水,向远处游去。接下来的日子,红鲤开始了对红鲤家族的寻找。寻找一度成为红鲤生命的主题。在寻找中,红鲤的伤口发了炎,加之不易觅食,又饿又痛,终于昏倒在寻找的水道上。

　　这时,白鲢出现在红鲤的生死线上。白鲢将红鲤托进了荷花淀。白鲢用嘴吮吸清洗红鲤的伤口,一口一口地喂她食物。红鲤便复苏在白鲢的绵绵柔情里。

　　荷花淀里便多了一对亲密的俪影,红鲤红,白鲢白,藕花映日,荷叶如盖。红鲤和白鲢在无数个白天和夜晚听渔歌互答,看鸥鸟飞徊,享鱼水之欢。白鲢就对红鲤说,天空的鸟自由,也比不过我们呢,它们飞上天空,不知被多少猎枪瞄着呢!红鲤就提醒说,我们也不自由呀,荷花淀外的渔船一只挨一只,人们各式各样的渔具,都在威胁着我们,说不定哪一天我们就会成为网中之鱼呢！

　　果然,不幸被红鲤言中。一个午后,白鲢和红鲤出外觅食,兴之所至,便远离了荷花淀。他们穿过了一道又一道苇箔,绕过一条又一条粘网,闪过一只又一只鱼叉,快活地畅游、嬉戏、交欢。他们来到了一个细长而幽邃的港汊间。这时一只哒哒作响的渔船开过来,白鲢看见一柄长长的渔竿伸下,一个圆乎乎的铁圈拖着长长的电线冲他们伸来。白鲢用尾巴一扫红鲤,喊了声快跑,便觉一股电流划过,一阵晕眩,就失去了知觉。

　　红鲤亲眼目睹了白鲢被电船电翻打捞上去的经过。红鲤扎入青泥中紧贴苇根再不愿动弹。她陷入了绝望和恐惧之中。一个越来越清晰的念头强烈地震撼着她:离开这里,离开水,离开离开离开——

　　天黑了,一声炸雷响起,暴风雨来了。红鲤缓慢地浮上水面。暴雨如注,水面一片苍茫。红鲤一个又一个地打着挺儿,一个又一个地翻着跟头。突然又一阵更大的雷声,又一道更亮的闪电,红鲤抖尾振鳍昂首收腹,一头冲进了暴风雨,然后逆流而上,鸟一样跨过白洋淀,竟然飞落到了岸上。

　　那场暴风雨过去,红鲤便开始了岸上的行走。

　　此时红鲤的腹内已经有了白鲢的种子,可悲的是白鲢还不知道,他永远也不会知道了。就为了白鲢,她也要在岸上走下去。

　　红鲤不相信鱼儿离不开水这句话。她要创造一个鱼儿离水也能活的神话,她要寻找一块能够自由栖息、自由生活的陆地。

　　那个夏天过后,陆地上出现了一群行走着的鱼。

　　　　　　　　　　　　　　　　　　　　　　　　　　(1998 年)

　　[鉴赏]　这篇小说发表后即在读者中产生了很大的反响。作品的主题并不鲜见:揭示人类由于对动物的滥杀,而遭致生态环境的破坏。但因作者独出心裁的构思,使小说读来别有一番韵味。

　　小说汲取了童话的营养,运用了童话的某些笔法,但它不是一篇童话小说,因为在情节中加上了写实性的描写。它是童话加写实的新形态的小说,是作者对已有文体的一种大胆革新与创造,它远比一般童话揭示的题旨更加深刻、内涵更加丰富,这正是这篇小说异乎寻常的独特之处。

　　小说的主体部分,运用童话的笔法,展开想象的羽翼,编织了两个情节:红鲤遭老黑摧残和红鲤、白鲢两情相依,最终白鲢魂断故里。第一个情节,用粗犷的笔墨写老黑对红鲤的百般蹂躏,这里是有意宕开的一笔,只是为后边的写实性事件所做的铺垫:旨在提示老黑的凶狠与人类相比相差太远,从而强化了读者对人类残暴行径的印象。第二个情节,作者转用了浓郁的抒情笔法,不惜运用大量的篇幅,浓墨重彩地描写白洋淀水乡使人心动神驰的美景及红鲤、白鲢依依难舍的深情。这种情节安排是颇有深意的:使后边白鲢被杀、红鲤带着遗腹子远走他乡的悲惨景象,与前边情深谊长的情景,在读者心中形成巨大的心理反差,从而把一个常见的故事提升到了震撼心灵的层面。为了把人类破坏环境的行为揭露得更加透彻,作者在故事中直接插入了渔民电鱼的细节,造成了一种亦真亦幻,令人感慨万千、浮想联翩的艺术效果。特别是结尾,如果仅仅写红鲤怀着无限忧伤远离故乡,就很一般。作者再次突发奇想,写鱼为了躲避人类的迫害,竟行走在陆地上。这种有意违反生活逻辑的构想,又一次把小说的境界推向了新的高度。

（顾建新）

古 典 人　　　薛 涛

　　我朋友是这样替我鸣不平的。他说上帝肯定把我的出生日期搞错了,我在唐宋时期出生可能更合适些。把我安排在当代社会则是太残忍了。

　　我由衷地点点头,说,贤弟,你算把我看透了。

　　这么说吧,我出门走路从不骑自行车,那是一种用来练杂技更为合适的东西。公共汽车、出租车干脆不坐,危险。不管路有多远,我一概用脚量。我常想,要是交通警允许骑驴子就好了。可惜大街上只允许跑那种疯头疯脑的汽车,本分的驴子踩上一只蹄子也得罚款。这是何道理嘛?

　　其实我早过了恋爱的年龄了。在这方面我也并不指望像富豪一样三妻六妾的,一个也就行了。不必貂蝉也不必王昭君,只要能找个贤妻良母守妇道的就行。可到现在我还没有一个相好的呢。

　　也有好心人牵线搭桥。我便列出几个条件,即恋爱期间不看电影、不进舞厅、不进公园,只可以到城市中央那家禅寺坐坐……

　　这人一听乐得差点把茶喷出来。

　　过了许多天才有个小家碧玉同意见见我。

　　我问,你可知道我提的条件吗?

　　小家碧玉点点头,说知道,还抿着嘴笑。

这样我就和第一个相好的上路了。我们想散散步、谈谈心。当然是用步量,目的地是那座古老的禅寺。

小家碧玉仍抿着嘴笑,说的第二句话是,你这人真幽默。

我问,你指什么?

她说,指你提的那几个条件。

我便莫名地悲哀,我说,我那些条件可不是开玩笑的。

小家碧玉终于一甩头发,很现代地笑。很显然,她还是没信。

离禅寺还有一里路时,小家碧玉气喘吁吁了,说,咱们别闹了,打个的吧?

我严肃地说,你要打你打好了,我走我的,我不能改变自己的习惯。

出租车停在身旁,她上去了,我没上去。小家碧玉莫名其妙地走了。

我一个人去的禅寺,当然没见着小家碧玉的影子。我就一个人呆在寺院里,坐在一个石凳上捧着一本发黄的《聊斋志异》看。后来,我的这个惟一的栖身之地出了一件大失所望的事。香案旁有个和尚从衣兜里掏出一把电动剃须刀在头上刮了起来,我合上书,愤愤地离开了禅寺,并发誓再也不来这地方了。

这样,在这座现代化的城市里,再也没有我能去的地方了。

好在天无绝人之路,有一天我步行来到市郊,发现这地方倒还清静。我的第二个相好的是咬着牙跟我步行来到这地方的,只这一次她就发誓再也不遭这份洋罪了。

后来,我索性在市郊盖了三间草房,又按一些古书中的描述,做了一个酒幌子挂上,写的是"稻香村酒家",平时我就一个人坐在雕木桌旁一边饮酒、一边读古书。

我喝道:小二,来壶酒!

我再油腔滑调地说,来——了——

其实是自己为自己服务,自斟自饮而已。不为别的,要的是某种氛围。

渐渐地,也有别的人来到市郊,也要在我的酒店喝酒,说,这地方不错,跟星级大酒店两个味儿!我觉得又多了个知己,便让他们进来一起饮。他们用过酒,还要扔些"银两"给我。我想,就收下吧。

客人渐多，收入的"银两"也越来越多，后来才听说，现在城里时兴这个。我索性花钱雇了个小二，短衣襟小打扮，专给客人上酒，还教他如何像宋人那样唱喏。

我的"稻香村酒家"生意越做越红火。我一出门，人家都管我叫"大款"。

一度搁置的婚姻问题又被拾起来了。我当然还是重申那几个很苛刻的条件，谁料，上门提亲的居然排成队，都声称女方无条件接受。

我挺苦恼的。没有办法，我只好像古人那样娶了三妻六妾。

（1998 年）

[鉴赏]　生在高科技日益发展、现代文明渗透生活每一角落的今天，连素称"六根皆净"的和尚都用上了电动剃须刀，"我"却刻意追求古人的生活，当然难免到处碰壁。但令人意外的是，当"我"一意孤行，索性离开城市到农村过起所谓古人的生活后，却渐渐地成为人们羡慕甚至追逐的对象，"我"也因此而成为大款；过去难以解决的个人婚姻问题，也迎刃而解。

作者运用夸张且不乏幽默的手法，写出现代人内心深处潜藏着的对回归自然、回归"古典"的向往，同时揭示现代与传统之间的相生相克的矛盾。本篇更为耐人寻味之处在于，作者尖锐地指出，作品中的"我"所追求的，实际上是一种伪古人的生活，那个"稻香村酒家"只是形式上似古，而实质仍是一个当今时代到处可见的酒家，只不过它是开在农村，是三间草房，还有模仿古人的酒幌子、酒保等而已。而慕名来此的络绎不绝的顾客，也并不是真正拒绝现代文明，只是因为觉得"这地方不错，跟星级大酒店两个味儿"。至于"我"本身，口口声声厌倦现代人生活，可是在"稻香村酒家"的生意越做越红火之后，他不仅不再厌倦，而且乐意成为"大款"，并佯作苦恼、实则乐滋滋地娶了三妻六妾。

由此，我们可以体会到作者创作此篇的良苦用心所在，即现代人希望过上所谓古人的生活，其实是一种不切实际的幻想，而如果希冀鱼和熊掌兼得，那更只能使自己陷入荒诞可笑的境地。

（陆建华）

秘书综合症　　　　　　礼　平

老婆说，已经有种种迹象表明，我是患了秘书综合症，而且病情正在日益加重。以下就是她所观察分析出的症状。

我十分关心国家大事，每天晚上 7 时雷打不动地打开电视看《新闻联播》，第二天早上再把从中央到地方的报纸看上一遍。平时与同事、邻居闲聊，不管说的是什么话题，总要与大好形势、光明前景、WTO之类结合起来，并能从现象到本质分析总结个一二三四、首先其次再次总之来。结果，现在再也没有人敢和我聊天了。

我非常有礼貌，无论在何时何地总是面带微笑，以至于到了晚上脸颊酸痛，要用手揉搓半天。坐小车时，总是抢先一步替别人拉开车门，并用手背护在车门框上。家里的电话铃响了，我等铃声响过两次后，拿起话筒，用标准的普通话说"你好"，然后不假思索地报上单位的名称。前天在饭桌上，我见邻座杯里有酒，想也不想，拿过来倒入自己杯中。那人很奇怪地审视我半天，我才反应过来，他不是我们单位的领导。

我现在过于细心，以致有点固执、啰嗦和吹毛求疵。不论在何时何地，我总要随身带着钢笔、笔记本和电话号码簿，口袋里再揣上手机，以至于再好的西装穿在身上也没形没款。读书看报时，我总是不自觉地寻找错字和病句，并用标准的校对符号改正。别人说知道我的电话号码了，我还是要坚持再重复一遍。上星期我老爸说想修一下卫生间，结果我用了四天时间到市场上搞调查研究，又用两天时间写了份可行性报告。不料，还没等我把报告交到老爸手上以便召开家庭会议讨论通过，老爸竟然已经把卫生间改造结束了！

总的来说，我是越来越不可理喻。上次我应老婆多次申请，给她写了一封情书，里面到处都是统计数字和形势一片大好的描写，而且，结尾署的是我们领导的名字！——天哪，我真是习惯做无名英雄了！跟老婆上街时，尽管她伸出手来想挽我的胳膊，我仍然谦恭地走在其右侧偏后约一步的位置，并主动给她拿着手袋。我常常打听哪位同行高升了，然后分析他是不是有什么后台和背景。我经常练字，练得最多的是"同意"和自己的名字。我对人的常用称呼是"领导"，对三岁小女也不例外！

以上几条，是我媳妇帮我总结出来的。她一边说，我一边埋头在笔记本上速记。等她说完了，我抬起头来一脸诚恳地说："您说得太正确了，真是高屋建瓴，说理清晰，分析透彻。对我今后的学习和工作、生活很有指导意义——请问领导，您还有什么指示?"言毕,我们双方惊诧,半晌无语。

（1999 年）

[鉴赏]　一般说来,因为微型小说篇幅短小,我们总是宽容地不提出更高的要求,比如在作品中塑造一个具有典型意义的艺术形象。但读完《秘书综合症》后使我感到惊喜,这篇作品中的"我"已是具有相当艺术价值的典型形象了。

看得出作者熟悉秘书生活。虽然全篇采用夸张的艺术手法,但一切都显得适度、得体,让读者丝毫不怀疑其真实性。常言道"当局者迷,旁观者清"。当了多年秘书的丈夫身患"秘书综合症"浑然不知,但与他朝夕相处的妻子在一旁会看得非常明白,感触尤深。所以,她举例确凿,分析透彻,解剖到位,说理清晰,令人笑后感到辛酸和沉痛。本来,用列举式细述所谓"秘书综合症"之种种表现,这种类似一二三四、甲乙丙丁的写法,很容易显得枯燥单调,但由于作者机智地采用由老婆来总结分析的办法,不仅使全文活泼生动起来,也充满着不少情趣。作者让老婆为丈夫号脉,既带来了叙述上的方便,也为塑造人物形象自然地加上浓墨重彩的一笔。当妻子细数丈夫的"秘书综合症"的种种表现之后,按常规写法,最后会写丈夫如梦初醒,或者惊出一身冷汗,这也是无可厚非的水到渠成的笔法。可作者没有这样写,却出人意料地写丈夫在妻子进行分析时,他的笔一直不停地记,等妻子说完后,他居然"抬起头来一脸诚恳地"恭维妻子"太正确"后,又"请问领导,您还有什么指示?"妻子惊愕万分,读者愣后大笑。看来,此公的"秘书综合症"一时难以治好,他已经病入膏肓了。

除了叙述上的别出心裁,本篇另一个特点是细节的精彩。比如,"我见邻座杯里有酒,想也不想,拿过来倒入自己杯中";比如,老爸想修一下卫生间,"我"花四天时间到市场去搞调查研究,花两天时间写了可行性报告,等等。这些细节显然是从生活中精选提炼而来,且紧扣人物身份,有助于刻画人物形象和体现作品主题。

（陆建华）

<h1 align="center">打 个 报 告 来　　　　刘　公</h1>

老爷子离休一月有余,整日忧郁寡欢,茶饭不香,夜寝难眠,还动辄火冒三丈,搞得全家莫名其妙。儿女们心焦,陪其看医生,医生头摇得像拨浪鼓,说:"非更年期所致哟,病源在心里。"

老伴喋喋不休:"老头子如此下去,一家子怎么得安宁。老大,你还不拿个主意?"

大学毕业的儿子翻遍各种心理学专著,认为老爷子的病因是"闲",就是成语上讲的那种,叫作"无事生非"。

儿子给老爷子寻了几个空缺,看大门、管车场、企业兼职、摆书摊等等,皆被老爷子一口拒绝:"你小子居心何在? 难道我连休息的权利都没有?"

儿子无招。老爷子仍是时嚷时怒,时怒时嚷。

儿子见同事们都置办了家庭影院,心里痒痒的,是不是给老爷子也来点"新潮"? 于是,便试探老爷子的意见,老爷子稍一迟疑,习惯性地冒出一句:"打个报告来。"

这一句犹如一支清醒剂,使得机关工作的儿子终于悟出点道道来。儿子在心灵深处自言自语地说:"习惯成自然啊,官性,这就是中国特色的官性!"他随后印制了《家庭要事呈阅单》《家庭会议通知单》等八个本子,并按照办事程序,遇事有请示、有汇报,毫不含糊。

老爷子在家庭会上训言:"一切都要按规定办。"并令儿子起草了《家庭管理规定》,让儿子、媳妇、老伴先传阅,自己最后审阅。看到儿子、媳妇、老伴的签字:"同意此规定,请爸妈批示""规定很好,爸妈定吧""我看不错,老头子签批"……老爷子心里乐滋滋的,小梳子习惯地在头皮上耕耘着,双喜牌香烟燃起的烟雾欢快地在客厅里翩翩起舞,他毫不踟蹰地大笔一挥:"周五晚八时家庭会议研究。"

周五晚八时,家庭成员全部到齐,会议由老爷子主持,小孙子记录,儿子一字一句地宣读《家庭管理规定》,大家一项一项地表决,日常管理由老伴负责,任务是每天的买菜、做饭、打扫卫生;文娱管理由媳妇负责,任务是孙子的学习、报刊的订阅、家庭晚会的承办;交际管理由儿子负责,任务是有计划地和亲友、同事、领导们保持往来;财务管理由老爷子亲自负责,任务是审批一百元以上的开支。会议还规定每半月定期召开一次家庭会,全体家庭成员不得有误。

《规定》出台后,一家老少按章办事,半月小结一次情况,半月布置一次工作,所有家庭事务有条不紊地进行着。老爷子仿佛又回到阔别一个多月的工作岗位,小梳子常在头皮上耕耘,双喜烟的烟幕似宫女在办公桌上方扭动着腰肢,老爷子还时不时地哼上几句久违了的京剧《红灯记》。

老爷子心里畅快，全家人也轻松了许多。

(1999 年)

[鉴赏]　从"老爷子"这一人物形象身上，我们可以清楚地看到那种"中国特色的官性"：现实生活中的一些"官"的为官本领，无非是对着下级打上来的报告"大笔一挥"，或者是在这样那样的会议上"训言"一番而已。所以，面对如此"官性"，虽然作品中的那一家人最终因原本"整日忧郁寡欢"的老爷子"心里畅快"了而都"轻松了许多"，但我们的感觉，却显然是怎么也没法不沉重的。

毫无疑问，成功地塑造了"老爷子"这样一个很生动也很典型的人物形象，便是这篇作品成功的关键所在。不过，这篇作品的最令人叹服之处，则在于我们读这篇作品时的感觉虽然是极为沉重的，但整个过程又是很轻松甚至是很畅快的——这是因为作者塑造人物所使用的是喜剧化的手法，即别开生面地给已离了休的"老爷子"在家庭中创设了一个很是逼真的官场环境，然后任其尽情表现。这样不仅使事实上已根本没法展现其"官性"的"老爷子"有了充分的活动空间和表现舞台，更由于这样一个环境的虚拟性和荒诞性，而使故事及其故事中的人物有了那种能令读者忍俊不禁的可读性与可笑性。

作品这种用轻松的喜剧形式去表现和揭示沉重的悲剧意味的构思方法，既充分显示了作者那很是成熟的艺术匠心，又能收到那种"借酒消愁愁更愁"式的艺术效果，从而更突出了"老爷子"这一形象的生动性与典型性，也更强化了作品题旨的现实性与尖锐性。

(汝荣兴)

关于克隆人的深度报告　　　汝荣兴

W 教授悄然克隆出了另一个 W 教授。

那另一个 W 教授，是 W 教授的第一百零一个克隆杰作。W 教授之所以要克隆到自己的头上，是因为他发现自己先前那整整一百次的克隆虽然都绝对是成功的，所克隆出来的各式各样的"人"也无一不跟基因的提供者惟妙惟肖，但对于克隆人与本人究竟惟妙惟肖到什么样的程度——具体点说，就是对于克隆人与本人除了外在形体的完全一致之外，是不是在思维、情感等内在的方面也全部相同之类的问题，他却还无法获得充分的证据来做出肯定或否定的结论。而这一类"充分的证据"，似乎也只有从自己和克隆的另一个自己身上去取得，才可能是真正可靠的，因为只有自己最清楚自己的思维、情感等，也才可能全面彻底地、细致入微地去与克隆的另一个自己的思维、情感等做出精密的比较。

作为一名真正意义上的科学家，W教授有着极为严肃的工作态度和十分崇高的献身精神。又由于对自己的克隆是一次比克隆本身意义更加深远和重大的实验与探索，所以，W教授是在完全保密的状态下具体进行这项工作的，甚至连在自己的夫人面前，他也从来不曾吐露过有关此事的只言片语或者哪怕是一丁点、一丁点的风声。而作为对W教授的这一可贵又可敬的实验与探索的回报，是自那另一个W教授被克隆出来之后，经过了在实验室里的成千上万次的反复测试和验证，W教授终于得到了他所需要的大量证据，并表明了克隆人与提供基因的本人不仅外在形体完全一致，而且其内在的思维、情感等也是全部相同的——真的，有好多好多回，那另一个W教授都在被测试时准确无误地说出了W教授自己所想要说的话，而且，连W教授的潜意识，那另一个W教授也全能表述得毫无差错！

W教授便因此拟好了他的最新论文的标题：《关于克隆人的深度报告》。

不过，W教授并没有急着去正式写他的那篇论文。我们已说过，W教授是位真正意义上的科学家，他对工作的态度是极为严肃的。是的，虽然到目前为止，W教授已掌握了足够多的论文证据，但由于那些证据毕竟都是从实验室里取得的，他便觉得还有在实际生活中进一步去考察那另一个W教授的必要。

因此，在接到联合国科研总部发来的要自己去出席首届全球克隆学术研讨会并在会上做专题讲演的通知后，经过周详的考虑和准备，W教授便做出了让那另一个W教授顶替自己去参加会议的大胆决定。而且，为了使这一偷梁换柱显得更加天衣无缝，实际上也是为了使自己的这一实验与探索取得更为圆满的结果，W教授还特意安排自己那位漂亮绝伦的夫人，在她也真假莫辨的情况下随那另一个W教授一起前往会议地点……

此后，令W教授十分欣喜的是，通过由卫星向全球直播的那次会议的实况，他看到自己的替身千真万确是里里外外都与自己绝无二致的：那另一个W教授在大会上所作的专题演讲，虽然事先根本没经过W教授授意什么的，但其中的每一句话，所用到的每一个数据,都完完全全是 W 教授所想说和所想要用的;甚至,那家伙在演讲过程中的一些下意识的小动作——譬如上台前要捧起夫人的额头吻一下,再譬如当台下响起掌声时总要举起右手捋一捋自己的头发,又譬如每喝罢一口水后总要推一推自己的眼镜架……都不折不扣地是 W 教授所惯用的!

现在,W 教授感到自己已完全可以正式动手写那篇《关于克隆人的深度报告》了,于是他便欣然又安然地打开了他的书写电脑……

然而,就在 W 教授已将他的那篇论文打印出来,正准备装订成册的时候,他书房的门被"砰"的一下撞开了。

进门来的是那另一个 W 教授。只见那另一个 W 教授左手臂紧箍着 W 教授夫人的咽喉,右手则握着一支直对着 W 教授的激光手枪。

"你这是……"W 教授问。

"我这是要送你上西天去!"另一个 W 教授回答。

"为什么?"

"为了要叫这漂亮绝伦的女人真正成为我的夫人,为了要让在全球会议上作讲演这样的风光和荣誉只属于我……"

至此,我想读者朋友您一定在为 W 教授的安危捏一把冷汗了吧?可不是,真没想到那另一个 W 教授——也就是那克隆人——竟会有如此歹毒的心肠!不过您放心,前面我们已经作过交代,为让那另一个 W 教授走出实验室,W 教授是做了周详的考虑和准备的,也就是说,W 教授是肯定有那种不怕一万只怕万一的安排的——这不,就在那另一个 W 教授想要扣动手枪扳机的一刹那,只见 W 教授不动声色地轻轻一按装在他裤子口袋中的一个微型遥控器,那另一个 W 教授便顿时忽的一下变成了一缕烟,从这个世界上彻底地消失了……

只是,紧接着,W 教授让自己那沓厚厚的论文稿纸也同样在顷刻间化作一缕烟,而且,他那克隆人的工作也就此宣告结束。

（1999 年）

[鉴赏]　我猜想,作者十有八九是从我们大家耳熟能详的真假孙悟空、真假包公等传统故事中得到启示,写下这个真假 W 教授的故事。作品写得有新意,但绝非那些传统故事的翻版;还写得很有时代气息,不只因为他写的是

只有我们这个时代才有的克隆手段,更因为作者颇有深度地揭示了当代人的极为隐秘的心理,读来韵味悠长。

首先值得肯定的是作者的叙述能力,真假教授之间的关系和他们的举动,弄不好会像说绕口令一样混淆不清。作者机智地用"另一个教授"轻松地将克隆人与 W 教授区别开来,清清楚楚,一目了然。其次是作者成功的艺术构思。他一再强调 W 教授"是位真正意义上的科学家,他对工作的态度是极为严肃的",这个定位是小说得以成立的基础和理由。他已经一百次克隆都绝对成功,本来就可以得出某个结论,就是因为他是一位"严肃的"科学家,所以他才决定再克隆另一个 W 教授作更加深度的研究。但就是这样一位"严肃的"科学家,最后却因克隆人对他的安全、名誉、利益构成威胁时,又亲手将克隆人销毁,而这居然又是他早就预见到的,并已作了相应的准备。联想 W 教授在进行第一百零一个克隆杰作时,他原先的希望就是:这个克隆人与他"不仅外在形体完全一致,而且其内在的思维、情感等也是全部相同的"。仔细玩味这一切描述,便体会作者用心之深,更觉得作品意味深长。

作品的最后,克隆人的阴谋未能得逞,W 教授本人化险为夷,这看上去有点喜剧味道的结尾,绝妙地把 W 教授那轻易不向外人展示的内心世界,即那绝不容许任何人染指他个人私利的内心世界,一下子暴露无遗。　　(陆建华)

他 们 来 了　　　　李景文

我正在读马里内蒂的短剧《他们来了》,不是我故作高雅或学问高深,我可以赌咒这本书的确是我刚才在餐厅打扫卫生时捡来的。本来,我想把这本沾上酒斑油渍的《未来主义作品精选》扔进垃圾桶的,但是我翻的那页——就是姓马的那个短剧,恰恰与我的工作有关。里面的角色有侍者,喏,就是我现在这身份;有总管,就是我一心想爬上去的角色。剧情是一位总管给他手下的侍者,因为"他们来了"连续发了四道命令,把侍者忙得如陀螺般地旋转,但"他们"最终并没有出现,倒是椅子们忍耐不住地走出了客厅……

我丢开手中的书,你别贬低我,以为我一点看不懂。我这样做,是为了继续干活。但是,我还是迟了一步。我们总管正以一种令我毛骨悚然的微笑看着我。

喂。我的总管总是以这样的形式跟我讲话。你是嫌赚钱多还是活腻了怎么的?他们来了,赶紧准备!

我大气不敢出,一溜烟跑到雅座,把桌椅收拾停当,直至桌面能照进人脸。但是过了中午 12 点,他们还没有来。

　　填饱了肚皮后，我终于抵不住瞌睡虫的侵袭坐在值班室昏昏欲睡。

　　喂，总管说，你今天是成心跟我作对怎么的？你想想这是"停尸"的地方吗？他们来了，赶紧准备！

　　我想放屁，但是我忍住了。我在总管锯齿一样的目光下将棋牌室的玉溪烟、大红袍茶准备好，再放上一副红木麻将。

　　太阳收起它的最后一丝辉煌，黄昏的天空被墨色涂抹得不成样子。夜渐渐浓了，我洗完手拖着灌了铅似的脚步准备往家走。突然，总管像一堵墙一样横在我面前。

　　喂，想脚底抹油怎么的？总管沉着脸说，他们真的来了，赶紧准备吧！

　　我调试好舞厅的音响，给包厢喷上茉莉型香雾，又请来几位妙龄小姐，但是直到鸡叫头遍他们仍没有露面。小姐们嘟着嘴面带倦色地走了，我鸡啄米似地点着头一再表示我的歉意。一转身我再也撑不住耷拉着的眼皮，倒在真皮沙发上呼呼大睡。

　　我看到一个大胡子黄头发蓝眼珠的老外朝我走过来，我迎上去，他礼貌地朝我鞠躬，我受宠若惊地想还礼，可就是僵直着身子弯不下腰来。

　　你是……我问。

　　我是马里内蒂。他朝我伸出手来说。

　　啊，老马！我想握他的手，可就是抓不住。你真伟大，你八十年前怎么知道我们现在发生的事？乌拉，未来主义！

　　哪里，老马笑着耸耸肩说，找你，是来修改我的剧本的。怎样使剧本更简洁些，去掉那些啰唆的动作提示？

　　我惶恐而奇怪地看着他。

　　比如，总管下达指令，赶紧准备，你就知道做什么。我讨教，在你们这里有什么诀窍？

　　我干咳了两声说，这傻子才不知道，什么早上围着车子转，中午围着杯子转，下午围着麻将转，晚上围着裙子转。

　　我觉得自己也转起来，然后重重地从沙发上摔下来……

　　　　　　　　　　　　　　　　　　　　　　（1999 年）

　　[鉴赏]　这篇作品所要叙说的内容，其实很是简单：就是揭示那种有些人

总是"早上围着车子转，中午围着杯子转，下午围着麻将转，晚上围着裙子转"的现实。而作者的高明之处在于：他并没有像许多同类作品那样去"现实主义"地写，而是以"先锋主义"的形式，用荒诞、夸张、变形等手段，去将这简单的内容既单纯又丰富、既委婉又生动、既荒诞又真实、既虚幻又艺术地表现出来。这样，不但极大地充实了作品的艺术容量，同时也极大地强化了作品的艺术深度。

你看，在作品中，"他们来了"既是马里内蒂的一幕未来主义的短剧，更是"我"所面临的一种最真切不过的现实，而且，这种现实居然要比那短剧所描绘的情形更加的直接和更加的简洁——作品后半部分所写的"我"在梦境中见到马里内蒂的那一幕，既使作品的结构实现了首尾呼应的严密与圆满，又借助非现实的方法，使那种现实的存在得到了更发人深省的体现。而且，总管总说"他们来了"而实际上"他们"却始终没来这一现实情节的设计与安排，则无疑是在不动声色又声色俱厉地表达着作者对那种现实、对"他们"的愤怒之情："他们"是那样的高高在上、那样的盛气凌人、那样的……可恶又可恨！

我们一直都在强调真实是艺术的生命。其实，包括这篇作品在内的许许多多成功的创作实践，也在十分令人信服地告诉我们：艺术同样是真实的生命，而且这种生命力还越发的强大！　　　　　　　　　　　　　　　（汝荣兴）

没有对手的生活　　　　　　侯德云

　　我的舅舅王五退休了。他说："我终于可以好好地休息一下啦。"可在我看来，他刚休息了三两天，人就萎蔫得如同一片枯黄的菜叶。

　　我这样形容我的舅舅王五，并非是故意对他不敬，而是因为，他以前经常用同样的话来讽刺我。所以，当我看到他满脸憔悴的样子，就不由自主地想起了那句话。我跟他之间的关系，已经令人兴奋地变成了一片黄菜叶与另一片黄菜叶之间的关系，总算扯平了，这很好。

　　退休以前，我的舅舅王五是这座城市里一个不大不小的领导干部。我呢，什么也不是。我辞掉了工作，回到家里睡觉。睡不着觉的时候，就靠读书和写小说打发时间。我整天披头散发，吃穿都不讲究，脸色也不太好。满面红光的舅舅对我很瞧不起。他跟我的母亲也就是他的姐姐，或者别的什么人提起我时，总是说"那片黄菜叶"如何如何。我心里对他很反感。

变成了另一片黄菜叶的舅舅以为自己生病了。他去医院做了全方位的检查，医生说：一切正常。他对这个检查结果很不满意，连续换了两家医院，还是一切正常。他犯了糊涂，对家里的一只老花猫大发了一通脾气。他说："没病？没病怎么浑身没有一点力气？没病怎么吃不下饭？你能告诉我吗？他妈的你说你说呀！"可怜的老花猫被他吓坏了，一跃而起，以龙卷风的速度逃掉了。

我的舅舅王五突然心血来潮想写小说。他亲自屈尊来到我的狗窝般的小屋子里，还带来了一条好烟。他知道我烟瘾很大，不过在此之前我从来没抽过他一支烟。他对我说："你看我整天闲着，都快闲出毛病来了。怎么办呢？你教我写小说吧。"他又说："我这一辈子，就是一部很好的长篇小说啊。"我一支接一支抽着他带来的好烟，以沉默的方式与他喋喋不休的诉说相抗衡。他告诉我，他哪年哪月参加革命工作，又怎样把一个又一个对手打下马去，从而开辟出崭新的工作局面。他提到了一个又一个名字，这些名字，有的我熟悉，更多的是第一次听说。

我的舅舅王五说："老丁。老丁你知道吧？"我点点头。老丁我怎么会不知道呢？他跟王五是一个单位的，而且就住在王五的楼上。

我的舅舅王五说："哼，老丁！凭老丁那点本事，也想跟我争一把手的位置！"他没有再说下去。他眯起眼睛，仰在那张不堪入目的破沙发里，脸上荡漾着令人陶醉的幸福。

我的舅舅王五果真写起了小说。用他自己的话说，他写的是一部自传体长篇小说。他写得很投入。他不允许任何人打扰他，连窗外那棵老杨树上的鸟儿也不行。很多人都亲眼看到他在一天下午跟那棵老杨树以及树上的麻雀们玩命的情景，简直可以说是惊心动魄。他从家中狂奔而出，用石头击打树枝上叽叽喳喳的麻雀。落叶纷纷，在地面上铺了厚厚一层，细看，其中还夹杂着几根麻雀的羽毛。邻居们都惊呆了，他们不知道王五这个老家伙今天吃错了什么药。如果不是老丁下班回家从轿车里探出头来冲他哈哈大笑了一阵子，我敢打赌，我的舅舅王五肯定会毫不留情地把那棵老杨树上的最后一片叶子也给打下来。

让我感到意外的是，几个月以后，我的舅舅王五又改变了想法,他不再写小说了。他当上了园丁,在家里莳花弄草,各种各样的花草挤满了阳台。让我感到更加意外的是,他的精神状态也逐渐好转了,几乎达到了退休前的水平。

我忍不住问他:"舅舅,你为什么不写小说了?"他瞥了我一眼,笑笑说:"忙啊,没时间哪。"紧接着,又压低了声音对我说,"楼上的老丁也退下来了。他在家里养了不少花草,我要好好地跟他比一比……"

舅舅对我说的悄悄话,一直让我品味了很长时间。现在,我终于可以自豪地向全人类宣布,我对那个名叫王五的人有了比以前更深的了解。

（1999 年）

[鉴赏]　这是一篇充满着幽默的气氛与力度的作品。"我"的舅舅王五因为退休了,所以便"人就萎蔫得如同一片枯黄的菜叶",所以便要"对家里的一只老花猫大发了一通脾气",所以便要"跟那棵老杨树以及树上的麻雀们玩命",所以便……就在作者如此这般时时处处既幽默又诙谐的叙述过程中,王五这一人物形象便被一步步、一层层地勾画了出来,从而使我们既一步步、一层层地进入到了王五那种"没有对手的生活"之中,更一步步、一层层地看清楚了他这个热衷于"把一个又一个对手打下马去"的、曾经是"不大不小的领导干部"的形象特征。

其实,同类题材的作品并不鲜见,但由于作者采用了这种十分浓郁的幽默的表现方式,因此,这篇作品所讲述的故事及其所塑造的人物形象,也就呈现出了一种更为淋漓尽致的、不同一般的特质来。

其实,幽默这种表现方式也并非这篇作品所独有,但因为作者在使用这种表现方式时既十分的注重形式与内容的统一,又十分的注重形式对内容的强化和深化作用,所以也就使这篇作品在同一类型的作品中显现出了一种更富艺术性的力度。总之,是幽默成就了这篇作品;同时,这篇作品也在告诉我们怎样才算是将幽默使用到了得心应手的地步。

　　　　　　　　　　　　　　　　　　　　　　　　（汝荣兴）

亲 子 鉴 定　　　　　喊　雷

宫克在大学学遗传学,毕业后被分配到省农业科学研究所的一个专门研究遗传基因的实验室工作。他不愿一辈子与小麦、水稻、玉米打交道,要求父亲把开了近四十年的一家制药厂交给他经营。父亲宫尚年老多病,力不从心,乐得让宫克接他的班。

　　为了发挥所学的专长,宫克上任伊始,就大刀阔斧地给制药厂大动手术。他投资数十万元从国外购进先进设备,把制药厂改成了具有国内领先水平的亲子鉴定所。他的亲子鉴定所不仅凭血型的遗传性状来进行鉴定,而且能用毛发、指甲、精液、尿液……乃至于皮肤上的垢积来进行鉴定,且准确率高达百分之百。鉴定所开业之时,宫克花了数万元在他所在省、市电视台、报纸、杂志上做了广告。然而,半年过去,来做亲子鉴定的人寥寥无几。除了那些涉及遗产继承、离婚诉讼、出国投亲的人之外,一般人几乎不来光顾。鉴定所濒临倒闭的境地。

　　一筹莫展的宫克经过几个不眠之夜的苦思冥想,终于找到了绝处逢生的对策。

　　他托人找来这个城市各单位的花名册,分别给花名册中每一个当父亲的人寄去他亲自拟写的一封信。内容如下:

　　××先生:

　　　　我以一个知情人的名义提醒先生:请先生对着照片认真地比较比较:你——真的是你孩子的父亲吗?

　　　　　　　　　　　　　　　　不便具名的好心人

　　　　　　　　　　　　　　　　　×年×月×日

　　尽管这座城市每一个当父亲的人几乎都先后收到了这样的信,但人人都守口如瓶;即使是手足同胞、拜把兄弟、结盟至交,也绝不相告。他们各自悄悄对着镜子或照片,认真地比较子女与自己长相的异同。可悲的是结论大多一致:乍看有些像,越看就越不像!——专门研究遗传学的宫克最懂得:世上根本就不存在完全相像的人,即使是孪生子也总有许多不同之处。

　　于是乎,心里不踏实的父亲们,或先或后,拿了子女的毛发、指甲或血迹、尿液……在大口罩或黑墨镜遮掩下赶来光顾亲子鉴定所……

　　自此,亲子鉴定所便由过去的门可罗雀变成了门庭若市。

　　不过,宫克的硬笔字写得再快,每天起早贪黑也只能寄发这种信件百十封(而这种信既不能用电脑打印,也不能用手写字的复印件)。他不得不高薪雇用数名写手来写信。

　　于是,每天便有数百封信发至他所在的省、市千千万万个为人父者手中。

于是，宫克的亲子鉴定所的营业时间不得不一改八小时上班制为昼夜三班倒。

于是，宫克不得不相应地再投资百余万元再进口数台有关设备。鉴定所过去的三层楼房，也顺理成章地被如今的七层高楼所替代……

然而天有不测风云，有一天，噩耗突然传来：宫克的父亲病逝——死在市人民医院病床上。紧接着一名律师赶来通知宫克，根据宫先生的遗嘱，这家用他的资金修建的制药厂（即如今的亲子鉴定所）已被他捐赠给了市人民医院，限宫克在本月底之前交出全部财产。

"他……他老人家为什么不把鉴定所留给我？"

"宫尚先生在遗嘱里说，你不是他的亲生儿子。"

"这——不可能！"

"这是事实。"律师向他出示基因鉴定证明时说。

"这鉴定……肯定靠不住！"

"这份鉴定书是你的鉴定所于去年十一月二日出具的。"

"不——他已七十岁高龄，不可能去做这样无聊的有损他老人家尊严的鉴定！"

"当初我们也感到不太理解。老先生解释说：是一位知情的好心人言之凿凿地写信提醒他，他才去做鉴定的。"

（1999 年）

[鉴赏]　把一个濒临倒闭的亲子鉴定所，从门可罗雀经营到门庭若市，宫克无疑取得了成功；但他是采用卑鄙的手段，打着科学的旗号攫取财富，不仅使科学蒙尘，也最终自食恶果，落得个身败名裂的下场。

利欲熏心，明知不应为而不惜采取卑劣手段蓄意为之，是宫克的最明显的性格特征。作者能在不长的篇幅中，勾勒出这个披着科学家外衣的丑陋形象，在很大程度上得力于夹叙夹议的写作手段。不动声色的叙述，其实总有深意在，也是不可少的伏笔。如，作品一开始，说宫克"不愿一辈子与小麦、水稻、玉米打交道"，身为科研人员却耐不住寂寞，其弦外之音不难听出。言简意赅的议论，往往仅一两句，好似若不经意地随口说出，其实是对有些事不便正面叙述而采取的一种巧妙的补充叙述的手段。当宫克采用匿名信的办法，激发起人们的疑心后，作者不失时机地议论道："专门研究遗传学的宫克最懂得：世上根本就不存在完全相像的人，即使是孪生子也总有许多不同之处。”这里的不足 50 字的议论十分及时，更是十分厉害。宫克不仅“懂得”，而且“最”懂得“世上根本就不存在完全相像的人”，但他为了掠取最大数目的金钱，却挖空心思地以“好心人”的虚假名义，采用匿名信的卑劣方法，去恶意地挑逗起人们的疑心。

本篇意在强调，科学本来应该用来造福人类，如果摇身一变成为掠夺财富的手段，那就不仅会走入歧途，还会带来意想不到的严重后果和悲哀。明乎此，我们就会觉得，与其说作者是在向我们讲述一个关于亲子鉴定的故事，不如说是作者语重心长地对人们进行善意的忠告和提醒：要十分警惕和学会识别打着科学旗号的骗子，防止被他们的伪科学破坏掉自己原本平静安宁的正常生活。

（陆建华）

打工的老温 车中州

我踏上了寻找老温的旅途。

车厢里很吵。我闭着眼睛，在想着如何说服老温尽快回到我身边，因为，我确实需要像老温这样百里挑一的打工者。

老温是个搓背工。别看我的“大众浴室”有七八个搓背工，但要论功夫，最让我喜欢的就数老温。

算起来，老温为我打工已经有一年半了。这期间，最让我不解的是，头一年他只干了一个多月就走了，今年春节过后他又来干了一个月便对我说：“真是对不起，家里确实需要我回去。”我心里很不舒服：怎能这样三天打鱼两天晒网的？ 要不是看你活儿干得好，我非炒你的鱿鱼不可！ 但转而又想：老温五十多岁的人了，说不定家里真有重要的事情等着他呢，走就走吧。于是，我再三对他强调说：“你这次可得快去快回啊！”

但老温走后就没有回来。而他走后，我的浴室好像出现了一种无法弥补的空白——许多老主顾来了就问老温在不在，有的一听说不在就打道回府了。

我意识到了老温对浴室的重要性。

过去，上了点年纪的人来洗澡，其他搓背工嫌麻烦、嫌费时老是不愿意干，而老温却毫不挑剔，把一个个老爷子侍候得笑眯眯的。我问老温为什么干得这样好，他笑道：“我爸干了几十年的搓背工，我自然也跟着学了些手艺。干这一行，其实也有好处——

侍候三教九流,看似卑微,却也可以磨炼人。"还有一次,一男一女来要包间洗澡,老温偷偷对我说:"我们可不能接待这两人,我看像是玩'野鸡'的。"我说:"这也不好办呀,我不能撵他们走。"老温说:"我有办法。"老温一本正经地走到包间门口说:"真不好意思,二位稍等。刚才公安局的马科长带儿子来洗澡时,把小孩的裤子放在包间里了,我带他进去找找,你俩等一下再进来,好吗?"那一男一女听后,马上说还有急事,不等了不等了,眨眼间便溜出了浴室。我看老温任劳任怨,比别的搓背工要多受许多委屈,便很怜惜他。

一日,我弄了两样小菜叫住老温,说:"来喝两杯。"老温却笑着摇摇头,我问:"你不会喝?"他答:"会。"我说:"那你还不来喝两杯!"他说:"酒这东西,还是不喝为好。喝了,说不定它会给你惹出许多麻烦呢。"他接着又说:"人啊,要常想着苦日子,想着挣钱不容易才对。不吃苦中苦,难得甜中甜。"我一听,噗地笑得把酒喷出了嘴外:老温,你一个打工的还讲这些个大道理! 要讲,也应该由我这个当老板的向你讲才对哩。

不管怎么说,浴池需要老温。有他在,浴池的生意就好。

我一定要说服他回来,并且让他长期干下去。我这样想着,不禁用手按了按皮包,那里面有三千元钱,如果老温家里确实困难,这钱便有了用处。

当我按纸条上写的地址找到他的住处时,邻居告诉我,这是老温的旧居,他并不经常回来,要找他,必须到××大厦的一个大公司去。我顿时产生出一种不安:莫非老温已经找到了更好的打工去处? 要是这样的话,我就白来了。

我来到了那幢大厦。

接待我的小姐问明了情况后,说:"请你稍候,温总今天的事特别多,我先去通报一下。"

什么? 温总? 我急忙叫住了小姐,问:"老温是……"小姐的笑靥非常动人:"是呀,温总刚回来不久,他去外地度假刚回来。每年,他都要抽出时间去外地一个多月。他说,这样可以放松放松自己,使自己保持活力,能更清醒地领导公司发展壮大。"我一下呆住了。

(2000 年)

[鉴赏]　读本篇,感觉有一股令人神清气爽的时代新风扑面而来。既因为本篇是以唯新时期才有的民营企业家的生活为题材,更因为作者成功地塑造出一位集传统美德和时代精神于一身的、可敬更可亲的民营企业家形象。

　　直至文末,读者才与"我"真正相信,所谓打工的老温,其实是腰缠万贯的公司老总。在未点明他的真实身份之前,出现在我们面前的老温是一名生活中常见的、令人深信不疑的勤劳朴实的打工者。他那认真当好搓背工的敬业精神和任劳任怨的工作态度,他坦诚地介绍自己会喝酒却平时尽量少喝或不喝的理由,以及他婉拒偷情者的机智举动,都使我们相信他就是一位打工者,无论如何想不到他是一个大公司的老总。能有这样的阅读效果,与其说是作品中的老温自控能力之深,倒不如说是作者描写刻画人物之真。更难能可贵的是,这些十分符合打工者身份的真实情节和细节,到了老温的真实身份被点明之后,我们突然发现,这些故事原来被作者精心地赋予那么多的丰富内涵,闪现出多么夺目的光彩,从而令我们心潮难平。目光远大,为富不骄,什么时候都不忘记自己是搓背工的后代,并坚持采取自觉行动,以保持普通劳动者的本色永远不变,等等,一个具有时代精神的民营企业家就这样亲切地出现在了我们面前。

　　作品最后通过那位笑靥非常动人的小姐说明,老温之所以每年要利用一定的时间对本公司的职工说是"度假"而实际是出外打工,为的是放松放松自己,更为了"保持活力,能更清醒地领导公司发展壮大"。毫无疑问,这位新时期的企业家的非凡举动,给人们的启示和经验,远远超过办好一个企业、领导好一个公司所能起到的作用。

　　　　　　　　　　　　　　　　　　　　　　　　　　　（陆建华）

玉 米 的 馨 香　　　　　　　邢庆杰

　　那片玉米还在空旷的秋野上葱葱郁郁。

　　黄昏了。夕阳从西面的地平线上透射过来,映得玉米叶子金光闪闪,弥漫出一种辉煌、神圣的色彩。

　　三儿站在名为"秋种指挥部"的帐篷前,痴迷地望着那片葱郁的玉米。

　　早晨,三儿刚从篷内的小钢丝床上爬起来,乡长的吉普车便停到了门前。乡长没进门,只对三儿说了几句话,就匆匆忙忙地走了。

　　三儿便在乡长那几句话的余音里呆了半晌。

　　明天一早,县领导要来这里检查秋收进度,你抓紧把那片站着的玉米摘掉,必要时,可以动用乡农机站的拖拉机强制。乡长说。

三儿知道,那片惟一还站着的玉米至今还未成熟,它属于"沈单七号",生长期比普通品种长十多天,但玉米个儿大,籽粒饱满产量高。

三儿还是去找了那片玉米的主人——一个五十多岁,瘦瘦的汉子,佝偻着腰。

三儿一说明来意,老汉眼里便有浑浊的泪涌落下来。

俺还指望这片玉米给俺娃子定亲哩,这……汉子为难地垂下了瘦瘦的头。

三儿的心里便酸酸的。三儿也是一个农民,因为稿子写得好,才被乡政府招聘当了报道员,和正式干部一样使用。三儿进了乡政府之后,村里的人突然都对他客气起来。连平日里从不用正眼看他的支书也请他撮了一顿。所以,三儿很珍惜自己在乡政府的这个职位。

三儿回到"秋种指挥部"的帐篷时,已是晌午了。

三儿一进门就看见乡长正坐在里面,心便剧烈地顿了一顿。

事情办妥了?乡长问。

三儿呆呆地望着乡长。

是那片玉米,搞掉没有?乡长以为三儿没听明白。

下午……下午就刨,我……我已和那户人家见过面了。三儿都有点儿结巴起来。

乡长狐疑地盯了他一会儿,忽然就笑了。乡长站起来,拍了拍三儿的肩膀说,你是不会拿自己的饭碗当儿戏的,对不对?

三儿无声地点了点头。

乡长便急急地走了。

三儿目送着乡长远去后,就站在帐篷前望着这片葱郁的玉米。

天黑了,那片玉米已变成了一片墨绿。晚风拂过,送来一缕缕迷人的馨香,三儿陶醉在玉米的馨香中,睡熟了。

第二天一大早,乡长和县里的检查团来到这片田地时,远远地,乡长就看到了那片葱郁的玉米在朝阳下越发地蓬勃。乡长就害怕地看旁边县长的脸色。县长正出神地望着那片玉米,咂了咂嘴说,好香的玉米呵。乡长刚长出了一口气,县长笑着对他说,这片玉米还没成熟,你们没有搞"一刀切"的形式主义,这很好。乡长心里一块石头落了地，脸上一片灿烂，心想待会儿见了三儿那小子一定表扬他几句。

乡长将县长等领导都让进了帐篷。乡长正想喊三儿沏茶，才发现篷内已经空空如也。

三儿用过的铺盖整整齐齐地折叠在钢丝床上，被子上放着一纸"辞职书"。

乡长急忙跑出帐篷，四处观望，却没有看到一个人影。一阵晨风吹来，空气里充满了玉米的馨香。乡长吸吸鼻子，眼睛湿润了。

（2000 年）

[鉴赏]　中国历史上吃"瞎指挥"的亏有很多次。可惜后人并未从中吸取教训，还有人不断重蹈覆辙。这篇小说就是含蓄地批评这种社会现象。但它的写法很有特点：不是从正面进行揭露，而是从抗拒"瞎指挥"的角度来写。这种方式，既弘扬了正气，又塑造了鲜明的人物形象。

在设计主人公三儿的身份上，作者下了一番功夫：有意把他写成是一个从农村招聘来的乡政府的报道员。这说明他的地位在乡干部里是最低微的；同时，不是国家正式工作人员，随时都可能被解聘。作者还写了一笔他被招聘后，在村里忽然受到人们的尊重，他对自己得来不易的这份工作是很满意、很珍惜的细节。这些，都是为他后来敢于"抗上"做了极充分的铺垫，有意增加了处理事物的难度，使人物形象更加突出。

在接到乡长要求迅速除掉即将收获的玉米的命令后，三儿不是毫不犹豫地马上执行，而是先找到玉米地的主人进行调查。在了解了这位农民老汉的疾苦后，同是农民出身的三儿便有了心灵的沟通。接下来，顺理成章的应写三儿如何抵抗乡长的命令，但作者此处又有意制造行文的曲折。他在乡长面前不是理直气壮地表明自己的态度，而是进行敷衍。这一笔，便写出了一个真人，而绝不是按照主观意图创造的观念性的人物。这个人物有他自己的情感，有他的意志、思想，但也有他的现实问题。他面临的是复杂的矛盾，这有关他个人的前途，而对一个年轻人来说又是举足轻重的。在良知与个人前途的激烈冲突面前，他出现了片刻的动摇，更显示出人物的真实性。乡长的一句话"你是不会拿自己的饭碗当儿戏的"，具有千钧的压力，重重砸在三儿的心上，也使读者为人物的命运担忧，更与小说的结局进行了极为鲜明的对比。

在解决了矛盾，乡长正要表扬三儿时，我们又意外地看到了他的"辞职书"，最终完成了他的形象刻画。小说真是千回百转、跌宕起伏，在复杂的矛盾里，在灵魂的搏斗中，作者成功地塑造了一个外柔内刚的有思想、有良知、有品德的当代青年人的形象。

（顾建新）

白 素 女　　　　杨小凡

初夏的药都城南，小径逶迤，灌木交荫。白娟素、锦素姐妹在径穷之后，见一大户人家，上书"孙氏常乐园"。

锦素从肩上取下四胡，胡抵左腰，抖动右手，四根夹着两束弓上的马尾，便清音徐起。姐姐娟素水眼一抬，一曲《梁山伯下山》立时越青墙，穿屋宇，飘花坞，由远及近落入"春海亭"中。正在亭中捧书凝神的孙家大公子孙伏令，忽然神气猛爽。遂起身离亭，循歌音，钻竹林，绕绿池，疾出院门。出得门外，见到娟素、锦素两姐妹，顿时双眼着火，面颊烧红。于是，两姐妹便被邀进孙家大院。

姐妹俩原是河北一白秀才的两枝花。白秀才颇通音律，聪明伶俐的娟素、锦素天生爱唱，每每纺棉时必伴随着纺车的声音和节奏哼唱小曲。天长日久，渐成一种新的曲调。清嘉庆八年，河北水灾大起，白秀才父女衣食无着。秀才迫于生计，给姊妹俩的小曲谱上新词，三人一起流落四方卖唱活命。不料半年之后，穷病交加的父亲死于黄河岸边。孙伏令知道这些后更是决意要娶娟素为妻。孙父因药而富，苦于家族无功无名，见儿子伏令以不去进京赴考要挟，只得发出话来：娟素姐妹先留府中，你若取得功名，我盛办婚事。

娟素姐妹见孙公子痴情如此，彻夜流泪不止，第二天依然笑若夏荷地送孙伏令与家童孙志一道登船，顺淮水进京。这是孙伏令见到娟素第四天的事儿。

夏去秋来。孙府的醉月园中，秋空星高，松阴满地如积水浮藻。娟素姐妹鼻哼小调，翘首望月。正月人相融之时，忽闻孙家哭声大起，急到前院，见孙志已头裹白绫。知是孙伏令在长江口船翻人没后，娟素立刻瘫在地上。七天七夜之后，娟素苏醒，从此她便双眼无神，软弱如纸。又是一个夏天到了。这一天，娟素精神陡变，半夜便起来描眉试衣。太阳刚出，她就独自出孙家大门，向通淮水的涡河滩走去。如血的旭日映着她的全身，一如火的人儿慢慢地、一步一步地走进东流入淮的涡河之中……

娟素被孙家葬在孙伏令衣冠墓中的第三天，药都城南灌木交荫的逶迤小径上，孙伏令由远及近地走来。原来，他被水冲走后得救于一渔民。当他得知娟素小姐三天前蹈河而去时,并无过分悲色,又似不怎么在意。孙父暗庆,儿子九死一生后胸怀大了,不再为一女子而累,这乃孙家的大幸啊! 第二天,孙伏令独自一人到墓地看了之后,便去城中"一闻香"茶楼品茶去了。茶后已是日落西天了,伏令手交背后,迈着方步,出街过巷,一步步走进东接淮水的涡河之中。此时,岸上愣了神的人中,有人听见一曲妙音从水中升起,而且飘浮着久久不去。

之后,锦素便离开"孙氏常乐园",挎起她那把柿木四胡,唱于涡水两岸。白素女与孙公子的故事也家喻户晓起来。一百年后,就有了专以表现男女爱情和宣扬伦理道德的剧种"二夹弦"。只不过,不再是两女一拉一唱,而是四男四女皆拉皆唱的戏班子了。

(2000 年)

[鉴赏]　这是杨小凡的"药都"系列微型小说中的一篇作品。从这篇作品中,我们可以清楚地看到"药都"系列微型小说的写作特色与艺术追求。具体说来,主要有这样三点——

一是取材的民间性。民间故事、民间传说或者哪怕是流行于民间的一则小幽默、一个小笑话,其实都无不是微型小说作者素材与题材的"源泉",而且还是取之不尽、用之不竭的"源泉"。这篇作品的故事,便源自曾一度流行于淮水流域的"专以表现男女爱情和宣扬伦理道德的剧种'二夹弦'"来历的传说。当然,从民间传说到微型小说,其间还需要作者进行一番去伪存真、去粗取精的艺术加工与艺术创造的过程。

二是故事的传奇性。这实际上是由取材的民间性所决定了的——传奇性是民间故事与民间传说中最突出又最鲜明的一个特征。你看,在这个"白素女与孙公子的故事"中,尽管从两人的一见钟情,到先后"一步步走进东接淮水的涡河之中",似乎还不怎么算得上离奇和超越寻常,但当孙公子投河之后,竟会"有人听见一曲妙音从水中升起,而且飘浮着久久不去",则无疑便是其传奇性的最集中也最典型的体现了,而这种故事的传奇性,显然也是作品可读性的最好和最有力的保证。

三是语言的简洁性。取材的民间性与故事的传奇性,其实也已经决定了作品的体例——笔记体。而笔记体虽为一种"以随笔记录为主"的文体,但古往今来,凡真正成功的"笔记",又往往是以语言的简洁为前提和基础的。这篇作品中,无论是描写还是叙述的语言,作家都处理得既相当的从容又十分的精练,如第二自然段中的"越青墙,穿屋宇,飘花坞""循歌音,钻竹林,绕绿池,疾出院门"等,动词的运用真可谓简洁至极,从而使语言充满了内涵的张力与艺术的魅力。

（汝荣兴）

一 杯 酒

肖柳宾

我认识老邹时，他刚刚调到省里某厅财务处当处长。

我觉得老邹这人有点古怪——我指的是在喝酒方面。

当处长的，总少不了餐桌旁的应酬。既有应酬，就免不了要面对白酒。通常的情形是，人们或你敬我、我敬你地豪饮，或矜持地推说自己不会喝。但老邹不同，他既不豪饮，也绝不推卸喝酒的责任，总是斟满一小杯慢慢地饮，一点都不关心身旁频繁响起的清脆的碰杯声，以及亲热的劝酒声。

于是，老邹成了餐桌旁的"另类"：他总是坚持使用那种普通的小瓷杯。那种杯，大约只能装七钱酒，而他竟能陪别人喝上两三个小时。最可恨的是，他还有一个习惯：谁也劝不了他喝第二杯。

所以，我从来就没见老邹喝醉过。

所以，从来就没喝醉过的老邹，免不了让喝醉了和喝多了的人不快。

有一次，基建处的王处长因为有事情要求老邹帮办，在酒楼宴请老邹。王处长有个优点：活跃。再陌生的人，王处长也能在几次碰杯之后与他混熟。但这次，王处长却活跃不起来：任凭自己怎样劝酒，一杯接一杯地喝，老邹仍然不肯斟上第二杯。如此不给面子，王处长便有点不快了，但因为有求于老邹，只好忍住。又几杯酒下肚，脸色通红的王处长终于忍不住了，在又一次敬酒而老邹仍不干杯之后，指着老邹吼了起来："他妈的，给、给你面子，你不知、知趣，你还算个男、男人吗……"

不快的，还有领导。

那一年年底，为了感谢中层干部一年来的辛劳，厅领导设宴慰劳全体中层干部，向他们一一敬酒。敬到老邹时，他却只喝了一小口。厅长说："干了吧。"老邹说："饶了我吧，我的酒量只有一杯。"已有几分醉意的厅长却不肯饶了他，又斟满一杯酒干了，说："我又喝了一杯，你应该干了吧！"但老邹仍然没有干，只说："我的酒量……"

厅长的心情可想而知。日后，当老邹的一些部下纷纷得到提升,而老邹仍在处长的位置上干了近十年时,我猜想:老邹固守一杯酒量的习惯,是不是影响了他?

但这种事情是说不清楚的。老邹仍然当他的处长。当处长,自然少不了餐桌旁的应酬。但好在同事都知道了他一杯酒量的习惯,因而也就习以为常,甚至有些理解了。老邹手下有个副处长,姓单,酒量极大,赴宴时很喜欢坐在老邹身旁。为什么? 有机会多喝酒呗! 那种场合,少不了上"茅台""五粮液"之类的酒。别人敬酒时,老邹不干,单副处长替他干。背后,单副处长还沾沾自喜地对别人说:"老邹真蠢,那么好的酒,不喝白不喝!"

最后,老邹是从处长的位置上退下来的。

退休后的老邹,久无消息。那天我登门去拜访他,正是黄昏。老邹正坐在院子里进晚餐,手捏着一个小酒杯。我笑道:"还是只能喝一杯吗?"

老邹笑眯眯地点点头。

但我想,老邹如果愿意,一定是能多喝几杯的。在机关,有些官就是在吃繁多的"工作餐"时练出了海量。但老邹不为所动,坚守着一小杯酒量的习惯。这也没有什么深层次的原因。他早就告诉过我,他是在学他爷爷,保持着一种有规律的有益于健康的喝法。他爷爷是乡下人,每天也是只喝一小杯米酒,至今仍健在,已经 112 岁了。

以上所写的都是二十年前的琐事。二十年,足以使世间发生许多惊人的事。比如说,那个王处长现在正在狱中服刑——由他筹建的一栋办公楼突然垮了,经查,承包这楼建造工程的包工头是他的酒肉朋友。又比如,那个单副处长在一天深夜竟然驾驶轿车翻下了路边鱼塘,经法医解剖尸体,他喝了太多的酒……

当然,这些事与老邹一小杯的酒量没直接联系。

(2000 年)

[鉴赏] 反腐倡廉是当前百姓政治生活中的一个热门话题,也是文学创作的一个重要题材。许多微型小说也反映了这方面的内容。但是,浮浅、雷同的作品不少,除了深入生活不够,仅凭道听途说的素材进行写作以及对事物的本质缺乏深刻的剖析等原因外,一个重要的方面是大多采用比较单一的创作模式:使用第三人称的全知视角,细写贪污受贿的过程,或运用言行对比,

对人物的丑陋极尽嘲讽。微型小说应尽力避开正面叙述，要善于另辟蹊径，或旁敲侧击，或睹影知竿……以期给人新的感受。从这个意义上说，《一杯酒》的写法值得研究。

这篇小说，写法上运用平铺直叙，没有大起大落的曲折情节；从表面上看，似乎比较平淡。但仔细思考，会感到作者的构思颇不一般。

首先，把腐败的事件放在背景的地位略写，并仅在结尾处轻轻点了一笔；而把老邹的言行放在正面重点描写的位置，形成以主衬副的格局，打破了同一题材的常见写作方式，给人以新颖的感觉。这样写的另一个好处是，乍一看，你并不理解作者的创作意图，直到看了结尾，方才醒悟，小说回味无穷的艺术魅力也就由此产生了。

其次，小说中的一些细节是反常化的：第一，老邹作为领导干部，经常有应酬而不会喝酒；第二，在喝酒的事情上，宁愿惹恼同级干部也绝不改变"只喝一杯"的习惯；第三，事态逐渐升级：即使因饮酒这样的小事影响了大局——得罪上级，妨碍了升迁，"在处长的位置上干了近十年"，他也毫不后悔。这些情景在现实生活中都是鲜见的，因此读后不能不引起人们的反复琢磨。

第三，由人物反常的举动，引发读者对小说主题的思考。小说从表层上讲，老邹每次只喝一杯酒，是因为受乡下爷爷的影响，出于健康的考虑。但在结尾处笔锋突然一转，别有深意地写了王处长与单副处长的可悲下场，这是"图穷匕首见"的巧妙布局，小说深层的意蕴由此才和盘托出。看到这里，我们才恍然大悟，老邹每次只喝一杯酒，是有着深谋远虑的：他在处处坚持自己做人的原则，特别注意防微杜渐，并且无论得失如何，要坚决守住这道防线。结果十分明了：老邹安然退休，颐养天年；反之，他人却下场可悲。小说让我们体会到"一杯酒"里深刻的人生哲学。

在表面平静的大海深处，深埋着惊涛骇浪；在云淡风轻的长空上，蕴藏着雷霆风暴，这就是这篇小说的突出特色。 （顾建新）

出 奇 制 胜 陈大超

汪子敏第一次给关书记送礼的时候，只送了十斤甲鱼；第二次呢，第二次就送了一千元人民币；第三次呢，第三次就送了两千元人民币。当然，每次都是关书记夫人在家收的。收了几次，夫人就跟汪子敏眼熟了，也让他在家里坐一坐了，并且问他是哪个单位的，想找关书记帮什么忙。汪子敏憨憨地笑一笑说："我没有单位，我找关书记帮的忙也很简单，就是想请关书记能当着别人的面，拍拍我的肩膀就行了。"这样一说，关书记的夫人就笑了：

"没想到你的要求这么低。"又说，"找关书记拍拍肩膀有什么用呢？他拍你的肩膀，既不能引起你们单位头头对你的重视——因为你本来就是个没有单位的人，也不能给你治什么病，因为他从没有学过按摩之类的手艺……"

汪子敏立刻就说："不，能治病，他拍我的肩膀，却能治好我哥的病。"

这一说，关书记的夫人就感到奇怪了："什么？关书记拍拍你的肩膀，能治好你哥身上的病？"她不由得欠起身子问。

汪子敏仍是作出一副憨样说："是呀，只要关书记拍拍我的肩膀，他就能把我哥身上的病治好。"接着又道，"你不知道，我哥那人可真是不像话，就因为县里姜部长拍过他几次肩膀，他就在家里狂得不得了，每次吃饭的时候，老人还没上桌，他就一个人旁若无人地吃开了，还动不动就跟老人发脾气，吼得两个老人不知多可怜。有次我父亲说了他一句，他竟然……唉。至于其他人，他就更是不放在眼里了，谁要跟他讲理，他就傲气十足地说：你们算什么？你们有什么资格跟我讲话？你看，人家姜部长好心地拍拍他的肩膀，却使他得了这种狂妄自大的病，实在没有办法，我就只好请关书记开开恩，高抬贵手，当着别人的面拍拍我的肩膀。关书记的官比姜部长的大，只要关书记在我的肩膀上轻轻拍一拍，就能把我哥狂妄自大的资本拍掉，他今后就不会在家里为所欲为了，特别是不会那样对待我的两个老人了。"

汪子敏说得关书记的夫人一会儿点头，一会儿摇头，一会儿摇头，一会儿点头。她突然对这个看起来有点憨的小伙子有了好感。她就跟丈夫说了这事，说得丈夫也笑了。见丈夫默认了，她就安排汪子敏在他们面前晃了晃，让丈夫知道这个小伙子长得是个什么模样。

从关书记那里回来，汪子敏就跟他哥说："行了，你可以依计行事了。"

他哥跟他是双胞胎，跟他长得一模一样。只是他哥有单位而他没有单位。他哥就瞅准机会，在县委举办的一个招待会上，端着一杯酒走到关书记的面前，恭恭敬敬地说："关书记，我敬您一杯酒。"关书记愣了愣，仔细打量了他一眼，就笑着点点头，跟他干了杯，并且特意拍了拍他的肩膀，还笑着说："这小伙子，真是很不错的。"他哥还瞅准另一个机会,又让关书记拍了拍他的肩膀。

　　没过多久,汪子敏的哥哥就被提拔成了副主任。而在此之前,他们单位准备提拔的,是一个被县委组织部姜部长拍过肩膀的人。

　　　　　　　　　　　　　　　　　　　　　　　　(2000 年)

　　[鉴赏]　"出奇制胜"既是这篇作品的标题,也是其最大艺术特色的最好又最准确的归纳与揭示。

　　作品所讲述的故事确实是够"出奇制胜"的:主人公汪子敏之所以要一而再、再而三地给关书记送礼,之所以要请关书记"当着别人的面"拍拍他的肩膀,原来根本不是一开始如他所说的要为他的哥哥"治病",甚至也根本不是要关书记拍他的肩膀,而是要关书记拍他的双胞胎哥哥的肩膀,为了他的那个双胞胎哥哥最终能"提拔成了副主任"——不读到结尾,你是无论如何都不大可能想到作品会是这样的一个结局的,而作品所讲述的这一"出奇制胜"的故事,其意料之外的结局又无疑在情理之中。这样,故事就不仅显得既可读又可信,更因其既自然又巧妙的构思,而显现了一种引人入胜的艺术魅力。

　　需要指出的是,我们不时能听到对作品所采用的这种所谓"欧·亨利"式的结构方式的微词,而这篇作品至少已用它那成功的实践,给我们证明了这样一点:尽管这种结构方式不是也不应该是微型小说唯一的结构方式,但采用这样的结构方式写出来的作品,它给读者带来的那种阅读的快感,却无疑既是感性的更是审美的,而且从某种意义上说来还是独一无二甚至是无与伦比的。用一位评论家的话来说:"对微型小说创作而言,出奇制胜是永恒的法则"。

　　　　　　　　　　　　　　　　　　　　　　　　(汝荣兴)

毒不死的狗　　　　陈永林

　　青山从畈里回来时,见院子里躺了一地的死鸡,心痛得针扎一样——又是村长那条狼狗咬死了他家的鸡。以往,村长那条狼狗只咬死一两只鸡,可这回好,他家十几只下蛋的母鸡全让那狼狗咬死了。青山气得脸红脖子粗,哧哧地喘着粗气。

　　女人回来时,见了一堆的死鸡,腿一软,就瘫倒在地上了。青山把女人扶起来,叹着气说,伤心有啥用?自认倒霉!女人说,这口气我咽不下。女人把死鸡装进一蛇皮袋里,拎着袋就出门。青山说,你干啥?女人说,我要找村长评理。青山把女人拉进屋,你吃了豹子胆？你若与村长吵翻了，我们有好日子过？女人说，我管不了那么多，村长欺人太甚了。青山说，有啥办法？有气往肚子里咽，谁叫它是村长的狗。再说，村长这条狼狗不只咬死了我们的鸡，村上哪家的鸡，那狼狗没咬死过？他们不找村长吵，我们为啥找村长吵？村里人都希望我们去跟村长吵呢。女人说，那我们家的鸡就白白让村长的狗咬死？青山说，你说咋办？女人说，拿包耗子药毒死村长的狗。青山说，我也想毒死村长的狗，可万一村长发现是我们毒死了他的狗，那我们就别想在村里待下去，还是忍吧。算不定，别人会毒死村长的狗。

村长的狗仍时时来青山家。青山放在桌上的菜呀饭呀，那条狼狗总爬上桌吃个够，弄得青山餐餐要炒菜。青山再也忍受不了，青山便想毒死村长的狗。青山买来老鼠药，放进肉包子里。青山把肉包子放在桌上的碗里，故意敞开门。

村长的狗果然来了。可那条狗还没进青山的屋，就在门口倒下了。那狗口吐白沫，四脚乱蹬，浑身痉挛着。青山知道这狗是吃了人家投的老鼠药。青山忙喊女人，快泡肥皂水。女人说，你还救村长的狗？青山说，你头发长见识短。村长的狗若在我们家门前死了，村长准以为我们毒死了他的狼狗，那我们能赔得起吗？如我们这回救活了村长的狗，村长心里会感激我们。到时我们如有事找村长，村长还不爽快地帮我们办？

女人泡了一脸盆肥皂水。青山掰开狗的嘴，灌进肥皂水。狗把肚子里的东西全吐出来了。青山说，这狗没事了，你快去叫村长。一会儿，村长来了，村长见了躺在地上的狗，骂，这是哪个狗日的想毒死我的狗？青山脸上忙堆着笑，你这狼狗到了我门口，就躺下了。我忙给狗灌肥皂水，幸好灌得及时，要不这狼狗没救了。这时，狼狗从地上爬起来，摇摇晃晃地跟着村长回家了。

女人说，你还说毒死村长的狗，现在却救了村长的狗！

村长的狗仍在村里作威作福，今天咬死东家的鸡，明天咬伤西家的小孩。村里人心里对村长的狗恨之入骨，都希望村长的狗快死掉。村里人都怪青山不该救村长的狗，要不，他们家再不会受损失了，因而村里人见了青山，都冷着脸。青山同他们打招呼，他们也不搭理。青山就解释，我也是没办法。村长的狗如在我家门口死了，那村长不就说是我毒死的？那我还能过安心日子？村里人聋子样没听青山的话,沉着脸走了。青山知道他把村里人全得罪了。

　　村长的狗有灵性。青山救了它,它后来再没来青山家干过坏事。一见青山,还摇头摆尾地亲昵。可青山仍想毒死村长的狗。女人不理解,它现在不害我们,你还毒死它干吗?青山说,如它不死,村里人受更大的祸害,那村里人就更恨我们。女人说,如村长知道我们毒死了他的狗,那咋办?青山说,村长不会再怀疑我们。我们想毒死他的狗,那上回为啥还救它?

　　村长的狗吃了青山放了老鼠药的包子走了。青山长长地舒了口气,村长这只害人的狗再不会害人了。

　　可是第二天,村长的狗仍活得好好的。昨天,村长的狗吃了青山放了老鼠药的包子,走到牛二的门前扑通一声躺下了。牛二想,如这狗在我门口死了,村长不就说是我毒死了他的狗?牛二也泡了一脸盆肥皂水给村长的狗灌下去。这样,村长的狗又活过来了。

　　青山便惶惶不安的,担心村长查出来是他毒害了狗。青山便后悔毒害村长的狗,又怪恨起救活村长狼狗的牛二了。

(2000 年)

　　[鉴赏]　村长家的狼狗咬死过许多村民家的鸡,人人恨之入骨,必欲毒死而后快。然而,村长家的狗却总是毒不死。因为,谁都不希望自己动手,谁又都盼望"别人会毒死村长的狗"!最为令人感慨的是,村长家的狗不止一次真的中毒了,但垂危的狗跑到谁家的门口,这家的主人总是赶忙抢救。

　　作品中的青山是一个塑造得十分成功的、性格复杂而又丰富的人物形象。他看得清正义与邪恶,也不乏心机,但胆小怕事、明哲保身,有时还有点自私。女人要拎着被狼狗咬死的鸡去与村长评理,他连忙阻拦,因为他担心与村长闹翻了,今后没有好日子过;狗吃了别人家下的毒,按说这正中其下怀,但因这狗恰恰跑到他家门口倒下,他为了怕嫌疑,居然赶紧把狗救活,还满脸堆笑,向赶来的村长表功、讨好。这篇作品之所以写得比较有深度,就在于不只活灵活现地揭示出青山真实的内心世界,更在于作者指出,青山不是孤立的存在。作品中有一个耐人寻味甚至震撼人心的情节:那只颇有灵性的狗被青山违心地救活后,居然再不来青山家干坏事,但青山毒死狗的决心不变;而当他真正投了药,第二天他吃惊地发现,狗并没有死,原来那狗走到牛二家门口,毒性发作倒下,牛二也赶紧把狗救活了。

　　这个看似很可笑的故事,负载着太多沉重的社会内涵。作者借毒不死的狗,对人的灵魂深处潜藏着的各种国民劣根性的揭露称得上惊心动魄,更让我们浮想联翩。我们会自然地想到狗的主人,那个尽管露面很少的村长;我们还会想到鲁迅先生和他对阿Q的态度:哀其不幸,怒其不争。

(陆建华)

长 发 的 爱 情　　　　　　　陈　毓

　　一切都可能通往爱情。

　　比如一个人的头发。

　　赵大卫爱上妮子,就缘于妮子的一头如瀑长发。用大卫的话形容,那是一种比黑暗更黑的黑,黑暗在它面前显得灰暗。黑暗是单色的,而妮子的头发却拥有阳光的七彩,那是要让最美丽的鸟羽都要黯然失色的色彩。

　　大卫第一眼看见妮子长发飘飘地走进自己视野的时候,就把妮子整个儿想成了一幅画儿。大卫后来所做的一切都是如何把这幅画儿装进自己的镜框。

　　大卫没料到那幅画儿竟到了自己眼前。妮子就坐在大卫的前排,妮子的同桌是位黑黑胖胖、慈眉善目的女生。大卫心中装满一种说不清道不明的窃喜。

　　在那幅画儿后面坐了四年之后,大卫还真的把那幅画儿拓了、装框。大卫娶了妮子。

　　结婚时大卫递给妮子一个雪白信笺。妮子打开,就看见了一些干的海棠、丁香花瓣,花瓣间根根青丝,如醉卧花间的小青蛇。妮子一眼看去,就认出是自己的头发。

　　那是大卫大学四年里完成的又一项学业:收藏妮子拂落在他课桌上的每一根头发。妮子看头发,再看大卫,妮子眼里一片缠绵。大卫说,永远都别剪断自己的头发,妮子。

　　看过"百年润发"的广告吗?那是他们百做不厌的一种游戏。那本身也是一幅画儿,一幅运动着的油画儿。想想看吧,一个连自己妻子的头发都爱到极致的男人没理由不去爱自己的妻子。这种力量足以抵挡一切生活的小冲撞。妮子为此感到幸福,并且满足。但生活的小碰撞还是说来就来了。如同两根质地很好的绳子。编着，编着，就突然打了个结。

大卫想不明白。妮子想不明白。越是想不明白越是想要弄明白。结果大卫愤怒地将自己摔向沙发。结果妮子愤怒地将自己关进卧室。妮子看见镜中自己黑色的长发如同黑色的火焰，妮子再看自己愤怒的眼睛，如同火焰中的火焰，仿佛为了制止火焰的进一步上涨，妮子用剪刀轻轻碰触了一下，一缕黑色的火焰就悬垂在妮子苍白的手指间。

"美丽的东西都是脆弱的！"妮子想。同时生出一种自虐的心痛。

开始的时候，这种龃龉像夏天的雨，来得快速，去得迅疾，接着是双方争着道歉。是哭，是笑，是笑中的吻……于是他们的亲密又回到了初时的起点上，温度是比开始还要热烈的热烈，是比开始还要甜蜜的甜蜜。大卫说，再不许剪头发了噢！妮子说，我只在乎你。大卫无限爱怜地：你多傻啊！彼此眼神里一片激滟。更大的风雨到来是在他们没有预料的时候，仍是为着他们后来谁也没记住的原因。那情景很像是两只渴望走近而又彼此伤害的刺猬，妮子只能剪自己的头发。妮子最初那点自虐的心痛渐被一种"复仇"的快意所代替。妮子要让大卫心痛。

果然，当她拎着那缕黑发，脚步"得""得"地走过仰倒在沙发上的大卫身边时，妮子看见一抹红涨出现在大卫脸上。妮子继续前行，把那缕死去的头发从阳台上扔下去，仿佛扔下去的是与他们全然不相干的东西。妮子回过脸来，在大卫的惊愕与愤怒里一脸无奈。大卫在一种无对抗的战争中将拳头砸向自己脑袋，摔门出走。争吵到此划下一个暂时的休止。妮子的眼泪悄无声息地落下来。

但那扇被摔上的门注定是要再次打开的，只因为他们彼此相爱。这是惟一的理由。尽管他们对这种分不清谁胜谁负的战争充满了说不清楚的疲倦，包括这种一手握矛一手持盾，渴望战出一片晴朗的样子。妮子的头发现在是短得不能再短。妮子再次晃着个刺猬头冲到大卫跟前时，大卫是比任何一次都重地把门摔上了。摔上的门静止了很久。

门外的人没有进来，门里的人也懒得出去。妮子不得不出门的时候，竟意外地看见了大卫。她想喊他，却怔住了。

妮子看见一个长发飘飘的女子走在大卫身边,她那美丽的头发照耀着妮子的眼睛,正是大卫曾形容过的那种,比黑暗还黑,又容纳了阳光的七彩的,连最美的鸟羽都要黯然失色的质地。

那个未喊出口的名字进退两难地停驻在妮子嘴边。

妮子忘了出门的初衷。

(2000 年)

[鉴赏]　作者运用的是评述性的语言,用这种语言写微型小说是要承担一定风险的。但是,作者把握得恰到好处。

"一个连自己妻子的头发都爱到极致的男人没理由不去爱自己的妻子",爱屋及乌吧!然而,赵大卫爱妮子一头如瀑布的头发胜于爱妻子本身。本来,头发是一个人的一部分,而赵大卫着迷了那头发,一旦妻子自虐剪去头发,便剪去了爱;剪去了爱,赵大卫便转入了新的追求,物色拥有类似长发的另一个姑娘。这带有可悲的荒诞,似乎长发成了他爱恋的对象,这是异化了的爱情?作品对女子头发的描写,美的出奇制胜,是一大特色。长发是人的组成部分,《长发的爱情》中,大卫的爱是畸形的,仅仅注重长发,于是局部替代了整体;而妮子自虐性的剪断头发,是要刺痛大卫的心,然而,没了长发,就失去了爱情。爱情如发丝般脆弱。作者用诗一般简洁跳跃的语言,渲染长发的珍贵和美丽。于是,长发注入了象征意味,长发成了爱的象征。

作者没有交代小碰撞的原因,读者自可参与创作,因为这种小碰撞、小摩擦很普遍。还有关于门的哲理,写的是具体的门:门外门里。可是,由长发而引起的爱情,使得这对恋人进门到出门,这门不又是爱情之门了吗?置身其中的人物能意识到进门的理由和出门的初衷吗?　　　　　(谢志强)

<h1 align="center">名　片　林荣芝</h1>

一年一度的老同学聚会,在聚仙楼举行。老同学相聚,分外兴奋,大家一边喝酒、一边畅谈。

酒兴正浓,有人提议每人讲述自己的一个难忘的故事,大家一致响应。

老程呷了一口酒,便津津乐道地说开了:

"大家都晓得,名片在当今交往中的作用和地位。名片的力量,往往不可估量。

"我在市政府工作,是市长秘书。这个秘书倒不如说是勤务员更贴切。因为市长是个大学高才生，能写会道，报告文件他都自己干。这样一来，我只能帮他做些服务性的工作，比如开开车门、提提行李、听听电话之类。

"有一天，市长要到外地出差，我当然要陪同前往。上车的时候，看见市长提着个公文包，我便主动地为他提，还为他开车门。

"市长刚上车，才想起忘记了带名片，我便跑回办公室帮他寻找名片。回来的时候，市长却躺在座位上呼呼入睡了。我不忍心唤醒他，只好把他的名片暂时放进自己的口袋里。

"岂料，车开出不到二十公里，便与迎面疾驰而来的一辆面包车相撞了……"

"没伤着人吧？"这时，大家打断了老程的话，焦急地问。

"这么快的车速相撞还能没伤人？"老程叹了一口气，接着说下去。

"事故发生后，我当场昏了过去。不知过了多久，才有了一点朦朦胧胧的感觉。当时，我张不开嘴说话，只感到头好痛，全身麻木。

"我在朦胧中，听到医生和护士在说话。

"有位护士说：他是市长，我们得全力抢救市长。医生说：对！先得全力抢救市长。还有些医生说：市长的生命关系着几百万人的生命，市长的生命就是我们的生命！我们无论如何也要救活市长！

"听完这话，我心里好激动又好难过，总想开口说些什么但张不开口，就连打个手势也不行……"

"噢，他们把你当作市长了！"老同学们插嘴说。

"对，他们的确把我误认为是市长，"老程点点头，继续说道，"当我睁开眼睛时，围在我周围的医生和护士都兴奋地叫道：市长醒过来啦！市长醒过来啦！……

"我听了他们的呼叫，连忙转脸往右边的抢救床上看，只见市长还静静地躺在病床上，只有两个护士在为他止血打针。

"我感到问题严重，立即大声疾呼：我不是市长，那边的才是市长！他还未醒过来！

"啊？他才是市长？！医生和护士全都惊讶了。

"对，他才是真正的市长，你们快去抢救他呀！

"医生和护士这才猛醒过来，马上进行抢救市长……"

"后来怎么样？市长救活了吗？"同学们急切地追问。

"救是救活了，但落得有点残疾。"

"怎么会这样呢？"同学们感到十分惋惜。

"都怪我出事前没把名片交给市长，让医务人员误会了，"老程十分难过，"本来市长的伤比我轻得多，只是耽误了抢救时间……"说到这里，老程竟哭了……

（2000 年）

[鉴赏]　生活中有太多的巧事、趣事，这些事常常寓于偶然的突发事件之中，这就为作家们写出生动感人的精彩作品提供了无限的可能。但并不是每一件巧事、趣事都可以写成好的作品，有些巧事、趣事可以写得生动，却未必写得深刻。个中区别在于，作者不仅要有对巧事、趣事进行生动再现的才气，还要具备透过现象看本质的睿智眼光。像本篇叙述的依据名片而判断错人身份的故事，现实生活中时有所闻。我们也已看到为数不少的以名片为题材的作品，但本篇在同类题材作品中别具魅力，就在于作品借名片造成的悲剧，批判了封建等级观念的荒唐和危害。

救死扶伤，本是医务工作者的天职，本篇中的医务人员面对伤员却是根据名片提供的身份来决定急救的先后，致使秘书被当成市长全力抢救；而同时受伤的真正市长却被搁置一旁，"只有两个护士在为他止血打针"，差一点丢了性命。

最后的结局还算幸运，两人都没有死，但留给人们的思索却是长期的、沉重的。当然，该谴责的绝不是那张显示身份和地位的名片。这个故事再次提醒人们：数千年的封建等级观念，已在人们的头脑中根深蒂固，不说五四运动，也不说中华人民共和国成立至今已经半个多世纪，单是改革开放以来，民主、自由、人权不知说了多少遍，现在看来，彻底根除包括等级观念在内的封建流毒，仍是战斗正未有穷期。

（陆建华）

威　　风

相裕亭

东家做盐的生意。

东家不问盐的事。

十里盐场，上百顷白花花的盐滩，全都是他的大管家陈三和他的三姨太掌管着。

东家好赌，常到几十里外的镇上去赌。

那里，有赌局，有戏院，还有东家常年买断的沿河临街的三间青砖灰瓦的客房。赶上雨雪天，或东家不想回来时，就在那儿住下。

平日里，东家回来在三姨太房里过夜时，次日早晨大都日上三竿才起床。那时间，伙计们早都下盐场去了，三姨太陪他吃个早饭，说几件她认为该说的事给东家听听，东家也不知是听到了，还是压根儿就没往耳朵里去，大多不言不语地搁下碗筷，剔着牙，走到小院的花草间转转，高兴了，就告诉家里人哪棵花草该浇水了；不高兴时，冷着脸，就奔大门口等候他的马车去了。

马车是送东家去镇上的。

每天，东家都在那"哗啦，哗啦"的响铃中，似睡非睡地歪在马车的长椅上，不知不觉地走出盐区，奔向去镇上的大道。

晚上，早则三更，迟则天明，才能听到东家回来的马铃声。有时，一去三五天，都不见东家的马车回来。

所以，很多新来的伙计，常常是正月十六上工，一直到青苗淹了地垅，甚至到后秋收盐了，都未必能见上东家一面。

东家有事，枕边说给三姨太，三姨太再去吩咐陈三。

陈三呢，每隔十天半月，总要想法子跟东家见上一面，说些东家爱听的进项（收入）什么的。说得东家高兴了，东家就会让三姨太备几样小菜，让陈三陪他喝上两盅。

这一年，秋季收盐的时候，陈三因为忙于各地盐商的周旋，大半个月没来见东家。东家便在一天深夜归来时，问三姨太："这一阵，怎么没见到陈三？"

三姨太说："哟，今年的盐丰收了，还没来得及对你讲。"

三姨太说，今年春夏时雨水少，盐区喜获丰收了！各地的盐商，蜂拥而至，陈三整天忙得焦头烂额。

三姨太还告诉东家，说当地盐农们，送盐的车辆，每天都排到二三里以外去了。

东家没有吱声。但，第二天东家在去镇上的途中，突发奇想，让马夫带他到盐区去看看。

刚开始，马夫以为自己听错了，随后追问了东家一句："老爷，你是说去盐区看看？"

东家没再吱声，马夫就知道东家真是要去盐区。东家那人不说废话，他不吱声，就说明他已经说过了，不再重复。

当下，马夫就调转马头，带东家奔盐区去了。

可马车进盐区没多远，就被送盐的车辆堵在外头了。

东家走下马车，眯着眼睛望了望前后送盐的车队，拈着几根有数的山羊胡子，挂着手中小巧别致的拐杖，独自奔向前头收盐、卖盐的场区去了。

一路上，那些送盐的盐农们，没有一个跟东家打招呼的——都不认识他。

快到盐场时，听见里面闹哄哄地喊呼——

"陈老爷！"

"陈大管家！"

东家知道，这是喊呼陈三的。

近了，再看那些穿长袍、戴礼帽的外地盐商，全都围着陈三递洋烟、上火。就连左右两个为陈三捧茶壶、摇纸扇的伙计，也都跟着沾光了，个个叼着盐商们递给的洋烟，人模狗样地吐着烟雾。

东家走近了，仍没有一个人理睬他。

被冷落在一旁的东家，心里很不是滋味，他在那帮闹哄哄的人群后面，好不容易找了个板凳坐下，看陈三还没有看到他，就拿手中的拐杖从人缝里，轻戳了陈三的后背一下。

陈三一愣！还没有反应过来身后的这位小老头到底是不是他的东家时，东家却把脸别在一旁，轻唤了一声，说："陈三！"

陈三立马辨出是他的东家，忙说："老爷，你怎么来了？"

东家没看陈三，只用手中的拐杖，指了指他脚上的靴子，不温不火地说："看看我靴子里，什么东西硌脚！"

陈三忙跪在东家脚前，给东家脱靴子。

在场的人谁都不明白，刚才那个威风凛凛的陈大管家、陈老爷，怎么一见到眼前这个骨瘦如柴的小老头，就跪下来给他掏靴子？

可陈三是那样的虔诚，他把东家的靴子脱下来，几乎是贴到自己的脸上了，还没有看到里面有何硬物，就倒过来再三抖，见没有硬物滚出来，随后把手伸进靴子里头抠……确实找不到硬物，就跟东家说："老爷，什么都没有呀！"

"嗯——"东家的声音拖得长长的，显然是不高兴了。

东家说："不对吧！你再仔细找找。"

　　说话间,东家顺手从头上捋下一根花白的发丝,猛弹进靴子里,指给陈三:"你看看这是什么?"

　　陈三捏起东家那根头发,好半天没敢抬头看东家。东家却蹬上靴子,看都没看陈三一眼,起身就走了。

　　　　　　　　　　　　　　　　　　　　　　　(2000 年)

　　[鉴赏]　这篇小说的题目是《威风》,揭露了一些有权有势的人善于摆臭架子的恶劣行径。写的虽然是历史故事,但我们可以从中看到今天一些人的可笑面影。

　　小说中表现东家的"威风",是从"明""暗"两个方面来写的。先是"暗写"。前半部分,写东家平日好赌,盐场的生意自己并不经营,而是一概在"枕边说给三姨太",再由三姨太指示管家陈三。这些从表面上看,是一般性的事物叙述,实际是暗写东家的威严:他无须亲自出马,但他的王国却一切按部就班、秩序井然。这,正是他的威力所在。暗写,也是为后边情节展开所做的铺垫,使后边出现的情景变得自然可信。次是"明写",由这个情节充分体现小说的主题。

　　在写法上,又注意了行文的曲折。主旨写东家的"威风",却有意先从东家的"不威风"和陈三的"小威风"写起,前后形成明显对照,使东家的"威风"给人以"更胜一筹"的感觉。为充分表现东家的"威风"。作者用了五个层次:第一,东家敢于用拐杖(而不是用手)去"戳"正处于众星捧月地位的陈三。而且是"轻"戳,却有千钧的分量,足以使陈三"一愣"! 第二,在陈三还未搞清楚时,东家"把脸别在一旁",再写"轻唤",轻蔑的态度与盐商的卑谦态度形成鲜明的对比。第三,让陈三脱靴,东家对他有意形成居高临下的态势。第四,写东家为了表现更大的"威风",故意制造事端。这时,写了陈三的一系列动作:把靴"贴到自己的脸上""倒过来再三抖","把手伸进靴子里头抠"。最后,当东家拔掉自己的头发"弹进靴子里"后,陈三捏着这根头发竟"好半天没敢抬头"。小说放笔极写陈三的奴才相,突出他的诚惶诚恐、心甘情愿地被人玩于股掌之中,使东家的威势给读者造成强烈的印象。第五,结局写得意味深长:东家看都不看,起身走了,面对对方的急风暴雨,只是冷淡地不屑一顾。小说到此戛然而止,取得了"此时无声胜有声"的艺术效果;而且言尽而意无穷,使读者的想象进一步被激发。　　　　　　　　　　　　(顾建新)

崖 边 对 话　　　　　　　曾　平

　　认识他,是在国家级森林公园的静思崖。林海茫茫,涛声阵阵,云蒸雾腾,静思崖宛若大海中一叶轻飘飘的小舟。上静思崖得走两个小时的原始栈道。我去的那天下午,静思崖的游人除了我就是他。

他的脚前已是一地的烟头,不断地从口和鼻里喷射出的烟雾把他包裹得严严实实。他显然在沉思着什么。

他先招呼我,甩给我一支烟,是"中华"。

我们坐在石头上吞云吐雾。

他说我还以为今天没人来呢! 我说我不是人? 我们笑了。我们闲吹。他说兄弟你说当官的什么最幸福? 我说老兄你是当官的? 他笑笑说,兄弟,不必认真,我们随便吹吹。我说,肯定是小官提大官了。他摇头。我说要不然就是有了很多很多的钱。他又摇头。我说再不然就是他的儿子也当了官并且当了比他更大的官。他仍摇头。我说老兄你是不是脖颈有些问题只会摇头? 他友好地笑笑。他似乎还没从沉思中醒来。我很想听听他的高论。

他说他在这儿深思很久了,为官者还是畏惧最幸福。

我差点大笑。畏惧还是幸福?

他说畏惧者最终没有畏惧,没有畏惧者最终会畏惧。

他仍抽他的烟,望茫茫林海。他说我给你讲几个故事吧,兄弟。

他很快沉浸在自己的故事中。他说他曾经主管过一个工程,从招标到工程结束他没为包工头说过一句好话,但人家在工程验收后神不知鬼不觉地仍往他家中塞了一个包,里面两万元呢! 人家说是辛劳费,还不足利润的百分之一。当时他乡下的父亲生病住院,正需交两万元的押金。他很想拿那钱,很想神不知鬼不觉地连老婆也不说就给他父亲。但他怕,怕身败名裂,怕被关进监狱,怕得晚上睡不着觉。他说那钱在自家的床下放了三天,他天天做噩梦,天天心惊肉跳。第四天赶紧把钱退了。他问我他是不是胆子太小? 有些自嘲。

他仍沉浸在自己的故事中不愿回来。他继续说,他遇上过一个红颜知己。那女孩要多美有多美,要多温柔有多温柔。那天,女孩把他请到一家星级宾馆包了房。女孩说她不为名、不为钱,只为爱。那天本来可以发生一点故事,早已心猿意马、激情澎湃的他关键时刻却怕了。他说，他怕公安当晚突然组织行动，他怕老婆突然撞门进来，更怕撤职开除党籍。

他苦笑。他给我讲了好些他想干因为怕而最终没有干的事。他说他有几位同学或者因为钱，或者因为色，或者因为权，前几天关进监狱了。他说现在想以前的事，有时为畏惧而后悔，不过现在很坦然、很自在，一点也不畏惧。你说畏惧是不是很幸福？我无言以对。

我至今不知道他姓啥名谁。半年后，我却遇见过他一次。我随一个记者团赴 A 地采访，在一个会议中心，他显然刚从主席台上做了报告下来，正喝水润喉，旁边有一位青年为他拿着公文包。

我挺热情、挺激动地走过去说，老兄，原来你在这儿啊！

他望望我，挺陌生的，问，你是谁啊？啊？

我很奇怪，那天我们不是相处得挺融洽吗？并且他叫我兄弟我叫他老兄挺亲切啊！

提包的青年说，×长，这人有些神经兮兮的，得注意！

他说，你给保卫处说说！

（2000 年）

[鉴赏] 很显然，作品中的那个地处"国家级森林公园"的"静思崖"是一种象征。发生在静思崖边的那场"他"与"我"的对话所显现的，无疑是一种灵魂的挣扎，一种正徘徊于悬崖边的灵魂的挣扎。应该说，抽着"中华"烟的"他"能认识到"为官者还是畏惧最幸福""没有畏惧者最终会畏惧"，而且事实上并没有收受包工头的贿赂，也没有跟那个所谓的红颜知己上床，是十分令人欣慰的。但非常耐人寻味的是"他"最终竟又忘记了曾经"相处得挺融洽""挺亲切"的"我"是谁，而且还要让人"给保卫处说说"——看来，"刚从主席台上做了报告下来"的"他"，还很有必要再去一趟"静思崖"，想想诸如"畏惧"之类的问题，否则，关于"他"的故事就极可能会有另一种版本，那种"他"曾经不想也不愿甚至是很怕看到的版本。

就题材的角度而言，这毫无疑问是篇"反腐"作品。而作者的高明之处，则在于通过一场"崖边对话"，塑造了一个正处于"腐"与"非腐"这样一种"边缘地带"的人物形象——这虽然使作品少了许多同类题材作品所具有的那种或令人拍手称快或叫人义愤填膺的力度，却又因其含而不露而极大地增强了作品的深度。

事实上，这种以象征手法去构思立意的作品，其最大又最突出的特点与优势，便是能赋予故事更多又更深的内涵，从而留给读者同样是更多又更深的思考空间。

（汝荣兴）

杀　羊 于心亮

端坐门诊。来了一病人，诉说鼻塞、流涕，稍有头痛、咳嗽，可能是感冒了。

我问姓名、年龄、职业。病人稍稍一迟疑，说：我是杀羊的。

我说：杀羊？那钱不少挣吧？

病人说：还行，基本上杀一只能赚一只。

我说：那钱确是不少挣。

病人点了点头。

我说：杀羊也有诀窍吧？

病人说：那当然，给羊放不放血就有门道呢！放了血，分量就轻了；不放血，把血憋进肉里，分量就轻不了。

我说：噢，心想，可怜的羊们哪。

忽然想起一个问题，问：听说杀羊，有的羊会哭？

病人说：是呀，有的的确是会哭，还下跪呢！病人的表情显得兴奋，那是一只母羊，很肥，我绾着绳扣靠近它时，它就朝我流泪了。我挺惊疑，但还是把绳扣套上它脖子，这个时候它下跪了。我心一软，放了它。然后我到饭店去催账，钱没到手，反而挨了一顿揍，我那个气呀！回来就把母羊给杀了，一剖开它肚子，俺的娘呀，它肚子里有三只小羊！我那个后悔呀……

我说：是呀，太可怜了，可怜天下父母心。

病人说：是呀，我当时恨自己呀，干嘛非杀母羊呢？等它生下三只小羊，我又能另外赚多少钱呀！

我口里说，噢，心里想，狠心的你真是钻进钱眼里了。

我给病人试脉，观舌苔，量体温，测血压，慢慢地我的脸就变得很凝重，我说：先查个血，然后拍几张片吧。

病人遵从我的医嘱查了血，验了尿，拍了 X 光，做了心电图，还有 B 超和 CT，然后捧着一摞单子又坐到我面前。我一一验看，眉头一会儿紧、一会儿松。病人的脸皮也跟着一会儿紧、一会儿松。然后我就开始摇头，把病人的脸色摇得青一块紫一块、红红绿绿地变。然后，我又长叹一声，缓和着口气说：慢慢调养吧，先给你开点药。

病人战战兢兢地捧着一叠处方去划价、交款、取药。我想,他回去后可以开药铺了。我洗了手,慢慢坐回椅中长长地吁气:这个月的任务又超了,等着发奖金吧!

下班时,有同事来问:杀了几只羊?

我说:就杀了一只羊,羊毛却不少挣。

同事说:那人是大款吗?

我说:不,那人是杀羊的。

同事又问:啥病?

我说:感冒。

（2001 年）

[鉴赏] 《杀羊》在情节设计上很有特色:表面上看似漫不经心,实际上是精心构思的,只有看到最后,才能明白作者创作的真正意图,从而给人以无穷的回味。

小说以医生为视点,采用板块式的结构,运用对比和衬托的艺术手法来表现意蕴与刻画人物。首先是整体的对比:以"病人"(杀羊者)的叙述与医生的暗箱操作形成巧妙对照。值得深思的是:"病人"的贪心是公开的,他敢坦诚地公开自己的赚钱方式,如向医生讲述"放血"与"不放血"里边的门道;述说为杀一只羊而丢了三只羊羔钱的悔恨。而"医生"则是贪婪加阴毒:他不多说一句话,只用"脸就变得很凝重""眉头一会儿紧、一会儿松""开始摇头""长叹一声"等虚张声势的神态和动作,就使对方乖乖就范。"杀羊者"尽管多赚钱,但他毕竟付出了劳动,且有羊肉可卖;而"医生"则靠子虚乌有的"空手道",且收入更丰,这不能不让人感到触目惊心! 其次是细节的对比。"杀羊者"见母羊在将被杀时流泪、下跪而产生怜悯;"医生""宰"人却兴高采烈。作者在看似随意而写的细节里,深藏着刻骨的讥讽与愤怒的鞭挞。

使用对比衬托,比直接叙述"医生"的行径更催人猛醒、更意味深长。

（顾建新）

痛 苦 之 旅 马新亭

说不清为什么,他总是感到很痛苦。他不知道别人是不是也痛苦,就跑去问别人。

他问 A:"你痛苦吗?"

A 说:"我痛苦。"

他一惊说："你有什么痛苦？我看你年轻有为,前途无量。"

A就叹口气："那有什么用,我想要个儿子,可偏偏生了个闺女。"

他又问B,B说："我比你痛苦。"

他感到不可思议："你莫不是在笑话我吧！你有一个活泼可爱的儿子,这是多少人想有却没有的事啊！"

B沉默一会儿说："我妻子年纪轻轻就下岗了,整天无所事事,你说我能不痛苦吗？"

他再去问C："你看你有一个宝贝儿子,全家都在好单位上班,你该没有痛苦吧？"

C摇摇头说："一言难尽,我得了一种无法医治的疾病,你说我痛苦不痛苦！"

他还不服气,再去问D："你看你全家没有下岗的,还生了一对龙凤胎,身体又那么好,难道也有痛苦吗？"

D苦笑几声说："我和我妻子没有共同语言。离婚离不了,不离婚又同床异梦。"

他不想问下去了,他发现每一个人都很痛苦。他弄不明白这是为什么,便想到了出家——跳出三界外,不在五行中,不就没有痛苦了吗？

他去了普陀山,要削发为僧。

老方丈问他："为什么要出家？"

他答："为了没有痛苦。"

老方丈笑笑说："出家人也有痛苦。"

他大吃一惊："真的？"

老方丈点点头。

他说："那我去死。"

老方丈哈哈大笑："死了也有痛苦。"

他给老方丈磕了一个响头,说："请师傅告诉我怎样才没有痛苦。"

老方丈说："要我告诉你办法,答案就在书里,古人言,书中自有天与地,书中自有情与理。"

他连忙问："在哪本书里？"

老方丈说："在古今中外的每一本书里。记住,你读书越少痛苦越多,读书越多痛苦越少,直到一点痛苦也没有。"

他问:"灵吗?"

老方丈说:"不灵再来找我。"

他回去后半信半疑地打开一本书,如饥似渴地读起来。读完第一本书,痛苦果然少了一点;读完第二本书,痛苦又少了一点;他又拿起第三本……

最后他感到一点痛苦都没有了,因为通过博览群书,使他明白了,人的欲望是无限的;但是,人的欲望不可能得到无限的满足……所以,人才感到痛苦!

这时候,一个年轻人跑来问他:"你痛苦吗?"

他说:"我不痛苦。"

年轻人问:"为什么?"

他说:"不为什么。"

年轻人说:"看来你是真老了。"

他盯着年轻人急匆匆离去的背影,自言自语地说:"多像年轻时的我啊!"

(2001 年)

[鉴赏]　"痛苦之旅"亦即人生之旅。人在旅途,虽然痛苦是难免的,而且还是与生俱来的,但消除痛苦的方法也还是有的——作者借普陀山老方丈之口给人们开出的药方,是去读"古今中外的每一本书"。

不过,这篇作品又绝不是篇简简单单的劝人读书的作品。作者的意图及其作用,首先在于通过对"他"和 A、B、C、D 的痛苦的展现,现实地、广泛地、充分地揭示人生的性质,展开社会生活的那种真实,从而反映人们特别是年轻人在面对现实的社会生活时那种真切的烦恼与忧愁。然后,作者又以此为基础,通过用语言勾画出老方丈这一形象,向人们特别是年轻人点明了一种人生的哲理——在这里,所谓的读书,其实只是一种比喻和象征,其实有着比读书本身更广义也更丰富的含义:那"古今中外的每一本书",实际上指的是人生本身这本硕大无朋的书,而只有读通并读懂了这本书,我们才能去正确地认识人生,勇敢地直面人生,才能去实现各自的人生价值,创造各自的人生辉煌。

所以,行色匆匆的人们啊,请千万不要再沉浸在你的那些根本就不是无可排解的痛苦之中了!所以,在读过这篇作品之后,相信我们大家便一定也会认识到"人的欲望是无限的;但是,人的欲望不可能得到无限的满足"!

(汝荣兴)

渡　河　　　　　　戎　林

一条清澈的小河，一条泊在岸边的渡船。

我立在船头，一身蓝色的衣服倒映在水里。船身开始晃动，船老大找着一根竹篙上来了。一个背着书包的圆脸少年站在河埂上朝老人大声问："老爹，没钱能上船吗？"

老人正在弯腰解着缆绳，头也不抬："没钱坐什么船，笑话！"

竹篙一点，小船离岸而去。

孩子像当头挨了一棒，孤零零地立在岸上。离得老远，我看见孩子两眼睁得溜圆，牙帮骨在不停地挫动，两道小刷子似的眉毛紧紧地蹙在一起。突然，他把衣裳一脱，连同书包擎在手中，"哧溜"一下滑进了河里。

秋风秋水，他受得了吗？一股同情的潮水从我心上漫过，想喊，没喊出声。那孩子举着衣服、书包，踩着水，一摇一摇地向河当中游去，黝黑的脸蛋冻得乌青。撑船的老汉愣愣地望着，忽然大叫："伢子，上船，快上船！"

孩子好像没听见。

船撑到孩子跟前，孩子使劲把头别过去。

"上船吧——别冻坏了，"老人似乎在哀求，"钱一分也不要。"

孩子不理他，依然向前划。落满彩霞的河水被孩子的臂膀切割成一块块五彩的锦缎，那手中的花格子衬衣活像五彩的花瓣，黄黄的书包真像花瓣中的花蕊。

好一朵开在浪花丛中的奇葩！好一个倔强的少年！

终于到了对岸，孩子泥鳅一般蹿上了堤埂。阳光在他的脊背上滚动，像一条条刚出网的银鱼在蹦跳。他把衣裳一套，捡起书包，飞也似地跑了。河边的沙滩上，写下了一条长长的水线，像一条无限延长的省略号。

后来，我打听到了，那孩子考取了对岸的中学，那天是开学的头一天。

有趣的是，以后我每次过河，只要赶上学生上学、放学，总会看到那个圆脸少年在河里游来游去。数年后，少年居然从这条小河游进了大海，成了一名游泳健将。他给撑船老人来过一封信，称他是他的启蒙教练，要感谢他。

可惜老人已长眠在河边的沙丘里，没看到这封信。

（2001 年）

[鉴赏]　作品《渡河》采用把人物放在艰险的环境中以突出个性特征的手法塑造了鲜明的形象。

小说确立了小孩性格的基点：倔强。为突出这个特征，作者浓墨重彩，运用第一人称现场直观的方式，用了四个层次进行刻画：

第一，因没钱不让乘船时，他毅然跳水游泳。这里，作者着重描写了人物的神态："两眼睁得溜圆，牙帮骨在不停地挫动"，"眉毛紧紧地蹙在一起"。细腻的描写，不仅让读者历历在目，而且以此写出这个事件在人物内心掀起的巨大波澜。游泳过河而不乞求乘船的行为，初步显示了这个孩子的倔强。

第二，运用撑船老汉的表现反衬。秋天时节，河水寒冷，那个小孩"黝黑的脸蛋冻得乌青"。老汉内心受到了震动，先是大喊，让孩子上船，小孩并不听从；接着"哀求"，小孩不理他。这里，作者有意写出老汉从要钱到哀求的心理与行动的变化，力图转变直接描写的方式，运用反衬手法来刻画小孩。为了把小说的气氛推向高潮，作者还用了一段如诗如画的语言进行了比喻描写。这样，进一步写出小孩的坚强，从而加深读者的印象。

第三，上岸后，小孩不说一句话，而是"飞也似地跑了"，表现了他的傲然和战胜困难的喜悦。

第四，补叙小孩渡河的原因，再次突出他的个性：农村的孩子能考上中学，并且是第一天上学，这在孩子心目中应是一件重要的事情。但他宁愿自己解决（冒着危险和寒冷）而绝不求别人，因此显得很不一般。又补叙了孩子长大后成为游泳健将，说明倔强和坚毅的性格使他终身受益。

人物刻画历来是微型小说创作的难点，要在有限的篇幅中创作出鲜活的形象实在不易。这篇小说在这方面为我们提供了有益的启示。　（顾建新）

他也叫我爸　　　　　　刘殿学

从基地到 205 井，一百多公里。正好有顺车，秀就带着儿子去井上看大泉。大泉有半年多不回基地了，说当了领班，更忙。哎，忙不忙，就这样，跟了这班油狗子做老婆，就得有那个耐性。

电话打到井上。班里几个小伙子乐了。

小非洲说：泉哥，我给嫂子先准备一杯凉水，啊？天热哩。

"曼德拉"说：你懂个屁，得先准备"招待所"，知道哦？说着，就找来块篷布,将篷屋一角的大泉的那张小床隔开。

大泉知道"曼德拉"啥意思,也不说话,光笑。

那个开便车的师傅也好,二十来吨的油罐车,七拐八拐,一直把秀送到篷屋门口。

五个汉子,下午没班,全在。见到秀拽着小儿子从车上下来,他们一个劲地咧着大嘴拍巴掌,弄得秀一时不知所措,只是低着头笑。一见到大泉,猛地上去捶了他一下,就撇下儿子,逃也似地先进了篷屋。

那个小儿子倒是没见过这场面,就像欢迎克林顿似的,干啥呢?他不想跟他妈进屋,甩着膀子,不要他爸抱,光对那几个黑脸叔叔看。

"曼德拉"喜欢得什么似的,蹲下去,手摸着他的小鸡儿:哎哎,狗子,你看看,这五个人,你应该叫谁爸?

爸。

啊,我做爸了!"曼德拉"乐得用头去顶狗子的肚子。

小非洲直笑,看狗子叫了"曼德拉"一声爸,连忙拉过狗子:哎哎哎,你叫我什么?

爸。狗子三岁,谁问啥说啥。

哈哈哈……"爸爸们"乐成一堆儿。他争你夺,抢着抱,抢着亲,又粗又黑的大毛嘴,把人家嫩嫩的小脸蛋儿亲得发红。

亲完,有人拿眼一寻,大泉不见了。再往篷屋里一探,那围布里边正在说话:

秀……

秀。"曼德拉"心里痒痒地,小声跟里边学了一句。

里边人没听见,继续窃窃地说:我不用你喊我。你说,半年多了,你想不想我?

里边的大泉还没来得及说,外边倒有人先说了:想,想死我了。

大伙偷偷一笑,马上自觉地散溜开去,叫小非洲在外边看着狗子,不准进屋。

小非洲就到戈壁滩的蒿丛里,捉蚂蚱给狗子玩。

狗子在后边一顿一顿地走。走到门前的红桶旁边,撅着小鸡儿,往里边尿尿。

小非洲一见,马上跑过来喊:狗子,哎哎哎……

一声没喊完，大泉在门里看到了，大步跨出来，对着狗子屁股就是一巴掌：你狗日的，这能尿！

狗子捂着屁股，嘴一撇，哇！大哭起来。

散溜开去的"爸爸们"一听，赶快跑回来。看着狗子圆溜溜的小屁股蛋上，五条红蛇梭，正往起肿，心里煞就疼了，瞪起眼，一起吼大泉：

你二球呀你？你二球！

你法西斯呀你？你法西斯！

……

大泉不听他们吼，急得还要再来一下。

"曼德拉"抚着狗子一红梭一红梭的屁股，伤心得眼泪都出来了，紧紧地搂住狗子，绝不让大泉再打，说：是你一个人儿子？他刚才叫我爸哩。

大泉急得一跺脚：你看看，这狗日的把这桶水给整的？班里一天只能分到一桶水。待会儿，大伙就要上井台咋办？

那怕啥？童子尿大补，知道啵？真是。"曼德拉"说着，又对一边的小非洲发态度，愣着干啥？给大伙灌水。

小非洲叮叮当当地把大伙的水壶拿来。

大泉说：不行，我对不起大家。

小非洲一梗头：咋啦？他也叫我爸哩。

（2001 年）

[鉴赏] 《他也叫我爸》场面虽小，但很大气：写出了中国石油工人身处艰苦环境却坚毅乐观的豪迈气概，表现了中华民族勇往直前的精神，具有朝气蓬勃的时代感，充盈着激人奋进的情感力量。这篇小说，为微型小说如何弘扬主旋律以表现时代的主题，提供了有益的启示。小说有两个显著的特点：

第一，具有浓郁的生活气息。没有在采油现场的生活体验，没有对石油工人情感的深刻了解，是绝写不出这样的作品的。用"一杯凉水"来接待远方的客人；用一块"篷布"做"招待所"；由于长期生活在野外，极度渴望过家庭生活而不得，于是抢着让刚来的孩子喊"爸爸"。这些细节，若无实际生活，作者无论有怎样丰富的想象，也是不可能凭空创造出来的。只有丰腴的生活土壤，微型小说才能结出健硕的果实。

第二，作者对微型小说"以点显面"的艺术特点把握得十分准确。小说不正面描写油田的艰苦环境和工人奋力工作的情景，却通过一个极小的场面——秀与大泉在工地相聚；两个细节元素：工人争着让狗子喊"爸"及儿子往水桶里撒尿遭打，把丰富的内涵淋漓尽致地表现了出来。特别是狗子撒尿挨打的细节设计，可谓绝妙：一是表现出水在石油工地特别的珍贵，要不然大泉也不会狠心地把这么小的孩子打得"小屁股蛋上，五条红蛇梭，正往起肿"——运用侧面影射的手法，让读者更深切地感受石油工地生活条件的恶劣；二是在这突然的事件面前，工人们把撒了尿的水毅然灌进水壶里——表现出石油工人宽广的胸怀和豪迈的气概；三是运用陡起风波法，有意制造波澜，打破平铺直叙，使情节跌宕起伏。　　　　　　　　　　　　　（顾建新）

关于电影其实是关于火车的故事　　沙黾农

这个故事的发生时间是在明年。

铁道部部长请来了全国所有列车上的卧铺车厢列车员，大约有好几千位吧，齐聚在首都最大的一家电影院里。待大家坐定、准备开会并聆听部长报告时，电影院里的灯全熄灭了！很快的，音乐声响起来，舞台上的幕布拉开，银幕上开始出现画面……哦，原来是一场电影招待会！

这是一部最新的美国大片，其情节之曲折、男演员之潇洒、女主角之性感、音乐之动听、画面之美妙……全都没说的——世界一流！

随着情节的展开，电影中男女主人公的悲惨命运牵动着每一位列车员的心，许多人开始落泪了，轻微的抽泣声时而响起，时而又被一种强大的自制力所控制住。在死一般的沉寂过后，终于有人忍不住大声恸哭起来，于是哭声响成一片，有人掏出手绢、餐巾纸，有人以袖抹面，甚至有人用右手食指做成勾状横着从左眼往右眼一刮，把洁净的泪珠无偿地洒向旁边。

故事很快又出现了戏剧性的变化，男女主人公的命运得到彻底改变，喜剧情节一环套一环地展开，列车员们个个破涕为笑……可是，就在男女主人公经过重重挫折，又经过许多好心人的帮助，就要久别重逢，就要在他们二十年前分手时的大树下热吻，甚至就要在那散发着芳香的草堆上宽衣解带时，从电影院最后一排的两个出口或进口处进来两支人马，她们戴着口罩，个个拿着扫把和手电筒开始打扫卫生，她们扫起的灰尘很快使电影画面变得模糊起来，也使一些列车员咳嗽起来。"电影还没完，怎么能清扫场地呢？"有列车员大声地责问起来。可是，扫把还是在不停地挥舞，灰尘还是在不停地飞扬……

　　灯亮了,电影也不再放了,铁道部部长出现在银幕前,他示意大家安静,也示意清洁工停止清扫场地,而后只说了一句话:"全国卧铺车厢的列车员同志们,今天的现场会到此结束!"

(2001 年)

　　[鉴赏] 沙亀农的微型小说作品不多,但沙亀农的几乎每一篇微型小说作品都会引起广泛的关注和热烈的评议——那是因为沙亀农的作品总是那样地充满着新颖的创意。

　　这一篇也不例外。虽然作品所反映的内容其实很是简单还很司空见惯,但由于那种形式完全是"沙亀农式"的创新,作品便充分地显出了那种令人不得不刮目相看的不同一般来。事实上,这篇作品那长长的、似乎是在玩文字游戏的标题,就已经足以让人叫绝的了;而将故事发生的时间安排在"明年",将关于火车的事情通过关于电影的途径去陈述,将铁道部部长的报告用"只说了一句话"的方式去完成,将火车列车员不该当着旅客的面打扫车厢的意思,以列车员对电影院里电影还没完就清扫场地的现象所产生的反感甚至是气愤去表达……就这样,作者以他所特有的方式,将什么是幽默告诉了我们。

　　关于幽默,我们当然是应该知道它的意思的:有趣或可笑而意味深长者是也。这里,"有趣或可笑"不过是表象而已,"意味深长"才是它的本质。也就是说,仅仅叫人一笑了之,并不是真正意义上的幽默;只有既可让人发笑又能促人深思的幽默,才是对幽默真谛的最为准确的理解。而读罢这篇作品,我们在忍不住会心一笑的同时,显然还能想到许多许多,比如:这又仅仅是一个关于火车的故事么? 这样的故事又为什么要到明年才发生呢……如此,作品无疑也就显得"意味深长"了。

(汝荣兴)

寡 妇 的 家　　沈祖连

　　老美离婚了,是张三告诉李四的,便有了无限的想象。

　　李四先是想到老美,她为什么说离就离呢? 是因为她心里想着了我,还是因为她老公的风流毕露? 要是前者,那敢情是好,天底下哪里去寻这么好的女人? 那为什么消息来自张三? 是不是她同张三……李四顿觉不妥,而且,张三为什么一早就来告诉他? 是不是要证明老美同他的关系密切? 抑或是叫自己死了这条心? 总之,李四觉得问题复杂。

　　张三并且说，离婚后，她得房子，她老公得孩子。这么说来，老美现在是孤身一人，住着一个大房间，年届三十的单身女人，怎不叫人垂涎三尺？

　　关键是张三，假如……李四不敢再往下想了。

　　"现在我们应该去看看她，"李四试着问张三，"你知道她的家吗？"

　　"听说住在文锋路，你不知道吗？"

　　"我怎么会知道？我又没去过。"

　　"我听说她未离婚就有过男人去她家，我以为是你呢，我还听说，导致他们分离的根本原因就是她带过男人回家去呢。"

　　"就这么个理由？那对老美太不公平了。"

　　李四推出摩托车，带上张三，直奔城西文锋路。路上，张三不停地跟李四说了很多关于老美的传闻，李四总不作声，他心里只想，老美现在到底怎么样？

　　摩托车来到文锋路，将到文锋庄园，李四问张三："在哪里？"

　　"大概就在这一带吧。"

　　"这一带，这一带，你就不知道是哪一幢？叫我怎么找？"

　　"我怎么会知道？真是岂有此理。"

　　"我就不信，你知道的这么多，就会不知道她的住处。"

　　"哦，原来你小子是怀疑我，我还怀疑你呢。"

　　"算了，找吧找吧，我们兄弟，还说什么怀疑不怀疑的？"李四反而心里高兴起来，这么说来，他张三还真的不知道。

　　他们找了半天，到底没有找着，问别人，也没有人知道老美是谁，便各自回了。

　　到了晚上，李四溜空出来，骑上摩托车，买了一袋苹果，来看他放心不下的老美。

　　敲开门，老美把他迎进去，一眼发现张三正斜靠在沙发上。

　　"这个张三，上午还说不知道住哪里，怎么……"

　　"对天盟誓，我也是刚刚才打听到的，你呢？"

　　"是的是的，我也是刚刚才知道的。"李四说。

　　"你们这些男人啊，真没趣。"

　　　　　　　　　　　　　　　　　　　　（2001 年）

[鉴赏]　这篇短短千字的作品,是一篇灵动着作者艺术匠心,充盈着微型小说艺术韵味的作品。

常言道:寡妇门前是非多。不过,这篇作品所写的,却并不是已离了婚的老美的是非,老美在作品中甚至仅是个只说了一句话的配角(或者说是道具)罢了,而是李四和张三的心态,那种用老美的话来说是"真没趣",实际上则又显得相当有趣的心态——如此这般撇开寡妇门前那些最常见、最直接的是非,只是环绕着"寡妇的家"去刻画李四和张三那其实是与寡妇并无关系的心态的写法,已足见作者的匠心独具了。

但作者那独具的匠心又不仅仅体现在故事视角的选择与设计上,还在于那种别出心裁地写人物心态的方法上——我们知道,人们惯用的揭示人物心态的方法,是直接的心理描写。可在这篇作品中,故事的核心部分,也就是李四和张三心态的核心部分,作者所采用的写法却是看似根本就不属于心态的对话,那种口是心非的对话。而这种大胆又充满着大智的非常规写法的艺术效果,便是使李四和张三的心态更加地活灵活现和入木三分:他们的相互猜忌,他们的明争暗斗,他们的怀疑与担心,他们的虚弱和怯懦,还有他们的自作聪明,还有他们的"真没趣",还有他们的……总之,一切的一切都在那对话中既比明白更明白、比直接更直接,当然又是更生活化和更艺术化地被表现了出来;同时又让作为读者的我们,对作品中的人物及其身上丰富的意蕴"便有了无限的想象"。

(汝荣兴)

同 一 首 歌　　　　　阿　成

某歌厅最近雇用了一个刘老头当勤杂工,这个刘老头老且不说,腿还有一点跛,嘴也有些碎,而且还贪杯。经理很快就不满意了。

有一天,经理看见刘老头坐在一个包厢临门的地方醉眼迷离地抹眼泪,不禁又气又乐,便走过去问,您老觉得在这里受委屈了吗?老头哭得正欢,不说话。

经理往包厢里一看,一位大腹便便油光锃亮的中年人正在演唱"雄赳赳气昂昂跨过鸭绿江"。此公唱歌讲究做派,嗓子不错,自我感觉更好。他不老老实实照着音乐走,而是演绎成了一首摇滚歌曲,嘶哑狂放,但也挺有新意。这人唱完了之后,硬是做了一个挎枪行军的动作,舞池边上就有人吹口哨打响指,场面煞是热闹。

经理收回眼光,你是因为这个呀,这是一首革命歌曲。刘老头瞪着眼睛,革命歌曲有这样唱法吗?刚才唱歌的中年人此时也凑上来了,被老头满嘴的酒气熏得后退了一大步。他笑着说,应该怎么唱法? 您当过兵吧? 老头点点头。中年人也醒悟过来,敢情您老到过朝鲜? 老刘又点点头。另一个小姐接着道,您杀过美国鬼子吗? 老刘愣怔了一下,摇摇头。围观的人们都哄笑起来。

中年人说,您在朝鲜战场上干啥的? 老刘呼噜着鼻子说,咱是后勤兵,在朝鲜待了一个秋天,那一个秋天我们差不多都在挖坑。挖坑? 您是说挖战壕吗? 先前的那个小姐问。老刘说,挖坑就是挖坟。

一个小伙子没有听清前面的话,冒冒失失地问,您给谁挖坟呢? 冬季大反攻呀,反攻不就得有阵亡吗,给咱们自己人提前准备着呀。老刘抹一把眼泪,说,我们一边干活一边打赌,看谁能躺到自己挖的坑里。干活的时候我们扯着嗓子唱歌,不唱别的,就唱这首歌。多少年了,一直到现在,一听见这首歌就想起满山坡的空坟来……

喧闹的包厢马上沉默下来。

沉默当然只是暂时的。此后的日子里,经理继续经营他的歌舞厅,刘老头继续当他的勤杂工。只是客人们在歌单上再也找不到那首"雄赳赳气昂昂"了。

（2001 年）

[鉴赏]　那首歌的名字叫"雄赳赳气昂昂跨过鸭绿江"。那是一首我们曾经耳熟能详的歌,那是一首曾经令我们那样的激情澎湃、那样的豪气冲天、那样的威风凛凛的歌。那首歌如今还在唱着。只是在如今,"大腹便便油光锃亮的中年人"们唱这首歌时讲究的是"做派",是"演绎成了一首摇滚歌曲",而且唱完后"舞池边上就有人吹口哨打响指"……于是,曾是志愿军战士、现在当着歌厅勤杂工的刘老头,便情不自禁地要"醉眼迷离地抹眼泪"了——作品通过这样一个看似极为简单的故事,以一种同样看似极为简单的对比的方法,将我们从歌舞升平的今天引进了那战火纷飞的抗美援朝的年代,并由此在郑重地提醒我们:生活在太平盛世的人们呵,可千万不要忘记了你的幸福是怎样得来的!

当然,同一首歌是完全可以有不同的唱法的。但不管是"中年人"们也好,"小姐"们也好,还是"经理"们也好,对"刘老头"们的眼泪又都是绝不能忽视甚至是无视的。因为,"刘老头"的那段经历既是一种历史的真实,同时也是属于今天乃至未来的一笔宝贵的财富——从这一点上说来,在听完刘老头的叙述之后"喧闹的包厢马上沉默下来",以及那歌厅的歌单上现在再也找不到那首"雄赳赳气昂昂"了,这无疑都是十分令人欣慰的。

阿成的微型小说作品往往总是从小处入手,也根本不会刻意去讲究情节的曲折离奇之类,可就在那样的一种平实甚至是平淡中,却又常常使人感受到那些表面热热闹闹的作品所无法带给你的那种深度与力度,从而将微型小说那种"以小见大""见微知著"的特点发挥得淋漓尽致——这篇也不例外。

(汝荣兴)

W 之 谜 　　　郑允钦

前往 K 星球游览观光的人越来越多了！K 星球是一个充满魅力的星球,它面积不及地球的百分之一,可是山水却是很有特色的,还有一些保存良好的远古时代的建筑物。有意思的是,长期以来,K 星球只对外界开放它的北半球,南半球一直笼罩着一层神秘的面纱。直到 21 世纪初,K 星球大总统古特先生才宣布开放南半球。开放令一下,星际游人如潮水般涌来,虽然游览南半球的费用是游览北半球的两倍,但旅游业务仍呈直线上升趋势。

游客们发现,南半球的景色与北半球相比,虽然有所不同,但也没有太大的差异。山水实在比北半球还要逊色一些,只有一个地方还是未知数。这块地方位于 K 星球的最南端,相当于地球上南极的位置。它被称作 W,面积只有一个田径场那么大,其四周用水泥挡板围得严严实实,上面还盖着硕大的圆弧状塑料板,远远望去像是戴着一顶帽子。里面究竟有些什么,游人们无法知道。也正因为这样,W 像一个巨大的谜,吸引了许许多多的游客。每天,都有川流不息的游人来到它的四周,探头探脑地张望,希望能窥见里面的秘密。但没有谁能够如愿。

一些富有的游客开始联名写信给古特总统,要求彻底开放南半球,揭开 W 之谜。可是古特总统根本不理睬这些信件,这更激起了游客们的好奇,他们认为这神秘的空间内一定隐藏着无与伦比的景色,也许是一座世间罕见的石峰,也许是一处匠心独具的园林,再不然就是一座金碧辉煌的远古建筑。总之,这地方是 K 星球的精华所在。于是,那些腰缠万贯的富翁不惜抛出巨额钞票来诱惑古特总统,说只要让他们进 W 去看一看,花多少钱他们都干。遗憾的是古特总统竟然不为金钱所动，他在电视机前耸着肩膀答复那些富翁："每一个星球都有自己的秘密，W 是我们 K 星球的秘密所在，你们就是给我一座金山，我也不能干泄密的事……"

古特总统的话激起了旅游迷们的愤怒，他们开始诅咒 W，但这些诅咒并没能削减 W 的巨大吸引力，相反，它更加刺激了人们寻幽探秘的心理，使 W 引来了更多的星际游客。

游客当中也有一些胆大妄为之徒。一天，一位长着红色鬈发的游客违反游览规定，强行撬开外围的水泥挡板，发现挡板后面还有一层乌黑的金属硬壳，他借来一把锤头企图敲开这层硬壳，没想到竟像被鬼打了似的，怪叫一声，倒地身亡。

这样的事故发生了好几起。游人们开始认为 W 是类似于地球上百慕大三角那样的危险地区，这就更加增添了其神秘色彩。而古特总统不得不调来一班警卫，日夜守候在 W 四周，以防游客们的越轨行为，保护游人的安全。

一百年过去了，到 K 星球来的游客有增无减。

又过了一个世纪。享年 276 岁的古特总统去世了。W 仍像一个具有魔力的磁场，吸引着一批又一批的天外来客，K 星球因此而积累了惊人的财富。

终于有一天，来了一位亿万富翁，提出用他的全部家产来换取揭开 W 的秘密，这使得新任总统路托先生心动了。路托总统忘记了古特总统临终时的再三叮嘱，他收下那笔巨款后，便指派机器人去除那层水泥挡板，用金属切割器切开那乌黑的金属硬壳，揭开了 W 的神秘面纱。

那位富豪和所有在场的游客都惊得目瞪口呆，因为里面什么都没有！

这里只是一块荒芜的空地。那金属硬壳能使挨着它的人毙命，只不过是因为通了高压电。

从此，K 星球的旅游业一落千丈。路托总统懊悔不已，他用那笔巨款在那空地上建造了一座金碧辉煌的豪华楼阁，企图填补原先的空缺，没料想效果大不如前。

路托总统始终不明白这是什么道理。

(2001 年)

[鉴赏]　看上去写的是科幻故事,其实说的都是人间生活。你看K星球那个古特总统,利用人们的好奇心理,欲擒故纵,故弄玄虚,把什么也没有的W渲染得神秘莫测,使之成为旅游观光的热点,并因此积累了惊人的财富。其间不止一次地,"那些腰缠万贯的富翁不惜抛出巨额钞票来诱惑古特总统",但都遭到他的严词拒绝。正因为如此,W才始终像一个具有魔力的磁场,使游客有增无减,财富源远流长。可是,一旦新任总统路托经不住金钱的诱惑,在同意揭开W的神秘面纱之日,自然也就是"K星球的旅游业一落千丈"之时。

满纸荒唐言,说的一个理:金钱是魔鬼,什么时候经不住魔鬼的诱惑,灾难性的后果就会接踵而至。作品中先后出现的古特总统和路托总统,是两个相映成趣的艺术形象。路托总统只顾眼前利益的浅薄,衬托出古特总统的老谋深算和目光远大;而路托总统始终弄不明白,一座金碧辉煌的豪华宫殿,何以反而不如一块荒芜的空地吸引人,更进一步生动地凸显出他与前任古特总统在人生阅历和谋取财富手段上的巨大差距。

值得称道的是,本文的叙述风格与古特总统的掌权手腕有着极为和谐的一致,都是欲擒故纵,故弄玄虚。先是大量地制造悬念,把读者的好奇心逗得和游客一样的心痒难抓;然后一一释疑,真相大白,令读者捧腹大笑,始终兴趣盎然。

(陆建华)

唐家寺的雨伞　　　　　　　　　高　虹

成都附近郊县,有一个名叫"唐家寺"的地方。当地流行一句歇后语:唐家寺的雨伞——换一把。说起这句歇后语的来历,还有一个精彩的故事。

话说民国初年,一个商人在外多年,苦心经营,终于攒下大宗财富,准备告老还乡,结束半生的漂泊辛劳,回家与妻儿团聚,置田购房,安度晚年了。

时局动荡,路途遥远,道上常有劫匪。商人万不能财富露白、衣锦还乡,只得着一袭灰布长衫、一双布底鞋,扮作一个餐风宿露的行路人。只是半生心血所积下的钱财如何携运呢?那时的邮政业还远未发达,不可能一纸汇票寄回家里,也不可能将沉甸甸的银两藏在身上。

商人将所有的钱买成名贵的珠宝玉器——有道是黄金有价玉无价,然后特制一把弯头竹柄油纸雨伞,将粗大的竹柄关节全部打通,把珠宝玉器一一放入,最后用黄蜡封口,恢复伞柄原样。如此这般,商人举重若轻,身藏万贯家财,却貌似贫寒之士,肩挎一条褡裢，手提一把雨伞，轻轻松松地上路了。

果然好计谋！如此行路多日，安然无恙！眼看回家的路越来越宽，故乡越来越近，商人心中好不愉快！

这天中午就到了唐家寺。见是一个平常的小场镇，鸡安犬宁人面善，商人便走到一家面馆，叫煮一碗面条来，吃了好赶路。成都担担面闻名遐迩，一碗面条七红八绿，作料丰足。商人也有些饥渴了，香喷喷地吃了起来。没想到肚子吃饱了，一阵倦意却又涌了上来。小店生意一般，只有三五食客，倒也不吵闹。于是，商人双手支颊，在桌旁打了一个盹儿。

一阵清凉的风吹醒了商人，他抬头一看，啊，小店内已空无一人，门外却淅淅沥沥下起了小雨。商人揉揉脸颊，突然发现自己的油纸雨伞已不见踪影！一阵冷汗霎时冒了出来——这把伞可就是他的身家性命呀！

但商人沉着冷静，声色不露。他仔细分析：自己装有盘缠散银的褡裢完好无损，说明并非有人专门行窃；他打盹儿的时候，老天偏偏下起了雨，而那些食客则急于出门，一定是其中哪个见他睡着了，顺手牵羊就把他的伞取走了。是的，今天只不过碰上个只图自己方便的人，并不是遭遇了抢匪窃贼。

商人将随身零钱清点了一番，沉吟片刻后，便知道自己该做什么和怎么去做了。

他叫来饭店掌柜的，说自己看中了这个平静安宁的镇子，决定就在这里住下，开个小铺维生，请帮忙找一间房子。

掌柜的倒也是个和善之人，说你开什么样的铺子？要好大的房子？我帮你找就是。

商人说："身无长技，只会修伞补帽。小小手艺人，租不起大房子，只是最好能够在交通要道上。"

掌柜的笑道："当然，修伞补帽当然该在路边。"于是很快帮他找了一处房子，商人便用仅有的钱在唐家寺开起了修伞铺。

他待人客气，心灵手巧，天亮开门，天黑关门，很是个规矩人的样子。没有过多久，他小小的修伞铺子便受到当地人的好评，人们都愿意把伞拿给他修理，哪怕多走两三里路。商人的修伞铺算是立住了。

谁也不知道这个小小手艺人其实是腰缠万贯的富商。谁也不知道他每天表情谦和的笑脸，掩藏着一颗紧张焦灼的心。他每天、每时、每刻都在等待着一把熟悉的油纸雨伞的出现，但他失望了。经过他手的各式各样的伞成百上千，独没有他等待的那一把。

时间一天天在流逝，商人耐心地等着，但是他的伞还是没有出现。

一天他接手了一把破旧的伞，主人漫不经心地说："能不能修？太费事就算了。不然一把破伞值不了几个钱，我反倒要花一大笔工钱！"

听了这话，商人心里一动，想到自己的那把雨伞，丢时便只有三成新，用到现在怕也是破破烂烂的了，它现在的主人怕也不愿拿来修了。商人就又动起了脑筋。

第二天，过往行人看到这家修伞铺子打出了一条好新鲜的广告：油纸雨伞以旧换新。人们纷纷上前询问这事是不是真的？得到商人肯定的回答以后，消息很快就传开了。据说这是商人为了拓展生意、广招客人的"让利活动"，还说下一次就轮到布伞以旧换新了；又说商人对收集旧雨伞有兴趣——总而言之，广告效果好极了。

不久以后，在一个和风丽日的下午，修伞铺子来了一个中年农民，商人一眼就看见他腋下夹着一把油纸雨伞，正是他日思夜想、心系魂绕的那把伞。

商人声色不动地收下雨伞，犀利的眼神一瞥，就查看到伞柄完好如初，并无半点被动过的痕迹。他知道完璧归赵的故事在自己身上发生了。

他转身挑了铺子里最好的一把伞换给了来客，在来客的感谢声中，徐徐关上了店门。

商人打开伞柄，里面的一层黄蜡加封仍严严实实。撬开黄蜡，商人看到了他的全部珠宝玉器。他瘫坐在地上，半日无语。

这天，唐家寺的居民们觉得有点奇怪：自打修伞铺开张以来，没见过这么早关门的。第二天很晚了却还没有开门。一问，才知道人去屋空，这个在此处待了好长时间的外地人已经走了。轻轻地来了，轻轻地又走了。有点奇怪，但也不值得多想吧。

再以后，这个故事流传回来，当地人才恍然大悟，"唐家寺的雨伞——换一把"的说法就传开了。人们讲述着故事，赞叹着商人的沉着、冷静、睿智和大气。

（2001 年）

[鉴赏]　作品给我们讲述的，是一个很纯粹的民间故事：故事发生的时间是民国初年，地点在成都附近郊县的"唐家寺"，内容便是那句歇后语所概括的："唐家寺的雨伞——换一把"。

就故事本身而言，这也真的是个"精彩的故事"——因为故事虽然并不怎么曲折离奇，但又实在很是可读和好读；更因为故事在那种既不怎么曲折离奇又实在很是可读和好读的情节展开过程中，完满而又令人叹服地给我们塑造了一个"沉着、冷静、睿智和大气"的商人形象。

确实，这篇作品的最让人过目难忘处，便是作者讲述故事时处处有意无意、自觉不自觉地以刻画人物形象为第一要务，始终有意无意、自觉不自觉地让形象源于情节又处于支配和统治情节的地位，从而十分用心又不动声色、非常严格缜密又润物细无声地将一个极其鲜活又极其丰满的人物推到了我们的面前。而这位无名无姓的商人那种处变不惊的稳重及其十足的耐心与信心，则又无疑能给予我们相当多又相当深的启示：比如我们该如何面对困难与挫折，又比如耐心与信心将会给我们带来什么，还比如失的容易、得的艰难，再比如……

于是，这篇作品给我们讲述的，便显然不仅仅是个很纯粹的民间故事了。那把"唐家寺的雨伞"，便也显然不再是个单纯用以挡风避雨的工具了，它那失而复得的过程中既包含着艰辛与坚毅，又容纳了许多的人生哲理。

（汝荣兴）

童　神　掌　　　　曹德权

童神掌名玉堂，号宗翁，乃小镇一奇人。他年过八旬，竟能端坐如钟，行走步健，还不要扶手杖。每顿上三两白米饭、二两粮食酒，作息极有规律。看情形，这是个奔百岁高寿处走的人。

童神掌不是武林中人，乃小镇一神医。说是神医，他并不精医理，号脉把诊，望闻问切，他却不屑，专治跌打损伤。闪了腰错了颈、崴了脚扭了屁股脱了骱什么的，只要是生伤不曾整断骨头，找到他就是绝对遇到了神医。

他给人治伤很特别，问明伤处，探手给你摸一摸、捏一捏，有的捏你两爪就好了，有的给你两巴掌就行了，有的踢你一脚就对头了。他说这跌打损伤不算回事，实际上就是骨头骨节错了位，两掌整复原就行了，这叫接骨，算不得手艺的。

他说不算手艺，小镇人却把他这一手看得很神，称他童神掌。名号一响，方圆几十里有此类伤情者便都找上门来，甚至还有从几百里外专程前来小镇找他诊治的。童神掌不论何人，伤情轻重，每人一律收费六十元包好，如没有治好，诊费加倍奉还。但小镇人还从来没见过找他退诊费的。

童神掌每日里诊治一二十个伤者，收入自然可观，但他生性乐善好施，把钱看得并不紧要，且立下一个怪规矩，每收六十元钱，从中提五元给小镇敬老院，提十元补贴志愿军老兵的生活，提二十元给镇小学，提十元给军烈属，剩下的才归自己。每月下来，他都要亲自把这些钱送到镇政府有关部门帮他代发。

镇子里的人们，对童神掌的德行皆交口赞誉，其威信自然远在镇书记、镇长之上。

此后，小镇出现许多奇事，先是童神掌被选为镇人代会代表，此后届届满票当选。童神掌本是个心性率直的人，现在他是人民代表了，便极认真地参政、议政，镇政府对老百姓的提留多了他要提意见，教师工资没按时发他要出面呼吁，干部进了饭馆大吃大喝他要干涉，弄得镇政府的头头脑脑们见到他就紧张。

镇政府的镇长在童神掌当了人民代表后，有三任被他弄丢了官。童神掌提意见从不在背后提，大多是在人代会上说，第一任镇长因下乡经常打的，他说下乡打什么的呢，过去的镇领导骑个洋马儿（自行车）不照样下乡吗？他在会上发这一嗓，结果人代会代表们都听他的，这个镇长就落选了！此后的两任镇长，一个因进卡拉OK厅抱小姐，一个因进茶坊同几个包工头打牌赌大钱，皆被他在人代会上发一嗓给弄下了台。

童神掌八十五岁这年，决意不再当人大代表了，他对人说："现在我们选出了个好镇长，再加上我也老了，选好了人我也就放心了。"

好镇长姓段，是个实在人，原来是个村支书，他上台后为老百姓做了许多实事，深受乡民的拥戴。也是他同童神掌有缘，这天，他下乡帮村民搞稻鱼共生的科技项目时摔下了田，扭了颈子。

段镇长偏着个颈子回镇子找到了童神掌。

童神掌向前瞅了瞅，突地发出口令："立正！"

段镇长下意识地站好，做了个立正的姿势。

　　童神掌点点头："好,好,身正不怕颈子歪哟!"

　　童神掌说完一耳光扇向段镇长,响亮的耳光中伴着喀嚓一声。

　　段镇长扭了扭头："哈哈,硬是一点都不偏了,神掌,神掌!"

（2001 年）

　　[鉴赏]　这篇小说在人物塑造上很有特色:不用一个完整的故事情节,而是用许多生活细节串联起来,刻画了一个活灵活现、一身正气的农村医生的鲜明形象。小说大致分为三个层次:

　　第一个层次:行医治病。这个层次,采用"传奇"的笔法,运用白描,写"小镇奇人"玉堂。他"不精医理",却有奇术——专治跌打损伤。对他不同于正规医生的特殊疗法,作者用精彩的笔墨,大笔勾勒,三言两语,人物丰姿赫然在目。不仅医术高明,人品又极好:收钱不多,还把大部分钱支援老人、孩子及优抚对象。这个层次,着眼于"奇",先声夺人,一个有个性、一心为他人的形象呼之欲出;也为后边的进一步刻画定下了一个极好的基调。

　　第二个层次:专治腐败。由治疗百姓的伤痛,到整治政治肌体里的毒瘤,作者展开了他思想意识的另一面。作者刻意使第二个层次比第一个层次有一个提升——人物的思想境界又跃上了一个新的高度。这个层次,着重写人物的嫉恶如仇,并且写得也极不一般:突出他只要嚷"一嗓",竟使三任镇长丢官——具有极大的打击力度而且工作卓有成效。这一段写得大气磅礴、酣畅淋漓,表现了这个人物政治上的高度成熟。

　　第三个层次:培育后代。这一段,又改变了笔法:不再泛写,而是"以点显面"——只写他对段镇长的培育——事情又不全面铺开,仅抓住一个细节:治歪脖子。这个"点"选择得实在是妙:一是正好切合"童神掌"的医家身份,让人感到真实可信;二是刻意点出"身正不怕颈子歪",一语双关,言简意赅,语重心长,值得反复咀嚼。人物深谋远虑又工于循循善诱的特点也由此可见一斑。

　　三个层次,从三个不同角度刻画人物,使人物具有立体感。同时,将"传奇"与写实的笔法结合起来,虚虚实实,分外有情趣,打破了同类题材较单调的写作模式,让人耳目为之一新。

（顾建新）

<h2 align="center">赤 兔 之 死　　　　　蒋昕捷</h2>

　　建安二十四年底,即公元 220 年初,关羽走麦城,兵败遭擒,拒降,为孙权所害。其坐骑赤兔马为孙权赐予马忠。

　　一日,马忠上表:赤兔马绝食数日,不久将亡。孙权大惊,急访江东名士伯喜。此人乃伯乐之后,人言其精通马语。

马忠引伯喜回府,至槽间,但见赤兔马伏于地,哀嘶不止。众人不解,惟伯喜知之。伯喜遣散诸人,抚其背叹道:"昔日曹操做《龟虽寿》,'老骥伏枥,志在千里。烈士暮年,壮心不已'。吾深知君念关将军之恩义,欲从之于地下。然当日吕奉先白门楼殒命,亦未见君如此相依,为何今日这等轻生,岂不负君千里之志哉?"

赤兔马哀嘶一声,叹道:"予尝闻,'鸟之将死,其鸣也哀;人之将死,其言也善。'今幸遇先生,吾可将肺腑之言相告。吾生于西凉,后为董卓所获,此人飞扬跋扈,杀少帝,卧龙床,实为汉贼,吾深恨之。"

伯喜点头,曰:"后闻李儒献计,将君赠予吕布,吕布乃天下第一勇将,众皆言:'人中吕布,马中赤兔。'想来当不负君之志也。"

赤兔马叹曰:"公言差矣。吕布此人最是无信,为荣华而杀丁原,为美色而刺董卓,投刘备而夺其徐州,结袁术而斩其婚使。'人无信不立',与此等无诚信之人齐名,实为吾平生之大耻!后吾归于曹操,其手下虽猛将如云,却无人可称英雄。吾恐今生只辱于奴隶人之手,骈死于槽枥之间。后曹操将吾赠予关将军,吾曾于虎牢关前见其武勇,白门楼上见其恩义,仰慕已久。关将军见吾亦大喜,拜谢曹操。操问何故如此,关将军答曰:'吾知此马日行千里,今幸得之,他日若知兄长下落,可一日而得见矣。'其人诚信如此。常言道:'鸟随鸾凤飞腾远,人伴贤良品质高。'吾敢不以死相报乎?"

伯喜闻之,叹曰:"人皆言关将军乃诚信之士,今日所闻,果真如此。"

赤兔马泣曰:"吾尝慕不食周粟之伯夷、叔齐之高义。玉可碎而不可损其白,竹可破而不可毁其节。士为知己而死,人因诚信而存,吾安肯食吴粟而苟活于世间?"言罢,伏地而亡。

伯喜放声痛哭,曰:"物犹如此,人何以堪?"后奏于孙权。权闻之亦泣:"吾不知云长诚信如此,今此忠义之士为吾所害,吾有何面目见天下苍生?"

后孙权传旨,将关羽父子并赤兔马厚葬。

(2001 年)

[鉴赏]　这是一篇特殊的微型小说，也是一篇得满分的高考作文。身为2001年高考生的作者根据"诚信"话题，借鉴《三国演义》中某些内容，采用故事新编的方式和文言白话的语言，创造性地写成这篇既是微型小说佳作又是绝好的应试作文。一经阅卷老师传阅，即语惊四座，后经新闻传媒发表，更轰动全国。《微型小说选刊》把它当作优秀微型小说隆重推出，成为当年最受读者欢迎的微型小说。

微型小说是语言的艺术，《赤兔之死》的作者熟练地运用了与《三国演义》相仿佛的"文不甚深，言不甚俗"，即文言白话表述，恰似《三国演义》的语言风格，显示出作者扎实的语言功力。这无论在高考作文还是微型小说创作中均为罕见。

如何根据《三国演义》的相关内容进行故事新编，做到既切题又创新，这又是一大难点。作者借用原书又不囿于原书，从这部巨著中大胆地撷取赤兔马这一物和连类而及的人物以及人物关系，化大为小，围绕诚信，重编故事，颇见新意，竭尽演义之能事。文中，巧借伯喜跟赤兔马的对话，把马人性化，在对话中推进情节的发展，抨击董卓，鞭挞吕布，褒扬关羽，表白诚信的理念，以"士为知己而死，人因诚信而存"作为它恪守诚信而视死如归的最终信念，真感人至深。赤兔马如此，何况知书达礼之人乎！这正是这篇作品的艺术魅力所在。

（凌焕新）

上帝的谈话　　　　　冯有才

约翰是一个小偷，可以说，他的技术专业到了可以用炉火纯青来形容的地步。在同行业中，在同出一门的师兄弟中，他是惟一一个没有被逮住的人。因此，在这一行中，他的声望相当高。他也口出狂言：天下没有他拿不到的东西，也没有他进不了的房子。

这天，他在镇上的酒馆里喝酒，正巧碰到了他的朋友比尔，一个不久前从监狱里放出来的师弟。先是拥抱了一阵，然后边促膝交谈、边喝酒。比尔告诉他，在这个小镇教堂对面的那条街的中间，有一户门牌号码为××的人家，家中有几万美元的现金。并且问约翰："我的朋友，你敢不敢去？"约翰轻蔑地笑了，回答道："为什么不？"

"可是他家里养了一条很凶、很凶的狼狗！"比尔提醒道。

"这不是问题，我的朋友。"约翰很自信。

第二天晚上，约翰就带上了他的宝贝万能箱，朝街心走去。

很奇怪，整条街都是漆黑的，只有街心有户人家亮了门灯，而且这家就是他所要找的那户人家。

他先是把安眠药涂在肉上，然后扔在了狗的面前，不一会儿，狗便倒下去了。接着他熟练地打开了内室的门。屋里的人还没有睡，但这并不影响他的工作，因为他知道，一个出色的小偷，是不会在意工作时外界的环境有如何恶劣的。凭着过硬的技术，他很快地拿到了钱，确确实实是几万美金。他很奇怪，家中有这么多钱，可这户人家的防盗措施竟会如此地差。这就勾起了他的兴趣，促使他把耳朵"伸"到了门边，探探究竟。

"我说，老头子，咱们是不是该花钱请个保姆啊！咱们两人的眼睛都瞎了，总这样过下去，也不是个办法啊！"屋子里传出一个苍老女人的声音。

约翰的心一惊：既然是瞎子，又为何整夜亮着门灯？这就更加勾起了他的兴趣。

"是啊！老婆子，应该这样，可是，咱们现在的日子都不好过了，哪来的钱请保姆呢？"一个老头子紧跟着回答。

"儿子空难后，航空公司不是赔了几万美金吗？为什么不用这些钱？"

约翰的心一沉，用牙齿咬了咬嘴唇，继续听下去。

"你疯啦！老婆子，你怎么忘了，我们不是说好用这些钱给镇子里的孤儿们盖一栋房子的么？"

约翰的心一震。

"是啊！你看我这记性，都给忘喽。老喽，不中用了。可是，咱们也得花钱交电费啊！门口的灯整夜亮着，很耗电啊！"

"没关系，只要别人在这条街上走路不摸黑就行了，你也知道，这条街上的路很难走的，又在夜里走，万一行人跌倒了怎么办？还有咱们的'儿子'克拉尔，虽然它每天都要骨头喂，但是只要咱们每天多糊两个小时的纸盒就行了，这日子还是能过的啊！有了克拉尔，行人就不用担心这条街有强盗了啊！"

"是啊！也只好这样，谁让咱们年轻那会儿只养了一个儿子呢！早知道今天，还不如当初多养一个呢！"老妇人抱怨道。

"别说了，咱们还有这么多纸盒要糊，快干活吧！"

当晚，约翰坐在门口流了一夜的泪。他也是个孤儿，也是被人领养的,但他不服新爸爸对他的管教,一怒之下,偷跑了出来,才干上这一行的。

第二天,老人的门口留下了两样东西,一样是他们的几万美金,另一样则是一个很小巧、很别致的万能箱。

从此,在这个小镇上,就再也没有人看见过约翰了。约翰就此神秘地消失了,没有人知道他去了哪里。

（2002年）

[鉴赏]　表面看来,那个声称"天下没有他拿不到的东西,也没有他进不了的房子"的神偷约翰是本文的主角,其实根本不是! 真正的主角是瞎子夫妇,是那两位虽然双目失明但心地无比善良的老人。他们自己看不见,却整夜亮着灯为夜行人指路;他们还决定,用儿子的抚恤金,给镇里的孤儿们盖一座房子。这些善举,读者是和约翰一道偷听得知的。

巧设悬念和释除悬念配套使用的写作手法,使读者捧起作品后就再也难以放手。这在作者叙写那对老夫妇的对话时表现得十分突出和明显。读者与在偷听的约翰一样,几乎老夫妇的每一次问答,都使我们先是惊疑,接着是恍然大悟,紧跟着便是心灵的震撼与无比的感动。两位老人的对话,自然地推动了故事情节的向前发展,由此产生的思想的和艺术的感染力,也一浪高过一浪地冲击着约翰和读者的心。

如果约翰因听了老夫妇的一席话而改恶从善,这也并非没有可能,但作者为使这个可能更合理、更可信,特别在老夫妇对话的最后,加上领养一条狗作为"儿子"以防强盗,以及为了这条狗不得不"每天多糊两个小时的纸盒"的情节,既触动约翰内心的伤疤——"他也是个孤儿,也是被人领养的",还可能激起约翰从此做一个好人的一腔热血:人不如狗乎?

当然,就全文来说,我们还可设想一下,如果平铺直叙地讲这对老人的善心故事,该是何等乏味! 作者高明地让故事通过约翰的偷听传达给读者,与此同时,约翰本人因此而良心发现,从此金盆洗手,这就顿使作品变得韵味无穷。

（陆建华）

今夜香闺春不锁　　　　　　刘黎莹

"夜里来我房里睡。"黄莲这么对冠说。

"啥?"冠吓了一大跳。冠心想:天爷爷! 黄莲今天是咋了?

冠心窝里突突地跳,怕听错了,又不敢再问,蹑手蹑脚尾随着黄莲到柴垛前,想多抱些柴,讨黄莲欢心。黄莲扭头睃一眼冠,冠大气都不敢喘。冠的娘回来了，怀里抱着一大捆刚从地里拔来的嫩菠菜。娘见不得冠在黄莲跟前畏首畏尾的窝囊样，不觉怒色盈面。冠忙扯着娘的衣襟进了院子里。冠说："黄莲让我今晚去她房里睡。"娘的脸不再绷得像面鼓，娘说："横竖她将来要做你的媳妇，你娃儿早也盼晚也盼，还不就是盼的这一天？"

夜，天朗气清，现出一轮皎洁无翳的明月。黄莲一会儿把房门顶得死死的，一会儿又从房里跑出来看冠在院子里洗脸洗头洗脖梗儿。黄莲想，冠就是把井里的水都洗干了也赶不上那个编苇席的长得白啊。那是个笋芽般的后生，手艺好得不能再好。黄莲简直被那些图案华丽高贵的苇席所迷惑。如果不是亲眼所见，黄莲很难相信苇席上一条条美丽迷人的花纹竟出自一个五大三粗的男人之手。村里好多女人都去跟那个编苇席的外地人学手艺。黄莲对冠的娘说："我迟早是冠的人，我也想去学手艺。女若负男，疾雷震死；男若负女，乱石碎身。"话都说到这份上，冠的娘还是推五阻六不让去。最后黄莲还是去了。黄莲认准的道儿，别人是拦不住的。

编苇席的一眼看中黄莲，黄莲又心灵手巧，两人格外投缘。编苇席的说："黄莲，这辈子除你之外，再好的女人也不娶。"黄莲嗟叹良久，说："听村里人讲，我差一点被野狗叼了去，是冠的娘割草时把我从地里捡回来的。一个寡妇，千辛万苦中熬炼过来，把我和冠拉扯大，就巴望着我和冠成亲的那一天。"编苇席的气得直跺脚。黄莲说："冠是长得丑，可我这辈子真的是他家的人了。乌雀都知衔草报恩呢。"编苇席的抖颤着手捧了黄莲的脸，说："黄莲，一村的女人都比不上你长得俊呵，我咋也不信你能跟冠同床共枕一辈子。"黄莲的眼里汪了泪。编苇席的嗓子眼里像塞了一大把沙子："黄莲，我山南海北到处飘落，好不容易遇上可心可意的人儿，却早已名花有主。黄莲你听好，我这辈子若娶不了你，就死在这个村子里。"黄莲吓坏了。黄莲怕自己管不住自己啊。

这一夜出奇地静。洗得干干净净的冠，"吱呀"一声推开了黄莲的房门。黄莲"啪"一下拉灭了电灯。上半夜还无风无雨好好的，谁知到了下半夜，竟飘起了罗面一样的毛毛细雨。细雨如烟似雾，霏霏濛濛足足下了大半夜。

早上，村外的河边久久盘旋着黄莲凄惨哀绝的嚎啕哭声。黄莲起床后来河边洗菠菜,却发现编席人侧卧在河水中,他的身子底下铺着非常漂亮的苇席——那是编席人手把手教黄莲编的。黄莲跪在河边,泪水滴落在嫩绿的菠菜叶上。编席人的眉眼鼻口在清澈可鉴的河水中比平时更显端庄,神情是那样地痴迷,脸上拓着一层好看的苇席花纹。黄莲心想,人都死了,还怕啥呢?

黄莲跳进河里,把编苇席的揽在怀中,久久舍不得放下。太阳出来了,远方仍飘浮着虹一般的轻雾。

(2002 年)

[鉴赏]　小说写的是现代爱情的悲剧故事,但它的主题较为复杂——通过不同的人物,写出了不同的爱情观,折射出当代社会多元的价值观。正因为这个复杂性,便使小说具有了令人反复求索的韵味。

小说写了三个人物。一个是冠,他在媳妇面前一直是“畏首畏尾”。他没有自己的思想,没有情感的任何追求,没有更高的欲望。只要能有个女人在一起过日子,他就很满足了。冠很能反映出当前农村中一部分农民的情景。几千年中国小农经济造成的“日出而作,日落而息”的生活状况,形成了他们固有的观念和僵化的情爱方式,以致现代社会的各种思想冲击,不能在他们身上产生多少作用。第二个是编席人,他为了追求爱情,走向了极端——不惜失去生命。他是受到开放性社会中现代观念影响极大的一种类型——他反对那种没有真实情感的婚姻,为了实现既定的目标,敢于牺牲一切。他的执着,对理想世界的大胆追求,应该肯定;但采取的偏激方式,却不能令人赞同。如果说这两种人,在思想和个性特征上,是比较单一的;那么,相比之下,黄莲则在性格上要复杂得多。

作者给女主人公起名“黄莲”,暗示了她悲惨的命运;而她悲惨生活的形成,又来自她的性格。黄莲的思想观念与个性特征,应是介于冠和编席人之间的。一方面,她受到当代社会思潮的影响,向往真正的情爱。她对编席人心存爱慕,可以不顾娘的阻拦,去学编席;但是一旦到实际地追求幸福生活时,她却徘徊不前,终于没有走出关键的一步。其原因是她对冠一家一直抱有感恩的思想。在“知恩图报”的传统观念与自身的幸福产生矛盾时,传统观念起了决定性的作用。她为了压抑自己的欲望,违背自己的意愿,把身体给了冠——做出了多年从未做出的举动——不早不晚,有意在这个时候做出这种事情,发人深思。结果,导致更大的悲剧发生,也使她陷入更痛苦的境地。黄莲的所作所为,我们不能简单地下一个“对”或“不对”的结论,单纯的颂扬与抨击也绝不是作者创作的初衷。小说反映了纷纭复杂、多彩斑斓的现实生活,提供了对各种观念的多元思考。小说以其丰富的内涵,为我们开拓了广阔的思维空间。

(顾建新)

死　亡　证　明　　　　　　许国江

　　牛小扣家是纯农户，一家人靠种田为生，也搞一点家庭副业，攒些零钱供平时家用，日子过得十分艰辛。

　　前不久，牛小扣的老母因病去世。当地的风俗习惯，人死后尸体停放在家中有大三朝和小三朝之分。所谓大三朝即死人必须在家停放整整三天，方可出殡；所谓小三朝，即从死亡到入土连头搭尾三天时间。牛小扣的老母享年82岁，在牛氏门中属于有辈分的人，死后必须大三朝。牛小扣的经济本来就很拮据，没有余钱解决老母的丧葬费用，不得不东借西挪，求爹拜娘凑了几千元。这三天当中，前来吊丧的亲戚朋友络绎不绝，各种祭奠活动频繁，吹鼓手吹吹打打，营造了一种悲哀的气氛；和尚道士念经、做道场，超度亡灵。三天折腾下来，几千元已花得差不多了，牛小扣忙得焦头烂额，背上了沉重的债务。

　　三朝终于熬过去了。牛小扣找了几辆拖拉机，将老母的尸体运往火葬场火化。一路上亲人哭哭啼啼，吹鼓手吹吹打打，场面倒还热闹。到了火葬场，办理火化手续时，工作人员要牛小扣出具死亡证明，牛小扣说他没有死亡证明。工作人员说没有死亡证明就不好火化。牛小扣说那咋办？工作人员说很简单，回到村里开一张不就得了。牛小扣无奈，只得乘一辆手扶拖拉机返道回村。

　　牛小扣急急忙忙来到村民委员会，向村委会主任说明来意。主任吸了一口牛小扣递给的香烟，眯缝着双眼，爱理不理。过了一会儿，他朝里间屋里喊道：李会计，你把账本翻开看看，牛小扣家欠我们多少往来？里间的李会计立马拿出两本账，不紧不慢地翻着。他的右手在那把算盘上拨动了几下，回话说：860元。牛小扣一听，全身哆嗦了一下，忙说：我哪差这么多钱？村主任说：李会计，你报给他听听。那边李会计就一五一十地说道：修路费250元、建桥费230元、建校费200元、防洪费100元、生猪屠宰税50元，还有……这一笔笔的全记着呢，不会错。村主任说，牛小扣，你听清楚了吧？牛小扣无可奈何地苦着脸说：主任，我娘刚死，用了一个大窟窿，拖了一屁股的债，哪有钱来还？我不赖账，等稻子收上来了，我就全部还清。

　　主任冷笑着说：牛小扣，你别耍滑头，以前跟你收费，你总是找出各种理由，推三托四，这回对不起了，你不还钱，就别想开到证明。

　　牛小扣听罢，双膝朝下一跪，哭诉道：主任，我实在没钱，我娘的尸体还搁在火葬场，求求你高抬贵手。

　　主任说：起来！起来！这样吧，我同情你的难处，你先交一半，否则，可别怪我这人不讲情面。

　　牛小扣知道再讲下去也是白搭，就站起身来，急忙跑回家，他向左右邻居诉说了苦情，磕头作揖，又借了500元，再次来到村委会，交了430元给李会计。李会计收了钱，给他开了一张收据，可他并没有立即开出死亡证明。牛小扣不知是啥原因，声音颤抖地喊了声李会计。李会计说：你先别急，还有一笔账得算一算。一听说还有账算，牛小扣打了一个寒噤，还没有来得及开口，会计就说：你娘今年的人头费30元，办证手续费20元。

　　牛小扣听罢，连忙分辩道：我娘已经死了，还交什么人头费？

　　会计说：不错，你娘是死了，可是，牛小扣，现在是几月份啦？大半年都下来了，要是你娘在年头上死，这30元一分也不要你交，谁让你娘死得这么迟？

　　牛小扣知道会计嘴大，自己嘴小，就又从衣袋里取出50元给会计。会计这才给他娘开了死亡证明。牛小扣颤颤巍巍地接过娘的死亡证明，想到娘的尸体还搁在拖拉机中，停在火葬场等待火化的悲惨情景，心里一酸，忍不住泪雨滂沱。

　　　　　　　　　　　　　　　　　　　　　　　　　（2002年）

　　[鉴赏]　所谓"三农问题"究竟有多严重？读了这篇作品，相信大家便会有最真切又最深切不过的认识。

　　作品所讲述的故事实在是太令人震惊了——牛小扣的母亲死了，火化时需要村委会出具一份死亡证明，而那身为村民父母官的村委会主任，竟然以此要挟牛小扣交这样那样的费，其中甚至还有牛小扣那已停放在火葬场的母亲的"人头费"！农民之苦，农民之累，农民之不幸与悲哀，真的是让人要"忍不住泪雨滂沱"呵！作品就这样以纪实的手法，用从表面上看是完全客观的、内在里则饱含着作者的激愤与良知的笔触，对存在于我们广阔的农村和广大的农民中的那种沉重的现实，进行了深刻的揭露与批判。

　　在艺术上，这篇作品成功的原因主要在于这样两点：一是情节设计的高度集中。作品紧紧环绕着牛小扣母亲的死亡去组织和展开故事，便使内容显得相当地集中,也使结构显得十分的紧凑,而且以死亡作为笼罩整个故事的氛围,对渲染作品的悲剧性和突出主题的沉重性,能起到十分动人心魄的强化作用。二是语言格调浓郁的农村生活气息。作品中,无论是作者的叙述语言,还是人物的对话,无不那样地生活化和农村化,时时处处都显现着一种只属于农民的"原生态",这不仅与作品内容的表达十分的和谐合拍,更充分地显示了作品题旨的典型性与深刻性。

(汝荣兴)

裹　被　　　　　　李 云

　　马根元的裹被习惯是自小养成的,他只能自己睡一个床,谁和他同床共眠就准备冻感冒吧。临津街会看相的胡爷说:"这小子命中有七品官运呀。"有人问他如何得知,他捋须沉吟了一句:"卧榻之旁,岂容他人鼾睡。此人霸气太煞,不得善终呀。"这云山雾罩的一句话说得临津街人不明所以。

　　果不然他考进了省城学校,毕业后分配到一个大机关里工作。也就在工作的第二年,他和钟笛结婚。钟笛是 A 市公认的大美人。能娶到她为妻,是老马家修来的,马根元的母亲想。

　　结婚之夜,他俩刚要入洞房时,他的母亲忽地记起什么,拉住儿媳说:"根元有裹被的坏习惯,你得注意点。"钟笛羞红了脸,点点头,心想老太太真细心。洞房之夜,他们幸福且满足地涉过快乐的河水,双双疲惫地入眠。时近天明,钟笛被冻醒过来,她发现被子已经全被丈夫裹在身上。根元鼾声如雷,她推了推他,根元含糊不清地应了几声,钟笛不忍心把他叫醒,便把他身下的被子拉开,依偎过去。但一会儿,钟笛又被冻醒,发现丈夫又把被子裹在身上。钟笛无法,只得抱过另一床被子睡了。天大亮,根元醒来,见娇美的新娘睡在另一床被子里就有点不高兴,把钟笛推搡醒来:"哎,我说,我不喜欢同床不睡在一个被子里,睡在两个被子里还是夫妻吗?"说完把钟笛的被子掀到地下,用自己的身体和被子把钟笛覆盖起来。钟笛在这温暖而有力的覆盖之下达到幸福的极致,忘掉了昨夜里的遭遇。

　　后来,他们同床拥有一床被子,只是等根元睡着,她才在睡衣外穿上厚厚的毛衣。根元发现了问她为什么,她只是笑笑地说我从小就有穿毛衣的习惯,根元的心中就嘀咕道:"毛病。"

马根元确实有官运,三十八岁这年他荣升为 A 市副市长,但他一点也不满意这个"副"字,在他的心中,无论自己的才学还是工作能力,都应该当市长或市委书记的,于是,他要了多种手段终于把市长拉下了马,自己坐上了市长的座椅。钟笛对于根元的做法有点看不惯,就劝他别干那种昧良心的事。根元刚当上市长的喜悦被她这句话呛着,便怒气很大地说:"什么昧良心,市场经济的今天,这叫竞争。"说完就不理她出了门。钟笛问他这么晚上哪去,他说开会。其实,他不是去开会,是去会贾倩。贾倩是一个比他小十五岁的女人,他和她好上已经有两年了。钟笛听到一些风声,但她总是不信。事情总有水落石出的时候,终于,根元和她摊牌要离婚了。钟笛仿佛知道这天终会到来,就平静地对根元说:"我同意离婚,不过,你让我见见她,我不会和她过不去。"根元怔怔地看着她。

两个女人终于见面了。钟笛看到贾倩年轻漂亮,贾倩也怯意地打量着眼前 A 城昔日的大美人,确实风韵犹存。钟笛友善地笑笑,说:"我们走走。"于是她俩沿着湖边走着。坐在车子里的根元心里十分担心,但也不便跟过去,只是隔着窗子望着她俩的背影。一会儿,贾倩蹦蹦跳跳地回来了,一脸灿烂。根元忙问:"你们都谈了些什么?"贾倩顽皮地把头一偏,一双明亮的大眼睛闪了闪:"你猜猜。"根元摇摇头,贾倩上了车说:"她告诉我你的一个秘密。"根元紧张地倾过身来:"什么秘密?"贾倩突然大笑起来:"她说你有裹被子的习惯。"根元长长地舒了一口气:"这有什么大惊小怪。"贾倩把他的脖子一搂说:"我看不是一家人不进一家门,我也有裹被子的习惯。哈哈。"根元听完也兴致很高地大笑起来。

他们是在秋季结的婚。根元在和贾倩同床的日子里,改掉了自己的裹被习惯,平添了失眠的毛病,他总是在睡衣外穿上厚厚的毛衣。贾倩见到后就嗔怨他"毛病",听到这话根元就眼圈潮红。

第二年的春季,马根元由于吃了过量的安眠药没有醒来。有人说他有重大经济问题,畏罪自杀;也有人说他想当市委书记没当上,一下子气得脑溢血而死;还有人说他满足不了小自己十多岁的新妻子而自杀。

在 A 城,只有一个人知道他的真正死因,但这人是永远不会说的。

(2002 年)

[鉴赏]　"裹被"是主人公马根元"自小养成"的一个习惯。作品通过对马根元的一种生活习性和一场婚姻变故的描述,很是生动地刻画出了一个"霸气太煞"的人物形象。而马根元的那种"霸气",无疑便是"市场经济的今天"的一个缩影。这就使马根元这一人物形象身上既洋溢着生活的气息,又充满了时代的色彩。至于作者给我们讲述这样一个故事的用意,则显然是希望张根元、李根元、王根元们能引以为戒——事实上,环绕着"裹被"这样一个生活习惯,从马根元迫使钟笛"在睡衣外穿上厚厚的毛衣",到他被贾倩迫使自己"在睡衣外穿上厚厚的毛衣",以致最终"吃了过量的安眠药没有醒来",这既是一种情节发展的必然,又是一种生活逻辑的必然。也就是说,马根元的"不得善终"是顺理成章又理所当然的。

在艺术上,作品的值得称道之处有二:一是作品虽然在实际上表现的是一个堪称重大的主题,但作者落笔时却时时处处都只紧扣"裹被"这样一个小小的生活细节,既不枝又不蔓,这一方面很好地保证了故事形态的单纯与集中,另一方面又很好地体现并诠释了"以小见大"这一微型小说的本质特征;二是作品结尾时对马根元之死的"留白式"处理——马根元究竟是因什么而死的?作者留给读者的是一种艺术的空白,这既给了读者丰富的想象空间,又显然有益于作品意蕴的进一步丰满和延伸。　　　　　　　　(汝荣兴)

我们的市长是神仙　　　　李其祥

吴旭调到 A 市当代市长。

吴市长到任后,市委书记和市里几大班子的领导要为吴市长接风洗尘,吴旭一一谢绝了。吴旭开玩笑说:"我是坐小轿车来的,身上没有多少尘土,另外,我也没带来东风春风什么的,不需要接也不需要洗!"

到任次日,市政府的几个副市长和市属各局委办的头头脑脑们要向新市长汇报工作,也被吴旭谢绝了。吴旭说:"我不是不相信诸位的汇报,常言道,耳听为虚,眼见为实,我还是先下去调研调研,然后再坐在一起交流交流,这样可能好些。"

大家只好听吴市长的。

听说吴市长要下去搞调研,办公室秘书长请示他要不要给下边打个招呼,让他们准备准备。吴旭摇摇手说:"不,不,就咱们两个,轻车简从,咱们这一次不下车,只走马观花地看一看,先有个印象,慢慢深入。"

果然,吴旭带着秘书长,再加上小车司机共三个人,一点也没声张，悄悄地离开了政府大院。

　　一路上，吴旭只是看，有时拿出公文包里的小本本记点什么。为了打破寂寞和沉闷，吴旭有时还给秘书长和司机讲点幽默段子，但这些段子不黄，也不涉及政治，仅仅是笑话而已。

　　吴旭出去调研一天，转了不少地方。中午吴旭建议到路边小摊点吃一碗炸酱面，填填肚子。等太阳快落山的时候，他们便打道回府了。这一天，司机和秘书长都感到格外舒服，没有排场的迎送，没有俗不可耐的敬茶、敬酒，没有司空见惯的大话、空话、套话，司机和秘书长觉得吴市长很另类，甚至怀疑他不是官场中人，并且隐隐地为他生出一些担忧……

　　连续几天，吴旭都带上秘书长坐小车到下边转，还是看看、记记、说说话，用吴旭的话说，他之所以这么做，是不想惊动下边的官员，打扰下边的百姓。

　　三天之后，吴旭对秘书长说："现在条件成熟了，可以和副市长们、局委办和市属各县的头头脑脑们见面了。"

　　秘书长让办公室下通知，说×月×日吴市长要和大家见面。

　　接到通知，该来的人都来了。吴市长说："今天把大家请来，清茶一杯，见个面，不让大家汇报，今天我是一言堂，我要把我对咱们市的一点粗浅印象给大家说说，不对的地方，欢迎批评。"

　　吴市长说："有些同志喜欢听表扬，听赞歌，但我这个人喜欢挑毛病，把毛病挑出来，剩下的都是好的。"

　　吴市长说："咱们山区的 A 县，至今还有文盲，甚至是青少年文盲，这不能不说是一个严重的问题。"

　　吴市长说："B 县有不少群众上访，尤其是越级上访，说明群众有意见，你的工作没做好，为什么要压制群众向上边反映情况呢？"

　　吴市长说："C 县 D 乡在计划生育方面抓得不好，尤其是村干部超生现象严重！"

　　吴市长说："这个乡不但村干部带头超生，还有偷盗问题，甚至盗割光缆！超生和偷盗说明这个乡贫困，我们要想办法帮助 C 县 D 乡脱贫致富。"

　　吴市长说："县乡有不少问题，市里有没有问题呢？市里的经济比较发达，但偷税漏税严重。另外，公厕太少，垃圾箱太少，这些都需要我们去重视、去解决！"

　　被吴市长点名的县乡领导都很惊讶,这些问题吴市长是怎么知道的? 主管税收和环卫的副市长也有点坐不住了,上述问题难道有人向吴市长打了小报告? 不然,吴市长是神仙?

　　正在大家困惑的当儿,吴市长说:"我不是神仙,我只不过下去跑了三天,在沿途看了一些写在墙上的标语,比如:

　　坚决扫除文盲,特别是青少年文盲!

　　越级上访就是违法!

　　光缆无铜,盗割无用!

　　村干部不得超生!

　　纳税是每个公民应尽的义务!

　　此处不能随便大小便! 不得乱倒垃圾!

　　我只不过把这些标语反过来理解了,不知是否符合实际?"

　　吴市长说完,大家心里才松了一口气,不过,大家还是不得不佩服他的另类,还是觉得吴市长是神仙!

(2002 年)

　　[鉴赏]　看了作品的标题,不妨来预猜这个题目所暗示的信息。一是关于人称,这是一个复数,是"我们"讲的故事;二是关于故事,是一个市长的神仙故事。也就是说,是"我们"讲一个关于市长的当代神仙的故事。

　　读罢这篇微型小说,原来,"神仙"这个概念赋予了全新的意思:是指市长摆脱了官场的庸俗,似乎不食人间烟火,却扎扎实实地深入基层,把全市情况摸得了如指掌、一清二楚,这不是神仙吗? 全篇没出现"我们",却处处能看到"我们"的这双眼,所以"我们"佩服市长,觉得"吴市长是神仙"。这个新上任的市长,初来乍到,谢绝接风洗尘,谢绝听取汇报。下基层取消预先通知,出门是轻车简从,避开应酬,深入调研。难怪连司机和秘书长都认为市长很另类,替他担忧。还是毛泽东那句话:"没有调查就没有发言权。"调查完毕,他了解民情,便赢得了敬佩。其中对墙上标语的看法,很有见地,他反过来看——切中时弊。

　　读完全文,可知市长是不是神仙了,他只不过采用了以往不同于别人的工作作风,不是浮在上边,而是深入调查实情,掌握第一手材料,所以,他像"神仙"。主题的本身暗含着对惯性官僚主义作风的否定,同时,我们也看到了这一惯性的强大。

(谢志强)

木 头 伸 腰　　　　　　　　何雨生

　　市长以前曾是位小有名气的作家,所以上任伊始,对市里的文教工作便非常热心,鼎力支持。这不,在他的倡议下,市里正轰轰烈烈地举办每年一届的"桃李杯"全市作文大赛,他亲自担任了大赛评委会主任一职。

他这个主任可不是名义上的或象征性的,他身先士卒,放着有空调的办公室不坐,深入基层,跟他亲自挑选的一干精兵强将一起奋战在批阅作文的第一线。冷了喝口白开水,搓搓手,跺跺脚;饿了啃上口干面包,任劳任怨,以身作则。功夫不负有心人,市长终于在这次大赛上发掘出一个好苗子。

作文是市里最偏远的一个叫桑木桥的小学(那里素有市里"大西北"之称)的学生写的,光看题目就很别致——《木头伸腰》。市长情不自禁地读出声来:"你可曾听过木头伸腰的声音? 我们坐在教室里,有时便会听到阵阵'咯吱吱'、'咯吱吱'的响声,仿佛屋梁上有许多魔鬼在狂笑,我们很害怕,大人们说那是木头伸腰的声音……"

市长激动地拍着那篇作文,禁不住舞之蹈之:"听听,听听,多么鲜活的语言,多么新颖的想象力! 真希望多听到这些来自民间的声音!"见有人光扑闪着眼睛在发愣,市长便老到而又富有感情地介绍起来:"乡下的房梁都是木头的,其中有的树木在做梁条时还未停止生长,所以有经验的木匠在盖房时,两根梁条之间总要预先留出一点空隙,以便木头伸伸腰、长足劲。据说黑松林那儿有座东寺庙,你悄悄地走到正梁下面,乍一抬眼,便清晰可见有一条缝……"

众人纷纷为市长渊博的学识所倾倒。结果,这篇《木头伸腰》以绝对优势夺得本届"桃李杯"作文大赛惟一的一个特等奖。

颁奖大会热烈而又隆重,与会代表对这样一件功在当代、泽被后世的活动报以经久不息的掌声。会上,市长发表了热情洋溢的演讲,称这次大赛使我们聆听到真正来自底层的心声,其间他又举了那个《木头伸腰》的典故。

不过,惟一遗憾的是,那个惟一获特等奖的小作者不知什么原因却缺席了,未能到现场来领奖。

会后,本次大赛赞助方之一的国际大酒店举办了盛大的招待酒会,宾主双方觥筹交错,其乐融融。席间,秘书匆匆赶来告诉市长:桑木桥小学校舍因年久失修,房梁断裂,今天上午坍塌了两间教室,死伤十多名小学生……

(2002 年)

[鉴赏] 微型小说有时采用一个具有内涵的细节,就能以少胜多、以微知著,显示出幽婉耐品的艺术魅力。《木头伸腰》就是这样以细节见长的佳作。

作品选择了具有独特而创新的"木头伸腰"这一细节,它是作文比赛获特等奖作文的主要原因,蕴含着辛酸而丰富的意味。学生以自己特有的想象和眼光记叙着危房吱吱作响的细节,显示出小孩的天真稚气和美好的童心。他并不理解危房吱吱作响的危险性,只是把它当作木头伸腰时"魔鬼在狂笑"。作为评委会主任的市长虽然欣赏这篇作文,但他并没有重视作文中所记叙的危房事实和即将引发的危险性,而是作了另一番"大人"的"创新"解释:"木匠在盖房时,两根梁条之间总要预先留出一点空隙,以便木头伸伸腰、长足劲。"结果颁奖会后,竟得到一个连市长在内都感到意料之外的噩耗:这所"木头伸腰"的小学教室坍塌,死伤十多名小学生,那位获奖作者不知是否也在其中,这是一场多大、多惨的悲剧。

市长从孩子的作文中竟没有听清楚他们童声的呼喊,而错过了补救的良好机会,真令人扼腕痛惜。这样的细节处理,这样的巧合,无不叫人击节赞叹。细节人人会用,各有巧妙不同,独创而又意蕴深厚则是它铁铸的门槛。

(凌焕新)

<h1 align="center">打　酱　油　　　赵文辉</h1>

秀娟和喜顺是大学同学,毕业时秀娟已经留校,可为了爱情,她还是和喜顺一起来到了这个县城。县教育局分配时只准两人留一个在县城,另一个要到最艰苦的地方。喜顺去了离县城七八十里远的尖山洼小学,条件苦不说,还没有车,一个月才能回来一次。家里的事就全丢给了秀娟。

一开始不怎么忙,后来有了孩子,可把秀娟给累苦了。两个人,工资不高,还要给喜顺老家父母寄钱,经济很紧张。秀娟省吃俭用,操持这个家,曾经一连三年没添过新衣裳。秀娟对喜顺的母亲也很孝顺,一次老人来县城,秀娟给老人找医生,抓药,熬药,拣可口的饭菜做,晚上又给老人端洗脚水。老人穿着棉衣裳,笨得弯不下腰,正作难着,秀娟蹲下身,抓起老人的脚就撩水。洗过,又给老人剪了指甲。老人说:"我一冬天都没剪过一回指甲……"这一晚老人幸福地掉了半夜眼泪,枕头都泅湿了。后来老人说给了喜顺听,喜顺握住秀娟的手:"让我这辈子咋报答你呀!"

那时候,两个人的感情真是稠得没法说。喜顺住校的日子,无时不在想念秀娟,夜里还经常梦见秀娟在送孩子去幼儿园……有一次,因山洪暴发,断了路,喜顺两个多月没有回家,路好后他便迫不及待地回家探望。

一进门,看见秀娟,眼里都快冒出火来了。可他们也不敢表达,五岁半的儿子还在一边呢。儿子先和喜顺亲热一番后,又缠着喜顺给他讲故事。喜顺一边讲故事,一边摸秀娟的手。秀娟的感情也在传递着,她的手在微微抖动。两人都感到时间过得太慢了。秀娟就给了儿子一元钱,叫儿子去胡同口那个小卖铺买方便面吃,儿子欢天喜地去了。秀娟和喜顺刚拥到一块,门"嘭嘭嘭"响起来,儿子又回来了。这次喜顺想了个好办法,从厨房里拿出一只盘子,让儿子去小卖铺打半斤酱油,还鼓励儿子:"你一定能完成这个任务!"儿子像小大人一样挺直了胸脯,接了盘子去打酱油。

这次,喜顺和秀娟终于把感情传达完了。这时儿子也回来了,一进门就哭着说:"我慢慢走,酱油还是洒了,我没完成爸爸交给的任务!"秀娟一把抱住儿子,又羞又喜地笑了。

后来喜顺改行进了乡政府,从秘书开始,一步一个脚印,副乡长、乡长、书记,再后来居然回城当了县化肥厂的厂长。化肥厂是县里的支柱企业,配给喜顺的车是全县最好的车,经常出入高级宾馆,人也慢慢地变了,后来居然跟厂里一个新分来的女大学生好起来……秀娟起初不相信,直到有一天喜顺提出了离婚,她才知道,以前在电视里看到的故事也在自己的生活中出现了。

已经跨入大学校门的儿子知道后,专门请假回来劝爸爸,喜顺却高低听不进去。儿子急了说:"你要一定和妈妈离婚,我就不认你这个爸!"喜顺铁了心,回答儿子:"你不认我,我可认你这个儿子。但这次婚姻革命,我一定要进行到底!"话说到这份上,秀娟知道没希望了。

一听说秀娟同意,喜顺好不欢喜,拿了离婚协议书要秀娟签字。秀娟握笔的手抖着,儿子在一边拉她:"妈,你别签!"秀娟狠狠心,还是签下了自己的名字。喜顺把协议书收起来,对秀娟说:"以后有困难可以找我。"

　　秀娟不吭声，喜顺想走，又觉得不好意思一下子离开。三人都不说话，屋里静极了。

　　良久，良久，秀娟忽然起身从厨房里拿出一只盘子，命令儿子："去打半斤酱油！"儿子不解地望着妈妈，没有动。秀娟大声喊嚷儿子："你也不听我的话啦——"见妈妈的泪水在眼眶里转圈，儿子赶紧接住盘子去打酱油。

　　喜顺在一旁愣了！那只盘子像一只小锤一样，照他的灵魂猛敲了一下，一堆堆往事浮上心头……他像被人打了几巴掌一样脸红发热起来，头垂了下来。

　　儿子从外面回来时，看见喜顺正用打火机烧一张纸片。

（2002 年）

　　[鉴赏]　这是一篇关于说服的小说，其中蕴含着感动。感动了才能被说服。两个层面的说服，一是作者通过这个故事来说服读者，即可信性；二是要说服喜顺回心转意，即稳定性。

　　作者明显的意图是使这对夫妻的关系稳固，为此，作了大量的铺垫、渲染。漫长的婚姻生活，作者选了一个细节——打酱油，来建筑这个婚姻的爱巢。第一次使用这个细节，是久别相聚，打发儿子去打酱油，可见夫妻感情的热烈(关于两人的情感，有一个字"稠"用得很精练传神)。第二次使用这个细节，是丈夫另有新欢，离婚时，重复使用了打酱油这个细节。不过是儿子长大了，夫妻生活冷淡了。重复的细节显示了它的力量——改变了喜顺的灵魂，他被"打酱油"说服了。这个细节增值了，重复中细节也在成长壮大呢。两次使用同一个细节，作用和效果却不一样。

　　传统意义的小说是否和传统的观念相吻合？一对苦苦相依的夫妻，当生存条件和背景有了改善，原本的道德观念便发生了改变，但是，有一种精神层面的东西却难以改变。打酱油的这个细节，放到这对夫妻的生存命运里，尽管是一个容易被忽略的细节，不过，它仍然发挥着巨大的生机和能量。前后两次重复，有着内在的逻辑联系。这个细节的说服力，使这对夫妻度过了婚姻危机。

（谢志强）

头　　发　　　　　　　　胥得意

　　老韩和他老婆上初中时坐前后桌。整天往那儿一坐，老韩就愣呆呆地看他老婆的头发。老韩老婆的头发又黑又亮，像张帘子一样披在肩上。老韩看着看着，就看出了激动，终于有一天上自习,老韩就情不自禁地抓住了那黑黑的发梢。

　　这一抓不要紧,把他老婆的脸一下子抓红了。老韩在他老婆回头的一瞬间,才醒过神来,惹祸了。老韩挪着屁股刚要跑,谁知他老婆红着脸骂了句"烦人"。天啊,这一声骂怎么这么让人幸福呀,那根本就不是骂,是一种表扬,一种鼓励。老韩挪不动步了。

　　从此,班里一没人时,老韩就偷偷地抓那黑黑的头发,三抓两抓发展到常抓不懈,最后老韩毕业第二年就把老婆抓进了被窝。

　　婚后两年,老韩老婆在厂里上班,整天检查产品质量,也没什么大事。老韩又拿出了当年抓老婆的那股劲儿,先是干小买卖,三干两干就搞起了大生意,日子就像打了气的皮球,立刻就鼓起来了。

　　老韩不是那种花心的男人,除了做自己的生意一心一意挣钱以外什么事也不干,每天都往家里奔,闲了没事还是抓着老婆的头发一遍遍地抚摸,只不过结婚后老婆的头发梳成了一条大辫子。两人有时谈点儿什么,不说话时就静静地坐着。

　　后来老韩对老婆说,我挣的钱养得起你,你就别上班了,在家里给我安心生个娃吧。老韩老婆就辞了班,准备生一个小韩了。

　　老韩让车撞残不到一年,几年的积蓄就花得差不多了,先头两人还没意识到日子该咋过,随着物价一点点涨,下岗的一点点多,两人都感到不能再守着家过日子了。

　　老韩老婆对老韩说,头几年是你养活我,过了几年的舒服日子,现在你不行了,我出去挣钱养活你。老韩感动得就要哭。老韩就又抓过老婆的辫子,一遍遍地说对不起。

　　老韩老婆第二天就出去了,直到晚上才回来。看老婆那一脸疲惫样,老韩就知道老婆累得够呛。老韩老婆什么也没说,坐在了老韩床边从背后抓过辫子放到了老韩手里,老韩把老婆轻轻地拉到怀里,两人又流了许多泪。

　　当老韩早上醒来时,老婆已经出去了,除了床头放着的饭菜外,还有老婆的那根又黑又亮的长长的辫子。老韩又哭了。他看见老婆留的字条上写着:"别寂寞,让辫子陪着你。"

　　老韩老婆在路上也哭了,她上班的单位和她签合同时就很明确地告诉她,要剪成短发才能去看机床。老韩老婆流了许多泪才想通,这两人都喜欢的头发不能当饭吃。

　　几天班上下来,老韩老婆渐渐地感到没了长发反而挺轻松的。

老韩慢慢地也习惯了,老婆比以前更温柔、更体贴了,只是躺在床上抓不到老婆的短发,只有两人离得很近时,他才能一遍遍地抚摸。

（2002 年）

[鉴赏]　其实,即使是老韩老婆的头发再黑再亮,说到底也不过是普通的头发而已。不过,许许多多并不普通的故事,往往就是在普通中孕育而成的——这不,老韩老婆那其实很普通的头发,就导演了一个十分动人的爱情故事。

作为爱情故事,作品的最动人之处,无疑便是老韩老婆"那根又黑又亮的长长的辫子",在经历了不期而遇的现实生活的磨难后,最终被"剪成短发"了——这既让故事的情节出现了意料之外又属情理之中的转折,还使得故事的性质由喜剧演变成了正剧,并由此不着痕迹地揭示了作品的题旨:所谓天有不测风云,老韩和他老婆的生活经历所展示的,是一种比爱情更为深远宽广的人生景象。面对如此最真实不过的人生,我们需要足够的信心、勇气和毅力,就像老韩和他的老婆一样。而真正意义上的爱情,则显然是那种信心、勇气和毅力最可靠又最充沛的源泉。

在写法上,这篇作品的显著特点是叙述的细节化——不知读者朋友们注意到没有,这篇作品实际上是由"抓"这一个动词结构而成的:老韩(那时候该是小韩)先是在自习课上情不自禁地"抓"住了老婆(那时候无疑还不是老婆)那黑黑的发梢,最后便将老婆"抓"进了被窝;结婚后,尽管日子就像打了气的皮球,但闲了没事的老韩最常做的一件事,还是"抓"着老婆的头发一遍遍地抚摸;接着发生了车祸,老婆要出去挣钱养活老韩,老韩就又"抓"过老婆的辫子一遍遍地跟她说对不起,而老婆则坐在老韩床边从背后"抓"过自己的辫子放到了老韩手里;最后,虽然老韩因老婆已剪了短发而不能再轻易地"抓"着老婆的头发了,但他们两人显然是离得更近了……这样的一个过程,这样一篇情节既自然又曲折、既平实又生动地由"抓"字结构而成的作品,实际上是在告诉我们有关微型小说写作的一个真理,那就是细节的作用与力量。

（汝荣兴）

我　是　谁

贺　鹏

我好累好累的。

一天下班回家,吃过饭,洗了一把脸,我便出去遛弯儿。

在电梯上我和电梯司机打招呼,她只是轻轻地点了点头,好像不认识我似的。电梯到了八层,我的同事老李上来了,我说老李,遛弯儿去? 老李说对,溜达溜达,你是谁? 怎么声音这么熟悉,我想不起你来了!

真逗! 下班时候我们还是结伴回的家,真能开玩笑!

我没管他,下了电梯,自个儿到了街心公园。街心公园那五颜六色的鲜花,被绿茵茵的草坪映衬得十分好看,摆放成各种造型,一团团、一簇簇,撩拨得人心痒痒的;耳边传来公园管理处播放的轻音乐,全身舒服极了。

和我一块练剑的唐先生也来了,我赶快招呼他。唐先生很警觉的样子,问我你是谁? 你怎么知道我?

我怎么就不知道你? 我们不是天天在一块练剑嘛。

我正这样想着,看见十二层的李大妈带着她的宝贝小狗也进了公园,我冲着李大妈笑了笑,遛狗呢? 李大妈! 李大妈拉了拉拴狗的绳,紧张地往前走了几步,没说话就过去了。

今天是怎么了? 人们怪怪的,都像陌生人似的。我遛弯儿的心情一下子没了,干脆顺道去看看父母吧。

我爬上了父母住的五层楼,敲门。母亲只开了一条门缝,问我找谁? 我说,今天怎么了,都怪怪的。

母亲说,你这个人怎么了? 到底找谁? 我说,我是你儿子呀。

母亲说:真逗! 我儿子哪是你这模样。说着就关了门,我再敲,母亲说,你再敲我就打 110 报警。

我只好下楼往自己的家走去,路上又遇见好多熟人,没有一个和我打招呼的。

今天到底怎么了,我感到了一丝的不祥。急急地往家走,我担心妻子也不认我,那我该怎么办呢?

我轻轻地用钥匙打开门,换了拖鞋,小心翼翼地摸到卫生间,我想先照一照镜子,看看我到底怎么了。

刚一进卫生间,我看见洗脸池上面的玻璃搁板上放着我的面具,哦! 原来是我出门时忘了戴假面具。

我急忙戴上了面具,大声喊叫:我回来了!

妻子从书房探出头来看了我一眼:真逗! 回来就回来呗,还大声喊叫。

(2002 年)

[鉴赏] 这篇小说没有一个完整的曲折的故事情节,而是由几个常见的生活细节组接而成;也没有鲜明感人的人物形象。但我们读后,却感到极有情趣。这是为什么? 换言之,小说有什么突出的艺术特色? 以荒诞的手法,揭露当前社会的某些弊端,以引发读者深深的思考,是小说取得成功的主要原因。小说运用了两重荒诞:

第一重是"我"下班回家,"洗了一把脸"后,周围的人却都不认识我了。这里,不仅仅是制造了悬念,吸引读者阅读下去;更重要的是,整个过程,作者不是平面的一般化的叙述,而是逐层加深的:先是老李不在乎的回答,接下来是"一块练剑的唐先生"对"我""很警觉";到李大妈,甚至紧张得连问话都不回答;更使人惊讶的是,"我"见了母亲,母亲竟要报警! 荒诞逐步升级,最终推到了极致的程度。这样写,使人感到了事态的严重,从而引起震动,激发广泛的联想。

第二重是"我"用本真对待周围的人及亲人时,被视为妖魔鬼怪;但一旦"我"戴上假面具时,却被人欣然接受。真假倒置,美丑混淆,仿佛是《镜花缘》中"罗刹海市"故事的现代版本。

小说表面上是一出令人啼笑皆非的荒诞的喜剧,实际上是当今社会的一个悲剧。戴上假面具,精心包装,假冒伪劣可以成为名牌极品,阿谀奉承可以赞为善于团结,贪污盗窃可以看作精明能干……这种情景比比皆是。但作品不是简单地摆出这些现象,而是更为深刻地揭示出当前社会中一些人极为奇怪的心态:把虚假当成真实,把反常当作正常。假冒伪劣其实并不可怕,可以动员全社会的各种力量把它消灭;真正可怕的是这种黑白颠倒的逻辑思维方式,以及视假为真的心理和长期形成的反常的社会习俗,这才是难以消除的痼疾,需要人们高度警惕和下大力气整治。小说写周围的人甚至亲人都是如此,正是突出该事情的极端严重性。

(顾建新)

榜　样　　秦俑

峰子最后还是选择了回家教书。当同学们都去火车站送他时,峰子不知怎的就想起了一句悲壮的古诗:壮士一去今不复返。

先是到县教育局报到,签了字后,办公室的同志挺疑惑地问,你是师大毕业的? 峰子什么话也没说,背起两大袋子书和行李,头也不回地搭车回了家。

父亲见峰子回来了,远远地迎了上去,说,工作安排好了吗?

峰子没吱声,把行李往父亲手上一放,回到家"咕嘟咕嘟"喝了一大杯水,然后才说,省晚报让我去做记者,没去。

怎么？

我想回村里学校教书。

父亲颤着声问，是不是在学校里犯了事？

年年都评为"三好生"呢，怎会犯事？峰子坐了下来。

那怎么回这破村？

因为学校里少了老师。

父亲愣了好一阵，叹了口气便去张罗着泡面条。

峰子早没了娘。他看着驼了背的父亲，心中不由得惴惴地发慌：父亲要是骂他一顿，或者打他一记耳光，他的心里也许会好受一点。

吃过面，峰子便去村里的学校找校长。说是学校，其实不过是一层四间的茅草土坯屋，屋旁边竖着一根四五米高的杉木，上头飘着一面早已发白的旗。而且也就一个老师，教了快四十年了。

峰子在学校的自留地上找到了校长，校长正戴着那副掉了一条腿的老花眼镜在地里侍弄自己种的蔬菜。

峰子轻轻地叫了一声，校长。

校长回过头，眼镜差点就掉到了地上。他见了峰子，脸上的笑便浮了上来，说，峰子回来了。

我是来向您报到的，我也来学校教书，以后我就是您的部下了。

你……校长激动得什么话也说不出来，只是汪了泪，用沾了泥土的手紧紧地握住峰子的手。

校长破例炒了一盘蛋，邀峰子喝一盅。校长一边喝酒一边说，想你考上大学那年，学校里的娃儿就加了一倍，大家都把你当榜样呢。

峰子就想起往年的寒暑假，他一回家，总有东家西家的请他到家里吃饭教课，说是要自家的娃儿学学他的样。

可是，这一年暑假过去，也没见哪家有人来请他。和乡亲见面，还有人不相信地问：峰子，你真回村里教书？

峰子就爽快地回答：是！

到秋天开学了，报到的学生竟暴减到往常的三分之一。校长和峰子都不明白：老师多了，学生怎么反倒少了？

于是，峰子拿了一份花名册挨家挨户地去问，问来问去，都回答说：我家的娃儿不念书了，过两年让他到外面打工去。

峰子说，孩子还小，怎就不让念了？

念了书没用。

怎没用？念了书可以考大学啊。

对方就不吭声了，任峰子怎么劝说也没用。等峰子一脚跨出大门，后边就传来轻轻的嘟囔：上了大学又怎啦，还不照样回家种地……

这话刺得峰子的心一阵阵地疼。

跑了几天，来报到的孩子没见增多。倒是县教委捎了信过来，说是让峰子去领"扶贫助学志愿者"奖章，他成了县里好几万教师的榜样呢……

（2002 年）

[鉴赏]　作品让我们很是心酸地看到了，今天在一些地方知识被忽视和轻视的那种沉重而又沉痛的现实——应该说，峰子曾经被村里人视作"榜样"，那是一件好事，但这件好事的背后所隐藏着的，却又并不是村里人对知识的真正重视，而是对待知识的那种纯功利性的态度。因此，当峰子大学毕业后不去省晚报社做记者而"回村里学校教书"之后，尽管峰子确实是好样的，是当之无愧的"县里好几万教师的榜样"，可村里人骨子中的那种忽视知识和轻视知识的顽劣本质，也便自然而然又顺理成章地显露出来了。于是，曾经被家乡人当作自家娃儿学习榜样的峰子，现在就成了家乡人眼里的另一种榜样，成了他们不让自己子女上学的一个充分理由。于是，为这样一种沉重而又沉痛的现实的存在，我们当然就要和峰子一样不由得"心一阵阵地疼"了！

在表现手法上，这篇作品的显著特点是，在纯客观的叙述过程中不露声色地既一步步地展开故事，又自然而然地形成情节的鲜明对比与强烈反差，并由此一层层地显现题旨。这里，我们有必要特别注意一下作品里所采用的对比手法。事实上，在微型小说创作中，对比几乎可以说是一种司空见惯的方法。但对比的鲜明与否和自然与否却差距很大，并直接影响着作品的质量与分量。在这篇作品中，峰子作为"榜样"的前后对比，作者是通过有意无意（即看似无意实则有意）的途径去实现的，这样既体现了作者的艺术匠心又有效地避免了那种人为的痕迹，从而使这种对比显得更加的真实可信，同时也给了这种对比更强又更深的艺术感染力。

（汝荣兴）

荒漠一夜　　　　　符浩勇

天蒙蒙亮的时候，他已在大漠的荒滩里跋涉了整整一夜。

　　他蠕动着苦涩僵硬的舌头，舔了舔嘴唇上叠透的干血泡，面对远方一望无际的沙梁，不由回望一眼身后伴随着的追敌——晨雾里闪着两点绿光的饥饿的野狼，心里又掠过一阵恐惧和绝望。

　　他是昨天下晌为了拍摄到沙漠上的绿洲，离开了驼铃队，深入到荒滩深处的。当黄昏降临的时候，沙梁上传来一声凄凉血性的狼嗥声，他回首寻望，蓦然间发现了暮色里浮动着的两点闪亮的寒光，倏地，疲惫夹带饥饿一同向他袭来……

　　整整一夜，他别无选择，慌惶地在大漠里奋力向前走。途中，他为补充体力，备带的干粮吃完了，水壶里的水喝干了，肩上压着沉沉的摄影机和行囊背包。但他不忍心将拍到的海市蜃楼般的别致风景一掷了之，那可是他艺术生命的价值所在。然而，野狼显然是盯上他了，将他视成大漠里惟一的补充营养的佳肴，他只好拼力地在沙漠里走着。他心里明白，在荒滩里，缺水是最大的灾难，野狼同他较量的是毅力和意志，自己若是稍有松懈，在沙梁上倒下，野狼就会冲上前，挥舞双爪，将他撕成碎条，充饥解渴，而他拍摄的荒漠上的别致风景将化为乌有。

　　他回望野狼时，明显发现野狼浑身抽搐，脊梁的骨节更加突起，干瘪的肚皮贴在沙土上，喘气声越来越粗重，他们之间的距离越拉越长……渐渐地，野狼举步维艰，停下来了。他心里不由掠过一阵狂喜，野狼终于撵不上自己了。稍刻，又见到野狼嗥叫一声，转头调向，灰溜溜地往回逃窜。他不由挺直身躯，英雄般地傲立在沙梁上，似乎嘲笑野狼意志的崩溃瓦解。

　　当野狼的背影逃遁远去，他又一下子瘫倒在沙梁上。他该往哪里走？何方才能寻到驼铃队？哪里才有水源？严重的缺水，他已鼻孔出血，七窍冒烟，四肢乏力。忽而，他转念回想，猝然想到，野狼的转向莫非预告着前方是一条通向大漠腹地的死亡之路？于是，他意识到只有重新振作，尾随野狼，或许才有可能离开大漠，找到驼队，使别致风景焕发艺术之光。

　　他复而挺起疲惫的身躯，沿着野狼逃遁的方向赶去。为了避免同野狼的孤注一掷，他既不能尾随太近，那样会惊扰它；当然又不能太远，如果稍有松懈，就会迷失跋涉的方向。

　　芨芨草是大漠里跋涉者的救命圣草，沙梁坎下，野狼过处，芨芨草已被啃尽；他随踪而来，只好刨出草茎，细嚼取湿。野狼困乏了，停下来回头对峙地盯着他；他也停靠下身，机警地准备应对野狼的反扑。有多少回，狼跑他奔，狼歇他停。有几阵子，狼的双腿摇摆跟跄，迷迷茫茫地迈步，他就像虚脱一般神情恍惚，晕晕蒙蒙地跟着……

狼撵人整整一夜，人追狼足足一天，又是日头西斜的时分，终于，沙梁坎下出现了一片罕见的沙洲——那是内陆河被沙漠侵袭仅存的一汪清水。

野狼仿佛忘却了疲惫，奋着双蹄奔过去。

他喜出望外，狠狠地咬了一下血唇，忽而，一阵熟悉的驼铃声响过，昨天同行的地质勘探队出现在前方。他顿感泪水漾出眼眶，蒙昽中，他看见两名地质队员正端枪向着吸水的野狼瞄准，他声嘶力竭地喊："别打它，没有它，我走不出荒漠，是它救了我的命……"

声落枪响，野狼猝然倒在甘泉一般的水边，枯瘦的四肢也懒得一动。

他一个跟跄，向前一个滚翻，昏了过去。

（2002年）

［鉴赏］　这既是一个关于人的毅力和意志的故事，更是一个关于人类生存问题的故事。

在那茫茫荒漠，经过了"狼撵人整整一夜，人追狼足足一天"，"他"终于听见了"一阵熟悉的驼铃声"，看到了"昨天同行的地质勘探队"，终于带着他所拍摄到的"荒漠上的别致风景"走出了荒漠，这无疑是人的毅力和意志的胜利。从这点上说来，这应该是一个能让我们与"他"一起"喜出望外"的故事。然而，随着作品结尾时的那声枪响，随着那匹野狼在枪声里"猝然倒在甘泉一般的水边"，随着"他一个跟跄，向前一个滚翻，昏了过去"，我们又显然会在那种意外的惊诧中由"喜出望外"而陷入一种沉思，去沉思诸如人类与动物的关系及人类的生存之类的问题，在此过程中，我们甚至会忘记了作品所固有的那层关于人的毅力和意志的问题。

事实上，作品的深度与力度也就在这里——有关人的毅力和意志的问题虽然也是个不小的主题，但关于人类的生存的问题显然是个更重大的问题。而在表现这样的一种深度与力度时，很是令人信服并佩服的，是作者那种极为客观冷静的不动声色和相当自然老到的艺术构思：他似乎自始至终只是在跟我们讲述一个人与一匹野狼的故事，他好像根本无意将人类的生存问题放到他的作品中去。然而，在读罢作品之后，特别是在读到作品的结尾的时候，我们的心灵却是无论如何都没法不被作者那种既深藏不露又显而易见的立意深深地震撼着的。而这另一种意义上的"意料之外又在情理之中"的结尾,又无疑充分地显示了微型小说结尾艺术的有力性与多样性。

（汝荣兴）

爬 楼 冠 军　　　　　　　刘卫平

　　张老将的腿得了风湿性关节炎,近段时间只见他频频往医院里跑,可每次的治疗效果并不理想,这关节炎仍屡治屡犯,把张老将折腾得够呛。

　　张老将除了频频跑医院外,还要频频往局机关跑。张老将是局里的一名离休老干部,按政策规定张老将的医药费可以100%公费报销。所以张老将每次看了病,就要去局机关找领导报销医药费。张老将以前的身体特棒,从没报销过医药费。这次张老将生了病,才知道报销医药费真不是一件容易的事。张老将他们单位的办公室在这座城市的最高建筑物的第十三层,别人上楼都是乘电梯,可张老将不行,张老将有恐高症,按理说恐高症对乘电梯并没多大妨碍,可张老将只要一搭电梯就眩晕得厉害,简直就要休克一般。所以张老将去局机关就只能爬楼梯,每次都必须爬十三层高的楼梯。

　　第一次去报销医药费时张老将被十三层高的楼梯整得要命。张老将毕竟是七十来岁的人了,加之他的腿刚刚患了关节炎,所以只能爬一段歇一阵,喘喘粗气,揉揉膝盖,实在累得不行了就坐在楼梯上歇一会儿。记得那回张老将一共歇了七次才爬上局机关。张老将把事情说给局长听了,局长并没立即答应给他报销医药费。张老将是局里惟一正式享受老干部待遇的人,局长也是第一次碰上这种事情,所以局长说要等查文件看看是否有这条政策再说。张老将第二次爬上十三层高的局机关去找局长时,局长说文件倒是查到了,是有这条政策,可现在局里经费紧张,凡是花钱的事都要经集体研究之后才能决定。张老将第三次爬上十三层高的局机关去找局长时,局长说已经研究了,可以报销。张老将把医药费发票递给局长说:请您签个字吧。局长要张老将先找财务科长签字。张老将找到财务科,可科长不在。有人说他刚才还在的,现在不知到哪儿去了。张老将第四次爬上十三层高的局机关时，很顺利地从财务科长那里签了字，可是局长开会去了，局长没签字，谁也不敢付钱。张老将第五次爬上十三层高的局机关时，一进办公室就找到了局长，局长一挥笔就给张老将签了字，当张老将千恩万谢地去找出纳要钱时，张老将刚才进门时还碰过面的出纳小姐却不见了踪影。张老将只好第六次爬上十三层高的局机关，还好，出纳小姐在办公室，她接过张老将的发票看了两眼，双手一摊说，对不起，今天没钱，请您下次再来吧。当张老将第七次爬上十三层高的局机关，终于将手里的发票换成了九十一元钞票时，张老将的心里蓄满了怒气。他的愤怒我们是可以理解的，因为张老将在心里算了一下，为了报这九十一元钱，先后七次爬十三层高的楼梯，简单地折算一下，每次所爬一层楼的价值刚好一元钱！张老将心想，但愿以后再也不要来报这该死的医药费了！

可张老将的腿脚不争气，他的关节炎还是屡屡发作。张老将只好一次次不厌其烦地往十三层高的局机关爬。也许是因为张老将没去领导家里打点打点，也许是因为张老将是局里惟一的老干部，只有他的医药费能报100％，引起别人的不平吧，反正每次张老将要想把医药费报销到手，都至少要爬六七次高楼。而当张老将走后，同事们总喜欢打趣出纳小姐说："你呀，真看不出还是一个耍猴高手呢！"出纳小姐反唇相讥："那不是便宜你们看了免费的猴戏吗？"说得大家像得了无穷乐趣似地哈哈大笑。

张老将那时并不知道是什么原因让他每次报销医药费总要费那么多周折，但有一个变化他是明显地感觉出来了，经过不停地爬楼，他感到腿脚越来越灵便了，以前爬上十三层要歇七次，后来只要歇六次，慢慢地减到五次、四次、三次，现在只要歇一两次，有时甚至可以一口气爬上局机关。那个屡治屡犯的关节炎也似乎慢慢地好了。有了这种变化，张老将以前爬楼时积蓄的怒气全消了，变得心态平和起来。心态一平和，张老将也就隐隐察觉到了局机关的人故意刁难他的原因。但张老将不说，还是装出什么也不知道的样子，暗暗欣赏别人为了刁难他而绞尽脑汁耍小聪明的蠢样子。这时候，张老将特别高兴，就像"人类一思考，上帝就发笑"那样，张老将看到那些人为了刁难他而耍些徒劳无益的小伎俩，最后却又不得不把钱付给他，张老将就像上帝那样在心底暗自发笑。张老将甚至开始担心这些人有一天黔驴技穷而不再刁难他了,那样一来他就不可能经常来爬楼了,他的关节炎也就有可能复发而给他重新带来痛苦。好在事实上这种担忧始终是多余的。

让张老将高兴的好事还在后头。在不久后该市举行的一次爬楼大赛中,久经锻炼的张老将出人意料地战胜众多高手而一举夺冠。面对新闻记者的摄像机,张老将很动情地说:"我能夺得冠军,首先应该感谢我们局的领导和同志们……"

（2003 年）

[鉴赏]　这是个歪打正着的故事,颇有些荒诞意味。明明患腿疾爬高楼艰难,却还不得不去爬楼,否则怎么去单位报销医药费;可报销医药费的环节又那么复杂,但不知不觉间腿脚灵便了,结果,还在一次爬楼大赛中得了冠军。这是一种故事模式,即事情的发展走到它的反向,反而成全了张老将。人生就是这样,常常处在一种悖论之中。我们在"办事难"的机构中看到了一种异化。

微型小说的情节走向,要在平常中发现异常,要在逻辑中体现非逻辑。爬楼和治病,本来是毫无关联的两码事,但是,作者在人物的行动中将它们结成了因果。由此表现人的处境的荒诞意味。文章重点叙述了张老将的七次爬楼,仅仅为了报销一次医疗费。是什么原因造成这样的周折?是官僚机构的环节过多、办事刁难,还是其中某些人物的嫉妒?无意中,情节异峰突起:爬楼过程中,他的关节炎慢慢地好了,后来,竟然获得了爬楼冠军。荒诞的故事往往将情节推向极端,似乎不真实却是文学的真实。

《爬楼冠军》沿着一条情节展开的线条展开:患风湿性关节炎到风湿性关节炎被消除。两点之间,竟是"爬楼"促使这种转变。楼成了官僚作风的象征。于是,他投入了积极的"爬楼",以至引出"爬楼"的比赛,这就强化了对"楼"的反讽。只是,作者以轻逸的笔法触及了存在的沉重,叙事线条脱离了它的初衷,进入了荒诞层面。

（谢志强）

聆 听 生 命

刘跃清

连长王进喜结婚好几年了,他家属玉梅的肚子仍然是一马平川,不显山也不露水。连长的家人急,连队的兵们也急。

王进喜这次休假时间比较长,足有四十天。他回来没多久,他娘就打电话来,兴奋地说,玉梅反应很厉害。王进喜一惊,玉梅咋的啦?他娘在电话里笑骂他是木瓜脑壳儿,又说玉梅怀上了,娘终于能抱上孙子啦。

连长快做爸爸了，这个消息转眼间全连都知道了。几个三级士官挤进连部和连长开玩笑说，咱连长的枪法向来就准嘛，咱嫂子的土地也肥沃，只要撒把种子，就能开花结果。连长王进喜也不恼，嘿嘿地笑着。

玉梅怀上了，王进喜几乎每天要打电话回去。两口子所有的话题都围绕着孩子，营养，胎教，生男孩叫什么名字，生女孩叫什么名字，孩子在肚子里老不老实，孩子的衣服、玩具，孩子的教育，甚至以后上什么大学都要憧憬一番……

胎儿三个月了，玉梅去做了一次B超，做完后，玉梅问医生，是男孩还是女孩？医生说，胎儿发育良好，是男是女生了就知道了。接着又咕噜一句，都什么年代了，还重男轻女。玉梅觉得很委屈，谁重男轻女了？人家只是想知道性别后，好准备适当的衣服和玩具。当玉梅把这一番话说给王进喜听时，王进喜一个劲儿地附和，就是就是，不过医生也说得对，把谜底留在最后，无论是男是女，都是一个惊喜。

在玉梅孕育生命的日子里，王进喜经常发呆，思绪飞翔在一片甜美的想象中。他有时向几个已婚的老士官自嘲道，咱当兵的真有点儿像动物界的雄企鹅，雄企鹅把"种子"播下去后，屁股一拍，摇摆着身子走了，把孕育生命、哺育孩子等一摊子麻烦事全都扔给了雌企鹅。其实，从一粒种子到一个呱呱坠地的生命，到一个活蹦乱跳撒欢的儿童，这是一个多么痛苦艰辛的过程呀！说这些话时，王进喜的语气酸酸的。

玉梅的预产期在九月份。电话里，玉梅不止一次问王进喜到时候能不能回来，玉梅说希望能拉着他的手进产房。每当触及这个话题，王进喜就含糊其辞地说，到时候看，争取争取。

秋风起时，指导员被派出去学习，副连长因母亲病危，临时请事假，连队就连长王进喜和一位副指导员顶着。沙场秋点兵，秋天是检验部队年度训练成果的时候。今年的演习，团里点名让王进喜他们连队表演连战术进攻。王进喜的连队已连续三年被评为"集团军训练达标先进连队"，团里为了让他们创造四连冠，把这个机会又让给了他们，为此别的连队都愤愤不平，说团领导偏心眼儿。

连战术进攻,首要的是连长这个角色,王进喜自然脱不开身,所以关于他家属生小孩的事,他没有向营里提起。

演习前的准备工作紧锣密鼓地进行着,人一忙,闲时的思念和牵挂就靠边站了。上午十时,王进喜的娘打电话到连队,说玉梅开始阵痛了,马上就要上医院。放下电话,王进喜良久无语。他来到营部,对营长说,他想请两个小时的假,上街去一趟。营长没有多问,点头答应了。

王进喜走出营门,坐公共汽车,径直来到市人民医院妇产科门口。妇产科门口的长条椅子上已坐着好些人,有几个小伙子,不时站起来,踱着步,焦急地看着表,那情形仿佛刚关进笼子里的野生动物。王进喜受到感染,也坐立不安。时间好像过了几个世纪,突然产房里传出一声洪亮的婴儿啼哭声。片刻,产房的门裂开一道缝,护士小姐龇出小虎牙一笑:一号生了个八斤重的胖小子,母子平安!

"生啦!"一个穿西装的小伙子快步上前,但没等他走到门口,产房门又给关上了。

"生啦!我做爸爸啦!"西装小伙子高兴得手舞足蹈,眼睛发亮。

"生啦!我做爸爸啦!"王进喜也叫喊着,激动得满脸通红,直搓手。旁边的人一时莫名其妙,里面就生了一个,他俩都做爸爸了?

西装小伙子一扭头,发现王进喜比自己还高兴地大叫做爸爸了,脸色顿时变得很难看,拳头捏得嘎嘣直响,一步一步向王进喜走来……

王进喜一边后退,一边掏出军官证说:"兄弟,你误会了,我妻子在老家也是今天这会儿生小孩,而我不能回去,我来这儿只是想聆听一下婴儿的第一声啼哭,感受一下做父亲的喜悦……"说到这儿,王进喜再也说不下去了,泪水夺眶而出。

西装小伙子的拳头慢慢松开,缓缓走向前,两个男人、两个父亲紧紧地拥抱在一起。

(2003 年)

[鉴赏]　反映军旅生活的微型小说目前数量不多,这是一个有广阔发展空间的题材领域。《聆听生命》不是正面写军队干部、战士的训练及日常的生活,而是从一个特殊的角度,表现了军人博大的胸怀和丰富的情感世界。

　　连长王进喜结婚多年妻子没有怀孕,现在妻子玉梅终于有喜了。这个细节看似很小,在平常的生活里,也不会引起人们的注意,但却是作者的精心安排:看到最后才能知道这个细节的意义与分量。这,就是金圣叹所谓的"隔年下种"的手法。

　　接下来作者放开笔墨写王进喜为了这个得之不易的孩子做了一系列的工作,旨在为后边的情节做充分的铺垫。小说并没有按照情节发展的应有逻辑和读者的情感要求延续下去,而是突然发生了转变:在连长的宝贝孩子即将诞生时,他因为工作的需要而不能回到妻子身边。作者有意让主人公接受考验:在国家、集体与个人利益发生冲突时,即使是妻子好不容易生孩子,他也毅然以革命事业为重不去照顾,显示出革命军人崇高的品德和高度的思想觉悟。但是,如果仅这样一路写下去,并用连长最终以大局为重没有回家来结束全篇,就疏于平淡,流于一般化,也把军人的情感简单化了。作者出人意料地设计了一个鲜见或者说有点违背常理的情节:让连长去附近的医院产房,对别人刚出世的儿子高声欢呼。这已不仅仅是为了分享喜悦,而且是对自己即将做爸爸的兴奋,以及在关键时刻不能照顾家人的惆怅等复杂心情的一种宣泄。这样,作者笔下的军人,就不再是没有思想、没有情义,只知道服从命令的木偶式的人物,而是有自己的感情、有独特的个性——一个有血有肉的活生生的真人。

　　长期以来,我们对军人形象的塑造,有公式化、简单化的倾向,往往缺乏对他们内心和情感世界的深入探索,因此创作出来的作品,人物平面化,情节雷同化,让人感到虚假,读之如嚼鸡肋。这篇小说,为我们描写军人这个特殊的群体提供了有益的启示。

　　　　　　　　　　　　　　　　　　　　　　　　　　　　　（顾建新）

生命是美丽的　　　　　　　李永康

　　举目远眺,没有绿色,天是黄的,地是黄的,路两边的蒿草是焦黑的。

　　尽管来这个地方之前,我有充分的心理准备,可眼前的景象还是让我大吃一惊。最难的是给乡村孩子们上课。书上好多外面世界的精彩,他们闻所未闻。一些新鲜的词汇,我往往旁征博引、设喻举例讲得口干舌燥,他们却是一脸陌生。

　　有一天上自然课讲到鱼,我问同学们鲫鱼和鲤鱼的区别,他们一个个都摇头。他们压根儿就没走出过大山见到过鱼呀!我和学校领导商量,买几条回来做活体解剖,校领导露出一脸难色。我只好借了辆自行车,利用星期天骑了三十多里路,到一个小镇上自掏腰包买了几条回来。

那节课，同学们高兴得像过节一样，我却流下了热泪。

听当地的老师讲，这里的学生有个最大的缺点，就是上课爱迟到。但开学两个月来，我教的班还未发现过这样的现象。为此，我非常得意。我当年读初中的时候，不喜欢哪位老师的课，就常常采取这种极端的行为来"报复"。虽然最终受伤害的是我，可我当时就是不明白。现在我也为人师表了，如果我的学生这样对待我，我又作何感想呢？

世界上的事就是怪，不想发生的事偏发生了。我把那位迟到的学生带到办公室了解情况。原来他家离学校有二十多里路，他如果要准时到校的话，早晨五点钟就得起床，还要摸黑走上十几里山路。夏天还可以对付，可眼下是深冬——寒风刺骨。我要求他住校。他说他回家和父母说说。第二天，他却没来上课。我非常着急，找了个与他家相隔几个山头的同学去通知他，他还是没来。

我在当地老乡的带领下，来到了他家。忽然间，"家徒四壁"这个成语从我的记忆深处冒了出来。面对他的父母，我哽咽着对他说，老师不要求你住校，只要你每天坚持来上课就行。离开他家的时候，他父母默默地把我送过好几道山梁。

出乎意料的是，家访的第二天，他居然背着被褥来到学校。我心里非常激动。可没隔几天，他又不来上课了。

我再次来到他家里。他父母告诉我，说他小时候常患病，身体弱，有尿床的坏毛病，他怕在学校尿床被同学笑话。

我问他想不想走出大山。

他说，想。

我说，要走出大山就得好好读书。

他抹着眼泪点点头。

我说，相信老师，老师会帮助你的。

这个冬天，每天早晨等上课铃响过后，我和另一位老师轮流着去查他的被褥。如果是湿的，我们就悄悄地拿到自己的寝室里烘干。

做这些工作，我们既是在尽责任，更是凭良知。坦率地说，我心里也有过埋怨：这个学生从来就没有当面向我说过半个"谢"

字——想到这一点我就脸红——我是不是太自私、太虚荣、太渴望回报了呢？

一件事净化了我的灵魂。

我知道山村孩子的渴求，他们需要知识，更需要做人的道理。

课外活动时，我尝试着给他们读一些脍炙人口的诗篇："风雨沉沉的夜里／前面一片荒郊／走尽荒郊／便是人们的道／呀，黑暗里歧路万千／叫我怎样走好／上帝！／快给我些光明吧／让我好向前跑／上帝说：光明／我没处给你找／你要光明，你自己去造！"

一双双纯洁晶亮的眼睛盯着我。我又声情并茂地朗读着穆旦的《理想》："没有理想的人像是草木，在春天生发，到秋日枯黄／没有理想的人像是流水／为什么听不见它的歌唱／原来它被现实的泥沙／逐渐淤塞，变成污浊的池塘……"

下课后，同学们都围过来，要我把诗集借给他们传抄。我既高兴又担心。

我看了他们摘抄的诗，有的抄了顾城的《一代人》，有的摘录了惠特曼的《我自己之歌》，有的摘了穆旦的《森林之魅》。我心里充满了喜悦。

那尿床的学生却写了这样一句话：老师，你让我懂得了这样一个道理：生命是美丽的！

霎时，我的眼泪夺眶而出。

（2003 年）

[鉴赏]　这是一篇反映贫困地区落后的生活和教育面貌的作品。这又是一篇与为数不少的同类题材作品在表达上有着显著区别的作品。

这种区别首先体现在作品的构思上。其实，有关贫困地区生活及教育的落后，那早已是人尽皆知的了。因此，如果还仅仅靠对那种落后本身的描摹与铺陈来表现，就无疑既无新意可言，也不可能有真正能打动人心的力度和深度。也就是说，这类在题材上已并不新鲜的作品要想获得成功，从构思的角度而言，就必须别具一格。好在作者做到了——在这篇作品中，那个"有尿床的坏毛病"的孩子，便是作者既可以说是信手拈来、又显然足以证明他那构思的匠心独运的一个例证：这是一个非常独特又最最生活化的孩子。通过这个孩子，我们看到了一幅最生动不过的贫困地区人们的生活和教育图景。在这样的一幅图景里，那种落后的现状，那种从大人到孩子的对知识的渴望，那种在那样的环境中从事教育事业的人的高尚精神……一切都应有尽有,又一切都表达得如此地自然而然,因而便显得如此地令人信服并感动。

其次是这篇作品的立意。相信读者朋友们一定都注意到了作品后半部分那种浓郁的"诗情"。从表面上看,作者在这一部分中对那两首诗的原原本本的引用,以及不厌其烦地写了一串诗人及其诗集的名字,似是有点忘记了自己这是在写小说。但是,也正是在这种看似非小说的写法中,作者的另一过人之处便得到了充分的显现——这就是立意的非同凡响。是的,正是因为有了这样一种"诗情"的熏陶和感染,那个尿床的学生才会写出来"老师,你让我懂得了这样一个道理:生命是美丽的",而让一个生活在那么贫困的环境中的孩子懂得"你要光明,你自己去造",知道没有理想的人会"到秋日枯黄",会"变成污浊的池塘",这对于他的成长、对于他的未来是何等的重要和宝贵呵! 不用说,也正是因为有了这样的一种立意,作品所蕴含的意境便宽广和深远了许多,便让我们在看到苦难的同时更看到了光明,在感到难过的同时更获得了深深的慰藉。

(汝荣兴)

鸽 白 鸽 红　　　　　　酉蕾宁

这段时间,娟好的鸽子都要扑啦啦飞到对面阁楼上,那里有豆或饭粒供它们享用。一个年轻人噘着嘴呼唤鸽子,有时还抚着最小最白的那只交谈几句。警报凄厉的年头,谁会有这般闲情? 她悄无声息地观察着,发现那人对小鸽子动人地一笑,腮边便露出两个深深的酒窝。许是第六感应吧,他突然抬起脸来朝这边望望,一闪身不见了。他也爱鸽子? 娟好开始心神不定起来。飞回来的小白鸽乖巧地停在主人手掌上,亮亮的眼睛像在说话,她不由地低低问一句,他告诉你什么了? 鸽子咕咕的倾诉叫人生出满腹惆怅。

尽管他没露过几次面,那对酒窝却深深地印在娟好的脑海里,睡神都赶不走。经过几夜的辗转反侧,她鼓足勇气写下一张纸条:我替鸽子谢谢你。躲在阳光的阴影中她忐忑不安地看着小白鸽飞往阁楼,很快便瞠目结舌——鸽腿上的条子使他神情突变,嘭地关掉了小木窗。娟好委屈得眼圈发红,再没勇气去侍弄那些生灵,直至第三天,哑巴女佣咿咿呀呀从楼上冲下来。鸽子怎么啦? 娟好腾地站起身,似乎是等候已久!

原来小白鸽受伤了,正在阁楼下的瓦梁间挣扎呢。娟好针扎似地心疼，情急之中找来根竹竿探身去搭救，差一点儿就摔出窗外！这时阁楼的窗帘刷地拉开，他向她使劲摇头摆手，然后慢慢地将大半个身子伸出去，一点点接近那只鸽子……娟好便从空气里嗅出一股诱人的气息来，抬起头，1932年的大上海，依然天蓝云白。

哑巴女佣抱回鸽子时，它已经得到了专业水准的包扎。残存在屋里的酒精味儿令娟好神思悠悠，也叫踏进门来的一个人顿生狐疑：好，家里发生了什么？她闻声奋拉了眼皮，爸爸，你讲过半个月以后才回家的。自打父亲成为复兴社一员起，她横竖看他都不顺眼。

在上海滩舞刀弄枪的父亲比在老家开诊所时阴沉多了，他俯身托起小白鸽，仔仔细细察它的伤口。清创、上药、规范包扎，我女儿肯定没这么能干，附近又没有诊所……他突然间压低了嗓门，谁这么大方，还给鸽子用全上海严加控制的消炎药？这话使娟好倒退了好几步。你一定得说，马上就说！他上前摇着她的肩膀急吼吼地喊叫，女儿却把头转开了——在好多人眼中，父亲他们这种人是四处狂吠的犬呢，她可不想让阁楼里的年轻人受到伤害。困兽似地转几圈，他忽地和颜悦色起来，好，你倒是不知道，附近的几条街都被封锁了，要抓一个来上海买药的共产党呢。十七岁女儿脸上掠过的惊诧和慌乱，足以使父亲热血沸腾：这个弄堂里说不定真有一条大鱼！想了想他丢下一句话，听着，从现在起，你不准出门一步。父亲急匆匆地离去了，娟好忽然打个冷噤，拔腿就往楼上跑。

鸽子们已开始在阁楼附近咕咕啄食，年轻人抬起头来时恰与窗边的娟好四目相对，稍顷他笑了笑，这恐怕是最舒心的笑了——一刻钟后他将跟人一起护送药品到苏区，那里有全中国最清新的空气。纸醉金迷的大上海，让人留念的只有这几只鸽子，它们往阁楼边一站就能给战友报平安呢。对面的女孩扬起手臂想跟自己说什么？他再次回她一个笑，便关上了阁楼窗。他真是那个身陷重围的共产党？娟好突然着急万分，捡起块石头刚要投向阁楼，有双强有力的手钳住了她，一团毛巾随即塞进她嘴里……抓住共产党就意味着赏金和升迁，父亲太明白不过，他来不及报告和搬兵，只得铤而走险了！

　　娟好的父亲把年轻人和他的同伴堵在了弄堂口，他背上的女儿满脸是血（那其实是鸽血）。先生，救救我的孩子，搭你们的车送她上医院吧。亲手击昏女儿的父亲，其声音居然充满悲情。看清伤者是鸽子的主人后，年轻人犹豫着拉开车的后门……

　　第二天，《申报》头版有条重磅新闻：昨日午后，一辆别克轿车冲入黄浦江，车上三男一女无一幸存。有迹象显示，这是一起走私违禁药品的重案……该记者全然不知车里曾有过一场惨烈搏斗，更不晓身负重伤的年轻人最后驾车跃进江水时，眼里满是些飞去来兮的鸽子。

（2003 年）

　　[鉴赏]　故事无疑是一篇微型小说的"立身之本"，而从什么样的角度去组织故事，怎样将故事经营得既生动又合理，显然是一位微型小说作者才能高低的最好和最有说服力的体现。在这篇作品中，作者以其十分精心又十分娴熟的构思故事的本领，告诉了我们一篇微型小说究竟该如何去把握和处理好自己的"立身之本"。

　　毫无疑问，作品所讲述的这个发生在"警报凄厉"的"1932 年的大上海"的故事，是一个关于白色恐怖、关于我们党的地下工作者是怎样艰苦卓绝的故事。但作者并没有简单化地直接从正面去展开这一故事，而是以一个纯洁的十七岁少女为主人公，以一只受伤的小白鸽为切入点，从充满人性的角度，去构建既单纯又复杂的人物关系和矛盾冲突，去表现属于那个时代、那个环境中的血雨腥风——这样，尽管作者在"父亲"和"年轻人"身上着墨不多，但在纯洁的娟好和同样纯洁的那只小白鸽的映衬和烘托下，"父亲"的冷酷残忍和"年轻人"的善良英勇，还是得到了既充分又有效的体现。而更重要的是，因为有了娟好这个人物，因为有了小白鸽这一"道具"，便不仅使整个故事充满了生活的气息，也更极大地提升了故事的意境，从而进一步强化和深化了主题的力度。

　　读罢作品，掩卷之余，我们既明白了那位身负重伤的"年轻人"，最后驾车跃进江水时为什么要"眼里满是些飞去来兮的鸽子"，也懂得了作者为什么要给作品取"鸽白鸽红"这一标题。

（汝荣兴）

战 争 一 局 棋

凌君洋

　　帐外，一片苍茫……
　　营内，一片悲凉……

面对着苍茫的景色，想起刚才可怕的战斗，士卒们当然都有着悲凉的心情：

"快到冬天了，可是我们的冬衣还没有送过来……"

"怎么办啊，我还听说朝廷中有人侵吞了咱们的禄米，现在要克扣减半，这可叫我们怎么活啊……"

"不知道什么时候战争才能结束……"

"我儿子该长大了不少吧……"

除了将军之外，军中上上下下都在议论着。

刚打完了一仗，将军不处理军务，也不论功行赏，更不休息。和往常打完仗一样，他就拉着副将下棋。

副将知道将军的癖好，也不忍扫将军的兴致，便陪将军下起来。可是，不用猜就知道，副将输了。

这次，当然也没有例外。

下完后，将军带着难得的笑容对副将说："以后要好好学啊。"

副将却说："将军，您整天把时间浪费在棋盘中，属下认为不妥，有慢军心啊，您没听到军中流言四起吗？下棋是您的嗜好，我本不该多说，但现在是在军中，您不处理军务，却做这些小事，您不觉得很浪费时间吗？"

副将是硬着头皮说出这番话的。

将军听完后，没带任何表情。

"你跟我快十年了吧。"将军突然说道，"我原来以为你最了解我，可是你跟了我十年，连我做人的最基本原则都不清楚……"将军突然不说了，又把棋盘展开，把棋子布在上面，静静地望着棋盘出神……

副将有些唯唯诺诺："我……我……"

"经营天下先要经营好自己的脚下，万事要从小事做起，如果都像你一样，大事做不来，小事不肯做，那还做得好什么呢？"

将军说得很轻，好像说给自己听，又好像在说给副将听……

副将默默无语。

将军又笑了："再说，下棋也不算浪费时间啊，你不觉得下棋与战争很像吗？"

副将欲言又止。

将军自己和自己下起棋来。下着下着，将军又轻轻地说："后方安定,前线才能放手拼杀,我相信,我的后方很安定!"

将军说这话时,透露出一股不容置疑的自信,像极了战场上的他。

副将微微点了点头。

第二天,士兵的冬衣就送到了,没过多久禄米也解到了,丝毫未少……

副将看见了之后,笑了,是那种发自内心的笑。

"原来一切尽在将军的掌握中啊!"他默默地想,"也许将军就是从下棋中感悟一切的吧!"

（2003 年）

[鉴赏]　这篇小说的写法比较特别:以重大的战争为题材,却不正面写将军在战场上带领将士浴血奋战,以表现他的英雄气概和杰出的用兵才能;而是完全采用侧写的手法,通过下棋这个常见的生活小事,来凸显人物指挥若定和运筹帷幄的大将风范,人物形象栩栩如生、历历在目。

小说开头写"帐外,一片苍茫……营内,一片悲凉……"作者惜墨如金,点到即止,用高度简洁的语言,写出战争形势的恶劣;并刻意再写一笔将士的议论,点出我方士兵人心浮动。一切表明:将军已处于内外交困的极其艰险的境地! 人物未出场,作者已为他安排了一个险恶的环境,给他搭建了一个显示才能的舞台。接下来,按照惯常的笔法,应写他如何克服重重困难,或振奋军心,或巧用奇兵,最终转危为安。但是,作者却出人意料地将这些全部放弃不写,而是笔锋一转,写"拉着副将下棋",这样写,不仅使小说的气氛顿时转变,而且,制造了悬念,强烈地吸引着读者的注意力。

接下来,作者把主要的笔墨用在写将军下棋上,但又不细写下棋过程,而是着力从三个方面刻画人物形象:第一,运用人物语言,展现人物内心世界,着重突出将军从容不迫、深谋远虑、高屋建瓴的气魄;敏于从小事中悟出大道理的成熟思维,以及善于取譬、对部下循循善诱的气度。人物刻画不写外形,而重笔浓彩写精神气质,显示了灵魂刻画的深度。第二,注意在对话中勾勒出人物的神态,"带着难得的笑容""没带任何表情""又笑了""透露出一股不容置疑的自信",以强化读者的视觉,使人如闻其声,如见其人。第三,写"副将"的言语和心态,是为了运用"烘云托月"的手法,使将军的才智谋略显得更加突出。

结尾处虽只轻轻一笔:"第二天,……"又一次惜墨如金却笔力千钧:不仅与开头的"苍茫""悲凉"形成鲜明的对照;更主要的是,一切印证了将军的预想,使将军的形象塑造得更加完美。

（顾建新）

巧　合　　　　　　　　郭学荣

　　在距离九月初九还有一个月的时候，张老师就开始紧张而有条理地忙开了。张老师并非为重阳节作准备。登高饮酒，赏菊吟诗，那是古时候的事，那是诗词中的事，张老师不会烦那个臭神。张老师在紧锣密鼓地筹办他父亲的七十大寿。张老师出生的日子就是张老师的母亲去世的日子，这正合了俗语所说的"儿奔生，母奔死"。张老师的父亲终生没有再娶。张老师的父亲一生平淡无奇，但有一样不寻常，那就是出生在重阳节，识字断文的祖父给他起了个叫靖节的名字。别人不一定知道这个名字的学问，作为语文老师的张老师还是知道的。张老师像古代文人雅士准备过重阳佳节一样精心地准备着父亲的生日。

　　在一番精确的经济核算和激烈的心理斗争以后，张老师决定不放在饭店，就在家里操办，并决定请镇上有名的能替主家精打细算的汤厨子。大方向定下来以后，其他事情就好摇桨划船了。寿桃怎么蒸，寿堂怎么摆，厨子菜单开下来了，鸡鸭鹅鱼哪天买，烟酒饮料找谁批发，事无巨细，张老师都精心安排并如期实施。张老师甚至连祝寿词都打好了腹稿，他要敬祝父亲大人身体健康、万寿无疆。

　　并非没有一点难处。比如请不请学校里的领导、同事就使张老师颇费了一番踌躇。请吧，让人家花钱，虽然张老师每年在学校里出的人情也不少，但一想到因自己个人私事让同事，尤其是让领导花钱、花工夫，张老师还是觉得不请为好。最多"省了人家钱，落了人家怪"吧！离九月初九越来越近了，张老师要准备的反而越来越少了。真正是万事俱备，只等重阳。

　　重阳不在星期天，要不要请假也让张老师动了一番脑筋。请假吧，等于间接请客；不请吧，家人怎么交代。即使如此，张老师还是很机智地解决了。到那天，通过私交暗暗地把上午三四节课调到一二节上，下午去打个照面就行了。张老师上班从来不迟到、不早退，偶一为之就像平生谨慎的诸葛亮玩一次空城计，是没有人在意的。

　　重阳如期而至，张老师依计而行。下午四点多钟，已经溜到门外的张老师想想还是回头,到办公室悄悄地跟相处较密的王老师打了个招呼,说有点私事先走一步,如果有人问他,打一下马虎眼。王老师表情怪怪地说,今天万事大吉,没有人会问你。你准备搞什么惊人之举。张老师丈二和尚摸不着头脑,等到好不容易摸着头脑的时候,张老师急得直抓头脑了。原来九月初九亦即今天也是校长太太的四十岁生日。全校老师都去,你能不去吗?要是你父亲真的过生日,这么大的事,怎么之前没听你吭一声呢?唉!怎么这么巧?难怪校长太太叫秋香。没有人出头收人情,大家一反常规地各人自封人情钱,找人代礼都困难。

张老师随同大家来到了镇上的菊花饭店。桌上已赫然陈列着一个硕大的生日蛋糕。校长太太秋香的手上捧满了鲜花、首饰盒等同事们的惊人之举。大家都是兴高采烈、十分愉快的样子,只有张老师的笑容显得生碰硬撞。在热闹的喧哗声中,校长的手机骤然响起,全场立即寂然。校长的声音突然夸张地高了八度。大家都听得出是镇党委书记的电话。校长哼了几声后便离座走到门外。再进来的时候,校长招呼张老师走出了饭店。

唉!怎么这么巧?原来,九月初九亦即今天也是书记千金的二十岁生日。书记在县城的爱陶居大酒店为掌上明珠大摆宴席。母亲看女儿秀眉微皱,细问方知,来客全是陌生人。女儿要求请几个同学、几个老师。初中时代的老师代表就点了张老师,而张老师最难找。书记要校长负责通知到位,送人到位。张老师想起了名叫秋菊的文文静静的学生、他的语文课代表,心中一热,可眼下犯难。张老师嗫嚅着,怎么去,这么迟了?就算了吧!校长打开了手机,一会儿,一辆私人面的轻轻地停在他们的身边。

城里的爱陶居大酒店就是与镇上的菊花饭店不同。那墙壁上的软包就像街上的美女令张老师想摸又不敢摸。学生看见自己初中时代印象最好的老师,满足、愉快鲜明地写在了脸上。书记夫妇亲自下位,亲自给张老师、给校长敬酒。紧跟着,三套班子的头头脑脑很有秩序地给张老师敬酒。紧跟着,各部门方方面面的一把手有条不紊地给张老师敬酒。张老师平生没有在如此短暂的时间内亲眼目睹如此众多的领导,受宠若惊得杯杯满、杯杯清,一杯接一杯。

大家似乎只愿喝酒不想吃菜。张老师越喝越觉得肚饿心慌,越喝越觉得头重脚轻,越喝越觉得如梦如幻。突然,掌声四起,小寿星秋菊给父母敬酒了。秋菊祝爸爸妈妈今年四十,明年三十八,越活越年轻。大家正嗷嗷叫好,突然,张老师端着酒杯,摇摇晃晃地挤到了书记面前。张老师大喊一声:"我来迟了,我是不孝之子。我敬祝父亲大人身体健康、万寿无疆!"大家先是一愣,继而喷酒喷茶喷饭喷菜。书记没有笑,书记严肃认真地说:"张老师酒大了! 张老师言重了! 我们不是人民的父母! 我们是人民的公仆!"

（2003 年）

[鉴赏]　"巧合"是微型小说创作中常见的一种情节与结构安排的方式。可惜不少的"巧合"往往都是为巧而巧、为合而合的,因而便使得那些作品或者是真实性与合理性不够,或者是缺乏必要的深度与力度。而这篇作品则既不会令我们怀疑——至少是不会令我们特别怀疑——所设置的那种"巧合"的真实性与合理性,又显然能使我们从中感受到一种思想的深度与力度。

　　当然,将这么一种关系的三个人的生日安排在同一天,"巧"的味道是略显浓了点。不过,所谓世界之大无奇不有,事实上我们还是很难找出这种"巧"的明显纰漏来的。而更重要也更真实与合理的,是作者将这种"巧""合"起来的过程是那样的和谐自然:先写张老师父亲的生日,由此引出校长太太的生日,再引出镇党委书记千金的生日……如此一人引一人、一环扣一环、一步连一步,既步步为营又引人入胜,既巧字当头又珠联璧合,从而使这样一个"巧合"成了作者思想的很具体又很生动的载体。

　　那么,在这样的一个"巧合"中,作者要表达的思想又究竟是什么呢? 答案应该是对"官本位"的抨击,或者说是在揭示那种根深蒂固的官本位思想和人情与人性的强烈的矛盾冲突。你看,张老师原本是一心一意地要为父亲的七十大寿好好庆祝一番的,但在得知这天也是校长太太的生日后,他又自觉不自觉地只能去祝贺校长太太了;那校长呢,在得知这天同样又是镇党委书记千金的生日后,他也不得不置自己的太太于不顾了……于是,到了作品的结尾处,已摇摇晃晃的张老师的那声"大喊",不仅将故事引入了高潮,更将作者所要表达的那种思想令人振聋发聩又极其艺术地表现了出来。这同时,将张老师的名字叫作"靖节",将张老师父亲的生日安排在"重阳节",将饭店分别取名为"菊花饭店""爱陶居大酒店",等等,也无疑都寄寓着作者那种用以进一步强化和深化主题的良苦用心,很是耐人寻味。

（汝荣兴）

色　猴

矫友田

　　石山是柳河县内的一座小山，虽说山势不高，可山上却是林深草密。几年前，柳河县政府投资近千万元，将此山开辟成了一个旅游景点，居然还吸引来不少远近的游客。于是，一个个酒店、按摩院等就像雨后的蘑菇一样，在石山上下疯长起来，并且生意异常兴隆。

　　这一天，市旅游开发局的郝局长亲自率队到石山来视察工作。柳河县政府和石山风景区的十余名首脑人物，在山下的"交好运"星级大酒店，摆下丰盛的酒宴款待郝局长一行。

　　待酒足饭饱之后，郝局长提议到石山上去游览一番。郝局长虽然已年过四十，但是她那呵护完美的肌肤和俊秀的面容，再配上那一身米黄色的套裙，仍使人感觉到她不过才三十岁出头。

　　在酒精的作用下，众人说话就不再像先前那么顾忌了。陪在郝局长身旁的牛县长，先朝众人狡黠地一笑，然后对郝局长说："局长，您还是不去为好，山上可有'强盗'——"

　　她用那一对美丽的杏核眼惊诧地盯着牛县长，问："怎么会有'强盗'？！"

　　众人听了哄然大笑，而郝局长就愈加迷惑不解了。风景区的张主任连忙解释说："牛县长这是在跟您开玩笑，哪会有什么强盗呢？不过是一群捣蛋的猴子罢了。"

　　原来在去年春天的时候，该风景区经领导们商定，从峨眉山引进了二十余只猴子，投放进山林中，以给风景区增添一些新的色彩。刚开始，那群猴子还能安分守己；可是日子一长，它们就开始变坏了，专门在山路上伺机袭击一些单身女游客。就在四天前，有一个小女孩的裙子被它们撕碎了；另外，还有一个女游客的上衣被它们扯去了，她只好紧护着胸罩，狼狈地逃下山来。听到这些，郝局长仿佛一下子来了兴趣，迫不及待地对众人说："走吧，有你们护着，那些猴子有啥好怕的。"

　　然后，他们一起簇拥着郝局长攀上了石山。当他们经过一片僻静的树林时，只听"噌、噌"几声，从旁边的树上跳下来几只猴子，众人慌忙上前护住了郝局长。那只身形较大的雄猴蹲在山道中央，紧紧盯着郝局长；其他猴子则在一旁抓耳挠腮。郝局长被它们滑稽的模样逗乐了,便跟身旁的人说:"看它们的样子多可爱,怎么会是'强盗'呢?"

牛县长笑着接话说:"局长,现在它们在跟我们说话哩——"

郝局长惊讶地问:"它们还会说话?"

牛县长故意尖着嗓子逗趣道:"此山是我开,此树是我栽,要从此地过,留下买路钱!"

众人都被牛县长逗笑了。郝局长愈发来了兴趣,她从精美的坤包里掏出一张钞票;而后,在众人的簇拥下,朝前走了几步,伸手将钞票递到那只雄猴面前。它麻利地接了过去,旁边那几只猴子也都围上前来;它反过来瞅瞅,正过来瞧瞧,又放在鼻子上嗅了一会。众人都奇怪地看着它。突然,它两只爪子一扬,把那张钞票撕成了两半,扔在了地上;然后,愤怒地朝郝局长扑来,其他猴子也一齐扑了过来。尽管众人都奋不顾身地上前与猴子们搏斗,以保护郝局长的安全。可结果,郝局长的裙子还是被那只雄猴撕裂开一条长长的口子,漏出了丰满白皙的大腿和粉红色的内裤。

经过十几分钟惊心动魄的搏斗,众人才将猴子们击退。此时,一个个都大汗淋漓、狼狈不堪。郝局长双手紧紧攥着裙摆,惊魂未定地呆立在那儿。牛县长面色苍白,赶紧脱下自己的衬衣,给郝局长系在后腰上,才解了她的"燃眉之急"。

从柳河县视察回来,郝局长立刻调市里两位颇有名气的动物专家,到石山考察那些猴子"变态"的原因。经过两个月的细心考察,两位动物专家最后得出结论:"石山上的猴子并非'变态',而是受周围环境的熏染。"

(2003 年)

[鉴赏]　世风日下,人心不古,社会有识之士常为此忧心忡忡。与此相适应,作为社会敏感神经的文学,这两年以呼吁弘扬健康社会风气为宗旨的文艺作品在逐渐增多,《色猴》即属于此类题材的作品。本篇作品取材角度新颖,阐述的是事关倡导良好社会风气的重要主题,但作者不是正言厉色地进行说教,而是通过一个饶有风趣的色猴故事,有声有色地同时也是含而不露地显示出来。

石山上的猴子专门袭击女游客,两位动物专家经过调查后认为,"石山上的猴子并非'变态',而是受周围环境的熏染"。周围是什么样的环境呢?作者没有明说,但从其好像漫不经心地描写中,读者也还是能心领神会的。你看那个牛县长,在面容俊秀的女局长面前,他时而"狡黠地一笑",时而故弄玄虚地翻译猴语。这样的县领导,这样的县领导指挥下的旅游开发,会熏染出一个什么样的环境,不难想见。

值得注意的是,石山色猴袭人,特别是袭击单身女性的事,并不是第一次发生。从作品的叙述来看,牛县长对此早有所知,否则,他不会向郝局长说山上有"强盗"。但就是这样一个事关游客人身安全的事,他并没有放在心上,更没有想到要采取必要的保护游客人身安全的措施,反而嬉皮笑脸地当成有趣的事津津乐道。牛县长的这种工作态度与严谨、认真的工作作风之间,相差何止十万八千里。

《色猴》明写色猴,暗写作风不正之干部,含蓄而不露声色。虽是批评不正之风的主题,但却以略带戏谑的口吻生动叙述之,令人玩味再三。

（陆建华）

药　方
蔡贡民

这几天,海滨县卫生局副局长老黄心事重重。

如果用与时俱进的人才观来衡量,他是该被淘汰的角色了。例如,他下属的朝阳医院要办一个心理咨询所,他就认为这不切实际,是"赶时髦",一直压着没给批准,以至于朝阳医院的林院长背地里骂他是一个思想僵化的"老古董"。其实,要不是他资格老,20世纪70年代起就当上公社党委书记;要不是他的老上级现在官居市委领导,在这次班子调整时向县里打了招呼,他这个外行人,是不可能在过了知天命之年还会被提上副处级位置,并当上卫生局副局长的。县委组织部早就想派一个学有专长的人来取代他,只是碍于市里领导的面子,才迟迟没有递交县委常委会讨论。

然而,老黄活得并不轻松。一则是外行领导内行,好比赶鸭子上架,太吃力了。二则是听到了上面要他退下去的风声,而他却心存大志,还想在退休之前混个正处级呢,因而心里真不是滋味。这样患得患失、七想八想,到卫生局上任不到一年,一向体壮如牛的他,竟然生起病来了。这段时间,他整日里觉得肝区隐隐发疼,腿脚软得不想走路,但查来查去又查不出什么毛病。这使他想起了老莫。去年年底,局里组织机关干部到疗养院体检。快到退休年龄的老莫,被查出得了癌症,且已是晚期。回来后,老莫惶惶不可终日,不到三个月就到马克思那里报到去了。莫非自己也是得了癌症,只是同事们出于好心瞒着自己?这样疑神疑鬼,那肝区疼得更厉害了。尽管局里请来专家名医给他会诊，告诉他所有零部件全部正常，但他总是心存疑惑，饭也吃不香，觉也睡不甜。

这天早上，老黄刚上班，就有人找他来了，来的是刚从欧洲考察回来的朝阳医院的林院长。

"你是想让我批那个报告？"

"不，不。我是专程看你来的。也想给你诊断诊断。"

"我这个病啊，神仙未必诊断得了，还是给我讲讲欧洲之行的趣闻轶事，替我解解闷吧！"

林院长于是讲了一个故事——

西方一家医学科研机构对一个死刑犯说，他们研究出一个成果，人的静脉破裂后，如果不及时采取止血措施，体内血液十二个小时便会流完，人的生命也就到此完结；为证实这一成果，他们想在一个死刑犯身上做试验。他们让死刑犯躺在床上，床头放一只闹钟，然后将他的手臂从窗口伸到隔壁，将抽血的针头扎进血管，任凭鲜血一滴滴流淌到手臂下的盛器里去。

死刑犯眼前的闹钟滴答滴答地走着，隔壁那手臂滴答滴答地往盛器里滴着血，滴答，滴答，滴答……一个小时过去了，两个小时过去了，五个小时过去了，十个小时过去了……完了，完了！死刑犯默默计算着自己的生命旅程，心中充满了对死亡的恐惧。十二个小时过了，那闹钟一阵狂响，医生拔掉了针头，死刑犯感到自己的血液流光了，长长地吐了一口气，永远地闭上了双眼。

这故事听得老黄毛骨悚然，两眼直勾勾地注视着林院长。

"其实，这是一次心理承受能力的测试。"林院长笑嘻嘻地说，"那插进血管的针头根本就没往外淌血，隔壁响着的也是自来水往下滴的声音。但那个死刑犯真的以为自己的鲜血在一滴滴流失，心里一点点紧张起来，最后达到了精神崩溃的地步。这个实验说明，对于每一个人来说，心理健康与生理健康一样重要。"

这更使老黄感到玄乎了。

"黄局长，这次旅欧，我一直把你的病放在心上，"林院长掏出纸笔，边写边说，"我是学中医的。这段时间琢磨着给你配了一个药方，现在就开给你试试吧！"

说话间，药方开好了。老黄接过药方，看了许久，大笑起来，直笑得前俯后仰，泪满双眼，不住地喘气，笑毕又沉思起来。

　　说来也奇怪，这一笑，竟笑得他神清气爽、浑身舒畅，连肝区也不觉得疼痛了。隔壁办公室的干部闻声过来，一看那药方也忍俊不禁地大笑起来。但见那药方上写着："高兴草，一钱二分；开心果，二钱三分；无忧皮，三钱四分；知足根，四钱五分；欢乐子，五钱六分。五味草药常年服用。"

　　三天后，朝阳医院申办心理咨询所的报告得到批准。半个月后，老黄辞去了卫生局副局长的职务，办理了提前退休的手续。一个月后，朝阳心理咨询所正式挂牌，老黄出任名誉董事长。他用从林院长处学到的办法，再加上自身的体验，为老同志们开方，张张药方无不灵验。大家戏称他为"神医"——精神医生之称谓也。

（2003 年）

　　[鉴赏]　长期以来，我们的干部制度奉行的是几十年不变的终身制，提倡的是"小车不倒只管推"和所谓"哪怕只剩下一口气，也要全心全意干革命"的有违科学的精神。正因为如此，退居二线、退休、离休这些科学的制度都只是停留在纸面上而没有得到切实的执行。直至新时期的到来，随着改革开放的不断深入，干部的离退休制度才得到真正的越来越明确的执行。作者敏锐地抓住干部从工作岗位上即将退下前产生的复杂心态，及时提出必须注意心理健康这个具有普遍意义的重要话题。

　　不妨说，林院长为老黄开的这个药方，其实适用于我们每个人，尤其是适用于那些即将从多年领导岗位上退下来的老同志。这个药方的核心，在于提醒人们，在一日千里的发展形势面前，日益劲吹的改革东风正加紧驱散旧体制、旧思想的种种陈规陋习，我们除了努力学习以适应时代，更重要的是必须保持健康的心态，而这一点甚至比保持生理健康还更重要。

　　作品的最后让我们看到，抛弃了患得患失心病后的老黄，仿佛换了一个人。他主动办理了提前退休手续，不仅乐滋滋地到心理咨询所当了一名顾问，还坦然地以身作则，为别人释疑解难，医治心病，以致被人们戏称为"神医"。作者通过老黄这一人物，形象地告诉读者，只要保持良好的心态，你就不仅会有健康的身体，还会在生活中找到适合自己的，带给自己无穷乐趣的"位置"。

（陆建华）

<h2 align="center">鱼的 N 种吃法　　　　亦　农</h2>

一

　　鱼端上来了。寇主任说：小姐，你可看好了，这鱼头要对准我们的贵宾呀！小姐伶俐聪明，拿眼一扫就知道哪位是这桌上的重要人物。小姐很从容地摆正鱼盘。寇主任拍手说：好、好，小姐有眼力，关键是咱们局长一脸贵人相，所以小姐才认得这么准，局长你先动一动筷子吧！局长拿起筷子说：吃，大家一起吃！

你先动一动筷子我们才能吃呀！寇主任强调说。

局长拿筷子在鱼尾上夹了一块肉，众人才纷纷举箸随行。寇主任说：瞧，局长你这一动筷子，就知道你家祖上是富贵人家，衣食无忧。

哦，何以见得？局长饶有兴趣地问。

寇主任说：我给大家讲个故事吧，从前土匪绑票，将绑来的"票子"先饿上三天，不让吃饭，只给水喝。第四天，土匪在"票子"面前摆上一尾烧好的香喷喷的鱼，让这个"票子"来吃。土匪瞪大眼看着"票子"拿起筷子去叨鱼。如果这"票子"先吃鱼尾，那么就断定他家一定是富贵之家，可以多敲诈一笔钱财，为什么呢？富贵人家吃鱼都研究吃法，而鱼尾是最有营养的部分，天长日久他们就会养成习惯，先吃最有营养的部分。如果"票子"先吃鱼腹或鱼头，那就是一般人家，没油水可捞，将他臭揍一顿放人。

是吗？哈哈，有道理。局长点点头。

真的呀！众人也都点头附和。

二

吃，吃鱼！部长拿筷子在鱼腹部位夹起块肉，众人举箸随行。

寇主任说：瞧，部长你这一动筷子，就知道你出身富贵之家！

哦，何以见得？部长饶有兴趣地问。

寇主任说：我给大家讲个故事吧，从前土匪绑票，将绑来的"票子"先饿上三天，不让吃饭，只给水喝。第四天，土匪在"票子"面前摆上一尾烧好的香喷喷的鱼，让这个"票子"来吃。土匪瞪大眼看"票子"拿起筷子如何去叨鱼。如果这"票子"先吃鱼腹，那么就断定他家一定是富贵之家，为什么呢？富贵人家吃鱼都讲究吃法，而鱼腹是最有营养的部分。天长日久他们就会养成习惯，先吃最有营养的部分。如果"票子"先吃鱼尾或鱼头，那就是一般人家，没油水可捞，将他臭揍一顿放人。

是吗？哈哈，有道理。部长点点头。

真的呀！众人也都点头附和。

三

　　吃，吃鱼！厅长拿筷子在鱼头部位夹起点肉，众人举箸随行。

　　寇主任说：瞧，厅长你这一动筷子，就知道你出身富贵之家！

　　哦，何以见得？厅长饶有兴趣地问。

　　寇主任说：我给大家讲个故事吧，从前土匪绑票，将绑来的"票子"先饿上三天，不让吃饭，只给水喝。第四天，土匪在"票子"面前摆上一尾烧好的香喷喷的鱼，让这个"票子"来吃。土匪瞪大眼看"票子"拿起筷子如何去叨鱼。如果这"票子"先吃鱼头，那么就断定他家一定是富贵之家，为什么呢？富贵人家吃鱼都讲究吃法，而鱼头是最有营养的部分。天长日久他们就会养成习惯，先吃最有营养的部分。如果"票子"先吃鱼尾或鱼腹，那就是一般人家，没油水可捞，将他臭揍一顿放人。

　　是吗？哈哈，有道理。厅长点点头。

　　真的呀！众人也都点头附和。

四

　　后来，寇主任退休了。因为在职时养成的习惯，退休在家的寇主任每天中午还要喝酒。不陪人，也没人陪了，寇主任就自斟自饮，自得其乐。

　　一日新女婿上门，寇主任自然酒席招待。端上鱼，女婿想表现一番，说：爸，这鱼有几种吃法，你可想听一听。

　　寇主任说，什么吃法不吃法的，那都是扯淡，一样的话，反过来说是它，正过来说还是它，说来说去说白了，就是变着法子讨领导一个高兴，我这一辈子全凭着这张嘴胡说八道混饭吃，现在想来，没干成啥事业，有什么意思呢！希望你不要学我，不要尽耍嘴皮子，要学点技术，做点事业，做出点成绩，这样等你老的时候才不会后悔呀。

（2004 年）

　　[鉴赏]　文艺创作中一个重要的表现手段，是艺术的重复。每一次重复，主要是情节相似，有时语言相近，甚至连一些关键词语也无多大变化。但作品就在这看似雷同的重复中，一步一步逼向高潮，其蕴藏于重复背后的主题，则渐渐走向明朗，以致最后升华为给人刻骨铭心的轰然一声巨响。

　　当然，说重复这只是一个概括说法，深究之下就会发现，每一次重复都有细小的差别之处。如同本篇作品中的寇主任，不管这次是局长吃鱼尾，下次是部长吃鱼腹，再下次是厅长吃鱼头，他都说好，然而，"好"的理由则毫无变化，这就是艺术的重复。

这篇作品最妙的是结尾。在官场上混了一辈子，也在送往迎来中说了一辈子鱼的多种吃法的寇主任退休了，从此他"不陪人，也没人陪了"，还可以"自斟自饮，自得其乐"。不料新上门的女婿为讨老丈人的欢心，说起了鱼的多种吃法，读者忍俊不禁之余不能不陷入了沉思。我们会笑话新女婿班门弄斧，在关公面前舞大刀，我们更会情不自禁地想到，一辈子无所事事、混迹官场的人，看来不会因寇主任的退休而绝迹。唯其如此，寇主任教导新女婿的那番话，才显得语重心长："什么吃法不吃法的，那都是扯淡，一样的话，反过来说是它，正过来说还是它，说来说去说白了，就是变着法子讨领导一个高兴。"

难得寇主任最终道出了这个秘密，这番话发自肺腑，实话实说，对新女婿来说自然是难得的忠告，只可惜，寇主任本人醒悟得太迟了。　　　（陆建华）

五　分　熟　　　　　　安谅

每个周末，那个垂垂老矣的富翁在他的孙子搀扶下，都到这个餐馆里来，临窗而坐。

自然点的又是蔬菜色拉、鹅肝酱，还有一块牛排。牛排要的又是五分熟。

我总有点担心，这五分熟的牛排，这老头能嚼得动吗？

我每次担忧，都被刘大厨的似乎善解人意的目光给融化了。看看那位老翁咀嚼得津津有味的神情，显然没有要多大齿力，我说不出该是惊讶还是疑惑。

每一次，刘大厨都要走过去打个招呼："吃得怎么样？"老翁和他的孙子总是很满意。"牛排五分熟吧？"老翁问。刘大厨也很爽快地回答："五分熟，你喜欢的。"说完，总和老翁的孙子相视一笑。

据说，这老翁来这儿已二十多年了。每回来，都要的是五分熟的牛排，二十多年的跨越，老翁的牙齿恐怕都掉光了，还嚼得动这五分熟的牛排？

每次来，都是刘大厨迎客，并亲自掌勺。这几年，他很少掌勺了，可老翁来，刘大厨总是自己接待。我们都极为佩服刘大厨，没有这精湛的手艺，谁也是玩不转的。

　　有一回，我却发现了一个秘密：刘大厨给老翁煎的牛排实际上是特意挑选的，且根本不止五分熟。这刘大厨太鬼了。我仿佛突然发现了别人的短处似的，对刘大厨的行为倍感不适。

　　我看见，刘大厨将牛排端到老翁面前，又像往常一样，说了一句"五分熟"。老翁微微颔首，又津津有味地咀嚼起来。我的肺都气炸了。

　　我终于忍不住，一把按住老翁孙子的肩膀，拉到墙角边上："你，你知道吗？给你爷爷煎的牛排，不是五分熟的！"

　　老翁的孙子望着我，一会儿，竟然笑了："我早知道。老爷子从小就喜欢吃五分熟的。多一分，少一分，他都不开心。可这二十多年，老爷子的咀嚼功能变化多大呵！也难为刘大厨，总是恰到好处地控制火候，让他吃得真正舒服。"

　　只见老翁一抹嘴，吃得显然很为满意地打了个饱嗝，站起身来准备告辞。

　　刘大厨又走近和老人打招呼。"五分熟吗？"老翁问。"五分熟，吃得满意吗？""那当然。"老翁答。

　　五分熟，这才是真正老到的手艺呵！

（2004 年）

　　[鉴赏]　老翁喜吃"五分熟的牛排"，刘大厨二十多年如一日为其精心服务。他每次总是肯定地告诉老翁，牛排是五分熟，老翁则每次都"咀嚼得津津有味"！"二十多年的跨越，老翁的牙齿恐怕都掉光了，还嚼得动这五分熟的牛排"？读者与"我"一道发现了这是谎言，起初也是"倍感不适"。但在了解事情真相、明白刘大厨的一番苦心后，读者也会与"我"一样由衷地赞叹："五分熟，这才是真正老到的手艺呵！"

　　当今社会，科学技术飞速发展，物质生活极大丰富，人们都感到，现在的日子越来越好过，同时却又感到越来越不满足。总觉得有一个缺憾正在令人不安地并日甚一日地在我们的生活中凸显出来，那就是，随着我们的日子变好，生活中的爱却逐渐在减少甚至在消失。物质生活再好、金钱再多并不能代表真正的幸福，这个看似简单实则深刻的道理已成为人们的共识。所以，有一首名为《爱的奉献》的歌这样唱道："只要人人都献出一点爱，世界将变成美好的人间！"而《五分熟》这篇作品不妨看作是微型小说版的《爱的奉献》。作者所要歌颂和呼吁的便是人间真爱的回归。

　　作者通过"我"的眼睛"发现"刘大厨美丽的谎言及其行动，感人至深地揭示出他细致周到地关爱老人的优良品质。谎言总是令人厌恶的,而任何情况下都据实相告也未必就值得称赞。这一切看似有些矛盾,但生活却因此变得绚丽多彩、婀娜动人。

(陆建华)

赤　脚　医　生　　　　　李　全

　　丁老三是一个赤脚医生。但他先前是一个病人,每天都离不开药罐子,没几年就把家里的钱花光了。没钱买药,丁老三就到山上去采药。他却因祸得福,不但认识了许多中草药,还把这些草药的药性弄得一清二楚,便替村里人看病,又在村里开了个中药铺,但没有挣到钱,却赢得了名声。

　　有了名气后的丁老三便到县城里开了一家"丁三药行",继续一边行医,一边卖药。但是他没有行医证,只能偷偷地替一些民工看病。因为卫生部门的人经常来突击检查。一旦查到他在替人看病,就要罚款。虽然丁老三每次都很生气,可又无可奈何,只得交了罚款。但这却丝毫没有影响那些民工来丁老三处看病。毕竟丁老三看病不收手续费,但一定要在他这里买药。所以,那些民工还是愿意到他这里看病,毕竟现在医院里进得去,出来时口袋却空空如也。所以,丁老三的生意依然好。

　　这天,丁老三又被卫生人员给抓住了,罚款三千元,可丁老三交不出这么多的钱,求卫生人员高抬贵手,等两天交罚款,可卫生人员不乐意,就把丁老三带到局里。局长听了丁老三的事后,大骂丁老三,你这个赤脚医生也会看病,就是天下的医生死光了,也轮不着你。局长的话很难听,因为局长的母亲得了一种怪病,在医院里治了很久也没有治好,可他又不敢得罪医院里的医生,正好拿丁老三出气。丁老三垂着手站在一边等局长骂够了,才嘀咕了一句,替人看病也犯法吗?局长一听又火了,指着丁老三的鼻子说,你这么会看病,你把我母亲的病治好,我就给你磕三个响头;要是治不好,你就收拾东西回乡下去吧。局长的这句话就是命令,不管丁老三答不答应,就让手下把丁老三送到家里。

　　局长的家很豪华,丁老三进了屋,就直奔局长母亲的屋里,给局长母亲号了脉,沉思了一会儿说,这病很简单,只是药引难找,如果能找到药引,我只要三副药就能把她的病断根,永不复发。

丁老三说得斩钉截铁。

你有这么大的能耐？局长不相信，可他又是一个十足的孝子，听说能治好母亲的病，他什么都不顾了。要说药引，他是一个局长，只要一声令下，下面的人就会替他找来。于是又问，用什么药引。

丁老三让局长找的药引是野生十年龄的王八。虽说野生王八好找，可要十年的却相当地难，一是一般的王八还没有到十年，就被人抓去吃了，另是有谁知道抓来的王八就是十年龄的呢？另一种是用长在山上的野生红花草。这药引也太离谱了，可丁老三说，野生王八是具有长寿之功效，而这野生红花草却有驱淤血之功效，只有找到这两种药，才能解决其他方面的病症。这还不简单？局长说着就要吩咐下面的人去找。可丁老三说，看似很简单，却也难。一定要你亲自陪着你母亲去找，别人不能拿，这关系老人家的病情。如果是别人找来的药引就不行了。局长听了丁老三的话差点当场给丁老三一巴掌，世上还有这种怪事。可局长母亲在床上听了丁老三的话，很是赞同，就对局长说，你就听医生的话吧。

于是，丁老三带着局长和局长母亲每天都游走于乡下。每到一处，都有人献来野生王八和红花草，但丁老三每次看后都摇摇头说不是。

这样一个月过去了，却没有找到药引，局长就发火了，他知道是丁老三在耍他。可每次把话说到嘴边，都被他母亲给顶了回去。

这天，又有人送来王八，丁老三看后仍然是摇头。局长却真的火了，不顾他母亲的反对就要当众侮辱丁老三。丁老三却笑呵呵地问，老人家开始是由人扶着走的，现在她能跟着我们走了。她的病有没有好转呢？局长和他的母亲一听，对啊。开始时，都是由人扶着，经过这一个月来，她不但能跟着走，还会在路上说些笑话。

这样再过一个月，老人家的病就会彻底康复。丁老三说，只是这一路看到了许多事，不知你们注意没有。

什么事？局长和他的母亲都感到很吃惊。

难道说你们走遍了全县所有的地方，没有见到那些老百姓是怎样生活的？还有下面许多人送来的王八明知不是十年生的还要送来，你们一点感觉都没有？

　　我明白了。局长的母亲最先明白过来，接着局长也明白了。他往丁老三面前一跪说，谢谢你，你让我明白了做人的道理。这是我在城里永远都学不到的。以后的事，我知道该怎么做了。

　　医好一个人很简单，但要医好一个人的心病却很难。我已经医好你的病了。丁老三说完就独自走了。

　　局长回到县里的第一件事就是要给丁老三办一个个体医生的许可证。当他拿着证件来到丁老三的药行时，才发现丁老三的药行换成了一家副食品商店，丁老三已经不知去向。

（2004 年）

　　［鉴赏］　俗话说：久病能成医。丁老三之所以能成为赤脚医生，靠的便是"他先前是一个病人，每天都离不开药罐子"。当然，没有行医证的赤脚医生丁老三，事实上该属游医一类，因此，有关部门要罚他的款甚至是取缔他，全都是顺理成章又理所当然的。不过，随着故事的一步步展开，除了作品中那位在一开始时既是"大骂丁老三"、又要丁老三"收拾东西回乡下去吧"的局长，最终彻底改变了对丁老三的态度之外，相信我们读者也一定会对丁老三这个赤脚医生刮目相看，甚至还会肃然起敬的——那是因为丁老三这个赤脚医生有着实在是非常高超的医术：他不仅治好了局长母亲那"在医院里治了很久也没有治好"的怪病，而且还让"家很豪华"的局长"明白了做人的道理"，使他知道了"以后的事"该怎么做！

　　从艺术的角度去看，这篇作品的显著特点是构思奇巧。其"奇"集中体现在对丁老三这个人物形象的塑造上：丁老三给局长母亲治病的方法真可谓奇而又奇，而正是在这样一个奇特的过程中，丁老三那种奇异的智慧，那种善良而又正直的民间奇人的特质，便得到了生动的刻画与展示；还有作品结尾的"丁老三已经不知去向"，自然是更给丁老三增添了奇的色彩。其"巧"则充分显现在作品内容的组织上：丁老三先是给村里人治病，接着是给民工治病，然后是给局长母亲治病，并同时又给局长治了病，如此从略写到详写，又从实写到虚写，不仅丰满了故事情节，更使主题的拓展由小到大、由浅入深，实在是巧妙得很。

（汝荣兴）

<h2 align="center">玫 瑰 花　杨　逵（中国台湾）</h2>

　　国中三年级，农历年一过，压力愈大。正常的考试之外，三天两天就有模拟考，几乎被"烤"焦了。挨到毕业考考完，便是毕

业旅行，才松了一口气。老师说："这次要经过台中，到雾社日月潭。"

我们请求到台中时上大度山，去看看"压而不扁的玫瑰花"。老师笑着点点头。

当天，我们在东海大学旁下车，顺着小河边的小径走了四五分钟，就看到满山满谷的玫瑰花，一位老园丁正挑着水壶在浇花。

老师向他介绍说："我们是高雄来的国中同学，有三个班一百多人来打扰了。刚上过'压不扁的玫瑰'一课，就想来看您啦。"

老园丁笑笑说："免客气免客气。不过，玫瑰花有刺，只可以看，不可以摸。日前一位叫作绅士的，一进来就伸手去折，却被刺得哇哇叫起来了。"

"哈哈哈哈，玫瑰花有刺都不懂，真是大笨牛！"一百多个国中学生的开怀大笑震撼了整个花园。

十年后，我们几个女生到美国来，都念生物学。

去年"九一八"，芝加哥大学开了一次盛大的"抗议日本篡改教科书大会"。报纸报道说，应邀参加爱荷华大学国际写作计划的老园丁，当天从纽约赶到这里来演讲，讲题是《日本殖民统治下的孩子》。这消息引起我们的怀念，便去参加了。

大会开完，好像有很多人找他谈话，我们迫不及待的，两个人拉着他的左右手，一个人从背后推，把他送进我们的车开走了。

"老园丁，你认不认得我们？"

他摇摇头说：

"我曾听说过芝加哥从前是美国黑社会头头的巢穴，声势好比上海的杜月笙，美国总统对他都没办法……"

"哎哟！你曾叫我们小丫头的，怎么到美国来就变成了绑票了……"

"小丫头？你们到过东海花园？"

"是啊！你还送我们每人一节玫瑰枝条，还告诉我们怎么剪插、如何繁殖……"

同学使个眼色，暗示我不要再讲。

老园丁似乎迷糊了，我却在肚里暗笑。

终于车开到郊外一所住宅停下。我们扶着老园丁下车，带进屋里。在进屋前，他停在前庭看那遍地的玫瑰花，呆了一下。进到客厅,我们把他拥抱着带到落地窗前看那后院的更大一片玫瑰花,他更呆了。

同学们拍拍他的背说:"免惊免惊,这是东海花园的新生代呀!"

"嗬!"他赞了一声,看来是多么开心!

我们后辈鬼鬼祟祟作弄他,是要让老园丁惊喜一番的。

[鉴赏]　要理解本文的妙处,是要多了解些背景资料的。杨逵,原名杨贵,1905 年生于中国台湾省台南县新化镇,因慕《水浒传》中李逵的侠义作风,于 1933 年取"逵"为笔名。19 岁赴日求学,半工半读。1927 年返台从事抗日农民运动和文化运动,先后 10 次被日警逮捕下狱。出狱后,经营"首阳农场",以卖花为生,并从事写作。后又因吁请台湾当局释放政治犯,以弥缝台湾人和外省人的裂痕,因而被捕并被判十二年徒刑,移送绿岛监禁。1962 年他发表《春光关不住》,叙述一位男孩发现一朵野玫瑰在水泥岩块的夹缝中生存成长,这种旺盛生命力给在恶劣环境中奋斗求生的男孩和姐姐带来启发与鼓舞。1975 年该文被选入台湾省国文教材,改题为《压不扁的玫瑰》,用以鼓励人民如何面对各项严峻挑战的士气。杨逵的一生进出监狱多达 13 次,他的一生与奋斗,正是压不扁玫瑰的具体写照,也如那关不住的春光,无时无刻不为大地的苏醒、繁荣而迸发生命的光彩。

由此可见,在《玫瑰花》一文中,作者苦心孤诣地从一个后辈青年"我"的视角出发,描写了一个后辈青年对于"压不扁的玫瑰"精神的理解和传承。这样独特的视角使作者身兼二职,既可以表现一个老一代爱国知识分子(老园丁)的拳拳赤子之心和对后代青年的殷切期盼,也可以表现出后代青年(东海花园的新生代)不负前人嘱托,爱国主义的玫瑰已经薪尽火传并发扬光大。这样独特的阅读感受是由阅读前经验和实际阅读效果的差异造成的,关于作者杨逵生平的阅读前经验告诉我们,他就是那个种玫瑰的老园丁,而实际阅读效果与之所产生的差异则更能引发读者深入地思考并体察其良苦用心。这样独特的视角不仅仅是获得了艺术上的陌生化效果,其思想寓意更是深刻而耐人寻味。

(顾　震)

缘　情　　李　昂（中国台湾）

她是一个三十五六岁的女人,中等姿色,只不过一身净白的肤色衬得原不怎样的眉眼有种委婉的动人风情,特别是当她把头发往上梳盘挽在脑后时。

　　她有两个孩子，是恰恰好，但都是男的，大男孩读小学，小男孩也已上幼稚园，她并不打算再试试是否生个女儿，倒有些想再恢复工作。

　　早些年刚结婚时，她做过一阵子会计，后来有了小孩，不放心让人照顾，丈夫也宁可她自己带小孩，不在乎多赚那几个钱，就辞了工作。这些年来，丈夫的生意做得还算稳当，多少剩下些钱，在台北近郊买下一层公寓，日子过得极平顺。只不过她想凡事总留个后步，对钱财方面，自然比较仔细。

　　比如说，她从来不把太多的钱放在家里，总是存到邻近邮局，再定额地取出来使用。除了参加亲戚、熟人的互助会外，她也在邮局开了一个储蓄长期存款，每个月定额地缴一千多元，几年下来，孩子的教育费自然不怕没着落了。

　　她因而经常去邮局。虽然走出巷子，转个弯就到了，她每次总把自己装扮整齐。她有这样的习惯，就是到隔壁小店买瓶酱油之类，也从不愿蓬头垢面。

　　由于经常出入，加上领钱、办存款手续的等待时刻，自然注意到局里的办事人员。几分不自觉的，她比较留意起这市郊邮政支局的局长。

　　他是个四十多岁的中年人，中等身材，略显肥胖，但大致说来保持得很好。一张朴实、稍见风霜的脸，并不见太大特色。但在他身上总有一种安然、笃定的气度，很沉稳的一种感觉，常叫她不免会多看他一眼。

　　然后从偶尔交接的眼神中，她知觉到他也留意到她。有一次，当办事人员例行地将一些存款手续单交由他签章时，他翻转过正面仔细看她的名字，那片刻，她发现自己脸都红了。

　　她继续出入那邮政支局有两三年之久。平时她有丈夫、两个小孩、一个家要照管，生活也十分繁忙，只有到邮局的时候，看到支局局长，她会知觉到有这样的一个人，多看他一眼，多半时候，他意识到她的眼神，也会回望她一下。

　　而后有一天，是个冬日下午，她出去帮即将出嫁的小姑采买，匆忙赶回家已是 6 点多，临时来照管小孩的一个远房亲戚告诉她邮局里有人打来好几次电话，说是几天前她转托邮局代领的一张支票遭到退票，并给了她一个电话号码，要她回电话。

　　她看看表已过 6 点半,有点迟疑。那亲戚附和地说,邮局的人说会等她,不管多晚。

　　她拨了电话,对方显然是等待着,立即知道她是谁,说明由于办事人员的差错,将退票的金额误打上她的存款单里,要她隔天一早带印章来更正。

　　她听出是那支局长的声音,问了该办的手续,最后客气地请问对方姓名,明天她好能立即处理这事。对方回答姓张。

　　隔天到邮局,她发现那支局长惯坐的位置换了一个不曾见过的陌生人,正低头忙碌着。她问询要找张先生办理退票更正手续,一个女办事人员不曾说什么地接过她手中的印章,立即着手办理,不一会儿更正完错误将印章交还给她。

　　她走出那邮政支局,冬天难得一见的阳光很是温暖。她在阳光下缓缓地朝家的方向走去,心中有了感觉,今生今世她将再也见不到那支局长。他大概被调走了,也许高升到总行,她想。而在他临走前,因着那支票的差误,于是他给她打了电话,并在下班后的邮局专等她的回电。

　　他说他姓张,她轻轻地说。

　　[鉴赏]　一个普通家庭中的一个普通中年妇女在一个普通的地点遇见了一位普通的中年男子发生了一次普通的交往,这似乎就是这个普通的故事的全部。

　　作者似乎唯恐我们从芸芸众生中将两个主角辨认出来,特地给他(她)俩周身贴上了"普通"的标签:普通的年纪、普通的长相、普通的家庭、普通的职业,普通到连名字也没有,就是"她"和"他",即使是他(她)俩情感风云际会的舞台也被限定在一个普通的邮局,唯独给他(她)们反复加深了"中年人"的烙印,取消了所有个体特征的"她"和"他"便成了"中年人"的"共名"。作者如此煞费苦心地抹杀故事人物一切个性痕迹的目的只是为了反复强调一点:这是中年人的情感,这是中年人的故事。

　　作者对中年人,尤其是中年女性的人性与情感可谓体察至深。中年人的情感不像青年人那样热烈奔放而盲目,青年人好像追求如日中天的朝阳,只要"金风玉露一相逢"便可抛去"人间无数"。中年人多了一份为人父母、为人夫妇的责任感以及现实束缚。中年人的情感也不像老年人那样平和冲淡而趋于消沉,老年人好像日薄西山的晚照,"悲欢离合总无情,一任阶前,点滴到天明"。中年人多了一份热情与羁动。"她"也曾是青年人,也曾体验过激情勃发的美妙;"她"也将步入老年,将步入看破红尘的沉寂。在多年柴米油盐、为人妇为人母的平淡的岁月后,在可以预见的令人恐惧的沉寂到来之前,"她"的情感再次暗潮涌动,"她"渴望一次适度的"出轨"。"他"是谁并不重要,也无须海誓山盟,关键是无须负责又可满足情感需要,甚至可以用精神愉悦来摆脱感官快感,就像那"冬天难得一见的阳光"一样含混、暧昧而温暖。这就足够了。

（顾　震）

新　　娘　　吴念真（中国台湾）

蜜月旅行的最后一个夜晚,妻对即将到来的家庭生活似乎有些担忧,毕竟除了我之外,此后她必须和我的母亲、弟妹们一起过日子;而家人对她来说终究不像我这样早已自然且熟悉地相处着。

经过一番抚慰之后,她似乎宽心了些,最后她抬起头问:"我该怎么叫妈妈?"

"我们都叫'妈',不过你可以依你熟悉的称呼叫。"

"傻蛋,我当然跟着你叫,"她捶了我一拳说,"不过,我可得先练习练习。"

于是从进浴室开始到入睡前,她便一直轻呼着"妈!""妈!"……脸上闪耀着欣喜且满足的光彩。

归程中游览车在高速公路上抛了锚,拖延了三四个小时,回到台北已过了晚饭时刻。我提议在外头随便吃些,但她坚持不肯。

"'妈'一定会等我们。"她很肯定地说着又喃喃地念道,"妈,妈……"一边朝我笑了笑。

进了门,果然如妻所料,妈和弟妹都围桌而坐静候我们吃饭,那时是晚上10点。

妈拉着妻的手,让出自己的位子,而要我坐在几年来一直空着的先父的椅子上,好一会儿妈才含着眼泪低声说:"此后,这个家就交给你俩了……"

妻和妈彼此微笑相拥,盈盈的泪光在温暖的灯辉下闪烁着。

"我会好好顾着家……"妻轻轻地点头,突然叫了声,"娘……"

那晚,妻在我怀中轻轻饮泣,好久之后才说:"对不起……我只是忘情……"

"我只是突然间觉得,四个人的爱一下子都把我的心填满了,你,妈妈,我爹,还有……我娘……"她闭着眼睛任泪水流着,在我耳边低声说，"啊，傻蛋你不懂啦……"

我懂。

妻5岁时便失去了母亲，二十三年来她是两个妹妹的好母亲，但就没有机会再叫一声娘。她曾告诉过我："……那时母亲已经昏迷不醒了。父亲抱着我靠近病床说：'叫娘，乖，叫娘……'我依稀记得，我好大声、好大声地叫了：'娘——'"

[鉴赏]　吴念真的《新娘》是一篇具有散文化风格的微型小说，作者用细腻而柔和的笔触成功地表现了亲情——这一人世间最真挚情感的珍贵与美好，其中细节描写的作用功不可没。

作家李准曾经说过：写短篇小说，手里有那么几个硬邦邦的细节，心里就踏实了。有时候因一个细节而决定了作品的命运，有时候依托一个细节就构建了一篇小说。这话对于篇幅更为短小的微型小说而言更是如此。妻原本对即将到来的家庭生活似乎有些担忧，在"我"的开导下逐渐宽心，并开始练习改口。"于是从进浴室开始到入睡前，她便一直轻呼着'妈！''妈！'……脸上闪耀着欣喜且满足的光彩。"这一细节真实地表现了妻在练习改口的过程中逐渐体会了"妈"这个称呼所包含的深厚情感。"回到台北已过了晚饭时刻。我提议在外头随便吃些，但她坚持不肯。'"妈"一定会等我们。'她很肯定地说着又喃喃地念道，'妈，妈……'一边朝我笑了笑。"这一细节表明妻已经坚信"妈妈"对自己的爱。"'我会好好顾着家'……妻轻轻地点头，突然叫了声，'娘……'"在多次练习之后，妻却脱口而出喊了"娘"，这一戏剧性的细节变化表明自幼丧母的妻在情感上已经完全将婆婆当成自己的亲"娘"，而不再仅仅是丈夫的"妈"。

作者就这样通过描写多个细节变化，生动地呈现了一个即将改口的新娘，由忐忑紧张至理解肯定最终投入忘情的心理变化历程。　　（顾　震）

黑　白　　张春荣（中国台湾）

彭祖已八百二十四岁。

但他外表仍像二十四岁的年轻人。走起路来，快速敏捷，步伐又大。尤其他那双眼眸炯炯有神，恍如光洁明镜，并没有因阅读人间的浮幻沧桑而昏耗暗淡。当然，人们更不会注意他眼角的细细鱼尾纹。

那天，郊林清晨飘浮一层薄雾。雾中传来雄鸡唱晓。彭祖穿过湿凉竹林，在声声清脆鸟鸣的陪伴下，走向溪边。溪旁一名白衣汉子正蹲在水边洗东西。几个农人挨近观看，而后纷纷摇头："疯子！"荷着锄头走开。彭祖走了过去，只见白衣汉子手拿一束稻草拼命在水里洗刷木炭。

"干什么？"

"将黑木炭洗白！"白衣汉子冷冷地白了彭祖一眼。

彭祖察觉那汉子眼神深藏一股阴森寒意。彭祖不以为意，笑了笑。活了这一大把年岁，什么大风大浪、稀奇古怪没遇过。

"怎么可能？"

"怎么不可能？像平常大家梳头发，不都把乌黑发丝梳成雪白？"

彭祖无奈苦笑："刷黑炭和梳头发是两件事，不能混在一块类比。"

"谁说不可以？你想，黑木炭燃烧后全都化为灰烬。灰烬就是灰白色，"汉子语气坚定，"那表示黑炭可以变成灰白，用水刷久了，一定可以刷白。"

"你的话似乎言之成理。可是你手中的木炭仍然漆黑。"彭祖低头，注意水中鹅卵白石间，点点蝌蚪正曳尾游动。

"迟早会刷白，你看好了。"

"老兄，要吹牛、骗小孩也不是这样。不要再瞎讲！"彭祖觉得这家伙大概精神有问题。

"你不信，是不是？"汉子瞪他一眼，"好！告诉你，这是有根据的。八百多年前，就有人将黑炭刷白。"

有人？八百多年前？彭祖心想，这家伙真会杜撰，我活了这一把年纪，眼见耳闻，就没听说这等事？明明睁眼说瞎话。

"谁？"

"你一定不知道。"

"说说看。"彭祖意味深长地注视着对方。

"彭祖！"

"彭祖？"

彭祖怔忡一下，接着不禁朗朗大笑。意念急转，他瞬时明白眼前这家伙的身份。自二十四岁在云雾山巅，八位神仙每人送他百年时光以来，阴间阎王便派鬼卒捉他回去，以便销案。可是没有一个鬼卒认得出他。

"有什么好笑?"

"怎么不好笑,要臭美也不要这么离谱! 彭祖怎么会——"

"怎么不会! 你怎么知道他不会。"

"我当然知道。"彭祖忍住笑意。

"你是谁?"白衣汉子脸上疑云重重。

"我,就是,你所说的彭祖。"彭祖不疾不徐道。

"好啊! 你不打自招。踏破铁鞋无觅处,得来全不费功夫!"汉子两眼发亮,桀桀怪笑。

"这次你跑不掉啦!"白衣汉子丢下手中稻草,露出狰狞鬼脸一步一步地逼近彭祖,"看你往哪里跑?"

"我为什么要跑?"彭祖笑立原地。

"你,不怕死?"白衣汉子愣住了。

彭祖坦然大笑:"怕死也不会留在这里和你聊这么久。"

"该来的,怎么也躲不掉!"彭祖气定神闲地遥望天际在雾中若隐若现的青青山脉,面带微笑。

微笑里,彭祖走近松树下的巨大岩石。一阵飕飕凉风如白衣般飘了过来,石隙草丛间探出的金黄小野菊轻轻摇曳。彭祖安详地阖上眼,在困眄中,头枕灰白岩石,静静入眠。

[鉴赏] 《黑白》属故事新编一类,但写法上与内地的故事新编很不一样。作者把自己对生活的理解融入到故事里,并加进了新的素材元素,使读者读之有一种耳目一新的感觉。

彭祖本是中国传说故事中的一个人物,活了八百多岁,乃长寿的象征。长寿,历朝历代又有多少人梦寐以求啊。但文中的主人公彭祖却并不以长寿为荣、以长寿为乐,反而心甘情愿地平静去死。这令人想起一句歇后语"老寿星上吊——活得不耐烦"。

作品没有明说彭祖为什么不想继续长寿了,但意味深长的是作者虚构了一个汉子河边洗炭的细节,汉子自信只要功夫深,黑炭能洗白,并以黑头发能梳成白头发作旁证。面对这似是而非的答案,你是相信呢还是不相信,附和呢还是揭穿? 这对彭祖是个考验。你若想坚持真理、揭露真相,你就面临着暴露自己、面临被捉拿处死的危险;但彭祖坦然相对,毅然选择了坚持真理、面对死亡。彭祖这个人物也就被赋予了新意,人物形象便立了起来。

从另一个意义上讲,彭祖也不愿意再与阴间的鬼卒周旋了,所谓阎王好见,小鬼难缠,罢罢罢,成全了你们吧。

　　这篇作品主人公是彭祖，写的也是彭祖，但却不以《彭祖》为名，偏以《黑白》命之，大有深意。潜台词为黑与白、白与黑之间的转换，就是说真话还是说假话。一篇传说故事经加工改编后，能有如此深意，足见作者的功力。

（凌鼎年）

永 远 的 蝴 蝶　　陈启佑（中国台湾）

　　其实雨下得并不大，却是一生一世中最大的一场雨。

　　那时候刚好下着雨，柏油路面湿冷冷的，还闪烁着青、黄、红颜色的灯火。我们就在骑楼下躲雨，看绿色的邮筒孤独地站在街的对面。我白色风衣的大口袋里有一封要寄给在南部的母亲的信。

　　樱子说她可以撑伞过去帮我寄信。我默默地点头，把信交给她。

　　"谁叫我们只带来一把小伞哪。"她微笑着说，一面撑起伞，准备过马路去帮我寄信。从她伞骨滑下来的小雨点溅在我眼镜玻璃上。

　　随着一阵拔尖的刹车声，樱子的一生轻轻地飞了起来，缓缓地，飘落在湿冷的街面上，好像一只夜晚的蝴蝶。

　　虽然是春天，好像已是深秋了。

　　她只是过马路去帮我寄信。这简单的动作，却要叫我终身难忘了。我缓缓睁开眼，茫然站在骑楼下，眼里裹着滚烫的泪水。世上所有的车子都停了下来，人潮涌向马路中央。没有人知道那躺在街面的，就是我的蝴蝶。这时她只离我五米，竟是那么遥远。更大的雨点溅在我的眼镜上，溅到我的生命里来。

　　为什么呢？只带一把雨伞？

　　然而，我又看到樱子穿着白色的风衣，撑着伞，静静地过马路了。她是要帮我寄信的，那，那是一封写给在南部母亲的信，我茫然站在骑楼下，我又看到永远的樱子走到街心。其实雨下得并不大，却是一生一世中最大的一场雨。而那封信是这样写的，年轻的樱子知不知道呢？

　　妈：我打算在下个月和樱子结婚。

[鉴赏]　情感和生命永远是文学作品不朽的两大主题，而这两者又构成了如蛛网般环环相扣、密不可分的宿命性矛盾。文中所选取的意象——蝴蝶恰是两者悲剧性的结合体：情感美丽且绵长、生命短暂而无常。本文就这样向我们展示了这样一个"凡人的伟大痛苦"——悲剧。

作为一篇散文化的情绪小说，全文除了选取蝴蝶这一饱含情感的意象外，还运用虚实相生的手法从多方面营造了悲剧性意境。文章通过情节的跌宕、场景的铺陈写实了生命的短暂与无常，对于"我"和樱子的爱情状况则只字未提，但细心的读者却不难从字里行间中体察和想象到两人平淡而绚丽的爱情。"谁叫我们只带来一把小伞哪"，文中仅有的一句似怨还喜的娇嗔立即生发出一片审美的想象空间：只有恋人才会明知下雨却只带一把伞。春雨绵绵之中互相依偎着躲在伞下的一对情侣会是怎样的柔情蜜意啊。"樱子的一生轻轻地飞了起来，缓缓地，飘落在湿冷的街面上，好像一只夜晚的蝴蝶。"即使是突兀而血腥的车祸也被"我"感性地展现为一个生灵优雅地滑落，不愿让自己的恋人受到一丝伤害，这又是怎样刻骨铭心的爱情啊。文中没有交代"我"为什么让樱子去寄信，却给了读者填充的空间：是享受爱人怜惜的美意？是一念千古的扼腕？是想让爱人分享幸福的过程？还是想揭开谜底给回还的爱人以惊喜？……无论哪种答案，告诉我们的都是爱情的美丽。

无字处最是文章。作者实写了生命的消逝却对两人的情感进行了虚化，但却处处充满了指向美丽爱情的暗示，从而给读者留下了丰富的审美想象空间。而读者对两人爱情的共鸣性体验在相反的方向又加深了对生命的理解与感喟，由此虚实相生，情思隽永。

（顾　震）

心　爱　的　苦　苓（中国台湾）

一直不知道他是怎么爱上她的。

他最喜欢像个孩子般趴在她怀里，脸颊紧贴着她的胸脯，侧耳聆听她心跳的声音。

"侧耳聆听她／心跳的声音"，这是她大一时写的诗；她从小就觉得自己的心跳特别快，有时候运动稍微激烈些，心脏就好像要从嘴里跳出来似的；即使渐渐长大，仍然是只要爬上两层楼，就仿佛听到自己心跳的声音：碰痛碰痛。

碰痛碰痛，她抚着剧烈跳动的胸口询问双亲，爸爸低头叹气，妈妈又流了一脸的泪。

终于知道自己有先天性心脏病时，她也流了一脸的泪。但后来就坚强了，不再怕病床、怕高悬的点滴瓶、怕护士的白口罩，有时候还能平静地看着仪器上自己心跳的起伏，不知道什么时候会变成死寂的横线。

上帝大约没有把她收回去的意思：三十岁那年，终于等到了愿意把心捐给她的人。手术前晚她哭了一整夜，哭湿了白被单和枕头，她哭自己终于重新拾回了生命，也哭那个失去生命却救了她的人。

她只知道是个和自己同龄的女子，结过婚，猝死于一场车祸；无从表达对那人的感激，她剪存了报道她换心手术的新闻，上面并列着她们两人的照片。

然后他就出现了。起初他在病房踟蹰，她还以为是记者，后来却成了常来聊天的访客，在百无聊赖的病中，她常为了期待他而忙着在病床上梳妆；初恋的喜悦强烈地冲击着她，毕竟由于自己生来脆弱的心，她连接吻也不曾。

这一次她可以放心地吻了：别人的心在自己胸腔里有规律地跳动着，她的心跳不再强烈，却十分安稳，她真的"放心"了，将半跪的他紧拥在胸前，她答应了婚事。

但她仍然不知道为什么会有人爱她，自己不过是个残缺的人，依旧孱弱的身子，胸前永远的疤痕……他竟然毫不嫌弃地、热烈地爱着；每次她追问原因，他总是笑而不答，也许历经沧桑的人感情较内敛吧，她知道他曾有过一次婚姻，但很快失去。

她不知道的是他藏在衣柜底层的小盒子，她在偶然间发现，好奇地打开时，看见他的旧结婚照，含笑的新娘看来好面熟，好像……她凛然一惊，急忙找出收存的换心剪报，不待比对，就知道是同一个人，那个把心捐给她的女子。

那颗心正在她胸中剧烈地跳着，碰痛碰痛。

[鉴赏]　巧合是中国古典小说的传统技巧，是指事情发生或发展中，在很多的可能性中可能性最小的事却偏偏发生了。巴尔扎克说，偶然是世界上最伟大的小说家。在叙事作品中，巧合对于激化矛盾、设置悬念都具有重要作用。很多悬念大师如欧·亨利和星新一都是很善于运用巧合的。但是巧合也要符合生活真实和艺术真实，那种认为既然是巧合就可以随心所欲的观点是很幼稚的，这样的败笔也是在习作中常见的，即使如《西游记》这样的鸿篇巨制也有类似的嫌疑，金圣叹曾评：《西游记》每到弄不来时，便是南海观音救了。

《心爱的》也是一篇悬念小说，经过起悬、层层垫悬，到了解悬的环节，作者也设置了两个巧合。但这两个巧合就显得毫不生硬，既符合生活逻辑也符合情节发展逻辑和人物的性格逻辑。首先"她"碰巧发现了丈夫藏在衣柜底层的旧结婚照，这一巧合不仅符合日常生活逻辑，而且有助于丰满故事情节和人物形象。我们可以联想到丈夫一方面难忘旧情，一方面又深爱现在的妻子，所以将旧结婚照藏在衣柜的底层，还能联想到一个贤惠、勤于整理家务的妻子。同时，她还要刚好保存着那个捐心女子的照片，这样才能最后真相大白。这个巧合在垫悬的过程之中就由作者不露声色地埋下了伏笔，所以丝毫不显突兀，同时也从侧面丰满了"她"感恩、善良的人物形象。　　　（顾　震）

送 一 轮 明 月　　　林清玄（中国台湾）

一位住在山中茅屋修行的禅师，有一天趁夜色到林中散步，在皎洁的月光下，他突然开悟了自性的般若。

他喜悦地走回住处，眼见到自己的茅屋遭小偷光顾，找不到任何财物的小偷要离开的时候在门口遇见了禅师。原来，禅师怕惊动小偷，一直站在门口等待，他知道小偷一定找不到任何值钱的东西，早就把自己的外衣脱掉拿在手上。

小偷遇见禅师，正感到惊愕的时候，禅师说："你走老远的山路来探望我，总不能让你空手而回呀！夜凉了，你带着这件衣服走吧！"

说着，就把衣服披在小偷身上，小偷不知所措，低着头溜走了。

禅师看着小偷的背影穿过明亮的月光，消失在山林之中，不禁感慨地说："可怜的人呀！但愿我能送一轮明月给他。"

禅师目送小偷走了以后，回到茅屋赤身打坐，他看着窗外的明月，进入空境。

第二天，他在阳光温暖的抚触下，从极深的禅室里睁开眼睛，看到他披在小偷身上的外衣被整齐地叠好放在门口，禅师非常高兴，喃喃地说："我终于送了他一轮明月！"

[鉴赏]　这是一篇富有哲理意义的作品，贵在以小见大、言简意丰、辞炼而味永。文为小品，却有大道深藏其中，斯为妙处。

自六祖慧能与神秀分道扬镳以来，"禅"就一直以它"顿悟"和"立地成佛"的简单易行吸引了千百万信徒。从古以来，禅宗大都用月亮来象征一个人的本性,那是由于月亮光明、平等、遍照、温柔的缘故。怎么样找到属于自己的一轮明月,向来就是禅者努力的目标。在禅师的眼中,小偷也是有自己的一轮明月的,只是暂时被欲望所蒙蔽,就如同明月被乌云所遮蔽。禅师所要做的只是让小偷发现自己心中的一轮明月,即所谓"即心见佛"。在本文中"月亮"一词往往语带双关,暗含了作者关于天理即是人情的"天人感应"的理解:既是现时故事里的具体景物,又暗指藏在每个人内心深处的善良本原。一实一虚,亦实亦虚,在文中交替出现,这确是本文的传神之处。

　　作者是比较喜欢拿"禅"来说事的,而且效果往往不错,这主要是由于禅宗故事本身大多具有含蓄、多意又抽象思辨的特点。所谓"空故纳万境",唯其"空"所以能有多种意义生成之可能,所以能让不同层次的读者都能对号入座,产生共鸣。以此文为例,有的读者体悟到宽容的作用,有的读者领悟到信仰的价值,还可理解为浪子回头即可立地成佛,但无论哪种阅读经验得到的都是言简意丰、辞炼味永的大道。

（顾　震）

打　电　话　　爱　亚（中国台湾）

　　第二节课下课了,许多人都抢着到学校门口惟一的公用电话机前排队,打电话回家请妈妈送忘记带的簿本、忘记带的毛笔、忘记带的牛奶钱……

　　一年级的教室就在电话机旁,小小个子的一年级新生黄子云常望着打电话的队伍发呆,他多么羡慕别人打电话,可是他却从来没有能够踏上那只矮木箱,那只学校放置的、方便低年级学生打电话的矮木箱……

　　这天,黄子云下定了决心,他要打电话给妈妈,他兴奋地挤在队伍里。队伍长长,后面的人焦急地捏拿着铜板,焦急地盯着打电话人的唇,生怕上课钟会早早地响起。然而,上课钟终于响起。前边的人放弃了打电话,黄子云便一步抢先,踏上木箱,左顾右盼,发现没人注意他,于是抖颤着手,拨了电话。

　　"妈妈,是我,我是云云……"

　　徘徊着等待的队伍几乎完全散去,黄子云面带笑容,甜甜地面对着红色的电话方箱。

　　"妈妈,我上一节课数学又考了100分,老师送我一颗星,全班只有四个人考100分呢……"

　　"上课了,赶快回教室!"一个高年级的学生由他身旁走过,大声催促着他。

黄子云对高年级生笑了笑，继续对着话筒：

"妈妈！我要去上课了，妈妈！早上我很乖，我每天自己穿制服、自己冲牛奶、自己烤面包，还帮爸爸忙，中午我去楼下张伯伯的小吃店吃米粉汤，还切油豆腐，有的时候买一只肉粽……"

不知怎么的，黄子云清了下鼻子，再说话时声嗓变了腔：

"妈妈！我，我想你，好想好想你，我不要上学，我要跟你一起，妈妈！你为什么还不回家？你为什么还不回家？你在哪里？妈妈……"

黄子云伸手拭泪，挂了电话，话筒挂上的一刹那，有女子的语音自话筒中传来：

"下面音响 10 点 32 分 10 秒……"

黄子云离开电话，让清清的鼻涕水凝在小小的手背上。

[鉴赏]　悬念，在中国古典小说里称为"关子"，主要是指用设置悬疑的方式来处理情节结构。悬念通过设悬、层层铺垫烘托到最后的解悬，可以使故事情节环环相扣，波澜起伏，引人入胜。

爱亚的《打电话》就较好地运用了这一传统技法。首先是设悬："黄子云常望着打电话的队伍发呆，他多么羡慕别人打电话，可是他却从来没有能够踏上那只矮木箱。"打电话有什么好羡慕的？为什么他从来不打电话？在文章的一开头，作者就给读者心头画上了一个问号。终于有一天黄子云也来排队了，可读者的疑团并没有丝毫地散去：为什么上课钟终于响起，前边的人都放弃了打电话，而黄子云却一步抢先？为什么他在打电话时要"左顾右盼，发现没人注意他"还要"抖颤着手"？甚至于"一个高年级的学生由他身旁走过，大声催促着他"赶快回教室上课，他也仅仅是笑了笑？再听电话内容，所汇报的都是一个母亲应当熟知的，他为什么要说这些？继续听下去又一个更大的疑问产生了，他妈妈去哪里了？怎么忍心离开孩子不回家？故事就是在这样层层铺垫、反复蓄势的过程中展开的，读者心中的疑团也越来越浓密。终于，谜底大白，读者的情感也在反复蓄势之后如同开闸泄洪一般奔涌而出，这是全文的高潮，全文也在高潮中结束，带给读者的却是不胜唏嘘的伤感。

（顾　震）

AB 爱 情　　　隐　地（中国台湾）

时间是个魔术师。经过了三十年的岁月，一切往事真假难分。今早，我的办公室里就发生这样一件奇事：

A和B都是我的同学。A是女同学，B是男同学，B和我住校时同住一室，我们是上下铺，平时焦不离孟，孟不离焦。后来B和A恋爱，我不免帮他们传传信，偶尔也做做他们的和事佬。然而，中学时代，感情不成熟吧，毕业后各分东西，每个人都走着自己的路，他们也都各自成家，相同的是都移民到了美国，A在东部做牙医，B在西部，他是一位妇产科医师。

昨天下午A突然说要来看我，原来她人在台北，她在同学家临时得到我的电话，她告诉我，她搭明晨的飞机返美。她在我办公室里坐了半个小时，三十年的岁月，一时不知从何说起，又仿佛什么也说不完。临走，她放下了一罐茶叶，还问我和B可有通信，我摇摇头。

奇怪的事发生了。今天下午，毕业后几乎和我失去联络的B，突然也来了电话，他说回台北开会，好不容易在朋友家弄到我的电话，我说："你这个电话还是来迟了，如果你昨天拨这通电话，我会告诉你，A在我办公室，她正在和我喝茶聊天，你当然会飞奔而来，看看三十年不见的A。"B说："真的吗，真的吗？"他赶到我办公室，还没喘口气，就急着问我："A可不可能临时改班机，说不定还在台北？"我要他拨几个知道A行踪的同学的电话，他得到的确实消息是，A已于今早十时三十分坐华航飞机回美国了。

B怅然若失，重新向我要了A在美国的电话和地址，匆匆忙忙就走了。我把A送给我的茶叶送给他，我说："你们两个不约而同都带了一罐茶叶给我，你的我收下，她的一罐你带回美国喝，至少至少，你没握到她的手，这罐茶叶还留有她的手温，你提着回去，也算是一种随缘。"

他听了之后，连忙把茶叶罐抱在怀里，脸上也露出了笑容，带点满意的和我说再见，留下我，继续回忆着三十年前的这对旧爱。我一直想着：他们两个生命，究竟是相差一天，未能相遇比较好呢，还是经过三十年时空交错之后，突然同一天在我办公室偶遇，那又将成为如何一种结果啊！

[鉴赏]　作品开宗明义，直接切题、点题："时间是个魔术师。"接下来叙述的奇事，就是为上述观点注释，就像举例来论证论点似的。

　　这篇作品的题目为《AB爱情》,内容涉及到了同学A与B的爱情故事,但作者为什么不起名为《A和B的爱情》或《AB的爱情》,而只写《AB爱情》,难道仅仅是为了节省一两个字,让题目更简洁好记吗？我想不是,作者应该另有寓意。A与B的爱情只是这篇作品的一层意思;另一层意思不知是否可这样理解:A爱情、B爱情。说得具体点,只要时间老人稍稍做一点小动作,A与B的爱情就可能出现另一种结果。如果把现在两人在台北擦肩而过视为A爱情的话,那么假如A延后一天离开台北,或B提前一天到达台北,那不是有可能在他俩老同学的办公室邂逅了,那还不就是B爱情了。而这两种结果之间虽相距三十年,但要改变现状却只需要一天,仅一天时间而已。世界上的有些事情真是奇妙,真是说不清。作者有感于此,把他同学A与B的事铺陈演绎为一篇很有意思的微型小说,让人读后感慨万千。感慨时间这只看不见的手,会导演出世间许许多多悲欢离合的故事,既有偶然性,又有必然性。

　　故事的结局让人有点怅然若失,但遗憾之余,又有点温馨的感觉,毕竟有了那一罐茶叶,有了一种随缘。作者的心还是很善的。　　　　　　（凌鼎年）

睡衣,还有牙刷　　彭树君（中国台湾）

　　晚餐是鲜蛤意大利面和蔬菜浓汤。以一个单身男子而言,他的手艺算是出色了。为了表达对他的赞美,她把属于她面前的那份食物吃得干干净净,并且抢着在饭后清洗碗盘。这是他第一次邀她到他的小屋里来共进晚餐,而可口的食物与和谐的气氛,让两人都觉得彼此的交往又进了一步。

　　正因为双方已经有了某种不必明说的默契,所以当两人坐在沙发里啜着葡萄酒聊天时,他就自然地倾过身来吻了她,而她也热烈地回应。昏黄的灯光充满暗示,慵懒又性感的爵士乐更是催情的配乐,在这种情境之下,恐怕是没有什么能阻挡这个蜜糖似的夜了。

　　但是,在他企图解开她胸口上的第一颗扣子时,她还是温柔地挪开了他的手,问了那个大部分的女人在这种关键时刻都会问的问题:

　　"先告诉我,你爱我吗？"

　　"我当然爱你!"他的情话和他的手艺一样出色,"难道你刚才吃晚餐的时候,没有尝出我偷偷调在浓汤里的爱情胡椒吗？"

　　"甜言蜜语是不够的,为我做晚餐也是不够的,真正的爱并非仅此而已。"她停顿了一下,让他去思索这句话,然后又轻声问,"我想知道,你爱我,爱到什么程度?"

他的脸色忽然严肃起来,一只手压在自己另一只手上,定定地凝视着她,一字字地说:"我爱你,爱到愿意为你牺牲一切的程度!"

她完全被取悦了,轻快地站起身来,一面从一旁的手提袋里拿出一件轻薄的丝质睡衣,一面弯下腰在他唇上印下嘉赏似的一吻:"那我先去洗个澡,你乖乖等我噢。"

她竟然带了睡衣来赴约,而且还是撩人的樱桃色!一时之间,他惊喜得简直坐立难安,只好一口气喝光瓶子里剩下的酒,因为呼吸急促的缘故,差点没被呛着。

他正在预支着等会儿的快乐,却见她又从浴室里走了出来,还穿着刚才的衣裳,手里拿着他的牙刷。

"我忘了带牙刷,可不可以先借你的一用?"

"不好吧?"他反射性地回答,脑海中也立刻浮现出可能残留在她口腔中的肉屑和菜渣……天哪,那真是够恶心的!

他的反应让她神色一变。经过刚才那一番缠绵的长吻,口水都不知交换了多少,他竟然还不肯出借他的牙刷?

她一言不发地冲回浴室,抓起那件樱桃色的睡衣,再一言不发地冲回客厅,拿起自己的手提袋,并且在他还来不及做出任何反应之前,把他的牙刷抛还给他,同时抛过去的还有一声冰冷冷的嘲弄:

"是啊,我真的相信你愿意为我牺牲一切——除了你的宝贝牙刷!"

他本能地接住了自己的牙刷,却没能接住情势的急转直下——怎么这个蜜糖似的夜,竟会毁于一把牙刷?

而她扭开门把,夺门而出,头也不回,心里虽然生气,但更多的是庆幸——她故意不带牙刷是对的,一个小小的测试,就证明了他爱自己的牙刷还胜过爱她。

　　[鉴赏]　凡事有利,是动物也是高级动物——人类活动的基本原则。为了满足自身的利益和欲望,在理智的控制下,社会生活中人们语言的功利性和目的性是十分明确的,经常上演着一幕幕言不由衷甚至口是心非的表演。高

明的作者总是能将那些言为心声的真实语言和这些虚伪语言区别开来，或者向读者展现两者的强烈反差，以揭示真实的人性。

"他"就是这样一个天才的演员。为了满足情欲的需要，他娴熟地利用着各种道具：美味的"鲜蛤意大利面和蔬菜浓汤""葡萄酒""昏黄的灯光""慵懒又性感的爵士乐"，成功地营造了又一个"蜜糖似的夜"。面对女友的问题，他立刻按照游戏规则背出了早已备好的台词，表情严肃，情感真挚，语速缓慢，达到了行动和语言的高度和谐，甚至海枯石烂的山盟海誓亦言有不及。眼看着演出成功的大好形势，"他"却被胜利冲昏了头脑，于是高明的作者突射冷箭，用一个让"他"毫无准备的问题套出了"他"下意识的真心话。精心涂饰的面具被应声剥离，人物的真实情感毕露无遗。

在小说中，通常还可以借助梦境的潜意识、酒后的无意识和细节描写以及无法控制的生理变化：脸红（白）、流汗、手汗甚至于尿急等等人类理智所无法控制的领域，来表现个人刻意隐藏的真实情感。
　　　　　　　　　　　　　　　　　　　　　　　　　　　　　（顾　震）

最后的秘密　　东　瑞（中国香港）

黑暗中，当丈夫的手从琳身子的上半部分游动，慢慢地移到她的小腹时，她浑身一震，啪一声轻轻地打着他的手，然后抓着丈夫的那只手，将它移开。这时会连着一声娇喝："规矩一点！"

有时，苦恼的丈夫怀着好奇，会在半途中"啪"的一声将小床旁的台灯开亮了，琳会气极，一方面将他踢开，接着用毛毡将自己赤裸的身子盖住："你要亮灯，那就不要再碰我！"

琳是很满意这一点的。结婚快二十年了，别的太太可能早把身体的一切都奉献给了丈夫，那种奉献是相当彻底的，连妻子身体哪一部位有几颗什么颜色、怎样大小的痣，丈夫都能如数家珍般说出来，所有的神秘感都消失了。

妻子哪儿松弛，哪儿饱满，哪儿大，哪儿小，丈夫看得厌倦了，再也没有一丝一毫的神秘感可言。不久，有一些丈夫在外头对别的女人感兴趣了，更有甚者，和别的女子鬼混上了，犯上了如今十分时兴的婚外情玩意。凡男人都贪好奇新鲜，感到有一种不可言宣的神秘感——神秘感即是快感。

她太明白这种哲学，也见过太多的夫妻分手的例子。当然，夫妻嘛，总不能做得太离谱，妻子的义务她是懂得的，丈夫有需求的兴致时，她会如一般贤妻良母般地满足他。

　　但事情要严格地控制在黑暗中进行。

　　因此，实际是十几二十年来，丈夫还没曾在明亮亮的灯光下或大白天里见过她的裸体。每次出外逛街、赴酒会前，抑或是浴后换衣裳，需要光着身子更衣时，遇丈夫同在房里，她会对瞪大眼想欣赏她裸体的丈夫下一道命令：

　　"别过脸去。"

　　丈夫只好乖乖地遵守。他虽不服，心里会想："什么玩意嘛！夫妻之道都进行了，看一下也不行。"但也会理解她，"可能是不习惯和害羞吧。想不到男女结婚快二十年了，女性还会这样。"接着又是感到很困惑了，"做那事时，她从不亮灯。可以让我摸，可是不准看。这符合逻辑吗？"

　　琳对于自己的做法是很满意的。人快到四十了，矮胖的身材和微微胀凸起来的肚腩，使她极不满意自己。因此，愈是到近几年，她更严格地守着自己的秘密，总不让丈夫看她身体的全相，连摸也如此，他可以触及她女性最敏感的部位，如胸、臀及……肚子却万万不可。

　　琳并非对自己的婚姻没信心。她只不过是在守着自己的最后一道防线。女人如全部奉献，还剩什么呢？

　　虽然她守着自己的肚腩十分辛苦，而丈夫更辛苦；但女人没有最后的秘密，行吗？

　　[鉴赏]　审美艺术魅力中，包含着读者不断探究的艺术诱惑力，美国学者劳逊认为："观众的持续不断的兴趣可以确切地称之为'将信将疑的期待'"（《戏剧与电影的剧作理论与技巧》）。这种不断探究的期待将造成读者审美心理持续不断的追求兴趣。东瑞的《最后的秘密》就设置了待人不断探求的"秘密"，产生了欲罢不能的艺术诱惑力。

　　作品写一对恩爱夫妻的情爱故事。尽管两人爱得如胶似漆，但妻子对自己美的胴体总保留着某个部位——肚子，把它当作女人最后的"秘密"，不让看，不让摸。这位妻子很懂得夫妻间"神秘感"的魅力，因而夫妻间的"事情"严格控制在黑暗中进行，双方信守诺言，只准摸，不准看；即使摸，也保留一块秘密处，造成丈夫不断想解"密"的悬念，保持一种期待的好奇心，使妻子身上永远有一种有待探究的魅力。

　　本篇题材属男女之间情爱的隐私生活，反映着人性的本原。人有七情六欲，本性也。然而微型小说作者在这"低俗"的生活里发现了它所蕴含的美的诱惑力。作品的审美意义远远超越了夫妻间"最后的秘密"的故事本身，而是寓托着一切艺术作品都应有一点待解的艺术"秘密"，用以满足受众包括读者好奇心的心理期待。好奇心体现了人的不断求新、求变、求异的渴望，是反抗惯性、抵制陋习的变革因素，如果作品符合读者的好奇心，就使他产生了兴趣，产生了关注，产生出期待的悬念心理，就能使读者获得审美的愉悦，品味出作品艺术意蕴的"大声已去，余音复来，悠扬宛转"（范温《潜溪诗眼》）的"声外之音"和"余意不尽"的审美效应。

（凌焕新）

打　错　了　　刘以鬯（中国香港）

1

电话铃响的时候，陈熙躺在床上看天花板。电话是吴丽嫦打来的。吴丽嫦约他到"利舞台"去看 5 点半那一场的电影。他的情绪顿时振奋起来，以敏捷的动作剃须、梳头、更换衣服。更换衣服时，嘘嘘地用口哨吹奏《勇敢的中国人》。换好衣服，站在衣柜前端详镜子里的自己，觉得有必要买一件名厂的运动衫了。他爱丽嫦，丽嫦也爱他。只要找到工作，就可以到婚姻注册处去登记。他刚从美国回来，虽已拿到学位，找工作仍须依靠运气。运气好，很快就可以找到；运气不好，可能还要等一个时期。他已寄出七八封应征信，这几天应有回音。正因为这样，这几天他老是呆在家里等那些机构的职员打电话来，非必要，不出街。不过，丽嫦打电话来约他去看电影，他是一定要去的。现在已是 4 点 50 分，必须尽快赶去"利舞台"。迟到，丽嫦会生气。于是，大踏步走去拉开大门，拉开铁闸，走到外边，转过身来，关上大门，关上铁闸，搭电梯，下楼，走出大厦，怀着轻松的心情朝巴士站走去，刚走到巴士站，一辆巴士疾驰而来。巴士在不受控制的情况下冲向巴士站，撞倒陈熙和一个老妇人和一个女童后，将他们压成肉酱。

2

电话铃响的时候，陈熙躺在床上看天花板。电话是吴丽嫦打来的。吴丽嫦约他到"利舞台"去看 5 点半那一场的电影。他的情绪顿时振奋起来，以敏捷的动作剃须、梳头、更换衣服。更换衣服时，嘘嘘地用口哨吹奏《勇敢的中国人》。换好衣服，站在衣柜前端详镜子里的自己，觉得有必要买一件名厂的运动衫了。他爱丽嫦,丽嫦也爱他。只要找到工作,就可以到婚姻注册处去登记。他刚从美国回来,虽已拿到学位,找工作仍须依靠运气。运气好,很快就可以找到;运气不好,可能还要等一个时期。他已寄出七八封应征信,这几天应有回音。正因为这样,这几天他老是呆在家里等那些机构的职员打电话来,非必要,不出街。不过,丽嫦打电话来约他去看电影,他是一定要去的。现在已是4点50分,必须尽快赶去"利舞台"。迟到,丽嫦会生气。于是,大踏步走去拉开大门……

电话铃又响。

以为是什么机构的职员打来的,调转身,疾步走去接听。

听筒中传来一个女人的声音:

"请大伯听电话。"

"谁?"

"大伯。"

"没有这个人。"

"大伯母在不在?"

"你要打的电话号码是……"

"3——975……"

"你想打九龙?"

"是的。"

"打错了! 这里是港岛!"

愤然将听筒掷在电话机上,大踏步走去拉开铁闸,走到外边,转过身来,关上大门,关上铁闸,搭电梯,下楼,走出大厦,怀着轻松的心情朝巴士站走去。走到距离巴士站不足五十码的地方,意外地见到一辆疾驶而来的巴士在不受控制的情况下冲向巴士站,撞倒一个老妇人和一个女童后,将她们压成肉酱。

(1983 年 4 月 22 日作,是日报载太古城

巴士站发生死亡车祸)

[鉴赏]　中国香港老作家刘以鬯先生在其主编的《星岛晚报》副刊《大会堂》上,发表了这篇新颖别致的微型小说。它用富有凝重韵味的复合结构方式,表述了一次偶然车祸的巧合,寓含着"生命在于瞬间"的艺术意蕴,暗示出人生中偶然的因素也可以决定着一个人祸福和命运的哲理。

巧合，是巧在偶然的相合上，或者说，是一种"相合"的偶然。它是小说创作中情节布局的一种重要的艺术手段，所谓无巧不成书。它有利于小说新奇、生动、独特情节的创造。微型小说《打错了》的情节开展中，也巧妙地运用了此法。两则故事都充分运用了巧合的艺术手法，并前后作了比较，前者的巧合，陈熙命归黄泉；后者的巧合，陈熙逃过一劫。这里，这个偶然性因素就是时间上的误差。时间，是微型小说的重要因素，因为它是"时间的艺术"。英国作家伊丽莎白·鲍温在《小说家的技巧》一书中精辟地指出："时间是小说的一个主要组成部分。我认为时间同故事和人物具有同等重要的价值。"时间的巧合，正是小说家经常运用的技巧，敷演出新颖生动的情节，表现出人物的鲜明个性和不同的命运。本文正是利用"打错了"这个偶然插入事件，对时间作了重新的调整和分配，才产生死与生两种不同的结局，可见，时间的巧合在这里扮演着何等重要的角色。

当然，巧合的偶然性，也要符合"会有的实情"这样的可能性与或然性，不能胡编乱造，弄巧成拙，变成不合情理的虚假文字。　　　　　　（凌焕新）

两 个 女 孩　　秀　实（中国香港）

从这里外望，是一幅斑驳的水泥地。那原是一座篮球场，现在却因长久的废置，两边的球架都毁塌了。地面上也左一块、右一叠地堆着破碎的水泥块。

午寐后，王丰喜欢耽在这个小屋二楼的窗前，看着这幅破损不堪的水泥地，搜索作画的题材。日影把东边建筑物的轮廓如剪纸的模样般，投印在地上。他心里常这样想，这不活像一幅简单朴素的民间艺术画吗？

大约三时半，便会有二十来个三至五岁的小男孩，从附近的间巷中跑来这里玩耍。他们有的蹬着拖鞋，有的赤着脚，但都一样的灵活如猴。最先是三五个聚在一起，踢踢石块，打打扭扭。后来人数多了，便分作朋党，互相追追逐逐、蹦蹦跳跳。大概是在玩他们的"兵贼游戏"吧。纷杂的童声显得特别清脆嘹亮。

白日耀眼的村庄建筑物中，成年男女在新设的加工厂内忙着，老年人围坐在凉亭中聊天，或在树荫下的河堤边打瞌睡。这幅水泥地，如一面旗子待升起。王丰决定就以这面旗子作为图画的背景，他认为这是相当有意义的。况且他一直认为，人物画中的"孩童画"才是有价值的。

　　小男孩玩得闹哄哄时，在水泥地上惟一的大树后，悄悄地站着两个小女孩。女孩披着相同的刘海，扎起相同的辫子，有着相同的空洞的大眼睛。其余的不同，王丰认为都不重要。他甚至以为，女孩衣服的颜色可以随画意来改动，以配合画作的主题。

　　女孩不投入男孩堆内和他们一起玩耍。王丰没有想过真正的原因是什么。他心中早已认定，女孩是内向的，不如男孩的活泼好动。女孩静止地站在老远的地方，看着男孩子玩耍，是理所当然的了。

　　王丰架起画框，描画起那堆男孩子来。他捕捉当中几个孩子的动作和表情，勾勒出一个轮廓来。画的草图差不多打好的时候，天色开始暗淡起来了。那群孩子已散去，留下一幅空洞洞的水泥地。他搁下画笔，跑到外面吃饭去。

　　在留月阁饭馆里，他慢慢地品尝着他嗜吃的糖醋松子鱼，心中暗暗叫好不迭。邻桌传来的谈话声，却使他为之一怔。

　　“杏嫂前日不是生了个女的吗？”说话的是一个较年长的女人，“听她的爱人说，昨晚在大塘那边把小的溺死了。他们想生男的，只有这样了。”

　　“人人都想有龙种，”另一个女人应道，“女孩不值钱啦，那有什么办法？”

　　王丰几乎呛了口饭。他马上放下饭碗，一径儿跑回小屋，撕下他原先的画稿，铺上新的稿纸，凝神地、细意地、逐笔逐笔地描画起那两对空洞的大眼睛来。

　　[鉴赏]　《两个女孩》用一个画家的视角去观察、描述、思考，虽没有惊心动魄、一波三折的情节，但故事蕴含着一种打动读者的力量。

　　在画家的眼中，他观察到的情与景，都可能是绘画的元素，本来男孩们玩“兵贼游戏”，男孩们是主角，但画家偏偏注意起了水泥地大树后的那两个女孩，画家一眼就抓住了她们的特征：“空洞的大眼睛”。然而，整个三分之二的篇幅其实都是铺垫，那两个小女孩“空洞的大眼睛”是伏笔，为的是引出另一个悲惨的故事——因重男轻女思想作怪而导致的溺杀女孩。故事没有明说杏嫂女人在塘边溺死的那小的女孩是不是那两个有着空洞大眼睛中的一个，但一个女孩只因为父母追求“龙种”而无故地惨遭溺塘，这是千真万确的。更令人触目惊心的还不是这事件的本身，而是那些村民，她们提起这话题，就像说到隔壁张家、对门李家的小猫或小狗死了一样，并无半点悲戚或遗憾，似乎这是约定俗成的一种古老的选择而已,心灵上的麻木正是助长溺杀女孩的一种思想基础啊。

画家王丰受到了极大的刺激与震动,但面对千百年来的传统、风俗,他又无能为力,他所能做的,就是放下吃了一半的饭碗,回到小屋,重画原来的构图。这体现了画家的良知,也体现了画家的无奈,但至少让读者读到了人道主义的情怀,使读者久久难忘"那两对空洞的大眼睛来"。   (凌鼎年)

夜　　店　　**钟子美（中国香港）**

一夫一妻制已崩溃。男女之间以"明会"(不再叫"幽会")来维护短暂的关系。生孩子的事已交给"传宗接代"连锁店负责。

"明会"的地点一律都在夜店。夜店也已无复 20 世纪的模样。全世界的夜店都集中在地球到月球之间二十三万公里的真空中。它们是一些五彩缤纷的软塑料体,半透明,大的直径一公里,小的只有数十公尺。这些椭圆的东西漂浮着,轻轻摇晃着,软性地碰撞着,极具罗曼蒂克的随意性,这夜店现象,新的语言管它叫"夜店蒂克"。

这一夜,约翰又坐上他的私人飞船去"夜店蒂克"了。他的对手是甘札娜——一位无懈可击的美女。

第一巡法国干邑刚过,他们面前忽然站着两个高头大马的警察,其中一个木然地对甘札娜说:

"把左手伸出来!"

他抓住甘札娜的无名指,轻易就将指甲揭开;泛着暗红色荧光的零件历历在目。

"果然是假人! 你的出厂证呢? 没有? 还是个非法的假人! 那么跟我们走——"

"且慢!"约翰站起来,从腰带上取下一张黄金咭。

警察的木然顷刻间溶化了。他将黄金咭往自己的腰带磁头上一刷,便向约翰敬了个礼:

"全球委员会委员约翰先生! 你的五次大赦权还剩两次,好,我们就赦了这位女士。"

警察走后,脸色苍白的甘札娜扑到约翰怀中,感激地哭泣起来:

"你不会因为我是假人而嫌弃我吗,约翰?"

约翰大笑起来,轻轻地揭开自己无名指上的指甲。

"你也是假人？假人怎么可以做全球委员会的委员？"

"委员就假不来吗？"约翰好不容易止住大笑，"悄悄告诉你吧，我的黄金咭也是假的。"

约翰伸手抹去甘札娜脸颊上乳白色的泪水："你泪囊里的泪水准是假牌子货。用黛玉牌吧，那名牌子假不了。这世道，假的东西也太多，这法国干邑也不可靠……"

正说着，另一队警察蜂拥而来，他们不向约翰走来，却从经理室拖出全身抖瑟着的经理。

"这夜店的牌照是假的，妈的！"警察吼道。

约翰走向前，亮出他的黄金咭。

一场扰攘就这样轻易地过去了，经理给约翰行了无数个九十度的日本鞠躬，退回到经理室。

"约翰！你真有担当！我为我们拥有你这样的假人而骄傲。"甘札娜依偎在约翰的怀中，复又轻声地自言自语，"要是恢复一夫一妻制该多好……"

窗外，全银河系最壮丽的夜店群景色还在铺陈着它们永无休止的"明会"的故事——夜店蒂克的故事，其中真真假假莫辨。

[鉴赏]　《夜店》是钟子美系列科幻微型小说中的一部，顾名思义，所谓科幻小说就是指以科学技术为基础地加以幻想，以塑造人物形象或展现故事情节为目的的一种文学样式。由此可见幻想在科幻小说中具有举足轻重的地位，是科幻小说与科学论文、科普读物本质的区别。

在《夜店》中，开宗明义地写道"一夫一妻制已崩溃。男女之间以'明会'（不再叫'幽会'）来维护短暂的关系。生孩子的事已交给'传宗接代'连锁店负责。"可见在未来，人与人之间、人与家庭之间的传统伦理观念已经彻底被颠覆了，人们的其他伦理观念也已经大相径庭。例如对于真假的传统价值判断就受到了毁灭性挑战。在《夜店》里，全球委员会委员约翰跟"无懈可击的美女"甘札娜"明会"，警察查到了甘札娜是机器人，想把她带走。结果，约翰利用他拥有五次大赦权的全球委员会委员的身份，把甘札娜给解救了。然而，最具讽刺意义的是，约翰的委员身份也是假的，而且也是机器人。值得深思的是，在未来的世界里假不再和丑、恶必然地联系在一起，甘札娜是个假人，甚至连她的泪水都是假的，却是"无懈可击的美女"。这实际上反映了作者对于人和科学技术之间的复杂关系，尤其是科技发达与道德伦理相冲突的深刻思考，这一思考对于我们正逐渐远离传统的现实社会是弥足珍贵的。

在文章最后，作者借甘札娜之口说道"要是恢复一夫一妻制该多好……"

被人类如草芥般抛弃和颠覆的传统，却正是机器人所可望而不可即的，作者正是借这一悖论巧妙地表明了自己的主观倾向。　　　　　　　　　（顾　震）

昨 夜 星 辰　　陶　然（中国香港）

　　他该送她去的。可是，糟糕！早上一睁开眼睛便感到天旋地转，胸口发闷，好像随时会呕吐一样。他看了看手表，已经8点多钟，他听她说过，10点钟她就会赶到红磡火车总站，经深圳再转车回上海去。

　　上海？这个似乎毫不相干的城市，一下子竟然就变得那么亲切起来，而且仿佛不再遥远了。他当然去过上海，那是十年前的事吧？外滩、黄浦江、大世界……他都有点印象，但都是模模糊糊的，如今竟一下子记忆回涌，立体得好像就在眼前，甚至自己便置身其中。可是，此去关山重重，提着那么多件的行李，一个女的，要孤身一人去挤火车、过海关，想想都不可思议。昨晚在餐厅饯行，他就有些为她担忧："六大件，你怎么提呀？——有拖行李的小车也不行，过海关要检查，万一给你来个翻箱倒柜，你一个人怎么对付？"

　　但她只是微微一笑，很温婉却很自信地一笑："总会有办法的。"他熟悉她的这种笑容，他在这个国际学术会议上邂逅她，也只不过是两个半星期吧？但她的这种很有内涵的笑容，却很快便吸引了他。幽暗的餐厅里，桌面上的烛光闪烁，这到底是为了重温，还是为了惜别？他也有些搞不清楚了。他未必喜欢吃西餐，想来她也不会喜欢，但这里却胜在情调，坐在这里，心境自然会柔和起来。台上的男歌手一面弹着电子琴，一面用忧郁的歌声唱着保罗·安卡的"黛安娜"，让人的心一下悠远空蒙起来。她悠悠地叹了一口气："我曾经屈着手指数日子，老是盼望着会议赶快结束，离开香港回去……香港？香港当然很好、很美丽，要看什么电影都可以看到，要买什么东西也都买得到……可是，我总觉得，在这里并没有我的位置，我想找的位置是在上海，在我的家乡，虽然比起香港来，条件要艰苦得多，我还是急着要回去，因为那里有我的分量……"柔和的昏黄烛光在她那带着笑容的脸上摇曳，他却读出隐藏在她眼眶里的闪烁的泪光。只听她顿了一顿，忽地轻轻笑出声来，短暂而急促："可是后来，越接近离开的日子，我就越感到舍不得，真有点奇怪。"

"要是时间再长一点就好了……"他接着说。但心里不禁又想，再长一点又怎么样，不也一样终须一别？

终须一别，就像留恋得再晚餐厅也总是要打烊一样，就像骚动的梦终于迎来命定的别离一样。他已经说好了，送君千里，终须一别，他不要去送行，让那分手的场面太过戏剧化地出现，又何必呢？但今早他有些改变主意，只是为了再见她一面，但他却已有心无力，他双腿酸软，早已自顾不暇。勉力提起电话打去，他听到她的声音依然带笑："我这就走了……"他听到室内几个人的谈笑声传来，她又说："他们来送我，你多多珍重……"

几句歌词滑进他的心田："……今天且有暂别，他朝也定能聚首，纵使不能会面，始终也是朋友……"嗯，是昨晚在餐厅所听的最后一首歌"友谊之光"呢。昨夜仰望夜空，星辰寥落；这寥落的几颗，此刻又遗落何方？

[鉴赏]　微型小说，在短短的千字文中想要真实而深刻地反映人物心情、塑造人物形象，为制造矛盾冲突而选择恰当的掘进角度就显得十分重要。

文章中，"她"就是这样一位为精神与物质的矛盾所困扰的知识女性。"她"来自上海，深刻体会了上海与香港之间的巨大反差，上海是"她"贫瘠的精神家园，香港却是一个物质天堂。"她"表面上总是挂着"很温婉却很自信"、"很有内涵"的笑容，是一个来香港参加学术会议的典型的事业成功型学者，却不得不孤身一人提着免税的"六大件"去挤火车、过海关，去改善"她"那贫瘠的现实物质生活。这是在 20 世纪 80 年代经常看见的现象：专家学者们在会上侃侃而谈、风度翩翩，在会后却迫不及待地打听哪里能买到免税的家电，走时直如贩夫走卒，狼狈不堪。在临别前的那个晚上，"她"的自白真实地反映了夹杂在精神与物质的矛盾之间的苦恼。"她"深知物质的虚幻，曾经期盼着对精神家园的回归，在那里才能有自己的"分量"；但在体验了物质的巨大现实反差之后，又身不由己地为之所吸引，渐生留恋。最终虽决定回归，却有按捺不住的失落：带着笑容的脸上却在眼眶里隐藏着"闪烁的泪光"。

除了精神与物质的显性矛盾之外，"她"与"他"之间惺惺相惜似乎超乎朋友却又下于情侣的含混而复杂的情感矛盾，也从另一个侧面丰满了人物形象。

（顾　震）

为 你 疯 狂　　桑　妮（中国香港）

司马娜忘不了那掌声！

她第一次登台，唱了第一首歌，台下反应冷淡，竟没有人为她鼓掌，弄得"再来一首"便没有了一个顺当的借口，司仪阿 M 不得不出来打圆场，面对着台下那一围一围的听众，口沫横飞地说：

"我们的司马娜小姐从×埠来，特地为我们香港的歌迷演唱她几首风靡了许多年轻人的最新爱情歌曲。她很喜欢香港……让我们用热烈的掌声，欢迎司马娜小姐为我们再唱一首她最拿手的《为你疯狂》！"

这，掌声才稀稀落落地响起来了。

第二首歌唱毕，听众的掌声开始为她鼓了！看来都是发自内心的。她大感兴奋。

第三首，掌声又热烈了些……

从夜总会出来，已是午夜 12 时过后。司马娜的男友截了辆的士送她回家。

在车上，男友不客气地说："娜，你今晚唱得真糟。"

"怎么？"司马娜说，"你是说我第一首歌吧？我明白，唱得不好。可香港的听众，也太没礼貌了，一点反应也没有，你叫我能唱得起劲吗？"

"你唱得不好，怎能怪人家？"

"第二首、第三首歌唱得比第一首好。你明白其中奥秘吗？"司马娜说。男友摇摇头。

"我十分情绪化，客观反应对我很重要，我很需要掌声，那是一种刺激。"

司马娜初次登台，听到掌声，兴奋了一夜不得入眠。半夜她从床上爬起来，站在大镜面前唱了一首歌。她想象着镜子那边就是台下，几百名夜总会客人在那边听着。然后，她幻想如雷掌声哗哗响起来，她闭上眼睛陶醉着、兴奋着，灵魂好似飞上云端。

然而乐评界对司马娜的歌艺不但不敢恭维，且兼有极尖锐的批评。司马娜不读报，什么都不知道。

又上了几次台，司马娜终于病了，医生诊断结果，是太兴奋导致,而司马娜明白是掌声引起的。在台上,热烈的掌声一起,她的心脏就跳得十分剧烈;掌声越疯狂,她更不能自制,感情放浪,竟终于嘶哑变音了。

　　最疯狂的是最近一晚,司马娜刚登台,口都还未张开,掌声忽然如雷暴一样爆发,还渗进了口哨和狂喊。司马娜兴奋过度,晕死过去。男友赶忙跳上台去,脱下西装,覆盖在她那薄如蝉翼、不着胸围的透视装上面……

　　[鉴赏]　微型小说是文学艺术领域的轻骑兵,它在反映社会生活、表现客观世界上,与其他文学样式相比有更快、更准的优势。但由于篇幅所限,它不能对社会生活作全景式的描摹,而只能选取一个恰当的角度、一个恰当的折射点,以小见大、以实写虚地表现客观世界。这个折射点的选择对于作品而言具有举足轻重的作用。

　　《为你疯狂》是一篇典型的讽喻小说,它以一个夜总会歌手的遭遇作为切入点,讽喻了被物质和欲望异化的世界里的荒诞现象。在夜总会里,歌手的歌唱被异化为色情表演,原本是欣赏艺术、追求审美愉悦的观众被异化为只会追求感官快感的动物,而原本是艺术共鸣的掌声则被异化为对歌手的刺激。乐评家尖锐的批评仅仅是自言自语,在这个被欲望异化的世界里,对物质的渴望压倒了一切,这里不需要头脑,更不需要思想,只需要感官的满足与身体的兴奋。美感也从根本上被异化为快感。掌声带给歌手刺激的快感,歌手在快感的作用下更加疯狂,歌手的疯狂又带给观众兴奋的快感,疯狂的掌声又带给歌手刺激的快感,如此恶性循环。就像作品中的那个歌手一样,仅靠物质与欲望支撑的世界是异常脆弱的,最终还是逃脱不了崩溃的命运。

　　这篇文章具有较高的思想价值,对被物质欲望异化的资本主义社会的精神危机进行了深刻的揭露。值得注意的是:这些揭露是依靠“人物形象”和“故事情节”这种文学手段的“指向性”功能来实现的,而不是靠赤裸裸的说教和道德谴责来完成的,更不是简单的主题先行的批判,这正是讽喻微型小说和议论文的根本区别。

　　　　　　　　　　　　　　　　　　　　　　　　　（顾　震）

钻　石　婚　　许均铨（中国澳门）

　　我在整理出席社团茶会的老人名单,发现有部分领了茶餐券的老人没有出席,其中有罗仁杰夫妇。

　　记得去年他很辛苦地攀上一楼,当时他说前几年中风,后来经治疗竟奇迹般地能走路,他去年来参加每年一次的敬老茶会,他太太没有来,因为只能坐在轮椅上,行动不便。今年却是两人都没出席。

我带着两份礼物按照罗仁杰的地址送去,他住在三楼,我想起他上一楼都辛苦,每天上三层楼,真难为他。

门开了,我被眼前的红色双喜字弄得一头雾水,罗仁杰招呼我坐下,然后告诉我,今天是他们夫妇结婚六十周年纪念日。我见到两个老人穿上新衣,家里除了两位老人外,还有一个菲律宾女佣,他们的生活由她照顾。

"你是我们惟一的客人。"罗仁杰显然很高兴,因为意外地可以与人分享他的喜悦。

"这是敬老茶会送的礼物,如果我知道今天是你俩钻石婚纪念日,我一定备一份礼物,容我后补。"我是真心地说。这世上有多少钻石婚纪念? 又有多少无关的人能这么巧遇上?

"我比她大十岁,今年八十八,当初结婚时就想,以后老了老婆可以照顾我,没想到,却是我照顾了她十年。"罗仁杰苦笑地摇着头说。

"多难得!"我见到女佣在喂罗老太太吃甜品,"你们的孩子呢? 有几个?""有三男三女,全成了家,有十多个孙儿,有时也会过来,他们很忙……"罗老太太说到儿女、孙儿便有一点兴奋的表情。

没有音乐,没有笑声,一个静静的钻石婚纪念日让我无意之中遇到,暮年是否一定要冷清? 我知道罗仁杰有退休金,他缺少的是那份儿孙满堂的热闹。

[鉴赏]　中国有句老话,谓"百年觅得同船渡,千年修得共枕眠",而生死相许、白头偕老更是爱情的最高境界。如今的社会,不要说银婚、金婚稀罕,就是木婚、瓷婚也弥足珍贵了,君不见有人今天结婚、明天离婚的。一切都在比较中存在,在比较中显现价值。文中的罗仁杰夫妇竟已到钻石婚纪念日。要知道金婚是五十年,这已颇难得;钻石婚得六十年,至少双方都是八九十岁的老寿星,长寿而夫妻和睦,人生快事啊。然而,罗仁杰这对钻石婚夫妇在钻石婚纪念日时,竟一个祝福人也没有,作者"我"是偶然碰上的,成了唯一到场的祝福人、见证人。

这个故事从情节来看也许不够曲折、不够刺激,但文字背后的意蕴却可让读者长久咀嚼。为何? 因为罗仁杰有三个儿子、三个女儿、十多个孙子孙女,遗憾的是在老人钻石婚纪念日里一个也未到。儿孙到哪里去了,为什么不来? 作品留下了空白。但稍稍想一想,作者用得着写吗?! 作品到此戛然而止,已够了,让读者心里酸酸的、涩涩的。读者既为老人祝福,又为老人惋惜,对老人的子孙自然有一种出自心底的谴责。

微型小说,以情节取胜是一种写法,以内涵取胜亦是一种写法。应该说,以内涵取胜更难,这篇《钻石婚》就是以内涵取胜。整篇文章采用白描手法,没有刻意渲染气氛,在罗仁杰家中一切都是平静的、淡淡的,唯有那红色喜字与两老的新衣烘托出了些许喜庆氛围。然而,又终因是没有儿孙祝福的自我庆祝,更显出了几分凄凉。这让人想起中国古典文学的美学论点:以哀写乐,以乐写哀,一倍增其哀乐。这篇作品多少诠释了这种观点。　(凌鼎年)

叶　人　　　　陶　里（中国澳门）

一个晚上,我走过森林。树叶纷纷落在我的头上、身上和手脚上,叶柄插入肌肤,拂不去,拔不掉,我变成一棵可以走动的树。

天亮时,我走到大路上,回到家里,没人发现我。

我没结过婚,家里没子女和佣人。家是一间古老大屋,是一个吃素的朋友的物业。他信奉道教,不娶妻,最近去了埃及,有十足的信心以阴阳五行之法催生一具木乃伊作为终身伴侣,古老大屋交由我看管。

我变成一棵可以走动的树,不但没有不安,而且感觉到是一种幸福。当我走入内室时,听到朋友来自埃及的声音:

"你身上的叶子,是罪恶的象征,必须拔掉;否则,你将终身受罪!"这声音,确是叫人战栗的。

我眼前的大床本来空无一物,这时蓦地站起一个木乃伊,走下床来。

"好家伙,弄个木乃伊到家里来了!"我暗自揶揄朋友。

木乃伊的缠身白布迅速落下。一个赤裸的、丰满的、粉红的女人站在我面前。我以为她要动手拔除我身上的叶子,我做着自卫的准备。这时,无论如何,我宁可做一棵树,不做人。

"靠近她吧! 她将使你过着人的生活!"一个雄浑的声音说。

信奉道教的朋友说,当人听到那么一句话的时候,他就得道了。我想,我一向除了自己之外,不相信任何人,怎会得道?

粉红色的女人取来一个埃及壶子,拦腰劈去一半,叫我看里面的水。水里，有个美丽的翡翠城。她说："这是你随时可以占有的城市。"

我摇头，表示不愿意占有任何东西。

她一把拉住我跳进水里，呼吸毫无困难，而且感觉到前所未有的舒服。一个全身漆黑而赤裸的女人游过来，一下子把我身上的叶子拔光，使我像她们似的赤裸。

两个女人贴身伴我在翡翠城中穿插游泳，我第一次感觉到接触女体的快感。但我又很快地感觉到好比接触蛇体似的油滑冰冷。

我连忙浮出水面，走出半截埃及壶子。

粉红色的女人站在我面前，叫我看看壶里刚才的翡翠城。它倒塌了，变成了一个废墟。那个黑皮肤的女人，跪在一堆尸骨前哭泣。

"美丽的城市，可以霎时变成废墟；人呢，不外是一堆骨头！"女人说。她迫近过来，目光像蛇眼似的闪烁。

我已无退路，只想找一片叶子，遮蔽我要遮蔽的地方，但是森林离我很远很远。

我倒在床上，耳畔听到野兽的吼叫声。无论如何，叶子都不再从我的身上复生。

[鉴赏] 这篇《叶人》，初读之，雾里云里，不知作者想告诉读者什么，想借叶人这故事表达什么。整个故事是荒诞的、非现实的。字里行间充满着象征、暗喻，只有逐一梳理那些文字、那些细节，去寻觅隐藏在文字背后、故事背后的寓意，才能依稀领悟到作者想要表述、想要传达的意思。

人变成树，变成一棵可以走动的树，这自然是梦幻语言，但奇怪的是"我"没有一丝不安，而是感觉到一种幸福，这其实是在间接告诉我们：做人还不如做树。同样，"我"的朋友和"我"一样，不娶妻，不成家，却用阴阳五行之法催生一具木乃伊作为终身伴侣。这与"我"乐于做一棵树应该出于同一种思想，无非借此告诉我们，社会太复杂，人太多变，因此"我宁可做一棵树，不做人"。作者让木乃伊变成裸体女人，让粉红色女人陪"我"游泳，并不是故弄玄虚，而是借此隐晦地表示出对世事无常的感慨。你可以占有一个美丽的翡翠城，但转眼它就可能变成废墟了，这多少透露了一种宿命论的思想。

作品的题目为《叶人》，而叶子并非是天生的，在这里，叶子是罪恶的象征。好在最后叶子不再复生，正合了赤条条来、赤条条去的古老说法。读这篇作品，要有耐心，要反复思考。这样的作品，既代表了作者的探索性，又代表了微型小说这种文体的探索可能性。

（凌鼎年）

外国微型小说

选　择　　　　[英国]库　克

"有钱是多么快活！"坐在茶几旁的肖夫人，当她拿起古色古香的精细的银茶壶倒茶时，心里也许是这样想的。她身上的穿戴、屋里的陈设无不显示出家财万贯的气派。她满面春风，得意之情溢于言表。然而，由此而认定她是个轻浮的人，却是不公平的。

"你喜欢这幅画，我很高兴，"她对面前那位正襟危坐的年轻艺术家说，"我一直想得到一幅布吕高尔的名作，这是我丈夫上星期给我买的。"

"美极了！"年轻人赞许地说，"你真幸运。"

肖夫人笑了，那两条动人的柳眉扬了扬。她的双手细嫩而白皙，犹如用粉红色的蜡铸成似的，把那只金光灿灿的戒指衬得更加耀人眼目。她举止娴静，既不抚发整衣，也不摆弄小狗或者茶杯。她深深懂得，文雅能给人一种感染力。

"幸运？"她说，"我并不相信这套东西。选择才是决定一切的。"

年轻人大概觉得，她将富有归于选择两字，未免过于牵强。但他什么也没说，只是很有分寸地点点头，让肖夫人继续说下去。

"我的情况就是个明证。"

"你是自己选择当有钱人的啰？"年轻人多少带点揶揄的口吻。

"你也可以这样说。十五年前，我还是一个笨拙的学生……"

肖夫人略为停停，故意给对方说点恭维话的机会。但年轻人正在暗暗计算她在学校里待的时间。

"你看，"肖夫人继续说，"我那时只知道玩，身上又有一种叫什么自然美的东西，但却有两个年轻人同时爱上了我。到现在我也搞不清楚他们为什么会爱上我。"

年轻人似乎已横下心不说任何恭维的话，但也没有流露出丝毫烦躁的神色，虽然一直在考虑如何将谈话引到有意义的话题上去。他太固执了，怎么也不肯逢迎。

"两人当中，一个是穷得叮当响的学艺术的学生，"肖夫人说，"他是个浪漫可爱的青年。他没有从商的本领，也没有亲戚的接济。但他爱我，我也爱他。另外的一个是一位财力显赫的商人的儿子。

他处世精明，看来前程未可限量。如果从体格这个角度去衡量，也可称得上健美。他也像那位学艺术的学生一样倾心于我。"

靠在扶手椅上的年轻人赶忙接住话茬，免得自己打哈欠。

"这选择是够难的。"他说。

"是的。要么是家中一贫如洗，生活凄苦，接触的尽是些蓬头垢面的人，但这是罗曼蒂克的爱情，是真正的爱情；要么是住宅富丽堂皇，生活无忧无虑，服饰时髦，嘉宾盈门，还可到世界各地旅游，一切都应有尽有……要是能两全其美就好了。"

肖夫人的声调渐渐变得有点伤感。

"我在犹豫不决的痛苦中煎熬了一年，始终想不出其他办法。很清楚，我必须在两人当中作出选择，但不管怎样，都难免使人感到惋惜。最后……"肖夫人环视了一下她那曾为一家名叫《雅致居室》的杂志提供过不少照片的华丽的客厅，"最后，我决定了。"

就在肖夫人要说出她如何选择的这相当戏剧性的时刻，外面进来了一位仪表堂堂的先生，谈话被打断了。这位先生，不但像一位时装展览的模特儿，而且像一幅名画里的人物，他同这里的环境十分协调。他吻了一下肖夫人，肖夫人继而将年轻人介绍给她的丈夫。

他们在友好的气氛中谈了十五分钟。肖先生说，他今天碰见了"可怜的老迪克·罗杰斯"，还借给他一些钱。

"你真好，亲爱的。"肖夫人漫不经心地说。

肖先生稍坐了一会儿就出去了。

"可怜的迪克·罗杰斯，"肖夫人喟然叹道，"我料你会猜到了，那就是另外的一个。我丈夫经常接济他。"

"令人钦佩。"年轻人略略地说，他想不出更好的回答。他该走了。

"我丈夫经常关照他的朋友，我不明白他哪来这么多时间。他工作够忙的。他给海军上将画的那幅肖像……"

"肖像？"年轻人十分惊讶，猛然从扶手椅上坐直了身子。

"是的，肖像，"肖夫人说，"哦，我没有说清楚吧？我丈夫就是那位原来学艺术的穷学生。我们现在喝点东西，怎么样？"

年轻人点点头，似乎不知该说什么才好。

吕炳华　陈锡添　译

[鉴赏]　一切成为过去的时候,肖夫人讲述了恋爱时期的选择故事。肖夫人有两句生活名言:"有钱是多么快活""选择才是决定一切的"。她的选择经历,是对她的名言的注脚。一个是穷困的学艺术的学生,一个是富有的显赫商人的儿子,前者代表了浪漫,后者代表了现实。她选择了学艺术的穷学生。但是,学艺术的学生在脱贫致富中,却将艺术媚俗了,结尾是给海军上将画肖像。肖夫人能保持她最初选择的那份浪漫吗? 现实又选择了人。

《选择》将她对爱她的两个男人的选择放在社会里来显示:人物命运的对比,人与环境的对比,环境改变着人。人生有多种可能性。人生是个充满分岔的路,而选择往往具有偶然性。肖夫人是在选择成了定论之后来欣慰地谈她的选择。以世俗的眼光看,肖夫人的选择正如她自己感到的一样,选择给她带来了快活、带来了富足。但是,还有一个更高的选择在讽刺着肖夫人,因为,她选择了富足、快活,实际上是选择了庸俗——这在后半部分的情节中可以看见,她已经被庸俗所侵蚀。由此,作者表达了对庸俗的讽刺。面对庸俗,我们能否作出自己的选择,去抵抗那强大的庸俗呢?　　　　　　（谢志强）

想　象　　[英国]凯·杰罗姆

记得那天,我到大英博物馆去查阅有关接触性枯草热的治疗情况,我猜我大概得了这种病。

取下一本医书,我一口气读完了所有的相关内容。然后,我懒散地胡乱翻着书页,粗略地研究起疾病来。没等看完一连串的病症征兆,我便意识到自己得的就是这种病。

我坐在那里呆呆地发愣,陷入绝望之中。过了好一会儿,我又拿起那本书,翻了起来。翻到伤寒——仔细看了它的各种症状,我发现我又得了伤寒,想必我得此病已经好几个月了,竟然还茫然不知。不知我还患有其他什么疾病?

翻到舞蹈病,我发现,正如我预先想的那样,我也患有这种疾病。我开始对自己的病情产生了兴趣,并决定一查到底。我开始按字母顺序逐个检查——翻到疟疾,我知道自己已经出现了疟疾的某些症状,两个星期后就会进入急性发作期;翻到肾小球肾炎,我心中稍微感到一丝安慰——我得的只是其中较轻的一种,就目前状况而言,我还可以活上几年。此外我还染上了霍乱,并伴有严重的并发症。而白喉对我来说似乎是与生俱来的疾病。我不厌其烦地按照26个字母通通检查了一遍,结果发现,惟一没有得上的疾病就是髌前囊炎。

起初，我对此颇有些伤感，心中似有几分失落。为什么我没有得上髌前囊炎呢？不过，过了一会儿，我的心渐渐变得开朗起来。我想，从药理学讲，我不是已经得了其他各种常见的疾病了吗？没有得上髌前囊炎那就算了吧！反正痛风已经处于恶性晚期了。

我陷入了沉思。我想，从医学角度来说我是一个非常有趣的病例，对于医学院学生来说，我更是一个极为难得的病例！如果学生们有了我，他们也就无须到医院去实习了——我就是他们的"实习医院"。他们所要做的就是在我身上研究研究，然后就可以拿到他们的毕业文凭了。

我不知道自己究竟还能活多久，我得做一番自我检查。我摸了摸自己的脉搏。起初，我什么也摸不着，不久那脉搏又突然跳了起来。我掏出怀表，测算脉搏的次数，大概每分钟 140 次。我又摸了摸心脏，竟然发现它已经停止跳动了！后来，我渐渐意识到我的心脏还在那里，想必也没有停止跳动，只是我对此无法解释而已。我看了看自己的舌头——我尽量把舌头伸得长长的，闭上一只眼睛，用另一只眼来检查。我只能看见自己的舌尖，得到的惟一收获是：我比以前更加确信我得了猩红热。

走进阅览室的时候，我是一个健康快乐的人；出来的时候，我变成了拖着衰弱病躯的重症病人。

于是，我去看了医生。他是我的一位好友，他摸了摸我的脉搏，又看了看我的舌头，后来不知怎么地谈起了天气。之后他问："你究竟哪里不舒服？"

我说："老兄，我不会告诉你我得了什么病，让你白费那么多时间。不过，我可以告诉你我没有得什么病——我没有得髌前囊炎。除此之外，什么病我都有。"

我还把自己是如何发现这些疾病的过程如实告诉了他。

随后他解开我的衣服，紧握着我的一只手腕，在我胸部一阵乱敲；又把脑门儿贴到我的身上。最后他坐下来，开了一个处方，然后把它叠起来递给我。我接了过来，随手揣进衣兜里，走了出去。

我径直来到一家最近的药店，药剂师看了看处方，又将它退了回来。

他说他不收这种处方。

"你不是药剂师?"我问。

"我是药剂师。如果我经营一个合作商店兼营家庭旅馆的话,我倒是可以为你效劳。可我只是一个药剂师,我无能为力。"

我看了看那处方,上面写道:"一磅牛排,外加一品脱苦啤酒,每隔六小时服用一次;每天早晨散步十英里;每天晚上十一点上床睡觉。此外不要满脑子都装些你不明白的东西。"

[鉴赏]　一个可笑的关于想象生病的故事。他查阅医书前,还是个健康的人;但查阅对照完毕,他已是患有各种重症的病人了。因为,有关医书列举的各种疾病征兆他都可以一一对号入座。

他的"想象"于是活跃起来。他简直是多种病症的集大成者,他本人就是一个"实习医院"。实际上,他的"灵魂"有病:多疑症。这还不够,作者还让"想象"出现了现实的迹象。其实,我们的现实生活里,许多人不是被疾病拖垮的,而是被自己对病的"想象"所打垮的。《想象》的后半部分,他去就诊,医生开了一个处方。如果《想象》的前半部分基调是荒诞的话,那么,后半部分到了结尾便是幽默。作者将小幽默组装进了微型小说里边,由此将小幽默和微型小说这两种文体紧密地结合了起来。

《想象》采用第一人称的自述,充满了书生气息,他由医书想象自己的病,他跳不出"医书"的陷阱,而且,越陷越深。注意其中查阅医书相关知识过程中的荒唐吧,每一种病症都与自己进行对照、认定,那么,想象中的疾病就在不断地增多,一方面是知识的膨胀,另一方面是疾病的增加。他由医书出发去进行疾病的"想象",这样,走进阅览室时,他是"一个健康快乐的人";走出阅览室时,他已"想象"成病症繁多、忧心忡忡的人。是他把自己"想象"得有病了。与其说是"我"发现自己有病,还不如说是"想象"自己有病,其实是灵魂有病。

(谢志强)

十全十美的丈夫　　[英国] 科贝特

我是在费城那一带开始我的新婚生活的。那段时间,在炎炎如火烧的七月中,我最担心的是我妻子睡眠不足可能带来的不幸后果;她在经受了这场炎热的灾难后,已有四十八个小时没有合眼入睡了。在炎热的国家中,似乎所有的大城市到处都是狗,特别是在盛夏的日子里,狗在夜间不断地发出可怕的吠声、厮打声、号叫声。这声音是那样可怕，即使是一个身强力壮的人，也几乎甭想获得一分钟的睡眠。晚上九点钟光景，我正坐到床沿上。"我想，"她说，"要不是那些狗，我现在就可以睡去了。"我下楼去了，只穿着衬衣、衬裤，连鞋子、袜子也没穿，就冲出了楼门。我来到路边的石子堆旁，来来去去地走着，开始认真地对付那些狗，把它们赶到离房子二三百米远的地方。我就这样整整走了一个通宵，赤着两只脚，因为我觉得鞋子的声音可能会传到她的耳朵里。我记得，人行道上的那些砖砖块块，即使在夜里，也烫得我的脚够呛。我的努力产生了我盼望的效果：她到底睡上了几个钟头。早晨八点钟，我就去干我一天的工作了，一直到晚上六点钟。

周之亭　译

　　[鉴赏]　爱情故事，汗牛充栋。《十全十美的丈夫》从一个特殊的角度写新婚生活中丈夫对妻子的爱。盛夏的炎热和狗的吠叫使得爱妻失眠四十八小时，怎样来写这位丈夫的"十全十美"呢？

　　全文仅一个大段的微型小说，可分为两层：第一层综述，强调环境的炎热和噪声以作为渲染和铺垫；第二层特述，具体是晚上，是一个通宵，丈夫怎样创造一个妻子的睡眠环境。精彩的是：丈夫为不使鞋子的声音传到妻子耳朵里，竟脱了鞋走，地上的"砖砖块块，即使在夜里，也烫得我的脚够呛"。脱了鞋走一个通宵，那丈夫可称"十全十美"了。由此，丈夫爱妻子有多深、有多细就写出来了。一篇微型小说的成功，常常取决于经典细节，仅仅一个就足矣。一个精彩的细节可以激活一个故事、一个人。

　　对比手法是此作的特点。费城的大环境：炎热以及吠声、厮打声、号叫声。那么，"我"在喧嚣的大环境中怎样为新娘创造一个入睡的小环境呢？就是驱赶狗，这是第一种静；接着，"我"赤脚，因为鞋子也会发出响声。而且，将安静维持了一个通宵。这是将静推向再静的极端的做法，它包含了深切的爱。由此，创造出爱妻安睡的小环境。对比之中，深化了爱的力量。"我"爱你到底有多深，就这样体现出来了。

（谢志强）

两 对 夫 妇　[英国]哈里特·思勒

1

　　查尔德夫妇想的总是不一样。

　　丈夫说："天气真热！"

妻子却说："天气多凉啊。"

妻子说："明天，我们到乡下度假去吧。"

丈夫却说："不，别去了，我们还是好好呆在城里吧。"

屋子对于妻子来说是太狭小了，丈夫却觉得太空荡了。妻子要去旅游，丈夫却想用这笔钱买一辆小汽车。妻子希望有一个花园，丈夫却嫌侍弄花园太麻烦了。

丈夫头痛的时候，妻子脚疼。妻子做什么事总是早早就准备好了，而丈夫却总是磨磨蹭蹭。

他们喜欢做的事也总是相反。

丈夫扔掉的东西，妻子却都给捡了回来。

当丈夫看过报纸想要聊天时，妻子却想要看报纸。

丈夫睡觉时，总是把窗子打开。而妻子醒了就把它关上。

妻子说："噢，亲爱的，这件衣服太贵了，我不想买了。"

丈夫却说："不，不算贵，我给你买一件作生日礼物吧。"

"噢，我越来越老了，不如以前漂亮了。"妻子伤心地说。

"不，在我看来，你还像过去一样年轻、妩媚。"丈夫说。

"约翰，"妻子微笑着，"你是不是不喜欢我了。"

"不，"丈夫也笑了，"我爱你。"

2

拥挤的饭店里，在一张桌子旁坐着一位先生和一位女士。这时，店主人走到他们面前，问是否可以在这张桌子旁再坐上两个人。

"当然可以，"那位先生说，"我们非常荣幸和他们坐在一起。"

过了一会，两个陌生人来到桌子旁坐下，其中一个人说："多谢二位，承蒙你们的关照。"

"你们是朋友呢，还是邂逅相遇？"另一个陌生人问他们。

"我们互相之间非常了解，"坐在桌旁的那位先生说，"她是我的妻子。"

"是的，"那位女士叹了一口气，"我们已经结婚很长时间了，我们不仅想的一样，而且做的也一样，甚至我们的相貌也很相似。"

"我们从没有过分歧。"丈夫说。

"我们从来没吵过嘴。"妻子补充说。

"我们总能知道对方有什么感觉。"丈夫说。

"很多次，我们甚至不需要说出来就知道对方正在想什么。"妻子面带微笑地说。

"哪本书好，哪个电影精彩，甚至对某个人的评价，我们的见解都是相同的。"妻子自豪地说。

那两个陌生人一直听着他们的谈论。

一个陌生人温和地转向另一个陌生人说："他们这样相亲相爱，难道你会不感动吗？我相信他们一定是很幸福的。也许，他们是世界上最幸福的一对夫妻了。"

另一个陌生人沉默了良久，然后说："因为我是一个诚实的人，我不能不说真话。老实说，这对夫妻没有什么可使我感动的。他们俩为什么要在一起呢？他们中的一个是多么多余呀！"

王秀英　李　静　译

[鉴赏]《两对夫妇》写了不同的两对夫妻关系，一对是时时处处想的、做的都相反、相对，然而，他和她却厮守着、相爱着；另一对是时时处处想的、做的都相同、相似，然而，他和她却隔膜着、陌生着。我想到对立统一的观点，如果没有矛盾、没有差异，那么夫妻之中的另一个仅仅是作为影子而存在，"他们中的一个是多么多余呀！"

此作将两对夫妇的故事并置，而且，没有点出两者人物之间的关联，不过，作者的用意显而易见，两对不同的夫妇作为两类夫妻关系的形态组合在同一作品的平台内，便会产生出另一番意义了。那是人生的哲理统一了其中的关系。

微型小说是一种组合之道，特别的组合会生出特别的效果。微型小说为了增强文学的表达效果，往往选择极端现象。《两对夫妇》选择了两对夫妻的极端状况，相同的一对和相异的一对，将两对夫妇放在同一个叙述框架中并行交替地表现，而两条线又不相交。不同的物事放在一起，1＋1大于2。它的含义超出了两对夫妇的故事，引发我们对不同状况的"夫妻"生存境况的思考，结论则由读者去下，作者仅提供现象或是故事。　　　　　　（谢志强）

霍拉斯的厄运　　　　[英国]坎　宁

霍拉斯是个制锁匠，十五年前曾因盗窃坐过一次班房，但他却不愿从此改邪归正，只想今后干得更谨慎些，以免再次招来麻烦。

霍拉斯喜欢珍贵的图书，这就是他每年都要撬一个保险箱的原因。他每年精心策划一次，以后十二个月的吃喝玩乐，特别是购买书籍的钱就不用愁了。

现在，他在七月的阳光下走着，确信今年的行动也一定会像往年那样成功，两周来他仔细调查了一家高级住宅。这家的主人和主妇都去了伦敦，今天两个仆人又出去看电影。霍拉斯觉得很惬意。秋天又有两种有趣的书要出版了，他来得及用那保险箱里的珠宝换得的钱，去购买它们。

他弄开了宅门，剪断了警报电线，便走进放保险箱的房间。要撬开保险箱对他来说，是轻而易举的事，他毕竟跟锁和保险箱打了大半辈子交道了。

他一向细心，从不留下指纹。

他正干得起劲，突然背后传来声音，惊得他魂飞魄散。

"谁？我在楼上就听到你的声音了。"

一位年轻的太太出现在门口，她相当漂亮，身穿一身大红装束。她走到壁炉旁，信手收拾一下那里的装饰品。

"谁都以为我要离开一个月，然而我回来得正是时候，虽然我不希望撞上一个窃贼。"她盯着呆若木鸡的他，接着又说："我要给警察挂个电话……"

他竭力装出可怜的样子央求道：

"放我走吧！夫人，我决不再干这种勾当了，我最怕呆监狱。"

"你保证今后洗手不干了吗？"她从桌上的银制烟盒中取出一支烟来。

看到赦免有望，霍拉斯一面结结巴巴地说：

"我发誓。"一面赶忙脱下手套，递上打火机。

"夫人！您果真宽恕我了吗？"霍拉斯巴结地举着火凑近她。

"可以，但你必须为我干件事。"

"只要我能办到。"

"去伦敦前，我把首饰放在保险箱里了，今天晚上有个舞会，所以我赶回来取，可是……"

霍拉斯笑了："您忘了开保险箱的号码，对吗？"

"让你说中了。"

霍拉斯熟练地撬开了保险箱，为她取出首饰后，赶紧溜之大吉。

可他的誓言只管用了两天,第三天早上,霍拉斯忽然想起了他要买的那两本书,他知道他得觅另一个保险箱。

但他再也没机会执行他的计划了,中午,警方以盗窃珠宝案逮捕了他。由于霍拉斯打开保险箱时没戴手套,他的指纹到处都是。没人相信他为住宅的主人打开保险箱取首饰的故事。夫人本人,一位花白头发的老太太说,这个故事是胡编乱造的。

现在,霍拉斯是监狱图书馆的管理员,他永远不会忘记那个迷人、聪明的年轻太太,她和他干着同样的勾当,却比他更为狡猾。

苏 星 译

［鉴赏］ 微型小说的构思怎样走出“常规”而出奇,《霍拉斯的厄运》是个例子。进入偷窃现场前,故事还处在常规状态。即使那个年轻太太出现,也只是一种“常规”:房主归来。但是,异常已埋下伏笔。这类出奇的微型小说是对惯性阅读思维的冲击,作者正是利用了常规的假象,震撼了窃者,同时震撼了读者。年轻的太太引导着窃贼脱下手套,她借窃贼之手达到了她的目的,而指纹促成了窃贼的厄运。

是年轻的太太精心设计的这场盗窃,还是作者设计的这个精彩的故事呢?多么精密完美的设计。霍拉斯——一个擅长撬窃保险箱的窃犯,他的厄运,是面临了一个意外的现场。惯偷已熟悉了被窃的环境,这种环境使他形成了思维定势:出现在房间里的一定是主人。我们逐渐看到思维惯性的可悲,黄雀在后呐!阅读者也以为出现在门口的年轻太太是房主。作者突破了这种思维定势来构思这个故事,因此,能够创造出窃犯和读者的“意外”。而窃犯完全被左右了,那蹲监狱的厄运正等着他呢。微型小说也要突破思维惯性,找到情节设置的突破点来展开故事,创造出“出其不意”的文学效果。 (谢志强)

换 脑 以 后 ［英国］廷帕莱

手术极其成功。大卫·卡逊疑惑不解地瞧着镜子里那个肤色黝黑的漂亮男子,说:“大夫,我要看我本人。”

“你看到的就是你本人,卡逊先生,”穿着白大褂的华莱大夫平静地说,“一场交通事故使得你体无完肤,但你的脑子却完好无损。正好医院里存放着一个体态健美男人的躯体,他死于大脑损伤,于是就移植了你的脑子。卡逊先生,这完完全全是你本人,只是身体不一样罢了。"

大卫注视着"他"的身体，那手指修长，不像他自己原来粗短的小手。他用这双不熟悉的手抚摸着自己不熟悉的面孔。这是多么异乎寻常的体验啊！不错，新鼻子是笔直的，而旧鼻子的鼻梁中间有一个鼓包；眉毛比原先的浓了；现在的下巴是直挺挺的，而他自己的下巴却是往后缩的；嘴唇饱满了；牙齿是齐的，他原先装的是一副假牙。他还注意到左胳膊肘内侧有一个像胎记一样的红星状小疤，他过去可从没有长过这玩意儿。

"你现在成了标准的美男子了，你得好好珍惜才是啊！"华莱大夫说。

"我妻子她知道这一切吗？"

"你妻子只知道你的'空中公共汽车'在拥挤的空中航道上失事了。"

"我妻子对我的死作何想法？"大卫问他。

"我不知道，她表现得很镇静。当然了，她有她自己的工作。"

"可不是，赛拉有她自己的工作。"大卫苦恼地说。他那自以为当了寡妇的妻子是个演员，她总是事业在先，个人生活在后。而他爱赛拉胜过赛拉爱他。他长得不漂亮，他娶赛拉时正当她时运不佳，因而她被他的体贴和爱怜感动了。婚后不久赛拉时来运转，青云直上，他在赛拉的生活中也就处于次要地位了。他只能暗自妒忌那些跟她一起演戏和拍电影的漂亮男演员，他是竞争不过美男子的……而他，如今也是一个美男子了！大卫出院了，他想作为一个陌生人重新与他妻子认识并且赢得她的爱情。

当他在拍摄现场重见赛拉时，缕缕旧情如潮水般涌上心头。等拍摄完毕，他的"新我"以"旧我"从未有过的胆量迎上前去，说："我对你敬佩得五体投地，卡逊太太。你愿意和我一起吃饭吗？"

吃饭时，赛拉取笑他：

"你总是这么大胆地跟女人搭话的吗？"

"我一生中从来没有过。"

"真是这样吗？"

"真的，赛拉，"他马上又说，"我叫理查，理查·新勇。"

"从你对待我的样子来看，你似乎认识我。"

"我看过你拍的所有电影。"

"还有别的原因。我也觉得我们似曾相识，可是我又从来没见过你。这一阵我一般不接受邀请，自我丈夫死后，我一直独来独往。他生前我没有好好待他，真可怜！唉，如今也晚了，后悔莫及啊！真好像是一场梦。"

以后，他向他的妻子求婚。再以后，他俩结婚了。

就在结婚当天，正当夫妇俩从婚礼大厅出来时，一个女人冲出人群，喊道："裘罗德——裘罗德——"大卫倒退一步，说："我不认识你，我不叫裘罗德。"

"他们告诉我你已经死了！他们干吗骗我？裘罗德，你是我的丈夫啊！"

"不，不，你认错人啦，"他说，"我是理查·新勇。"

"你不是。你是裘罗德·透纳。你确确实实是我丈夫……你左胳膊内侧有个胎记，一个红星一样的小疤。你有的，是吗？"

赛拉用害怕和迷惑不解的目光瞅着他。

大卫让赛拉在旅馆里等他，然后平静地对那个女人说："我们离开这里好好谈谈吧！"

大卫仍旧没有说他究竟是谁，但是他告诉她所发生的交通事故、医院的手术以及他的脑移植手术。这虽然很残酷，但他不得不告诉她这些事情。最后，华莱大夫又作了证明。

[鉴赏]　保留了脑子的"旧我"却获得了身体的"新我"后重新开始生活，他面临着两个女人，由此造成了尴尬的处境。

《换脑以后》探讨了"自我"双重性可能存在的人生处境。得到了什么？失却了什么？作者用了近于科幻的手法展开了这个灵与肉的故事，包括陌生与熟悉的关系。妻子面前他是个陌生人，而陌生的女人面前他成了熟悉人。先进的科技给人以新生，同时也给人们带来了混乱。所以，手术后他提出"我要看我本人"的要求，结尾他也说清了移植手术的真相。但是，"他究竟是谁"仍是个悬疑，怎么界定他该是谁呢？

先进的科学技术由人类创造，但是，它是把双刃剑，它给人类生活带来了新的面貌，同时也可能给人类生活造成负面效应。《换脑以后》就是针对此展开，选择的是"换脑"事件，它夸张地叙述了一个人换脑以后所造成的身份确认问题，它使人失却了本来的东西，由人与人之间的熟悉转变成陌生。最初是人的身份的危机，进而是人类自身的危机，是得是失，值得深思。

（谢志强）

"诺曼底"号遇难记　　[法国]雨　果

真正的强者是那种具有自制力的人。

一八七〇年三月十七日夜晚，哈尔威船长照例走着从南安普敦到格恩西岛这条航线。大海上夜色正浓，薄雾弥漫。船长站在舰桥上，小心翼翼地驾驶着他的"诺曼底"号。乘客们都进入了梦乡。

"诺曼底"号是一艘大轮船，在英伦海峡也许可以算得上是最漂亮的邮船之一了。它装货容量六百吨，船体长二百二十尺，宽二十五尺。海员们都说它很年轻，因为它才七岁，是一八六三年造的。

雾愈来愈浓了。轮船驶出南安普敦河后，来到茫茫大海上，相距埃居伊山脉估计有十五海里。轮船缓缓行驶着。这时大约凌晨四点钟。

周围一片漆黑，船桅的梢尖勉强可辨。

像这类英国船，晚上出航是没有什么可怕的。

突然，沉沉夜雾中冒出一枚黑点，它好似一个幽灵，又仿佛像一座山峰。只见一个阴森森的往前翘起的船头，穿破黑暗，在一片浪花中飞驶过来。那是"玛丽"号，一艘装有螺旋推进器的大轮船，它从敖德萨起航，船上载着五百吨小麦，行驶速度非常快，负载又特别大。它笔直地朝着"诺曼底"号逼了过来。

眼看就要撞船，已经没有任何办法避开它了。一瞬间，大雾中似乎耸起许许多多船只的幻影，人们还没来得及看清，就要死到临头，葬身鱼腹了。

全速前进的"玛丽"号向"诺曼底"号的侧舷撞过去，在它的船身上剖开一个大窟窿。

由于这一猛撞，"玛丽"号自己也受了伤，终于停了下来。

"诺曼底"号上有二十八名船员、一名女服务员、三十二名乘客，其中十二名是妇女。

震荡可怕极了。一刹那间，男人、女人、小孩，所有的人都奔到甲板上，人们半裸着身子，奔跑着、尖叫着、哭泣着，惊恐万状，一片混乱。海水哗哗地往里灌，汹涌湍急，势不可挡。轮机火炉被海浪呛得嘶嘶地直喘粗气。

船上没有封舱用的防漏隔墙,救生圈也不够。

哈尔威船长站在指挥台上,大声吼喝:"全体安静,注意听命令!把救生艇放下去。妇女先走,其他乘客跟上,船员断后。必须把六十人救出去。"

实际上一共有六十一人,但是他把自己给忘了。

船员赶紧解开救生艇的绳索。大家一窝蜂拥了上去,这股你推我搡的势头,险些儿把小艇都弄翻了。奥克勒福大副和三名工头拼命想维持秩序,但整个人群因为猝然而至的变故简直都像疯了似的,乱得不可开交。几秒钟前大家还在酣睡,蓦地,而且,立时立刻,就要丧命,这怎么能不叫人失魂落魄!

就在这时,船长威严的声音压倒了一切呼号和嘈杂,黑暗中人们听到这一段简短有力的对话:

"洛克机械师在哪儿?"

"船长叫我吗?"

"炉子怎么样了?"

"海水淹了。"

"火呢?"

"灭了。"

"机器怎样?"

"停了。"

船长喊了一声:

"奥克勒福大副?"

大副回答:

"到!"

船长问道:

"还有多少分钟?"

"二十分钟。"

"够了,"船长说,"让每个人都下到小艇上去。奥克勒福大副,你的手枪在吗?"

"在,船长。"

"哪个男人胆敢在女人前面,你就开枪打死他。"

大家立时不出声了。没有一个人违抗他的意志,人们感到有一个伟大的灵魂出现在他们的上空。

"玛丽"号也放下救生艇，赶来搭救由于它肇祸而遇难的人员。

救援工作进行得井然有序，几乎没有发生什么争执或殴斗。事情总是这样，哪里有可鄙的利己主义，哪里也会有悲壮的舍己救人。

哈尔威巍然屹立在他的船长岗位上指挥着、主宰着、领导着大家。他把每件事和每个人都考虑到了，面对惊慌失措的众人，他镇定自若，仿佛他不是给人而是在给灾难下达命令，就连失事的船舶似乎也听从他的调遣。

过了一会儿，他喊道："把克莱芒救出去！"

克莱芒是见习水手，还不过是个孩子。

轮船在深深的海水中慢慢下沉。

人们尽力加快速度划着小艇在"诺曼底"号和"玛丽"号之间来回穿梭。

"快干！"船长又叫道。

二十分钟到了。轮船沉没了。

船头先下去，须臾，海水把船尾也浸没了。

哈尔威船长，他屹立在舰桥上，一个手势也没有做，一句话也没有说，犹如铁铸，纹丝不动，随着轮船一起沉入了深渊。人们透过阴惨惨的薄雾，凝视着这尊黑色的雕像徐徐沉进大海。

哈尔威船长的生命就这样结束了。

在英伦海峡上，没有任何一个海员能与他相提并论。

他一生都要求自己忠于职守，履行做人之道。面对死亡，他又运用了成为一名英雄的权利。

　　　　　　　　　　　　　　　张汉钧　译

[鉴赏]　《"诺曼底"号遇难记》是写一艘轮船遇难的故事，但是，雨果写的是船长，即塑造了哈尔威船长这个英雄人物。灾难是对人类生存的一种考验。雨果将船长放到轮船遭遇海难这个异常险境中来塑造。通过层层铺叙，表现这条船上的人们在面临生死的危急关头时所显露出的人生百态。雨果写出了船长的忘我、镇静，恰与船上乘客的自私、混乱形成对照。他指挥救助乘客，却把自己给忘了；他指挥船员，又时时表现出船长的威严。那段简洁有力的对话，强化了他的镇定和权威。特别是船沉没前最后一个镜头：屹立舰桥，沉默无语，"随着轮船一起沉入了深渊"。整个抢救过程，他唯独忘了自己。

　　雨果运用了传统表现手法来塑造 19 世纪的英雄，一个伟大的灵魂在海难中出现。雨果采用的是夹叙夹议的方法，并与纪实的手法相结合。纪实的手法还体现在对这条船的介绍里：关于船体、船员、乘客、时间等数据的罗列，加强了作品的真实感。

　　这篇微型小说的主旨是塑造船长的英雄形象，作品什么时候略写、什么时候详写，作者的火候把握得十分恰当。到了危急关头，船长威严地出现，那一系列简短有力的对话，颇显英雄人物的风采。这就是人物的详写，用人物的语言来突显人物的性格，读者于此仿佛听到了船长的声音。　　　（谢志强）

一个幸运的贼　　[法国] 莫泊桑

　　他们坐在巴比佐恩一家旅馆的餐厅里。

　　"我告诉你，你也不会相信的。"

　　"哎呀，你讲你的呗。"

　　"好，讲就讲，但是我得首先声明，我所讲的，无论从哪方面说都是绝对真实的，尽管听上去好像不可能。"于是老画家便讲起了他的故事：

　　"那天晚上，我们三个人在索里尔家聚餐，最后都喝得有几分醉意了，我们这三个年轻的狂徒是：我，索里尔（可怜他现在已经死了）和海景画家普瓦特文，他也不在人世了。

　　"我们四肢伸展着躺在紧挨画室的一间小屋的地板上。我们三人中惟有普瓦特文头脑还比较清醒点。索里尔总是那么疯疯癫癫的，他把双脚搭在一把椅子上，仰面朝天地躺着，讨论什么战争和皇帝的服装之类的事情，说着说着他突然一跃而起，拉开他收藏着一套轻骑兵制服的大抽屉，将制服穿在身上，然后他又拿出一套掷弹兵的制服让普瓦特文穿上。普瓦特文说什么也不肯穿，于是我们硬给他套上了，衣服太大，几乎把他包起来。我把自己打扮成一个甲胄骑士。待一切都准备停当以后，索里尔开始操练我们，他大声地说：'既然我们都当了军人，就让我们喝得像军人的样子。'

　　"我们拿出大碗，再次开宴。我们拉开嗓门高唱起旧日的军歌。尽管普瓦特文这时已喝得酩酊大醉，我还是突然地举起一只手说：'静一静，我敢保证我听见了画室里有人走动的声音。'

　　"'有贼！'索里尔摇摇晃晃地站起来说，'运气来了！'他开始

唱起《马赛进行曲》：'拿起武器，公民们！'

"然后我们从墙上摘下几件武器，按照我们的制服装备起来。我得到的是一把火枪和一把长剑，普瓦特文拿着一枝上着刺刀的长枪。索里尔没有找到称心的武器，抓起一把手枪插到皮带上。他手里握着一把大板斧，小心翼翼地打开了画室的门。当我们走到画室中央的时候，索里尔说：'我是将军，你（指我），甲胄骑士，负责切断敌人的退路。你（指普瓦特文），掷弹兵，做我的护卫。'

"我执行命令之后，这时我突然听见一种可怕的声音，我端着蜡烛想去看个究竟，只见普瓦特文用刺刀向那个地方乱刺，索里尔也用斧子狂砍一通。当弄明白是搞错了以后，'将军'下达了命令：'要慎重点！'

"我们查看了画室的每一个角落，足足查了二十分钟也没有找到任何可怀疑的东西，后来普瓦特文认为应该检查一下碗橱。由于碗橱很深，里面很暗，我端着蜡烛过去查看。可把我吓坏了，一个人，一个活人站在里面往外看我，我马上镇定下来，一下子就把橱门锁上了。然后我们退后商量对策。

"我们各有各的想法，索里尔想用烟把贼呛出来；普瓦特文想用饥饿制服那个家伙；我的主意是想用炸药炸死那个贼。最后我们还是采纳了普瓦特文的意见。我们把酒和烟拿到画室来。普瓦特文警惕地握着枪，我们三人坐在碗橱前，为俘虏的健康开怀畅饮。我们又饮了很长一段时间以后，索里尔建议把俘虏押出来瞧一瞧。

"'对。'我大声地附和着说。我们抓起武器，一起朝碗橱疯狂地冲去，索里尔端着没有上子弹的手枪冲到前面，普瓦特文和我像疯子似地叫嚷着跟在后面，打开橱门后把俘虏押了出来。他是个面容憔悴、白发苍苍的老头，身上穿着破烂衣服。我们捆上他的手脚，将他放在椅子里。他没有吭声。

"'我们审讯这个恶棍。'索里尔厉声地说。我也认为应该审讯这个家伙，普瓦特文被任命为辩护人，我被任命为执行人。最后俘虏被判处死刑。

"'现在就枪毙他！'索里尔说，'不过，不能让他不作忏悔就死啊，'他又有所顾虑地加了一句，我们去给他请一个神甫来。

"我没有同意，因为深夜不便去打扰神职人员。他建议我代为行使神甫的职权,并立刻命令俘虏向我忏悔罪过。老人早已被吓得魂不附体,他不知道我们是哪种类型的暴徒。他开口讲话了,声音空洞沙哑:'你们要杀死我吗?'

"索里尔逼他跪下,由于心虚,他没有给俘虏施洗礼,只往他头上倒了一杯兰姆酒,然后说:'坦白你的罪过吧,不要把它带到另一个世界去。'

"'救命啊,救命!'那老头在地板上打着滚拼命地号叫。怕他吵醒邻居,我们塞住了他的嘴。

"'来,我们把他结果了吧!'索里尔不耐烦地说。他用手枪对准老头勾动了扳机,我也勾了扳机,可惜我们俩的枪没有子弹,只听枪空响了两下,在一旁看着的普瓦特文说:'我们真有权力杀死这个人吗?'

"'我们不是已经判处他死刑了吗?'索里尔说。

"'那倒是,不过我们没有权力枪毙一个公民,我们还是把他送到警察局去吧。'

"我们同意了他的建议。由于那个老家伙不能走路,我们把他绑到一块木板上,我和普瓦特文抬着他,索里尔在后担任警戒。我们把他抬到了警察局。局长认识我们,知道我们爱搞恶作剧,他认为我们闹得有点太过分,笑着不让我们把押犯抬进去。索里尔非要往里抬,局长沉下脸来,说我们不要再发傻了,赶快回家清醒一下头脑。无奈我们只好把他再抬回索里尔的家。

"'我们拿他怎么办呢?'我问道。

"'这个可怜的家伙一定很累了!'普瓦特文怜悯地说。

"'他看上去已经半死了。'我也不禁来了恻隐之心,我把他嘴里塞的东西掏了出来。

"'喂,我说你感觉怎么样啊?'我问他。

"'哎呀! 我实在受不了。'他呻吟着说。

"这时索里尔的心也软了下来,给他松了绑,开始像对一个久别的老朋友一样款待起来。我们马上斟满了几碗酒,递给我们的俘虏一碗,他连让都没让,端起碗一饮而尽。我们几人觥筹交错地痛饮起来。那老人真是海量,比我们三个人加在一起还能喝。当天蒙蒙亮时,他站起来心平气和地说:'我得告辞了。'

"我们再三挽留,但他坚决不依,我们怀着惋惜的心情送他到门口,索里尔高举着蜡烛说:'你的晚年可要当心啊!'"

宋韵声　施　雪　译

[鉴赏]　正如老画家在讲这个亲历的故事中所说:"好像不可能",却"绝对真实"。这是他们的一次荒唐的游戏,看来甚至让人感到滑稽。

他们的游戏装备是旧日军队中的一套:甲胄、军装、枪剑、军歌,而且都扮演了军队里的角色,还虚拟了一场战斗(多么孩子气);偏偏现实的小偷进来了,他们的战斗有了实在的敌人。游戏转入现实,但仍保持着真枪实弹的气势,但缺乏战斗的能力;随后的审判,又是虚拟,差不多套用了法律的程序。我们看到,他们以民间百姓的身份,充当了军事、法律这类上层建筑的化身,这样的游戏泄露出普通人潜意识的可怕成分。显然,他们还不熟悉该怎么做,使这过程如此地笨拙、荒唐。但是,结尾让我们看到了温暖,他们竟能与小偷相互敬酒。游戏回到现实,幸运的是小偷,而那三个人不也是精神得到回归了吗?

微型小说要有游戏精神,就是把在现实中不可能发生的事写成可能的事,通过游戏传达出严肃的命题——现实存在的严峻。作品里,假戏真做真亦假,游戏和现实之间,因为闯入一个人使之发生了微妙的变化。一旦游戏结束,留给我们的却是严肃的回味。　　　　　　　　　　　　　　(谢志强)

狗　　约　　[法国] 拉萨尔

现在,如果你欢喜的话,就请你听我说前天发生的一件故事。是一个乡村上的小教士,因为他愚昧,被主教敲诈去了五十金元。

这位好教士有一只狗,是他从小养大的。这只狗的本领超过了全教区中的一切狗。它能捞起投在水中的手杖,也能把他主人遗忘在别处或者有意搁置在什么地方的帽子衔回家。总而言之,凡是好而聪明的狗所知道的和所做的事,它无一样不精通。因此,它的主人爱它爱得发昏了。

但是,我也不知道是怎样的一个不小心,也许是受了热或者受了寒,也许是吃了有害的东西,它就大病了,而且死了,它就进了好狗们所进的天堂了。而那位好教士又怎么办呢?正对教堂前面,就是个教中公葬场。当他看着他的狗脱离了这一个世界,他就想:这样一只好而聪明的畜生,该有正式埋葬的权利。于是他就在他门外掘了个坑,把他的狗埋葬在里面,像一个耶稣教徒一样。

我不知道他有没有在坟上竖起白色的碑来,有没有在碑上刻起哀词来,所以在这一件事上,我只能沉默了。只是过了不久的时候,这只有价值的狗的死耗,已传到了邻村各教区中,再从邻村各教区中,传到了主教的耳朵里,连它主人用耶稣教葬礼葬它的流言,也一同传了去。于是主教就发了命令,要传这教士到庭。

教士向传令的律师说:"唉!我做了什么事主教要传我到庭呢?我真不知道为什么要传我,我真猜不出我做错了什么事。"

主教差来的人说:"我呢,我也不知道他们为什么要传你,莫非因为你把你的狗葬到了安葬耶稣教徒的圣体的地方去了吧。"

"嘻!就为了这件事么?"教士想。

直到现在,他头脑中才觉得他做的事过分了一点。同时他也在想:这可要预备遭受最恶的厄运了。因为他的主教,是全国中最贪婪的一个;处在主教四周的人,都在找寻道路输运东西去填塞他的欲壑,这种道路是只有上帝才能辨认得清楚的。

教士知道:要是他给主教下了狱,那一笔罚款一定是很重的。

于是他说:"我的钱总是要用去的了,还不如翻过来用的好。"

于是他就应了传,一直去见主教。主教就在这葬狗的一件事上说起法来,说了大大的一篇法。照他所说,似乎即使那教士否认了上帝,他所犯的罪还可以比葬狗轻些。到说完了,他就命令把罪犯关到牢狱里去。

教士听到人家要把他关到那石头匣子里去,真被吓得不知所措了。他就求他的主——那主教——求他先听他说几句话。这个请求被答应了。

想来你们都知道,在审判的时候有种种形形色色的人在身边:有执行吏,有告发吏,有书记,有代书,有状师,有检察吏,等等——他们都欢欢喜喜地听审这样一件狗葬圣地的案子。

教士只说了很少的几句话替他自己辩护:

"主教,我的主,要是你能知道我那只好狗像我自己一样清白,你对于我所用的葬礼,就不会觉得奇怪了。因为像它一样的狗,不但以前不曾有过,就是将来也决不会有的。"

于是他就开始赞颂他的狗了:"它活的时候是最聪明的,到死也还是最聪明的。它曾立下了而且执行了一个极好的约定。它知道你的清苦、你的需要，它把它的五十金元遗赠给你。这一笔钱我现在带来了。"

他打开他的皮包，取出钱来数给主教。主教爷爷很愉悦地收受了这宗遗产，随即对这只有价值的狗，对这狗所立的约定，对它主人所用的葬礼，一一加以赞颂，而且证明其行为有善意。

刘 复 译

[鉴赏]　一桩狗葬圣地的案子。那是一条多么善解人意的狗，它过于完美，其主人教士将其葬于圣地，由此，教士犯了教规：一条狗怎可葬到安葬耶稣教徒圣体的地方呢？教士受到审判，获罪入狱。但是，教士的聪明（也是作者设计情节的智慧）使审判转变为赞颂：无非是教士假借狗的名义给主教赠款。美其名曰：是狗的遗赠，以此证明狗的善解人意——完美和聪明。

《狗约》之约，是狗的约定，实是教士解脱"罪恶"的妙法。围绕对一条善良完美的狗的评介，引出的却是人对自身的评介。表面上写的是狗，其实写的是人。狗和人形成反差。维护神权的主教却是那样地贪婪，接受了狗约，便放弃了神圣。

开头，作者已将梗概、题旨全盘托出。一般说来，作品的写作往往在情节展开中慢慢地让读者知道故事的内情。看来，此作的作者自信心很强。作者采取了讲故事的方式，由"我"来讲前天发生的"狗约"的故事。题目有悬念，机智的教士在关键的时候，假借"狗约"，向主教行贿，于是改变了主教的审判。说是狗约，实为人约。是人与人心灵之约，因为教士深知主教灵魂的阴暗。"我"在叙述中，对狗的死、狗的墓都采用含混的写法，世人眼中一条不起眼的狗，却在教士的心目中占据重要的地位。

（谢志强）

侯爵夫人的粉肩　　　[法国] 左 拉

侯爵夫人躺在垂着黄色锦缎帐幔的床上。直到晌午，她听见时钟悦耳的铃声，才决心睁开眼睛。

卧室里温馨宜人。地毯、门窗的软帘挡住了严寒，使春闺成了安乐窝。温暖的空气里飘溢着香水的芬芳。春天常驻此间。

侯爵夫人刚一醒来，就惦记着什么事。她掀开锦衾，按铃召唤女仆朱丽。

"您叫我吗，夫人？"

"天气回暖了吗？"

　　哦！豁达仁慈的侯爵夫人！她问话的语调多么焦急！

　　她首先想到的是天寒地冻，朔风凛冽，虽然这些她并未感受到，然而穷人的茅舍陋室怎经受这肆虐的狂风。她问到苍穹是否怜贫惜贱！她希望能心安理得地饱享温暖，而不必为那些被冻得浑身瑟缩的人担心。

　　"街上雪化了吗，朱丽？"

　　女仆把晨衣在烧旺的壁炉上烘热，递给了她。"不，夫人，雪没化；天反而更冷了……刚才在公共马车上发现有个人被冻死了……"

　　侯爵夫人像孩子一样欢欣雀跃，拍手叫道："啊，这太好了！早餐后我滑冰去！"

　　朱丽小心翼翼地挽起芙蓉帐，以免强烈的光线刺痛娇媚夫人的温柔的双眸。积雪那令人赏心悦目的淡蓝色反光，映进卧室。天空灰蒙蒙的，它那美丽的色调使侯爵夫人想起昨晚在部长家庭舞会上穿的珍珠色的连衣裙。这条连衣裙所镶的白色花边，酷似此刻在灰色天空映衬下，显得如此淡雅的屋檐上积雪的花纹。

　　昨晚的侯爵夫人是妩媚风流的，她的崭新的钻石首饰对她太相宜了。她清晨五点才就寝，所以此刻有些头疼。但她仍坐到镜前，朱丽挽起她的金色云发。夫人的晨衣滑落下来，露出粉肩和玉背。

　　曾经陶醉于侯爵夫人粉肩的整整一代人，如今都已年老。自从政权稳固，雍容华贵的夫人们能在杜尔里宫袒胸露臂地婆娑起舞以来，侯爵夫人在名流咸集的正式社交场合，是那样醉心于卖弄自己动人的粉肩，以致它成了第二帝国美女肉体的活样板。

　　她恣意新奇，把连衣裙有时从后背裁开，露出玉背，几及纤腰；有时从前面裁开，几乎露出胸脯。亲爱的夫人渐渐地、接二连三地把天赋的一切诱人的隐秘都公之于众。她的玉背酥胸没有一丁点是整个巴黎——从玛德琳娜教堂到圣福马、阿克文斯基——所不曾领教过的。夫人恬不知耻地卖弄风骚的粉肩，似乎成了她那时代统治阶层淫艳的标志。

　　描绘侯爵夫人的粉肩是没有意义的。它如同新桥一样大名鼎鼎，十八年来在一切盛大的宴会上，它始终引人注目。不论何处，在沙龙、剧院或其他场所，哪怕只看到她那赤裸的肩膀的一丁点儿，就能一叶知秋："啊，那是侯爵夫人！我认得她左肩的黑痣！"

再有,这副粉肩的美丽:白皙,丰腴,撩人欲醉。它被达官贵人的目光,盯得莹润丰泽,如同被人群的脚踩踏的人行道上的青石板,光滑异常。

如果我是她的丈夫或情人,我甘愿亲吻某位部长客厅里被造访者们的手摸脏的晶亮的门把,也绝不用嘴唇挨一下这副使巴黎名流们倾心的玉肩。当你想到,挨着它曾有过多少次轻声细气的请求,你不禁会问自己,大自然究竟用什么材料造就了它,何以光阴荏苒,而它却经久不衰,犹如公园里露天屹立、饱受风雨侵袭的裸体像。

侯爵夫人是寡廉鲜耻的。她凭借一副肩膀获得某种成功。她披肝沥胆地报效于亲爱的政府,并充分运用了自己闻名遐迩的粉肩的魅力。她历来手腕高超,不论是在杜尔里宫和部长们周旋,或是在大使馆应酬那些巨富豪商,她都应付裕如。她以笑靥诱惑意志薄弱者,以白腻的乳房支持朝廷。当朝廷受到威胁时,她就奉献自己最隐秘、最令人销魂的美人关,这一绝招比演说家的辞令更具说服力,比士兵的刺刀更能决定胜负。在选举中她为了团结众人,尽量敞露胸怀,直到最固执的反对派倒戈支持她这一边。

夫人的粉肩青春永葆,屡奏奇效。它承担整个世界,然而在这洁白如玉的肩膀上竟没留下一丝皱纹。

侯爵夫人在朱丽侍候下,进了早餐,修饰一番,便穿着漂亮的波兰服装滑冰去了。她滑冰技巧极好。

公园里天寒地冻。严寒使滑冰的夫人们的鼻子、嘴唇发疼,风好像将一把把细沙子扔到她们脸上。夫人笑逐颜开,她觉得挨点冻很有趣。她不时走到湖岸的篝火旁,烤烤自己的脚。然后她又在冰上驰骋,像乳燕展翅,贴近地面,在严寒中飞翔。

啊,多么痛快! 幸亏没有解冻,真太好了! 夫人整个星期都可以滑冰了。

归途中,她看见在爱丽舍田园大街岔道的树下,有一个被冻得半死的讨饭女人。

"可怜的女人!"夫人以感动的口吻念叨。

由于四轮马车奔驰太快,夫人来不及掏钱包,于是将自己的花束,一把大约值五个路易的白丁香,扔给了讨饭女人。

肖　伟　译

[鉴赏] 这是卖弄风骚、征服世界的粉肩——侯爵夫人的粉肩。它是第二帝国美女肉体的样板,是统治阶层淫艳的标志,是支撑朝廷的力量,比演说家有说服力,比士兵有战斗力,而且粉肩的青春经久不衰,力量屡奏奇效。

左拉集中笔墨,由侯爵夫人在晌午才睡醒作为入口,扩展开去,超越时空地写了这个粉肩的征服力量,似乎整个社会是由粉肩诞生和左右的。左拉的主观议论、评介占据了将近一半的篇幅,使我们见识了粉肩所处的"第二帝国"的大背景,看到由粉肩主宰着的那个帝国、那一代人。

本篇还有一个特点是对比手法的运用:室内和室外气温的对比、贵夫人和穷苦人处境的对比、穷苦人和上层人隔膜的对比,但是,焦点和枢纽都是侯爵夫人。

微型小说中的人物肖像描写,往往采取省略的方式,即拎出人物的一个特征来写。此作写侯爵夫人,就集中地对她的粉肩进行描述,粉肩散发出的芬芳,粉肩佩戴的首饰,粉肩生长的黑痣,粉肩美丽的形状;由此,再写粉肩造成的影响,粉肩承担的"世界"。由具体物象的粉肩写到社会意义的粉肩。一个侯爵夫人的粉肩,征服了一个世界;同时,写出了一个世界,一个浮华的世界。

(谢志强)

地　窖　[法国] 塞斯勃隆

国王陛下颁布了一道诏令,宣称他将每月一次亲临一个臣民的家,并在那里进餐。朝廷的反对派就立刻散布舆论,说这种做法是"收买人心"。国王无论干什么,反对派准会发表点攻击性的评论,把国王贬得一钱不值:什么"好大喜功"啊、"怯懦无能"啊,等等,不一而足,向来如此。在他们眼里,国王跟他们最为格格不入之处,就是陛下的所作所为虽然达到了与他们一致的目标,但竟采取了他自己的方法。这也是他们最不能原谅国王的一点。这回,国王去臣民家里进餐一事,他们只报以耸耸肩膀,鄙夷地斥之为"收买人心"。哪知,这次他们可错怪了国王。因为国王的这项决定看来事情不大,却有深刻的用意。国王向来研究历史,深知曾有许多王朝由于不懂得跟人民保持接触的重要性,不察民情,进而失掉民望,最后归于灭亡。而国王本人,自从登基以来,已经觉察到显赫的王权在他跟臣民之间正在垒起一堵无形的墙壁,而且越垒越高,根本用不着设岗戍卫,却比王宫的高墙更加难以逾越。猜疑本身就是卫兵,从隔阂发展到互不体谅是顺乎情理的。而今国王就是想打破这种局面,方法虽然天真一些,却是体面的。总之,陛下的主意已定:每月都要到他治下的百姓家里进餐一次。内阁好几位大臣为此很不高兴,警察总长尤为惶恐。他对付街头群众集会、防范爆炸暗杀事件之类是装备有余的,而对付一家一户、日常生活诸环节的问题,例如菜里放毒等,却毫无经验。其他大臣害怕的却是另一回事:过去,他们是国王得到消息的惟一来源,现在如果陛下忽然发现大臣们自己原来一无所知,而他们却一直在谎称民意,那可如何是好! 那些高官显贵、朝廷的在野派、新闻界、各种工会无不声称自己是代表民意的,可是当人民真有机会开口说话的时候,他们又惊恐万状。谢天谢地! 好在老百姓早已丧失了讲话的可能,甚至失掉了讲话的兴趣;可是谁又能保证在家庭场合的饭桌上……

　　国王陛下对受到的款待和吃的饭菜都非常满意。在豪华的王宫里,有一道菜是国王不好意思点的,那就是布纪侬风味牛肉。但是这个普通的家庭主妇怎么就偏偏猜到了国王想吃这个菜呢? 她又怎么知道国王一直盼着能大杯痛饮都兰纳的葡萄酒?

　　国王陛下询问了五个孩子的情况:名字叫什么,学习怎么样,身体有没有病等,然后,他很不自然地笑笑,试探着说道:

　　"咱们来谈点政治吧!"

　　"谈这个有什么用,"孩子们的父亲说道,"俺倒不是恭维您,我们在这玩意儿上想的跟您一样。俺常叨咕——不信您问孩子的妈,俺说,俺要是个当官儿的,想办的事也不是别的,就是现在他们办的那些。"他的妻子表示同意,但又有点难为情地补充说:最好能改动一下学校放假的日期。

　　国王听了大为高兴,说:"这正是最近教育大臣向我提出的建议。年轻人,你们呢? 没有什么不顺心的事要说一说吗? ——太太,能不能给我再来点儿布纪侬牛肉?"

　　"要说的事倒没有,"大孩子的话音渐渐平稳起来,"但是关于服兵役,我有个请求。"

　　他所提的问题,同样是在内阁会议上有人提出过的。这时候,孩子们的胆子越来越大了,每个人都提了一条建议,每条建议都是同样年龄的孩子所感兴趣的改革,而且这些建议几乎全都是在朝廷里议而未决的问题,其中有几个,恰恰是国王本人在内阁会议上一直持反对意见的。这时,他嘴里不说,心里暗记着,准备予以重新考虑。这是个好心眼儿的国王。

半夜十一点,国王和老百姓分别了,彼此都感到十分满意。一直在简陋的屋门外,焦急地等候着的三位大臣和警察总长从国王的脸上看出了这一点。

一位大臣说:"我们冒昧地给这户人家带来了一些礼品,请陛下俯允!""这个主意不错,"国王说,"如果以我本人的名义来送,倒可能引起误解。明天见吧,先生们,我真的非常高兴!"

四位大臣向国王行礼告别,然后他们进了屋,向出场的七个演员付了预定的酬金。正当他们要离开的时候,忽然听到脚底下似乎有些什么响动。

"哎呀,"警察总长大声喊叫,"我差点儿把他们忘了(原来,三个半钟头以来,这所房子真正的主人一家一直被关在地窖里,悄悄地呆着,感到时间太漫长了),我希望还能剩下点儿布纪侬牛肉给他们……"

蔡若明 译

[鉴赏] 国王消息的唯一来源是大臣们,而大臣们常假借民意来左右国王。这回,国王要亲临臣民家里体察民情、民意。不过,那一家子的"民意",竟然和国王平时与大臣们在朝廷里的议题(实是大臣们的建议和观点)是那么的吻合,甚至连国王的饮食也对了国王的胃口。原来,是大臣们提前布置妥当了,过后,大臣们还向七个演员付了"预定的酬金"。国王却不知道自己进入了精心策划的导演现场——他以为自己接近了真正的民情,却不知进入了大臣们预先设计的角色中了。

照理说,《地窖》写到这儿,也是一篇佳作了,不过,作者又推进了一步,让我们看到了那个家里真正的"臣民",因为戏是演给国王看的,办此事的警察总长差点儿忘了关在地窖里的房子的真正主人——他们被关得受不了了。作品的力度在于掘到本质的深度:那个地窖。虚假的强大和真实的弱小形成反差,作品便有了震撼力。微型小说的妙处和功力,在于情节推进中创造出"柳暗花明又一村"的效果。也就是说,在情节滑行中产生"异军突起"的震撼。这里的异军是地窖里真正的主人,被排斥、被遗忘的小人物。

全篇分为地上和地下两个场景,地上是详细叙述,地下是点到为止。但是,地上的排场、铺垫,其实是为了地下(地窖里的人)。地上的虚假和地下的真实形成了巨大的反差。点到为止的力量使关键的细节戛然而止,却又光芒四射地照出了"地上"的虚假。

(谢志强)

照 章 办 事 [德国]拉里夫·维内尔

深夜,我走进车站理发店。

"非常抱歉,"理发师殷勤可亲地微笑着,"按照规定,我只能为手里有车票的旅客服务。"

"反正现在你们店里连一个顾客也没有,"我试着提出异议,"既然如此,是不是可以来个例外……"

理发师朝我这边稍稍转过他的脸:

"尊敬的先生,要知道现在是夜里。我们得遵守规定。一切都应照章行事呵! 只有旅客才能在这儿刮脸理发!"说完,他又把脸扭过去了。

于是我走到售票窗前。

"请给我买一张火车票。"

"您上哪儿?"

"哪儿都行,反正对我都一样。"

"别装疯卖傻了!"年轻的女售票员发火了。

"我一点儿也没装疯卖傻,"我平心静气地说,"您只要卖给我一张离本站最近的那一站的票就行了。"

"您指的哪一站?"

"可爱的姑娘,我已经对您说过了,随便哪一站都行。"

女售票员显然焦躁不安了:

"您起码应当知道要上哪儿去呀?"

"我根本不打算上任何地方去。"

女售票员感到十分好奇:

"既然您不打算去任何地方,干吗买票呀?"

"我想理个发。"

"砰"地一声,售票的小窗子关上。我等了一会儿,又小心翼翼地敲了敲窗玻璃。

"姑娘,"我竭力使自己的语气和缓一些,"好了,请给我买张票吧!"

她像瞅一个疯子似地打量着我,然后便开始翻起一本什么书来。

"是理发店问我要车票!"我朝那紧闭着的小窗子喊了起来。

女售票员把窗子打开了一条缝：

"理发师要什么？"

"他要车票。他只给有车票的旅客刮脸。"我重复道。直到这时，女售票员似乎才弄清楚是怎么回事。

"好吧，卖给您一张去莱布尼茨车站的票。您付六十芬尼吧！"

我手里攥着买到的火车票，第二次走进理发店：

"请看，这是我的车票，现在我想刮一下脸。"

然而，理发师的头脑并不那样简单。

"您并不打算乘车上路？"他问。

"可我已经给您看过这张到莱布尼茨的车票了呀！难道这还不够吗？"

"非常抱歉，"理发师把双手交叉在胸前，"如果您只是为了刮脸才买车票，那么在我们理发店您就难以达到自己的目的。我们这儿只为有车票的乘客服务。"

我艰难地喘了一大口气。

"可是劳驾！"我大喊起来，"我只要有这张车票，就可以上莱布尼茨去。在这种情况下，对您来说，我就是乘客！"

"但是您并不打算上任何地方去，"理发师冷淡而有礼貌地反驳着，"这样一来，尽管您手里有车票，不能算是乘客了。因此，我劝您放弃这种打算吧！"

我只好又来到售票窗前。

"姑娘，"我对女售票员说，"车票也不顶事。请给我退掉吧。"

"不能退。"她遗憾地把两只手一摊。

"为什么？我还没有用它乘车旅行呀！"

"如果您是为旅行而买的车票，结果没有乘车，那我可以把票钱退给您，"女售票员笑容可掬地解释道，"一切都应照章办事。但是刚才一开始您就宣称并不打算旅行，因此您就无权退票。您是不是再找一下那个理发师？要知道您是为了他才买的车票呀……"

"也许您能代我为这张票付款？"我又找到了那位和蔼可亲的理发师。

"请等一下！"理发师放下手里的报纸说道，然后拿起桌上的电话，"好了，"打完电话他说道，"您现在可以刮脸了……"

"总算可以了！"我高兴地喊出了声。

"……不过，不是在这儿，"理发师最后的一句话是，"而是在那儿——在莱布尼茨车站。"

颜志侠　译

[鉴赏]　有了车票才能理发，买车票是为了理发；可他买了车票仍不能理发，因为他并不打算乘火车出行；不打算出行，就不能退车票——这就是《照章办事》的悖论，荒诞的悖论。

规章一旦脱离了实情运作，那么，规章就会排斥人。僵死的规章会使人陷入困境。规章导致的现实是：人进入一个难以冲破的魔圈。仅仅是理发这件平常的事，作者通过荒唐的规章来展示人类生存的窘境：制定规章的人们自己跟自己过不去，而规章却仍在自由自在地运行。奇妙的是结尾：要理发，得乘车，必须到达车票所指定的车站。

此作的真实感是由第一人称的"我"，和车站的理发师、售票员之间的周旋、对话来体现，有着亲历的困惑。故事框架的荒诞性和叙述细节的真实感，使得此事像真的发生过一样。

夸张，放大，将事情推向一种极端来写，是微型小说表现的有效方法。关键是，推进到什么程度？《照章办事》里，规章像一个无形的圈套，"我"怎么走都冲不破它。它一环套一环，关键是结尾，主人公仍然跳不出那个圈套。人物已到了穷途末路的境地，可笑的是，仅仅是理发这件小事，面对着规章，人们无可奈何，折腾来折腾去，又回复到开始。规章像一种魔法，"我"在其中是那么的渺小、无能。

（谢志强）

铁 十 字 勋 章　　　　[德国] 米　勒

1945 年 4 月，梅克伦堡区施塔加德市有个纸商从顾客那里听到希特勒举行婚礼和自杀的消息以后，决定用枪把自己的妻子、十四岁的女儿和自己打死。

第一次世界大战时，这个纸商曾当过预备役军官，至今还保存着一支左轮手枪和十发子弹。

一天傍晚，他的妻子端着晚饭从厨房里出来时，他正站在桌旁擦枪，上衣翻口上佩带着一枚铁十字勋章，往常只有节日才有这副装饰。

他回答妻子的问话说，元首已选择了自杀的道路。他要对元首表示忠诚，并问妻子是否也愿意学元首的榜样。他深信，他的女儿会宁愿通过父亲的手光荣死去而不愿可耻地偷生。

　　他把女儿叫来,果然她没有使他失望。

　　他不等妻子回答就催促她俩穿上大衣,因为他要把她们带到市郊一个适当的地方去,以免惹人注目。她们顺从了。于是,他把子弹装入左轮手枪,让女儿帮他穿上大衣,接着锁上住房,将钥匙投进信箱。

　　他们穿过几条阴沉沉的大街出城。这时天下着雨,他走在前面,没有回头看跟在他后面、离他有一段距离的母女两人。他只听到她们在柏油路上的脚步声。

　　在他们离开公路,走上通向毛榉林的小路以后,他转过头来,催她们快走。这时刮起一阵强烈的夜风,吹过荒凉的大地。她们的脚步在雨水浸湿的土地上没有发出什么响声。

　　他大声地向她们呼喊,要她们走在前头。自己跟在她们后面,他此时也说不准,究竟担心她们逃跑,还是自己想逃跑。不一会儿,她们已远远走在他前头。他已看不见她们了。这时他才清楚地意识到,自己害怕得压根儿不敢逃跑。但他十分希望她们逃跑。他停下来撒了一泡尿。左轮手枪在他裤袋里,通过单薄的裤料感到它是冰凉的。他加快脚步,以便赶上她们,手枪在每走一步时不断地敲打着他的腿。于是他放慢脚步。但是,当他把手插进裤袋想掏出手枪丢掉时,他看到妻子和女儿站在路当中等他。

　　他早该在树林里下手了,但这儿听到枪声的危险性较小。

　　他把左轮手枪拿到手里,扳开保险。这时妻子扑到他身上,呜咽不停。她的身体很重。他费了好大的劲才把她推开。然后,他向呆板地凝视着自己的女儿走去,把左轮手枪对准她的太阳穴,闭上眼睛,扣动扳机。他希望子弹打不响。但是他听到了枪声,看到女儿摇晃着身子倒下。

　　这时妻子浑身发抖,惨叫起来。他不得不把她抓住。连打三枪,她才沉默下来。

　　他现在是一个人了。

　　现在没有人命令他把左轮手枪的枪口放到自己的太阳穴上。这两个死人看不见他,也没有其他人看见他。这出戏演完了。幕已落下,他可去卸装了。

　　他把左轮手枪放进裤袋,俯身看了看女儿,然后奔跑起来。

　　他往回来的道路跑,直到公路,沿着公路又跑了一段路,但不是朝城里的方向,而是朝西。他跑了一会儿,在路边坐下,背靠树,艰难地喘着气,考虑着自己的处境。他觉得还没有到达绝望的地步。

他必须继续跑,一直向西,避开最近的村镇。这样,他可随便在什么地方潜伏下来,最好潜伏在一座较大的城市里,改名换姓,做一个默默无闻的逃亡者,一个普通而勤劳的人。

他把左轮手枪丢进路边的沟渠,站起来。走路时突然想起忘记扔掉铁十字勋章。于是他把它扔了。

董祖祺　译

[鉴赏]　《铁十字勋章》的写法是:先交代故事的结局、梗概,再叙写具体的过程、细节。梗概里,我们看到矛盾的组合:希特勒的自杀和纸商枪杀妻子、女儿,这两桩事构成了因果关系。具体由一枚"铁十字勋章"来串联、暗示。铁十字勋章是希特勒对纸商奖赏的标志,希特勒自杀了,纸商选择了枪杀妻女来表示忠诚。整个过程冷漠、平静、愚昧甚至残忍,为了希特勒,纸商竟然枪杀最亲的亲人来献忠,可见希特勒的专制已经渗透了、占据了纸商的灵魂深处。

"二战"给世界带来了空前的浩劫,德国人民在战后不断地进行反省、忏悔,文学起了积极有益的作用。《铁十字勋章》将"毁灭"展示出来,是一种冷静、沉重的笔法,它引起了世人的思索。

冷静、简约的语言叙述了这个预备役军官枪杀妻子、女儿的过程,他的行为是对希特勒行为的一种效仿,也揭示出希特勒的法西斯主义对人性抹杀的根深蒂固,不过,这种效忠式的模仿,却排除了这位预备役军官自己。他将关于战争遗留的实物(手枪、勋章)抛弃,似乎摆脱了希特勒的阴影。他的逃避,以奔跑的方式进行,但是,他能脱出罪恶的干系吗? 尤其是他的灵魂。作者没有给出一个结论,结局敞开着。

(谢志强)

第一瓶香槟酒　　[德国] 柯里德

当我爱上十六岁的英格时,我正好十七岁。我们是在游泳池里认识的,然而,我们的友谊当时只限在冷饮店里。

每当我想英格的时候(我每天要想她上百次),就兴奋地等待和她再次见面。可当她真的又来到我身边时,我事先准备好的许多美丽动人的句子却又不翼而飞了。我胆怯、拘谨地坐在她身边时,英格肯定会察觉到我是她的保护人。

事情进展顺利,直到有一天英格告诉我,她对去冷饮店已感到厌倦了,那是小孩子去的地方。她要正正经经地出去一趟,像她姐姐那样去喝一杯香槟酒。

起初我装着什么也没听见,但我的耳朵里却不停地重复着"香槟酒"这几个字。我仅有的零钱几乎都花完了。尽管如此,我仍不露声色,用漫不经心的口气说道:"香槟酒好呀,为什么不去喝一杯呢!"我的话似乎在表明,喝这种饮料对我来讲很平常。热恋中什么事都能装出来。

钱终于存够了。我带着热恋中的人来到城里最好的一座酒吧。这里富丽堂皇,婉转动人的轻柔音乐围绕在我们身边,侍者们悄没声息地走动、忙碌着。

我们在一张小桌旁就座后,我不得不集中精力,以免我和英格在大庭广众之下出丑。我把侍者唤来,激动之中尽可能用无所谓的口气要了一瓶香槟酒。侍者上了年纪,两边鬓角已经灰白,有一双可爱的、亲切的眼睛。

他默默地弯下腰,认真地重复着我的话:"一瓶香槟酒,赶快。"

他是尊重我们的,他的脸上没有一丝讽刺的笑容。看来我穿上姨妈送给我的西服,系上新的红领带是对的,我今年已经十七岁了。英格穿着她姐姐的漂亮的黑色连衣裙。

侍者回来了。他用熟练的动作打开了用一块雪白的餐巾裹着的酒瓶,然后把冒着珍珠般泡沫的饮料倒进杯子里,我们仿佛置身在另一个世界里。

"为了我们的爱情干杯!"我说道,并举起杯子和英格碰杯。我们喝着香槟酒,喝第二杯时,我抚摸着英格的手,她不再抽回去了;喝第三杯时,她甚至允许我偷偷地吻她一下。香槟酒散发着诱人的清香,太棒了。可惜,此时酒已喝完了,我们还能再要一瓶吗? 我偷偷地望了一眼酒的价格表,哦,不行了。

"快一点来算账,经理先生。"我大声地喊道。还是那个鬓角灰白的侍者来了。他把账单放在一个银盘子里,默默地将账单挪到桌上。他转身走后,我拿过账单读道:"一瓶矿泉水加服务费共1.10马克。"下面还有一行字:"原谅我,孩子。你们尚未成年,不能喝酒。我擅自给你们换了矿泉水。你们的侍者。"

我的英格至今也不知道她喝的第一瓶香槟酒竟是矿泉水。

　　　　　　　　　　　　　　　　　　　　　　　　郝平萍　译

[鉴赏]　表象是写了一对少男少女初恋的故事。全篇围绕第一瓶香槟酒展开,我们的思维定势可能会沿着这条线索游动:为何去喝?怎么喝?喝出了什么效果?但是,作者给我们的思维定势开了个玩笑。

结尾处那位侍者对所谓的"第一瓶香槟酒"的说明,将故事引入另一番境界:酒店规矩,即未成年人不能喝酒。侍者作为成人,面对未成年的少男少女,沉着地遵循和坚守了他的职业道德。这表现了他对纯真的少男少女的守护。在充满商业气息的酒吧里,侍者的形象闪出了熠熠的光彩,而且,是平凡中的光彩。从他的行为中我们可以看到,那确实是城里最好的一座酒吧。文明就体现在细节之中,我们不禁会对侍者的职业道德肃然起敬。

微型小说的作者,在写作时如何打破习惯思维,带领读者进入意料之外又在情理之中的境界,而绝不生硬做作,那便是考验。同时,又考验了人物,第一次恋爱、第一瓶香槟酒,是这对少男少女潜意识中的成人仪式,但是,酒店的侍者却严格遵守了未成年人不能喝酒的规矩。起码,他(她)俩认识了成人世界的秘密,这不也是完成了一次成人仪式吗?

　　　　　　　　　　　　　　　　　　　　　　　　（谢志强）

悠 哉 游 哉　　　[德国]伯 尔

在欧洲西海岸的一个码头,一个衣着寒伧的人躺在他的渔船里闭目养神。

一位穿得很时髦的游客迅速把一卷新的彩色胶卷装进照相机,准备拍下面前这美妙的景色:蔚蓝的天空,碧绿的大海,雪白的浪花,黑色的渔艇,红色的渔帽。喀嚓!再来一下,喀嚓!德国人有个俗语:好事成三。为保险起见,再来个第三下,喀嚓!这清脆但又扰人的声响,把正在闭目养神的渔夫吵醒了。他睡眼惺忪地直起身来,开始找他的烟盒。还没等找到,热情的游客已经把一支烟递到他跟前,虽说没插到他嘴里,但已放到了他的手上。喀嚓!这第四下喀嚓声是打火机的响声。于是,殷勤的客套也就结束了。这过分的客套带来了一种尴尬的局面。游客操着一口本地话,想与渔夫攀谈攀谈来缓和一下气氛。

"您今天准能捕到不少鱼吧?"

渔夫摇摇头。

"不过,听说今天的天气对捕鱼很有利。"

渔夫点点头。

游客激动起来了。显然,他很关注这个衣着寒伧的人的境况,对渔夫错失良机很是惋惜。

"哦,您身体不舒服?"

渔夫终于从只是点头和摇头到开腔说话了。"我的身体挺好,"他说,"我从来没感到这么好"。他站起来,伸展了一下四肢,仿佛要显示一下自己的体魄是多么的强健,"我感到自己好极了!"

游客的表情显得愈加困惑了,他再也按捺不住心中的疑问,这疑问简直要使他的心都炸开了:

"那么,为什么您不出海呢?"

回答是干脆的:"早上我已经出过海了。"

"捕的鱼多吗?"

"不少,所以也就用不着再出海了。我的鱼篓里已经装了四只龙虾,还捕到差不多两打鲭鱼……"渔夫总算彻底打消了睡意,气氛也随之变得融洽了些。他安慰似地拍拍游客的肩膀。在他看来,游客的担忧虽说多余,却是深切的。

"这些鱼,就是明天和后天也够我吃了。"为了使游客的心情轻松些,他又说:"抽一支我的烟吧?"

"好,谢谢。"

他们把烟放在嘴里,又响起了第五下"喀嚓"。游客摇着头,坐在船帮上。他放下手中的照相机,好腾出两只手来加强他的语气。

"当然,我并不想多管闲事,"他说,"但是,试想一下,要是您今天第二次、第三次,甚至第四次出海,那您就会捕到三打、四打、五打,甚至十打的鲭鱼。您不妨想想看。"

渔夫点点头。

"要是您,"游客接着说,"要是您不光今天,而且明天、后天,对了,每逢好天都两次、三次,甚至四次出海——您知道那会怎么样?"

渔夫摇摇头。

"顶多一年,您就能买到一台发动机,两年内就可以再买一条船,用这两条船或者这条机动渔船您也就能捕到更多的鱼——有朝一日,您将会有两条机动渔船,您将……"他兴奋得好一会儿说不出话来,"您将可以建一座小小的冷藏库,或者一座熏鱼厂,过一段时间再建一座海鱼腌制厂。您将驾驶着自己的直升飞机在空中盘旋,寻找更多的鱼群,并用无线电指挥您的机动渔船,到别人不能去的地方捕鱼。您还可以开一间鱼餐馆,用不着经过中间商就把龙虾出口到巴黎。然后……"兴奋又一次哽住了这位游客的喉咙。他摇着头,满心的惋惜把假期的愉快一扫而光。他望着那徐徐而来的海潮和水中欢跳的小鱼,"然后——"他说,但是,激动再一次使他的话噎住了。

渔夫拍着游客的脊背,就像拍着一个卡住了嗓子的孩子。"然后又怎样呢?"他轻声问道。

"然后,"游客定了一下神,"然后,您就可以悠哉游哉地坐在码头上,在阳光下闭目养神,要不就眺望那浩瀚的大海。"

"可是,现在我已经这样做了,"渔夫说,"我本来就悠哉游哉地在码头上闭目养神,只是您的喀嚓声打扰了我。"

显然,这位游客受到了启发,若有所思地离开了。此时,在他的心里,对这个衣着寒伧的渔夫已没有半点同情,有的只是一点儿嫉妒了。

雷夏鸣　译

[鉴赏]　人活着到底为了什么?人应当怎么活着?活着有何意义?《悠哉游哉》中那个时髦的游客对寒伧的渔夫描绘了生活中的美景。这类美景是现实生活中欲想发财致富的人都曾有过的美梦。可是,渔夫对此不以为然。

我们看到了两种价值观念、两种人生状态的对比:物质追求和精神享受。游客和渔夫的邂逅交谈,是两种观念的邂逅交锋,而对比手法是此作的艺术特点。结尾的话,既是游客的固执,也是对渔夫的一种羡慕。

《悠哉游哉》的故事性、戏剧性很强,作者用互不相识的两个人物的邂逅,从各自的身份和处境出发,展开对话,由具体的捕鱼的话题,探讨人生的意义和价值,由此表现出各自的人生态度。核心是渔夫对"悠哉游哉"的生存状态的价值取向。读完全文能够感到,作者先有一个观念,再由这个演绎的故事去传达,可视为作者观念的演绎,是观念微型小说,指涉的是普遍的人生。邂逅的偶然性,也体现了人生终极的必然性,由此,作品获得了它的普遍意义。

(谢志强)

匆　匆　人　生

[德国]库尔特·库森贝格

当他还是孩子时就令人惊诧不已,他像见了风似地疯长,一下子蹿得很高，可同样突然一下子就不再长个儿了；他说话颠三倒四，因为思想和表达合不上拍；他行走如飞，常常同时出现在多个场合；他每年都要跳一级，可这还不够，他希望一下子就从学校毕业。

离开学校后，他找了个听差的差使，他是惟一奔来奔去的听差小伙儿。他送完东西就马上返回，速度之快，令人难以相信他确实已办完了一件事，所以就被辞了。他专心致志地练起速记来，不久就能在一分钟内写五百个音节，尽管如此却没有一家办公室愿意聘用他，因为他提前几周就给信件注上了日期，而且如果他的上司口授速度太慢时，他会无聊地打哈欠。

经过短暂的、在他看来却是无休无止的找寻后，人们让他做了一名公共汽车驾驶员。后来，他每每想到这个工作便不寒而栗，他常常得让一辆行驶着的车辆停下来，大街上那些奔跑的人们、等在站上的人们向他频频招手时，他得听他们的。

但有一天，他没去理睬招手的人群，而是把公共汽车高速开出了市区，这样一来，这个饭碗自然也就丢掉了。这件事情被登上了报纸，同时引起了体育界的关注，他从每周开六天公共汽车的驾驶员成为一名赛车运动员，这可是绝无仅有的一个奇迹。大公司争着向他献殷勤。最后，一个财大气粗的财团得到了他，让他做了合伙人。在领导岗位上他卓有成就，他是位咄咄逼人的谈判高手，先把谈判对手搞得晕头转向，再令他们一个个乖乖就范。

在作出成家决定后几小时，他就向奥林匹克运动会女子一百米金牌获得者求婚，把她从运动场赶到婚姻登记处，逼迫她马上与他结婚。共同的兴趣爱好把两个人结合在一起，这场婚姻结出了不同寻常的果实。年轻女子使出浑身解数，为的是不落在他的后面。她做起家务来动作敏捷，在冬天就穿上夏装，在预产期之前就把孩子生了出来，怀了五个月的胎，那是个在母体内只待了五个月的孩子。这孩子躺在摇篮里就能流利地说话，在会走路之前就已学会了跑步。她发明了新式快速食品，三下五除二就能吞进肚里，而且马上就能在胃中消化。家中的佣人每天更换一次，后来是每小时更换一次。最后，她找了一位原来在火车餐车上干活儿的厨师到家中烧饭，又找了两名空中先生，这两位身手敏捷、动作利索——她在各个方面都是她先生的好帮手。

　　而他呢,继续加快着生活的速度。由于他能比其他人更快地入睡,所以只需少量的睡眠。他刚上床睡下,就已经进入了梦乡,但在开始真正做梦前,他又已醒过来了。他在浴缸里用早餐,在穿衣时看报纸,一座自制的滑梯将他从屋里送进屋前已发动了的汽车里,然后箭一般飞驰而去。

　　他话说得不多,像电报用语那么简练,慢条斯理的人很少能听懂他在讲些什么;他从不错过那些比速度的体育比赛,出高价奖赏获得最好成绩的运动员,可谁也未得到过这些奖金,因为要求太高,条件过于苛刻。他用短时间内赚来的一部分钱来制造火箭,第一枚发射升空的载人火箭,里面坐着的就是他,这是他一生中最美好的旅行。

　　这种匆忙的快节奏生活并不是没有负面影响的,他衰老的速度比起他周围的人要快得多,二十五岁就满头白发,三十岁时就成了个颤巍巍的老头儿。在科学能解释这种罕见现象之前,他就死去了。因为他没有耐心等待火化,在死亡的瞬间,立时就化为了灰烬。令他失望的是,报纸在第二天才登出讣告。他去世以后,一分钟又慢慢地恢复为原来的六十秒。

　　　　　　　　　　　　　　陈晓春　译

　　[鉴赏]　采用述评性语言,写了一个小人物的一生。题目《匆匆人生》概括了此作的基本内容。“匆匆”,换个说法,是速度,而且是快节奏的速度。他是高速过完了一生。他的生活、工作各个方面都体现了速度。这种速度是不是异常,甚至可怕? 速度是当代社会的一个特征,作者将这种高速现象浓缩在一个人的生命当中,他“像见了风似地疯长”,甚至魔幻般地同时出现在多个场合,最后,三十岁已是个老头儿了。

　　夸张、荒诞的手法写了他“匆匆人生”;短短的篇幅写了他整个的人生。作者使用的是全能的视角、高密度的细节和快节奏的情节,同时,又很主观的述评——又述又评,有种“匆匆”的感觉。

　　时间是微型小说回避不掉的东西。在千余字的篇幅内,写出一个人的一生,而且是“匆匆人生”,他似乎在与时间赛跑。时间的奔跑,作者没有忽略“一分钟”“有一天”这一系列短暂的细部。人物的希望、渴望、梦境等创造出来的事情,在填充那一段匆匆的时间。漫长的一生到瞬间的死亡,似乎时间在对他恶作剧,人生的奔跑到此停止,是他走出了时间的束缚和诱惑。他去世以后,“一分钟又慢慢地恢复为原来的六十秒”。如果时间按秒计算,岂不

是"匆匆"了？这是个很有意味的结尾。 （谢志强）

吃 白 食 [德国] 黑贝尔

古语说："挖坑害人者，必自掉下坑。"——某镇有家"狮子"饭店，这饭店的老板还在没挖好陷人坑之前，自己就已经掉进去啦。

话说有一天，店里来了位衣着讲究的客人，一进门便叫老板尽他所有的钱给他来一份美味的肉汤。接下去又要了一块牛肉和一盘蔬菜，还是尽他所有的钱。老板毕恭毕敬地问，他是否还乐意喝一杯葡萄酒呢？

"呵，那敢情好，我是要尽自己所有的钱能享用一些好东西。"客人回答。

等他把一切都津津有味地吃完以后，他才从口袋里掏出一枚磨得光光的六芬尼的硬币来，说道：

"喏，老板，这就是我所有的钱。"

老板说：

"这是什么话？难道您不该付给我一个塔勒么？"

"我可没有向您要一个塔勒的菜，我只是讲，尽我所有的钱，"客人回答，"喏，这就是我所有的钱。再多一个子儿也没有。要是您多给我吃了，那是您自己的错。"

要说嘛，客人这主意也并非多么高明；需要的只是脸皮厚，能横下心：管他的，吃完再扯嘛。然而，精彩的却在后头。

"您可真算个老滑头！"老板说，"本来是便宜不了您的。可眼下，这顿饭咱白送您吃了，这儿还再给您一枚二十四克罗采的钱。您呢，只需要悄悄的，到咱隔壁的'大熊'饭店去，对那老板也照样来这么一下子。"——"狮子"饭店的老板这么干，是因为他与自己的邻居"大熊"饭店的老板抢生意，彼此失却了和气。一个钉子一个眼儿，都想方设法地要整对方，而狡猾的客人呢？却笑眯眯地一只手伸过去接钱，另一只手就已经小心翼翼地开门去了，他向老板道了一声"晚安"，然后说：

"您邻居'大熊'饭店老板那儿我已去过啦，而且让我来光顾您的并非别人，正是这位老板啰。"

正是：鹬蚌相争，渔人得利。不过，要是他俩能从此汲取教训,和睦相处,倒也应该好好感谢那位狡猾的客人才是。须知,和气能生财,不和遭损害。

杨武能　译

[鉴赏]　"吃白食"要有策略,要有条件。这位"吃白食"的人就把握住了最佳的机遇:两家饭店的老板竞争,却被他钻了空子。瞧,这位"吃白食"的客人多么潇洒、从容。正应了点题:"鹬蚌相争,渔人得利。"

故事的基调是幽默的,采用说书的形式来讲这个故事。"话说有一天""精彩的却在后头"均为传统的民间艺人说书的口气。开头和结尾又是"古语说",又是"正是",有着训诫的意思,恰与说书的形式相吻合。

微型小说的表达方式具有多样性,它可吸纳古典文学的套路。本文作为训诫小说,古今中外都有传统,中国古代就有"文以载道"的说法。微型小说注重的是塑造人物形象,白吃形象看来有着普遍性。吃白食是一种冒险,出于满足肚腹的愿望,以致进入不该吃的地方去吃,这就构成了幽默的因素。作者用精心刻画的白吃形象来说明首尾所说的道理,从而透出其机智和讽喻的味道。

(谢志强)

<h2 align="center">举世无双的珍品　　[德国] 威塞尔</h2>

"这颗钻石精美绝伦,是本店最贵重的宝石。"珠宝商本德尔向他的顾客介绍着。

"你喜欢不喜欢这个坠子,亲爱的?"那位男顾客温情地问站在他身旁的少妇。

身着华丽服装的少妇一脸不高兴的样子:"还问我喜欢不喜欢? 这颗钻石的确是精美无比,我还从来没有见过……"

"这个坠子多少钱?"男顾客问。

本德尔的心都有点颤抖了,如此爽快的顾客他还从没有碰到过呢!"这颗钻石的价格肯定不会低哟。"本德尔的口气是试探性的。

"那当然啰,"男顾客不屑一顾地说,"多少钱?"

珠宝商本德尔深深地吸了一口气,仿佛要费很大力气才能说出这个数目似的!"十万。"店堂里好大一会儿没有一点儿声息。那位衣着华贵的女顾客啊了一声,睁大了一双美丽的眼睛瞧着她身边的男人。而男顾客仿佛没显出什么犹豫就问道:"我可以用支票付款吗?"本德尔好半天没有转过神来,他感到太突然了,就连站在店堂后首的两个女营业员也面面相觑,仿佛不相信她们刚刚听到的问话。

"怎么?"男顾客显出不高兴的样子,"您该不会以为我会把十万马克的现金带在身上吧?"珠宝商怔怔地望着面前的顾客,好半天才说:"当然不是。不过您是知道的,为了安全起见我们不得不对支票进行验证。你们请到会客室稍候片刻!"本德尔把这一对男女请进了会客室,男顾客拿出一张支票填好之后交给了他。本德尔只看了一眼支票上的签名就把它递给一个女营业员。签名是"卡尔·舒尔曼"。

十分钟之后本德尔就放下心来了! 支票完全正常。他暗自在心里笑了——像这样的生意可不是每天都有啊。这颗钻石确实价值千金,而且做工也极其考究。然而遗憾的是这颗钻石有一点小小的瑕疵,就是因为这一点点美中不足,使宝石的身价一落千丈。好在这点瑕疵外行人是看不出来的,只有宝石专家才能发现。因此本德尔仍将它按正品出售,而且没有影响他在此价格上再加上四万马克。他知道,珠宝不遇穷人。几个星期后的一天,珠宝店里又走进了那个叫卡尔·舒尔曼的人。本德尔一眼就认出了他,顿时他的心跳加快了:难道他发现了……

卡尔·舒尔曼从口袋里掏出一张名片递给了本德尔:"这是我们的新地址。今天我来是为了一件事。自从我妻子从您这儿买了那个钻石坠子以后,整天话不离钻石。这倒使我犯难了,怕是再也找不到能够使她更高兴的礼物了。我想如果能再送她一颗一模一样的钻石,她肯定会非常高兴的。不过这次要是镶嵌在手镯上就更好了。价钱我不在乎。"

"这恐怕是不可能的,"本德尔叹了口气说,"世界上是不会有两颗完全相同的钻石的。"

"那就太遗憾了,"舒尔曼怅然若失,"唉,你们同行之间有没有往来,能不能跟他们联系联系?""有,有,先生,我们都有联系的。"本德尔先生简直不知道说什么好了。

"那太好了,如果您找到了请跟我电话联系。"

本德尔派人四处查访,又分别给一百多家珠宝行去信联系。如今几个月过去了,仍一无所获。正在这时,被派出去的人当中有个人从远东打来了电话,说他在缅甸的仰光发现了一颗与所需钻石质量相仿的钻石。本德尔先生对着话筒发了话:"只要能弄到手,不管多少钱!"当本德尔以三十五万马克将这颗钻石弄到手之后,简直欣喜若狂,可是他总觉得与卖给舒尔曼的那颗有点相像,于是他又请来了原先那位珠宝鉴定专家。

这位专家一看见宝石就禁不住叫了起来:"咦! 您这颗钻石不是已经卖掉了吗!"

"您搞错了! 您讲的那颗早就卖掉了,这又是另外一颗。不过这一颗也已经有人买了!"

专家仔细地看了看宝石后说:"确切的鉴定结果过两天才能出来。不过我记得那颗钻石也是在这个部位有一点瑕疵——如果真是这样,那就肯定是同一颗钻石!"

本德尔先生的脸刷地一下全白了,他慌了神,但还是跑到电话机旁拨了舒尔曼的电话号码。话筒里传来了一位女性的声音:"这里是豪华大酒店……非常遗憾,舒尔曼先生和他的妻子两天前就走了,他们没有留下地址。"

[鉴赏] 《举世无双的珍品》有两个悬念:一是有瑕疵的钻石却按正品出售,卡尔·舒尔曼爽快地购下却毫无异议;二是珠宝商又按舒尔曼的要求订购了同样一颗钻石,而且是高价收购,但舒尔曼已不知去向。最后,高价收购的其实是同一颗钻石,珠宝商的聪明反被聪明误。

钻石这个物件,两次出现是对人物的考验和嘲讽。同一颗钻石,先后出现,它支配着买卖双方的心态。劣品当正品出售,起先我们替舒尔曼担心,他上当了。可是,这个情节发展的关键,正是考验作者对人类弱点的洞悉——有瑕疵的宝石隐喻了有瑕疵的人心。钻石的再度出现,是对珠宝商贪心的嘲笑,由此塑造出了行骗高手舒尔曼这一人物形象。

读者可见题目,"举世无双",是暗示"无双"呀,舒尔曼要店主再联系一颗一模一样的钻石,实为圈套。我想起中国的一句古语:"魔高一尺,道高一丈。"此作的叙述很沉着(如同那个舒尔曼),情节展开有内在的紧张,结尾戛然而止,余味无穷。

(谢志强)

别墅的主人　　[德国] 舍伦施密特

星期一上午十点钟,郊外的一幢别墅里。一个身着浴衣的汉子坐在壁炉前,津津有味地吃着东西,时不时地往杯子里斟葡萄酒。

正当他伸手拿起一张唱片,想往电唱机上放时,门开了,一个上了年纪的男人走进来。

"请原谅,可门是开着的,"来人说,"我是施密特兄弟公司的代表。认识您很高兴。您是格雷经理吧?"

壁炉前的男子转过身,流露出明显被人打扰的不悦表情。

"……是的,我就是。您有什么事?"

"这里有您去年的一张账单,经理先生。共二百美元……"

"好的,我明天从办公室把钱给您转过去。"

"您已经这样许诺过好几次了,"那职员提醒道,"因此,我决定直接来找您。"

"请您出去!把账单寄到公司办公室。我这里没有钱。"

"好说,"那职员答道,"我也预料到了这点,尽管我曾想我俩能在私下把这个问题解决,而用不着把执行法官请来。他也认识您,而且现在就等在门外。"壁炉前的汉子嚯地站起身来,慌忙中把酒瓶碰掉在地毯上。

"真无聊!"他大声嚷道,"得啦!这是您要的钱,拿去吧,我再也不想见到您!"

原来,到郊外去的人,并不都是为了休闲,去享受阳光和宁静。比如乔伊·斯托克就不是这样。他喜欢造访好些久无人住的别墅,以便趁机捞一把。

这次乔伊的钱包里有四百美元。他知道,一旦被抓住,钱包装满钱的人总是更容易找到借口:走错了门,或者只想开个玩笑等等。他亲身体会到,警察对待那些腰无分文的人态度要严厉得多。

对他来说,进入格雷经理的别墅,简直如同儿戏。别墅里没有人,他的行动自然也可以从容不迫。他先按上等人的习惯,冲了个澡,穿上房子主人的浴衣,再去检视整个住所。因为早上有些凉意,又在壁炉生了火,然后舒舒服服地坐在沙发里。他心情很好,于是想听一段音乐。

"正在这时,"他事后对朋友们说,"进来了一个傻瓜,要我付一笔什么账。我这一惊非同小可。我是一星期之前发现那幢偏僻住所的。我连续监视了它一个星期，断定它没人居住。幸好，那人把我当成别墅的主人，还说认识房主的执行法官就在门外。好在当时我身上带着钱……噢，尽管这次行动使我蒙受了损失，但姑且把它当成必要的生产成本吧。"斯托克说完，深深地叹了口气。然而，最可笑的是，冒充的房主把钱给了那个根本不是施密特兄弟公司的代表的人，因为所谓"代表"正是别墅的真正主人。

"您真是采取了个天才的策略，经理先生，"第二天，公司职员们称赞格雷经理道，"您把自己装成收账的人。"

"可我有什么办法呢？"格雷说，"我一拧门把手，门就开了。窃贼穿着我的浴衣正坐在壁炉前。那家伙是个大块头……并且，他可能带着枪。我想抽身退出去已经晚了，于是急中生智，假装把他当成别墅的主人。但最成功的一着，还是我关于执行法官就在门外的胡诌。那个坏蛋听说执行法官会认出他是冒牌的房主，就吓坏了。到头来，在这桩买卖里，我也算小有进项吧。"

[鉴赏]　谁是"别墅的主人"？阅读《别墅的主人》要弄清这个问题。一个人在社会里有诸多身份，而身份在不同的现场有不同的效用。别墅这个现场，两个人都披着不是自己真实"身份"的外衣，故事没有正面冲突，却发生了转机——那位被冒名顶替的真正的别墅主人机智地对付了预先潜入的小偷，竟然还敲了小偷的竹杠。

按照事件发生的顺序，这个故事就长了，不过，作者采用了事后的补叙方式，跳过和压缩了情节，重点放在别墅主人机智的做法上。

怎么结构和叙述一个故事，此作值得借鉴。作者将故事的情节顺序打乱，先写星期一上午十点钟发生的事，似乎是很正常的事。但是，叙事在此刹住，却交代这个场景背后的秘密——关于别墅的真假主人的背景材料，让参与事情的人将事后的想法剪辑起来，揭出事情的真假。这是一个以全能的视角将所知的材料组织的结果，调动了许多表达的手法：貌似客观的叙事到彻底主观的综述（分析、口述）。前后两部分的叙述由现象到本质，使叙事逐渐明朗。

（谢志强）

犹 大 的 面 孔　　［意大利］达·芬奇

几世纪前，一位大画家为西西里城一座大教堂画幅壁画，画的是耶稣的传记。他费了好几年工夫，壁画差不多都已画好，就只剩下两个最重要的人物：儿时的基督和出卖耶稣的犰大。

有一天，他在老城区里散步，看见几个孩童在街上玩耍，其中有一个男孩，他的面貌触动了这位大画家的心，就像天使，正是他所需要写生的面庞。

那小孩被画家带回了家，日复一日，画家终于把圣婴的脸画好了。

但是这位画家仍然找不到可以充当犰大的模特儿。一年又一年过去了，这幅杰作没有完成的情形传遍退迩。许多人替他充当犰大的模特儿，但都不是老画家心中的犰大：不务正业、利欲熏心、意志薄弱的人。

一天下午，老画家照常到酒店喝酒，正当他自斟自酌的时候，一个形容憔悴、衣衫褴褛的人摇摇晃晃地走了进来，一跨进门槛，就倒在地上，"酒、酒、酒"，他乞讨叫嚷。老画家把他挽了起来，一看他的脸，不禁大吃一惊。这副嘴脸仿佛雕镂着人间所有的罪恶。

老画家兴奋已极，犰大的模特儿终于找到了，于是老画家如醉如狂地一连画了好几天。

工作正在进行的时候，那个模特儿竟起了变化。他以前总是神志不清、没精打采的，现在却神色紧张，样子十分古怪。充血的眼睛惊惶地注视着自己的画像。有一天，老画家觉察到了他这样激动的神情，就停了下来，对他说："老弟，你有什么事这样难过？我可以帮你的忙。"

那个模特儿低下头，手捧住脸，哽咽起来了。过了很久，他才抬头望着老画家说："您难道不记得我了吗？多年以前，我就是您画圣婴的模特儿。"

[鉴赏]　人是按自己的面貌去描绘上帝的。《犰大的面孔》则是画家依照人的面貌画出了基督和犰大。这是作为人的善与恶、美与丑的两极。这类故事的模式，在宗教寓言和民间文学里曾见过很多不同的版本。

作者达·芬奇写过很多寓言作品，此作有寓言意味。好的微型小说不免有寓言的性质，许多文学作品还植根于宗教土壤。大画家寻找宗教题材中两个最重要的人物模特儿——圣婴和犰大，他在现实中看中了一个孩童、一个乞丐。那是漫长岁月中的寻找，可见画家的执着，但是，两个模特儿竟是同一个人物，只是岁月使一个天使般的男孩变成了憔悴的乞丐。

画作的完成，同时也是一个人的命运的完成，现实和宗教形成了映照。画家从青年到老年，模特儿从男孩到老人，命运由寻找壁画中的模特儿使双方邂逅,双方却隔膜着。我们可以看到一个人的堕落,他的外表已从"圣婴"蜕变为"犹大",画家找到了壁画的模特儿,社会却改变了那个人,宗教的关怀是拯救,画家能吗? 我们见识了一个人的双重性(或同一性),一个人的命运由两个截然相反的形象构成,《犹大的面孔》给我们描述了一个现实意义上的"面孔"。

（谢志强）

虚 度 的 时 光　　　[意大利] 布扎蒂

埃斯特·卡西拉买了一幢豪华的别墅。此后,他每天下班回来,总看见有个人从他花园里扛走一只箱子,装上卡车拉走。

他还来不及叫喊,那人就走了。这一天他决定开车去追。那辆卡车走得很慢,最后停在城郊的峡谷旁。

卡西拉下车后,发现陌生人把箱子卸下来扔进了山谷。山谷里已经堆满了箱子,规格式样都差不多。

他走过去问:"刚才我看见您从我家扛走一只箱子,箱子里装的是什么? 这一堆箱子又是干什么用的?"

那人打量了他一眼,微微一笑说:"您家还有许多箱子要运走,您不知道? 这些箱子都是您虚度的日子。"

"什么日子?"

"您虚度的日子。"

"我虚度的日子?"

"对。您白白浪费掉的时光,虚度的年华。您曾盼望美好的时光,但美好时光到来后,您又干了些什么呢? 您过来瞧瞧,它们个个完美无缺,根本没有用过。不过现在……"

卡西拉走过来,顺手打开了一个箱子。

箱子里有一条暮秋时节的道路。他的未婚妻格拉兹正在那里慢慢地走着。

他打开第二个箱子,里面是一间病房。他的弟弟约苏躺在病床上在等他归去。

他打开第三只箱子,原来是他那所老房子。他那条忠实的狗杜克卧在栅栏门口等他。它等了他两年了,已经骨瘦如柴了。

卡西拉感到心口被什么东西夹了一下,绞疼起来。陌生人像审判官一样,一动不动地站在一旁。

卡西拉说："先生，请您让我取回这三只箱子吧，我求求您。起码还给我三天吧。我有钱，您要多少都行。"

陌生人做了个根本不可能的手势，意思是说，太迟了，已无法挽回。说罢，那人和箱子一起消失了。

夜幕悄悄降临，把大地笼罩在黑暗之中。

张继双　张志眷　译

［鉴赏］　关于时间的故事，作者擅长用超现实的手法来写现实。《虚度的时光》里，他把时间模拟为实物——盛装"虚度的时光"的箱子。主人公发现那丢掉的三个箱子装着他已虚度的时光，却无法取回了，而且，时间在箱子里也具体化、实物化了。一旦失却，方知珍惜，人生不是常常有如此感触吗？超现实的手法，是将不可能的事情写得像真的发生过一样，但它确实可能存在：每个人都有虚度的时光，每个人都有时光流逝的经历。作者仅将这人类普遍的感受提升出来，使我们产生共鸣。

作者布扎蒂有多篇小说将无形或抽象的东西写成有形或具体的角色，例如，他在《嫉妒》中塑造了嫉妒这个拟人化的角色，使得日常生活中的不可能转化成为文学形象的可能。

时间犹如流水，一去不复返。流逝的时间，我们每个人可能都不在意。作者在此作中是用一个具体的故事来提醒我们要珍惜时间。而且，用细节指出了时间所承载的事物：等待他的人和物，那又构成了一个"家"的概念，进而，我们感到了主人公失却的不仅仅是时间而且是爱。钱已经购不回珍贵的爱了。金钱和爱情，人生和家园，主人公在时间中迷失了，我们不也正在面临着不同的选择吗？

（谢志强）

廉正的警官　［意大利］约万尼斯

"先生，我简直不敢相信，你为什么要帮我这个忙呢？"听了大名鼎鼎的罪犯皮拉的建议，警官岑诺近乎天真地问。

他们两人都到了退休的年龄。岁月沧桑在警官的脸上留下了明显的痕迹；强盗反倒脸色红润，目光里流露出狡黠与自信。他觉得面前这位几十年来一直在追捕他而又从不走运的警官着实可怜，于是决定在自己"金盆洗手"之前帮他一次忙。

"警官大人，我们的年龄都不小了。我绝不是在跟你开玩笑。我把具体时间、地点和其他详细情况告诉你。到时候你去准能将我逮捕。你可以如愿以偿,追回全部款项。这样,你在自己的刑警生涯中将获得一次新的晋级。然后,你再帮助我尽可能巧妙地越狱。以后的事,由我自己去应付。我有一个绝对保险的藏身之地……"

"可你为什么要这样成全我?"警官再次惊奇地问。

"很简单。我打算去太平洋的一个小岛隐居。但不是一个人,跟我一起去的还有你女儿。我非常爱奥莱斯蒂娅。你可以想象,按照目前这种处境,我是无法向她求婚的,你觉得怎么样?"

岑诺陷入了沉思。他面临着一生中需要做出的一次重大决定。

两天后,皮拉得到了岑诺的肯定答复。警官愿意将他女儿交给受国际刑警通缉的重大案犯。他知道皮拉能让她过上一种王公贵族般的生活,尽管这笔交易见不得人。

计划进行得很顺利。武装抢劫米兰一家银行的强盗头子皮拉被逮捕归案了。一时间,岑诺的战果轰动全国,他的名字被刊登在各种报纸的头版。他获得了政府发给的一笔重奖,并被推荐为好几个政党的参议员和内务部部长人选。

这时,皮拉正在铁窗里面忍受煎熬。他急切地等待着奥莱斯蒂娅。按照他同警官的约定,姑娘将化装前来探视,把越狱计划告诉他。时间一天天过去,可仍然没有任何音讯。眼看就要开庭审判,皮拉如热锅上的蚂蚁。

望眼欲穿的时刻总算到了。前刑警官、现参议员岑诺亲自来到监狱。他悄悄地对那在押犯说:

"亲爱的皮拉,我还没有找到奥莱斯蒂娅的下落……你知道,她可能在印度尼西亚的什么地方,跟全国最大的伪钞走私集团的头子在一起。那家伙两年前也向我许过跟你一样的诺言……"

李家渔 译

［鉴赏］ "廉正的警官"面临退休前的重大抉择:强盗要在"金盆洗手"之前帮他一次忙,即让他逮捕,使他获得刑警生涯中最后一次的晋级;作为交换条件,警官帮他越狱,并娶警官的女儿为妻。这笔见不得人的交易进行得很顺利。我们看到警官的行为是对"廉正"的亵渎,而且,警官获得了辉煌的名誉:有名有利。但是,这位"廉正"的警官没有履行承诺,我们以为他伸张了正义。可是,他已有更大的交易:已将女儿许诺给了"全国最大的伪钞走私

集团的头子"。

作品里,情节的展开一层一层,剥开了警官"廉正"的虚假外衣,使我们看到了他的贪婪。但是,天网恢恢,疏而不漏。文中尽管没有写出他是否受到制裁,不过,他对那个狱中强盗得意地悄悄吐露出来的实情,可以设想,强盗肯定会反咬他一口,他将会有怎样的下场,也是可想而知了。

微型小说要出奇。此作的奇是情节之奇。题目给了我们一个思维定势:廉正。但是,故事情节的发展却背离了"廉正"。情节中的一奇是强盗要帮警察一次忙;二奇是警察将女儿嫁给伪钞走私集团的头子。两奇暗藏着警察的野心,即要名利双收。情节的展开,是沿着警察冒着走钢丝一样的风险展开的,他的贪婪最后膨胀到了极致,这也意味着原形毕露。作品的结尾敞开着,实际上也将结尾暗藏在情节的展开之中了。

　　　　　　　　　　　　　　　　　　　　　　　　　　（谢志强）

做 起 来　　　［意大利］卡尔维诺

有这样一个镇子,做什么事情都被禁止了。

现在,因为惟一未被禁止的就是尖脚猫游戏,所以镇上的臣民就经常聚在镇后边的草坪上,成天地玩这个游戏。

因为禁令被制定的时候总有恰当的原因,所以没有任何人觉得有理由抱怨,也没人觉得受不了。

几年过去了,有一天,官员们觉得再没有任何理由禁止臣民做任何事了,他们就派了传令官四处通知人们一切都开禁了。

传令官来到老百姓喜欢聚集的那些地方。

"好了,听好了,"他们宣布,"所有的都开禁了。"但人们还是玩尖脚猫游戏。

"明白吗?"传令官重申,"你们现在可以任意做想做的事了。"

"好的,"臣民们回答,"我们仍然玩尖脚猫游戏。"

那些传令官一再地提醒他们的臣民,他们又可以回到他们从前曾经从事的那些高尚而有用的职业中去了。但是老百姓都不愿听,他们继续玩尖脚猫游戏,一圈又一圈,甚至都不停下来喘口气。

看到他们如此,再说就是白费劲了,那些传令官就回去禀报上面。

"这很容易,"那些官员们说,"现在我们下令禁止玩尖脚猫游戏。"

人民就是在那时开始反抗的,杀了部分官员。

然后人民分秒必争地又回去玩尖脚猫游戏了。

[鉴赏]　通篇都是干干净净的叙述,仅仅用了不得不用的可怜的几个形容词,却传达出了深刻、丰富的内涵。细节就是玩尖脚猫游戏,由唯一没禁止玩尖脚猫游戏(其他什么事都被禁止)到禁止玩尖脚猫游戏(其他什么都开禁了),由此引发了臣民的暴动。多么可怕的禁锢,多么荒诞的生存。尽管它淡化了时代、地域的背景,我们不也联想到超越时代、跨越地域的存在吗? 那是一种普遍的狂热。

《做起来》有寓言意味,但不是寓言,区别在于,寓言有个训诫的结论;而《做起来》的寓言意味升华了作品的意蕴,达到了形而上的境界,从而使微小的景观折射出宏大的世界。在此,我们体味出叙述的力量。"有这样一个镇子……",类似童话中的"从前,有一个……",以一个传说的口吻表达。而且,淡化了故事的背景、人物的特征,单纯的留下一个做尖脚猫游戏的线索,展开官与民的对立和冲突,使故事获得了普遍意义。

微型小说是一种技术含量很高的文体,在数百字内写出一个小小的故事,又由这个"小"触及到人类存在的本质。

　　　　　　　　　　　　　　　　　　　　　　　　　　　　(谢志强)

界　河　［希腊］萨马拉基斯

命令很明确:禁止在河里洗澡! 同时规定距离河岸二百公尺为禁区。

大约三星期前,他们的部队来到河边就停止了前进,对岸就是敌人——通常被称之为"那边的人"。

河的两岸均有大片森林。森林很茂密,林中驻扎着敌对双方的部队。

从获得的情报中得知,那边有两个营,但他们没有发动攻势。谁知道眼下他们打着什么鬼算盘? 与此同时,双方的前哨分队都隐蔽在两岸的树林里,准备随时探明任何可能发动的进攻。

当他们初抵此地时,天气依然是春寒料峭。可几天前突然放晴,现在竟是明媚和煦的春天了!

第一个偷偷溜下河的是一位中士。一天早晨,他下河潜入水中。不一会儿,他爬回到自己一方的岸边,肋骨处中了两颗子弹,后来只活了几个小时。

翌日,两个下等兵下了河。没有再能见到他们,只听见一阵机关枪的嗒嗒声,过后便是一片沉寂。

事后,司令部就下了那道禁令。

　　然而，那条河依然具有不可抗拒的诱惑力。一听到潺潺流水，渴望便从他们的心底里油然而生。两年半的野战生活已使他们变得蓬头垢面，邋里邋遢。在这两年半的时间里他们享受不到一丝快乐。现在他们不期发现了这条河，可司令部的命令却是……

　　"这该死的命令！"那晚上他忿忿然诅咒道。

　　夜里，他辗转反侧，难以入眠，远处，滔滔的河水声萦绕在他的耳际，令他不得一丝安宁。

　　对，明天他要去，他一定要去，该死的命令！

　　其他的士兵们正睡得很香，最后，他也渐渐进入了梦乡，他做了一个梦，一个噩梦。起先，他似乎见到了它——一条河。河就在他跟前，期待着他。他站在岸边，脱光了衣服，正欲跃入水中。一瞬间那条河变成了一个女人，一个胴体黝黑、年轻健美的女人，他裸体站在她面前，并没朝她扑出，因为一只无形的手仿佛紧紧攫住了他的后背。

　　他醒了过来，精疲力竭，天还没有亮……

　　终于来到河边，他停下脚步注视着它。瞧这河！它的确存在着！一连几个小时他都在担心这只是一种想象，抑或只是他们的一种幻觉，一种普遍的错觉。

　　一俟他赤裸的身躯进入水中，承受了长达两年半的折磨，迄今还留有两颗子弹刻下的疤痕的肉体，顿时感到变成了另一个人。无形中，宛如有一只拿着海绵的手抚过他的全身，为他抹去了这两年半里留下的一切印迹。

　　他时而仰游，时而侧游，任凭自己随波逐流。他还不时进行长长的潜泳。

　　稍顷，顺流漂下的一根树干出现在他的前方。他一个长潜试图抓住树干。他果真抓住了！他恰巧就在树干边浮出水面。真是太妙了！可就在这刹那间，他发现约在三十公尺开外的前方有一个人头。

　　他停下来，想仔细看看清楚。

　　对方也看到了他，也停了下来。两人面面相觑。

　　倏地，他一下子又恢复了原来的自我——一个经历了两年半战火洗礼的士兵。

　　他无法断定面对着他的那个人是否是自己的战友,抑或就是那边的人。他们惊得在水里呆若木鸡。一个喷嚏打破了平静的僵局。这是他打的喷嚏,像往常一样很响。紧接着,对方开始向对岸快速游去,但是他也分秒必争,使尽全力游向自己的岸边。他先上了岸,奔到那棵树下,一把抓起枪。还好,对方刚出水,正朝自己搁枪的地方跑去。

　　他举起枪,开始瞄准。对他来说,要打中对方的脑袋实在是再简单不过的了,他赤裸着身子,在约二十米的地方奔跑,这是极易瞄准的活靶子。

　　不,他没有扣动扳机。那边的那个人就在对岸,恰似他从娘胎里出来一样赤条条一丝不挂。他站在这一边,也赤裸着身子。

　　他不能扣动扳机。两个人都是赤条条的,赤条条的两个人,一丝不挂。没名没姓,没有国籍,没有穿咔叽布军装的自己。

　　他不能扣动扳机,此刻这条河并没能把他们隔开;相反,却把他们联合在一起了。

　　当对岸枪声响起时,他只是瞥见有几只鸟被惊起。他倒了下去,先是颓然跪下,随之整个身子直挺挺地扑倒在地上。

陈　文　译

　　[鉴赏]　战争,军规,可那条河的诱惑仍不可抗拒。《界河》里的那条河是生命的象征,是和平的象征,或说,有着诗意的象征意味:梦里,一条河变成了一个女人;冒死入河畅游,赤裸的身子似乎消除了战争,包括肉体的伤痕和灵魂的恐惧,还原了人的本真。一条河是战争双方的"界河",又是敌我生死的"界河",甚至,它超越了战争,它改变了仇恨。

　　最精彩的场景是各属敌我的两个士兵同时涉入这条河,他没有扣动扳机,游泳对他来说是一次和平的洗礼;但是,他却死在对方的枪声里。一条河暂时地联合了双方,却又很快隔开了双方。一条河最终又见证了死亡和战争的残忍。

　　作者将敌我双方的两个士兵,放在同一条河上,考量着他们的人性善恶。界河从表面上看,游入其中的士兵超越了战争,但是,战争使人性阴暗的一面膨胀,似乎是本能的恐惧。此作将涉入界河的两个士兵情绪的微妙变化揭示出来了,由此,我们看见了战争的残酷无情。这是两个人的战争,促使那一声枪响的是两个人背后的两个国家、两个民族。微型小说选择有限的人与有限的景来展示更博大的东西。这是又一个战争与和平的故事。　　(谢志强)

求求你们，别开玩笑　　［西班牙］塞　拉

就像平常强盗行劫时一样，卡洛·帕里亚克诺蒙着脸，提着一挺机关枪，冲进一家饭馆。饭店里顾客盈门，都是些有钱人，个个喜气洋洋，打扮得珠光宝气。他们绝非冒险好斗之徒，而且都未带武器，真是打劫的理想对象。

卡洛·帕里亚克诺手端机枪，踢开了门：

"举起手来！"

卡洛·帕里亚克诺的声音，不像人家当头领的喊出来既威风，又有雷鸣般的音量。他的声音怯生生的，低沉而又细弱，只有很少几桌人才听到。乐队继续演奏着《第三个人》这支讨厌的无法哼唱的狐步曲。侍者穿梭于饭桌之间，忙着收盘、送茶、开瓶子，脸上堆满了笑。餐厅总管点头哈腰，请每位新到的顾客入座，卡洛·帕里亚克诺感到自己面罩里的脸红了。真是天下奇闻："他们竟不理会我？"他想，"这群蠢驴，难道不见我拿着机关枪？"于是，卡洛·帕里亚克诺鼓足气力又喊了一声：

"举起手来！"

有几个人终于把视线从维也罗丽的胸部移开，扭过头来朝卡洛·帕里亚克诺看。

"多潇洒的强盗！"有人说了一句，"真是个棒小伙子！"

卡洛·帕里亚克诺感到自己情绪异常，真是又气恼又吃惊。

"举起手来！我已经说过了。你们没发现我是抢劫的吗？还不明白这是打劫？再不举手，我可要开枪了！真他妈的见鬼！"

从一张桌子旁发出一声大笑：

"多逗人的家伙！喂，劫贼，跟我们一道喝一杯吧。服务员，服务员，给这位先生拿杯香槟来！"

卡洛·帕里亚克诺在地上跺了一脚。

"您听着，别跟我开玩笑啦，把手举起来！"

这先生发出一阵大笑，声音响得连几个街区之外都可以听到。

"得了，年轻人，平静平静吧，不必装出这副样子来！"

"什么这样那样的，我是来打劫的，你们懂吗？我手中有枪，而您不但不怕，不把钱包、首饰放在桌子上，倒反而哈哈大笑，拿

我当笑料。您这位先生，不认真对付此事，反而从中取乐？"

乐队奏完了《第三个人》，又开始演奏《谁害怕凶残的狼》这支进行曲。

卡洛·帕里亚克诺感到口渴：

"举起手来，喂，举起手来！"

"不，年轻人，我不举手。我可不喜欢有人抢我的东西。"

笑声，犹如此山压向彼山的暴风雨，从一张桌子推向另一张桌子。几个食客站了起来，把卡洛·帕里亚克诺围了起来，手拉着手翩翩起舞，仿佛一群印第安人围着白人跳舞。

卡洛·帕里亚克诺竭力振作精神，说：

"好！咱们走着瞧，你们到底举不举手？"

大家笑得前俯后仰。几位太太声称，这劫贼简直是个宝贝。在他周围跳舞的人越来越多。卡洛·帕里亚克诺发觉自己业已沮丧的情绪越发低落。

"那好吧？"他无可奈何地说道，音调里已带有几分柔情，"把那杯香槟递给我，我渴死了。"

饭馆里的食客们人人心醉神迷，容光焕发。对刚才突发的这出戏，感到心满意足。

"这饭馆的老板，"有人大着胆子，装出了了解内情的样子说道，"简直就是魔鬼，亏他想出这点子！"

卡洛·帕里亚克诺在椅子上坐了下来，一口吞下了那杯香槟。他面前桌子上的花瓶、酒杯、扇子，以及搁在它们旁边的机关枪，构成了一幅有趣的静物图。

警察进来，给卡洛·帕里亚克诺戴上了手铐。当两名警察押着卡洛·帕里亚克诺走出饭馆的时候，卡洛·帕里亚克诺的眼神中隐隐约约仍流露出恳求的目光：求求你们，别开玩笑啦。

倪华迪　译

[鉴赏]　我们看到、听到的抢劫，被抢劫者大多是惊慌、狼狈、可怜。可是，《求求你们，别开玩笑》却是另一番情境。

打劫者看中的理想对象——被打劫者，竟然无视机关枪的威逼，反而跟打劫者开起玩笑来了。面对暴力，玩笑竟然使打劫者不知所措、无可奈何，而且，他竟然阻止不了玩笑的持续，暴力最终失效。打劫者和被打劫者在"玩笑"中情绪变化的反差,形成了幽默。

　　题目显示,作者是紧贴着打劫者来叙写,打劫者开始的自信,在整个玩笑中他丧失了自信,这条情绪渐变的脉络很自然。小说和现实,使用的是不同的逻辑。在实际生活中,打劫者和被打劫者不可能形成这种关系:开玩笑。不过,在小说中这种关系形成了,人们置危险于不顾,而采取玩笑的方式来对待打劫,于是,小说的独特性就展示出来了。打劫者没有看到恐惧,而是面对玩笑,这玩笑透出人们对待暴力的态度,甚至猜测是店老板的促销点子。请品味双方的情感发展的脉络,暴力在幽默面前转化为软弱,这是幽默的力量,也是文学的力量。

　　　　　　　　　　　　　　　　　　　　　　　　　　　　　(谢志强)

那　双　手　　[葡萄牙]丹塔斯

　　玛利娅·朱丽叶蓦地醒来,心要跳出胸膛,额上冷汗淋漓,嘴里一股血腥味。屋里黑魆魆的,伸手不见五指。她从床上坐起来,侧耳细听,四处摸索,竭力想弄清自己的所在。最后,她触到一团热乎乎、黏糊糊的肉体。啊,是个男人,今天夜里不期而遇的那个男人!

　　凌晨,圣保罗教堂的大钟敲了三下,类似霉稻草的酸腐气味憋得她透不过气来。她终于明白过来:又睡在橡树街的旅店里!在这两年贫困、屈辱、颠沛流离的生活中,她对这一带太熟悉了。男人身上散发出的热气使她浑身颤抖,一阵恶心。

　　这男人到底是谁?玛利娅·朱丽叶没有来得及看清,只恍惚记得他穿一件黄色外套,声音嘶哑,花白的胡须又密又硬,两只胳膊粗壮有力。男人正是用这两只粗壮的胳膊突然把她摇醒、搂住、按在下面的。

　　她在黑暗中静静地听了几分钟。男人的鼾声粗犷、均匀,简直是一只熟睡的动物。

　　玛利娅·朱丽叶一动不动,几乎屏住了呼吸,以下贱女人们表示愤懑的独特方式等待天明。麻布被单捂得她皮肤燥热,耳边嗡嗡作响。她昏昏沉沉,却又欲睡不能。一生的坎坷和厄运一起浮现于脑海。她仿佛又看到了自己不幸的童年,回忆起那被遗弃之后寄人篱下、贫病交加的日子;想到割断动脉血管、死在血泊里的母亲;父亲只身逃往巴西的时候,她才七岁。邻居们聚集在院子里冲着他嚷:"马努埃尔·达·克鲁兹,你该可怜可怜孩子,她是你的女儿呀!"

　　黑夜沉沉，万籁俱寂。陌生男人躯体散发的热气越来越厉害，像一个巨大的恶魔啃噬着她的心。玛利娅·朱丽叶滚烫的眼泪流到脸上，胸部急促地起伏，整个床都随着她的抽泣而颤动。黑暗笼罩着她。

　　一阵晕眩，天旋地转。

　　玛利娅·朱丽叶点上蜡烛。

　　男人仍直挺挺地躺在床上沉睡，胡须被汗水濡湿，右手平放在宽阔的胸脯上，褪了色的蓝底旧汗衫随着深沉的呼吸一起一伏。

　　玛利娅·朱丽叶端起蜡烛，伏下身去仔细一看，立刻战栗起来，两只因恐惧而瞪得圆圆的眼睛盯着那只粗大、厚实、汗毛浓密、被烟草熏黄了的大手，手上的银戒指在烛光下闪着冷光。她好容易才控制住自己，没有栽倒，没有喊出声来——童年的时候，她曾经见过这样一双手！

　　她颤抖着把蜡烛移近男人的脸，贪婪地审视着，一个可怕的疑问使她突然表情异样，面部紧缩。莫非真的是他？或许不是他？在这一瞬间，她想到了许多——想摇醒他，想逃走，想一头在墙壁上撞死……

　　她竭力从记忆中搜寻童年的往事，又看了一眼那粗壮有力的毛茸茸的大手——简直像猛兽的爪子！

　　她想弄个水落石出。血涌到脸上，脸在燃烧。她扑到床头，懵懵懂懂、气喘吁吁地抓着男人的衣服，胡乱地翻了又翻，找了又找，看样子要把它们撕个粉碎。她终于找到一封信。她不识字，只是瞪大眼睛盯着信下面的签名。这张不会说话的纸上写着什么呢？痛苦和绝望一齐袭来，她屏住呼吸，穿上衣服，围上围巾，套上披肩，紧紧攥着那张信纸，连滚带爬下了楼梯。

　　天快亮了，清冷的晨风扑面而来。街上，晨曦像弥漫的薄雾。

　　警察正在一盏亮着的灯下打盹，玛利娅·朱丽叶闯了过去。她脸色苍白，上气不接下气地请他念念信纸末尾的名字。警察瞧了她一眼，看了看信，念道：

　　"马努埃尔·达·克鲁兹。"

　　玛利娅·朱丽叶连喊都没有喊一声，就像一具死尸一样，倒在地上。

程　凡　译

〔**鉴赏**〕　这是篇反映妓女生活的微型小说,"这男人到底是谁?"的悬念贯穿全篇。作者让悬念在笼罩着黑暗的屋内慢慢地蔓延、明朗,重笔描述了男人的肢体、气息和汗水,还有妓女命运的回忆,这些都在铺垫着悬念的最后托出。

黑夜到烛光,"到底是谁"聚焦在男人的那双手上。微型小说以小示大——以那双手写那男人。男人身上的那封信揭示了男人的身份:妓女的父亲。妓女不识字,使得此事公开化,也说明妓女自小贫困。父女乱伦,但双方却不知,从而加深了故事的悲剧性。那蜡烛、那封信、那双手是这篇小说的敏感穴位,它们的背后是隐没的人生命运。

作者调动了多种表现手法,以夜的黑来写人的肉体的气味、温度、鼾声以及肢体的动作,由此写出了男人的地位。然后,由蜡烛的点燃,使那个男人的形象由隐到显。接着写那一双手,如同电影的定格,由那双手写出她的反应。随后,引出那封信,托出了双方关系的谜底。此作由暗写到明,层层深入,步步逼近。女人最后倒地,那是精神的崩溃。

(谢志强)

一个爱情故事　　〔瑞士〕克·卡文

在窗子底下唱情歌或者大喊大叫,弄得满城风雨,不用说,我们这儿不兴这一套。

两个人你来我往,如此而已。噢!当然了,免不了有时候会看到两个身强力壮的小伙子像两只公鸡一样地一阵恶斗,但是这并不能赢得人们对他们的尊敬。

并非人们没有感情,不是,而是人们宁愿不显山、不露水,把事情藏在心里,慢慢地琢磨它的味道。

好几年以前,阿尔贝死了女人,她给他留下了一个十六岁的儿子。雷阿死了丈夫,身边也有一个和阿尔贝的儿子年龄相仿的小子。阿尔贝和雷阿是在合唱队里认识的,因此雷阿下午经常到阿尔贝那里去。这事神不知鬼不觉地过去了许多年,两个孩子都找了老实的姑娘结了婚,并且两个姑娘是表姐妹。他们经常一起出去玩,一起去采花、采蘑菇,一个邀请父亲,一个邀请母亲,全然不知道两位老人彼此之间的熟悉程度超出他们的想象。

两年以后,他们发现他们彼此有意,阿尔贝和雷阿结果什么都承认了,还说他们正想组织个家庭。孩子们打心眼里高兴,两个老人于是想到应该把事办了。又拖了几个月之后,他们去登结婚启事。

可是就在这个节骨眼上，阿尔贝却一下子病倒了，还病得不轻。婚礼只好推迟了。后来虽然阿尔贝病好了，但他却没再谈结婚的事。雷阿也没有任何表示。等他们再次决定要结婚的时候，两人都已经七十岁了。孩子暗中笑他们了。他们又去登结婚启事。

又在这个节骨眼上，离婚礼还有一个星期的时候，雷阿的哥哥去世了。自然，服丧期间是不能结婚的，何况雷阿甚悲痛。这么大年纪，别人的死会对她有压力，至少是个信号。结果像上次一样，结婚的事又放下。等到孩子们费尽九牛二虎之力说服他们同意结婚的时候，阿尔贝已经八十五岁了。可是两个老人却热情不高。

"噢！你们不知道，这事拖了四十五年了，你们想……"

话是这么说，可他们还是去登了结婚启事。

这又是一个节骨眼，结婚那天上午，他们忘了，没有去参加婚礼。从那天以后，他们再也不愿意提结婚的事了。

阿尔贝活到了九十二岁，死于一场事故。那是春天的一个早晨，他早早地起了床，来到铁路的路基上。他没有看见日内瓦到苏黎世的快车到来。当人们把他抬起来的时候，他为雷阿采的紫罗兰飘落了一地……她只比他多活了半个月。

我跟您说，乡下的人并非没有感情，他们只不过把它藏在心里罢了。

赵　坚　译

［鉴赏］ 一个延续、跨越了半个多世纪的黄昏恋。每当要结婚的节骨眼上，便是被一件件事情干扰了，注意，这些事情并不是阻止两位老人成婚，却拖着，拖了半个世纪。《一个爱情故事》的重点是爱情：有情人竟难成眷属。但是，这平平常常流水般的恋情却有着永恒性，因为，爱情藏在心里——那紫罗兰便是真爱的象征。

作者冒了个叙事的险，起头就是三段议论，但是，它示意了乡下人情感表露的方式：两位老人恋爱的"不显山、不露水"。平平常常的叙述包含了平平常常的故事，其实，没曲折、没起落的故事最难写。我们能感到这个漫长的爱情故事，有一个没露面的叙述者，在一直关注着这两位老人的情感发展。这在叙事的语调中感觉到了。开头的三段议论，表示着叙事者的类型和态度，又传达出"我们这儿"的风俗习惯，在这个背景下，两位老人的恋爱将怎样进行。他俩不断碰上"节骨眼"，但都是琐事冲断了老人的结合。结尾，"我"这个目击者、叙事者终于站出来说话了："乡下的人并非没有感情，他们只不过把它藏在心里罢了。"

（谢志强）

俄勒冈州火山爆发　　　[瑞士] 弗洛特

"喂，是《得克萨斯信使报》吗？我是贝德尔·史密斯！请立即记下：我永远难忘在俄勒冈州的这场经历，火山爆发……"

"怎么回事？"新来的编辑沃克问道，"喂，喂，接线员！"

"通往俄勒冈州的线路突然中断了，"电话局总机报告说，"我们马上派故障检修人员去检查。"

"大概要多久？"

"哦，您得做好一两个小时的打算。您知道，线路是穿过山区的。"

"完了！"沃克沮丧地说道，并沉重地跌坐在他的软椅上。

"什么叫完了？！"主编怒气冲冲地说道。

"您是一名记者还是一个令人丧气的半途而废的家伙？！您不是已经收到报告了吗：俄勒冈州地震！这一消息我们起码比《民主党人报》和《先驱报》早得到一小时。这一回我们可要打他们一个措手不及了！今天下午当我们独家登出俄勒冈州地震的现场报道时，他们会嫉妒得脸色铁青的。"

他从书柜里取出一卷《百科全书》。"我要让您看看这事该怎么做！埃丽奥尔，请您做好口授记录的准备！现在，您这个也算是记者的人过来瞧瞧吧！这儿：俄勒冈……海岸地带……山脉……有了：道森城这一带有几座已经熄灭的火山……

"噢，看来是这里，您把地图拿过去，抄下四周区镇的地名。"

他跳了起来，猛地拉开通向印刷车间的门。

"希金斯！您马上过来！给我把头版的新闻全都撤去！我要加进一篇轰动全国的报道！还有：这次要比平常提前一小时出报。"

他叼起一支香烟，大步地在屋里走来走去。

"您写下！通栏标题：俄勒冈州地震！电话联系中断！贝德

尔·史密斯为《得克萨斯信使报》做独家现场报道。

"上午时分,在俄勒冈州地区出现了极为可怕的景象。有史以来一直十分平静的巨峰巴劳布罗塔里火山(名字以后可以更正)忽然间喷发出数英里高的烟云。就这么写下去——这里是有关火山爆发的资料的描述,剩下的您就照抄好了,反正总是老一套。

"您让沃克把熔岩可能流经的区镇地名读给您听。别忘了写一写人,诸如一个在最后一瞬间被救出来的孩子啦,一个拖着小哈巴狗的老妇人啦等等。

"最后:《得克萨斯信使报》呼吁各界为身遭不幸的灾民慷慨解囊。捐款者填好附列的认捐单,将钱款汇往指定的银行账号即可。若填上认捐单背面的表格,您同时还有机会以优惠价格订阅全年的《得克萨斯信使报》。这样您家里就有了一份消息最灵通的报纸。通过报道俄勒冈州灾难这一事实即已雄辩地证明本报拥有最迅速、最可靠的信息来源。"

排字机嗒嗒作响,滚筒印刷机里飞出一页页印张,报童喊哑了嗓子,布法罗市的居民们从报童的手中抢过一份份油墨未干的报纸。转瞬之间当天的报纸全部售完。

三个小时后通往俄勒冈州的电话线路重新修复。电话铃响了,沃克、主编和女打字员同时拿起耳机。

"喂!是《得克萨斯信使报》吗?"响起了贝德尔·史密斯的声音,"那好,请马上记录:我永远难忘在俄勒冈州的这场经历,火山爆发也不如此刻的吉米·布蒂德雷这般厉害,今晨他在富尔通拳击场频频出击,把俄克拉荷马州的重量级冠军瓦尔特·杰克逊打得落花流水。在第三局中他以一连串的上钩拳、猛击拳和凌厉而干净利索的直拳将对方击倒在地……喂……喂……您在听我说吗? 您听清楚我说的话吗?"

"请等一下,贝德尔,"沃克说道,"主编刚才晕过去了。"

知　安　译

［鉴赏］　独家报道能制造轰动效应,主编便授意独撰了不存在的火山爆发。我们看到了用套路虚构的真实细节,资料的来源是《百科全书》和有关资料,并虚构了灾难现场。

　　新闻报道竟然采用了微型小说的方式。这个契机是电话线路中断,它给主编的想象留下了极大的空间。新闻报道是让事实说话,开头和结尾衔接起来,原来"火山爆发"是个比喻,指的是拳击比赛。主编的想象就是从那"火山爆发"的四个字延伸和发挥,迫不及待地虚构出了轰动新闻,一旦真相大白,主编承受的打击可想而知了。荒诞和讽喻是《俄勒冈州火山爆发》的基调。

　　在记者向报社的传达过程中,一场拳击比赛误传为一场火山爆发,而且,报社为了制造轰动效应,竟然查找资料,设计情节,去具体形象地强化那个误传。我们看到了媒体是如何造假。此作将造假的过程写得生动有趣而又一本正经,甚至呼吁为灾民捐款。一个子虚乌有的虚假能够膨胀得那么可笑、可怕。最后,来个意外结局——虚假的话语大厦轰然崩溃。　　　　(谢志强)

法　律　门　前　　　　[奥地利]卡夫卡

　　在法律门前站着一名卫士。一天,来了个乡下人,请求卫士放他进法律的门里去。可是卫士回答说,他现在不能允许他这样做。乡下人考虑了一下又问:他等一等是否可以进去呢?

　　"有可能,"卫士回答,"但现在不成。"

　　由于法律的大门始终都敞开着,这当儿卫士又退到一边去了,乡下人便弯着腰,往门里瞧。卫士发现了大笑道:"要是你很想进去,就不妨试试,把我的禁止当耳旁风好了。不过得记住:我可是很厉害的。再说我还仅仅是最低一级的卫士哩。从一座厅堂到另一座厅堂,每一道门前都站着一个卫士,而且一个比一个厉害。就说第三座厅堂门前那位吧,连我都不敢正眼瞧他呐。"

　　乡下人没料到会碰见这么多困难;人家可是说法律之门人人都可以进,随时都可以进啊,他想。不过,当他现在仔细打量过那位穿皮大衣的卫士,看了看他那又大又尖的鼻子、又长又密又黑的鞑靼人似的胡须以后,他觉得还是等一等,到人家允许他进去时再进去好一些。卫士给他一只小矮凳,让他坐在大门旁边。他于是便坐在那儿,日复一日,年复一年。其间,他做过多次尝试,请求人家放他进去,搞得卫士也厌烦起来。时不时地,卫士也向他提出些简短的询问,问他的家乡和其他许多情况;不过,这都是些类似大人物提的不关痛痒的问题,临了卫士还是对他讲,他还不能放他进去。乡下人为到这儿来原本是准备了许多东西的,如今可全花光了；为了讨好卫士，花再多也该啊。那位尽管什么都收了，却对他讲："我收的目的，仅仅是使你别以为自己有什么礼数不周到。"

许多年来，乡下人差不多一直不停地在观察着这个卫士。他把其他卫士全给忘了；对于他来说，这第一个卫士似乎就是进入法律殿堂的惟一障碍。他诅咒自己机会碰得不巧，头一年还骂得大声大气，毫无顾忌，到后来人老了，就只能独自嘟嘟囔囔几句。他甚至变得孩子气起来，在对卫士的多年观察中，他发现这位老兄的大衣毛领里藏着跳蚤，于是也想请跳蚤帮助他使那位卫士改变主意。终于，他老眼昏花了；但自己却闹不清楚究竟是周围真的变黑了呢，或者仅仅是眼睛在刁难他。不过，这当儿在黑暗中，他却清清楚楚地看见一道亮光，一道从法律之门中迸射出来的不灭的亮光。此刻，他已经生命垂危。弥留之际，他在这整个过程中的经验一下子全涌进脑海，凝聚成一个迄今他还不曾向卫士提过的问题。他向卫士招了招手；他的身体正在慢慢僵硬，再也站不起来了。卫士不得不向他俯下身子；他俩的高矮差已变得对他大大不利。

"事已至此，你还想知道什么？"卫士问，"你这个人真不知足。"

"不是所有的人都向往法律么，"乡下人说，"可怎么在这许多年间，除了我以外就没见有任何人来要求进去呢？"

卫士看出乡下人已死到临头，为了让他那听力渐渐消失的耳朵能听清楚，便冲他大声吼道："这道门任何别的人都不得进入；因为它是专为你设下的。现在我可得去把它关起来了。"

　　　　　　　　　　　　　　　　　　　　杨武能　译

[鉴赏]　《法律门前》是卡夫卡长篇小说《诉讼》中的一节，可视为理解《诉讼》的钥匙，但又独立成篇。如果说，长篇小说《诉讼》是一幢楼的话，那么，微型小说《法律门前》则是楼中的一个房间，它是一篇寓言体微型小说。门卫不让那位乡下人进法律之门，却又声称那门只为乡下人而开。这是个悖论：为你开的门不准你进。乡下人采取了恳求、贿赂、咒骂等一系列方式，然而，等候到老，他仍在门前。

现实题材的手法，讲究因果逻辑，可是《法律门前》却缺失了因果逻辑中的原因，即没交代进不去的理由。其实，它是直抵本质的理由，是法律拒绝这乡下人入门。那法律又是那么抽象、渺茫，这是个无形的障碍，乡下人种种努力皆为徒劳,他永远处在一个窘境里。于是,便构成了法与人的荒诞的寓言意味。结尾一句,门卫声明没人能进,因为大门为你而开,现在却要关上,这是一个虚伪的套子。这样,乡下人的生命和法律的门都有了个所谓的结局。

门,在此作品中有象征意味。它神秘莫测,环节繁琐。门和时间进入了停滞状态,似乎在凝固,悄悄变化的仅仅是乡下人的年龄的变化:衰老。大门始终敞开着,人人随时都可以进,但实际上都进不去,这又是一种悖论。

(谢志强)

煤 桶 骑 士 ［奥地利］卡夫卡

煤全用完,煤桶空空,煤铲闲着,炉子呼吸着冷气,房间鼓满了寒风,窗前树木在严霜中发僵,天空成了抵挡想向它呼救的人的银盾。我得弄些儿煤来,我不能干挨冻呀;我背后是冷冷冰冰的炉子,我前面是铁石心肠的天空,因此我必须在两者之间赶紧骑行出去,向居中的煤店老板去求助。可是那老板对我的平平常常的请求麻木不仁,我必须一五一十地向他证实我连一粒煤屑都没有了,因此他对我简直意味着就是天上的太阳。我得像乞丐那样,饿得只剩最后一口痰,眼看就要倒毙在人家的门槛上,主人家的厨娘这才决定把最后的咖啡渣滓倒给我;同样,卖煤的将怒气冲冲,但想到"你不要杀人"的训诫,乃将满满一铁锹煤铲进我的煤桶里。

我照这个办法出去一定能解决问题,于是我骑着煤桶前往。我骑在桶上,手抓住上面的桶架把,那是最简单的玩具,我艰难地随桶滚下台阶,但到了下面我的桶儿却往上升起,妙哉,妙哉,那些卑屈地躺卧在地的骆驼们,在牵引人的鞭子威吓下站起来的时候,也没有这样庄严。我以不快不慢的速度穿过冻硬的街巷,我常常被驮到二层楼那么高,从未下降到屋门那么低。结果我以超乎寻常的高度飘到煤老板的拱形地窖的门前,只见他在很深的地窖下面,蹲在他的小桌旁写字;他嫌太热,便让窖门洞开着。

"煤老板!"我用冻僵了的、被呼出的寒气蒙住的闷声喊道,"煤老板,请给我点儿煤吧,我的煤桶已经空得可以骑着它走了。帮个忙吧。等我一有钱,就会付清的。"

老板用手掩住耳朵。"我没有听错吧?"他扭过头去问他正坐在炉台边打毛衣的妻子道,"我没有听错吧? 有一位顾客。"

"我什么也没有听见。"妻子说,她平静地呼吸着,手上织针不停,背朝炉子,舒舒服服地烤着火。

"哦,对的,"我喊道"是我呀,一个老顾客,一向是不拖欠的,只是目前一时没有办法。"

"夫人,"老板说,"我的确没有听错,是有一个人,我的耳朵不会那样不顶用的,那是一个老顾客,一个很老很老的顾客,他懂得说什么话才能使我这样感动。"

"你怎么啦,丈夫?"妻子说,她略停片刻,把针线压在胸口,"并没有人啊,街道是空的,我们所有的顾客都供应过了;我们可以打烊歇几天了。"

"可是我正坐在这儿的煤桶上呀,"我喊道,因寒气流出的没有感情的眼泪模糊了我的两眼,"请您朝上面看一眼吧,您马上就会发现我的,我请求给我一满锹,如果您能给我两铁锹,那我会无比高兴的。确实,所有其他的顾客都供应过了。唉,假如我能听到桶里的煤块劈啪作响该有多好呀!"

"我来了。"老板说,但当他正要迈开短腿爬上地窖台阶时,他的妻子已到了他身边,紧紧攥住他的臂膀说:"你待着吧。要是你执意要去,那就由我上去。想想你今天夜里那个咳嗽样儿吧。为了一桩买卖,何况那只是一桩想象中的买卖,你就不顾老婆、孩子,牺牲你的肺不成,我去。"

"那你把我们库里所存的各种各样的煤一一告诉他,我在底下向你喊价钱。"

"好。"妻子说,随即走出地窖到街边。她当然一眼就见到我。"煤店老板娘,"我喊道,"你好啊,只要一铁锹,就铲在这煤桶里,我自己把它拿回家去,一锹最次的就行。钱我当然会完全照付的,但不是马上,不是马上。""不是马上"这几个字多么像钟声,它和附近教堂塔顶发出的悦耳的晚钟的响声混杂在一起!

"他要什么呀?"老板喊道。

"没有什么,"妻子回答说,"这里什么事也没有呀。我没有见到什么,也没有听见什么,只听见钟敲了六下,我们打烊吧。天气冷得要命,看来明天我们还要忙乎一阵呢。"

她什么也没有看见,什么也没有听见;但她解下围裙,用它竭力要把我扇走。可惜她成功了。我的煤桶具有一匹良驹的所有优点，抵抗力它却没有；它太轻了，一件妇女的围裙把它一扇，它的两条腿就飘离地面。

"你这个狠心肠的女人，"我还是大声地回答她，这时她半轻蔑、半满足地挥动着手臂，又去做她的生意，"你这凶狠的女人，我只向你讨一锹最次的煤，你也不给。"说着我登上了冰山地带，方向不辨，永不复返。

　　　　　　　　　　　　　　　　　　　　　叶廷芳　译

[鉴赏]　《煤桶骑士》写了一个缺煤者骑着空煤桶去店里赊煤的故事。如果这篇作品的主人公拎着煤桶去赊煤，也就是说走着去煤店，那么，在那个社会里，事情就没有这般艺术震撼力了。可是，作者让主人公骑着一只空桶，飞翔着去赊煤，像骑马一样。

空桶是匮乏、冀求的象征，煤桶盛满了煤就飞不起来，正是在艺术的空桶的飞翔中，我们见识了生活的沉重。将生活的沉重用文学的轻逸来表现，是以"轻"抵达本质的"重"，表面的不真实写出了文学的真实。煤往往和热相关，可是，在寒冬缺煤的背景里，人物的生存处境可想而知了。店主的麻木、势利是对照，甚至用围裙一扇，煤桶就"飘离地面"，更显桶之轻了。结尾的冰山地带，是一种冷酷的象征。

著名作家安贝托·艾柯说："当我们踏进小说林的时候，……我们必须准备好接受例如狼会说话的事实。"骑着空桶像鸟一样飞起来，就是类似"狼会说话"的情形，在微型小说的世界里，骑桶者的行为很"真实"。作者将骑桶飞翔的细节写得那么真实可见的小说方法，比拎着空桶走要更有力量。

　　　　　　　　　　　　　　　　　　　　　　　　（谢志强）

独　裁　者　　　［奥地利］贝恩哈特

　　在一百多个求职者中，独裁者挑选了一个擦鞋人。独裁者要他干的活仅仅是替自己擦鞋。对这个头脑简单的乡下人来说，这种活对身体有好处，因此，他的体重迅速增加，随着岁月流逝，他长得快和自己的上司——他直接服务的独裁者——一模一样了。也许，这是由于擦鞋人吃的伙食同独裁者一样的缘故。不久，擦鞋人长出了一个同独裁者一样胖乎乎的鼻子，头发脱落了，又露出了一个同样光秃秃的脑袋。他的那张肥圆的嘴巴朝前突出，咧嘴一笑便露出了牙齿。所有的人,甚至部长们和独裁者的亲信,都对这个擦鞋人畏惧三分。到了晚上,他穿着长统靴,跷起二郎腿,拨琴弄弦,自得其乐。他常常给家里人写长信,家人便在全国各地为他宣扬。"谁要是成了独裁者的擦鞋人,"他们说,"谁就是独裁者最亲近的人。"说实话,擦鞋人也的确是独裁者最亲近的人,因为他必须时时刻刻坐在独裁者的门前,乃至在那里睡觉。不管出了什么事,他都不得擅离职守。

　　可是有一天晚上,他觉得自己已经有了足够的精力,便直接穿门进屋,叫醒独裁者,将他揍倒在地,独裁者就这样断了气。擦鞋人迅速脱下自己的衣服,给死去的独裁者穿上,自己则套上了独裁者的外衣。面对着独裁者的穿衣镜,擦鞋人确信,自己看上去确实和独裁者形同一人。于是,他果断地冲到门口,大声叫道,擦鞋人突然想谋害他,为了自卫他已将擦鞋人打死在地,你们快把尸体搬走,并且通知擦鞋人的家属。

柳维坚　译

　　[鉴赏]　一个擦鞋人怎样篡夺了独裁者的权位? 一是外貌的相似处,二是统治的专制性。其实,专制主义的统治,不就是使每个人都丧失了"个性"吗? 而这种"失",又是擦鞋人的"得",他假借独裁者的声威,造成自己是独裁者最亲近的人的舆论;又凭着和独裁者形同一人,冒充了独裁者。于是,他获得了双重性:擦鞋人和独裁者统一起来。他还以独裁者的身份,打死了真正的独裁者。

　　《独裁者》结构可分为两个部分:概述和特述。概述是交代、铺垫;特述是"有一天晚上"擦鞋人打死了独裁者而冒名顶替。荒诞、讽喻是此作的表现特色。两个地位悬殊的人相处,相似的仅是外貌,但是,在情节展开的过程中,两人的身份、地位对换了。这是一种颠倒和错位。一个擦鞋人在为独裁者服务的过程中,竟然顶替了独裁者。这是专制、独裁的体制给了擦鞋人以可乘之机。或说,他利用了那种体制,完成了一次外人毫无察觉的政变。表面上,一切都很正常,但可怕的正是这种潜伏着危机的正常。　　（谢志强）

<h1 align="center">老　人　们　　　　［奥地利］里尔克</h1>

　　彼得·尼古拉斯先生在他七十五岁那年已把许许多多事情忘记了,他不再有悲哀的回忆和愉快的回忆,也不再能分清周、月

和年。只是对一天中的变化，他还算依稀有点印象。他目力极差，而且越来越差。落日在他看来只是一个淡紫色光团，而早上这个光团在他眼里又成了玫瑰色。但不管怎么讲，早晚的变化他毕竟还能感觉出来。一般地说，这样的变化使他讨厌。他认为，为感觉出这变化而花力气，是既不必要而又愚蠢的。春天也好，夏天也好，对于他都不再有什么价值。他总是感到冷，例外的时候是很少的。再说，是从壁炉取暖，还是从阳光取暖，在他已无所谓。他只知道，用后一种办法可以少花许多钱。所以，他每天便颤颤巍巍地到市立公园去，坐在一株菩提树下的长靠椅上，在孤老院的老彼庇和老克里斯多夫中间，晒起太阳来。

　　他这两位每天度光阴的伙伴，看模样比他年岁还大一些。彼得·尼古拉斯先生每次坐定了，总要先哼唧两声，然后才点一点脑袋。这当儿，他左右两边也就机械地跟着点起头来，好像受了传染似的。随后，彼得·尼古拉斯先生把手杖戳进沙地里，双手扶着弯曲的杖头。再过一会儿，他那光光的圆下巴又被托在手背上。他慢慢向左边转过脸去瞅着彼庇，尽目力所能地打量着他那红脑袋。彼庇的脑袋就跟过时未摘的果子似的，从臃肿的脖子上耷拉下来，颜色也似乎正在褪掉，因为他那宽宽的白色八字须，在须根处已脏得发黄了。彼庇身体前倾，胳膊肘支在膝盖上，时不时地从握成圆筒形的两手中间向地上吐唾沫，使他面前已经形成一片小小的沼泽地。他这人一生好酒贪杯，看来注定了要用这种分期付款的方式，把他所消耗的液体都一点点吐出来吧。

　　彼得先生看不出彼庇有什么变化，便让支在手背上的下巴来了一个一百八十度的旋转。克里斯多夫刚刚流了一点鼻涕，彼得先生看见他正用歌特式的手指头儿，从自己磨得经纬毕现的外套上把最后的痕迹弹去。他体质屡弱得难以置信，彼得先生在还习惯于对这事那事感到惊奇的时候，就反复地考虑过许多次：骨瘦如柴的克里斯多夫怎么能坚持活了一辈子，而竟未折断胳膊或腿儿什么的。他最喜欢把克里斯多夫想成一棵枯树，脖子和腿似乎都全靠粗大的撑木给支持着。眼下，克里斯多夫却够惬意的，微微地打着嗝儿，这在他是心满意足或者消化不良的表现。同时，他在没牙的上下颚之间还老是磨着什么；他那两片薄薄的嘴唇，看来准是这样给磨锋利了的。看样子，他的懒惰的肠胃已经消化不了剩下的光阴,所以只好尽可能这样一分一秒地咀呀、嚼呀。

彼得·尼古拉斯先生把下巴转回了原位,睁大一双漏泪眼瞅着正前方的绿荫。穿着浅色夏装的孩子在绿树丛中跳来跳去,像反射的日光一般晃得他很不舒服。他耷拉下了眼皮,可并没打瞌睡。他听见克里斯多夫上下颚磨动的轻轻的声音和胡子茬儿发出的切嚓声,以及彼庇响亮地吐唾沫和拖长的咒骂声。彼庇骂的要么是一只狗,要么是一个小孩,他们老跑到跟前来打搅他。彼得·尼古拉斯先生还听见远处路上有耙沙砾的声音、过路人的脚步声以及最后附近一座钟敲十二点的声音。他早已不跟着数这钟声了,可他却仍然知道时间已是正午;每天都同样地敲呀、敲呀,谁还有闲心再去数呢。就在钟声敲最后一下的当儿,他耳畔响起了一个稚嫩可爱的声音:

"爷爷——吃午饭啦!"

彼得·尼古拉斯先生撑着手有些吃力地站起身来,伸出一只手去抚摸那个十岁小女孩的一头金发。小女孩每次都从自己头上把老人枯叶似的手拉下去,放在嘴唇上吻着。随后,她爷爷便向左点点头,向右点点头。他左右两边也就机械地点起脑袋来。孤老院的彼庇和克里斯多夫每次都目送着彼得·尼古拉斯先生和金发小姑娘,直至祖孙二人被面前的树丛遮住。

偶尔,在彼得·尼古拉斯先生坐过的位子上,躺着几朵可怜巴巴的小花儿,那是小姑娘忘在那里的。瘦骨嶙峋的克里斯多夫便伸出歌特式的手指去拾起它们,在回家的路上一直把它们捧在手里,像什么珍奇宝物似的——这时候,红脑袋彼庇就要鄙夷地吐唾沫,他的同伴羞得不敢瞧他。

回到孤老院,彼庇却抢先进卧室里去,就跟完全无意似地把一个盛满水的花瓶摆在窗台上,然后便坐在一个黑暗的角落里,等着克里斯多夫来把那几朵可怜巴巴的小花儿插进花瓶中去。

　　　　　　　　　　　　　　　　　　　　　杨武能　译

[鉴赏]　这篇作品相当篇幅的叙述是没有变化,而且琐碎,似乎生命到达了尽头,生命逐渐在停止。这种叙述不正吻合了"老人们"的生活状态?甚至情节缺乏进展。但是后半部分,从"穿着浅色夏装的孩子在绿树丛中跳来跳

去"开始,那老人们的"静"态和孩子的"动"态就焕发出了生机——那是生命的召唤和希望。

微型小说不仅仅是讲一个故事,而是调动文学手法去体现作品应当怎么写——孩子、小花都有象征意味。是生命的进展也是情节的流动。精彩的细节是小孩遗忘的小花,而老人却如获珍宝,去将"可怜巴巴的小花儿"插进"盛满水的花瓶"中,寄托了老人对生命的珍惜和渴望。

老人们,是一个复数。其实,重点写了单数的一位老人:彼得·尼古拉斯。作者将这一位老人的生存处境引向了一个老人群体,由此体现出普遍的社会意义。写老人,将老人和小孩这生命的两极放到一起,目的也是衬托出老人。一个是夕阳,一个是旭日,使老人们的存在获得另一番意境。作者的发现能力在那几朵小花,使得老人的精神领域进入一种诗意的境界。小花升华了这篇微型小说的意境。

（谢志强）

赶　车　　　　　　　　[比利时]章　平

从比利时东部赶往西北部交界的卢森堡,大约四小时,我和阿根昨夜里都没睡,五点多就赶第一班巴士去火车站。

阿根来比利时刚三个月,他布鲁塞尔的表亲替他办的探亲手续,他表亲只收费用一万元人民币。阿根说,这是议价,算有亲情。阿根几次谈到,真是很感激他表亲的。然而出国花费了三万元人民币的债还是无情地压上他的肩背。

三个月里,两个半月阿根在一家餐馆里洗碗打杂做厨房。这时间内,他是合法的游客,再下去就会成为黑市居民,而现在"抓黑"的风声又特紧。在国内,他是我中学同学,乐意帮人,也帮过我许多忙,最使我感动的是,一次发大水时他救过一个孩子。近一个星期他才找到我,给我打了四个电话,跟我商议这事。我很想帮他,便跟意大利、葡萄牙、奥地利的几个亲戚联系,看有否办法办到工作居留,但都说没有办法。昨夜跟隔邻国卢森堡的一个亲戚联系上后,我再三求情,对方总算答应替阿根办理,但必须在旅游有效期内赶往卢森堡的警察局登记才行,也就是要在今天十一点前赶到。

车窗外的风景向后边远去。风在脸上吹拂,但心甚是燥热。看得出来,阿根的心比我更急,我跟他说话,他口里应着,眼睛却瞪着前头。想他是巴不得一下就到火车站。

巴士终于在这东部的中心火车站门口停下。车门刚打开，阿根就拉上我的手跳下巴士向火车站跑去。买了火车票，还有十五分钟才上火车。这时五点半，到达卢森堡后这时间还赶得及。我感觉到阿根嘘了口气。

我们向月台走去，突然看见一个年轻人抢了一个老太婆的蛇皮手提袋，老太婆大声呼救，年轻人就飞快地向车站后门跑去，路上行人怕惹麻烦在纷纷让开，我想告诫阿根别管闲事，不意他已拉开箭步追赶起来。

我走到火车站后门口，看见街那头，阿根和那抢手提袋的年轻人已被两个警察围着。我知道这下麻烦来了，赶到时，警察正拿去了阿根的护照。

阿根告诉我，他们在争夺手提袋时，警察在不远处，看见便赶来。这时老太婆赶到，她拿回了手提袋，一再向阿根道谢，并称赞中国人好。然后，老太婆说要告那位年轻人，警察便带我们上了警察局，我解释赶时间有急事也没用。

在警察局里问话录口供，整整过了三个多小时。抢东西的年轻人是他父母来保释走的。老太婆离去时很高兴，邀请我和阿根去她家作客。我只是苦笑地点点头。想阿根还有时间吗？便是去卢森堡办居留的事也砸了。

警察最后还留住了阿根，说探亲期限已满，他得离开比利时回中国。我怎么解释都不成。瞧阿根愣坐着，我不好意思再说埋怨的话，只得安慰说，回去也好，反正欧洲是看过了。看到他无奈而又歉意的苦笑，我心里真难受。便说，那三万元债我替他想办法。

离开警察局后，一边走一边抬头，觉得天又高又空，真有说不出的渺茫。

［鉴赏］　这篇作品属传统写法，故事完整，有头有尾，起承转合，有曲折有高潮，结尾戛然而止，让人读罢掩卷而思。

以我观点，这篇作品胜在思想意蕴上，也即我们说的主旨上。作品着重写人，写了到比利时探亲的阿根。阿根明里是去比利时探亲，实质是想去淘金，以为海外遍地是黄金，借债出国，希冀通过打工发笔小财，但现实与想象距离太大。阿根又不想成为黑市居民，所以他必须在签证到期之前的最后一天办妥工作居留。

　　作者在作品中刻意渲染了时间不等人,从最后一天到最后几个小时,作者营造出了一种紧张气氛,把读者的心一直揪紧了,到买好火车票终于可以缓一口气时,又笔锋陡转,奇峰突起,逸出一枝——发生了抢包事件。作为有急事的阿根,又在异国他乡,他完全可以事不关己、高高挂起,但他却在当地国人都纷纷退避不管的情况下,毅然见义勇为,就这样,他耽误了自己一生的发财梦,那三万元欠债压在了身上;但他又以自己的行动,为中国人争光,赢得了赞叹。阿根这个人物也就立了起来。

　　微型小说编故事容易,写活人的形象难,作者在这么短的篇幅里,把阿根塑造得有血有肉,应该说是成功的。　　　　　　　　　　　　　　（凌鼎年）

番　薯　粥　　　　　〔荷兰〕林　湄

　　病房里静悄悄的。孔老头半卧在床上,他闭着眼,眼圈黑晕,神色黯然,两道黑眉毛粗硬地挺着。入院才一个月,体重已减了三分之一。

　　床旁台桌上的鲜花香味阵阵袭来,那是探访者送来的,郁金、玫瑰、绣球等。柜内也放满了许多食品,人参、燕窝、鸡精……可孔老头一点都不开心,他好烦,一束花数百比朗,两三天就谢了,多浪费,还有,那么多补品,哪有胃口呢?

　　退休那年,他从大陆来到欧洲,二十年了,许多地方仍不习惯、不投入。昨天黄昏,他仍对儿子说:"送我回乡吧。"

　　儿子安慰道:"你辛苦了一辈子,该安享晚福。再说我是老板,你要回乡,人家会说我不孝,母亲在世时,我手头尚紧……"

　　孔老头皱着眉头说:"还是中药好。"

　　这时,女护士进来了,儿子只好辞退。

　　孔老头挪了挪身子,接过女护士送来的药片,握在手心。女护士怕他像昨天一样将药片扔向墙角,忙将温水端到他的嘴边,和蔼地说:"总会好的。"

　　"我得了绝症,瞒什么。这把年龄,到时候了。"孔老头的声调充满对死亡的藐视和豁达。他侧着头,用舌头舔了舔嘴唇说:"帮我给媳妇打个电话,我什么都不想吃,只想喝点番薯粥。"

　　女护士低声说:"可是……买不到番薯啊!"

　　孔老头点点头,眼神充满失望与茫然。

这几天,胃口越来越差了,儿子怕父亲营养不够耗坏身体,每天专程叫人送熟品——鲍参鱼翅。可孔老头只渴望吃到家乡味——那是童年、青少年时期天天吃的——番薯粥。

人老了,往事、旧事喜欢在脑际翩翩飞舞,清晰极了。其实,孔老头已几十年没吃过番薯粥,偏偏这个时候,想吃。

他出生在大陆东南沿海的一个小村庄,这村庄土地贫瘠,黄黄的山地,只适合种地瓜,一年两造,农民用刨刀切片晒干,这就是番薯干,存在木桶里,是一年的主粮。不刨的,放在撒了石灰的地上,随取随煮。

其吃法有烤、煮等,最普通的一种吃法,就是和些米一起煲粥。那粥甜黏、清滑、可口,不必上菜就可下肚。

然而,以番薯粥作主粮,毕竟是穷人的伙食。

现在,到哪儿去找呢?儿子为此发愁了。

媳妇为了满足老头的欲望,在乡亲中四处打听。虽说大伙到欧洲少则数年多则数十年,但许多人仍与家乡亲友有来往,家里总有故乡的土特产:腌菜、鱼干、虾米等等,说不定哪一家还有番薯干哩?

果然不错,老刘家里有。

媳妇将番薯干和少许米煲了粥。薯片橙红橙红的,清滑甜黏,味道和新鲜的番薯粥差不多。

傍晚,媳妇亲自送粥到医院,孔老头高兴地起了身,谢了谢,破例地喝了两碗。

这一晚,半夜三点的时候,女护士再也叫不醒孔老头。

他去了,走得很安详,嘴角上挂着一丝淡淡的笑意。

[鉴赏]　《番薯粥》土得掉渣,是地道的中国货。作者是定居在荷兰的华文作家,无论是题目,还是人物,还是情节,都深深地烙上了中国印记,流溢着中国情结。

故事有头有尾,是中国式的,文字流畅清新,一看便知作者受过良好的中文熏陶,几乎看不到欧化的字眼与句式,字字句句读上去舒服、亲切。从题材看,是典型的海外华人思乡故事,这种题材大陆的微型小说作者很少涉及,原因是没有那种深刻的感受。从人物看,孔老头这形象平凡却真实,普通而典型。中国有句老话叫"落叶归根",人到老年后,思乡之情愈烈,这是人之常情。孔老头在病床上,对山珍海味没有胃口,只想吃一碗家乡的番薯粥,比之那些曲折的情节,精彩的细节确实够不上惊心动魄或扣人心弦,但真实就是力量,因为这细节来自生活,读之常常忘了是在读小说,而是以为在读一个真实的报道。把一个虚构的故事写得像真的一样,这也是一种本事。

这篇《番薯粥》的结尾堪称豹尾。孔老头终于吃到了番薯粥,他满意了,心无挂碍了,也就走了,走得很安详。也许他回味着番薯粥的味道,魂归故乡,他的嘴角能不带一丝淡淡的笑意吗?! 我们常谈临终关怀、人道主义,其实最大的临终关怀不是给老人买多少好吃的、好穿的,而是精神上的宽慰。从这个意义上说,《番薯粥》给了我们有益的启迪。 （凌鼎年）

在异国的月台上 ［荷兰］池莲子

他徘徊、踌躇。他伤心过、激怒过,甚至沉沦过。仍一切不知所措,像一个失去正常知觉的怪人。

一年多来的"旅欧"生活,咸酸苦辣都品尝过,而却没有甜过……他长长地抽了一口烟,回味着。他去过警察局,坐过牢;去过比利时,也到过法国。在他的印象感觉中,这个自由花花世界里,应有尽有。高速公路不足为奇,红灯区、CASINO 也不过如此。惟一令人偶然可以肃然起敬的,只有那高耸的教堂和古老的风车。是的,生活在这样的环境里,几乎全凭自我意识和自我要求去安排自己的一切,并适应一切。而他却感到莫大委屈……

此刻,他正坐在荷兰某大城市火车站的月台上,等车去哪儿却未确定。因为,在近两个月的时间里,这是他第六次辞工了。知道他的人,已不愿意再帮他找工了。他自己也有点不好意思再托人找工了。荷兰的中国人绝大多数从事餐馆业,餐馆工作到处都一样。时间长,工作粗细连贯,没完没了,繁忙紧张,餐饮时连气都不敢大喘。他曾不止一次地后悔,不该赶这"出国时髦"的风头。其实,当时的他对"出不出国"并不存在像某些人非出国不可的念头。他只是对出国有一种时髦感,而且从那些道听途说的人们口中得知,好像"出国"是当今惟一的"拾金""发财""出运"的途径。像他这样年近三十的大小伙子,既无正式职业又无妻室可牵的人。他母亲认为,如有机会出国的话,一定会"出运"而飞黄腾达的……两年前,他那移居荷兰的姨妈带夫婿回国省亲。他母亲便抓着这"良机"不放,三天两头在妹妹面前泣声哀求:"好妹妹,你无论如何要想办法带我的儿子出国呀,我们愿意不惜任何代价……"妹妹知道姐姐家的情况,姐夫是南城一带有点名气的"万元户",几年来,经营了一个个体小工厂,自己当老板,收入很可观,家中什么也不缺,生活条件几乎可以与西方媲美了。所以妹妹再三诚意劝说:"姐姐,像你这种生活条件,最好不要出国。要知道,出国难,谋生更难。在国外做工很辛苦,再加上语言不通,文化习俗、风土人情全不一样,文化歧视、无居留歧视、种族歧视等等,这一切的一切,并非每一个人都可以适应的。"姐姐对妹妹所说的这番话,当作取笑他人的耳边风,甚至认为妹妹在吓唬人,不足以相信。

不久,在姐姐的再三恳求下,妹妹看在同胞手足的情分上,费了九牛二虎之力,终于为她姐姐的儿子找到了一个出国的机会……这就是那个正坐在火车站月台上彷徨的他。

他至今仍不明白,他为什么要远离故乡,到这块一切都很陌生的国土上来? 为了钱么? 不是的,他家里根本不需要他的钱。爸爸还是继续当那个小老板,只是年岁大了点,各方面都有点不如以前了。找对象么? 这里岂有可能!? 哪家的姑娘愿找一个吃不了苦、做不了厨工、又没有居留证的流浪汉?

想当年,在家乡时,还有几个漂亮的姑娘围着我,他这么想,不知她们哪位是否真正爱过我? 爱我什么呢? 个子高,人长得帅? 爱我有个富有的爸爸? 爱我家那崭新的四层洋房? 那也不全属于我。我还有三个兄弟。那爱我什么呢? 总不会爱我整天东游西逛,什么也不干吧? 对了,也许是爱我有个华侨的阿姨,说不定有朝一日,将她也带到这块陌生的国土上来……真神经病了! 他这么想着想着,突然从牙缝里冷丝丝、恶狠狠地骂了一句,接着又喃喃自语地说:"出国,出国,早知道如此,我才不出国呢!"

火车一列一列地离去,又一列一列地到达,而只有他仍坐在那张漏风的长椅上。时钟敲过12响,他好像在睡梦中受惊似的,猛然间若有所失地自言道:"太晚了,太晚了,我该回家了……唔……我的家在哪儿? ……在中国……我要回中国,我要回中国!"……他终于站起来,离开那张长椅,又本能地摸了摸口袋里的烟盒,空空的,不剩一支了。烟瘾促使他又本能地摸了摸另一个口袋,这才发现他母亲寄来的信,几经转折才到他手里,仍还没拆看。

新儿:

每次收到你的来信,总让我们欣喜又不安。欣喜的是你

已在国外,将来可称"归国华侨",我们都是侨眷了。不安的
是,你说工作吃不消,身体坚持不了。要克服! 无论如何不
能回国! 否则,我们将被世人讥笑而置于死地……求求你,
绝—对—不—能—回—国!!!

怎么办? 他又瘫坐在那张漏风的长椅上……

[鉴赏]　作者是 20 世纪 80 年代中期移居荷兰的,她的这篇《在异国的月
台上》是一篇典型的新移民题材的微型小说。

关于"洋插队",曾听人说过:不少到海外的,混好了,就不想回国了;混
惨了,就没脸回国了。也许,这话有点偏颇,但读了这篇作品,才知道事情或
许还要复杂呢。原来"旅欧"游子不但要战胜自我,还要面对来自家庭、来自
亲人的种种压力。文中的"他",本来在国内好好的,家庭经济收入也颇丰,属
中产阶级一档,可偏偏要赶"出国时髦",出国机会还是求姨妈得来的。原以
为海外的月亮比中国圆,遍地是黄金,到处可发财。可到了海外方知,因东西
方文化差异与各种歧视,在异国他乡谋生之难远远超过想象,以致而立之年
的大小伙子在欧洲各国打工谋生时尝遍了咸酸苦辣,唯独没甜过——说出来
许多国人未必相信,然而这却是现实。

作者写了一个没名没姓的"他",这个"他",其实可看作不少盲目出国者
的缩影。这批"漂洋一族",其中相当一部分人过得很艰辛,生活条件、生活质
量远不如国内。他们失望过,甚至绝望过,想到过打道回府,但回来后如何面
对昔日的同学同事、街坊邻居呢? 要知道当初出去时多么踌躇满志,多么让
别人羡慕啊!

作者在结尾时又特意设计了一个读信的细节,本来家书抵万金,可这封
家书却叮嘱他千万千万别回国,因为当初为其选择走这条路的家人丢不起这
个脸,这是彻头彻尾的中国国情啊。这不是在把"他"往死路上逼吗? 一句
话:残酷! 读到这里,读者能不为文中的"他"感到悲哀难受吗,这样的作品
是有艺术震撼力的。

(凌鼎年)

半 张 纸　　[瑞典] 斯特林堡

最后一辆搬运车离去了,那位帽子上戴着黑纱的年轻房客还
在空房子里徘徊,看看是否有什么东西遗漏了。没有,没有什么
东西遗漏,没有什么了。他走到走廊上,决定再也不去回想他在
这寓所中所遭遇的一切。但是在墙上,在电话机旁,有一张涂满
字迹的小纸条。上面所记的字是好多种笔迹写的:有些很容易辨

认，是用黑黑的墨水写的，有些是用黑、红和蓝色铅笔草草写成的。这里记录了短短两年间全部美丽的罗曼史。他决心要忘却的一切都记录在这张纸上——半张小纸条上的一段人生轨迹。

他取下这张小纸条。这是一张淡黄色有光泽的便条纸。他将它铺平在起居室的壁炉架上，俯下身去，开始读起来。

首先是她的名字：艾丽丝——他所知道的名字中最美丽的一个，因为这是他爱人的名字。旁边是电话号码：15·11——看起来像是教堂唱诗牌上圣诗的号码。

下面潦草地写着：银行。这里是他工作的所在，对他来说这神圣的工作意味着面包、住所和家庭——也就是生活的基础。有条粗粗的黑线划去了那电话号码，因为银行倒闭了，他在经过短时期的焦虑之后又找到了另一个工作。

接着是出租马车行和鲜花店，那时他们已经订婚了，而且他手头很宽裕。

家具行，室内装饰商——这些人布置了他们的这个寓所。搬运车行——他们搬进来了。歌剧院售票处，5：50——他们新婚，星期日夜晚常去看歌剧。在那里度过的时光是最愉快的，他们静静地坐着，心灵沉醉在舞台上那神话境域般的美及和谐里。

接着是一个男子的名字（已经被划掉了），一个曾经飞黄腾达的朋友，但是由于事业兴隆冲昏了头脑，以致又潦倒到无可救药的地步，不得不远走他乡。荣华富贵不过是过眼烟云罢了。

现在，这对新夫妇的生活中出现了一个新东西。一个女子的铅笔笔迹写的"修女"。什么修女？哦，那个穿着灰色长袍、有着亲切和蔼的面貌的人，她总是那么温柔地到来，不经过起居室，而直接从走廊进入卧室。她的名字下面是Ｌ医生。

名单上第一次出现了一位亲戚——母亲。这是他的岳母。她一直小心地躲开，不来打扰这新婚的一对，但现在她受到他们的邀请，很快乐地来了，因为他们需要她。

以后是红、蓝铅笔写的项目。佣工介绍所——女仆走了，必须再找一个。药房——哼，情况开始不妙了。牛奶厂——订牛奶，消毒牛奶。杂货铺、肉铺等等，家务事都得用电话办理了。是这家的女主人不在了吗？不，她生产了。

下面的项目他无法辨认，因为他眼前的一切都模糊了，就像被溺死的人透过海水看到的那样。这里用清楚的黑体字记载着：承办人。

在后面的括号里写着"埋葬事"。这已足以说明一切！——一个大的和一个小的棺材。

埋葬了，再也没有什么了。一切都归于泥土，这是一切肉体的归宿。

他拿起这淡黄色的小纸条，吻了吻，仔细地将它折好，放进胸前的衣袋里。

在这两分钟里，他重又度过了他一生中的两年。

但是，他走出去时并不是垂头丧气的。相反，他高高地抬起了头，像是个骄傲的快乐的人。因为他知道，他已经尝到了一些生活所能赐予人的最大的幸福。有很多人，可惜，连这一点也没有得到过。

周纪怡 译

[鉴赏] 用词回忆，或说，回忆中的词。《半张纸》的特色是，浮在表面的词和沉在深处的情，仅由半张记录他一生中两年"美丽的罗曼史"的纸条留存着。词生出情，这是半张纸条上的人生轨迹，仅用两分钟温习了他两年中的甜酸苦辣。失却的沉和线条的轻，显示了人生脆弱、短暂。主人公将这段爱情认定为人生最大的幸福，这幸福之大和纸条之小又构成了对比。整个结构是倒叙，由死写到活——那爱情活在半张纸上。主体情节是那半张纸上的词引起的回忆，忘却和怀念又成了对比。

这是一篇有怀旧气息的微型小说，基调是温暖，对逝去年华的追溯由"半张纸"展开。请注意其中的表达方式：对半张纸上的一段人生轨迹的联想和评述。艾丽丝、银行、家具行、歌剧院、修女、医生、母亲、佣工介绍所、药房、埋葬事，这一系列词，都由半张纸扩大到更大的社会空间，却又隐约地描绘出一段婚恋的历史。通过对半张纸的回忆，不但没有"忘却"（或说"埋葬"），倒是复活了那段温暖的情感生活。让我们珍惜这"半张纸"吧，"有很多人，可惜，连这一点也没有得到过"。作者选择了"半张纸"来写一个爱情故事，别致而又耐人寻味。

(谢志强)

英 雄 之 死 ［瑞典］拉格奎斯特

有座城市，那儿的人们总觉得任何娱乐消遣都不够过瘾。于是一家财团聘请一名男子让他在教堂塔尖上表演拿大顶,然后坠落下来摔死。为此他将拿到五十万赏钱。社会各界人士对这项活动兴趣盎然。参观票几天之内一抢而光。此事成了全市人谈话的惟一题目,每个人都认为这是个极其勇敢的创举。至于票价嘛,大家也考虑过,虽然昂贵,但还是划得来的。坠落摔死这事儿本身让你看着就够带劲儿的了,何况又是从那么高的地方摔下来呢。不过,话得说回来,你也不得不承认,钱出得是够多的了。出面安排整个活动的财团可真有点儿不遗余力,大家都为本市能有这样一家财团而感到骄傲。当然,注意力也大多集中在承担此举的那名男子身上。各报记者纷至沓来,满怀激情地对他进行采访,因为离表演开始只剩下几天的时间了。他在本市第一流旅馆的套间里欣然会见了他们。"咳,对我来说,这只不过是一笔交易,"他说,"他们给我出了这个价,我接受了,这你们知道,就是这么回事。""但是,您得付出生命的代价,您就不认为这是件不幸的事吗?当然,谁都理解这是必要的,否则,就不是什么特别轰动的事件了,财团也应该不会像现在这样出那么多的钱。但对您本人来说,这不可能是件愉快的事。""对,你们说得有道理。这事我自己也反复考虑过。但是,为了钱有什么不能干的呢?"

各报根据这些谈话刊登了长篇报道,介绍这位直至当时仍然不为世人所知的人物,介绍他的经历、他对当代各种问题的看法、他的性格以及他的私生活。翻开任何一家报纸都可以看到他的照片,从照片上看得出来,他是个年轻力壮的小伙子。他身上倒没有什么特别引人注目的地方,但是他活泼潇洒、精力充沛、满脸朝气、神情坦然,是当代优秀青年的典型代表:意志坚强,身心健康。大家都在期待着这场即将到来的轰动全城的表演,每个咖啡馆里都有人在研究这位年轻人的照片。照片看上去不错,是一位令人喜欢的年轻人,女人们尤其觉得他可爱。一些较有理智的人却耸耸肩说:"这事干得真绝!"然而,有一点大家是一致的:这个主意是多么荒诞、多么离奇,这样的事只有在我们这个紧张激烈、可以牺牲一切的独特的时代才能发生。大家还一致认为,财团为了举办这项活动,使全城有机会观赏这样一场精彩表演而慷慨解囊,确实值得高度赞扬。当然,财团以昂贵的票房收入弥补了自己的支出,但是毕竟也承担着风险。

盛大的节日终于来临了。教堂四周人山人海。那种提心吊胆、焦虑不安的气氛是空前绝后的。大家都屏住呼吸,极其紧张地等候着眼前即将发生的一切。

那人跌落了下来,只有眨眼的工夫。人们为之震惊,然后就起身、上路、回家。从某种意义上说,人们感到有点失望。但这毕竟是个壮举。他只是摔死了,这事情不管怎么说都十分简单,而为此付出的代价却是高昂的。他已经被残忍地杀害了,但这又有什么好高兴的呢? 一位很有希望的青年以这种方式葬送了生命。人们悻悻地走回家,女士们撑起阳伞,遮住太阳。是啊,确实应当禁止制造这类可怕的事情。谁会从中得到享乐呢? 细细想来,这一切的一切,的确是惨无人道和令人愤慨的。

锐 之 译

［鉴赏］ 这个时代,什么都可以制造,什么都可以表演,这篇《英雄之死》中的所谓"英雄"便是这种产物。

我想到卡夫卡的小说里写到饥饿表演,于是表演饥饿的人也成了"英雄"。而拉格奎斯特笔下坠楼摔死的表演,竟然引起了轰动效应。这本是荒诞之举,却得到社会的期待、赞扬、宣传、观赏。精心的策划、宣传和瞬间的坠落死亡,一个所谓"英雄"便诞生了,同时也是死亡,当然也是庆典式的残杀:用名誉和金钱换取生命。这个社会无视生命,寻找刺激,崇尚死亡,是"英雄"的可悲。

叙述者的观念鲜明——在愤慨之中记录了"英雄之死",以引起人们的警示。金钱和生命这两者,敢于表演坠落摔死的人则是为了金钱什么都干,为了金钱甘愿舍弃生命——这就是这个时代的所谓英雄。作者以综述的方式表达这个当代"英雄"的题材,却有个无所不知的视角,既有宏观的概况(事件背景),又有微观的细节(英雄的语言),处理得有详有略,而且夹叙夹议,特别是居民、观众对此的反应,使人感受到"英雄"产生的基础,是整个城市促使、怂恿了"英雄之死"。因为,麻木的观众的力量是那么的强大。　　(谢志强)

阿 庆 基　　［芬兰］韩 培

一条板凳安放在路旁,只要行人累了,就可以坐下来休息。累了! 是的,难道这还有什么奇怪的吗? 一个人在七十个岁月里要跨出多少步子啊——短的,长的,急的,慢的。板凳被发明并制造出来正是为了人们能够坐它。或许这条板凳还有别的目的,因为冷饮亭就在它的旁边……

托比亚斯·阿庆基多次感到奇怪,这条板凳看来完全是普普通通的板凳,仅仅是在散步途中想让腿脚歇上一歇时,才意识到了它的存在。

托比亚斯·阿庆基坐在板凳上,他的头发斑白,但精神却很矍铄。他用大拇指托着烟斗,完全沉浸在往事的回忆之中。没过多久,越来越近的歌声唤醒了他,立刻使他想起,现在是生活在动荡时期。罢工、骚乱……打吧!吵吧!有的是理由……可是这么干难道有助于问题的解决吗?如果像被拴着鼻子的小牛犊那样发疯似地挣扎,能行吗?托比亚斯·阿庆基已经七十岁了,现在世道是不是变了?也许是吧,也许人们的眼界有所不同。可是生活是不是好过些了?嗯,他们应当尽可能过得更好些。这就有足够理由去进行斗争……

他听见一个过路人说,罢工工人在游行示威。

游行示威吧!他,托比亚斯·阿庆基,已上了年纪,只能坐在板凳上观望。在这种时期,作为一个旁观者也实在有趣得很哪!

游行队伍过来了,人不少,除了两旁公路,整个街道都挤满了人群。

他们唱的歌中有激烈的词句:

"法律骗人,政府压人。"

"到了明天,普天之下皆兄弟……"

游行队伍走过去了,托比亚斯·阿庆基朦胧地感觉到,他们在按照自己的愿望,向着遥远的未来走去……他们在前进,先头部队消失在转弯处的建筑物后面。后来那里发生了阻塞,尽管后面的队伍还在前进。突然"砰"的一声枪响,划破了夏末晴朗的天空。托比亚斯·阿庆基被子弹的呼啸声惊呆了。这似乎是不应该的……然而后来他还是平静了下来,觉得自己反正是坐在板凳上的旁观者。

游行队伍一下散开了,犹如受到旋风袭击似地扬起了满天尘土,人们调转头纷纷跑了。托比亚斯·阿庆基看到警察握着步枪和皮鞭在紧紧追赶着人群。刺耳的枪声继续在响着,皮鞭抽在跑得慢的和摔倒了的人身上……

接着,托比亚斯·阿庆基看见一个跑近的警察扬着鞭,正在寻找示威的人,可是游行示威者都跑散了。这时,警察突然发现坐在板凳上发呆的托比亚斯·阿庆基。

"你放什么哨?"警察大喝一声。

托比亚斯·阿庆基只张了张嘴,还没来得及解释自己仅仅是坐在板凳上休息的旁观者,皮鞭已抽到了他的身上。他发现自己已陷入了不可解脱的困境,不禁顿时火冒三丈。这怎么可能呢!要知道他只不过坐在板凳上……可是愤怒只是再次招致皮鞭的抽打,托比亚斯·阿庆基只得拔起僵硬的大腿一逃了之。

但事情并没有完结,他确实陷入了解脱不了的困境。不久,他被捕了。受讯,受审,最后被带到被告席上受到了"参与造反罪"的控告。

托比亚斯·阿庆基怎么也不能理解,他仅仅是在板凳上坐了一会儿而已。而这条板凳看来完全是条普普通通的板凳……他对警察咆哮起来,他怎么也难以接受警察的指控,他难道会热昏了头脑干下这等事! 可怜虫……怎么会想得出来:他是狡猾地假装坐在板凳上,企图逃过劫难,实际上是个瞭望放哨的人,或者是工运首脑……

警察就是认定他有罪,一口咬定:你身上有紫血块,你挨了打,你就是参与了造反……

托比亚斯·阿庆基搔了搔头皮,觉悟过来:也许世界上从来就没有为旁观者准备的板凳!

王家骥　译

[鉴赏]　显然,这是篇写人为主的微型小说:通过板凳写七十岁的老人阿庆基——坐在板凳上的旁观者。正是"旁观",写出了阿庆基晚年的不幸遭遇。

核心事件是工人的游行示威——他们是局内人,是参与者。阿庆基是局外人,是旁观者。然而,局外的阿庆基却莫名其妙地被卷入了局内,而且荒诞地有了罪行。一件事有许多侧面,微型小说的方式是攻其一点,不及其余。

本文扣住了板凳这个物件,开首还对板凳作了富有人生哲理的议论,板凳是活到阿庆基这把年纪的老人的必然选择,选择了板凳,也就选择了旁观;但是,社会往往不允许有旁观者,这种卷入是无奈的荒诞。

人都是社会的人,表面上一个人可以超脱,以一个旁观者的身份出现,但是,"世界上从来就没有为旁观者准备的板凳!"此作有着论说文的结构,事实加论点,前边的故事是结尾的论点的论据。板凳是贯穿全篇的物件,同时又获得了象征的意味。漫长的人生和突发的游行,是必然,还是偶然?

(谢志强)

威　　胁　　　　[俄国] 契诃夫

　　有一个贵族老爷的马被盗了。第二天,他在所有的报纸上都刊登了这样一个声明:"如果不把马还给我,那么我就要采取我父亲在这种情况下采取过的非常措施。"威胁生效了。小偷不知道会产生什么严重后果,不过他想着可能是某种特别可怕的惩罚,很害怕,于是偷偷地把马送还了。能有这样的结局,贵族老爷很高兴。他向朋友们说,他很幸运,因为不需要步父亲的后尘了。

　　"可是,请问你父亲是怎么做的?"朋友们问他。

　　"你们想知道我父亲是怎么做的么? 好吧,我告诉你们……有一次他住旅店时,马被偷走,他就把马肚带套在脖子上,背着马鞍走回家了。如果小偷不是这样善良和客气的话,我发誓,我一定要照父亲那种做法去做!"

杨宗建　唐素云　译

　　[鉴赏]　一个威胁,人们不知道什么惩罚将要降临,被威胁者又会怎样呢?《威胁》里的贵族老爷,马被盗便发出了颇有声势的威胁:采取其父亲采取过的非常措施对付盗马贼。结果,威胁生效。

　　微型小说的创作要别开生面,另辟蹊径,那就设法以不按常规的逻辑展开故事情节。如果盗马贼不惧威胁,不还马匹,那么,情节是常规了。契诃夫设计了威胁生效,而且托出了"非常措施",威胁生效和主题生效形成了融合。贵族老爷的威胁,实际上是无奈,甚至有着中国式的阿Q精神。而且,贵族老爷的严正、执著的语气增强了幽默的效果。

　　关于威胁的故事有许多种,但是,这篇作品里的威胁进行到最后,是虚张声势。威胁往往和惩罚相连。可是,威胁别人,最后受惩罚的是自己,而且是自己对自己的惩罚,这种惩罚带着中国式的阿Q精神。威胁发展到惩罚是必然的,若是惩罚别人,是故事;而惩罚了自己,就是小说了。小说的情节就是在这一点上和故事分道扬镳。因为,小说要写出人的精神状态的深度,而故事讲究的是情节圆满。

(谢志强)

在 钉 子 上　　　[俄国] 契诃夫

　　在涅瓦大街上有几个人慢悠悠地走着,他们都是十二等至十四等文官,刚下班,正由斯特鲁奇科夫领着到他家去过命名日。

　　"诸位,咱们马上就要大吃一顿!"过命名日的主人馋涎欲滴地说,"来个猛吃猛喝! 我那口子已经把大馅饼做好了。昨天晚上我亲自跑去买的面粉。有白兰地酒……沃龙措沃出产的……老婆大概都等急了!"

　　斯特鲁奇科夫住在人迹不到的鬼地方。走呀走呀,最后总算到了。一进门厅,鼻子就闻到一股饼和烤鹅的香味。

　　"闻到味儿了吧?"斯特鲁奇科夫问大家,高兴得嘻嘻地笑起来,"请脱大衣吧! 先生们! 把皮大衣放到柜上! 卡佳在哪儿呢? 卡佳! 各科的同事都来齐了! 阿库利娜! 来帮先生们脱衣服!"

　　"这是什么呀?"这伙人中的一个指着墙上问道。

　　墙上戳着个大钉子。钉子上赫然挂着一顶崭新的制帽,帽檐和帽徽闪闪发光。老爷们你看看我,我看看你,脸都白了。

　　"这是他的制帽!"大家悄悄地说,"他……在这儿?"

　　"是的,他在这儿,"斯特鲁奇科夫含含糊糊地说,"他是来看卡佳的。先生们,咱们出去吧。随便找个饭馆坐一会儿,等他走了再说。"

　　大家把衣服扣好,走出房门,懒洋洋地朝着饭馆走去。

　　"怪不得你家有一股鹅味,原来屋里有一个大公鸡!"档案助理员打了句哈哈,"是什么鬼把他支使来了,他很快走吗?"

　　"很快,他在这里从来不超过两个钟头。咳,可真是馋了,就想吃! 咱们开头先喝一杯伏特加,就点儿鱼下酒……然后再来一杯。诸位,喝完两杯,跟着就上馅饼,要不就吃不痛快了……我那口子馅饼做得挺不错,还有白菜汤……"

　　"沙丁鱼买了吗?"

　　"买了两盒,还买了四种肠子……我老婆现在大概也想吃东西……可他偏偏在这个时候闯进来,真见鬼!"

　　他们在饭馆里坐了足有一个半钟头,每人喝了一杯茶装样子,然后又回到斯特鲁奇科夫家里。进了门厅,香味比刚才更强烈了。隔着半开的厨房门,他们瞧见一只鹅和一碗黄瓜。女仆阿库利娜正从炉子里往外拿东西。

"诸位,又凑巧!"

"怎么啦?"老爷们的胃难受得缩成一团,"饥肠难忍嘛!但是,在那可恶的钉子上又换了一顶貂皮帽子。"

"这是普罗卡季洛夫的帽子,"斯特鲁奇科夫说,"咱们出去吧,先生们,找个地方等他走了再说……这个人也呆不长……"

"他那么个讨厌鬼却有你这么标致的老婆!"客厅里传来一个男人沙哑的低音。

"傻人有傻福嘛!大人!"女人声音应和着。

"咱们赶快走!"斯特鲁奇科夫呻吟着说。

他们又回到了饭馆,这回要了啤酒。

"普罗卡季洛夫可是了不起的人物!"大伙儿安慰起斯特鲁奇科夫来,"他在你老婆那儿呆一个钟头,你可就有十年的福好享啦。老弟,福星高照嘛!干吗伤心呢?用不着伤心嘛。"

"你们不说,我也知道用不着伤心。这根本没有什么关系!我着急的是咱们想吃东西呀!"

过了一个半钟头又回到斯特鲁奇科夫家里,貂皮帽子仍旧挂在钉子上。只好再来一次撤退。

直到晚上七点多钟钉子才空了出来。这才吃上了。馅饼发干,菜汤不热,鹅也被烤糊了——一桌子的美味都叫斯特鲁奇科夫的官运给糟蹋了!

不过,大家吃得津津有味。

刘 芳 译

[鉴赏] 墙上那枚钉子是此作的焦点,它隔开了两类不同职位的人。本来,男主人召集的是一次命名日家庭聚餐,却被那钉子搅了,或者说碰了"钉子"了。于是,男主人的同事只好让位于女主人的拜访者。

《在钉子上》两次出现了钉子上的帽子,那是身份显赫人物的帽子,钉子上的帽子使得男主人和其同事脸色刷白、畏缩避开。契诃夫的高明之处在于始终未让戴帽子的大官露面出场,读者尽可以想象两位大官与男主人老婆的暧昧关系。然而,时刻又能感到两位大官的存在。

如何侧面描写没有亮相的人物而又能写出威慑力,其成功之处值得品味。官大一级压死人呐,帽子成了权威的象征。另外,值得回味的又一个侧面描写是,没有吃到热乎乎的菜肴,却能透过"大人"们的对话闻到美味佳肴的色香。"标致的老婆"能给男主人带来官运吗?

微型小说里,物件运用得当,能将人物和故事串联起来,同时,物件又担当了重要的"角色"。钉子上挂帽子,帽子有它的主人,主人有他的身份,一枚小小的钉子,让不同身份、地位的帽子在钉子上"表演",引出别人对它的种种反应,最终由小钉子扩大到世俗人情。此作的力度、深度通过钉子锐利地扎进了人物的灵魂。在钉子上,从有帽子到无帽子,既使人物的情感发生起伏,又给我们留下了回味无穷的"空白"。

(谢志强)

乞 丐　　[俄国]屠格涅夫

我从街上走过……一个衰弱不堪的穷苦老人拦住了我。

红肿的、含泪的眼睛,发青的嘴唇,粗劣破烂的衣衫,龌龊的伤口……哦,贫困已经把这个不幸的生灵啃噬到多么不像样的地步!

他向我伸出一只通红的、肿胀的、肮脏的手……他在呻吟,他在哼哼唧唧地求援。

我摸索着身上所有的衣袋……没摸到钱包,没摸到表,甚至没摸到一块手绢……我什么东西也没带上。

而乞丐在等待……他伸出的手衰弱无力地摆动着、颤抖着。

我不知怎样才好,窘极了,我便紧紧地握住这只肮脏的颤抖的手……"别见怪,兄弟;我身边一无所有呢,兄弟。"

乞丐那双红肿的眼睛凝视着我;两片青色的嘴唇浅浅一笑——他也紧紧地捏了捏我冰冷的手指。

"哪里的话,兄弟,"他口齿不清地慢慢说道,"就这也该谢谢您啦。这也是周济啊,老弟。"

我懂了,我也从我的兄弟那里得到了周济。

智 量 译

[鉴赏] 《乞丐》特写镜头般的描写,那一系列眼、嘴、手的细部描写,用了相应的定语,突出了乞丐的衰弱和穷苦,其中用了六个省略号,表达了"我"的关注和同情,当然,还有为难和尴尬。因为,"我"竟拿不出东西来施舍。

我们看到"我"是常规的反应——乞丐缺乏物质。乞丐的一无所有和"我"的一无所携相遇。这时,情节发生了转机,"我"握住了乞丐的手,是紧紧地握住这只肮脏的颤抖的手,而且称乞丐为兄弟。物质的需求转入了精神的需求。"这也是周济呀,老弟。"我们看到了双方的精神周济。整篇作品升华到了崭新的境界。作家要像作品中的"我"那样,善于捕捉和发现生活的细部。细节能够组成艺术的力量。

　　请留神标点符号的使用——在每个动作、每种姿态后边都使用了省略号。"走过"的艰难、"伤口"的龌龊、伸手的颤抖、等待的持续,我们可以通过省略号感到作者的关注,那是同情的情感。作者将他的目光停留在人物病态而又敏感的地方,似乎夸张或放大了这些细部,类似影视的定格。这也是微型小说留白的手法之一。

　　　　　　　　　　　　　　　　　　　　　　　　　　（谢志强）

白　菜　汤　　　[俄国]屠格涅夫

　　一个农家的寡妇死掉了她的独子,这个二十岁的青年是全村庄里最好的工人。

　　农妇的不幸遭遇被地主太太知道了。太太便在那儿子下葬的那一天去探问他的母亲。

　　那母亲在家里。

　　她站在小屋的中央,在一张桌子前面,伸着右手,不慌不忙地从一只漆黑的锅底舀起稀薄的白菜汤来,一调羹一调羹地吞下肚里去,她的左手无力地垂在腰间。

　　她的脸颊很消瘦,颜色很暗,眼睛红肿着……然而她的身子却挺得笔直,像在教堂里一样。

　　"呵,天呀!"太太想道,"她在这种时候还能够吃东西!她们这种人真是心肠硬,全都是一样!"

　　这时候太太记起来了,几年前她死掉了九岁的小女儿以后,她很悲痛,她不肯住到彼得堡郊外美丽的别墅去,她宁愿在城里度过整个夏天。然而这个女人却还继续在喝她的白菜汤。

　　太太到底忍不住了。"达地安娜,"她说,"啊呀,你真叫我吃惊!难道你真不喜欢你儿子吗?你怎么还有这样好的胃口?你怎么还能够喝这白菜汤?"

　　"我的瓦西亚死了,"妇人安静地说,悲哀的眼泪又沿着她憔悴的脸颊流出来,"自然我的日子也完了,我活活地给人把心挖了去。然而汤是不该糟蹋的,里面放有盐呢。"

　　太太只是耸了耸肩,就走开了。在她看来,盐是不值钱的东西。

巴　金　译

[鉴赏]　经济地位的悬殊,通过对"白菜汤"的不同态度构成了对比。地主太太指责死去儿子的农妇在悲恸的时候还能喝下白菜汤,是心肠硬,不爱自己的儿子。

《白菜汤》在接近结尾时,仍是一般性的情节叙述。然而,屠格涅夫不但让死掉独子的农妇喝"白菜汤",而且,他的敏锐发现是:"汤是不该糟蹋的,里面放有盐呢。"而在地主太太看来,盐是不值钱的东西。贫困和富有的对照,仅仅是盐,就传达出了农妇的处境。作者的独特之处在于发现被别人看来"不值钱"的一点盐,对妇人来说"是不该糟蹋的",从而加重人物处境的悲哀程度。

丧子之痛,而且是寡妇,怎么写这种悲痛呢? 作者避开常见的正面的叙述,而是选择了喝白菜汤。同时,为了强化情感效果,将地主太太设计进情节,形成了两个地位、身份、处境悬殊的人的反差,在情节展开的敏感部位,能够看到屠格涅夫的大手笔——小细节看到了大手笔。地主太太把喝白菜汤跟爱不爱儿子挂钩。于是那汤中的盐,显示出了人物生存的力量。当然,也符合贫困的处境。微型小说里的物件(这里是"盐")颇能显示一个作家的发现能力和艺术功底,并由这细微之处反映出宏大的东西。　　　　(谢志强)

柯　留　沙　　　[苏联] 高尔基

"您瞧,就是这样一回事情,他的父亲因为盗用公款给判了一年半的徒刑,在这个时期我们就把我们的积蓄吃光了。我们的积蓄本来就很少。到我丈夫出监牢的时候,我已经在用辣菜根当柴烧了。一个种菜的人送给我一车没用的辣菜根——我把它晒干了跟干牛粪换在一块儿烧。气味很不好闻,做出来的粥汤也有怪气味。柯留沙这些时候在上学,他是个灵活的孩子……也懂得节省。他放学回家,路上捡到木头、木板,总要带回家来。是啊……春天来了,雪已经融化了,可是他还穿着毡靴。靴子常常湿透了……他把它脱下来,他那双小脚全红——红了。就在这个时候,他们把他父亲从牢里放出来,用出租马车送回家来了。他在牢里得了瘫病。他就躺在那儿望着我苦笑,我站在床前,埋下眼睛看他,心里想:'我为什么还要养他,养他这个害人精呢? 最好是把他扔到街上泥水坑里去。'可是柯留沙看见了，哭了。他脸色完全白了，望着他父亲，大滴大滴的眼泪顺着脸蛋落下来。他说：'好妈妈，他怎样了？'我说：'他已经不中用了。'……是啊，从这一天起，就这样过下去了。就这样过下去了，老爷。我天天忙得像疯子一样，可是就是在运气好的时候，也不过收进二十戈比……我真愿意死……哪怕自尽也好。柯留沙看见了这一切……他脸色很难看……有一回我实在忍受不下去了……我说：这种该死的生活！能够死掉多好……哪怕你们里面死掉一个也行……我是指他们，指父亲同柯留沙……父亲点点头，好像他想说：我快要死了，不要骂我，忍耐点吧。可是柯留沙……把我望了一下，就走出去了。等到我清醒过来……啊，已经太晚了。是啊，太晚了。因为您，老爷，他，柯留沙出去以后还不到一个钟头——一位警察坐着马车来了。他说：'您是希谢尼娜太太吗？'我马上就猜到有什么祸事了……他说：'请您就到医院去。'他说：'您儿子给商人阿诺兴的马踏伤了。'……我就坐车到医院去。在马车里我就像坐在烧红的铁钉上面一样。我心里想：'你这该死的女人，该倒霉！'我们到了。柯留沙，他躺在那儿，全身都给绷带包扎着。他对我微微一笑……眼泪从他眼睛里流出来了……他声音很小地对我说：'好妈妈，饶恕我！钱在巡官那儿。'我说：'柯留沙，上帝保佑你。你说什么钱呢？'他说：'街上那些人扔给我的，还有阿诺兴给的……'我问：'他们为什么给钱？'他说：'因为这个……'他发出了一声轻轻的……呻吟。他的眼睛睁得很大……我说：'柯留沙，好儿子，你怎么会没有看见马跑过来呢？'可是，啊，老爷，他清清楚楚地对我说：'我看见了它……马车……不过……我不愿意跑开。我想——要是我给压坏了，他们会给钱的。他们真的给了钱……'这就是……他说的话……我明白这个，我懂得他的心思，他真是个天使，可是晚了。第二天早晨他就死了……他临死还是很清醒的。他一直在说：'好妈妈，给爸爸买这个、买那个，也给你自己买……'好像有很多钱似的。钱——的确有四十七个卢布。我到阿诺兴家里去，可是他给了我五个卢布……他还骂人，他说：'大家全看见，是小孩自己跑到马脚底下来的，你还来向我要钱？'我以后就没有再到他那里去过。老爷，就是这样一回事情。"

　　她不作声了，她又像先前那样的冷淡、呆板了。

公墓是清静的、荒凉的：十字架，耸立在十字架中间的长得不好的树木，坟堆，悲伤地坐在一座坟上面的毫无表情的女人——这一切使我想起了人的痛苦，想起了死。

然而无云的天空是清明的，它在散布干燥的炎热。

我从衣袋里掏出一点钱来，把它们拿给这个还活着、心却让生活的不幸弄死了的女人。

她点了点头，声音特别慢地对我说：

"老爷，不要麻烦您了，我今天已经够了……我需要的实在不多，现在……就只有我一个人……孤零零地活在世界上……"

她深深地叹了一口气，又把她那两片给悲伤扭歪了的嘴唇紧紧地闭上了。

巴 金 译

［鉴赏］ 一个孩子的悲剧，同时，又是底层人——一个普通家庭的悲剧。故事由孩子的母亲向"我"叙说。主体部分是母亲讲述孩子柯留沙的悲剧。这段长长的叙说，开头没有引语就直接展开。孩子母亲的叙说语调体现在语句的节奏里，时断时续，还留下多处"空白"。句子的长度，开始是正常的句型，是悲痛过后的平静；可是叙说到了柯留沙，句子短促起来，不时地岔开，不时地停止，频繁地出现省略号，传达出母亲的哀伤。而且，语言的浓度增强，即对儿子原话的引用。结尾部分，亮出了第一人称的"我"：倾听者、同情者。不过，整个失夫、失子的悲剧，到了最后，便凄凉了——一个母亲的孤独。那么，冗长的独白和最后的沉默是个反差，悲哀到了极点。

倾诉是此作的主体，它不是意识流，更似自说自话式的独白。倾诉的对象是"我"。倾诉保持了生活的原先状态：语气、节奏、情节、脉络，由此既写出了倾诉者——母亲的形象，又写出了被诉者——儿子的形象。倾诉，是对"我"，也是对那个社会，因为，主人公已无处倾诉，像埋在墓中的儿子，她通过倾诉，使儿子在记忆中复活。

（谢志强）

新 年 枞 树　　［苏联］阿勃拉莫夫

为什么我的心情这么坏，为什么我全身无力，疲惫不堪？昨天喝过了头？还是由于昨天的废话连篇，心绪还在不安？

我的老天爷呀，老天爷！大家聚在一起迎接新年，就该开心作乐，撒疯发狂，就该像香槟酒那样狂涌！正常的人都是这样迎接这个一年一度的最美好的节日的。可是我们却对我们俄罗斯乱七八糟不成体统的现象发了一夜的高深莫测的牢骚。假使发发牢骚能有点什么好处，那也算好；假使能使我们自己的公民责任感再一次得到磨砺，能在来年里增添勇气豪情，那也罢了。

然而实际上又是怎么样呢？大家谈了各种各样的事情，一件比一件更令人厌恶——我们谈到了官僚主义独断专横，谈到了贪污行贿营私舞弊，但是却没有丝毫的反对和抗议声，没听到一句愤慨的呐喊声。大家都习以为常了，都容忍妥协了。可怕就可怕在当时聚在桌旁的人并非等闲之辈。是些什么人呢？有著名的导演，大名鼎鼎的演员、画家，还有作家。总之，都是些通常被誉为导师、精神牧师的人。

我浑身无力，疲惫不堪地在床上躺了很久很久。昨天聚会的情景在脑子里一次又一次地翻腾着，我那忧郁的目光环视着房间里的每一个角落，光滑的餐具橱里（那些爱说俏皮话的农村朋友准要说是"洋酒柜"）摆满了各种各样的水晶玻璃器皿，还有我出国时带回来的一些穿着民族服装、衣着讲究的淑女塑像……

咦，新年枞树在哪儿呢？妻子和侄女通常都是在元旦除夕夜里给我送到房间里来的，鲜灵灵的，还冒着寒气，几乎是不加任何的装饰，完全是一副天然的姿容，到了次日清晨，满房间都是它散发出来的林间的馥郁清香。

原来是因为这个缘故，今天我没有过节的心情啊。我对自己心绪不佳的原因作了新的解释：家里没有新年枞树。昨天，妻子和侄女在城里奔波了两个小时也没能弄到。没有枞树还算什么新年呢？

前室里响起了门铃声，想必是邮件来了。

果然不错。从那"斯"和"师"不分的发音和气喘吁吁的说话声，我听出来是邮递员奥丽娅。奥丽娅向我妻子祝贺新年，我妻子也向她表示了祝贺。后来，听她们继续谈话我才明白了，妻子想送她十个卢布，算是对她辛辛苦苦的工作略表谢意，因为我家的信件特别多，有时候奥丽娅一天要来五六次。

"不，不。"我又听见那急促的"斯""师"不分的话音，"这是我的工作，干工作是有薪金的。您这是在羞辱我……"

羞辱？这是在羞辱她？上帝呀，干这种苦役般的工作，一个月挣那么八十来个卢布（整天背着特重的邮包，出西家进东家，上楼下楼），可还说"您这是在羞辱我"……

我连忙跑过去给妻子帮腔。

只见，那位我早已很熟悉、不很年轻的姑娘围着一块厚厚的头巾，兔毛皮领已经磨损，脚上一双旧的"罗马尼亚姑娘"式的呢面鞋子，鞋头上没有那种齿状的饰物。为什么没有，不用猜便知道：用她那几个钱是讲不了什么排场的。

我就和妻子两个人一起劝说奥丽娅接受我们送的礼。她还是说："不，不。"

我又加上了五个卢布，这回或许容易说通了？

"您这是在羞辱我！"奥丽娅又这样说。口气十分坚定，毫无商量的余地，但是从声音里可以听得出她在强忍着眼泪。

我望着她那双安详的灰蓝色的大眼睛，忽然一下子明白了：我确实是在羞辱她。我企图夺走她那最宝贵的财富——一个劳动者的正直和廉洁。

我感到羞愧。羞愧得落下了眼泪。但是就在这时，一缕光明涌进了我的心房。

我家的节日开始了。

传　基　译

[鉴赏]　空谈和务实，前后形成了强烈的对比，由"我"将这种对比串联起来。背景是迎接新年。

昨天的聚会，都是名人，可"我"的感觉很糟，这是回忆；今天是送邮件的奥丽娅，她不但拒绝小费，而且认为这是对她的羞辱。昨天的无聊空谈是今天辛苦务实的铺垫和反衬——一个普通的邮差，她最宝贵的财富是正直和廉洁，她守护着这种高尚品格，不就像新年枞树散发出的清香吗？这又是对比，人与树之比，枞树获得了隐喻意味。

首段，提出了一连串的问题，接着是对问题的回答，回答是以"我"的回忆来实现的。已经暗藏着"我"对新年的新的向往，使自己庸俗的精神状态（或说被庸俗围困）趋向一个新的境界。过节的心情，实是做人的心情。足够的铺垫之后，再来写新年枞树之新就有了解脱、升华之感了。那个邮递员是另一种生活状态的隐喻，也是对庸俗生活的否定，"我"的节日由此开始，是一种新生活的开始。微型小说在塑造人物时，可以用对比的方式来描写，既可以用反面来对比，也可以用正面来对比，从而亮出主要人物的闪光点。当然，这也是这篇小说的亮点。

（谢志强）

预　演　　　　　[苏联]顿巴泽

　　我们是老同学,那时我们俩并排坐在最后一排课桌。当老师转身在黑板上写字的时候,我们常在一起冲着他的后背做鬼脸儿。我们还一起参加期末补考。

　　这是十五年前的事了。十五年来我们一直没有见过面。今天,我终于怀着激动的心情登上了四层楼……

　　不知道他是否能认出我来?

　　我毅然按了一下电铃。

　　"不怕烂掉你的臭爪子,可恶的东西! 震得整个房子嗡嗡响。什么时候你才能改掉这个坏习惯?"里面传出一阵叫骂。

　　我羞得满面通红,连忙把手塞进口袋。前来开门的是一个淡黄头发的女孩,看上去约莫有八九岁。

　　"努格扎尔·阿马纳季泽在这儿住吗?"

　　"他是我爸爸。"

　　"你好,小姑娘,我是绍塔叔叔,你爸爸的老同学。"

　　"噢,您请进来吧……玛穆卡! 爸爸的同学绍塔叔叔来了。"女孩朝里边喊了一声,领着我向屋子里走去。

　　迎面冲出一个六岁左右的小男孩,浑身是墨水污迹。

　　"你们的爸爸妈妈在家吗?"

　　"不在。他们很快就会回来的。"

　　"你俩在做什么呢?"我问。

　　"我们在玩'爸爸和妈妈的游戏'。我当爸爸,姆济娅当妈妈。"玛穆卡对我说。

　　"你们玩吧,我不妨碍你们。"我一面点着烟,坐在沙发上。"不知道努格扎尔过得怎么样,"我寻思着,"生活安排得好不好? 是不是幸福?"

　　孩子们尖利的喊叫声把我从遐想中唤醒过来。

　　"喂,孩子他妈! 今天做了什么好吃的?"玛穆卡问道,显然是模仿某个人的腔调。

　　"吃个屁! 我倒要问问你,我拿什么来做饭? 家里啥也没有!"

　　"你的嘴可真厉害! 骂起人来活像个卖货的娘儿们!"

"你怕什么！在饭馆一坐,就能吃个酒醉饭饱……可我怎么办?"

我登时出了一身冷汗。

"昨天夜里你跑哪儿逛去了? 说!"姆济娅握着两个小拳头,叉腰站着。

"你管不着!"

"什么,我管不着? 好吧,我叫你和你那帮婊子鬼混?"

"你疯啦?!"

"我受够了! 够了! 今天我就回娘家去! 孩子统统带走!"

"不准动孩子,你自己爱上哪就上哪儿!"

"没那么简单!"

"把儿子给我留下!"

"不行,我已经说了!"姆济娅高声叫道。

"你听着:把儿子留下! 要不然……"玛穆卡抱起枕头,一下子砸在姆济娅身上。

"好哇,你敢打人?! 畜生!"姆济娅抡起洋娃娃,狠狠地打在弟弟头上。她打得是那样厉害,玛穆卡的两眼当即闪出了泪花。

我跳起来把他们拉开。

"孩子,真不知道害臊。这是什么游戏哟!"

"放开我,尼娜!"姆济娅突然朝我喊道。"你们这些邻居不知道他是什么玩意儿! 我整天受他的气,没法跟他过下去了,我的血全被他喝干了,可恶的东西! 你们瞧,我瘦成了什么样子!"姆济娅用纤细的指头戳了戳她那玫瑰色的脸蛋儿。

"别信这个妖婆的鬼话!"玛穆卡冲我说。

"不要吵了!"我实在控制不住,向他们大吼了一声。孩子们恐惧地盯着我。我喘过一口气,勒令两个孩子向我发誓,保证往后不再扮演他们的爸爸、妈妈,然后便步履蹒跚地离开了这个家。

"看来,我的朋友生活得蛮快活的!"我一路上想着姆济娅和玛穆卡,他们在我面前表演了一幕未来家庭生活的丑剧。

见 江 译

[鉴赏]　人物不在场,能让不在场的人物栩栩如生吗?《预演》里,那对不在场、没出场的夫妻是"我"的同学,又是"我"所见到的一对孩子的父母。"我"的疑问是:他们生活得好不好? 是不是幸福? 孩子玩"爸爸和妈妈的游

戏"正回答"我"的问题。

《预演》是对父母的模仿,包括内容、腔调,可谓惟妙惟肖。若不熟悉,怎能模仿得如此栩栩如生? 预演,既是孩子父母过去的翻版,又是孩子父母未来的预示。并且,预言是双重的,既是父母生活的写照,又是孩子命运的暗示,因为,孩子已受到了父母的影响。瞧,本是模仿,却真的打开了、吵开了。

微型小说写人物不在场是受微型小说的规模所制约,将"在场"的人物减少再减少,却由在场的人物表现出不在场的人物,还要写得栩栩如生。《预演》的方法,就是用孩子的"游戏",来表现父母平时的所作所为。游戏见人生,既写出了孩子,同时又写出了父母,一举双得,一箭双雕,微型小说的奥妙便在此显示。

(谢志强)

公 民 证　　　[苏联]里纳特

一次,某夫妇俩出发去海滨度假。他们要在那里痛痛快快地游泳,好好地晒晒太阳。像这样清闲自在地出去旅游,对他们来说生平还是第一次,而且是到那没有风,到那水温暖得像餐桌上的茶一样的海边。

所在工厂给他们开了到"迎宾"休养所去的许可证。为了到休养所去,他们得乘电气火车、公共汽车,最后甚至要换乘古老的蒸汽轮船。可是,刚一到那儿就出了新鲜事:休养所当局拒绝接收他们,不给他们提供膳宿,理由是夫妇俩都没有携带公民证。是啊,公民证是这样一种凭证,没有它,你别想得到一张床位、一把椅子。坐在走廊里等吧,期待吧。可等什么,期待什么呢? ……要知道,规定就是规定。要是没带游泳衣,这好办,可以到离海滨浴场远一些的地方,各自穿着普通裤衩到海里去也没事儿。可是没有公民证,无论你到哪儿去也不行,甚至私营旅店也不肯留你过夜。

"梅兰尼娅,我们怎么办呢?"丈夫问妻子。

"亲爱的亚基姆,我怎么知道呢?"妻子耸了耸肩。

在这个"迎宾"休养所既没有你的床位,也没有你的餐桌,只有一个小卖部。

这样过了一天又一天。

"梅兰尼娅,我们怎么办呢?"

"亚基姆,我怎么知道呢?"

最后梅兰尼娅忽然想起该给母亲发封电报,让她把公民证立刻寄来。

　　又等了两天，最后总算盼来了珍贵的挂号信。信一到，邮局就通知了他们。他们高高兴兴地跑去领取。到了领取的窗口，他们拿出通知单，自我介绍了一番。

　　"看看公民证！"窗口里一个可爱的姑娘说。

　　"什么公民证？"亚基姆惊奇地问。

　　"当然是您的公民证！"

　　"它就在您手里，在这个信封里啊……姑娘，我们就是等它呀。"

　　"我不知道信封里是什么。但是，要取信，您就得交验公民证。"

　　第二天、第三天去——还是白费口舌。这一对没有公民证的夫妇，谁的信任也得不到。

　　他们在"迎宾"休养所的领地上又闲荡了两天，在小卖部以夹肉面包和果汁为食，晒了几次太阳，游了几次泳，然后摇摇头，动身回家了。又是轮船——电气火车——公共汽车，好了，总算到了基希涅夫，由此到家不过咫尺之遥——坐上出租汽车一个多小时就到了。

　　回到家，第一件事就是到邮局去取公民证。按时间算，他们的公民证早该退回来了。

　　"我的挂号信从疗养区退回来了吗？"亚基姆问。

　　"退回来了！"女营业员回答说。

　　"谢天谢地！请给我吧……您不知道，为这封信我们吃了多少苦头啊！但愿再也别吃这苦头了……"

　　"看看公民证！"姑娘说。

　　"怎么？又是公民证！我们的公民证就在您拿着的信封里呀！"

　　"信封里是什么我不感兴趣，可您必须交验公民证才能取信。"

　　他们又到邮局去了两趟——还是白搭。

　　第三次去时邮局告诉他们：信又被退到"迎宾"休养所交亚基姆收了，因为按规定信件留存不能超过一个月。

杜　塞　译

　　[鉴赏]　公民证和公民本指同一个对象，就是人。可是，作品里单有休养许可证而没带公民证就不能在休养所居住，可发电报邮来了公民证，又要凭公民证去领取，休养不成，回了家也取不到公民证，因为取公民证要交验公民证，那信里的公民证开始了往复的"旅行"。这是个荒诞的圈套。

　　本是证明身份的公民证却取代了人这个主体，人被他的凭证拒绝了，凭证竟成了独立的自在物，其中操纵着的是人制定的那些僵化的规定，作为主体的人便无可奈何了。一个凭证也成了重要角色，它比人厉害，人失却了它，便失却了存在的条件，这很可笑，也很可怕。

　　读者可将此作与本书中的《照章办事》一文对比阅读，类似的题材可以写出两种风格。《照章办事》写得荒诞，而《公民证》则写得幽默，还带着讽刺，并在现实的范围内展开情节。不过，其中一波三折的那份折腾也让人无奈、尴尬。写物件——公民证，一旦不在人的手里，它就有了独立的品格，它和人难以合并了。它会按照它的方式运行，但人已难以接近它。公民证主宰着人物，又贯穿全文，它制造了故事的曲折。物件有力量，当然，这力量的所在就是那些僵化的规定。

（谢志强）

狗　鼻　子　　　　　　[苏联] 左琴科

　　商人耶列梅·巴布金的貉绒皮大衣被盗了。

　　耶列梅·巴布金大声号叫起来。您知道吧，丢了大衣他可真心疼啊。

　　"公民们，"他说，"那件大衣实在太好啦。真可惜呀。钱我倒不在乎，那贼我一定要抓到。我要当面啐他一脸的唾沫。"

　　于是，耶列梅·巴布金打电话喊来了刑事侦查警犬。来了个戴便帽、缠裹腿的侦探，牵着条警犬。这只狗真难看，棕黄色，尖嘴脸，那样子就不讨人喜欢。

　　那侦探使劲拍了一下警犬，让它嗅了嗅门边的足迹，说了声"嘘"，自己就站到一旁去了。狗嗅了嗅空气，望了望人群（人当然围了一大群），眼睛突然盯住五号住宅的老太婆费克拉。它走到她跟前，嗅她的衣襟。老太婆急忙闪到人群后边。警犬就扑向她的裙子。老太婆往一边躲，狗在后面跟着她，一口咬住老太婆的裙子，死也不放。

　　"是的，"她说，"我被抓住了。我不抵赖。我搞了五桶酒曲，这是真的。还有一套酿酒的家什，这也不假。东西都在浴室里。你把我送民警局吧。"

　　人们当然都惊叫一声。

　　"大衣呢？"有人问道。

　　"什么大衣呀，"她说，"我可一点儿也不知道，见都没见过。其他那些倒是真的。你把我带走吧，你处罚我吧。"

于是，老太婆被带走了。

侦探又牵起警犬，拍它一下，嘘了一声，自己闪到一边。

警犬向四周望了望，嗅了嗅空气，突然走到公寓管理员跟前。

公寓管理员吓得脸色苍白，往后扑倒，跌了个手脚朝天。

"你们把我捆起来吧，"他说，"好心的人们，有觉悟的公民们，我收了水费，可我自己把那些钱都乱花了。"

住户们当然都向公寓管理员猛扑过去，把他捆了起来。说时迟那时快，警犬扑到七号房主跟前，扯他的裤子。

这位公民也吓得脸色苍白，倒在众人面前。

"我有罪，"他说，"我有罪。我把劳动手册上的年龄改了一半，的确是这样，我这坏蛋本来该参军服役，去保卫祖国，但我却呆在七号房里，享受电器设备和其他公用福利。你们把我抓起来吧！"

人们不禁大惊失色，心想："这狗真叫人莫名其妙！"

商人耶列梅·巴布金眨了眨眼睛，向四周看了一下，掏出钱递给了侦探。他说："你把狗带走吧，真见鬼。我的貉绒皮大衣丢了算了、算了……"

可是，那狗却走过来了。它站在商人面前，摇着尾巴。

商人耶列梅·巴布金吓得手足无措，躲到一边，而狗却跟着他。它走到他跟前，闻他的套鞋。

商人脸色苍白，垂头丧气，他说："这么说，老天爷真是有眼，我是个畜生，是个骗子手。诸位，大衣不是我的，是我从我兄弟那儿骗来的。哎呀，老天爷，我算完啦！"

人们呼地一下四散奔逃。狗也顾不上闻空气了，一下子就扑倒了两三个，咬住不放。

这些人都表示低头认罪。一个用公家的钱赌过牌；另一个用熨斗揍过自己的老婆；第三个要是写出来，实在有伤大雅。

人们都逃之夭夭。院子里空了，只剩下警犬和侦探。

突然，警犬走到侦探跟前，摇着尾巴。侦探脸色发白，扑倒在警犬面前。

他说："你咬我吧，好兄弟。我给你领的狗膳费是三十个卢布，可我却揩了二十卢布的油……"

后来怎么样，我也不清楚。我怕惹火烧身，也赶快溜之大吉。

吴村鸣　刘敦健　戴安康　译

[鉴赏]　著名讽刺作家左琴科的作品《狗鼻子》的主角是一条警犬。商人的貂绒皮大衣被盗仅仅是个故事的起因,本来警犬是嗅盗皮大衣的贼,但故事却莫名其妙地脱离了案子本身——皮大衣。于是,围观者一个一个被嗅出他们的罪恶,均与皮大衣无关。警犬面对的是,人人都是贼,一个犯罪的群体和一条公正的狗。这还不够,左琴科将情节推向极端,包括报案的商人也是"贼"(皮大衣是从兄弟那儿骗来的),报警抓贼的结果是自己也是"贼"。最后的意外是,整个场面的目击者——"我"(也是叙事者),"怕惹火烧身"也"溜之大吉"。且不说狗是否有特异功能,但是,这种脱离常规的情节设计是多么精妙,讽刺的对象不是某个人而是一个社会。

《狗鼻子》由现实出发,很快进入了超现实的领域,就是狗鼻子能嗅到犯罪的气味。那种犯罪不是个人而是个群体。作者是用现实的手法来写超现实的现象,甚至连诈骗、赌博的气味也能嗅出。最后,包括叙事的人也心虚了。作者将现实作为叙事的起点,进入超现实,最后又以另一种方式抵达现实,那是本质的现实。而且,这种表达的方式更具震撼力、感染力。这类小说,设计的框架为假定性,但是,细节却具有真实性,作品就当作真有那么回事地去写。

(谢志强)

前　妻　[苏联] 鲍·克拉夫琴科

他和我们不一样,每天都有人给他送吃的来。

他搓搓手,得意地笑着说:

"这就是什么叫作'有个好老婆'!"

我们默不作声。医院的伙食我们都吃腻了,而他却能请我们吃家里烤的美味可口的馅饼。他不知给我们讲过多少遍,说他和第一个妻子离了婚,因为她是一个爱吹毛求疵的女人,一点也不理解他。

"但是,"他举起一个胖得像粗灌肠一样的手指说,"她身上具有某种人性的东西,因为她没要我出抚养费。"

这段故事我们听腻了,但是他的馅饼我们却吃得津津有味。

"过了一个月,我遇到另一个女人。我的老天爷,那身段就甭提多美啦!不错,我们没登记就一块儿生活了。一般说来,结婚登记不过是一种形式主义的东西,我向来主张废除。如果非登记不可,那就应该像日本那样,先登记一个月,或者三个月——随你的便。要是你认为确实过得下去,那请吧,过一辈子吧。"

"哪儿会有这种事，"有人表示怀疑，"不可能是这样，生活就得像个生活样。"

"我干吗要骗您？这是我从书里看来的，只是不记得是哪本书了。"

"您也未免把你的新妻子吹得太好了吧，照您这么说，她简直是个天使了。"我说。

"天使不天使且不说，是个好女人，这倒是真的。"

"那她为什么一张便条也没给你写过？她应该问问你身体怎样了，有什么事儿没有。"

我们彼此交换了一下眼色。是呀，半个月来没给他写过一张字条。他不知所措地看了看我们，翻身面向墙壁。

十二点开始接收给病人送来的东西。第一份是送给他的。他看了我们一眼，对护士说：

"劳驾，姑娘，请告诉她，让她给写几个字来，说说她身体怎样，家里有什么事。告诉她，我想她了。"

"好的。"

"你们瞧着吧，"他说，"马上就会写条子来的。"

护士很快就回来了。

"她说不用写什么条子，只是希望您早日恢复健康。"

有人小声嘿嘿一笑。他脸红了。

"您的妻子真好，"护士安慰他说，"每天都来，您还要怎么样？你们这些男人真不知足！这么热的天气，大老远的跑来真够她受的，况且她又那么胖……"

"什么？胖？"他惊叫起来，"您搞错了吧，姑娘？"

护士扑哧一笑：

"您到窗口来看看，那不是她吗？"

他走到窗前，我们也跟着走过去。

一位个子不高、体态肥胖的妇女正经过医院的院子往外走。她慢慢地走着，垂着头，手里拿着一个网兜。

"啊呀，可真苗条！"我大笑起来，"您可真能瞎吹！"

他什么也没说，步履蹒跚地回到床前躺下，嘴里勉强挤出一句话："她是我的前妻。"

[鉴赏]　《前妻》这个题目显示,主人公是前妻。底已经托出,具体是扣住送饭来写,地点是医院。主要角色是一个男人和两个女人:妻子和前妻。承受者——他一直在称赞现在的妻子,但偏偏每天准时给他送饭的是前妻。前妻的做法是对他现在妻子品格的否定,也是对他本人态度的否定,由此,写出了前妻的高尚、真诚。

对比是此作的表现特色:新妻的冷和前妻的热、新妻的瘦和前妻的胖、新妻的虚和前妻的实。两个女人都没在场,没在场却写出了形象。身材的胖是前妻的特征,这也是抖包袱的必要细节——谁是真心爱他便由此可见了。

微型小说由于篇幅限制,如何写出人物,就有个实写和虚写的问题,同时,也有个显和隐的问题。在《前妻》里,两个妻子,一个实写,是出场的人物;一个虚写,是没出场的人物。但作者的真意是写那没出场的"前妻",是通过实写出场的妻子来写没出场的"前妻"。出场的妻子是没出场的"前妻"的镜子,她的言行反射出"前妻"的形象。如果让两个妻子都出场,人物就"满"了。微型小说善于留出"虚",或者说隐去一部分,又能使读者感到人物都"在场"。

(谢志强)

首 长 学 步　　　　[苏联] 柯坚科

盛春时节,我在公园里看到一个可笑的场面:在一旁的林阴道上,一位打着领带、上了年纪的大叔正站在幼儿学步车里练习走路,一群人在他周围忙活着。

"勇敢点,勇敢点!"他们喊着,"先迈一只脚,再迈另一只……好样的!"

我走过去小声问其中一个人:

"这个老小孩多大了?"

"五十岁。"

"他生下来就不会走路吗?"

"原先会走。"

"那是得过病?"

"哪里得过病! 这是我们首长。他一天到晚都坐在办公室里,而且上下班都有汽车接送,于是就连路也不会走了。"

"那么在你们机关内部他怎么活动呢? 比如说吧,怎么从大门口走到办公室?"

"机关里,人们用手抬着他走。"

“他难道就不反对吗？”

“那还用说！他总是竭力挣扎，但是下属们人多势众，而首长只孤单一人。昨天他去保险柜取大印，刚迈出两三步，就直挺挺地摔倒在地毯上了，真可怜！他已经完全不会走路了。您看，我说起来就没完没了……”

于是，我的谈伴也加入了他同事的行列，大声叫嚷着：

“太好了，格里戈里·伊万诺维奇！现在就让我们拿掉学步车来试一试……走啊，自己往前走……”

首长站在长椅旁，环顾着四周，希望有人去搀扶他，但他得到的只是精神上的支持。所有的人都跑到前面去了，打着手势，招呼他往前走。

“我害怕。”他承认道。

“无论什么事只是在开头有点害怕，”学步顾问解释道，“万事开头难。您就这样想，比如说，本季度就要结束了，您需要把计划规定的任务拿下来。可是，现在什么都没有：没有时间，没有原料，没有设备……但是，您还是得去做……别害怕，大胆向前走……一———二，一———二……”

女秘书对首长动了怜悯之情，她一边擦着眼泪，一边嘟哝着：

“干吗还非要他学会走路？只管让他当领导好了，跑跑颠颠的事我替他去办。”

首长鼓足了最大的勇气，用手一推，离开了长椅，像一只企鹅那样，摇摇摆摆地倒换着双脚，歪歪扭扭地在林阴道上走了起来。科长在前边奔跑着，不断地轰赶着过路的行人。

“会走了！会走了！”响起了一片欢呼声。

“真是奇迹！首长学会走路了！”女秘书不禁大声哭起来，那声音整个街心公园都能听到。

他每走一步都引起了热烈的掌声。加急电报立刻飞向了总局，传去了首长已经战胜最初二十米的捷报。总局立即发来了贺电，向整个集体表示祝贺。

“把首长抬起来向上抛！抬起来！”下属们敞开怀，热情地伸出双手，高声欢叫着。

首长惊恐地回头看了一眼，加快脚步向前走去，接着便跑了起来。但是，他哪能跑得了呢！全体成员都紧追不舍。他们终于追上了他，又把他举起来、抬走了……

刘德清　译

[鉴赏]　微型小说要出奇，有一种方式就是走极端，所谓走极端就是将夸张发展到极致。极端有两种，一种是情节的极端，就是使故事的情节出现若干个意外；另外一种是人物的极端，《首长学步》就是将人物塑造到极致。

一位五十岁的首长不会走路，还学步，这是生活现实中不可能"对号"的现象。但是，微型小说采用极端的方式达到了本质的真实。五十岁的首长竟然像婴儿学步，而且那么多的下属来教、来捧。女秘书看见首长会走了，竟然动情地流泪，继而欣喜地大哭。那些热烈掌声、加急电报纷纷祝贺首长创造了会走的奇迹。结尾，首长会跑了，可他"哪能跑得了呢"？全体下属紧追不舍，还是要"捧"他。这是可笑、夸张的喜剧，却有荒诞的悲剧底蕴，权力竟能创造出这般幼稚可笑的场面。采用极端的方式，由此创造出可能的荒诞效果。

"首长学步"的过程，是由"我"的目击来展示出现的，因为很可笑，所以吸引了"我"——一个上了年纪的老人在进行幼儿式的学步。这个第一人称，增强了故事的可信度，同时也传达出了可笑的场面。"首长"做官一生，可他的灵魂却在萎缩，这通过他不会走路反映出来。同时，我们可以得到这样的联想：他享受的待遇最终却因福得祸，肉体和精神都萎缩到了"可笑"的地步。由"学步"，还使我们联想到一个社会、一种体制。　　　　　　　（谢志强）

您 不 信 任 我　　[俄罗斯]格·戈林

出租车把我载到一所大楼前。

"劳驾，"我对司机说，"别关计价器。我到公司里去去就回来，然后我们再朝前开。"

司机不满地皱了皱眉。

"也许，先结账不是更好吗？"他问。

"不不，我还要继续坐您的车呢，"我说，"瞧您，不信任我吗？您想我会溜掉？"

"我什么也没想，"司机说，"什么样的乘客都有嘛，有人会溜，有人不溜……"

"哎，就是说，您还是认为我可能会溜?!……那好!……我把我的帽子押在您这儿。"

"您说哪儿去了！"司机生气道，"我要您的帽子干吗？我信任您……您把公文包留下再走。"

"啊，什么？"我冒火了，"行啊，我把我的公文包留下。只是您要允许我记下您的车牌号码。"

"您这是干吗？"司机皱起了眉头，"不信任我吗？您想我会开车溜掉？"

"我什么也没想，"我说，"什么样的司机都有嘛，有人喜欢帽子，有人喜欢公文包。"

"啊，说什么呢！"司机说，"那好！把我的车号记下吧：MT - 40 - 20。不过您得先让我看看，公文包里都有些什么。"

"这又是干吗？"

"免得过后说不清。"

"看吧，"我没好气地说，"喏，里边有文件、书、电动剃须刀。"

"剃须刀是完好的还是坏的？"

"怎么会坏呢？现在还能用。"

"什么叫'现在'还能用？我可不打算在这儿测试。"

"谁知道您？"我冷笑一声，"您的胡子正好没刮呢。脸有点浮肿，眼睛是淡色的，左颊上有个瘤……"

"在记我的外貌吗？"司机凶巴巴地说，"那好！我也不会忘了您的！蒜头鼻子圆眼睛。两只耳朵不对称……左边有颗镶牙……"

"好，既然事情发展到了这一步，"我也凶巴巴地说，"干脆就来正式的！这是我的证件：身份证、通行证、结婚证。拿去吧！要知道，您可是在和一个正派人打交道。把您的也给我！"

"给！"他说，"这是驾驶证、工会证……"

"户口证当然是没有啦。"我指出。

"没有。"他答道。

"好，没什么，必要时警察会找到您的。"

"必要时您也会被传唤的……"

"万一出事，您触犯的是《刑法》第一百四十四条！"我声明。

"而您触犯的将是第一百四十七条第二款。"他回应道。

我们恶狠狠地直瞪着对方。

"听我说，"我突然改口道，"您不觉得害臊吗？"

"您呢？"

"我为我们两个感到害臊！"我说。

"我也是！"他说着垂下了眼睛，"收回您的证件吧……"

"您也收回您的……"

"请把公文包拿去……"

"谢谢，"我说，"我会把您的车号忘掉的：MT－40－20。"

"让我们都忘了吧。"他说。

我们亲热地相互拍拍肩。

"我怎么会把您往坏处想呢？"我觉得奇怪，"您的脸这么讨人喜欢。眼睛是灰色的，脸颊上有颗痣。"

"您长得也很帅，"他说，"大眼睛，耳朵干干净净。要注意保护牙齿……"

"我一会儿就回来。"我说。

"去吧，"他说，"您不在我还怪闷的……"

我们相互温和地笑了笑，随后我下了车。

快走到入口处时，我发现通行证不在了。

"真见鬼！"我想，"就是说，他还是扣下了我的通行证以防万一……哼，没什么！……他溜不掉的……我也采取了万全之策，我戳破了他的后轮胎……"

刘煜卿　译

［鉴赏］　这是一个关于信任问题的故事。或者说，是一个两人之间不信任的故事。计较、猜疑、贬低是双方对话的主旋律。

对话占主体的微型小说，对话不但要表现人物的性格，而且要推进情节的展开。当推向极端甚至尴尬的时候，情节（还是以对话表现）峰回路转，这个转机在考验了人物的同时，也考验了作家的智慧：司机和乘客，双方往坏处想突然转到往好处想，由冷酷转入亲热，本来就可算是人与人沟通的温暖之作了。不过，作者又将人物的情感反推回去：那本通行证，又引起了猜疑和报复心理。对话的流程中，情节一波三折——冷、热、冷是三段波折的情感温度。

题目中有"您"有"我"，这正是作品中的两个人物，而对话的主调是"不信任"。题目托出了作品的指向，剩下就是怎么讲好这个"不信任"的故事。这种"不信任"表面上关注的是帽子、车号、公文包、证件等，实际上却由这些身外之物来揭示人物的灵魂——灵魂的较劲。抓住物，就抓住了人。第一人称的叙事，似在如实记录"不信任"的过程，却达到了可信的效果。　（谢志强）

离　别　　［俄罗斯］弗·索罗金

　　轻盈、透明的雾在东方突然变得粉红了,闪出一片黄色的火花来,几分钟迅速地飞驰而过,太阳的边缘从森林的顶端露了出来。

　　康斯坦丁从他坐着的那只腐烂的大树桩上站起身来,树桩的底部在夜间会闪出非常神奇的亮光。他裹紧大衣,走到悬崖边。

　　一条宽阔的河在下方流淌,两岸长满了一丛丛墨绿色的芦苇。

　　河面非常平静,既没有涟漪,也没有水流的痕迹。只是在那碧绿的水底,勉强可以看到一些不住摆动的水草,就像是些神秘的生物。

　　康斯坦丁掏出一盒烟,打开了烟盒。香烟就像清晨那样干燥,在他冰冷的手指间噼啪作响。他抽了一口。烟雾是柔和的,不太浓烈。

　　看着从森林中冉冉升起的太阳,康斯坦丁笑了笑,疲惫地揉了揉腮帮。"不管怎么说,离开故土,这可让人感到难以置信的沉重,"他忧郁地想到,"那是你长大的地方,每一株小草、每一棵树木你都熟悉……而我昨天还在谢尔盖面前吹牛,说我挥挥手就能一走了之。远方的道路,新的城市,新的人们……"

　　他抖了抖烟灰,于是,灰色的小圆柱便落到了芦苇丛中。

　　河的中央泛起了波浪。一条大鱼激起了浪花——一下,两下,三下。三道不断扩大的涟漪荡漾着,涌向两岸。

　　"可能是条狗鱼。你瞧它是怎么翻身的,连尾巴都弯了过来。可能有四公斤重。个头小的是游不到这里来的……"

　　他贪婪地吸了口气,回忆起自己是怎样在十岁时抓到第一条狗鱼的。那也同样是一个晴朗无云的夏日的清晨。河里一个人都没有。他等了很久,可是一条鱼也没咬钩。他已经准备听从老渔夫米赫依爷爷的建议,把挂着他贴身铜十字架的布条拴在鱼钩上,这时,浮子突然不见了,钓线带着响声在水面上滑动,鱼竿弯成了拱形。于是,在一个长着一头乱蓬蓬的浅色头发的少年和一条看不见的鱼之间,开始了一场斗争。他把它拽了出来,他浑身湿漉漉的,因为激动而发抖。他把它拽了出来,甩在沙地上,那时,沙地上还没长出芦苇……

他又吸了一口烟，之后慢慢地从鼻孔里把烟吐出来。

"是啊，这一切多么熟悉。上帝啊，要知道我在这里住了三十七年。青年时代，我喜欢在这里坐着，读一些描写遥远的国家和无谓的旅行者、描写爱情的书籍。后来，我自己也恋爱了。我爱得热烈、疯狂而又坚定。就在这里，在这片白桦林里，我第一次亲吻了自己心爱的人。我吻了她那柔软而又动情的双唇……"

他和塔尼娅就是在那里见面的，他是多么爱她啊，爱这个身材匀称、穿一件轻盈的花布连衣裙的姑娘，她纤细的手臂晒得黝黑，散发着稻草和草地花朵的芬芳。

他吻她，让她紧贴在那平整、新鲜的白桦树干上，那些树干到了晚上也是温暖的。

一开始，她还在无力地躲闪，可后来，她就抱住他，吻他，她吻得很笨拙、很温柔，也很可笑。

"你就像只雄鹰。"她经常一边抚摸着他的脸颊，一边微笑着对他说。

"像只雄鹰?"康斯坦丁笑了，"那就是说，我长了身羽毛!"

"你别笑，"她打断了他，"别笑……"

然后，她又快速、热烈地对他低语道："我……我是爱你的，科斯佳。"

这一切都曾发生过。发生在这里……

康斯坦丁把没抽完的烟头扔了下去，他双手抓住大衣的领子，深深地吸了一口气。

清晨这凉爽的空气散发着河水的气味，它那淡淡的雾霭能让人感到非同寻常的兴奋。

"故乡，它到底是什么呢? 是国家? 是人民? 也许，是光着脚丫的童年以及那根核桃木钓鱼竿和那罐鲫鱼? 或者，就是那位梳着淡褐色辫子的姑娘?"

他又吸了一口气。充盈着光线的空气迅速变得暖和了，燕子在透明的水面上方鸣叫。

一个明亮的夏日的清晨。

是的，是的。一个明亮的夏日的清晨。

这样的清晨过去有，今天有，将来还会有。

刘文飞　译

［鉴赏］ 我想起一个词：沉浸。主人公康斯坦丁离别前的一个明亮的夏日的清晨，他沉浸在回忆之中，对物质生活和精神生活的回忆，带着浓郁的眷恋。

三重的"离别"：故土、记忆、恋人。人物和自然融为一体，那么和谐。那一个个场景饱含着抒情和诗意，能感受到其中的静、美、纯。"故乡，它到底是什么呢？"主人公，也是作者在探究关于故乡的概念，而故乡又表现在"离别"之情里。

文学离不开土地，长在土地上的文学就有活力和生机。这种对故土的回忆，也使我们看到人物的成长经历：从小时候到谈恋爱、到现在。作品又将这种成长延伸到更大的时空，这个离别的时刻，又可以关联过去、今天、将来，从而获得了永恒的价值，是文学的永恒。作者隐退了故事，淡化了情节，提升了诗情画意的美。

生死离别是文学永恒的主题。作者将难舍的"离别"，放在"一个明亮的夏日的清晨"。由具体的家乡的自然情趣和初恋亲吻，丰富了故土的内涵，从而上升到博大的爱，进入一种永恒："这样的清晨过去有，今天有，将来还会有。"

（谢志强）

走　　运　　［波兰］雅·奥卡

我碰见了处长，他从树林里出来，老远就对我喊："你看我手里是什么！这蘑菇太漂亮了！"

"真漂亮。"我随声附和。

"你看这斑点多好看！"

"是好看。"我同意。

"你还不向我祝贺？"

"衷心祝贺您，处长同志！"我说。

其实，这是毒蝇菌，毒大得很，可是不能讲，讲了他该多么难堪！而且会影响我今后的提升，所以我恨不得马上溜之大吉，没想到他偏偏缠住我："你还没去过我家吧？今天我请你吃煎蘑菇。"

"我生来不吃蘑菇！"我大吃一惊，马上撒谎说，"我这些天又闹肚子！"

"好蘑菇可是良药呀，"处长说服我，"连病人都可以放心大胆吃，你就跟我走吧！"

"不行，处长同志，"我都要哭了，"我有个要紧的约会……"

"你这是不愿去我家？"处长皱起眉头问，"那我可要生你的气了！你瞧着办吧……"

　　我只好跟他去，我真后悔，没有一见面就告诉他这是毒蝇菌。现在无论如何不能再说，一说，好像我有心害死他似的。

　　……酸奶油煎蘑菇端上了桌，处长兴高采烈，就像三岁的孩子，我虽然强作苦笑，心里却在默默与亲人告别了。

　　"这么漂亮的东西，都不忍心往嘴里放！"处长一边说一边把碟子往我跟前推。

　　"吃了真可惜，咱还是不吃为好！"我说。

　　"你是怎么回事，连句笑话都听不懂，快吃吧！"处长用命令的语调说，"对，我得查查这蘑菇叫什么名儿……"

　　他走后马上赶回来，脸都白了，对我说："朋友，我错了，这是毒蝇菌！毒大得很！"

　　"可是我已经吃了好几口。"我又撒谎。

　　"我害了你，"处长吓坏了，"真荒唐，正好还赶上要提升的关口！"

　　救护车来了，我被送到医院去洗胃……

　　……处长提升了，我也沾了光。现在，有时我装装头晕……我还得了一笔奖金呢，这是该我走运。

刘昌炎　译

　　[鉴赏]　《走运》的核心物件是毒蘑菇。微型小说能选定一个含义丰富的物件来贯穿全文，那么作品就有了力量。明明是有毒的蘑菇，"我"却迎合着祝贺，还不敢点穿；继而，明明知道蘑菇有毒，还撕不开情面，几乎硬着头皮去吃。权力怎样使人变得畏缩、虚假，几乎搭上了性命也不敢说穿有毒。

　　权力的异化，是从对毒蘑菇的不同反应中体现出来的。于是，毒蘑菇的象征、寓意便自然而然地获得了。那所谓的"走运"，差点付出了生命的代价。"我"成了权力的奴隶。注意，作品中"我"的心理变化的脉络：明知有"毒"——参与食"毒"——当然中"毒"。"毒"是贯穿全文的叙事线条，而整个情节线条的发展却有着内在的紧张，屈从权力已是"我"灵魂的毒素。"我"的明知和处长的不知形成对照。"我"能否将虚假贯穿到底——不说出真相。

　　《走运》的关键转折情节是考验作者，也是考验人物。"我又撒谎"，说自己"已经吃了好几口"，于是去医院洗胃。谎言到达了它的终点，"我"自作自受，却官运亨通。这是官场的游戏规则。与其说"蘑菇"毒，还不如说谎言之毒。于是，有毒的蘑菇获得了象征的意味。

微型小说讲究的是凝集,将许多情感凝集在对物件(这里是蘑菇)的反应上,由此折射出丰富的普遍存在的东西。 （谢志强）

帽 子 ［波兰］格罗津斯卡

剧院大厅。乐队演奏序曲。

坐在十排的一位先生:对不起,女士!(更大声地)对不起,女士!

坐在九排的女士:先生,请您稍微小声一点儿,还有人想听乐队的演奏呢!

十排的先生:我正叫您呢!

九排的女士:干什么? 我又不认识你。

十排的先生:但是我坐在您的后面。

九排的女士:那又怎么样?

十排的先生:您戴着帽子。

九排的女士:知道。

十排的先生:您知道什么?

九排的女士:我知道自己戴着帽子。

十排的先生:高帽。

九排的女士:现在没人戴其他式样的。

十排的先生:可能。但是,呆一会儿我将什么也看不见。

九排的女士:想看,就会看见的。

十排的先生:可我一会儿就会什么也看不见了。女士,您能不能把帽子摘了?

九排的女士:很遗憾,不能。

十排的先生:为什么?

九排的女士:我没梳头。

十排的先生:那您梳梳好了。

九排的女士:什么? 梳梳?! 现在正演出,叫我去找理发师?

十排的先生:干吗找理发师?

九排的女士:我说的没梳头,不是指没用梳子梳,而是没去理发店。

十排的先生:您没梳头,怪我干什么?

九排的女士:我怪了你吗?

十排的先生：可呆会儿我会什么也看不见。

九排的女士：为什么？就因为我没梳头？

十排的先生：因为您不想摘掉帽子。

九排的女士：我很想摘,但不能摘。

十排的先生：为什么？

九排的女士：因为我没梳头。

（演出开始了）

十排的先生：女士,我可要忍受不了啦,买了票,却什么也看不见。

九排的女士：那你去退票好了。

十排的先生：就因为您不想摘掉这顶高帽子？

九排的女士：现在,除了偏远地区,谁还戴那种趴趴帽。

十排的先生：那么,您能不能把头稍微偏一偏？

九排的女士：好吧！

十排的另一位先生：女士,请您不要歪脑袋,您挡住我了。

九排的女士：这都怨坐在我后边的那位先生,是他叫我往这边偏的。他能看见,可你又看不见了,自私自利！

十排的第二位先生：怎么？是你叫这位女士往这边偏的,好让我什么也看不成？

十排的第一位先生：你看不见关我什么事,你站起来不就看见了！

后排的女士：先生,请您坐下！我什么也看不见了。

十排的第二位先生：可坐在我前面的这位女士……

后排的女士：那位女士跟我有什么相干呢,您坐下不就完了！

九排的女士：就是嘛！自己站起来,心满意足了,可把别人都挡住了,自私自利！

后排的女士：可不是！请您坐下。

后排的先生：请安静！台上说什么全听不见。

后排的女士：前面这位先生老是站起来,我什么也看不见。

十排的先生：都是这位女士戴着帽子。

后排的先生：请安静！不然我就叫人把你请出去。

九排的女士：就是的！他谁都妨碍,自私自利！

众人：谁在捣乱？

　　　　什么也听不见！

请安静！

你是第一次进剧院还是怎么的？

十排的先生：这位女士戴着帽子……

众人：你喝醉了，还是怎么的？

舞台上正说什么全听不见，就听你一直说什么帽子。

安静！

请你出去！

十排的先生：可是……

九排的女士：好了，好了！如果你安静地坐着，还可以留下。（面向众人）请大家允许他留下吧！

十排的先生：谢谢您，女士！

波 涛 译

［鉴赏］《帽子》采用了戏剧脚本的形式，除了简短的交代之外都是对白。对白在推进着情节的发展。我们不了解说话人的身份、职业，仅知道说话人的性别。起码，能来看戏就是有身份、有地位、有教养的人。偏偏他（她）们的争论使他（她）们丧失了教养。围绕女士的"帽子"，这种争论在扩大、在蔓延，由个别扩大到了众人并影响到了大家。

"帽子"是对视线的妨碍，但对它的争论却深入到了人物的灵魂。同时，与台上的戏恰恰对应成了生活中的戏。这戏中的人物无名无姓带有泛指的意味，从而具有普遍的社会意义。帽子是此作的特殊"人物"。它是视线的障碍，更是身份的象征，同时也是时髦的符号。戴帽子的女士有意要炫耀这顶帽子，在关于摘不摘掉帽子的绕口令式的争执中，传达出帽子背后的社会背景，并且显示出帽子对主人的重要作用。帽子底下的女士在争论过程中越发被众人"尊重"，她掌握了话语权。

作者将剧本的手法引进了微型小说，此作简直是一个独幕小戏。冲突的展开，动力在那顶帽子，但是，戴帽子的女士并没有遭到追究，而被帽子挡住视线的先生却遭到非议。结尾很妙：力图争取自己看戏权益的那位先生反倒感谢戴帽子的女士允许他留下，主动成了被动，有理成了无理，而且，自私的女士还颇有号召力。

（谢志强）

一部犯罪小说的梗概

［捷克斯洛伐克］哈谢克

"话说朱杰普·鲍洛到了特利也斯特之后，由于钱囊已空，便向旅馆老板比托尔聂尼冒充自己是奥拉里赫·封埃真菲尔斯伯爵。旅馆老板有个漂亮的女儿柳奇雅，对冒牌伯爵非常钟情。不料早先当过水手的洛林佐却识破了鲍洛，并且还掌握了他的一件秘密。原来鲍洛曾经杀死过他姐姐的姘头和姘头的三个同伙。朱杰普·鲍洛深恐旧案重发，索性仗着酒胆对比托尔聂尼吐露了真情。于是他们便结成一伙，发誓要毒死洛林佐。后来他们又串通了柳奇雅，终于对洛林佐下了毒手。晚上，他们把洛林佐的尸首装进麻袋，运往荒山，打算扔下深渊。

"谁知他们刚刚站到悬崖边上，就被一个宪兵发现了。那宪兵纵马前来察看究竟。柳奇雅却用匕首刺穿了他的胸膛，救了大家。他们正在把洛林佐和宪兵的尸首扔进深渊，不料那匹失去主人的马突然引颈长鸣，顿时引来了一阵得得得的马蹄声，又出现了一个宪兵。说时迟，那时快，朱杰普·鲍洛一枪打死了他，大家便平安回家了……底下的，我还没有写呢，出版家先生。"

这时，犯罪小说出版家托马斯却不客气地嚷了起来，嚷得那位坐在他对面的青年作者皱着眉头瞅了他一眼。

"咳，你知道吗，这简直是不合情理的呀，克朗斯基先生！下文究竟如何？剩下的尸首究竟怎样处理？不，我看你的那些人物最好是站在原地不动，因为枪声又招来了一支宪兵巡逻队。于是展开了一场鬼哭狼嚎的恶斗，结果拧下了好些人的脑袋来，诸如此类。这就是我的构思，你明白吗，小伙子？还有，你对火器的处理真可以说是太粗心啦，竟在深更半夜，手上还有一具打算扔进深渊的尸首的时候开起枪来，更何况又是在刚杀死了一个宪兵之后呢。这是一个错误，一个绝大的错误。这样他们马上就会暴露自己。既然你的柳奇雅精通刀法，干吗不让她去把第二个宪兵也捅死呢？"

托马斯站起身来，靠着桌子，在这食客寥寥的咖啡店里便声震屋瓦地响起了他那愤激之声：

"我再问一次，干吗你不把第二个宪兵也用匕首捅死呢？一刀捅进他的胸膛不就完事了吗？其实不用说你也应当知道，老一套是不行的。那只能怪你还年轻！你该知道那位已经作古的霍尔华特的吧！那才是个使用匕首的能手哩！他只用匕首和毒药两样东西，就让德国从一九九〇年一直横行到一九九五年。夜半枪声会使你陷于骑虎难下的窘境,看你怎样爬下这个虎背来!我忝为你的长辈,不得不指教你一番。你很有才能,并且我也深信局面还可以收拾。他们应当及时隐蔽起来。但在这场乱子发生以后要他们再回到城里显然是不行了,得另想办法。我看就索性一不做二不休,让他们去抢劫,去杀妇女和儿童吧。也可以先让柳奇雅落网,然后再救出来;精彩的就在于进城去劫柳奇雅的牢,把卫兵干掉。干这件事我看还得用橡皮棍子打好,可千万别开枪,不然你又会自讨苦吃——开枪就乱啦。"

"请您放心,我决定不再开枪了,"那青年作者答道,"承蒙您的指教,多谢多谢。不过可以用毒吗?用哪种毒药才能杀人不露痕迹呢?"

"你这一问就完全表明了你还是一个初出茅庐的角色,没有半点已故的霍尔华特的实践经验。任何毒药都会留下痕迹,一验尸便能发现。不过这并不碍事,就让别人去验尸好啦,哪怕是把马钱素毒发现出来也不打紧。和毒药打交道可得多加留神。最好是先毒杀一些有钱的亲戚,但也不要操之过急,这样才格外有味。还有,当你干掉卫兵将事情办妥之后,可别忘了咱们这个时代时兴抢银行。银行职员可以全部用哥罗方麻醉,也可以暗暗地给他们打上一针库拉烈。那又厚又重的钢制保险箱可以用甘油炸药炸开。然后你就可以开枪啦,这时手枪才真正有用呢;嗬,勃朗宁可真棒!至于袭击火车也非常带劲。最后再打进公共场所,比如剧院、饭店、咖啡馆等等,把那些胆敢违抗、舍不得交出钱来的人通通干掉,毫不留情,就像杀猪、杀狗那样。对,就像杀猪、杀狗那样,小伙子。好,现在我祝你成功。"

他俩起身离座,不禁惊异万分。只见咖啡店的老板和食客,还有一个堂倌和一个小孩在他俩身旁跪成一圈,一律双手高举,诚惶诚恐地恳求他俩行点好,高抬贵手饶了他们。

水宁尼　译

[鉴赏]　作为"一部犯罪小说的梗概",它意味着撰写一部预想中的长篇小说或中篇小说,但是,现在却以微型小说的面目出现。

作为微型小说,它的重点放在了青年作者和出版家谈论构思中的犯罪小说。它由两个部分构成:一是小说的梗概陈述;二是在梗概基础上的修改意见。可见,这是部关于小说的小说。它是梗概构思之后的构思。出版家否定套路又陷入套路:强调用什么方式杀人合理,杀人之后该怎样? 还假设了抢劫的对象、场所,例如咖啡馆。似乎怂恿写犯罪小说的青年作者去行动,于是想象威胁到了现实——咖啡馆现场的人们向他俩求饶了。想象和现实的界线不知不觉中模糊了。

题目给了我们一种思维定势:犯罪小说。犯罪小说有特定的模式——它的情节展开一定充满了悬念和迷雾。但是,微型小说要冲破模式,采用另一种方法处理犯罪的故事,讲青年作者和出版家对犯罪小说梗概的不同设计,这样,就是对模式的颠覆。犯罪小说很快进入犯罪的现实,自以为高明的情节设计碰到了现实,他们还能设计什么? 或者说罪犯将他们拉了现实的犯罪"小说",现实颠覆了小说。由此,这篇犯罪小说冲破了模式的笼罩,成了有新意的犯罪小说。

(谢志强)

司　机　　[匈牙利]厄尔凯尼

派赖斯雷尼·约瑟夫是个汽车司机,开着 CO75 - 14 号牌照的瓦特堡牌汽车在街道拐角处的报摊前面停住了。

"我要一份《布达佩斯新闻报》。"

"可惜卖完了。"

"来一份昨天的也行。"

"昨天的也卖完了,不过我这里恰好有一份明天的。"

"那上面也登着电影节目吗?"

"电影节目每天的报纸都登。"

"那么给我明天的也行。"汽车司机说。

他回到汽车里,找到电影节目,稍一浏览,看到有一个名叫《黄毛丫头恋爱史》的捷克斯洛伐克电影,在什塔齐奥街的"蓝洞"电影院上映,五点半开演。派赖斯雷尼听说观众对这部电影反响不错。

时间挺合适,还有一点空闲。他继续看这张明天的报纸。突然,一条消息跳进眼帘,说的是有个名叫派赖斯雷尼·约瑟夫的汽车司机,开着一辆 CO75 - 14 号牌照的瓦特堡牌汽车在什塔齐奥街上超速行驶,在离"蓝洞"电影院不远的地方撞上一辆迎面开来的大卡车。这位思想不集中的司机不幸惨死。

"岂有此理!"派赖斯雷尼在心里说。

他看看表,五点半快到了。他把报纸塞进口袋,发动了汽车。

他开得比规定的速度快,在什塔齐奥街离"蓝洞"电影院不远的地方撞上了一辆大卡车。

他惨死了,口袋里装着明天的报纸。

柴鹏飞　译

[鉴赏]　我们习以为常的事物发展顺序是:先有因,后有果。不过,微型小说表现的是存在的可能性,它打破了我们认识中的因果观念,由此呈现出另一种真实。

《司机》里的司机,在明天的报纸上看到自己的惨死,又按报纸提供的电影预告去看电影,于是,车祸真的发生了,时间、地点、车型竟完全符合明天报纸的报道。也就是说,他的死,提前被确定了——因果关系颠倒了。

今天活着的司机去实现明天的报道的死,这种陌生化的手法是微型小说呈现"真实"的方式。这类因果倒置的故事,可称为超前现象。我们是不是有过按预定的"果"去实施现实的"因"的生存状况呢?荒诞的微型小说其实也是建立在现实基础之上的。

试着为这篇微型小说另起一个题目《明天的报纸》。因为新闻超前了,然后由人物做出事情去证实新闻的真实性。现实中也有类似现象:先报出结果,再去实现结果,《司机》一文的普遍意义就在此吧!同时,我想到,世上还有新鲜的事吗?许多事已被设定,可怜的人物仅仅是填充那个虚空的、虚假的设定,设定由假到真。小人物逃不出、跳不出那个预设的圈套,带着点宿命论的圈套。

(谢志强)

他们要学狗叫　　　　［匈牙利］卡尔曼

我有一位同行,他为民族剧院写了这样一个剧本。

这个剧本,因为在剧院即将要上演的节目单中被大肆渲染而早就出名了。大家都预祝它演出成功。同时,谁都知道,最迷人的、最著名的女演员将担任剧中的主角。但这个剧本里最突出也是再别开生面的是:它里面要有狗叫。这也很快就传开了。

一个下着大雾的日子,正当编剧在对剧本最后一幕的剧情作某些润色时,一位老年人走进了他的房间,站在他写字桌的前面。

我的同行有点不知所措,茫然地抬起头问道:

"你是谁? 有什么要求吗?"

"我,我……"他温柔地说,"谁? 我谁都不是呀!"

"喂，假如你谁都不是，那你有什么要求呢？"

"我，我就是民族剧院里学狗叫的那个人。我就是剧本里的狗。"

"你就是装扮狗的吗？"

"对，就像一只真的狗那样叫。这门技巧，我在年轻的时候就学会了。我能够把真的狗逗弄得蹦跳乱叫。"

"请你继续说下去。"

"我听说先生您写的剧本里有狗叫，对吗？"

"是的。在第二幕开始时要有狗叫。"

"这正是我最熟悉的门道。我之所以要来这儿，是因为我听说先生是一位心地非常善良的好人。我愿意请求您……我可怜的妻子正卧病在床，但我们却无法去请医生，因为我没有钱……所以，我想来请问先生，是不是每一幕都需要狗叫？"

"啊哟！朋友，那是不合剧情发展的。"

"原来我也是那样地相信，也是那么想的！"老头垂头丧气地说，"我想，先生一定会帮助我们渡过难关的呢！"

"假定说有三次狗叫，那你会拿到多少钱呢？"

"那样的话，我每天晚上就可以拿到三块钱；因为每一幕狗叫时都是另外支付的！"

作者沉思了一会儿。

"唔，假如在剧本里有两只狗叫：一只在左边叫，另一只在右边叫。你看怎么样？"

"好极了！"老头高兴得连忙打断他的话，"因为我儿子已经像我一样，学会了这门技巧。这么一来，它就是一个真正出色的剧本了。"

"好！那这剧本就算是定稿了。你好好回家去吧！你以后要叫得好些，要叫得逼真些！"

老年人怀着最大的感激心情离开了房间；在那儿，我的朋友正在入神地对剧本作最后一次修改。

冯植生　译

［鉴赏］　是舞台的戏，更是生活中的戏，舞台剧本要参考生活剧情来修改。微型小说要善于扣住一个点来写。《他们要学狗叫》扣住了"学狗叫"来展开。这位找上门的老人简直忘掉了自己是人，或者说，迫切地想充当狗，他声称：

"我就是剧本里的狗。"他学狗叫的技巧源自生活,艰辛的生活;他学狗叫的渴望源自妻子无钱治病——通过学狗叫来赚钱以渡过生活难关。进而,他启发剧本作者增加狗叫的戏。两个狗同时叫,引出了老人和儿子共同来叫。生活的困境将人逼到了充当一条狗。结尾是剧作家"对剧本作最后一次修改",冷的处境里透出了暖的希望。滑稽的对话深处是真诚的交流——狗叫的次数增加和狗的数量增加,老人碰上了一个善良的剧作家。

　　这篇作品里,将舞台和生活相互贯通,是那个"学狗叫"的老人的盼望。生活中的人,是剧本里的狗。同时,整个故事情节的展开,主要采用了对话的方式,即老人和编剧的对话。对话的内容是围绕着增加"狗叫"的戏,说服和被说服。老人在舞台中的角色,仅是隐身,或者说影子,出现的是声音:狗叫。可见老人已到了生活困窘的底线了。这对话,是剧本之外的另一个剧本,它比编剧写的剧本来得更为真实,因为它展示出老人现实的生存处境。

(谢志强)

罗马尼亚的大地主

［罗马尼亚］卡拉迦列

　　"那么,伊翁,照你说,你不该给我锄十天地,是我赖你的账,是不是?"

　　"真怪呀!……我记得清清楚楚,已经给您做过了!"

　　"我来到这儿两年了,哼,就没有法子制服你!"

　　"哪儿的话呢,东家,一大家子人,生活困难啊……"

　　"难道我的生活就不困难吗?你算一算,我这儿有四个孩子,城里有两个姑娘在上寄宿中学……"

　　"可真是的,您在城里还有……"

　　"还有两个儿子在巴黎。"

　　"苦啊!您不是不清楚,我的负担也很重。"

　　"这么说,你要我养活你的孩子吗?"

　　"不能这么说,东家,我是说计算农活儿也该有个公道。"

　　"你等等,我给你个公道瞧瞧!"

　　东家走近农民,挥起拳头照准他的脑袋猛打。农民被打得头昏眼花,踉跄地跑到镇公所去告状。

　　一小时以后,镇长手里拿着皮帽子,出现在财主家门口。

　　"东家!伊翁这个混蛋干了什么事?"

"这事你不用管,你最好是设法别让我的地里明天缺人。还有,别忘了你欠的债,哼,不然……"

第二天,伊翁又到县里去递状子。县长批了状子,还给伊翁,叫他带回去找镇长查办。

镇长看到县署的官印后,向这个农民说:

"把这个交给我干什么?拿去给财主看看。"

"啊,好叫他再打我呀?你自己给他去吧。"

"你以为我敢吗?我欠人家的钱,他会逼着我还账的。"

伊翁只好来到省里,向省长呈交诉状,控告大地主侵害和殴打他。

省长十分为难,因为执政党的地方组织眼看就要分裂,政府如果再失去一些拥护者,他这个省长就当不成了……何况,他的家庭负担还不轻哩。

于是,省长把农民的状子批给了县长,叫他认真处理。偏巧县长同这个大地主有一些私事要办,就打发农民先回去,说他自己随后赶来。

县长果然赶来了,甚至跑到了农民的前头。

他来到村里,不用说,一直进了大地主的家。

他用过饭,喝得酩酊大醉,睡了一两个钟头的午觉,然后同大地主手挽着手来到镇公所,叫人把原告传来问话。

大地主一见农民进来,马上大发雷霆:

"混蛋!穷鬼!臭要饭的!哼,你敢公开诬蔑我?"

他慢条斯理地走到农民跟前,挥起拳头,又是劈头盖脸地一通打。

县长温声细语地从旁劝道:

"唉,阿尔吉尔先生,何必呢,阿尔吉尔先生……"

大地主正在气头上,哪里听这些,仍然不停地打,直到打累了才住手。临走时他怒气冲冲地说:

"让你尝尝打官司的滋味儿!"

农民好容易才缓过气来,县长问他:

"现在,你对我说说到底是怎么回事?"

"说什么,你没有看见吗?"

"别提这个了,我是为另外一件事来的。"

"那件事和这件事一样。他要是再给我来这么一下，我整个夏天都得躺在床上养伤，到冬天就得饿死。我还是依了他，给他干十天活儿……听凭上帝安排吧……"

"是啊，这才是明白的话！喂，好老乡，你听着，农民和大地主和睦相处，对两下里都好；农民和大地主搞好关系，是上帝赐给两方的福。所以你要知道，人老实……不惹是生非……你要知道，就可能……你明白我的意思吧？……就可能……总之，就会一切顺利，我们大家和睦相处。"

县长用这种腔调接连说了一个钟头，进行了一番劝告，也没忘记讲政府对农民的关怀和保护农民的法令，等等。

县长然后复命省长，说两方已言归于好。

黎　星　译

[鉴赏]　一个农民告状的故事。向镇里、县里、省里一级一级地告，我们看到了官僚体制如何运行。层层推诿，官官相护，全是大地主当家做主。那些官僚为何向着大地主？拿了人家的手短，吃了人家的嘴软。

本篇的结构，层层递升，却是一个旋涡，那位农民处在旋涡之中。值得注意的是对话：话里有话。县长那段话中的省略号是语言的空隙。农民已被逼入这般窘境，还要引导他忍受，告状换来的是挨地主的打，农民只得无奈地受剥削。这篇作品是一个控诉。官僚体制代表了大地主的根本利益，是整个一座压在农民身上的大山呀！那些关怀和法令岂不成了莫大的讽刺？！

一个农民与一个官僚体制的关系，可见官僚体制的强大。这种强大通过官僚体制的各个环节来体现。民告官，进入官僚体制的环节，一个一个环节，由镇、县、省，一级一级由小至大，却没有获得一点"公道"，反而，农民不断地叠加新的痛苦。这是一个官僚的魔圈，最后，它又回到起点。大地主左右着这个魔圈，这就是本篇作品告诉我们的道理。　　　　　　　　（谢志强）

意外的结局　　[罗马尼亚]伯耶舒

纽约某区，一个小偷爬上一户人家的阳台。窗户开着。小偷钻进屋里。这是一套特别豪华的住宅。小偷急急慌慌地在抽屉里翻腾，他正想把一个保险柜打开时，房间里灯突然亮了，小偷发现他面前站着一个身材魁梧、约莫六十来岁的汉子。那人头戴牛仔帽，系一条蝶形围巾。尽管他的衣着体面，手里却拿着一把大口径自动枪。

头戴牛仔帽的汉子说："把手举起来！否则，我就开枪。"

小偷是个面容清瘦的小青年。他胆战心惊地央求道："先生，请别开枪，求您啦。我并不是溜进来偷钱和首饰的。我已经三天没吃饭了。三个月来，我一直没有找到工作。我只想在冰箱里找点什么吃的，可我把保险柜错当成冰箱了。"

"问题不在于你想偷什么，"头戴牛仔帽的汉子说，"重要的是我等你已经很久了。我知道今晚有人会到我家来行窃。哈哈哈！所以我故意没关窗户。我想你也发现窗户是开着的吧！"

"是的，我发现了。我还为此感到惊讶呢。"小偷说。

戴牛仔帽的汉子命令道："把手举起来，往前走。用脚把门打开。你带着枪吗？"

"没有。"

"那你可以用手开门。"小偷打开门，顿时惊呆了：里面的房间装饰得像过节一样。一个瘸腿、驼背、斜眼的丑姑娘穿着华丽的婚纱站在屋里。旁边一个男子身着晚礼服，佩戴着饰有国旗图案的丝带。

头戴牛仔帽的汉子又发话了："走过去站到她旁边！"

小偷怯生生地说："吻您的手，小姐。"那新娘咧着大嘴傻笑，然后说了一声："谢谢！"

头戴牛仔帽的汉子对那穿礼服的男子吩咐道："民事警察先生，履行你的义务吧！"

民事警察语调庄严地问道："布伦比小姐，你愿意嫁给这位青年……你叫什么名字，年轻人？"

"约翰。"小偷回答。

民事警察："你愿意嫁给约翰为妻吗？"

新娘子满心激动地说："是的，是的，我愿意！"

民事警察："年轻人约翰，你愿娶布伦比小姐为妻吗？"

小偷瞥了那个头戴牛仔帽的汉子一眼，汉子手里的自动枪对准他，于是，小偷说："我愿意，先生。"

民事警察说："现在我宣布，你们结为合法夫妻。热烈祝贺你们！请在这里签字。"

小偷说："我不会写字。"

头戴牛仔帽的汉子说:"我也不会写字。可我每天照样签数以百计的支票。我划两根横道道,然后在上面点两点。"说罢他开心地大笑起来,几乎背过气去。

民事警察说:"嗨,年轻人,按个手印吧。百分之三十的美国人都是这样干的!"

小偷照他的话做了。

头戴牛仔帽的汉子把枪放在一边,拿过瓶子喝了一大口威士忌。然后说:"我总算活着看见我的宝贝女儿布伦比嫁了人。现在,你们俩可以接吻了。"

新娘子迫不及待地、意气风发地给了约翰一个长吻,使他喘不过气来。

小偷意识到玩笑开大了。他怂怂地想道:"嘿嘿,我竟然不到五分钟就娶了妻子! 真他妈的! 这些资本家好卑鄙啊!"

李家渔　译

[鉴赏]　题目已暗示出此作的情节走向:小偷进入特别豪华的住宅偷窃,却被迫娶了房主的女儿——意外的结局。这是个预先安排好的婚姻陷阱,或者说圈套:窗户开着,证人在场,万事俱备,只欠东风,就是小偷。可以理解为任何一个小偷,但倒霉的是一个名叫约翰的小偷,因为主人用枪要挟小偷娶他的女儿,"一个瘸腿、驼背、斜眼的丑姑娘"。姑娘的丑和设施的美对比,我们不妨视为美国式的婚姻:程序都堂而皇之地符合法律,有代表法律的民事警察,有履行手续的按手印。表面的"合法"掩盖着本质的非法,表面的美好掩饰着内在的丑陋。

微型小说就是将现实中的不可能表达成文学中的可能。《意外的结局》是一个真正的意外。它能使我想到卡夫卡式的境遇。小偷的本意是进入豪华住宅偷窃,却意外地充当了丈夫的角色。这种角色的反差,在现实中绝对不可能。而那个场景里,对方竟然不问他的背景,似乎预先锁定了小偷这类角色。于是,小偷莫名其妙地、身不由己地承担了丈夫的角色。其中,没有爱情,只有恐惧。暴力胁迫的一桩婚姻,仅用了不到五分钟。难怪小偷也意料不到,怂怂地想道:"真他妈的! 这些资本家好卑鄙啊!"　　　　(谢志强)

退 休 法 官　[罗马尼亚]保尔·杨

一个雾气弥漫的夜晚。里切尔法官退休生活的第一个夜晚。

　　老头子心绪不宁地在屋里踱步。他再没有案卷和证人，看不到目光忧郁的被告和昏昏欲睡的速记员，也听不见牢房门开关时发出的哐当声……里切尔心里烦闷透了。好不容易熬到凌晨两点左右，他才蒙眬睡去。

　　突然间，里切尔隐约听见餐室里有轻微、杂乱的人声。这不可能！他的豪华住宅有着全城最好的保险门锁和报警装置。他轻手轻脚地绕到阳台的门外，从暗处往明亮的餐室里看去。太不可思议了！里面坐着的十二个人都是被他在法官生涯中送上断头台的。这些家伙有的上了年纪，有的还很年轻，一个个肆无忌惮地高谈阔论，哈哈大笑，尽情享用他那储藏充足的小酒吧里的美酒。

　　"知道吗，"一个人说，"里切尔法官把我当成替罪羊判处了死刑。案子里真正的罪犯如今是全城最红火的商人。昨天我拜访了他一次，他还请我饱餐了一顿呢。"

　　"我也跟你有同样的经历。可我得到了一套西装。他还赏我一个靓妞。真是一夜销魂，如登仙界……"

　　里切尔惊呆了。他清楚地听见每个人说到的真凶的名字。太令人难以置信了！这些人当中难道没有一个是罪有应得？里切尔蹑手蹑脚地回到卧室，抄起一枝自动枪，深深地吸了口气，走到餐室跟前，用脚点开房门，就朝屋里扫射了一梭子。他怒不可遏，也不看是否打中了目标。换上一个新的弹夹，又是一阵盲目地扫射，直打得镜子、家具和窗户的木屑四处乱飞……

　　里切尔筋疲力尽地倒在沙发上。他擦了擦眼睛，没看见一点血迹，没有受伤的人，也没有死者的尸体。竟然没有击中任何一个目标，这使他气得差点要发疯。突然，他似乎听到嘈杂的人声从卧室里传来。他重新装上了子弹，冲进卧室又是一阵猛烈地扫射，直打得枪管发烫。结果，还是没有打中任何人，只有满地的碎玻璃和木屑。

　　里切尔终于静下心来。他喝了一大杯烧酒，穿过夜雾向法庭走去。他悄悄地进了门，直奔存放档案的保险柜，取出有关案卷，如饥似渴地阅读起来。他记得那些人所说的每个真凶的名字。他逐一核对案情和证人的证词以及不在现场的供状。然后，他一口气填写了十二张逮捕证，每张都注明了原因。离开法庭时，他把逮捕证放在门房的桌上。看门人喝醉了酒,正在酣睡。

回到家,里切尔对着镜子久久地端详自己的脸。最后,他终于下了决心,无怨无悔地朝自己的太阳穴开了一枪……里切尔法官倒在一滩乌血里。

没过多久,那十二个人默默地围在尸体旁。其中一人说道:"这次,他总算上了我们的当!"

罗　汉　译

[鉴赏]　这是法官退休生活的第一个夜晚,是他法官生涯的结束,也是他退休生活的开始,同时,又是生命的结束。这个夜晚,完成了他对法官生涯的自我否定,微型小说的方式,就是通过这一夜来写一生。

小时候,大人告诫我:晚上别照镜子,因为夜晚的镜子里可能照出魔鬼。夜晚是灵魂深处中各种隐秘显现最活跃的时刻,而法官处在一个雾气弥漫的夜晚,而且失眠。起初,我们可能以为现实的场景转入梦幻——被法官送上断头台的十二个人出来表演了,而且讲出了真凶的名字,法官用枪扫射这十二个幽灵似的人物,并且连夜签发了十二张逮捕证,然后,用枪否定了自己公正的一生。

《退休法官》的构思奇特。采用的是梦幻手法,类似死去的人重新登上生活的舞台,将自己的结局表演给法官观看,法官依据貌似幻觉的指证签发了逮捕证,有点平反昭雪的意思。同时,他为自己的失误懊悔——自杀。精心制造的梦幻场景蒙过了法官,罪犯就是用这种方式逃脱了惩罚,借刀杀人,制造了真正的冤案。结尾处点明了:"这次,他总算上了我们的当!"于是,梦幻似的场景又回到了现实。我们不得不佩服这十二个罪犯"出色"的表演。

(谢志强)

程序控制的丈夫

［南斯拉夫］伊·布德洛

清晨五时,佩塔尔被闹钟唤醒。他似乎被毒蛇蜇了一口,急忙从床上跳下来。他必须去度周末,决不能误了火车。妻子和儿子昨天已经走了,倘若他不能按时赶到,他们定会惊惶不安。

佩塔尔按了一下闹钟的按钮,钟表下面放着妻子留给他的字条:"亲爱的,打开录音机。"

佩塔尔立即遵照妻子的指示打开了录音机。刹那间,欢快的流行歌曲在房间里荡漾起来。音乐停止后，录音机里传来妻子的声音："早晨好，亲爱的！你睡得怎样？"

"这与你有何关系？"佩塔尔嘟囔了一句，抽起烟来。

"马上把烟掐灭！"妻子从录音机里命令道，"到冰箱里取出早餐用的木瓜酱。注意，不要吃起来没完。"

他刚刚吃完饭，妻子的命令又从录音机里飞出来："看看阳台花窗下面的字条。"

妻子在字条上提醒他别忘了浇花，详尽地说明如何进行这一美化环境的工作。

厨房里的字条警告他及时刷碗。贴在衣柜门上的字条要求他如何打扮自己：穿灰色西装，莫要忘记打领带。

佩塔尔无可奈何地摇了摇头，正欲动手收拾旅行包时，在包底又发现了一张字条：别忘了带刮脸刀。佩塔尔顺从地将险些忘记的刮脸刀放到旅行包里，便向门口走去。可是，房门上的字条威风凛凛地命令道："回去！烟灰缸里还有一根没有熄灭的烟卷。"

在房门的另一面上，妻子留下最后一道命令：检查一下，你是否把门锁好了？

佩塔尔拉了拉门柄，一切都符合要求，门已锁好。在火车站，他走到售票口，把钱递给售票员。

"我买一张票。"佩塔尔说。

"去哪儿？"售票员问道。

"去哪儿？"佩塔尔迷惑不解地自言自语，下意识地转过头去，寻找自己的妻子。然而，妻子不在身边。

"您是否能告知去何处？难道这也是不可告人的秘密吗？"售票员挖苦道。

这时佩塔尔才恍然大悟，是妻子忘记告诉他去处。他张大嘴巴吸了一口气，慢慢地吐着气把钱放回衣袋里。

回到家里，他砸碎了录音机，他打开鸟笼，放走了囚禁在笼中的金丝鸟，然后拿出一瓶酒，连鞋也不脱就躺到床上，嘴对着瓶口痛饮起来，脸上泛起了甜蜜的微笑。

赵立喜　译

[鉴赏]　注意作品主人公前缀的定语：程序控制。是不在场的妻子对丈

夫的一举一动都下达了命令，是预设的命令，录音机、纸条则是妻子的化身。丈夫在程序的控制中无可奈何地行动着，控制达到了细微和完美的程度。由此，我们可以看到，丈夫的生活已完全模式化了、程序化了。清晨这段生活也代表了他过去的生活，在这种生活中，他失却了个性和自我，仅仅作为妻子命令的实施者而存在着。

作者的绝妙之处在于，将这种控制推向极端：没有妻子的具体命令，他竟然不知向何处去了。妻子惟独没告诉他去处。物极必反，他打破了程序"控制"，过起了个性化的生活。

我们这个时代，以电脑程序为标志，它是人所设计，但又使人的作为模式化。有了程序，人就可以不在场。可以看到，《程序控制的丈夫》中那个妻子也不在场，她的指令通过录音机的命令、纸条的要求等，使在场的丈夫行为程序化，程序化意味着丧失个性。一旦推到了极限，丈夫的行为就会反弹，于是脱离了程序的控制。程序具有预设性，从中也可以看出，这对夫妻平时生活的呆板和乏味。

（谢志强）

在 动 物 园 里
［保加利亚］扎依察洛夫

星期日，我们前去动物园。在动物园里，小儿子高兴地时而跑到温驯的大象那儿，时而跑到凶猛的虎豹那儿。但是使他最兴高采烈的当然是逗弄猴子。小儿子开始扮鬼脸并且叫唤着。突然，我听到：

"喂，别瞎闹，这有什么可笑的？"

声音这样严厉，一点也不留情。

小儿子由于大吃一惊而在原地发了愣。那声音继续着：

"你好啊，米拉契科夫！你是这样教养儿子的吗？啊，青年人！"

毫无疑问，是狒狒之类从笼子里说了这些话。大概，我的样子有点发傻，因此，他补充说：

"好吧，对不起，对不起，要知道你多半是不认得我了！我是你在机器商店的同事——斯托扬济诺夫，你想起来了吗？"

我比较细心地瞧了瞧。真的，是像斯托扬济诺夫。

"抱歉得很，"我说，"这样出乎意料的相遇……"

"啊——啊，是我的猴相冒犯了你吗？是的，人们忘了自己的来历，并且自高自大起来。"

"我真没有想到会在这里看见您……"

"别打这官腔！"狒狒嘶哑地说，"在学院食堂里我们不是一起喝一升咖啡吗，而现在却说'您'——不好意思吗？"

他说的关于咖啡的事是实话。这个斯托扬济诺夫是个大坏蛋，整天泡在食堂里不是工作而是消磨时光。

"但是你怎么会在这里？"

"很简单！"狒狒挠挠自己的腋下，"你以为把人变成猿猴之类困难吗？要知道劳动创造了人！而在这里，懒得干活，懒得思考，甚至懒得领工资。于是，在一个美好的日子里，懒惰使你往回又变成猿猴……"

"可这怎能发生？"我提高声音说道。

狒狒表示不满地扮了一个鬼脸，可以看出是他不愿意回想。

"怎能？一个时期全身痒痒，而有一天早晨醒来，整个身体布满了毛并且有了尾巴。人们把我带到动物园，我甚至没有抵抗。可为什么呢？这里的人们对我是很好的，受到普遍照顾。院士、教授和其他的智能之士隔一天探望我一次，对独一无二的人类学现象惊叹不已。我感到自己对社会是有益的，并不是说从前。"

"可能，还有什么不足吗？"

"对我来说不足的吗？香蕉、菠萝、榛子，其他的好吃的东西——你想吃的东西应有尽有！冬天我生活在温暖的房间里，而没有像从前一样在我们的冰冷的办公室里挨冻。朋友们常来。有人谈足球，有人送来了李子酒，而我只需要它们——香蕉或者这类的什么东西。"

"你最好预先通知一声！下次带什么东西来？"

"如果不困难的话，带两三包香烟来。"

回家后，儿子夸耀说：

"妈妈，爸爸在动物园里同猿猴交谈上了！"

"是同男的还是女的？"她只是略问了一下。

陈　彻　译

[鉴赏]　人类进化的历史是：从猿到人。《在动物园里》展示出来的却是从人到猿的图景，是把人变成猿。人到猿的蜕化，应当说是返祖，是倒退。

怎样将这个不可能的故事写得有说服力？"有一天早晨醒来，整个身体布满了毛并且有了尾巴。"这简直是卡夫卡的《变形记》里的表现方式。可是，

《在动物园里》那个变成"猴相"的人,是心甘情愿地成为"猿猴"的,他的异变更在灵魂:是懒惰使他变回到猿猴。他通过变成动物来享受生活,这跟卡夫卡的《变形记》里变成虫的那一位不一样,变虫是被动的、无奈的;而变猿是主动的、积极的。由此,他获得了超常的待遇。结尾处那个关于性别的略问,又有另一番意味了。

微型小说的情节展开自有其本身的逻辑。《在动物园里》,变成了狒狒之类的人有着自己的存在逻辑,他对自己的懒惰没了抵抗能力,而且又有那么多"智能之士"的关照呵护;还有,他感到了自己的存在价值——变成了狒狒更有价值。这场人类与动物的对话,其实是人类自己的对话,它可以从另一个角度来透视人类:"人们忘了自己的来历,并且自高自大起来。"而且,人类自己相互之间却难以沟通,那句"是同男的还是女的?"将人等同到了与动物园里的动物相同的地步,这又是从另一个角度来看待人类自身。(谢志强)

琼 斯 的 惨 剧 ［加拿大］里柯克

有些人——非指你、我,因为你、我都很能自持——但有些人,到别人府上拜访或与人共度良宵时,总是难以告辞。当客人感到时候差不多,应该走了,会突然起身说:

"嗯,我想,我该……"

这时主人会客气地说:"哦,现在就要走吗?还早嘛!"客人也就犹豫不决,欲走不能,其情可悯。

如此伤心事,据我所知,最惨的莫过于我那可怜的朋友琼斯的下场了。琼斯是个牧师,年少可亲,才二十三岁啊!他简直无法从别人家里脱身,他太老实,不会撒谎;太诚心,惟恐失礼。事有凑巧,这回他在暑假的第一天下午就到朋友家做客,这以后他将有六个星期的悠游自在。在人家那里,他聊了一会儿,喝了两杯茶,就开始振作精神准备告辞。突然,他冒出了一句话:

"嗯,我想,我……"

但是女主人说:"哦,不!琼斯先生,您难道不能多坐一会儿吗?"

琼斯一贯诚实。"哦,可以,"他说,"当然,我,嗯……可以多坐一会儿。"

"那就请别走了。"

他又坐下来,喝了十一杯茶,夜幕已降临了,他又再次站起来说:

"嗯,"他不好意思地说,"我想现在我真该……"

"您非走不可吗？"女主人有礼貌地说，"我还以为您也许能赏脸，留下吃晚餐呢。"

"哦，我其实也能，您知道……"琼斯说，"如果……"

"那就请留下吧，我相信我丈夫一定会很高兴的。"

"好吧，"他有气无力地说，"那我留下。"于是，他又满腹茶水、满怀悲伤地坐回原位。

男主人回来了，他们共进晚餐。一边吃，琼斯一边盘算着无论如何八点半钟要离开这里。琼斯如此沉默寡言，主人一家都感到疑惑不解：到底琼斯是生性呆笨，外加脾气乖戾呢，还是仅仅生性呆笨而已？

饭后，女主人竭力想引琼斯说话。她给他看照片，让他观赏他们这一家的"博物馆"里的几百件珍品：男主人的叔叔和婶婶的照片、女主人的兄弟和小侄子的照片、男主人的叔叔的朋友穿着孟加拉军服的一张十分有意思的照片、男主人的爷爷的伙伴——狗的一张拍得很好的照片以及男主人在化装舞会上打扮成魔鬼的一张非常丑恶的照片。

到八点钟，琼斯已仔细看过七十一张照片了。

大约还有六十九张他没有看过。琼斯站起来，"我现在该告辞了。"他恳求道。

"怎么，走了？"他们说，"怎么回事？现在才八点钟，您有事吗？"

"没有。"他老老实实地承认，嘴里又嘟嘟哝哝地说什么逗留六个星期之类的话，继而惨然失笑。

正巧这个时候，大家发现他家的宠儿——那十分可爱的小男孩儿把琼斯的帽子藏了起来。于是，男主人说琼斯非得留下。他请琼斯和他一起抽烟斗聊天，而事实上，只是他自己抽个不停，说个没完。即使如此，琼斯还是继续坐着。

琼斯时刻都在想采取断然行动脱身，但又做不到。不久，男主人开始对琼斯感到厌烦了，终于嘲讽地说，琼斯最好留下来过夜，他们可以给他搭个铺。琼斯误解了他的意思，含泪向他道谢。男主人于是让琼斯睡在客房里，心里却在痛骂他。

第二天早餐后，男主人到城里上班，留下琼斯在家和孩子玩。

琼斯心都碎了，精神上垮了。整天想着要走，精神负担很重，但又根本做不到。

晚上,男主人回来,看到琼斯还在,又吃惊又生气,想开个玩笑把他撵走。于是他说,他觉得该收琼斯的伙食费了,嘻嘻! 没想到这位郁郁不乐的青年神色张皇地瞪了他一会儿,竟然握住他的手,预付了一个月的伙食费,随即忍不住像孩子般抽抽噎噎地哭起来。

以后的日子里,琼斯阴沉忧郁,对人疏远。他老呆在客厅里,因为缺乏新鲜空气,缺乏运动,健康开始受到影响。他以喝茶、看照片消磨时光。有时他会一连站好几个小时,呆呆地望着男主人的叔叔的朋友穿着孟加拉军服的照片——和他说话,有时甚至狠狠地骂他。显然,他的精神开始崩溃了。

最后,他垮了。他发高烧,神志不清,人们把他抬到楼上。此后病情恶化,十分可怕。他谁也不认得,连男主人的叔叔那个穿孟加拉军服的朋友也不认得了。

有时他会从床上蓦地坐起来,尖叫道:"噢,我想,我……"然后令人毛骨悚然地狂笑着,又倒在床上,顷刻,他又会跳起来大叫:"再来一杯茶、一些照片! 哈! 哈!"

经过一个月的极度痛苦,在假期的最后一天,他终于去世了。

据说临终时,他从床上坐起来,满脸笑容,充满信心地说:"啊,天使在召唤我;对不起,现在我可真该走了。再见。"

他的灵魂冲出牢笼时,其迫不及待、神速异常有如猫儿遭到追捕,一跃而飞越花园篱笆。

晓　兰　译

［鉴赏］　里柯克是位幽默型的微型小说作家。《琼斯的惨剧》里,琼斯的"惨剧"表现在他该走时不走,由于他"总是难以告辞"而不能脱身,问题出在他自己:别把客气当福气嘛。一次一次碍于主人的面子,该走了又不走,难道是他缺乏推辞艺术、脱身艺术? 不,这实在是他的性格决定了他的命运——惨剧。

作者将幽默进行到底并推向极端,本来,该走的是当晚,接着是第二天,随后他主动"预付了一个月的伙食费"。在这么想走又不敢走的尴尬境遇里,他的精神崩溃了。临终时,他充满了走的信心,"现在我可真该走了"。小人物犹豫、懦弱、内向的性格"惨剧"演绎到了极致。

开头,以一种挑他性的概说进入具体的实例,以第一人称的"我"来叙说朋友琼斯的遭遇。没有敌视,没有刀枪,却是人与人平常来往中的客气。客气是一种假托,正是这些来自他人热情、和蔼的客气,主人公却以此为真,一次一次要走,又一次一次留下,悲剧来自主人公的性格,这是小人物的性格悲剧。在和和气气之中,悲剧逐渐也定型了。请注意人物情感微妙地渐变的过程,微型小说怎么将一种行为、状态推向极端,从而产生艺术效果,此作值得借鉴。

(谢志强)

捐 肾 杂 记　　　　[加拿大] 黄俊雄

寡 妇 的 悔 恨

我真丢脸!

我以为他爱我,会同我结婚。如果与他匹配,我早就给了他一个肾脏了。

我真是一个窝囊废!

我说服弟弟捐给了他一个肾脏。

瞧瞧他告诉过我的那些美丽的谎言:爱情、婚姻、幸福,都是为了我弟弟的器官。后来却都是些丑陋的谎话:不可能有爱情,不可能有关系,不可能有性生活,不可能建立家庭,都是为了断绝关系。

天啊!

如今我弟弟的身体的一部分已被那个骗子占有。他偷了我弟弟的肾脏!

他偷了我的心呀!

弟 弟 的 懊 悔

是的,我的确签了一纸文书,答应把我的肾脏作为礼物捐给他。我给他肾脏不是为了钱,虽然有些人是这样指责我的。我这么做是为了救人一命。这原本给我带来了快乐。

不,这绝不是礼物与金钱的问题,这是个信赖与背叛的问题。他在我面前信誓旦旦,说要娶我姐姐,会使她幸福。我是为了这个原因才捐给他肾脏的,这叫信用。

他还答应要付给我五千元,作为我的误工费和术后护理费的补偿。他同时答应为我购买一百万元的人寿保险,以防我手术失败万一出什么事。但是他哪件承诺都没兑现。我的肾脏给错了人。他对我们撒谎,欺骗了我们,背叛了我们。

现在，我身体的一部分成了他的，我的肾脏成了他的。成为他身体的一部分使我感到羞愧。你说他到底是人还是牲畜？

百万富翁的遗憾

我想干什么就干什么。是的，我刻意用一只昂贵的戒指让她喜出望外，我告诉她，我爱她还要娶她。我用人们愿意为之撒谎、舍命的金钱来表明我的诚意，叫它陷阱也好，称它爱情也罢。

她想把她自己的肾脏赠给我，但医生说她的不匹配。然后她说服了她弟弟，由他捐给了我一个肾脏。

我并没有问他们要，是他们主动捐给我的。我并不想猜测他们的动机。但就我来说，若不是可以得到好大一笔钱，我是不会放弃一只手或脚的。是的，我改变了主意，不想同她结婚。可那又怎么样？

结婚？在这个国家，我们有结婚的自由，也有不结婚的自由。即使同她结婚，我还可以同她离婚呢。我深感遗憾，他们又输定了。

控告我？谁在乎？说话算数，礼物就是捐赠。她弟弟签署了所有的文件，这是无从退还的馈赠。

法 官 的 后 悔

我是不是老了？或许是社会变得离奇古怪了？我已经不能胜任我的职责了。

你说我怎么判这个案子？一个弟弟，在姐姐的支持下，控告肯特·雅克偷了他的肾脏。原告和被告都说对方说话应该算数。我到底应该承认哪一方是合法的呢？

实际上，被告也许欺骗了那个可怜的寡妇，故而她协助他骗取了她弟弟的肾脏。但现在叫我如何处置那个肾脏呢？是从被告身上割下来移植回原告身上呢？还是处被告一大笔罚款？但是一个肾脏到底值多少钱？五千元？一百万元？或者干脆把他关进监狱？

不过还得考虑被告的协议书啊。他是以相当合法的手段得到那个肾脏的。喔，我太累了。

接受了这个案子，真叫人后悔！

[鉴赏]　《捐肾杂记》是一篇构思上很有特色的作品。整篇作品由四个单元组合而成，每个单元中有一个人物，每个人物有自己的观点、自己的理由。每个小单元都相对独立，但整合在一起，就构成了一篇完整的作品。

这其实是个中短篇小说的素材，作者只要稍稍发挥一下，就能写个短篇；但作者惜墨如金，用一人一段的方式，极节俭地勾勒了故事的大致面貌，同时也披露了各自的心态。如果说寡妇的悔恨与弟弟的懊悔属同一类型，属原告的话，百万富翁的遗憾就属另一类，属被告。最后出场的法官在中国读者心里则属老娘舅角色。整篇作品虽分了四个小单元，但有人物、有故事、有情节，小说的三元素一样不缺。

此案，法官感到棘手，不好判，因为判决要依法。然而，细察这案子，既是个法律问题，更是个道德问题。百万富翁看来深谙法律，一切都做得天衣无缝，法律上抓不住他任何把柄，唯有道德法庭可以审他、判他，但百万富翁会在乎道德法庭的判决吗？

微型小说是个尚未完全成熟的文体，因此其写法也尚未形成模式，各种写作手法的尝试都是值得鼓励的。这篇《捐肾杂记》可以视为微型小说文体探索的一种，姑且称之为"组合式"。这种写法可省略去枝枝节节的描写，使文字更为简练，而留给读者回味的空间更大。作品借寡妇、寡妇的弟弟、百万富翁三个人之口，交代了事情的来龙去脉，也使三个人一一亮相，提供给了法官判决的依据。然而作品提出了问题却没有结论，这样，表面上似乎给了法官一个难题，其实也给了读者一个思考的机会、评判的机会，扩大了作品的外延。

（凌鼎年）

我所发现的生活　[美国]马克·吐温

那个人家住费城，小时候很穷，他走进一家银行，问道："劳驾，先生，您需要帮手吗？"一位仪表堂堂的人回答说："不，孩子，我不需要。"

孩子满腹愁肠，他嘴里嚼着一根甘草棒糖，这是他花一分钱买的，钱是从虔诚、好心的姑妈那里偷来的。他分明是在抽泣，大颗大颗的泪珠滚到腮边。他一声不吭，沿着银行的大理石台阶跳下来。那个银行家用很优雅的姿势弯腰躲到了门后，因为他觉得那个孩子想用石头掷他。可是，孩子拾起一件什么东西，却把它揣进又寒碜又破烂的夹克里去了。

"过来，小孩儿。"孩子真的过去了。银行家问道："瞧，你捡到什么啦？"他回答："一个别针儿呗。"银行家说："小孩子，你是个乖孩子吗?"他回答说是的。银行家又问:"你相信主吗?——我是说,你上不上主日学校?"他回答说上的。

　　接着,银行家取来了一枝用纯金做的钢笔,用纯净的墨水在纸上写了个"St. Peter"的字眼,问小孩是什么意思。孩子说,"咸彼得。"①银行家告诉他这个字是"圣彼得",孩子说了声"噢"。

　　随后,银行家让小男孩做他的合伙人,把投资的一半利润分给他,他娶了银行家的女儿。现在呢,银行家的一切全是他的了,全归他自己了。

　　我叔叔给我讲了上述这个故事,我花了六个星期在一家银行的门口找别针儿。我盼着哪个银行家会把我叫进去,问我:"小孩子,你是个乖孩子吗?"我就回答:"是呀。"他要是问我"St.John"是什么意思? 我就说是"咸约翰"。可是,银行家并不急于找合伙人,而我猜他没有女儿,恐怕有个儿子,因为有一天他问我说:"小孩子,你捡什么呀?"我非常谦恭有礼地说:"别针儿呀。"他说:"咱们来瞧瞧。"他接过了别针。我摘下了帽子,已经准备跟着他走进银行,变成他的合伙人,再娶他女儿为妻子。但是,我并没有受到邀请。他说:"这些别针儿是银行的,要是再让我看见你在这儿溜达,我就放狗咬你!"后来我走开了,那别针儿也被那吝啬的老畜生没收了。这就是我所发现的生活。

肖　聿　译

　　[鉴赏]　人的命运常常在细微之处发生转机。《我所发现的生活》由"我叔叔给我讲了上述这个故事",以及"我"实践叔叔所讲故事里的事情这两个故事组成。这是个关于两代人成长的故事,只是有叔叔所讲故事的这个"因"而没有"我"这个"果"。两个故事由一个小物件——别针儿贯穿。

　　微型小说擅长用"小"写"大"。人非物留,同一个别针儿,却是两个银行家的态度。"我"发现的生活是什么? 一是"我"仅看到了生活的表象,以为别针儿能改变命运;二是"我"捡到别针儿,发现的却是银行家的吝啬。但是,"我"不可能处于与叔叔故事中的孩子同样的时代,叔叔故事里的银行家是讲究节俭的。叔叔的故事感受的是生活中的善,而"我"遭遇的是生活中的恶。作者的发现便超越了作品中的小人物。

　　微型小说常常关注细小的物件,用一个物件——别针儿,贯穿起了两个

---

　　①　小孩把 St.(Saint 的缩写)误认为 salt(咸)。

故事,或者说是两代人的故事。故事展开的情节相似,不同的是人物——叔叔故事中的孩子和我。同样的别针儿,怎么会有不同的遭遇? 这就是生活,"我所发现的生活"。同时,也是作者的发现,作家就是要在一天天貌似模式的生活中发现其中微妙的差别。

（谢志强）

丈夫支出账单中的一页

［美国］马克·吐温

　　招聘女打字员的广告费……（支出金额）
　　提前一星期预付给打字员的薪水……（支出金额）
　　购买送给女打字员的花束……（支出金额）
　　同她共进的一顿晚餐……（支出金额）
　　给夫人买衣服……（一大笔开支）
　　给岳母买大衣……（一大笔开支）
　　招聘中年女打字员的广告费……（支出金额）

阿　凡　译

　　［鉴赏］　七行话构成《丈夫支出账单中的一页》,其中的关键词是支出。这是个老板和打字员的艳事,完全可以写成短篇小说或中篇小说。可是七行句子就道出了这个艳情故事。每一行均为一个情节,情节之间有着严密的逻辑联系,读者从中可以欣赏到马克·吐温沉着的幽默。我们还能从作品中体味出,为谁支出、为何支出背后的尴尬,即丈夫的尴尬。用支出来亲近女打字员,用一大笔开支来平息后院起火。七个省略号的空白,很有意味。这类俗套故事,实际上是一种模式,由马克·吐温讽喻性地提炼出来,而且仅是"账单中的一页"。

　　本篇作品处理事件,只选取一个角度,一个"支出"的角度,而省略许多生活中的枝枝蔓蔓。这一页账单,在形式上如同一串珍珠,情节的珍珠;如同一扇扇门,每个情节都是可供打开的门,但作者关闭了它,代之以省略号、括弧,使那一扇扇门里,有着可供读者想象的空间。《丈夫支出账单中的一页》,这"一页"是一个麻烦的、漫长的、曲折的事件。它是隐私,有难言的隐私。支出的钱,换来的是什么? 作者就是采用简约到极限的方式,对丈夫的生活处境幽默了一回。

（谢志强）

爱 的 磨 难　　　　［美国］欧·亨利

　　乔从中西部来到纽约,梦想绘画。迪莉娅从南部来到纽约,梦想搞音乐。乔和迪莉娅是在一间画室里相见的,不久以后,他们成了好朋友并且结了婚。

他们居住的只不过是一套狭窄的房间,却生活得很幸福。他们互敬互爱,而且双方都热衷于艺术。直到有一天他们发现已经花完了所有的钱之前,他们生活中的每一件事都是顺心满意的。

迪莉娅决定去做家庭音乐教师了。一天下午,她对丈夫说:

"乔,亲爱的,我找到一位学生了,一个将军的女儿。她是位性情温柔的姑娘。一星期我教三节课,一节课五元。"

但是,乔并不高兴。

"我干些什么呢?"他说,"你以为我可以眼睁睁地看着你工作而自己却轻松地搞自己的艺术吗? 不,我也要挣钱。"

"乔,亲爱的,你真傻,"迪莉娅说,"你必须继续练习绘画。我们一周有十五元钱,会生活得很幸福的。"

"或许我还能卖掉一些我画的画哩。"乔说。

每天,他们早晨分手,晚上相见。一星期过去了,迪莉娅带回家十五元钱。她却显得有些疲惫。

"克莱门提娜有时使我感到烦恼。恐怕她不会下苦工夫练习的。但是,那位将军真是一位最可爱的老人! 我多么想你能见他一面呀,乔。"

这时,乔从口袋里摸出十八元钱。

"我卖给了一个来自皮奥里亚的人一张我画的画,"他说,"他还定购了另外一张。"

"我太高兴了,"迪莉娅说,"三十三元! 以前我们从没有这么多的钱去花费。今晚我们将吃一顿丰盛的晚饭了。"

第二个星期,乔回到家,把新得到的十八元钱放在桌子上。过了半小时,迪莉娅回来了,她的右手缠着绷带。

"你的手怎么了?"乔问道。

迪莉娅笑着说:"噢,发生了一件滑稽事儿! 克莱门提娜递给我一盆汤时,一些汤溅洒到我手上。对此她感到很抱歉,老将军也觉得过意不去。但是,你为什么也这样地瞧我呢,乔?"

"你今天下午什么时间烫着手的,迪莉娅?"

"我想大概是五点钟吧。那把熨斗——我意思是说那盆汤——是在五点左右备好的。你问这个干吗?"

　　"迪莉娅,来,坐在这儿。"乔说着把她拉到长沙发上,并且坐在她身边。

　　"你每天都干了些什么,迪莉娅? 你真在做家庭音乐教师吗? 告诉我实话。"

　　她哭了起来。

　　"我找不到一个学生,"她诉说道,"所以,我就在一个洗衣坊里找到一项工作——熨衬衣。今天下午,一个女孩偶然间将一把熨斗放在了我的手上,把我重重地烫了一下。但是,告诉我,乔,你是怎么猜出我不是在做家庭音乐教师呢?"

　　"很简单,"乔说,"我知道关于你的绷带的所有来历,因为是我把它们送给楼下洗衣坊里一个小女孩的,她用熨斗烫坏了人的手。你明白了吧,我也在你工作的洗衣坊里的动力机房里工作。"

　　"那么,你画的画呢? 你卖给那位来自皮奥里亚的人了吗?"

　　"算了吧! 你的将军和他的克莱门提娜是无中生有的,那么,我那位来自皮奥里亚的人也是胡说的。"

　　接着,他们两人都大笑起来。

刘砚冰　译

　　[鉴赏]　酷爱艺术的一对夫妻,经历着"爱的磨难"。欧·亨利的方式是先提供给我们虚假的表象,再揭示出真实的生活,从而写出了磨难中的爱。夫妻俩都制造了美丽的谎言,使对方感到生活在美好之中;但是,生活是艰难的。烫坏了的手将双方的"谎言"凝聚起来,这是欧·亨利惯用的巧合手法。爱使这种磨难升华,结尾处两人的开怀大笑,使我们在感受着欣慰的同时,不也为小人物的爱情所感染吗? 不是虚荣而是真诚,不是回避而是正视,经过磨难的爱更为牢固、更为乐观。

　　善意的谎言,美好的谎言。假与真,在情节的展开中由假到真进行转换。恋爱的双方,用"假"来展现给对方,但却都包含着"真"。欧·亨利擅长在情节的展开过程中制造假的迷雾,从而逐渐揭示出真的情感,由此给读者带来阅读的冲击力和震撼力。拨开云雾,天空晴朗。前后的对比、人物的对照增强了磨难中爱的力量。生活的磨难,也是爱的磨难。

(谢志强)

二十年以后　　[美国] 欧·亨利

　　纽约的一条大街上,一位值勤的警察正沿街走着。一阵冷飕飕的风向他迎面吹来。已近夜间十点,街上的行人寥寥无几了。

在一家小店铺的门口,昏暗的灯光下站着一个男子。他的嘴里叼着一支没有点燃的雪茄烟。警察放慢了脚步,认真地看了他一眼,然后,向那个男子走了过去。

"这儿没有出什么事,警官先生,"看见警察向自己走来,那个男子很快地说,"我只是在这儿等一位朋友罢了。这是二十年前定下的一个约会。你听了觉得稀奇,是吗?好吧,如果有兴致的话,我来给你讲讲。大约二十年前,这儿,这个店铺现在所占的地方,原来是一家餐馆……"

"那餐馆五年前就被拆除了。"警察接上去说。

男子划了根火柴,点燃了叼在嘴上的雪茄。借着火柴的亮光,警察发现这个男子脸色苍白,右眼角附近有一块小小的白色的伤疤。

"二十年前的今天晚上,"男子继续说,"我和吉米·维尔斯在这儿的餐馆共进晚餐。哦,吉米是我最要好的朋友。我们俩都是在纽约这个城市里长大的。从孩提时候起,我们就亲密无间,情同手足。当时,我正准备第二天早上就动身到西部去谋生。那天夜晚临分手的时候,我们俩约定:二十年后的同一日期、同一时间,我们俩将来到这里再次相会。"

"这听起来倒挺有意思,"警察说,"你们分手以后,你就没有收到过你那位朋友的信吗?"

"哦,收到过他的信。有一段时间我们曾相互通信,"那男子说,"可是一两年之后,我们就失去了联系。你知道,西部是个很大的地方。而我呢,又总是不断地东奔西跑。可我相信,吉米只要还活着,就一定会来这儿和我相会的。他是我最信得过的朋友啦。"

说完,男人从口袋里掏出一块小巧玲珑的金表。表上的宝石在黑暗中闪闪发光。"九点五十七分了,"他说,"我们上一次是十点整在这儿的餐馆分手的。"

"你在西部混得不错吧?"警察问道。

"当然啰!吉米的光景要是能赶上我的一半就好了。啊,实在不容易啊!这些年来,我一直不得不东奔西跑……"

又是一阵冷飕飕的风穿街而过。接着,一片沉寂。他们俩谁也没有说话。过了一会儿,警察准备离开这里。

"我得走了，"他对那个男子说，"我希望你的朋友很快就会到来。假如他不准时赶来，你会离开这儿吗？"

"不会的。我起码要再等他半个小时。如果吉米他还活在人间，他到时候一定会来到这儿的。就说这些吧，再见，警官先生。"

"再见，先生。"警察一边说着，一边沿街走去，街上已经没有行人了，空荡荡的。

男子又在这店铺的门前等了大约二十分钟的光景，这时候，一个身材高大的人急匆匆地径直走来。他穿着一件黑色的大衣，衣领向上翻着，盖住了耳朵。

"你是鲍勃吗？"来人问道。

"你是吉米·维尔斯？"站在门口的男子大声地说，显然，他很激动。

来人握住了男子的双手。"不错，你是鲍勃。我早就确信我会在这儿见到你的。啧，啧，啧！二十年是个不短的时间啊！你看，鲍勃！原来的那个饭馆已经不在啦！要是它没有被拆除，我们再一块儿在这里面共进晚餐该多好啊！鲍勃，你在西部的情况怎么样？"

"喔，我已经设法获得了我所需要的一切东西。你的变化不小啊，吉米。我原来根本没有想到你会长到这么高的个子。"

"哦，你走了以后，我是长高了一点。"

"吉米，你在纽约混得不错吧？"

"一般，一般。我在市政府的一个部门里上班，坐办公室。来，鲍勃，咱们去转转，找个地方好好叙叙往事。"

这条街的街角处有一家大商店。尽管时间已经不早了，商店里的灯还在亮着。来到亮处以后，这两个人都不约而同地转过身来看了看对方的脸。

突然间，那个从西部来的男子停住了脚步。

"你不是吉米·维尔斯，"他说，"二十年的时间虽然不短，但它不足以使一个人变得容貌全非。"从他说话的声调中可以听出，他在怀疑对方。

"然而，二十年的时间却有可能使一个好人变成坏人，"高个子说，"你被捕了，鲍勃。芝加哥的警方猜到你会到这个城市来的，于是他们通知我们说，他们想跟你'聊聊'。好吧，在我们还没有去警察局之前，先给你看一张条子，是你的朋友写给你的。"

鲍勃接过便条。读着读着，他微微地颤抖起来。便条上写着：

鲍勃：刚才我准时赶到了我们的约会地点。当你划着火柴点烟时，我发现你正是那个被芝加哥警方通缉的人。不知怎么的，我不忍心自己亲自逮捕你，只得找了个便衣警察来做这件事。

吉米

罗国良　译

[鉴赏]　二十年前定下的约会，二十年后将有怎样的相逢故事？二十年足以改变一个人：面目和命运。鲍勃二十年前与朋友分手，去西部谋生，即到西部去淘金。我们期待他的朋友准时来约会，急切地想知晓二十年里他们到底有怎样的改变。但是，二十年以后，最要好的朋友竟成了逃犯和警察的关系。作为警察身份的朋友不忍心亲自出面，是保留了双方的友谊；作为逃犯的鲍勃如期等待约会，是实践了相互的诺言。这一点写出了一个人性格的两面性，使得人物形象更加丰满了。

二十年的时间使一个好人变成了坏人。不过，犯了什么罪，不提也罢，读者可凭想象来填补。写出"二十年以后"，同时也写出了二十年以前。因为二十年之前是"以后"故事的一个铺垫。作者截取"以后"的故事，潜在的意义是故事的之前和之后。命运的不同，在短暂的约定里，形成强烈的反差和对比。同时，在现在这个特定的时间、地点里表现出两个人的冲突。欧·亨利的人物总是在集中的戏剧性情节中出现：悬殊的身份，但又是朋友；敌对的处境，但又是约定，人物就是在这种矛盾的处境中突显情感。欧·亨利的巧合在这里生出了效果，出乎意外却又在意料之中。

（谢志强）

读 者 来 信　　　［美国］海明威

她坐在卧室里的桌前，面前摊开一张报纸，只是停下来看看窗外下雪，雪落到屋顶上就化了。她写了这封信，写得从从容容，用不着划掉或重写。

亲爱的医生：

请允许我写信有要事向你请教——我要作出一个决定，不知谁最信得过，我又不敢问父母——所以只好求助于你——无非因为我用不着看见你，甚至还可以向你吐露心事。情况是这样的——1929 年我嫁给一个美国现役军人,同年他奉命派往中国上海——住了三年——回到国内——两三个月前他退了伍——就到阿肯色州海伦那他母亲家。他写信叫我回家——我去了,发现他正在接受注射期间,我自然不免问他,才知他在治疗一种我不知怎么拼写的病,不过这字发音像是"Sifilus"——你知道我说的是什么吧——请你告诉我,我跟他重新一起过日子是否安全——自他从中国回来以后,我任何时候都没同他亲近过。他向我保证,等医生治完这一疗程,他就没事儿了——你看对不对——我经常听我父亲说,一个人一旦得了那种病,只有但求一死了之——我相信我父亲的话,可是我应该相信我丈夫。请你千万告诉我怎么办才好——我有一个女儿,是她父亲在中国时出生的——

谢谢,万望指教。

　　　　　　　　　　　　　　　　1933 年 2 月 6 日
　　　　　　　　　　　　　　　　弗吉尼亚州罗阿诺克

写完信后签上名。

也许他能告诉我该怎么办,她自言自语地说。也许他能告诉我,报上这张照片里他的模样像是知道该怎么办似的。他看上去挺聪明,一点不错。他每天都告诉人家该怎么办。他应当知道的。凡是正确的我都要照办。可是这段时间多长啊。这段时间真长啊。这段时间过得真长啊。天哪,这段时间过得真长啊。我知道,人家派他上哪儿,他就得上哪儿,可我不知道他干吗非得生这种病。唉,我真希望他没得过这种病。我不在乎他干过什么勾当才得这种病的。可我真希望他从没得过这种病。看上去他并不是非得这种病不可的。我不知道该怎么办才好。我真希望他没得过任何病。我不知道他为什么非得这种病不可。

　　　　　　　　　　　　　　　　　　　　刘文澜　译

　　[鉴赏]　主体部分是一封书信和一段独白。女主人公陷入了情感的困惑,这种困惑的传达渠道是书信和独白。她的情感钟摆在来回地晃动着,值得体味的是那段独白——意识流,其中的主旋律是"我该怎么办"。书信、独白等不同的文学手法融为一体。

　　此作的文学特色:一是叙事语言,书信是书面用语,但也可以口语化。

独白是口头用语,它有着语流的旋律感,像是一个语言的漩涡,恰和人物的情感状态一样。二是表现角度,全篇以全知全能的角度写她陷入精神危机的故事。有两种声音,即作者的主观声音和女主人公的客观声音,主观、客观的声音又穿插起来形成统一体。

这里应特别强调一下,作品的主旋律是音乐术语。在微型小说里,语言的主旋律,是以意向的重复出现来构成的。此作的意向既是回旋又是延伸,语句在流动中表达出了困惑的旋律。其语言富有旋律之美,从节奏、韵味中简直可以听得出她的声音,那么自然地吐露出来,这是一位陷入精神危机的姑娘的困惑。同时,在语言的旋律中,还能体现出人物的性格。旋律在语言呈现时的特征为重复,它很像一个漩涡,每次重复,内涵都在丰富和增值。微型小说是语言的艺术,此作是一篇唱出了优美的语言主旋律的典范。米兰·昆德拉认为《读者来信》是文学史上"代表了一种独一无二的个例"。

（谢志强）

桥 畔 的 老 人　　[美国] 海明威

一个满身尘土,戴着一副钢边眼镜的老人坐在桥畔。

这是一座浮桥。桥上车水马龙,汽车、卡车、男人、女人还有小孩,蜂拥地渡过河去。一辆辆骡拉的车子靠着士兵推转车轮,在浮桥陡岸上摇摇晃晃地爬动着。而这个老人却一直坐在那里,木然不动。他已经筋疲力尽,无法再迈动脚步了。

我的任务是过桥了解桥头周围的情况,摸清敌人的动向。这项任务完成以后,我又回到了桥畔。这时,桥上的车辆已经不多了,行人寥寥无几;而这个老人还是坐在那里。

"你是从哪里来的?"我上去问他。

"从桑·卡洛斯来的。"他说时,脸上露出了一丝笑意。

桑·卡洛斯是他的家乡,所以一提到家乡的名字,他感到快慰,露出了笑容。

"我一直在照管家畜。"他解释着。

"喔。"我对他这句话似懂非懂。

"是呀,"他继续说,"你要知道,我在那里一直照管家畜。我是最后一个离开桑·卡洛斯的呐。"

他看上去既不像放牧的,也不像管理家畜的。我看了看他那满是尘土的黑衣服,看了看他那满面泥灰的脸颊,和他那副钢边

眼镜,问道:

"是些什么家畜呢?"

"好几种,"他一边说一边摇着头,"没有办法,我是不得不和它们分开的。"

我注视着这座浮桥和这块看上去像是非洲土地的埃布罗三角洲,心里揣摩着还有多久敌人会出现在眼前,也一直留神地听着是否有不测事件发出的联络信号声。而这个老头仍然坐在那里。

"是些什么家畜呢?"我又问他。

"共有三种家畜,"他解释说,"两只山羊,一只猫,还有四对鸽子。"

"你一定要同它们分开吗?"

"是呀,因为炮火呀! 队长通知我离开,因为炮火呀!"

"你没有家吗?"我问的时候,举眼望着浮桥的尽头,现在只有最后几辆车子正沿着河岸的下坡,疾驰而去。

"我没有家,"他回答说,"我只有我刚才说过的那些家畜。当然,那只猫没有问题,它会照管自己的,可是,其他的牲畜怎么办呢?"

"你的政见怎样?"我问他。

"我毫无政见,"他说,"我今年七十六岁,刚才走了十二公里路,现在已经寸步难行了呀。"

"这里可不是歇脚的好地方,"我说,"要是你还能走的话,你就到托尔萨的岔路口公路上去,那里还有卡车。"

"我等会再去。那些卡车往哪里去呀?"

"朝巴塞罗那方向去的。"我告诉他。

"那个方向我没有熟人,"他说,"谢谢你,非常感谢你。"

他面容憔悴,目光呆滞地望了望我,似乎要谁分担他内心的焦虑似的,然后说:"那只猫没有问题,我心中有数,不必为它担心。但另外的几只,你说它们该怎么办呢?"

"嗯,它们可能会安然脱险的。"

"你这样想吗?"

"当然啰。"我说时,又举目眺望远处的河岸,现在连车影也没有了。

"我是因为炮火,才不得不离开的。而它们,在炮火中怎么办呢?"

"你有没有打开鸽子笼?"我问。

"打开了。"

"那它们会飞出去的。"

　　"对,对,它们会飞的。……但另外的牲畜呢? 唉,最好还是不去想它们吧。"他说。

　　"要是你已经歇得差不多了的话,应该走了,"我劝着他,"站起来,走走试试吧!"

　　"谢谢,"他边说边挣扎着站起来,但身子一个摇晃,朝后一仰,又跌倒在尘土中了。

　　"我一直在照管这些家畜,"这时,他说话的声音单调、刻板,也不是在对我说,"我一直就是照管家畜的。"

　　此时此刻,我对他已经无能为力了。那是复活节后的星期天,法西斯军队正朝埃布罗推进。阴霾的天空中,云幕低垂,一片灰暗,连敌人的飞机也无法上天。

　　猫儿会照管自己,飞机没有上天,这就是那个老人能碰上的全部好运了。

朱炯强　译

　　[鉴赏]　海明威的笔法很冷静、简约。冷静又和战争的残酷相映照。微型小说进入故事的切入点要小。《桥畔的老人》由桥切入,这是连接战争和家园的桥。家园是背景,战争是前景。

　　此篇微型小说表现了战争与和平的主题。全篇主要由"我"这个侦察兵和桥畔的老人之间的对话构成,情节在此凝滞和回旋。对话中,主体是老人的家园,老人担心的是生活了七十六年的家乡,而家乡的全部不过是可怜的家畜,现场的战争气氛反而淡去了。一个孤独的老人,在桥畔的现场,作者重复地写了一个字:坐。而坐的变奏是筋疲力尽、无法迈步、寸步难行、摇晃跌倒等词语。这是老人生存的处境,不也是战争中人类的生存处境吗?

　　战争与和平是重大的题材,微型小说表现的方式是:由小切入,用微小去展示宏大。当然,它不直接写出那个"大",而是聚焦式的写好那个"小":一座桥,一个老人。战场是一个大环境,海明威选择了桥,它是人们的必经之地,最能敏感地体现战争的混乱。老人的处境又与战争联系起来,更能衬托出战争的残酷。这一个小小的点,展示出战争大大的面。老人在战争里,已无路可走,那桥是他的命运之桥。因为桥连接着他的过去和现在、和平与战争,他的选择已由不得自己。

(谢志强)

三　封　电　报　　　　[美国]佚　名

　　伊莉薇娜的弟弟佛莱特伴着她的丈夫巴布去非洲打猎。不久,她的家里接获弟弟的电报:"巴布猎狮身死。——佛莱特"

伊莉薇娜悲不自禁,回电给弟弟:"运其尸回家。"三星期后,从非洲运来了一个大包裹,里面是一只狮尸。她又赶发了一个电报:"狮收到。弟误,请运回巴布尸。"

很快得到了非洲的回电:"无误,巴布在狮腹内。——佛莱特"

[鉴赏]　微型小说的结构手法很多,有书信体、日记体、纪年体、账单式、方程式、对比式等。这篇作品别出心裁地采用了电报式,用三封简短的电报构成了一篇堪可回味的幽默故事。

全文120多字,属于百字小说,然而这120多个字中却包含了人物——巴布、佛莱特、伊莉薇娜;地点——非洲;事件——打猎;结果——巴布猎狮身亡。新闻五要素中,除了时间相对模糊外,其他四个W都全了,真所谓麻雀虽小,五脏俱全。如果仅仅是这几个要素的话,充其量只是一篇新闻报道,但高明的作者又引申出了伊莉薇娜要求将其丈夫尸体运回的后续,这本是人之常情,通常很难出彩,然而匠心独运的作者用一种违背常规的处理方法,注入了夸张与幽默,竟然让佛莱特把非洲雄狮尸体用包裹寄了回去。这在现实生活中显然是不可能的,但在文学作品中却收到了意想不到的阅读效果。从理论上讲,佛莱特完全是遵照伊莉薇娜的电报办的——因为最后谜底揭晓——巴布在狮腹内。这种手法印证了中国传统文学美学中的"以乐写哀,以哀写乐,一倍增其哀乐"的观点,让读者哭笑不得。

电报式结构法,省略了不少交代,把过程隐到了结果的背后,叙述变得十分简洁,然而又留下了很大的空间。如果用最简洁的话来评价这篇作品,乃是精短、精粹、精巧、精美,一句话:精品,骨子里透着大幽默的经典之作。

（凌鼎年）

一小时的故事　　[美国]凯特·肖班

大家都知道马拉德夫人的心脏有毛病,所以在把她丈夫的死讯告诉她时是非常注意方式方法的。

是她的姐姐朱赛芬告诉她的,话都没说成句——吞吞吐吐、遮遮掩掩地暗示着。她丈夫的朋友理查德也在她身边。正是他在报社收到了铁路事故的消息,那上面"死亡者"一项中,布兰特里·马拉德的名字排在第一。他一直等到来了第二封电报,把情况弄确实了,然后就匆匆赶来报告噩耗,以显示他是一个多么体贴入微、多么关心人的朋友。

　　要是别的妇女遇到这种情况,一定是手足无措无法接受现实的。她可不是这样。她一下子倒在姐姐的怀里,放声大哭起来。当哀伤的风暴逐渐减弱时,她独自走进自己的房里。她不要人跟着她。正对着打开的窗户,放着一把舒适、宽大的安乐椅。全身的精疲力竭,似乎已浸透到她的心灵深处,她颓然地坐了下来。

　　她能看到屋前场地上洋溢着新春活力的轻轻摇曳着的树梢,空气里充满了阵雨的芳香。下面街上有个小贩在吆喝着他的货色。远处传来了什么人的微弱歌声;屋檐下,数不清的麻雀在唧唧喳喳地叫。

　　对着她的窗口的正西方,在相逢又相重的朵朵行云之间露出了一片一片的蓝天。她坐在那里,头靠着软垫,一动也不动,嗓子眼儿里偶尔啜泣一两声,身子抖动一下,就像那哭着、哭着睡着了的小孩,梦中还在抽噎。

　　她那还算年轻、美丽、沉重的面孔上出现的线条,说明了一种相当的抑制能力。可是,这会儿她两眼只是呆滞地凝视着远方的一片蓝天。从她的眼光看来,她不是在沉思,而像是在理智地思考什么问题,却尚未作出决定。

　　好像什么东西正向她走来,她等待着,又有点害怕。那是什么呢? 她不知道,太微妙难解了,说不清,道不明。可是她感觉得出来,那是从空中爬出来的,正穿过洋溢在空气中的声音、气味、色彩而向她奔来。

　　这会儿,她的胸口激动地起伏着。她开始认出来那正向她逼近、就要占有她的东西,她挣扎着,决心把它打回去——可是,她的意志就像她那白皙纤弱的双手一样软弱无力。

　　当她放松自己时,从微张的嘴唇间溜出了悄悄的声音。她一遍又一遍地低声悄语:"自由了,自由了,自由了!"但紧跟着,从她的眼神中又流露出一副茫然的神情、恐惧的神情。她的目光明亮而锋利。她的脉搏加快了,循环中的血液使她全身感到温暖、松快。她没有停下来问问自己,是不是有一种邪恶的快感控制着她。她现在头脑清醒,精神亢奋,她根本不认为会有这种可能。

　　她知道,等她见到死者那交叉着的双手时,等她见到那张一向含情脉脉地望着她,如今已是僵硬、灰暗、毫无生气的脸庞时,她还是会哭的。不过,她透过那痛苦的时刻看到,来日方长的岁月可就完全属于她了。她张开双臂欢迎这岁月的到来。

在那即将到来的岁月里，没有人替她做主，她将独立生活，再不会有强烈的意志强使她屈从了。多古怪，居然有人相信，盲目而执拗地相信，自己有权把自己的意志强加于别人。在她现在心情异样的那一刻里，她看清楚了：促成这种行为的动机无论是出于善意还是出于恶意，这种行为本身都是有罪的。

当然，她是爱过他的——有时候是爱他的。但经常是不爱他的。那又有什么关系！有了独立的意志——她现在突然认识到这是她身上最强烈的一种冲动，爱情这还未有答案的神秘事物，又算得了什么呢！

"自由了！身心自由了！"她悄悄低语。

朱赛芬跪在她关着的门外，嘴唇对着锁孔，苦苦哀求让她进去。"露易丝，开开门！求求你啦，开开门——你这样会得病的。你干什么哪？看在上帝的份上，开开门吧！"

"去吧。我没把自己搞病。"确实没有：她正透过那扇开着的窗子畅饮那真正的长生不老药呢。

她在纵情地幻想未来的岁月将会如何。春天，还有夏天以及所有各种时光都将为她自己所有。她悄悄地做了快速的祈祷，但愿自己的生命长久些。仅仅是在昨天，她一想到说不定自己会过好久才死去，就厌恶得发抖。她终于站了起来，在她姐姐的强求下，打开了门。她眼睛里充满了胜利的激情，她的举止不知不觉竟像胜利女神一样了。她紧搂着她姐姐的腰，她们一齐下楼去了。理查德正站在下面等着她们。

有人在用弹簧锁的钥匙开大门，进来的是布兰特里·马拉德。他略显旅途劳顿，但泰然自若地提着他的大旅行包和伞。他不但没有在发生事故的地方呆过，而且连出了什么事也不知道。他站在那儿，大为吃惊地听见了朱赛芬刺耳的尖叫声，看见了理查德急忙在他妻子面前遮挡着他的快速动作。

不过，理查德的动作还是太慢了。

医生来后，他们说她是死于心脏病——说她是因为极度高兴致死的。

葛　林　译

[鉴赏] 《一小时的故事》写出了女主人公一生的命运,故事截取了她得到丈夫死讯后所产生的反应。死讯展开了她的双重生活:表面的痛苦,内心的欣慰。或者说已被社会认可的唯夫是命的外部生活和发自心底的抗拒男权传统的叛逆心理,这种情感的矛盾表现在她的生存状况中,即丧失个性却又企盼独立。

作者采用夹叙夹议的手法挖掘出她内心的真实,为出乎意料的结尾作了自然的铺垫。开头、结尾均点明了她的心脏病。结尾,她的死是心灵之死,她曾两次低语庆贺自己"自由了",而医生却判定她死于心脏病,这是所谓传统伦理道德的评判,也是来自男性世界习惯的话语权利,从而升华了女主人公悲剧性的主题。

我们已预知,故事发生在"一小时"之内。一小时,表象的故事和隐匿的故事,由表情和内心两个层面呈现给读者。作者采取传统的叙事手法,着力挖掘出这一小时里女主人公心灵的变化和起伏,由此抵达她心灵深处的真实。作者执着地掘出了人物人性的真相,是一层一层沉着地、从容地掘进。人物的心灵如同一个地壳深处的矿藏,掘进的深度也决定了作品的深度。作者将人性的矿藏开掘出来的同时,作品中的人物震惊了,我们也震撼了。

(谢志强)

开 小 差　　［美国］斯坦贝克

斯莱戈和他的朋友没精打采地消磨着他们四十八小时的假期。阿尔及利亚的酒吧间八点钟打烊,可他们在打烊前就喝得有几分醉意了。他们带了一瓶酒,来到海滩上躺下。夜晚的气候温暖宜人,两个人喝完了第二瓶酒后,就脱去衣服,蹚入平静的海水中,蹲下身子,坐进水里,仅留脑袋露在水面上。"嗳,老弟,真够美气的,"斯莱戈说,"有些家伙花了很多钱来这里,就是为了这玩意,可我们没花一个子儿就来这里了。"

"我倒宁愿呆在十号街自己家中,"朋友说,"我情愿在那儿而不愿在其他任何地方。我要看到我老婆,我要看到今年美国的棒球联赛。"

"你可能还要一记耳光。"斯莱戈说。

"我要到希腊人开的饮食店里去,喝上一杯双料的巧克力,里面含有麦精和六个鸡蛋,"朋友边说边稍微浮起身子,以免海水灌进嘴里,"这地方太叫人闷得慌,我喜欢科尼①。"

---

① 科尼:美国纽约市的科尼岛,以游乐场所著称。

"那儿尽是游人。"斯莱戈接着说。

"这地方太叫人闷得慌了。"朋友又重复了一遍。

"谈起棒球联赛,我倒真想去打它一场,"斯莱戈说,"现在一个人总禁不住想要开小差逃跑。"

"就算你跑掉了,但你究竟跑到哪个地方去呢?无处可去呀!"

"我要回家,"斯莱戈说,"我要观看棒球联赛,我要第一个来到看台上,就像一九四〇年那样。"

"你不可能回家,"朋友说,"没有法子回家。"

刚喝下肚的酒给斯莱戈带来阵阵暖气,温和的海水使他十分惬意。"我有钱,我能回去。"他脱口冒了一句。

"多少钱?"

"二十元。"

"你不会有钱的。"朋友说。

"你要打赌?"

"打赌就打赌,你什么时候给钱?"

"我才不会给钱哩,是你给钱。让我们上岸抓紧时间打个盹儿吧……"

码头上停泊着几条船,这些船运来了登陆艇、坦克和部队,此刻,这些船在码头上装运废钢烂铁,还有从北非战场上运来的被损坏的军事装备,这些东西将送到高炉中熔炼,制造更多的坦克和登陆艇。斯莱戈和他的朋友坐在一堆木条箱上,看着这些船。这时,从高地上下来了一支分遣队,他们押着一百名要装上船运到纽约去的意大利俘虏。一些俘虏衣衫褴褛,有的衣服太破,而且破得不是地方。他们穿着美式咔叽军服。所有俘虏看上去没有一个为去美国而愁眉苦脸。他们来到跳板跟前站住了,等候着上船的命令。

"看他们,"朋友说,"他们要去美国而我们却要呆在国外。你在干什么,斯莱戈?为什么你把油一个劲地往裤子上擦呢?"

"二十元,"斯莱戈说,"我还会找到你要钱的。"他站起身来,扯下头上外国产的帽子,扔给他的朋友,"老弟,就送给你吧。"

"你要干什么,斯莱戈?"

"不要跟着我,你这个笨蛋。二十元,不要忘了。再会,在十号街再跟你见面。"

朋友看着他向前走去,迷惑不解。斯莱戈穿着油污的裤子和撕破的衬衫向前走着,离俘虏越来越近。趁人们未注意时,他突然挤进俘虏中,然后光着头站在那儿,掉头看着他的朋友。

上船的命令传下来了,分遣队的士兵们押着俘虏上了跳板。斯莱戈发出哀怨的声音:"我不该在这儿,哎,你们不要把我带到船上。"话中夹杂着一些意大利的口音。

"住嘴,劣种,"一个士兵对他咆哮着,"我不在乎你是不是确在布鲁克林①住了十六年。上跳板!"他把假装不愿走的斯莱戈推上了跳板。

朋友在那堆木条箱上羡慕地看着。他看到斯莱戈走到船的栏杆前,他看到斯莱戈还在申辩,挣扎着要回到码头上,他听到他尖叫着:"哎,我是美国人,美国士兵,你们不能把我带到船上。"话中又夹杂着一些意大利的口音。

朋友看到斯莱戈还在挣扎,接着看到他大功告成。斯莱戈先打了一个士兵一拳,那挨打的士兵举起军棍,朝着斯莱戈的脑袋砸下,他的朋友倒在船上,然后,被抬走了。

"这个狗娘养的,"朋友独自咕哝着,"这个狗娘养的真有一手,他们不会一点儿不想法救他的,这事发生时还有其他人在场。唷,天啊,这个狗娘养的牵挂着那二十元钱哩。"

斯莱戈的朋友坐在木箱上好长时间,直到船解缆,拖船把它拖离反潜网②,他才离开那地方。他看到那条船编进船队,又看到几艘驱逐舰驶到附近,为船队护航。他沮丧地跑到城里,买了一瓶阿尔及利亚酒,转身向海滩走去。他要以睡眠来打发这四十八小时的假期。

陈　许　译

[鉴赏] 战争中奇怪的现象:"他们要去美国而我们却要呆在国外。"两位美国士兵在四十八小时的假期里尽情寻乐,打赌开小差——回故乡美国,因为他们厌倦在异国的战争。

且看士兵斯莱戈开小差,即如何回国的方式:混入俘虏的行列里,还做出种种不愿走的假象。他这一手终于奏效——脱离了战争,以"俘虏"的身份

① 布鲁克林:美国纽约市的一个自治区,里面主要居住着移居到美国的南欧人。
② 反潜网:码头上用于搜索潜艇的一种设施。

回家。他的成功引起了朋友的羡慕，传达出士兵普遍厌战的心理。这种"开小差"的独特方式构成了小说情节走向的独特性。《开小差》开头的醉酒，是以酒解愁愁更愁，从而成为开小差的情绪铺垫。

　　长、中、短篇小说写战争，可能是正面推进。而微型小说的篇幅决定了它得换一种方式进行，也就是选择一个最佳角度。作者选择了开小差，也就是逃避战争。这意味着开小差的美国兵对战争的态度。进而，选择了开小差回美国看棒球联赛来强化这种逃避。无意中，又用战争和游戏的双重对比来写人物的开小差。而且，俘虏们却"没有一个为去美国而愁眉苦脸"，暗示出战争的另一方。作者在层层推进和对比中，显示出"开小差"的意义。以开小差的"小"来反讽和否定了战争的"大"。

（谢志强）

存 库 的 人 们　　　　[美国]奎　因

　　无数支雪茄冒出的轻软的白烟悠悠地上升，在大厅的镶木天花板上结成了密云浓雾。它缭绕着枝形的水晶吊灯，古怪地盘曲着，不停地变化着形状，正和在这大厅里聚会的外交家们的不安思绪相似。

　　十二个大国的代表们，各自深深地陷在皮安乐椅里，忧心忡忡，一本正经。他们裤管上的那些刀削似的折痕叫人想到大马士革匕首，他们雪白的衬衫耀人眼目。可是他们那处心积虑的脑袋里的思绪却阴暗而苦恼，像燃尽了的雪茄烟头。他们很舒服地瘫在柔软的椅垫上，竭力要使自己的混乱的脑筋宁静下来，可是白费劲儿。尽管身下坐的是舒适考究的安乐椅，当心境龌龊时，还是如坐针毡。

　　一个虚弱的家伙站在这非同小可的会场前面的讲台上，他那两只眼睛的位置靠得那么近，眉毛都简直并成一条线了。在他那长长的尖鼻子上，触目地架着一副厚厚的夹鼻眼镜，仿佛是一只翅膀特别巨大的畸形甲虫。这也算是从娘胎里生出来的人，真叫人难以相信——看起来，倒像本来是一段扭弯了的铁丝，不知被哪个无赖汉把它泡在烂泥浆里，然后再放在太阳底下晒干了似的。

　　"诸位先生，"这个家伙开腔说话了，"你们到这儿来聚会，是为了打听敝国经济稳定的秘密。你们光临敝国，因为我们建立了一个理想的法西斯国家。在其他国家处于日益困难的境地的时候，我们却成效卓著地使一切社会问题迎刃而解，并且已经找到了一种足以使资本主义高枕无忧的方法。

"我们的方案的基础是古代瑜伽苦行派的修行法,用了那种修行法,能叫人沉睡随便多少时候。处于沉睡状态的人既无需饮食,也不要人照料,同时,他们无疑要比具有理智和感情的正常状态时期更为幸福。他们能沉睡经年累月而丝毫不会损害健康。"

这时,外国政府要人之中有一位打断了这个发言人的话头。

"这还不就是等于把人杀掉吗?"

"完全不是,"这位躯干佝偻的法西斯经文家回答说,"我们可以在任何时候把这些人喊醒并且再叫他们去做工。在敝国,我们根本没有失业现象,任何地方,一旦有人没有工作,我们就使他们陷入休眠状态,把他们送入库房。在库房里,他们按特长和职业分类,并且依字母顺序编号放好。每逢有工厂主需要补充人手时,就可以依据卡片挑选。这时,我们就把所需要的男女如数喊醒,派他们去做工。如果一旦发生战争,那我们在库房中存有五百万以上训练有素的士兵,我们随时可以喊醒他们。"

"这真是理想的制度!"一位外交家赞叹道,"照这个方案做去,我们就能解决任何难题啦!"

"并不尽如人意,"发言人指出,"我们还没有达到完善的地步。有一桩棘手的事情我们还不能克服。在我们实行这一方案的时候,我们有二百万失业工人,他们全被催眠后存入库房。这样一来,我们就有可能停止各种失业救济,减低有钱人的捐税。但是,市场既然丧失了这二百万顾客,货物销售额也就降低了,于是,工厂主又不得不再解雇二百万人。这二百万人也被我们催眠了而藏入库房。因此,顾客人数又缩减了,这势必又要解雇一批工人。"

"现在,敝国已经有四分之三以上的人口处于休眠状态被存入了库房,而每个月我们还得催眠几十万人。长此下去,敝国人口在三年左右就要全部入库了。"

"那你们打算怎么办呢?"一位外交家问道。

"我们已经全面研究了这个问题,"这佝偻的家伙说,"我们的结论是:解决的途径只有一条,那就是为敝国的商品夺取国外市场。我们本国人民不能购买我们制造的全部商品,因为他们都沉睡在库房中呢。我们又不能把他们喊醒,因为我们没有工作可以给他们做。

"其他国家也在生产它们本国的商品,不愿意输入我国生产的商品。这就是整个经济问题的症结所在。如果其他国家拒绝购买我们的货物，我们就要强迫它们购买。我们要向它们宣战！我国政府已借催眠术解决了国内的经济问题。但这还不够，必须解决全世界的经济问题。到那时，我们的国家才算完成了自己的历史使命，并且使库房不至于有人满之患。”

张　名　译

[鉴赏]　人能跟货物一样"库存"吗？十二个大国的代表在这个"理想的法西斯国家"中了解经济稳定的秘密；有四分之三以上的人口处于休眠状态并被存入库房。于是，不存在失业现象。但出现了购买力降低的情况，便只有通过宣战方式来解决全世界的经济问题（即迫使其他国家输入该国的商品）。这是一幅可怕的图景。

　　作者运用了库存人口这个假定的形式，写出了独裁专制的荒诞。那位发言人形象的变异，是"库存"制度的异化标志。我们可以尝试着将那位躯干佝偻的法西斯经文家的发言单独拎出来，并组合在一起，便是一篇有趣的论文。有论点，有论据，而且是一层一层有条不紊地进行论证，那是一篇关于库存人口的伪科学的论文。

　　微型小说的表达方式有多种可能性，论文植入便是其中的一种，作者采用隐喻、反讽的方法加以运用。它建立在可笑的基础之上，产生的是荒诞的效果。库存的人们已在法西斯式的"垄断"中异化了。　　　　　　（谢志强）

奥利和特鲁芳　　　　［美国］辛　格

　　辽阔的森林，树木丛生，密密麻麻，望不到尽头。每年到了这个时候通常是很冷的，甚至要下雪了，可今年的这个十一月，相对来说却比较暖和。要不是整个森林遍地撒满了橘黄、酒红、金色和其他杂色的落叶，你还以为是夏天哩！数不清的树叶，经过日日夜夜的风吹雨淋，在森林的地板上铺上了一层厚厚的地毯。尽管树叶都已干枯，可它们仍然散溢出一种宜人的芳香。太阳透过树枝照射着它们，那些不知怎么从秋天的风暴中活过来的虫子和苍蝇在它们上面爬着。树叶下面的空隙，为蟋蟀、野鼠和那些泥土中寻找庇护的其他许多动物提供隐避之所。

　　在一棵光秃秃的树梢细枝上残留着两片叶子，奥利和特鲁芳。由于他们弄不清楚的原因，奥利和特鲁芳熬过了无数的凄风苦雨的寒夜。谁会知道为什么有的萎落,有的仍留枝头呢? 可奥利和特鲁芳相信这答案就存在于他们伟大的互爱之中。奥利比特鲁芳略微大点,也年长几日,但特鲁芳却更为漂亮和纤弱一些。每逢刮风落雨,或者开始下冰雹的时候,叶儿本来彼此帮不了什么忙。可奥利仍然抓住一切机会鼓励特鲁芳。当风暴来临、电闪雷鸣之时,飓风不仅遍扫树叶,甚至撕裂了整个树枝,这时奥利便为特鲁芳祈祷:"挺住,特鲁芳! 用全力挺住啊!"

在风雨交加的寒夜里,特鲁芳抱怨道:"我完了,奥利,可你一定要挺住!"

"为什么?"奥利问道,"没有你,我的生命毫无意义。如果你被吹落,我就跟你同归于尽。"

"不,奥利,别这样! 只要还能留住一片叶子,你就不要落下。"

"那得看你是否能和我一道留下,"奥利回答,"白天我注视着你,礼赞你的美。夜里我闻着你的香气。要我枝头独秀? 不,决不!"

"奥利,你的话儿真甜,但并不确切,"特鲁芳说,"你很清楚,我已不再那么美了。你看我满脸皱纹,身子萎缩成什么样子了啊! 只有一件事还没有变——那就是我对你的爱。"

"这不就足够了吗? 在我们的全部力量中,最高最美的就是爱,"奥利说,"只要我们留在这里相互爱着,任凭风吹雨打或是电击雷劈都摧毁不了我们。告诉你吧,特鲁芳——我从来还没有像现在这么深地爱着你哩!"

"为什么,奥利? 为什么? 我全枯黄了呀!"

"谁说只有绿色美,黄色就不美呢? 世上的五颜六色各有千秋,同样美嘛!"

正当奥利说着这话的时候,特鲁芳几个月来所担心害怕的事情发生了——一阵大风刮来,把奥利从枝头吹落。特鲁芳开始颤抖和摇晃,就像她很快也要被吹走似的,但是她挺住了。她眼看着奥利在空中摇曳飘落,她用叶儿的话语呼唤着:"奥利! 回来! 奥利! 奥利!"

但是,她话还没有说完,奥利就不见了。他混在其他的叶子群中零落在地,树上只留下特鲁芳孤单一片。

要是白天,不管怎样,特鲁芳还能勉强忍受着她的痛苦和忧伤,可一到夜幕降临,寒气和暴雨袭来,她就陷入失望之中。她总觉得所有树叶的不幸应归咎于枝繁的树干。树叶落了,树干仍然高高地、密集地矗立着,牢牢地把树根扎在地里。风雨冰雹都动不了它。这对于或许会永远生存下去的一棵树来说到底有什么关系呢? 一片叶子的遭遇又是什么呢? 对特鲁芳来说,树干简直就是上帝。树干用树叶遮盖着身躯几个月后,便把他们摇落。它用树液滋养他们高兴多久就多久,随后就任他们渴死。特鲁芳恳求树干为她唤回奥利,让夏日再现,但树干却不屑一顾。

特鲁芳没有想到,黑夜会如此漫长、如此黑暗、如此严寒。她向奥利诉说,希望得到他的回答,但奥利无语,也丝毫没见他的身影。

特鲁芳对树干说:"既然你把奥利和我分开,干脆也把我送走吧。"

但连这个请求,树干也没有理会。

过了一会,特鲁芳瞌睡了。这并不是什么睡眠,不过是一种异常的困倦。待她醒来,特鲁芳惊讶地发现自己不再悬挂在树上了。原来在她打盹的那会儿,风已把她吹落在地。这跟太阳升起时,她在树上通常所感觉到的不大一样。一切的恐惧和焦虑都已烟消云散。猛然醒来,使她感到一种以往从未有过的清醒。她明白了,她并不是一片以风儿的多变奇想为转移的叶子,而是整个宇宙的一部分。似是受了一种神秘力量的启示,特鲁芳懂得了她的分子、原子、质子和电子的奇迹——她代表的巨大能量和她也包括在其中的超凡宏图。

奥利依偎在她的身旁,用一种他们从前没有意识到的爱默默地互相致敬。这不是那种单凭机遇和反复无常的爱,而是一种高尚、强大同宇宙本身一样永恒的爱。从四月到十一月,他们曾经日夜惧怕的结果不是死亡,而是永生。微风轻拂,奥利和特鲁芳徐徐飘升在空中,带着惟有那些自我解放并投身永恒者所能理解的无上幸福,翱翔。

吴德安　译

［鉴赏］　对树叶而言,深秋、初冬注定了它们要飘落下来的悲剧,这是大自然的规律。但是,善于讲故事的辛格在两片树叶里注入了人格。采用拟人的手法写两片树叶用互爱以留驻在树上的努力,这是爱的力量;而对自然规律来说,落下就是死亡或新生。

从两片树叶的对话里,我们可以体会关于爱、关于美的真谛,在将爱和美置于死地的必然趋势中,增强了爱和美的感染力。作者将这种悲剧性的爱放在树上,继而放大到宇宙那宏大的背景里和缩小到树叶的分子、原子、质子和电子那微小的构成里,揭示树叶存在的奇迹和能量,从而获得了永恒。爱的永恒,这是辛格富有诗意和哲理的佳作。

微型小说将人物放在一个有限的空间环境中来表现。此作的人物是两片残叶,它所处的环境有三个:一是实在环境,也是两片树叶直接相连的环境,作为一种生存的背景出现,它已在季节更替中不可逆转地进入落叶的时节,留存下来就很难,而爱恋在这个环境中接受着考验;二是宇宙环境,残叶和宇宙是渺小和宏大的对照,这是残叶间接的生存空间,树上的残叶是整个宇宙的一部分,表明了作者对渺小的珍视;三是微观环境,分子、原子、质子和电子的奇迹,这是两片残叶自身内部的构成,它们的爱由此产生了奇迹。作者将两片残叶置于宏观、中观、微观的环境里,并展开了这种真诚的爱的叙述,从而表达了爱的力量。

（谢志强）

初　　秋　　　　　　［美国］休　士

比尔年纪很轻的时候,他们就恋爱上了。多少个夜晚,他俩形影不离地走呀、谈呀,后来为了一件无关紧要的小事闹了别扭,竟彼此不理不睬了。一气之下,她嫁给了一个自认为她爱上的男人。比尔也怀着女人给他的苦恼走了。

昨天,她穿过华盛顿广场,第一次碰上多年未见的他。

"比尔·沃克!"她招呼道。

他停下步子,乍一看,还没认出她来,她显得多老呀!

"玛丽! 你是从哪儿来?"

她下意识地仰起脸蛋,像要迎吻的样子,而他只伸出了手。她握了握他的手。

"我现在住在纽约。"她答道。

"噢!"他有礼貌地微微一笑,但眉头很快就收拢了起来。

"老是惦记着你的近况如何,比尔。"

"我当了律师,在一家挺好的事务所工作,往市区一走就到。"

"结了婚没有?"

"当然结了,已有两个孩子。"

"噢!"她应声道。

许许多多人从他们身旁走过,都是些他们不认识的人,已近黄昏,太阳快落山了,感到阵阵寒意。

"那你的丈夫呢?"他问她。

"我们有了三个孩子。我在哥伦比亚大学账房里工作。"

"你看上去很……"(他想说"老"字)"……唔。"他说。

她明白他说话的意思。在华盛顿广场葱郁的树木下面,她情不自禁地回忆起过去的岁月。那时她在俄亥俄州,年龄比他大一些。如今她再也不年轻了,而比尔仍很年轻。

"我们住在中央公园西路,有空请上我家玩。"她说。

"一定,"他答道,"想必你和你丈夫晚上全家一起用餐的吧,说不定哪个晚上,我和露茜会来拜访你们的。"

树叶一片片地从广场的树上落下,在无风的空中缓缓飘零。初秋的黄昏使她感到有点忧伤。

"我希望你们会来。"她说道。

"你也该看看我的两个孩子。"他笑着说。

漫长的第五号街所有路灯一下子全亮了,在青色的夜幕中形成长串长串朦朦胧胧的光晕。

"啊,公共汽车来了。"她说。

他伸出手,说了声:"再见。"

"什么时候……"她想往下说,但汽车已准备开了。街上的灯火显得模模糊糊、闪闪烁烁的。她上公共汽车时害怕张嘴说话,又害怕说不出话来!

突然,她提高嗓门尖叫一声:"再见!"可车门已关上了。

汽车开动了。车外的人群在他俩之间走动,都是些他们不认识的人。她看不到比尔了,只见空间和人群。这时,她记起忘了给他留下自己的地址,也没问他的地址,而且还忘了告诉他,自己最小的儿子取名为比尔。

高健民　译

[鉴赏]　略写过去,详写现在。显然,这是从今天的角度来写,但今天是一个空白,意味着今后的不可能。因为年轻时相恋分手,老年时不期而遇,离开时又没留下联系的方式。

昨天的邂逅,两人的交谈很理智,潜藏着对旧恋的怀念和拜访的希望。初秋、黄昏成了他和她相遇的气氛和基调——有点凄凉、隔膜。穿插在对话间的有关秋季、黄昏的景色,恰恰是人生境况的映衬和暗示。值得注意的是,初恋时,一点小事使他俩从此分手,之后各自都成了家;成熟时,又是一点小事使他俩难以相见,因为各自都忘了问对方的地址。人生就在这一点点小事中错过。女方将小儿子取名比尔,可见她对初恋情人比尔的爱之深了。

题目《初秋》有双重的含义。一是季节,初秋是两个人物邂逅的时间,作者把初秋的描写分散在对话的间隙之中,写初秋,点出落叶,还写出具体的时间,阵阵寒意的黄昏,朦朦胧胧的灯光,这衬托出人物的时空背景,同时又隐喻了人物的境况;二是人物,双方都已进入年龄的"初秋",应当说是感情的成熟期,忧伤的情绪、含糊的对话传达出两人微妙的"初秋"心境。季节和人物构成了相互的暗示,使得此作别有一番意味。

(谢志强)

新 鲜 空 气　　[美国]阿·布奇沃德

烟雾曾经一度是洛杉矶最大的吸引力,而现在则遍及全美国,人们都已习惯于这种被污染了的空气,以致呼吸别的空气反而感到很困难。

最近,我到各处讲演,我停留的地方,其中之一就是亚桑那州的费拉洛斯塔夫,那里海拔大约一千米。

走出机舱的时候,我立即就闻到一种独特的气味。

"这是什么味道?"我问了一下接我的人。

"我什么也没闻到。"他答道。

"有一种很明显的气味,这是我所不能适应的。"我说。

"啊,你讲的一定是新鲜空气。许多人从飞机上走出来就呼吸到他们从未呼吸过的新鲜空气。"

"这会怎么样呢?"我不免有所顾虑地问。

"没关系。你刚才呼吸的就像别的空气一样,这对你的肺部会有好处的。"

"我也听过这种说法,"我说,"不过,要是这是空气的话,我眼睛为什么不淌水呢?"

"对于新鲜空气,眼睛是不会淌水的,这就是新鲜空气的优点;你还可以节省许多优质纸揩眼泪。"

我环顾周围一下,各种物体一片清晰明澈,这可是一种奇特的感觉——我反而感到非常不舒服。

我的主人意识到这一点,他想使我消除顾虑,说:"请不必担心。反复试验证明,你可以日日夜夜呼吸新鲜空气,对你的身体是不会有任何损害的。"

"你刚才所讲的,无非是想让我不要离开这里,"我说,"在大城市生活过的人,谁也不能长时间待在有新鲜空气的地方,他忍受不了。"

"好吧,新鲜空气要是烦扰你的话,你为什么不给鼻子捂上一块手帕而用嘴巴呼吸呢?"

"对了,我要试试。不过,如果我早知道要到一个除了新鲜空气外便没有别的空气的地方的话,我就应该准备好一个外科手术用的面罩。"

他们沉默地开着车。大约十五分钟后,他问道:"现在你觉得怎么样?"

"是的,我想对了。现在可以肯定,我不打喷嚏了。"

"这里是不需要打什么喷嚏的。"这位陪同的先生承认说。他又问道:"你原来那地方是不是要打大量的喷嚏?"

"老是要打。有些日子,整天要打。"

"你喜欢打喷嚏吗?"

"打喷嚏并非必要,可是,你要是不打,你就会死亡。——请问,这一带为什么没有空气污染呢?"

"费拉洛斯塔夫人大概吸引不了工业的光临。我猜想我们确实是落在时代的后头了。当印第安人相互使用通讯设备的时候,我们费拉洛斯塔夫才开始嗅到仅有的一点烟尘;可是风似乎又把它吹跑了。"

新鲜空气实在使我感到头晕目眩。

"这周围有没有内燃机汽车?"我问道,"让我呼吸几个小时也好。"

"现在不是时候。不过,我可以帮你去找一部载重汽车。"

我们找到了载重汽车的司机。我暗中塞给他一张五美元的钞票。于是,他让我把脑袋凑近汽车排气管半小时,我立即就恢复了充沛的精力,又能够和人家长谈了。

离开费拉洛斯塔夫,再也没有人像我这样高兴了。我的下一站就是洛杉矶,当我走出飞机的时候,我在充满烟雾的空气中深深地吸了一口气,我的双眼开始出水了,我开始打喷嚏了,我觉得又像一个新的人了。

郑　恩　译

[鉴赏]　空气新鲜使人感到头晕目眩,空气污染使人感到舒服自如。难道生存在我们地球上的人类已面临这般窘境? 微型小说《新鲜空气》就是展示了这样一个奇异的生存状况。它用不可能写出了存在的可能。一次进入新鲜空气环境中的演讲活动,展开了这个荒诞的故事。它始终将两种生态环境的强烈反差进行对比,而又以置身在空气新鲜的环境里感到不适应、不舒服为主体情节。

强烈反差中的对比是此作的文学特点,而且具有警世的作用。21世纪的重要主题之一是环境问题,《新鲜空气》提出了问题,它是篇很有新鲜感的有关环境保护题材的微型小说。

微型小说在表达宏大的主题时,由于文体短小的特点,擅长于由一个微小的事物进入,这里是"新鲜空气"。作者将新鲜空气的概念,放入两个不同的环境中作出对照,由此颠覆了我们对新鲜空气的概念。而且,由这个"新鲜空气"入手,通过对话展示出宏观环境的污染状况,于是由"小"看"大",我们可以从中反省我们的生存境况,从而进入对环境问题的普遍性思考。微型小说不是也能反映出人类的重大主题吗?!

(谢志强)

双　重　杀　手
[美国]阿尔弗雷德·希区柯克

"罗伊。"一个温和的声音兀地叫出了他的名字,把他从梦中惊醒。

罗伊迅速地眨了几下眼睛,调整了一下眼睛的焦距,这才看清这位不速之客手中正握着一把大口径的自动手枪,枪口因为加了消音器而显得格外长。

"该发生的事终于发生了,"罗伊痛心地说,"这场追杀终于要结束了。谁会想到事情会这样结束——在西班牙巴塞罗那这地方,一个破旧肮脏的小旅馆里。"

那个人冷冷地回答道:"这只是时间问题,从考里昂先生雇佣我到现在已经九个多月了;这可是一段艰苦的日子,好几次我还以为把你给追丢了。"

当那人以一种自我欣赏的口气说话时,罗伊正把手缓缓地一点一点地伸向枕头下面,那儿有一把上了子弹的左轮手枪。

"罗伊,我早就把你的左轮手枪给拿走了,"杀手以一种不耐烦的声音说,"我们不要再玩这些无聊的把戏了,好不好?"

罗伊意识到死神在向他招手,大颗的汗珠从他额头上冒了出来，脸上露出哀求的表情，突然央求说：

"如果有任何可以挽回的方法，请您提出来，您要什么，我给什么，我有的是钱。"

杀手格登摇了摇头平静地说："对不起，我已经接受了这份任务，假如我不完成的话，这会对我的声誉有很大的影响，我想你会明白这一点。"

"那好吧，"罗伊温和地说，"在你杀我之后，请帮我做件事。在你身后的写字台中间的抽屉里有一个信封。我希望你能打开它，读完后再送给考里昂，你能帮我这个忙吗？"

"我会的。"杀手格登回答说。然后在没有任何警告下扣动了扳机。手枪沉闷地响了一声，罗伊的前额中间出现了一个洞。子弹的力量使罗伊身体向后倒去。

杀手格登收好枪，取出一个带闪光灯的袖珍照相机，拍了许多张罗伊的脸部照片。

他走向写字台取出里面的信封，抽出一张打在白纸上的短信，看完后又轻轻地把信塞回信封里。

考里昂是个没耐性的人，当格登从西班牙完成任务回来见他时，他跳到杀手格登面前抓住他的手，"啊！你终于回来了，你终于去了我的一块心病。只要那人活着一天我就如鲠在喉。现在一切都好了，我得感谢你，我想看看你拍的照片。"

格登一言未发，取出照片给了他。考里昂一把抓住照片，从头到尾反复看了几遍，脸上露出了笑容，看得出他对此很满意。

格登冷冷一笑："在我走之前，我得把这封信给你，是罗伊写的，我希望你能读一下。"

考里昂困惑地接过信封，抽出了信。考里昂念道："我知道你会花钱雇人来杀我，为了公平起见，假如那个人把这封信交给你的话，那说明他已经接受了我装在信封里的两万元钱，并且同意要'以牙还牙，以眼还眼'，再见了，考里昂先生。"

那信从考里昂的手里掉了下来，他像惊弓之鸟一样扑倒在地上，但是在他还没有着地之前，他的前额出现了一个大大的洞，和罗伊的一模一样。

[鉴赏]　凭着题目，可以想象杀手"双重"身份生发出的情节。希区柯克是

大师级悬念电影导演。他的微型小说,或者说他讲的故事,同样有着悬念的情节和惊悚的气氛。他一开头就抓住了读者,而且使读者跟着作品中的人物一起担心,这个杀手的双重身份表现在将双方都置于死地,残忍、冷酷的本性又是由金钱在怂恿着。

注意作为物件的信的细节。高明的作者总是在我们认为情节要展开的当儿,欲言又止,留下悬念,而最后,那封信仍在起作用。至于杀手如何做交易的,就留下了可供读者通过想象而填补的空白。这种空白可以考验出作者把握情节的智慧。结尾,那个雇主前额的枪眼,"和罗伊的一模一样"。这是杀手的"双重"身份体现在两个死者的"双重"结果上。

微型小说有的需要淡化情节,但此作却是以情节为主。它以"杀手"为线索,以"双重"来构建情节——两条故事线索交替并行,在结尾处合二为一,表现出一个人的两面性。除了对话,这篇作品简洁的行动描写,也体现了故事的节奏感,它创造了阅读效果;同时,在叙述的语言上,与那"杀手"的行动又十分吻合。

（谢志强）

吹 笛 到 天 明 ［美国］叶 坦

在北京结婚时两人就说好:以后,圣诞是约翰的节日,春节是叶茵的节日,分开过都没关系;新年是两人共同的节日,一定要一起过。

到美国的第一个新年,两人是分开的,却又是一起过的。

约翰去洛杉矶开会,叶茵留在波士顿。那晚,两人都没有心思去参加别人的晚会。波士顿新年将至时,约翰打电话过来,不知哪儿来的那么多话,还要叶茵在电话里吹笛子给他听。一个电话通了三个多钟头,等新年又到达洛杉矶时,他们才恋恋不舍地把电话挂上。所以,那次新年他们过了两个年。

第二个新年,两人一起,新年钟响时他们拥抱、接吻,像所有幸福的夫妇该做的那样。

现在,是第三个新年了,两人在一起,又是分开的。

晚会上,叶茵喝了不少酒。望望钟,离新年尚有三个多小时,知道约翰与朋友们又要闹个通宵达旦,她突然感到疲倦。约翰凑到她身边:

"醉了?"

"嗯。"

"我送你回去?"

"不用,我自己能开车,明早再开回来接你。"

"不,还是我送你回去。"

回到家,她问他:

"夜深了,你还回他们那儿去吗?"

"如果你不介意,我还想回去。"

"不,我不介意,祝你玩得好。"

"谢谢。祝你做个甜梦。"

约翰走后,叶茵却几番梦不成。忽听得远方钟鼓齐鸣,明白是新年降临了,披衣起来,走到客厅,把大大小小的灯都熄了。拉开窗帘,一束月光进来,照着墙上约翰的相片。那是她在颐和园给他拍的,他笑得十分年轻,一双眼睛像昆明湖的水,绿得发蓝。旁边挂着她的笛子,装在妈妈缝的僮锦笛套里,成为装饰品,好几个月没碰了。

上次,叶茵在客厅里吹笛,看见书房里的约翰悄悄地把门关上了。她心中清楚,这笛声本不属于他的文化。他曾经爱听,倒也不是勉强或假装的。那时他爱她,一切属于她的,他都爱;有点"爱屋及乌"的性质,不要说她的笛声,连她的缺点都是美的。殊不知,人可以老,爱可以老,不老的恰只是这笛声。

月色溶溶。

叶茵把笛子从套中抽出,贴在脸上,有一缕湘竹的清气。小心翼翼地试了几个音,才意识到,此刻只剩了她一人。于是,放胆吹起来:江南雨,塞北云,梅花驿站,杏花村……

相框里年轻的约翰笑着,睁着蓝眼睛一眨也不眨,听她笛声悠悠,从子夜到天明。

[鉴赏] 叶坦是定居于美国的华人女作家,曾在国内受过良好的正规教育,因此她的古典文学修养甚是厚实,这在她作品诗意的题目中就有所体现。这篇《吹笛到天明》,题目很美,意境也很美。它反映的是中国人与美国人结婚后,在东西方文化冲突、碰撞时产生的种种感情波澜。

中国有句老话,谓之"爱屋及乌"。热恋时,对方的一切都是好的,连缺点也是好的,一切的一切都可以包容;但随着时间的推移,从小所受的文化教育会通过种种细微的事件顽强地表现出来。《吹笛到天明》写了叶茵与约翰三个新年是如何过的:第一年两人分开过,却通话三小时,所谓一线相连;第二年干脆一起过了;第三年又分开了,虽说依然有关心、有祝贺,但东西方文化的隔阂已使两人有了一条无形的鸿沟。叶茵没有埋怨、没有后悔,只是把属于中国文化象征的笛子取出来吹几曲,因为约翰不在家里,她可以放胆地去吹,吹乡音,吹童年,吹往事,悠悠然、悠悠然直到天明,代替了新年的守岁。几分诗意,几分清寂,笛声余音袅袅,作品余韵绵绵。

这是一篇爱情题材的微型小说,属于文学的永恒主题。但作品没有去写如何如何地去爱,而是把爱情放到了东西方文化这个大背景下去描述、去审视的。作者无意去褒贬约翰或叶茵,只是客观的叙述,似乎不带观点,其实又处处能让读者感受到作者的写作意向。

这篇作品的另一成功之处是写得很有诗意,文字有一种韵律的美,读这样的文字是一种享受。读者仿佛与叶茵一起度过了那个守岁的夜晚,一起聆听了她的笛声,但不知该安慰她还是祝福她。

(凌鼎年)

一 夜 夫 妻　　［美国］伊 犁

最初来美国为了混口饭吃,他硬着头皮恶补几年英文,也让他在一间豪华的中菜馆站稳了脚。

几年下来,身为侍者领班,每天他穿着白衬衫、黑西服,菜单上近一百道菜名,他可以倒背如流。

可是,当他对着一封厚厚的白纸黑字公文信,犹如千年前的秘方,他愈看愈一头雾水。没法啊,他只得求助饭店经理。

"老弟,这是离婚控告书啊!"

他只觉得眼前迷雾重重。

"告方李玉萍,控告你不负责任,要求离婚,并要求赡养费每月八百。老弟,你快找个律师吧。"

"妈的。"他恨得咬牙切齿,他恨那个女人贪得无厌,恨她无耻、无情。

"你老弟真是守口如瓶,我倒不知你有妻室呢!"

"唉,一言难尽。"他叹气,叹自己倒霉。

四年前,经朋友怂恿,他回大陆找对象。李玉萍娇小玲珑,瓜子脸,丹凤眼,丰满的唇,小巧的鼻,真像画上的古典美女,他只看她一眼,便栽倒在她的石榴裙下。对其他如青果似的女子,李玉萍更像一只鲜红光滑的苹果。

他回大陆一个月,两人在花前月下山盟海誓,在返美前一天,他排除手续上的万难,终于和她成婚。

那一晚洞房花烛,是他三十六年以来最甜蜜而迷醉的一夜。次日，他依依不舍地踏上回程，真欲把李玉萍生生吞掉，搁在肚子内揣回。

　　返回美国后，他每月寄二百美金，在大陆养她一个人总够了。可是每隔两三个月，便会来一封厚厚的信，先是哭诉她寡母的房子漏水需换瓦顶，屋前要铺水门汀；后又要求他邮汇彩电、电动缝纫机，她弟弟要一辆电单车……

　　起先他总战战兢兢，寄回三百、五百、一千……以满足她的要求。有一次，她开口竟叫他寄五千美金，因她哥哥结婚，要建新屋。他倒抽一口凉气，这是一个无底黑洞啊！他没有立刻给她回信。

　　有一夜，他在电视上看到一张瘦骨嶙峋、陷眼突嘴的艾滋病病人的脸，他立刻获得灵感，写回去一封信，声称自己已得艾滋病，艾滋病是会传染的，劝她不要来，还有，他将不久于人世。这一封信果然见效。她在回信中声泪俱下，要求他尽快催促移民局，让她早日来美服侍他，他的心中一热，她似乎真爱着他呢！

　　两年前的一天，根据她给他的班机时刻表，他去机场接她。

　　在候机室，他如热锅上的蚂蚁似的，连续转了三四个钟头，在人丛中寻找他的红苹果，她竟没有出现过。想到她有意在躲避他，他的心底寒冷到极点，却也只有自己认倒霉。

　　"律师，请你帮我。"他无限委屈地把自己的故事道出。

　　"这件事易办，我包管你一角钱赡养费也不用付，"律师镇定地说，"这个女人来美国后，一天也没有和你住过，她分明是利用你假结婚，她过不了移民局这一关的。"

　　哈哈，他大力一击律师面前的办公桌，笑得泪眼模糊，似乎刚才狠狠地还击了她一巴掌，痛快极了。

　　仿佛有一只红苹果，在众多黑压压的非法居民的人头当中沉没。

　　［鉴赏］　写自己熟悉的生活，这是老生常谈，但事实上，作家会自觉不自觉地遵循这一法则去写。说起来，不熟悉的可以虚构，但怎么能比得上像熟悉的那样下笔如有神助呢。

　　作者是来自中国的美国移民，所以她对移民中的种种人与事很熟悉。因此，笔下的《一夜夫妻》，男主人公与女主人公都栩栩如生。"一夜夫妻百日恩"，这是中国的一句老话，但作者用在这儿，却只有讽刺意味。家庭是社会的细胞，夫妻之间坦诚相见是最重要的，但作者笔下的这一对夫妻，却是女骗男、男骗女，根本不念一夜夫妻之情，写出了人性恶的一面，写出了灵魂的负面。小说不是法律文书，作者无意评判谁对谁错，也不想痛快地下结论，只是把事情的原生态描绘出来,让读者来评头论足。

当读惯了大团圆,读惯了写真善美的作品,再读这样的作品,难免有些不习惯,不过这却是真实的,类似的事情以前发生过,以后还会发生。现在有些急切盼望嫁个老外的女孩,常常陷入一个误区,以为老外个个腰缠万贯,于是开口要钱、闭口要钱,一旦不能满足,就借结婚为跳板,另觅高枝。女主人公李玉萍之流不足道也,但男主人公"他"本可与妻子李玉萍说清楚,可是"他"却偏不,而是采用了欺骗手法,谎称得了艾滋病,这多少有点可恶。李玉萍的结局无疑是不幸的,这也可给其他女性做个借鉴。　　　　　　(凌鼎年)

窗　　　［美国］王　渝

最先吸引她的就是这一排窗子。

这一排窗子邀进来一大片令人感到奢侈的阳光,许是与对街建筑相隔着一段可观的距离,采光才这么好。伫立在如此的天然光色中,她觉得可以踏着铺开的亮色穿窗而去。她当时就决定搬进来后要沿窗放上盆栽。

后来她真的那样做了。盆栽都长得很好,尤其是非洲兰,粉的、红的、蓝的和紫的花朵接力赛一般绽开着没完没了。

这天,浏览着盆栽时她想:就着这么一大片自然的光亮来阅读必然是一种享受吧?

现代人自从爱迪生发明了电灯,就依赖上人为的光亮,且美其名为第二自然,而忘却了真正的天光。连在健身房的日光浴,那"日光"也是人为的。

浸在这一片天光中,她无来由地感动,着了魔。

沉迷在这样的想法中,她挪移过来一把轻便的躺椅,随手从书架上取下一本书,躺在椅子中开始阅读。

她有些后悔,取书时应该挑选一下。这本她手中的小说集子太枯燥了,她曾经翻阅过几次,总是难以终页。

但是,现在陷身一种温柔的慵懒,像浸在潮水中,她实在不想再起身去另选一本书。

书里的巧思奇想的字句、充满张力的叙述吸引着她,连特地沏的一杯茶——从武夷山带回来的"大红袍"也忘记了喝。专心一意地读着读着,直到被电话铃声中断,她才愕然悟到:这书怎么发生了异变?

　　她把书拿到离窗较远的另一端的餐桌上,她一向阅读书报的地方。打开灯驱逐开白天里也一直悬罩着的昏暗,再读这同一本小说。

　　眼睛接触到的仍然是以往那粗疏单调的字句。书还原成原本的无味。

　　自此,她在临窗处安置了一张书桌,她总是坐在那里誊抄修改写就的诗稿。

　　当有人问起她获得诗作奖的感想时,她笑着说:"都靠一排引进自然天光的窗。"

　　听到的人都各自深沉地去琢磨那"窗"的象征意义。

　　[鉴赏]　王渝的《窗》是写窗,又非写窗,她作品中的窗,自有其象征意义。在这篇作品中,窗似乎成了中心道具,始终贯穿于全文,作品以窗起笔,以窗煞尾。

　　故事情节性不强,但都是在窗下发生的,窗成了阅读的环境,成了阅读的见证人。在这里,窗代表自然光,甚至代表自然,当她接近窗口时,阅读就变得轻松起来、愉快起来,当她远离窗口时,书中的句子粗疏了、故事枯燥了、语言失去了张力与弹性,总之,没了味。尝到了甜头的她,干脆来了个与窗亲密接触,零距离接触。如此一来果然有效,她的诗作获奖了。

　　是啊,假如不接触自然,整天闭门造车,能写出贴近生活、贴近社会、贴近自然的好诗吗?从这个意义上讲,窗口的价值不仅仅是邀进"一大片令人感到奢侈的"阳光,而是透过这个窗口,让我们发现了一个创作真理:走出书斋,走向自然,走向社会吧。自然光永远胜过人造光。

　　看来,有故事情节是一种写法,淡化情节也是一种写法。由于读者的审美是多层次的,写作手法也应该是多层次的。这篇作品重内涵,不重故事,读者需咀嚼回味,才能充分领略其潜藏于文字背后的意蕴。一切都是淡淡的,淡淡的文字、淡淡的情节、淡淡的心绪、淡淡的结尾,但回味起来如咀嚼青橄榄,有丝丝甜味,有阵阵余香。

　　　　　　　　　　　　　　　　　　　　　　　　(凌鼎年)

八月的鬼怪　[哥伦比亚]马尔克斯

　　快到中午的时候,我们到达了阿雷索。我们花了两个多小时才找到文艺复兴时期的城堡。它是委内瑞拉作家米格尔·奥特罗·西尔瓦在托斯卡纳原野上那个田园诗般的河曲处购买的。那是在八月初的一个星期天,天气炎热,行人嘈杂,在满是游客的街上,很难找到什么人打听情况。在经过多次徒劳的尝试后,我们已回到汽车上,沿着一条没有路标的意大利柏油小路离开了城市。一个年迈的放鹅妇人正确地指给我们那座城堡在哪里。在告别之前,她问我们是否要在那里过夜,我们像预料到的那样回答她说,我们只是去吃午饭。

"这样好些,"她说,"因为那幢房子里闹鬼。"

我和妻子不相信中午会有鬼怪,便对她的轻信报以嘲笑。但是我的两个儿子,一个九岁,一个七岁,想到能够有机会见到显形的鬼怪却感到很幸运。

米格尔·奥特罗·西尔瓦不仅是位优秀作家,而且是位慷慨的东道主和美食家,他准备好了永远难忘的午餐正在等我们。由于我们姗姗来迟,我们没来得及参观城堡内部就入席用餐了。但是从外表看,它的样子并不可怕,只要从我们进午餐的花儿盛开的花坛那儿看到城堡全貌,任何不安都会烟消云散。很难相信,在那座房舍建在高处的、勉强容纳几千人的小山上,会涌现出那么多有着永久的才智的人。然而,米格尔·奥特罗·西尔瓦却以其加勒比人的幽默对我们说,那些人中没有一个是阿雷索最杰出的。

"最伟大的人物,"他断言,"是卢多维科。"

就是这样称呼,没有姓氏:卢多维科,伟大的艺术家与军事家,他建造了那座为他带来不幸的城堡。整个吃午饭的时间米格尔都对我们谈论他。他对我们讲述了他的巨大权力、不幸福的爱情和他的可怕死亡。他对我们讲述了在一个精神失常的时刻,他为什么把他的情妇杀死在他们刚刚相爱的床上,后来又唆使他的凶恶的警犬用尖牙利齿把他自己撕碎。他十分严肃地对我们肯定说,从半夜开始,卢多维科的鬼魂就会在黑暗的宅内游荡,要为他遭受的爱情的煎熬寻求平静。

实际上,城堡既高大又阴暗。不过,在大白天,酒足饭饱,心情高兴,米格尔的故事像他讲的那许多事件一样只可能是为使朋友们开心而讲的一个笑话。午饭后,我们惊讶地参观了八十二个房间,它们经历过一代代主人所做的各种各样的改变。米格尔把底层楼进行了彻底的修理,请人装修了一间铺着大理石地板的现代卧室,安装了蒸汽浴和物质文化设施,还开辟了我们用午餐的那块鲜花怒放的花坛。二层楼是几百年间最常使用的,那一溜房间却毫无特色,不同时代的家具被听天由命地丢在那里。不过在最高的一层,仍保留着一个原封不动的房间,在那里,时间忘记了流逝。

　　那是一个神奇的时刻。那里摆着一张床,床帷用金线绣成,用金银绦带纺织的奇异床罩由于被杀死的情妇的干燥血液而依然硬如纸板。壁炉里的灰烬已经冰冷,最后一块木柴变成了石头,衣柜里的武器装满了火药,沉思的骑士的油彩画像镶在金框里,是由那个时代没能幸运活下来的佛罗伦萨某位大师画的。不过,给我留下印象最深的是新鲜的草莓香味,它居然不可思议地滞留在卧室的空间里。

　　夏季的白天在托斯卡纳原野上漫长而缓慢,地平线在原地一直停留到晚上九点。我们参观完城堡时已经十点多了。但是米格尔坚持要带我们去圣芳济会教堂看皮耶罗·德拉·弗兰切斯卡的壁画,然后,我们在广场的葡萄架下喝了杯咖啡,进行了愉快的交谈。我们回来取行李时,发现晚餐已经做好,我们只好留下来用餐。

　　我们进晚餐时,在只有一颗星的锦葵色天空下,一些孩子在厨房里点上几个火把,跑到黑暗的楼上去探险。我们在餐桌上听到了他们那种野马般奔跑爬楼梯的声音,以及门扇的呻吟声和在黑暗的房间里呼唤卢多维科的快乐叫喊声。我们留下来过夜的坏主意就是他们想出来的。米格尔·奥特罗·西尔瓦高兴地支持他们的提议。我们没有正当理由对他们说不同意。

　　和我的担心恰恰相反,我们睡得很好:我和我妻子睡在底层一个房间里,我的两个儿子睡隔壁房间。他们两个的思想都是现代的,毫无鬼怪的概念。我一边设法入睡,一边数着客厅里的钟敲打着让人失眠的十二下,同时想起了那个放鹅女人的可怕警告。不过,我们实在是太累了,很快就睡着了,而且睡得很沉,直到天亮。醒来时已经七点多了,灿烂的阳光透过窗口的爬藤植物照射进来。在我身边,我妻子仍在梦中,像清白无辜的人们在平静的海面上航行。“真蠢,”我对自己说,“如今仍然有人相信鬼怪存在。”直到这时,新摘的草莓的香味才使我颤抖了一下。我看到壁炉里的灰烬已经冰凉,最后一块木柴变成了石头,三个世纪以前的愁容骑士的画像从金框上望着我们。原来,我们不是睡在前一天夜里睡的底层的房间里,而是睡在卢多维科的卧室里:飞檐和窗帘挂满灰尘,床单浸透了他那可恶的床上依然热乎乎的鲜血。

　　　　　　　　　　　　　　　　　　　　朱景冬　译

［鉴赏］ 在魔幻现实主义大师马尔克斯的《八月的鬼怪》中，城堡早先的主人卢多维科的阴影体现在床上的血。多少代过去，那床上的血早已干燥，可是结尾处"床单浸透了……依然热乎乎的鲜血"，确有魔幻色彩。这鲜血消除了时间概念，不过，读者应该留心，让拜访者留下过夜的坏主意是他们的孩子想出来的，而现在的城堡主人又支持了这个提议。

马尔克斯的小说有气味、有气氛。这种气味、气氛神秘而又恐怖。气味还有照应、有渲染。没人居住的房间里那新鲜的草莓香味，不是在结尾处营造出了现场感和现在时吗？整个城堡笼罩着神秘恐怖的"鬼怪"气氛，楼道房间里则弥漫着神秘恐怖的气味。马尔克斯的着力点不在情节，而在气氛。

过去和现在，都容纳在城堡里。起初，那气氛、那气味意味着过去的存在，可是，在叙述中似乎过去和现在的界线在消失，过去以声音的形象进入了现在。而且，"我"在一觉醒来，睡卧的位置起了变化，"我"睡在过去城堡主人的卧室里，于是，那干燥血液成了热乎乎的鲜血，似乎几百年前的杀人凶案刚刚发生。这是神奇的时刻，时间停滞在过去，人却是现在的人。

（谢志强）

狗 的 夜 宵 ［厄瓜多尔］库阿德拉

当何塞·图比南巴从自己的茅屋里出来，朝着每天做工的那条熟悉的峡谷走去时，月亮——光荣之神已经挂在空中了。

时值黄昏，夜幕笼罩着群山。天空高高地悬在雪山顶上。那长年云霭缭绕、神秘莫测的雪峰，显得雄伟壮丽。遥远的天际湛蓝湛蓝的，十分动人，仿佛艳阳高照的明亮的白天。只有地平线上浮现着模糊不清、稀稀落落的暗褐色的云朵。月亮赋予景物一种新的生命，它们熠熠发光，好像镀了银似的。

何塞·图比南巴走出茅屋，迈了几步，又从原路折回，搬起一块大石头从外面把窄小的屋门顶牢。茅屋里，他的两个孩子——三个月大的小女儿米奇和她五岁的小哥哥桑托斯，躺在一张生羊皮上睡着了，正做着甜蜜的梦。一想起米奇，这个印第安人不禁喜笑颜开，那孩子油黑发亮的身子，活像一块刚炸好的奶酪饼。

顶好屋门，图比南巴才离开。

"啊呀呀！"他冷得直哼哼，一面赶紧裹紧斗篷。

他环顾四周，只见自然景物悄没声儿的，没有理睬他。皎洁迷人的月夜能讲各种语言，可偏偏就不讲低贱的凯楚阿语，也就是图比南巴会讲的混杂着西班牙语的土语。

他冷得又叫出声来："啊呀呀！"

到了峡谷，他先是顺着山坡往下走，不一会儿，又爬了回来。"嘿！"他叫了一声，爬到后来，他一个箭步灵巧地跳上去，一时间，他全身悬空，没有任何支撑。

在离家不远的地方，他站住了。

突然，他感到羊在咩咩地哀叫，非常刺耳，便向四周望了望，用探索的目光在昏暗中寻觅着羊发出叫声的地方。

后来终于找到了。呵，在那儿，就在那儿，远处的小山沙丘下面，一个模糊的深褐色的小东西在瑟瑟地抖动着。

何塞·图比南巴明白了。桑托斯白天帮他放羊的时候，一只母羊掉在圈外，忘了找回来。对！正是那只羊。

他惊恐异常，立即朝小沙丘跑去。他不顾自身安危，沿着山路跑起来。斗篷像旗子似地在他身上随风飘动。两只麻鞋敲打着地面，发出急促的嗒嗒声。

他边跑边想。此刻，他那激动不安的思想，是无法用语言表达的。只觉得猪鬃帽盔下的那颗脑袋直冒火，心中万分焦急。对主人固有的畏惧，驱使他拼命奔跑，直到跑下山冈。

"哎呀！要是守护羊群的狗听见这只母羊的叫声，它肯定也会叫起来的！"何塞·图比南巴想，这么一来，胆小的小绵羊也会跟着咩咩惊叫起来，住在近处的管家什么都知道了。

想到这里，印第安人已经预感到即将临头的可怕的惩罚：鞭打……流放到远方的安第斯山区……在地底下的硫磺矿坑里做苦工，那儿不坚固的地层经常塌方，把矿工们活活埋葬。

不管怎样，惩罚是免不了的。尽管妻子查斯卡还像现在这样，在庄园里给主人当贴身佣人，也无济于事。尽管可怜的查斯卡每天晚上都去满足老爷的性欲，让他随意玩弄印第安人结实的大腿，而不得不扔下正在吃奶的小女儿，留给慈爱但笨手笨脚的丈夫照看也无济于事。

啊！要是"本赛多尔"①叫起来……

---

① 本赛多尔：守护羊群的狗的名字，西班牙语意为胜利者。

　　但是，没有。"本赛多尔"没有叫。大概它累了，正在打瞌睡。要不，也许它又像往常那样饿了，吃得不够，就得捕获一些小狐狸和耗子什么的，说不定它又跑到峡谷深处找食去了。但，这是很反常的，谁知是怎么回事？仁慈的上帝啊！

　　图比南巴终于到了离群母羊的跟前，小心翼翼地把羊抱在怀里，免得它惊慌乱叫，接着，他把母羊送回羊群。

　　印第安人悄悄地走向羊圈，呼唤着狗的名字，"嘘……嘘……本西杜尔①……嘘"。

　　可是，"本赛多尔"不在那里，它离开了自己的岗位。图比南巴没有走，他决定等狗回来，此刻无法干别的事了，他不能丢掉羊群不管。

　　印第安人等得不耐烦了，心里惦记着小女儿。也许，已经醒了，躺在茅屋里的生羊皮上，在熟睡的小哥哥身旁哭着、闹着。

　　但是，这羊群……这些绵羊……可怎么办呢？

　　好容易熬过了一个钟头，"本赛多尔"回来了。这是一条身腰细长、瘦弱肮脏、面目可憎的狗。

　　图比南巴迎了上去。这时，狗把嘴里叼着的一团东西丢在他的脚旁，随后夹起尾巴躲到羊群里，避开了主人……

　　借着明亮的月光，印第安人一眼就看清"本赛多尔"撕碎的猎物，是他的小女儿米奇的深紫色尿布和一只血淋淋的小胳膊……

　　　　　　　　　　　　　　　　　　　　　　　　　李永春　译

　　［鉴赏］　在这个月照的峡谷里，我们仿佛跟着图比南巴走，并和他一样看、想、跑、慌、听，替他的处境担忧：那只走失的母羊会引起狗叫，狗叫将引起老爷的知情。可是，狗没叫——狗寻食去了，猎物是他的小女儿，这便是狗的夜宵。狗的这般饥饿不也反衬出图比南巴的处境：人吃人的社会，吃的方式不同罢了。

　　《狗的夜宵》叙述从容、精练，一步一步，人物亲见了夜色中的秘密，照应了前边搬石顶门的细节。他的妻子、小女儿都被"剥夺"了，成了"夜宵"（老爷和狗的夜宵）。孤独的母羊和孤独的人物也构成了映衬。

　　新闻行业有句话：狗咬人不算新闻，人咬狗则是新闻。狗一向是人类可信的伙伴。《狗的夜宵》里，狗吃羊，不算稀奇，但狗吃人就出奇了。作者在故

---

　　①　"本西杜尔"：即"本赛多尔"，因图比南巴西班牙语发音不准。

事推进的最后,写了狗吃人——印第安人的女儿成了狗的夜宵。狗尚且如此穷凶极恶,不必说人了,可见饥饿的普遍性和严重性。作者正是选择了这个狗吃人(而不是狗咬人)的情节,将故事演绎到结局,从而具有强烈的震撼效果,揭示出印第安人特别是贫民的生存境况。　　　　　　　　　（谢志强）

旅 途 女 伴
[巴西]费尔南多·萨比诺

　　姑娘要到欧洲旅行,那里的一位朋友托她带……带去一只猴子! 至于为什么要猴子,我百思不得其解,并且相信姑娘本人也未必清楚。不管怎样吧,鉴于是走海路,她遵嘱买了一只——就是那种类似美洲猿,长长的尾巴,不时搔搔肚皮,而且能怪模怪样地模仿人做各种动作的小猴子。姑娘把这小东西装进笼子里,提着去办理旅行手续。

　　不消说,猴子无需持有护照,不过像健康证明和检疫黄皮书以及沿途各国领事馆的签证还是必不可少的。等这一切都张罗齐全之后,姑娘才到海运公司办理携带动物乘船的许可证。

　　接待她的那位公司办事员并没有故意刁难她,只是告诉她说,为猴子办理船票,在本公司船队还是破天荒头一桩。

　　"小姐,请您先看看这个。"

　　办事员递给她一张铅印的携带鸟类、猫和狗的收费标准。从表格上可以看出,鸟类收费最低,猫次之,狗最高。

　　"带猴子乘船,我们是第一次遇到,所以还没有写进收费标准里。不过,请小姐放心,可以按狗收费。"

　　"按狗收费?"姑娘立刻抗议道,"为什么不按猫?"

　　"因为……因为要是硬把猴子划归某一类的话,依我看,它更接近于狗。"

　　"为什么?"

　　"因为猴子和狗……"

　　"我看不出猴子和狗有什么相似之处。"

　　办事员挠了挠头,笼子里的猴子也模仿着他的样子煞有介事地挠起头来。

　　"可是,我觉得猴子也不太像猫。"

　　"我并没有说猴子像猫,"姑娘紧接着说,"我只是不明白,您有什么理由按费用表上最高的那一项收款。依我说,它甚至可以算一只鸟! 请看,它不是装在笼子里吗?"

　　办事员忍不住笑起来:

　　"您的意思是说,凡是装在笼子里的都是鸟? 谁都知道,鸟有两条腿,而猴子却有四条!"

　　"那么,您的意思是说,我就是一只鸟,因为我也有两条腿!"姑娘毫不示弱。

　　"问题在于个头……"办事员犹豫不决。

　　"个头? 鸵鸟和蜂鸟的差别太大了!"

　　不少人凑过来看热闹。

　　"依我之见,这只猴子完全可以按猫对待,"其中一位说,他的话博得猴子女主人感激的微笑,"猫会上树,猴子也会……"

　　"猫叫起来'喵——',"办事员大为不满,"猴子是这样叫的吗?"

　　"猫咪狗吠,猴子当然不同,那还用说?"

　　"您说什么? 会吠的都是狗? 好,你们听着:汪! 汪! 汪! 那么,现在我是狗了?"

　　"我并没有说会吠的都是狗,"刚才那位不无恼火地回答说,"您说猴子更像猫,而我说,它既可以当猫,也可以当狗——其实都差不多。"

　　"当鸟也一样!"猴子的女主人补充说。

　　"不行! 当鸟不行!"

　　这时候,另一位等着买票的旅客插嘴说:

　　"我可以提个建议吗?"

　　众人的目光一下子全都转向他。

　　"以'像'与否作为标准,你们永远别指望吵出个结果。鸟是鸟,猫是猫,狗是狗。"

　　"猴子是猴子,那又怎么样?"

　　"只要先生们在收费表上增加一项,一切都能迎刃而解。"

　　"那么她要付比狗更高的船费。"

　　"猴子是最像人的动物,比方说,这只猴子完全可以作为她的儿子乘船。"

　　"作为我的儿子?"姑娘勃然大怒,"先生怎能说出这种话来?

我还没有结婚呢……若说它像人，可能像您，像您的全家！"

"请原谅，"旅客彬彬有礼地对姑娘说，"我丝毫没有骂小姐的意思，我是说，像猴子这样大小的孩子乘船无需付钱，可以免费携带。"

最后，决定请示公司经理。经理满怀兴致地听完事情的原委，看了看猴子，看了看它的女主人，又环视了一下周围看热闹的人们，斩钉截铁地说：

"按猫收费！"

问题遂告解决，但经理又小声地补充了一句：

"我应当说——不知你们注意到了没有——那不是只公猴，而是只母猴！"

范维信　译

［鉴赏］　为猴子办理船票，是一桩破天荒的事情，由此引出收费标准的问题。猴子应当划归哪一类收费标准，成了争论的焦点。我们看到，争论的双方都力图使猴子不是猴子，于是，猴子在双方的语言中异化了，由此生出了幽默感、荒诞感。通过争执的表象，始终能感到，支撑这样繁琐争执的背后，是收费标准。钱在左右着这场争论。

对话构成了《旅途女伴》的主体，而且形成一种层层递进却又循环往复的态势。可见，对话推着故事的情节，甚至可以"听"见双方的腔调——语言发出的独特的声音。公司经理最后拍定收费标准，他提醒注意猴子的性别，这既是点题，又是心声。

我们已习惯于在办一件事时，寻找参照系。《旅途女伴》中的旅伴是一只母猴，规定里没有收费标准的先例。于是，办事员就进行类比，将猴与列入规定中的狗、猫、鸟进行牵强附会地类比，绕来绕去的话语又是那么一本正经，而且还将猴与人类比，因为，这样可以符合免票的规定。可是，最终猴不是猴，是猫，这岂不可笑。猴怎么说还是猴，还是一只母猴——旅途女伴。没办法，只得由别人说吧。

（谢志强）

彬彬有礼的强盗　　［巴西］安德拉德

我愿意为我们的男公民、女公民们开辟这个犹如窗口的专栏：

"一切都好，真的一切都好！"

不过，我认为要真正地说一切都好，那得在现在的年份上再加上四千年，即五九八○年。到那个时候，谁还敢说巴西不是一切再好不过了。通货膨胀消失了，国家向古老的欧洲、亚洲出口高级产品；美国人摘下礼帽请求巴西发展银行给予贷款；苏联请求我们转让技术；我们拥有一位由人民选举产生的德高望重的共和国总统；心满意足的人民个个身强力壮，衣冠整齐，他们各得所需，收入优厚。人们期望的这一切都应该也都会实现。到那时，没有互相争斗，只有欢声笑语；社会公德人人遵守，所有的社会职能都为集体和个人谋利，当然除了为那些已经永远消失了的恶势力……一切都好！这可能就是巴西的未来。这一天总归会来到的。

可现在，一九八〇年的八月，"一切都好"是相对的。坐在我旁边的若翁·布朗多说了句"一切都好"后，继续对我说：

"直到现在下午三点，我还没有遭到过什么抢劫。我刚从拐角处的书摊上买了本《巴斯金》杂志，那书摊上次没被炸掉，就因为有运气，一切都好嘛！"

我劝他要小心，别那么大声说话。现在才是下午三点，一天还没过去。许多意外的事情常发生在这时辰之后。确实，傍晚和夜间是某些活动的专用时间。

为了安全，我没有让他直接回家。因为住宅也不永远是公民不受侵犯的避难所。就在上星期，我的朋友布罗科希奥就遇到这样的一件事：他用钥匙打不开自己的家门，于是按了门铃。里面一个陌生的声音问道：

"谁？"

"主人。"

"对不起，请稍等一会儿。"

门终于开了，一个陌生人站在布罗科希奥面前发问：

"这么说，先生真是这房子的主人？"

"是的，先生！"

"那就请进。不过，不要看这乱七八糟的东西。我们正在打扫卫生。然后我们会把一切放回原来的位置。"

"是指所有的东西吗？"

"当然是指家具，大家伙。我们只带走一些感兴趣的东西。你请便吧！"

一共是三个人。他们让他坐在椅子上，似乎想和他聊聊天。

"你的威士忌可真不错。来一杯吧，自己倒。"

布罗科希奥没有瞧见任何武器，也没有感到有什么威胁。他们只是和他聊天，关于什么爵士音乐，他们认为值得欣赏；关于最近的美国大选，他们似乎对卡特和里根的要求都很苛刻，认为两个人谁也不配；关于正在时兴的超短裙……等等。仿佛他们想多呆一会，或者——天晓得？——想和主人一块儿住下。

八点钟的时候，有一个人看了一下表，说：

"我们走吧，让这位绅士休息。我们再去干点别的。"

他们彬彬有礼地告了别，其中一位说道：

"看到我们没有带武器吗？和英国一样。"

另一个接着说：

"很高兴认识你，先生确是位言行谦恭的人。"

布罗科希奥差点要说"谢谢"，不过他还是没有说。如果那样，他也许还该说："真不错，以后再来。"

他们带着收拾得整整齐齐的包裹走了，消失在黑暗中。

若翁·布朗多听完了故事，议论说：

"是呀，一切都好！如果强盗是有教养的话，也就不叫抢劫了，而是一次来访。"

喻慧娟　译

[鉴赏] 《彬彬有礼的强盗》叙事很奇特：先说未来（五九八〇年），再讲现在（一九八〇年八月），又说过去（上星期），唯独空着的是此刻（下午三点）。不过，此刻却在讲上星期朋友所遇到的一次抢劫，这次抢劫便是此作的主体部分——彬彬有礼的强盗。

多么文明的抢劫，没带武器，畅谈时事，彬彬有礼。但整个环境有着恐怖的气氛，下午三点讲过去的抢劫之事，而"许多意外的事情常发生在这时辰之后"。强盗的故事反衬出尚未发生暴力的此刻正危机四伏，可是"我"还是在宣传"一切都好"。

微型小说有个怎样处理时间的问题。假定未来的状况，展现出一幅美丽的图景。可是现在，"一切都好"却是相对的，即什么事都可能发生，人物在等待事情的发生。在漫长的未来面前——那只是个虚空，实在的还是现在。现在和未来相比，多么地脆弱。于是，面对着彬彬有礼的强盗，人物仍在假设："如果强盗是有教养的话。"人们不敢正视残酷的现实，而是沉浸在虚假的未来之中。只是畅想，而没有行动，"一切都好"仅仅是个假象，这可悲的时间的幻觉。

（谢志强）

双 梦 记 ［阿根廷］博尔赫斯

阿拉伯历史学家艾尔-伊萨基叙说了下面的故事：

"据可靠人士说（不过惟有真主才是无所不知、无所不能、慈悲为怀、明察秋毫的），开罗有个家资巨万的人，他仗义疏财，散尽家产，只剩下祖传的房屋，不得不干活糊口。他工作十分辛苦，一晚累得在他园子里的无花果树下睡着了，他梦见一个衣服湿透的人从嘴里掏出一枚金币，对他说：'你的好运在波斯的伊斯法罕，去找吧。'他第二天清晨醒来后便踏上漫长的旅程，经受了沙漠、海洋、海盗、偶像崇拜者、河流、猛兽和人的磨难艰险。他终于到达伊斯法罕，刚进城天色已晚，便在一座清真寺的天井里躺着过夜。清真寺旁边有一家民宅，由于万能的神的安排，一伙强盗借道清真寺，闯进民宅，睡梦中的人被强盗的喧闹声吵醒，高声呼救。邻舍也呼喊起来，该区巡夜士兵的队长赶来，强盗们便翻过屋顶逃跑。队长吩咐搜查寺院，发现了从开罗来的人，士兵们用竹杖把他打得死去活来。两天后，他在监狱里苏醒。队长把他提去审问：'你是谁，从哪里来？'那人回道：'我来自有名的城市开罗，我名叫穆罕默德-艾尔-马格莱比。'队长追问：'你来波斯干什么？'那人如实说：'有个人托梦给我，叫我来伊斯法罕，说我的好运在这里。如今我到了伊斯法罕，发现答应我的好运却是你劈头盖脸给我的一顿好打。'

"队长听了这番话，笑得大牙都露了出来，最后说：'鲁莽轻信的人啊，我三次梦见开罗城的一所房子，房子后面有个日晷，日晷后面有棵无花果树，无花果树后面有个喷泉，喷泉底下埋着宝藏。我根本不相信那个乱梦。而你这个骡子与魔鬼生的傻瓜啊，居然相信一个梦，跑了这么多城市。别让我在伊斯法罕再见到你了。拿几枚钱币走吧。'

"那人拿了钱，回到自己的国家，他在自家园子的喷泉底下（也就是队长梦见的地点）挖出了宝藏。神用这种方式保佑了他，给了他好报和祝福。在冥冥中主宰一切的神是慷慨的。"

范维信　译

[鉴赏]　《双梦记》的故事情节可用一句话表述：天各一方的两个人都梦见对方住地有财宝，而去探寻的人在挨了一顿鞭子返回后，却在自己的住地证实了对方的梦的真实。这个哲理故事，主题是"寻找"。我们往往倾向在别人那里"寻找"，这很像禅宗个案，"寻找"外在的佛是徒劳的，佛在自己心中。

博尔赫斯的《双梦记》虽依据《一千零一夜》第351夜的故事重写，但却是按博氏的观念去改编的，表达的是博氏关于"迷宫"的主题。博氏重写古代阿拉伯文学中经典的篇章，是对"库存形象"的挖掘利用，由此，他创造发现了自己的典型，改变了我们对传统形象的概念。显然，博氏超越了那个梦——一个梦与梦的邂逅。值得关注的是，博氏擅长从过去的书籍里提取创作素材，用自己的观念去改造它们，从而获得新意。

博尔赫斯从某种意义上说，是一个从书到书的作家，他的许多作品取材于书籍，甚至采用书评的形式编撰出小说。不过，他的小说改变了我们对传统的观念，同时，必然改变未来。他在《双梦记》里写了另一种迷宫，从这个意义上说，《双梦记》发掘了古代阿拉伯文学中第351夜那个故事。（谢志强）

母 亲 的 伙 伴　　[澳大利亚] 劳　森

灯光下，剧院门口的台阶上，坐着一个面容憔悴的妇人。她手里抱着一个孩子，身旁站着两个，膝上放着一叠报纸，紧挨脚边的一个雪茄烟盒就搁在人行道上，里面装满了火柴、靴带和骨制纽扣。

一位绅士模样的人，从马路对面的"大理石酒吧间"走了出来。他在人行道上站了片刻，看了看表，然后径自向剧院走去。他穿过大街，在走近人行道的时候，把手伸进了衣袋里。

"买报，先生？"一个报童叫道，"来哟，先生，有《新闻》，还有《星》。"

但那位"先生"已经注意到了台阶上的妇人，并朝她走去。

"买报吧，先生！ 这里有《星》。"孩子嚷着，一下子闪到他跟前，目光很快地从"先生"脸上转向卖报的女人，他说："没关系，先生！ 都是一样的——她是我母亲，谢谢！"

武　鸣　译

[鉴赏]　《母亲的伙伴》故事很简单，叙述也很精练，描述了街头剧院门口的一幕，可以叫报童与绅士的故事。

那位绅士模样的人进剧院前，想买份报纸；当报童向他兜售时，他却朝另一位卖报妇人走去。这种选择对顾客来说，不管出于何种动机都无可厚非，这是他的权利,选择消费的权利。有意思的是,那报童脱口说道:"没关系,先生! 都是一样的——她是我母亲,谢谢!"我想,当时这位绅士一定很尴尬,而那位报童一定很开心。

《母亲的伙伴》之所以会成为世界微型小说界的名篇,不外乎两个原因:其一,短小精悍,连一句废话甚至连一个字的废话也没有;其二,浓缩了一个国家在一个时期的生活状态。试想,当母亲与孩子都在剧院门口卖报,赚那微薄的利润以维持生机时,生活的艰辛自不待说了,这也从一个侧面反映了生活在最底层百姓的最日常的生活。故事很短,却起到了为历史立此存照的作用,这大概也算是微型小说的功绩吧。

(凌鼎年)

李修士的见证　　［澳大利亚］心　水

修院的图书馆藏书极多,因为不对外开放,故只有一位管理员李修士,微秃的头,瘦削的脸展着笑意,镜片后的眼睛黑亮有神,薄唇抿成弧形,沉默寡言却让人感到亲切。

神学院的建筑在修院内,学生多数将成为教会未来的神职人员,到图书馆借书和阅读也就顺理成章。我攻读哲学硕士,大部分时间都消磨在图书馆里。

我出生便领洗,心里却老存着个疑问,从小到大每次发问必受指责。那天周末,图书馆内没多少人,李修士闲着无事,我招呼后忽然冒失地问他:

"修士,你一生侍奉主,你证明过天主的存在吗?"我自己无法寻到见证,疑惑难消。

"全能的主无所不在啊! 二十多年前我已经见证过了,"微笑洋溢在皱纹里,谈兴被引起,沉默的修士滔滔述说因由,"十八岁我进了修院,读书诵经祈祷做弥撒,日日年年如是。燃烧炽热的青春,在主的注视里消磨着,我存着比你更强烈的疑问。用生命的纯真和虔诚,跪在主前三五个小时,不眠不休啃读一切经典,玫瑰经、天主经、圣母经念了千万遍,我的疑问依然没法找到答案。在四十岁那年,无所不在的天主大发爱心,把他的存在以独特的方法展示了给我……"

李修士弧形的薄唇微张,饮了口茶,脸上溢满柔情,我紧张地注视着,他又开口:

"我奉派下山第一次到俗世传教,在巴拉吩金矿附近,我的寄居地是布朗农庄，她坐在石阶上抱着女娃娃，打开胸脯喂奶。你知道我从来没见过夏娃，更没看过女人的乳房。修道二十多年也出现过无数魔影幻念，但全不切实际。我涨红着脸转过眼去，那晚什么经文也失去了效果。脑里来来去去全是那颗饱满圆美的乳房。第二天，我发高烧，她拿水来，我生气地咒骂她。第三天，她照旧来。第四天，我迷迷糊糊地等她走近时一手抓紧她，把她强搂在怀抱里不让她走。她温柔地、顺从地陪了我整晚。我的烧退了，心里盈溢着喜悦及胀饱的幸福，回到修院我向主教告求，全能者允诺了我荒谬的祈求，真的把夏娃赐给我，以证明他的存在。主教把我调来图书馆。唉！你知道吗？假如那是罪，那就给我再试一次而到地狱去吧！"李修士拿起茶杯。

我抓紧拳头，汗涔涔滴下，母亲死前要我到神学院攻读，原来另有深意。她悄悄地告诉我，我的生父还活着。我姓布朗，出生前父亲已不在家，我望着李修士，不安地问他：

"你知道她的名字吗？"

李修士甜甜地笑着轻轻地说："安娜布朗。"安娜布朗是我的母亲，我冲出了图书馆。

[鉴赏]《李修士的见证》是篇题材独特的作品，涉及了现代作家已很少去写的修院与修士，这对中国的读者来说，是个陌生而新鲜的题材。因为在大多数读者眼里，修院是沉闷的、死板的，修士是心如死水般的木头人，事实果真如此吗？李修士又见证了什么呢？——这很能诱惑读者读下去，以一探究竟。

文中的"我"成了探秘的勇士，也成了引导读者读下去的引路人。文中"我"想问、想证实的问题，可能也是许许多多修士、教徒与非教徒们想要弄明白的问题，即天主到底存在否？"我"是一位神学院的学生，到图书馆读书，问管理图书馆的李修士这样一个问题，一切都顺理成章、自然而然。但谁都又知道，这问题问得突兀，不好回答。出人意外的是李修士没有回避，而是很兴奋地谈起了二十年前的亲身经历，以证明天主的存在；而这全能的天主不是虚无的，而是实实在在的，即以"把夏娃赐给我"的恩施者出现。李修士生病中的那段经历似乎在暗示我们：助人帮人即为神。最后证实了"我"原来就是李修士的儿子，这又告诉了我们，修士其实也是人。

作者的写作手法采用了去壳剥笋的写法，一步步写去，最后水落石出，结果突现。不管作者的寓意是什么，这篇作品让我们知道了修院生活的另一面。

(凌鼎年)

女博士的眼泪 ［新西兰］阿 爽

"早上是妈妈送你来上学的吗?"老师见刚入学的小威廉老不跟其他同学玩,总是一个人玩独角戏,或孤独地坐着,就主动上前微笑地问他。谁知道小威廉摇摇头老大不高兴,一溜烟似地跑开了。

"嘿!别跑得太快,当心摔倒……"老师话语未完,小威廉已经撞上操场的滑梯上,一个青蓝色肉包一下子就从他额角隆起。

"哎!你怎么搞的,可别给我添麻烦啊!"下午放学时舅妈到学校接小威廉回家,一看见他那额角上的肉包,不但不慰问,反而边走边不断地在责怪他,小威廉心里想:"我要是死了谁关心,反正我从小就像个人球。"

* * *

六年前,小威廉的妈妈怀着他移民到新西兰,一岁左右就跟着爸妈到美国去。半年后,妈妈与爸爸感情不和分开,送他回国,把照顾他的责任全交给年迈的外婆。从此,妈妈每天忙着学习研究,对于牙牙学语的小威廉有妈等于没妈。

"我忙死啦!""他还小,谁带他都不要紧。"小威廉的妈妈每次挂长途电话回家都这么说。

"我得把博士学位弄到手,方能回国光宗耀祖啊!"

这下可苦了老祖母与小威廉。两年后,外婆劳累过度一病不起,三岁的小威廉又被送到奥克兰来交给舅舅、舅妈暂时照顾。

小威廉在舅舅家寄住,也不晓得几时妈妈会回来看他。舅妈有一子一女,两岁及四岁,每天照料三名孩子,还得做家务,忙得她团团转。小威廉平时总爱躲在自己房间里,很少跟表弟妹玩在一起,偶尔玩一下就会争吵打架,被舅妈骂后又会闷闷不乐,独个儿躲在房间哭,心里老在怨恨妈妈"干嘛要生我给人骂"。

* * *

妈妈获得博士学位后回舅舅家看望小威廉,知道他已经适龄读小学,心里很高兴,想尽量补偿他以前失去的母爱。在亲热搂抱他时,小威廉视她如陌生人,一脸冷漠地甩开她的双手,跑开躲到自己的小天地里去。

小威廉学校的老师发现他有自闭症倾向,安排一名刚从美国毕业归来的女心理学博士为他作评估,小威廉一见她就往外跑。那女博士心里好难过,一阵心酸,眼泪就往下滚,怎想到,她第一个病人竟是自己的儿子。

[鉴赏]　这篇作品广义地说也属新移民题材,但如果就作品内容的性质来归类的话,属问题小说。小而言之,家庭问题;大而言之,社会问题。

人要有追求,特别是移民到西方国家,不打拼能跻身主流社会吗?小威廉的妈妈移民到新西兰后一心一意读研考博,往好的方面说精神可嘉,但她忽略了一个关于子女教育的问题。由于她将全部心思放在取得博士学位上,孩子只得托小孩的舅妈照顾了。作者在写这篇作品时,着重写的不是小威廉母亲如何读研考博,而是用较多的笔墨写了小威廉在学校、在舅妈家中的生存状态,这种侧面描写的手法,为的是让女博士的眼泪流得真实,让人可怜,让人思索。在写小威廉那种埋怨心理的同时,另叙一笔,写了小威廉母亲终于取得了博士学位,可以光宗耀祖了。但当她成为从美国学成归来的女博士而受人尊重时,万万没想到,她的第一位有自闭症的病人竟是她儿子——这反差多大啊。因为反差大,所以艺术冲击力也大。

读到这里,不由得引起读者思考:这是代价,还是牺牲?作为母亲,是对是错?也许这不是一篇微型小说可以回答的,但至少提出了这样一个可供讨论的命题还是很有意义的。事业重要,还是家庭重要?这不是个新鲜的问题,然而却是个棘手的问题、两难的问题。对男人是如此,对女人更是如此。作品中小威廉的妈妈是个有争议的人物典型,就看你站在什么立场上、从什么视角来看了,轻率的批评或廉价的表扬都于事无补。作者写这篇作品想来也不是想批评什么或表扬什么,而是把这一社会问题用文学形式表现出来,以引起更多的人去关注、去思考。这也不失为微型小说的一种写法。

(凌鼎年)

波 格 小 姐　　　[日本]星新一

那个机器人制作得很漂亮,是个女的。因是人工制品,不论多少美丽都能造得出来。由于吸取了一切美人的要素,就造出了完美无瑕的丽人。的确,有一点架子。不过,摆摆架子,也是美人条件之一呀!

任何人都不曾想过做个机器人什么的。倘若造一个和人们一样干活的机器人,那是胡说八道。如果有做那个玩意儿的经费,不如做个效率更高的精妙机器,而且盼着找活干的人要多少有多少。

那是玩票做成的,制作者是酒馆老板。酒馆老板这种人,一回到家里就无心喝酒。对于他来说,酒是商业道具,不可以独斟自饮。金钱嘛,自有醉鬼们叫他发财,又有时间,于是,做了个机器人,完全是从兴趣出发。

正因为有兴趣,才做成了精巧的美人。摸一下,那感觉和活人一样,令人难以分辨。冷眼乍见时,毋宁说,比真人更像真人。

然而,头脑几乎是空空的。老板也顾不上研究那些。她只会简单应答,动作也只会饮酒。

老板做好机器人,就放在酒馆里。尽管桌面上不乏席位,但还是把机器人放在柜台里了,因为一旦露馅可就糟糕了。

由于新添了个女的,顾客们就主动搭话。但是只在问她姓名和年龄时能干脆地回答,其余一概不语。尽管如此,竟然没有一个人想到她是个机器人。

"叫什么名字?"

"波格小姐。"

"年龄?"

"还很年轻哪。"

"多大岁数呀?"

"还很年轻哪。"

"所以问你……"

"还很年轻哪。"

这个酒馆里儒雅贵客居多,因此,人们都不再多问。

"多么漂亮的衣服呀!"

"衣服漂亮吧?"

"你喜欢什么?"

"喜欢什么呢?"

"喝杜松籽酒吗?"

"喝杜松籽酒。"

喝酒海量,而且不醉。

是个美人,又年轻,又有派头,只是答话冷冰冰的。顾客们一传十、十传百,纷至沓来,把她当作谈话对象,喝酒,或是被她劝酒。

"顾客当中，你喜欢谁？"

"喜欢谁呢？"

"喜欢我吗？"

"喜欢你呀。"

"下次去看电影吧！"

"去看电影吧。"

"定在哪天？"

答不上话的时候就发出信号，老板便赶快跑来。

"客人！过分地逗她可不行哟！"

听老板一说，倒也不无道理，客人们便苦笑一声，住口了。

老板不时地蹲下身来，从机器人脚下的塑料管里将她喝过的酒收回，再给客人喝。

不过，客人们并未留意。她是个又年轻、又健康的女孩，并不黏黏糊糊地恭维谁，喝酒也不乱性。因此，越来越招人喜欢，登门造访者不断增多。

其中有一位青年，对波格小姐一往情深，总是跑来守候着她。不过，他是水中捞月，白搭工。但是，他热恋之心更加高昂。为此，他欠账太多，无力偿还，终于想拿家里的钱，惹得父亲大发雷霆。

"再也不许去！用这些钱去还账。不过，到此为止。"

年轻人来到酒馆还账。他想，今宵缘尽，自己喝了酒，又对波格小姐说："作为临别纪念吧！"让她也喝了好多的酒。

"再也不能来啦！"

"再也不能来啦？"

"伤心吗？"

"伤心呢。"

"心里不是那么回事吧？"

"心里不是那么回事。"

"再也没有像你这么冷冰冰的人了！"

"没有像我这么冷冰冰的人了。"

"杀了你吧？"

"杀了我吧。"

他从衣袋里取出药包，投入杯中，推到波格小姐面前。

"喝吗？"

“喝！”

不等凝视她一眼，药酒已经下肚。

青年说：“随时一死就算完事儿。”

“随时可以死。”青年将这番话甩在背后，给老板付款，便走了出去。夜已深了。

老板看年轻人走出门去，对余下的顾客们说：

“以下由我请客，诸位，请开怀畅饮！”

说是他请客，其实是因为喝塑料管中流出的酒的那些顾客不见影儿。

“喂！”

“好哇！妙哇！”

顾客和酒馆小姐们共同干杯。老板也在柜台里举起杯来一饮而尽。

那天夜里，酒馆很晚还亮着灯。收音机流淌着音乐。不过，没有一个人离去，却惟有人们的语声断绝。

那当儿，收音机里也说：“请休息吧！”再就无言了。波格小姐喃喃地说：“请休息吧！”然后，面带矜持，等待着有谁来搭话哩。

　　　　　　　　　　　　　　　　　　　　　　于　雷　译

[鉴赏]　星新一被称为“日本超短篇小说之神”，是当代最富影响力的微型小说名家。他所以具有那么大的影响力，固然与他创作的微型小说数量在世界上遥遥领先有关，主要还是因为他的作品质量高，且有独特的个性。他敏锐地从形形色色的社会现象中取材，揭露和批判资本主义的痼疾与丑陋，“用解剖刀切裂现代文明的患部”。在表现手法上，或以大胆的想象与夸张，将丑恶与痼疾加以扩大，惊人耳目；或径直采用科学幻想的形式，“在放大镜上再加上一面哈哈镜”，使丑恶的东西显得更加荒唐可笑、可憎。

《波格小姐》是星新一的成名作，它借助于科幻形式，将集众美于一身的美貌同冷若冰霜的冷漠形成对比，使人感到波格小姐在诱人神往的同时也使人害怕。这里，女机器人波格小姐，实际上是现代技术文明的一种象征，作者忧虑现代化的飞速发展会破坏美好的人性、人情。这种现代忧患意识，即担心人类面临着自己创造了物却为物所役的悲剧，在星新一后来的许多作品中有着进一步的表露。

由于星新一的微型小说大多讽刺现代社会的种种奇形怪状，有人把他的作品划入现代派，这有一定的道理。但他与西方某些“无情节”的晦涩难读的现代派作品不同,特别具有情节的生动性,在微型的尺幅中也能悬念迭起、一波三折,《波格小姐》就是其中一例。　　　　　　　　　　　（虹　菁）

特　　技　　　　[日本]星新一

电视台的新闻广播员,某日,一如往常,刚要播放稿件,竟违背自己的意志,信口开河起来:

"下面报告新闻。发现了一起行贿受贿案件。据报,K企业定期向主管机关的高级官员重金行贿……"

播后,电视台内部掀起轩然大波。有人问他:"你为什么讲了原稿上根本不存在的事儿?"

"脑袋出毛病? 真丢人,人家会抗议的。胡侃下去,我们电视台就会威信扫地。"

电视台里的人都被吓得面色如土,广播员也等着革职。然而,奇怪的是压根没有人打电话来表示抗议。

不仅如此,电视台还得到情报说,电视台点名的那几位高级官员已经引咎辞职。还听说,对此报道半信半疑的警方,在K企业进行搜查,很快就发现了行贿的证据,立刻逮捕了嫌疑者。

电视台里的气氛一下子变了,肯定播音员第一个报道了爆炸性新闻,赞许的呼声代替了责难。

"真是惊心动魄! 你说的全是事实,你是怎么知道的?"

"我也不大清楚。只是这念头在脑子里一闪,就变成话语脱口而出了。"

"说不定这是特技哪。你具有发现暗地违法的能力。今后可要大力发挥你的才能哟,我们电视台的观众,会一下子增多的。"

"噢,但不知能否一帆风顺。"

第二天的新闻节目时间里,这位广播员又胡侃起来:"播送去年偷税者前十名名单。第一名……"

随后,他不仅播放了偷税的金额,还详细地报道了他们偷税的手段。这次又给他说中了。

税务署的人员立刻出动,不费吹灰之力就获取了证据。于是,这个新闻节目大受欢迎,听众和观众不断打来电话,一个劲儿地打气。

"了不起,是大众的战友! 用你的特技,毫不留情地把那些坏家伙揪出来,让我们大家心里痛快痛快!"

这位播音员便住在电视台里,每天三次上电视,每一次他都报道一条爆炸性新闻,声望越来越高。

但是,接连几天,他的身体便支持不住了,每周都想方设法地请假。他打算回家。可是就在他回家的一路上,不管是谁,一见到他便逃之夭夭。

有的也许是骗取了公司的差旅费的,或者是违章乘车的、装病不上班的、学生时代考试作过弊的、骗过女人的等等,全都有点什么把柄。他们不愿意接近这位电视台里最有威信的播音员,也许害怕自己的弊端也被宣扬出去,那就吃不消;因此,尽作鸟兽散了。

他心神不快,总算回到了家。但是,妻子不见了,据说几天前就逃之夭夭。特技即使对她,也不例外。

郭富光　译

[鉴赏] 这篇《特技》有其特别之处,即故事背景是真实的,故事是虚构的,这种事情在现实生活中是不可能发生的,但又是许许多多听众希望它发生的。它的结局尽管荒诞,却又是符合生活本质的。

所谓特技,也即特别之技,吉尼斯世界纪录中这类怪人、高人的绝技、绝招应该不少,但似乎还没听说过像电视台播音员这种特殊技能。既然没有,星新一说有,这不是胡编乱造吗? 不,这是广大听众、广大普通百姓的一种希望啊,他们盼望出现有这种特技的人,把贪官污吏一一指证出来,让他们受到惩罚,以使社会风气好转,社会长治久安,老百姓过上太太平平的日子。

于是,为了满足听众的这种心理,星新一塑造出了这样一个全知全能、未卜先知的播音员。只是"水清则无鱼""察见渊鱼者不祥",日本的这位播音员不幸被中国的老祖宗说中,他知道得太多了,就危害到了自己,成了孤家寡人,谁也不愿与他接近,谁都躲着他,因为世界上十全十美从不犯错、从不失足的人几乎没有。到头来,播音员连老婆也弃他而去,为什么呢? 怕他呀。

星新一的微型小说大多好读,故事性特强,那匪夷所思的情节深深地吸引着读者。这篇作品也不例外,充分发挥了作者超人的想象力,把生活中或者说现实中不可能的事描绘得活灵活现,即中国人常说的"像真的一样"。如果仅仅如此,充其量是个讲故事的故事篓子,但作者的高明之处在于使这故事的外延得到扩展、内涵得到增加。达到这一点,是作者添加了特技播音员回家后的遭遇,因为有了这个遭遇,就不再是仅仅停留在故事的层面上了,而是能让读者联想到许多许多。

(凌鼎年)

雨　　伞　　[日本] 川端康成

天空飘洒着薄雾般的春雨,虽淋不透衣服,却也令肌肤黏黏渍渍。跑到门外来的少女,看见少年打着雨伞,便问:"怎么,下雨了?"

少年之所以打伞,与其说是遮雨,不如说是为了走过少女等候着的店铺时,遮住自己羞赧的脸。不过,他还是默默地把伞伸过去,想遮住少女,少女却只让自己的半个身子钻进伞下。雨丝淋在少年身上,尽管他让少女进到伞下,可自己却羞怯得不能将身子靠过去。少女虽然心想伸出一只手,两人共同把住伞柄,却又忸怩得恨不能从伞下跑出去。两人走进照相馆。少年的父亲身任官职,要调往远方,这是离别的纪念照。

摄影师指着长凳说:"请吧,请二位并排坐好。"然而,少年并未挨在少女身旁,而站到了她的身后。他心里巴望着两人身体的某一部位能联结在一起,便用把着椅背的手指轻轻地挨上少女的外套。这是他初次接触少女的身体,凭那从指尖依稀传来的体温,少年似乎感到两人赤身紧紧搂抱时的温暖。此生此世,只要看到这张照片,就会回味起她的温馨来!

"再照一张如何?这回二位并排而坐,上半身突出些。"

少年只是点点头,轻声提醒少女说:"头发!"少女蓦地仰首瞅了眼少年,双颊绯红,眼里闪着明快、喜悦的光亮,像孩子一样毫无造作地向化妆室走去。刚才,她一看见少年路过店铺,便飞跑出来,没顾上梳理。本来早就意识到自己那如同刚摘掉游泳帽似的蓬乱头发,可是,她毕竟是个当着男人的面连拢拢乱发都害羞的少女。而少年则担心,直说让她整整发型,会损伤女孩的自尊心。看见少女走向化妆室时的明朗表情,少年的心头也豁然开朗了。其结果,两人如同其他恋人一样,相互依偎着坐到长凳上。

临离照相馆时,少年寻找那把伞。忽然发现先走一步的少女,手持雨伞正站在门外。她发现少年瞅着自己,这才察觉自己把伞拿了出来,不由一惊,这无心的举动,不正是自己以心相许的流露吗?

少年没有说要伞,少女也未将伞递过来。不过,与来照相馆的路上不同,两人骤然成熟许多,怀着夫妇般的情感踏上归途——伞完成了它的使命。

王金方　译

[鉴赏]《雨伞》犹如一则玲珑剔透的艺术微雕,令观者陶醉。作者是日本文学史上新感觉派的重要代表,强调作家要追求新的感觉和对事物新的感受。他于1968年获得诺贝尔文学奖,就因为他拥有"非凡的敏锐"。这,当然突出地体现在他的《伊豆的舞女》等名篇中,《雨伞》也鲜明地表现了这一风格。

"薄雾般的春雨,虽淋不透衣服,却也令肌肤黏黏渍渍。"这是作者感觉的纤细。少年"用把着椅背的手指轻轻地挨上少女的外套……凭那从指尖依稀传来的体温,少年似乎感到两人赤身紧紧搂抱时的温暖"。这是主人公纤细的感觉。通篇正是由作者和主人公这样双重的纤细感觉与瞬息间的纤细感受,组成了一幅可感的、立体的、流动的、富有生命力的生活图画。这其中,作者所要宣泄的是男女青年间的感情波澜。开始,少年在雨中默默地将伞遮在少女的头顶,"少女却只让自己的半个身子钻进伞下"。见到"雨丝淋在少年身上",也很想伸出一只手去共同把住伞柄,但不知怎的,却偏偏做出了要逃出伞外的样子。这里流露的是羞涩之情。后来从照相馆出来,少年找他的那把雨伞,却意外地发现,伞已经被先出门的少女拿在手里,少女正站在门外等他。这里暗示的则是一片亲密之情。

由羞涩到亲密,《雨伞》通过捕捉感觉,脉络清楚地展示出了男女主人公的一片纯情,展示了唯美主义者川端康成所一贯追求的艺术特色。

(虹　菁)

沼　泽　地　　［日本］芥川龙之介

一个雨天的午后,我在某画展的一个房间里发现了一幅小油画。说"发现"未免有些夸大,然而,惟独这幅画就像被遗忘了似地挂在光线最幽暗的角落里,框子也简陋不堪,因此说"发现"也未尝不可。记得标题是《沼泽地》,画家不是什么知名的人。画面上也只画着浊水、湿土以及地上丛生的草木。对一般参观的人来说,恐怕是名副其实的不屑一顾的吧。

然而奇怪的是,这位画家尽管画的是郁郁葱葱的草木,却丝毫也没有使用绿色。芦苇、白杨和无花果树,到处涂着混浊的黄色,就像潮湿的土墙一般晦暗的黄色。莫非这位画家真把草木看成这种颜色吗？也许是出于某种癖好，故意加以夸张吧？——我站在这幅画面前，一面对它玩味，一面不由得心里冒出这样的疑问。

我越看越感到这幅画里蕴蓄着一股可怕的力量。尤其是前景中的泥土，画得那么精细，甚至使人联想到踏上去时脚底下的感觉。这是一片滑溜溜的淤泥，踏上去扑哧一声，会没过脚脖子。我在这幅小油画上找到了试图敏锐地捕捉大自然的那个凄惨的艺术家的形象。正如从所有优秀的艺术品中感受到的一样，那片黄色的沼泽地上的草木也使我产生了恍惚的悲壮的激情。说实在的，挂在同一会场上的大大小小、各种风格的绘画当中，没有一幅给人的印象强烈得足以和这幅小小的油画相抗衡。

"很欣赏它呢！"有人边说边拍了一下我的肩膀。我觉得恰似心里的什么东西被惊吓掉了，就猛地回过头来。

"怎么样，这幅画？"对方一边悠然自得地说着，一边朝着《沼泽地》这幅画努了努他那刚刚刮过的下巴。他是一家报纸的美术记者，向来以"消息灵通人士"自居，身材魁梧，穿着时新的淡褐色西装。

这个记者以前曾经给过我一两次不愉快的印象，所以我勉强回答了他一句："是杰作。"

"杰作吗？这可有意思啦。"记者捧腹大笑。

大概是被他这声音惊动了吧，附近看画的两三个人不约而同地朝这边望了望。我越发不痛快了。

"真有意思。这幅画本来不是会员画的。可是因为作者本人曾反复复念叨非要拿到这儿来展出不可，经他的遗族央求审查员，好容易才得以挂在这个角落里。"

"遗族？那么画这幅画的人已经故去了吗？"

"死了。其实他生前就等于死了。"

终于，好奇心战胜了我对这个记者的反感。我问道："为什么呢？"

"这个画家老早就疯了。"

"画这幅画的时候也是疯着的吗？"

"当然喽。要不是疯子，谁会画出这种颜色的画呢？可你还在赞赏，说它是杰作哩，这可太有趣啦！"

　　记者又得意洋洋地放声大笑，他大概料想我会对自己的无知感到羞愧；要不就是更进一步，想使我对他的鉴赏力的优越留下印象吧。然而，他这两个指望都落空了。因为他的话音未落，一种近乎肃然起敬的感情，像难以描述的波澜震撼了我的整个身心。我十分郑重地重新凝视这幅《沼泽地》。我在这张小小画布上再一次看到了为可怕的焦躁与不安所折磨的艺术家痛苦的形象。

　　"不过，听说他好像是因为不能随心所欲地作画才发疯的呢。要说可取嘛，这一点倒是可取的。"

　　记者露出爽快的样子，几乎是高兴地微笑着，这就是无名的艺术家——我们当中的一个人，牺牲了自己的生命，从人世间换到的惟一报偿！我浑身奇怪地打着寒战，第三次审视这幅忧郁的画。画面上，在阴沉沉的天与水之间，潮湿的黄土色的芦苇、白杨和无花果树，长得那么生气蓬勃，宛如充满生命力的大自然本身一般……

　　"是杰作。"我盯着记者的脸，斩钉截铁地重复了一遍。

文洁若　译

　　［鉴赏］　芥川龙之介是日本著名的作家。这篇《沼泽地》，鲁迅当年翻译过的，可见鲁迅也很欣赏这篇作品。

　　这篇作品表面上看来不是写人的，因为油画《沼泽地》的主人始终未出现，也无名无姓，因为他已经死了。但通过这幅画，我们仿佛又真切地见到了这位潦倒一生的、在社会底层苦苦挣扎又不肯放弃艺术追求的那种画家形象。这位画家的遭遇，令人想起凡·高的身世。凡·高在生前，他的画不也得不到主流社会、主流媒体的肯定吗，但这不妨碍他成为一个大画家，因为他没放弃自己的追求。《沼泽地》的作画者以自己独到的审美与艺术情趣，或者说是用生命在画这幅画的，因此这幅画里，有一种震撼心灵的力量。它的色彩与众不同，它的格调与众不同，它的主题也与众不同。

　　作者在文中安排了一家报纸的美术记者，正是通过他的嘲笑来反衬这幅画的伟大，通过他的嘴，补叙了画家内心世界的痛苦、挣扎，乃至不屈不挠的抗争。画家要的是什么呢，不是丰厚的报酬，而是随心所欲的作画。看来，画家的心灵是自由的，但绘画环境并不自由，他因此而苦恼，以致发疯。然而正是他这种对艺术的执著，成就他达到了艺术的高度。

　　读这篇作品，我想到了两句话：一，是黄金总会发光的；二，轻易的否定与嘲笑是无知的表现。

（凌鼎年）

不鼓掌的人　　[日本]藤森成吉

　　我突然发现这家伙很不正常,惟独他一个人不鼓掌,真不可思议。

　　演讲者慷慨激昂,台下掌声阵阵。大伙儿把手都快拍烂了,还是一个劲儿地向着讲坛报以雷鸣般的掌声,不,简直是在一齐鸣枪射击。有人嫌鼓掌还不过瘾,竟情不自禁地喊叫起来:"对!一点不错!""我们都挨了打!""警察是我们的敌人!"

　　警察犹如街道两旁的树木,布满会场四周。每当群众鼓掌、喊叫时,他们的眼睛里就闪烁着白光;佩剑仿佛是套在家犬脖子上的锁链,发出"喀嚓""喀嚓"的恫吓声。不用说,这种举动纯属徒劳。演讲者的谴责句句在理,具有法庭和陪审员的权威。何况,警察现在又是被告。

　　警察要是胆敢在这种场合动手打人,大概到会者谁也不会袖手旁观的吧!这一点群众清楚,被告们心里也明白,正因为如此,他们至多只能白白眼、拨弄拨弄佩剑而已。

　　"谴责警察'五一'暴行大会"笼罩着法庭式的庄严、激昂的气氛。演讲的工人大声怒斥,听众的心里也在大声疾呼。台上、台下同仇敌忾。然而这究竟是怎么一回事呢?惟独这家伙阴沉沉的,一声不吭,显得无动于衷。

　　他一动不动地端坐在我的邻座,仿佛波涛中的一块岩石。面孔浅黑,身体似乎有点虚弱,鼻子向旁歪斜,目光锐利,身穿土黄色粗布工作服,看上去像是个中年工人。他嘴唇紧抿,正出神地望着台上的演讲者。

　　"混蛋!"我暗暗骂道。居然巧妙地混了进来,你在拼命地看什么呢?是把反抗者的面孔一一记入脑海中的手册,还是像蜻蜓那样转动眼睛环视四周呢?……于是我对他严加监视起来,但这家伙依旧纹丝不动。过了好大一会儿,他都没拍过一下手,也没喊过一声。也许他压根儿没这种念头。

　　我不免纳闷起来,恐怕是个新特务吧!不!说不定是个狡猾的老狐狸也未可知。我把注意力全集中在这家伙身上了,至于台上的演讲早已丢在一边。我决定和他打个招呼。就在我正要把脸凑过去喊声"喂"时，突然发现他的双瞳像电光一样在闪亮。啊呀！这条狗真怪，在哭哩，是不是有所触动了呢？……就在这当儿，雷鸣般的掌声又一次震撼了整个会场。他失神似地举起迄今一直垂着的那双手，可是刚举到胸前又垂落在膝盖上。

这时，我才看到了一样东西。可以说这是一个伟大的发现，其意义远比哥伦布发现新大陆要大得多，我的热血一下子沸腾起来。四周一片昏暗，我极力睁眼凝视，确实没错，搁在膝盖上微微颤动着的东西是一双没手掌的手，不！是研磨棒。

我的眼前闪电般地掠过一个幻觉：传送带宛如几十条耀眼的白练，奔腾不息。马达隆隆鸣响，机器令人目眩地飞速旋转。突然，五根手指和手掌碰到磨得光亮的钩形加工品，顿时在一片浅红色的烟雾中飞舞……

我全明白了。泪水不禁夺眶而出。

"你！"

我失声抽泣，眼前一片模糊，还是伸出双手，紧握住他那山芋般的、无声地颤动着的物体。

朱金和　译

［鉴赏］　一看题目便知，《不鼓掌的人》是篇写人的微型小说。会场里，人人都鼓掌，唯独他不鼓掌，这就是与众不同，或者说没随大流，这就被旁人注意上了。正是注意者的视线，成了故事发展下去的线索。作者极为熟悉微型小说创作的技巧，在写人的过程中，故意把读者的判断误导到与作者设计好的结果的相反方向，以求取得意外的效果，从而产生瞬间的艺术冲击力。作者借"我"的眼光，看到了一个自始至终不拍手的与会者。作者又借"我"的思维，判断他是"特务"，这也正与大多数读者的猜测相一致。写到这儿，悬念也几乎推到极致了，由于来了个一百八十度大转变，"我"发现他虽未拍手，却流泪了，看来他是动感情了。进一步观察，发现此人没有双手，不用说，这一定是个生产第一线的工人，是个工伤残疾者。"我"对他先前的判断是错了，是误解了他。

人们常说"眼见为实"，但假如不仔细观察、辨别，也会被假象所迷惑，所谓经目之事未必真。尽管这位残疾者不是什么英雄，但这形象是真实的、可信的、令人感动的。微型小说能在一千多字的篇幅里，勾勒出一个人的形象，并在读者头脑中留下印象，就算是写作高手了。

微型小说虽然微，但既然是小说的一种，写人就是其主要任务。如何写活"这一个"，文学理论家有一套理论，也总结出了一种又一种写法。这篇作品在写人上有自己的特色,即文中主人公一直处在被人观察的位置上,而不是进行主动表演的舞台人,这就增加了人物塑造的难度。作者用误会法来编织故事的经纬、推进故事的发展,用作者的眼光观察着,由表及里,一笔又一笔地给人物涂上色彩,完成了对不鼓掌人的最后定位,让读者在读完这篇作品后,有一种如释重负的感觉,或者说有一种满足感——原来如此!

（凌鼎年）

出　租　小　姐 　　[日本]三藤英二

　　三个小伙子是好朋友,同在一家公司供职,又都爱上了新来的女职员优子。优子长得特别漂亮,而且那双眼睛含情脉脉。

　　公司不大,用不了多长时间,三个小伙子全都明白发生了什么事情。三个朋友各自向优子发起猛烈进攻。他们想方设法接近优子,频频约她去看电影、逛公园、下饭馆。优子从不拒绝,一一赴约,但小伙子们谁也摸不准她究竟倾心于谁。经过一段时间的焦急等待,他们终于忍耐不住,就向优子摊了牌:正式提出求婚。

　　优子对三个人的回答一模一样,合情合理:事出突然,没有思想准备,容她考虑三天。

　　三天以后,三个小伙子准时到优子指定的地点赴约,却出乎意料地在同一个地方会了面。他们不知道优子葫芦里卖的什么药,心里忐忑不安。

　　A 故作镇定地说:"我是有这份自信的。她肯定会选中我。"

　　B 泼了一盆冷水:"那可不一定,也许我们三个都不够格。"

　　C 打圆场说:"咱们说啥也没用,还是听凭优子本人决定吧。"

　　优子姗姗走来,面有难色地说:"各位对我的感情,我非常感谢! 可是,你们三位条件不相上下,使我十分为难,考虑了三天,实在无法作出最后的抉择。"

　　A 着急地问:"那么,我们怎样做,才有资格成为你的丈夫呢?"

　　优子娇声媚气地说:"我想,只有根据将来每个人的发展状况来决定啦。"

　　B 抢着说:"那就是说,今后谁能出人头地,你就同谁结婚。"

　　优子使劲点点头。小伙子们交换了一下眼色,感到优子说得有道理,就说:"好吧,就照你说的办!"

优子与他们约定:三年为期。

从此以后,三个小伙子鼓起干劲,拼命工作,你追我赶,惟恐落后。周围的人背后叫他们"干活的机器"。苍天不负苦心人,不到三年,三个人都晋升为主任。

在优子即将宣布决定的前一天晚上,三个小伙子凑在一块喝酒。他们达成共识:不管优子决定嫁给谁,三个人都要一如既往,做好朋友。没有被优子选中的,也决不气馁,把工作当做第二号恋人,争取更好的业绩。

第二天,优子敲开经理办公室的门,向经理递交了辞呈。经理笑着说:"真够快的,你的合同已经到期啦! 自从三年前收到你的报告,我就留心观察那三个年轻人,果然进步神速。祝贺你!他们三个里边,不论你选哪一个做丈夫,我都乐意当这个媒人。哈、哈、哈……"

优子一本正经地说:"我的继任者还在外边等着哩!"

"啊! 是吗? 快快请进。"

优子一招手,从门外走进一位妙龄女子,又是一个人见人爱的靓丽小姐。经理向新来的女子一欠身:"那就拜托你啦!"

经理从保险箱里取出一叠钞票,装进信封,交给优子,作为酬劳。优子双手接过信封,深深鞠一躬说:"十分感谢! 为了强化贵公司的劳动力,今后务请多多惠顾敝公司。"

她递给经理一张名片,上面赫然印着:

山村洋子

爱之力小姐出租公司

郭瑞璜 译

[鉴赏] 我不知作者的素材是哪里来的,但读这篇作品,会自然而然联想起中国的一句民间俚语:"男女搭配,干活不累。"

公司里新来了个漂亮、年轻的女职员优子,成为三个小伙子的大众情人,都想追到手,这是人之常情;即便三个人竞争,也是正常的。由此,各人有各人的高招,只是谁也没有更进一步的发展。小伙子们没姑娘这点耐心,终于摊牌。优子不慌不忙、不卑不亢,说考虑三天,吊吊他们胃口。三天后,优子的答复是视每个人的发展状况决定。这个回答是中庸的、圆滑的,又是有刺激性的,谁能说优子有什么不对呢? 在三年为期的考察日子里,三个小伙子因为有这样一种无形动力,自然你赶我超,拼命工作,发展状况都很良好,就在三年期满、谜底不得不揭晓之时,作者故意将发展的轨迹不按常规走了,情节突变——原来优子是该公司的一个筹码,或者说是一个棋子,只是用来激励员工更拼命地为公司工作而已。最后谜底揭开,原来优子是"爱之力小姐出租公司"的,优子完成任务,合同期满,可马上有另外的小姐被公司租用,进入新一轮的循环,只是不知是否还会有其他小伙子的感情被欺骗。

这篇作品从故事结构、主题思想来看都不失为一篇精品,唯一的缺憾是题目用了《出租小姐》,多少泄露了点天机。 （凌鼎年）

不称心的强盗　　　［日本］浅名朝子

有一位资产颇丰、独自生活的老太婆,人们传说强盗曾多次光顾了她家,可她一次也不曾报警。我便也揣上一把菜刀,选定了个风高月黑夜前往她家。本想撞开门闯进去,又怕她犯了心脏病,便按了门铃。一个白发苍苍、龟背佝偻、五短身材的老太婆把门打开了。我迅速闪进门内,亮出了菜刀。

"哎哟! 我的妈呀!"老太婆一边扶正了她的老花镜,一边看了看我。

"按门铃的强盗,天下少见哪!"

"我来干什么,想你会明白的,识相些,免得我动手!"我虚张了一下声势,想穿着沾满泥的鞋进屋。

"不脱鞋就进屋,之后不好打扫! 你还是换上拖鞋吧!"老太婆不失庄重地说。我乖乖地照办了。

屋内有个保险柜。她从抽屉里取出一大串钥匙,然后在保险柜的旋钮上左右拧了起来。

"今晚,只有这些了。"老太婆两手捧出一堆钞票放在了桌上。是一千万日元。尽管不太过瘾,但我还是把一沓沓的钞票塞满了各个衣兜,连夹克衫的前面也被利用上了。

"我为了心中有数,想问一句,你打算怎么用这笔钱?"

"我玩牌欠赌债破产了。有了这笔钱,我除了还账,余下的还能存到银行细水长流,"我把菜刀塞进夹克衫里,站起身来,"多谢了,老妈妈,多保重啊!"

"等一等。"语气像是对自家人一样柔和。我转回身投以无比亲切温存的一瞥,不料,阴冷的枪口正对着我。

"在警察到来之前,你给我老老实实地呆着! 你要反抗我可就开枪了! 我的枪法棒着呢!"

"您能不能放我一马?"

"我可以向警察为你美言两句,说你这强盗的举止还大有绅士风度,挺文明的。"

"原来那些传说是假的?"

"传说是真的。"

"那为什么是我你就报警?"

"因为你的口试不及格。在你之前来的那个人,他想抢钱去赌马。他从院子里冷不防出现在我跟前,差点儿没把我吓死。在他之前那个人,玩股票全赔光了,半夜里我一觉醒来,发现那人就站在我的床前,害得我一直失眠。在这人之前的那个人,挖温泉失败了,他是在我洗澡的时候进来的。"

"我不是说过了,把钱存起来慢慢地用吗? 他们来你不报警,却这样对待我,是不是我有什么地方不称你的心?"

"赌马的那小子,我告诉他说第三跑道的8—8号马能赢头彩,他听了我的就赢了。三天后,他便将五倍的钞票还给我了! 我们是平分了赢头。

"玩股票的,我教给了他两手,三个月后,虽然少了点,还是以二分利还钱给我了。另外还送了我玫瑰花。

"挖温泉那家伙,我鼓励他挖了三处。结果挖出了泉水。我打算从明天开始去那儿洗一个月的温泉治治我的神经痛。他每年都要我去呢。其实你的信用卡出了亏空,欠着不还也没什么。如果你说打算用剩下的钱去买六合彩的话,我本来还能放你一马,可是你却说只把剩下的一半钱存到银行里去,还是你自己慢慢用。那我这钱岂不是肉包子打狗,哪还有什么捞回油水的指望呢?!"

郭允海　译

[鉴赏]　这篇作品题目就与众不同。强盗就是强盗,强盗者,乃匪乃寇,杀人放火,强抢硬掳,肯定是不讲道理、不讲情面的,怎么会称你心呢。人称题目"点睛",这题目隐含玄机,题目背后大有故事,很吸引人。

作品写了两个人,一个主人公"我",亦即强盗;一个被盗数次的老太婆。

作者在这篇文章里用了反衬的手法,即用强盗来反衬老太婆,用老太婆来反衬强盗。在一般读者眼里,强盗应该是十恶不赦、凶残无人性的。多次遭抢劫而从未报案的老太婆肯定是位弱者、胆小怕事的。按照这个思路阅读下去,是常规之途,但读者肯定不过瘾、不满足,作者深谙读者心理,因此在行文上先是采取了不温不火、从从容容的叙述方式,把一场原本可能刀光剑影的抢劫写得轻轻松松,让人怀疑是在玩过家家游戏。正当读者觉得是否抢劫太容易时,情节在柔和的"等一等"中发生了逆转,让读者震惊的不是老太婆手中的那支枪,而是老太婆的那番话。这使人想起了中国的一个成语"螳螂捕蝉,黄雀在后"。读到这里,读者才恍然悟到,原来在老太婆眼里,强盗也分三六九等的,老太婆资产颇丰,原来她生财有道。

　　这则故事是现实的还是非现实的,这不大重要,读者喜欢的是这则故事给了读者阅读时的愉快与想象力的满足。

（凌鼎年）

神　秘　的　查　理　　　　［菲律宾］吴新钿

　　近半年来,常常在报上出现另一个查理,好在有时用的不是查理而是查利,加上英国皇家的查理,的确热闹非常,现在再来个神秘的查理……

　　我的朋友阿毛,移居美国近十年,这是他儿子小时候的故事。

　　儿子放学回家时老是这样,砰然一声地把门打开,把帽子甩到地上,粗声粗气地喊道:"家里没有人吗?"

　　每次都是盛气凌人地跟爸爸谈话,与美国孩子无异。

　　今天还特别告诉阿毛夫妇,说老师讲过不要亵渎神灵。

　　"今天上课的情形究竟怎样?"阿毛问儿子时,故意装作很随便。

　　"过得去。"他说。

　　"你学到些什么?"阿毛问道。

　　他儿子冷冷地看着阿毛:"我什么也没学到,但是老师罚了一个男生,因为他不规矩。"

　　"他干了什么坏事,犯了什么错?"阿毛问道,"他是谁?"

　　他儿子想了一想:"是查理,"他说,"老师罚他站墙角,他……查理实在很不规矩。"

　　"他到底干了什么坏事。"阿毛追问,话还没回答,儿子已滑下椅子,拿了块饼干走了。

　　第二天,儿子刚坐下来吃午饭时老爸就说:"唔,查理今日又不规矩了吗?"

"查理今日打了老师。"儿子带着满面笑容说。

"真不得了!"阿毛说着,心里牢记切不可亵渎神灵,"我想他又受罚了,是不是,其实打老师,假如在菲律宾会被开除……也会受法律制裁的!"

"是吗?"他儿子说。

"查理为什么打老师?"阿毛又问道。

"因为他要查理用红铅笔涂太阳的颜色!"他儿子说,"查理却要用绿色的,老师说谁也不准跟查理玩,但每个同学都跟他玩。"

第三天,查理用跷跷板把一个小女孩磕得头破血流,于是老师又罚他站到厕所去。又隔一天,查理再被罚站墙角,因为他两脚不停地踩地板。再隔一天,查理失去休息时出教室的权利,因为查理扔粉笔。

最后,阿毛的太太开口说话:"你可认为我们的儿子进了这家学校,是否适当? 同班有了查理这个孩子,会受影响吗?"

"没关系,"阿毛说,要太太放一万个心,"世界上总有查理这样的人!"

周末后工作日上课的第一天,阿毛的儿子回家很晚,带来很多消息:"你知道查理做了些什么? 他在学校大嚷大叫,吵得隔壁教室一年级 B 组的老师过来,请 A 组的老师叫查理不要吵,所以下课后查理要留班,好多好多同学也自动留下来看他受罚。"

"又是他,查理!"阿毛的太太问道。

"这个查理长得什么模样?"阿毛也急着发问。

儿子却静得如深水。

在家长教师会上,阿毛夫妇极想和查理的母亲见面,细看每个严父慈母的脸,要找出这个坏孩子的那张典型脸孔,但是没有一对看来是像那么饱受坏孩子折磨的。散会后,阿毛夫妇找到了他儿子的一年级 A 组主任老师。

"我俩一直很想见见你,"阿毛先开口,"我们是理查·毛的父母。"

"我对你们的儿子很感兴趣。"她说。

"我儿子的确很喜欢你这学校,他回家后常常在说上课的事。"

"最初的几个星期,我们在适应方面有点困难,"主任老师严谨地说，"现在他好得多了，但不免有时还会放肆一点。"

"我的儿子通常很快便可以适应环境，"阿毛说，"我太太想他将来可能会受了同班查理的影响，所以请你建议把查理转到受特殊观察的班级去！"

"查理？"

"对，"阿毛笑着说："有查理在你班上，你也一定忙得不可开交。"

"查理？"主任老师怔着自言自语："我们一年级 A 组没有孩子叫查理。"

"到底儿子说的查理是谁？"毛太太略有自知之明。

"是他，没有第二个查理！"阿毛知道了，儿子理查就是查理。

[鉴赏]《神秘的查理》，题目就暗示我们，这篇作品必在"神秘"上做文章。当然，神秘只是查理的修饰词，主语是查理，换句话说主人公是查理，而这个主人公是神秘的，一神秘，读者就要问了：谁是查理？因为想急于知道这神秘的查理究竟是谁，读者就有了阅读的兴趣，就急急地读了下去。

作者深知读者的这种一探究竟的阅读心理，便开始故布疑阵，让查理一次又一次出现，而且每次都是违反学校规矩或课堂纪律，不是挨批就是挨罚，可就是不让人见到他的庐山真面目，仿佛存心要考验读者耐心似的。其实，另一方面也是在考核读者的智力，让他猜猜看，到底谁会是查理呢？作者的这种写法，颇有点中国侦探小说的笔法，先制造悬念，再诱惑人去参与破谜。其实，在这篇作品中，阿毛只是个串联故事、推进情节的人物，真正的人物是神龙见首不见尾的查理。有意思的是，越这样阿毛夫妇就越想知道查理是谁，并想见见查理与查理的父母，结果校方告知他没有这样一个调皮捣蛋的查理。阿毛终于悟到，儿子理查嘴里的查理其实就是他自己。儿子耍了个小聪明，把自己刚调到此校不适应期间的种种放肆都说成了是查理，其实等于每天在向老爸汇报自己的一切，只是老爸开始时没悟到而已。

这篇作品有点像先设置谜面，最后揭谜，读者恍然大悟，原来如此。这不失为微型小说的一种写法。

（凌鼎年）

命　名　记　　　　[菲律宾] 柯清淡

我整妥行囊，准备夜乘"苏洛王"号赶赴诗椰屿的墟日，却见高尧舜手持红纸寻上门来："拜托你为我男孙重新命名吧！我的孙女全都被号上美国电影女明星的名字，这个男孙由不得他们了，说什么都要照我的心愿起个'唐山名'，洋名洋字怎上得族谱？

昨晚先生那句话正说中我的心事……"

昨晚，高老在其"福建餐馆"为男孙设"弥月宴"，亲朋毕至。我见儿童们拉拽着庆祝气球，上面印着的婴儿名字是 BUSH，居然是美国现任总统！

看着对方黄脸孔上的焦虑神色，我有感于"千岛之国"的新一代华人一味追求洋名，日渐忌讳汉名，顿觉对高老的要求义不容辞。厨妇露丽丝端上新沏的"铁观音"，我们于是一面品尝这来自福建安溪的名茶，一面畅谈用故国传统方式命名的深意和汉字为其增添的特色。眼前此公取名"尧舜"，足见其仰崇效法圣贤之意。周围一些中、老年华人，不乏名曰"华兴"、"巾帼"、"振邦"者，盖当洋人侵华及抗日战争危难之际，借为儿女命名以振奋民族之决烈也。有叫"怀桑""祖德"的，即知其以命名寄托异邦游子思乡爱国、景仰先人之情。至若"山川河海，梅兰菊竹，金玉珍宝，富贵康寿……"无不蕴含命名之向往和愿望。讲到或以吉祥物"龙凤鹤麟"等取名时，尧舜特别有兴趣。这位来自闽南农村的客子，谈龙起敬，他崇奉龙是神圣、权威、伟大的化身，确信中国人的祖先是金色的飞龙。

蕉风徐来，良茗爽心，谈兴愈浓。由于话题多涉及神州习俗，我们自然地评说起数千里外的故国风物和前景，我抚杯阔论海峡两岸分久必合的大势，论证 21 世纪因何必然是炎黄子孙的世纪……兴高而采烈，不禁摆动手掌，作出巨龙飞腾的态势。

"正理！风水轮流转，巨龙要翻身！"高老倍加振奋，却又轻叹，"可惜我今生难看到了！"

"我们虽难，你男孙就一定看得到！"我突然心有灵犀一点通，抓起神来之笔，在红纸上挥写"高观龙"三个大字。

高尧舜双眼一亮，雀跃而起，一手擎纸，一手随我作巨龙翻腾的掌势："观龙，好！观龙，观龙……"

这位颇受土著赞誉的中国菜厨师，他主有的"福建餐馆"，是镇上惟一挂汉字招牌的店铺。四十三年前为逃避"抓壮丁"，他离乡背井南渡到这海角僻村来投靠堂叔，日后娶了菲妇，现在有了八个不会讲华语的儿孙，他盼望这惟一的男孙有个"唐山名"，有朝一日把他写上祖家族谱。

不知高老是在庆幸观龙得名，还是在祝愿巨龙腾飞，还是兼而有之,见他手舞足蹈,我异常欣慰。五百多年前郑和浩荡的船队经过这个海岛,但于今已如潮退沙平,不留痕迹,而代之以西方文化的浸渍。而今晚,我用宗邦的国粹,借传统的命名构思和典雅无比的汉字,造就出一个寓意颇深的命名。用"观龙"取代"BUSH",我毕竟用中华文化完成了一项使命。

"嘟——嘟——"开航的笛鸣震破静夜,宣布我这靠轮渡赶墟谋生的售货员已因误时而蒙受金钱损失。我却仍很惬意,为自身浸沉于洋文中数十年还能识得圣贤书,而且"学以致用",总算不负仓颉,堪慰仲尼。令我更加神往的是,黄河连同她孕育的文化永远被证实"不废江河万古流"!

[鉴赏]　作者的这篇《命名记》,在东南亚国家的华文微型小说中具有典型意义。作品渗透着强烈的华夏情结,客观地反映出了新老两代华人之间的代沟,反映出了西风东渐后华文的式微,反映出老一代华人对故国、故乡那种血浓于情的情感,读来令人感动不已、唏嘘不已。

关于代沟,是个大命题,全世界都存在。从唐山到南洋的华侨、华人,其第二代在海外生活,受的教育与中国不同。因此其代沟最深处,恐怕集中在对华夏文化的认同、继承、发扬上,老一代华侨、华人认为根在唐山,希望保留华夏习俗,包括儿孙的姓名,在他们看来,只有取了唐山名,才能入族谱,观念虽老,但对故国、故乡之情却可见一斑。

说起来,姓名只是个符号,但在中华传统文化中,姓名也有着强烈的文化意蕴与政治色彩,诸如文中提到的"华兴""振邦""巾帼",都是特定时代、特定环境下的产物。如今中华故国不再是东亚病夫,而且经济腾飞,海外华人、华侨无不扬眉吐气,欢欣鼓舞。有感于此,被请来命名的"我"心有灵犀一点通,有如神助地取了个人人喊妙的唐山名"高观龙"。虽然这是小说,但文中流露的情感绝对是真实的。作品结束好似闲笔似地加了一笔,因为取名,耽搁了开航时间,经济上蒙受了损失,但心里堪可安慰,其意匪浅。

这篇作品是虚构的,又是很真实的,属于来自生活的题材,让中国的读者借此了解海外华侨、华人近年的心态与生活状况。　　　　　(凌鼎年)

妈妈,您杀了我的孩子!
［印度尼西亚］茜茜丽亚

接到女儿打来的长途电话时,邱太已乐得心花怒放,脑海里尽猜想着女儿、女婿会带些什么名贵礼物回来给她,而忘了问为何才去日、美两国就匆匆结束他们的蜜月旅行。

翌日,邱太到超级市场买了不少菜肉水果,准备晚上亲自下厨煮几样小两口爱吃的菜为他们洗尘。回到家时,赫然看见女儿已坐在客厅里,身边搁着两只大皮箱;原来他们刚下楼,女婿送她来后就直接到公司去了。

今天周末,公司里有何重大急事需要女婿赶去解决呢? 望着一身鲜艳名牌穿戴、脸色却忧郁憔悴的女儿,邱太感到不对劲。

"小瑛,你们吵架了?"

"不!"小瑛一震,惊惶地摇头,"我,我——只是累,霍杰让我回来住些日子……"

小瑛的反应使邱太疑惑加深,她紧盯着女儿毫不放松地一再逼问,小瑛终于哭着承认:"自婚礼后第二天去度蜜月时我们就开始吵,他不时对我冷嘲热讽甚至借酒装疯动手打我……"

"什么,才结婚就敢打你? 以后那还了得?"邱太激动地怒吼,她最痛恨对妻子动粗的男人,"离婚! 小瑛,即刻跟他离婚!"

小瑛垂泪不语,邱太又气又心疼,问她是舍不得离还是怕嫁不到条件更好的丈夫。

"他不值得我留恋,妈,"小瑛冷笑,美丽的眸子里掠过一丝怨悔,"我就是不能跟他离婚!"

"为什么?"邱太忽有不安的感觉。

"为了您,也为了邱家名誉,"小瑛痛苦地望着母亲,"若我与霍杰离婚,我的'身份'就如嫂嫂一样;您说,会有人愿意娶我为妻? 又有哪一个母亲肯接受我这种儿媳妇?"

邱太胸口好似被人狠捶一拳。

呵,身份,名誉。邱太才记起小瑛的"嫂嫂"——叫依欣的那个名女时装设计家;只因为她是死了丈夫拥有一幼儿的"寡妇媳妇",被邱太一直排斥,逼得她终于离开儿子,而儿子后来也离家出走,至今下落不明……

若不是女儿听话任由母亲摆布安排——与心爱男友分手,嫁给名流巨富之子霍杰的话,邱太真会为女儿此事羞愤痛心一辈子!

没想到女儿才出嫁不到一个月就出了"乱子",莫非是女婿他……

"他都知道了,所以他恨我,"小瑛仿佛读出母亲的疑虑,点头,哀伤又绝望地摸了摸她平坦的小腹,"他还拉我到妇科医生处去检验，发觉我堕胎过，当医生说我的子宫有毛病，今后恐怕不能再受孕时，他更气疯了，即日订票决定提前飞返雅加达……"

小瑛的话如晴天霹雳，把邱太震撼得心胆俱裂，把邱太的美梦炸个粉碎！她木然僵立，感到体内有股巨大热浪朝她头部冲击，眼前金星乱冒，耳畔恍惚听见女儿的悲凄声："您杀了我的孩子，妈，您毁了我的一生……"

邱太发出一串凄厉尖叫，肥胖的身躯往后一倒。

[鉴赏]　这篇作品属于爱情、婚姻、家庭题材，反映的却是人的心态与社会问题。如果放在我们中国，就是所谓父母干涉子女婚姻问题而闹出的矛盾。从作品中反映的问题看，嫌贫爱富、自私自利等各国都有。

作者很会驾驭把握题材，她知道如果铺开来写，至少是个短篇，所以她只截取一段，即蜜月归来。蜜月前的一切只用回忆或谈话一笔带过，着重写女儿蜜月回来后的心情，这种又羞又恼、又气又悲的心情在与母亲的交谈中倾诉得淋漓尽致。通过这个让人心情压抑的故事，我们看到了邱太的自私与攀高枝的心理，为了有个高门槛的亲家，不惜逼迫女儿打胎，与心爱男友分手而嫁入豪门。由于没有感情基础，名流巨富之子霍杰并不真心爱邱太的女儿小瑛，当他知道小瑛打过胎不能生育时，那种冷酷无情、那种大男子主义立即暴露无遗。而小瑛，乖乖女的形象让人怜惜，先是屈从于母亲，与心爱男友分手；又遭新婚丈夫打骂，却又不敢离婚，怕离婚后使邱家名誉招损，也怕日后自己在社会上抬不起头来，一副无助、无奈的样子。

发人深省的是，作者把整篇作品的落点落在妈妈"您杀了我的孩子"上，为什么？因为这次打胎，也等于打掉了小瑛一生的幸福。作品情节紧凑，内涵丰富，有可读性，更有可思性。

（凌鼎年）

圆不了的月　［印度尼西亚］袁　霓

她一大早从中爪哇的乡镇出来，坐了八小时的车，到雅城的"戈罗科尔"车站时已是下午。夕阳把天织成一张巨大的橙红色的网，把她网在里面。她满身疲惫、满心忐忑和犹豫，在橙红色的网里踽踽而行。她希望这条路永无尽头，让她做着永不醒的梦。

一路上，她内心不停地交战——去？不去？挣扎中，那间梦魇的房子，蓦然间好似平地而拔，挡在她的面前，她站在门外踌躇。门——忽然悄无声息地打开，一个年轻俊挺的男人站在门后,黑幽幽的眸像一泓不可测的深潭。此刻,深潭正漩起万丈巨浪,铺天盖地地向她压来。她接着那眸光,眼前一阵昏黑,站立不稳地像要倒下去的样子。他伸手拉住了她,她却像接到了烫手的山芋,迅疾地挥开了他。他被淋了盆冰水般整个人僵住。等他回过神时,眸中的万丈巨浪已归于平静。"我远远看你走来,正要给你开门。"他平静地说:"请进。"

她默默地跟着他的脚步进门,在门后站住,熟悉的气味扑鼻而来,在她鼻端缭绕,她深深吸了口气,眼望着那熟悉的一桌一椅,装饰橱里那可爱的瓷娃娃和钢琴式音乐盒仍然摆在原处,不由自主地她眼里忽然就盈满了泪,这里曾经是她的家。

她像客人一样正襟危坐在沙发上,浏览着四周。屋子里到处是妈妈的照片,电影明星般搔首弄姿,看起来是那么刺眼,以前怎不觉得?她年轻貌美的妈妈十多岁时生下了她,后来和父亲离婚,她跟着妈妈,妈妈的男友多如过江之鲫,她没理,她当时只管读书。

他端着一杯茶放在她面前,犹豫了一会,终于和她面对面坐下,呆呆地望着她,千言万语无从倾诉的神态。她也望着他,心中的浪潮一波接一波汹涌,冲击着她已有裂缝的堤岸。他们互相凝视,短短的一刹,在他们中间却像天地洪荒般的悠悠然。

她在寂静中,总觉得四周有无数的目光在瞪视着他们。她抬头寻找目光的来源——是墙上妈妈那些照片!她恨死了那笑容和目光。他也看着那些照片,然后不约而同地冒出了一句:"怎么会这样呢?"说完后,两人都沉默了。

良久,她终于开口问:"妈呢? 她怎么了?"他沉吟了一会才说:"知道你要来,去买东西了。"她不相信地看着他,喃喃地说:"她又骗我了,又骗了,她根本没被车撞……"她霍地站起来,脸因激动而涨得通红,"我走了。"她说完就急促地往大门走去,匆促间被地上的擦脚布绊了一下,差点跌倒。她稳住身体,一抬头看到门右上方一张放大的结婚照片,新娘灿烂地笑着。她盯着照片上的新娘,慢慢地眼眶里盈满了泪,终于忍不住,泪,急骤泻下。那应该是我啊! 怎么会是她呢? ——自己的妈妈啊! 她在心中痛喊!

当时,妈妈很关心她,她与男朋友的来往信件都要给她过目,妈妈很欣赏她的男朋友,催她快些结婚,还亲自替他们安排婚宴。婚前一周,妈妈对她说,风俗上此时一对新人不可见面,要她先回乡下保养,等日子到了,会派人去把她接回来,她相信了。

　　当时身为孤儿的男朋友还在离岛的油田工作,婚事全交女家料理,等他赶回来,一直到掀开新娘头巾时才发现新娘调了包。她骗他说女儿在生病,由她暂时替代,他也信了她。但晚上,她引诱了他。等真正的新娘知道真相时,一切都已太迟了。

　　她眼泪不停地流,这时一双颤抖的手伸过来按着她的肩。泪眼迷蒙中,她看着他的脸:"我回来做什么? 只为了叫你一声爸爸吗?"他一震,痛苦地扭曲着脸,眼眶里也满是泪,按在她肩上的手不受控制地激动颤抖。她甩开他的手。

　　门外,橙红色的天网已收拢,黑夜开始笼罩大地,没有星,没有月,路灯却开始亮了。她慢慢地走着,走着走着跑起来,他在后面叫着她,她越跑越疾,把他的声音远远丢去,最好让黑夜把苦痛和往事一起埋葬……

　　[鉴赏]　作为一位女性作家,袁霓的作品描写细腻,刻画到位,很有特色。《圆不了的月》写了让人匪夷所思的故事——淫荡的母亲利用女儿对自己的信任,在女儿新婚之时,骗开了她,又用色相诱惑了她女儿的未婚夫,把本该是她女婿的小男人变成了她石榴裙下的夫君。

　　如果故事全面铺开,娓娓道来,一定很有可读性,只是恐怕会流俗,成为多赚些稿费的通俗文学作品。但作者没有按常规的写法去写,而是避开了正面描写,抓住女儿知道事实真相后的矛盾心理展开描写。无疑,女儿是受害者,然而,设计让她掉入陷阱的是她的母亲,这就使她为难了,作品也就出彩了。也许,女儿失去的不仅仅是一位心爱的恋人,更是她一生的幸福。照理,她会恨死对方,但面对母亲,实在让她感情煎熬。大概母亲也意识到这次玩过火了,为了让女儿原谅自己,她以车祸骗女儿回家看她。回家的路每一步都沉重。因为要去见的,一位是她不愿面对的母亲,一位是她曾经的最爱,强烈的矛盾心情,作者渲染得让读者的心也被揪紧、揪痛。

　　在整篇文章中,原来应是主角的"妈妈"自始至终未出场,这样,作者就可省出笔墨来,放开手脚写女儿的心理矛盾、心理变化,写得丝丝入扣,颇见功力。

(凌鼎年)

大　小　通　吃　[印度尼西亚]林万里

　　上午,诊室的门铃响了两下。我就知道看病的人来了。我一开诊室的门，就看到候诊室里坐着三个人。左边的长板凳上坐着两位年龄大约都在四十上下的女人。其中一位愁容满面，散发不梳，身披牛仔夹克，我暂时称她为 A；另一位呆头傻脑，眼屎未除，颈项上缚一条灰色围巾，我姑且叫她为 B。这两位污垢满脸的女人，从她们邋遢的样子，一眼就能看出是病魔缠身的人。她们的对面，右边的铁椅上坐着一位明眸皓齿的红装女人，衣裙、嘴唇和指甲全是红红的，光彩夺目。看上去三十岁左右，端庄、秀气、俏丽。我敢断定地说，这种女人肯定人见人爱。她不像是有病的人。凭经验我心里猜想，她八成是陪送 A、B 来的。

　　人们常说宁可做导演，不要做医生。因为导演是对着漂亮美丽的明星；而医生总是对着愁眉苦脸的病人。今早我可走好运了，总算对着一位美丽的女人。她比明星还要明星。我注视着她，心里美滋滋地十分舒坦。医生和常人一样都喜欢欣赏美的东西。

　　"医生，早安。"一见到我立在门旁，那一位"全是红红的"便开口说，她不但人长得妩媚，声音也十分悦耳。说了"早安"以后，她转过头对着 A、B 说："你们两位先看吧，你们一起进去吧。"回头又对我说："医生，她们是我亲戚。先给她们看吧，她们都病得不轻。等下轮到我，诊费跟我的一起算，由我来付。"

　　瞧，这美丽的女人，心地多好！

　　A、B 进来了，我心不在焉地给她们检查了一下，发现 A 是患了流行性感冒，B 是吃错东西拉肚子。我给她们各打了一针并配了药方，前后不到几分钟就解决了 A、B 的问题。她们似乎发现我给她们看病时的心猿意马，也发觉我是要尽快地把她们打发走。老实说，这时候我脑海里想的是在候诊室正在候诊的那位"全是红红的"，好让她快点进来，好让我好好欣赏。

　　当我开门把 A、B 送走，正要招呼那位"全是红红的"时候，发现我的候诊室里空无一人。开始我以为她上厕所去了。这时厕所的门敞开着，证明里头无人。我走去巡查，里头空空如也。

　　我便问 A："你们的亲戚怎么还没看病就不见人影了？"

　　"什么我亲戚？我根本不认识她，刚才在你这里初次见面。"A 不悦地回答道。

　　"那么你们两位是亲戚吗？"我指着 A、B 问道。

　　"我们三个人，谁都不认识谁，怎么会是亲戚呢！"B 答道。

"你们跟她是亲戚或者不是,都不要紧。她不想给我看也没关系。她走了,那么诊费你们自己付好了。每人一万五千盾。"

"诊费我们已经付了。"A、B异口同声地答道。

"是什么时候付给我的?"

"不是付给你,我们已经付给她了。"A答道。

"你们为什么要付给她?"

"刚才我们等你看病的时候。她走进来,问我们在这里看病,一次要付多少钱,我说看一次要一万五千盾。她说这里的医生是她爸爸的好朋友。她给我们省钱,要我们假认是她亲戚。诊费有折扣,说我们每个人交给她一万盾就够了。我们心里想,这个人真好,帮我们每人省五千盾,我们就把钱交给了她。"

"你们就相信了她的话,钱就给她了?"

"是呀! 她还说,一个人看病跟三个人一起看病,收费应该不同,就像批发价钱跟零售价钱不同是一样的道理。刚才你也听到了,诊费全部由她来付的。"

我听了挠挠头,无可奈何地对A、B说:

"你们可以走了,因为你们都付了诊费。"

好家伙,大小通吃。

[鉴赏] 读题目《大小通吃》以为是写赌博的题材,通读全文后才知写了一个女骗子的行骗过程。不管是大骗子、小骗子,要想骗术得逞,首先要了解对方的心理,抓住其软档,或者说死穴,这样就容易得手了。在文中,那位漂亮的女骗子就是抓住医生色眯眯的心理展开其骗术的。

作品采用了抽丝剥茧的手法,将女骗子的行骗之术一步步地描绘出来,让读者多一点社会经验,多一点识别骗子的眼力。作品的故事构架是骗子行骗,但重点却落在如何识人上,即千万不要被表象、被外貌所蒙蔽。俗话说,人不可貌相,漂亮的脸蛋不一定有善良的心。这位医生之所以受骗吃亏,就是因为被女骗子漂亮的外貌弄得神魂颠倒,以致直到受了骗才醒悟。在这篇作品里,受骗的其实不仅仅是医生,两位看病女人实在也是受骗者。为什么会大小通吃,全部受骗呢? 关键还是心有贪欲,两位看病女人想贪点小便宜,省下五千盾;医生呢,多少有点色欲,想与漂亮女人来个面对面的零距离接触。结果呢,应了中国的一句老话:花钱买教训。生活中的小插曲,写出了生活哲理,写出了社会教训,让读者有所悟、有所得。这样的作品,确实是不错的。

中国有句老话"戏法人人会变,各有巧妙不同",那么套用这句话就是故事人人会编,各有高招不同。好的故事不但要编得自圆其说,还要编得天衣无缝。这篇作品用第一人称叙述,用作者的视角叙写,增加了故事的临场感与真实性。读者随着作者所看到的、所听到的,仿佛也如此经历了一回,这样,就不觉得作者在编故事,而是仿佛在听作者拉家常,在作者娓娓的叙述中,既听到了生活中的一个小插曲,又得到了某些警示。读这样一篇微型小说,值!

（凌鼎年）

现代婚姻的故事　　　［文莱］宁　静

方程式一：1＋1＝1

例题：

妻：下个月公司要我出任中国分行的经理,为期两年。

夫：那怎么行?! 家谁照顾?!

妻：孩子都上中学了,家务有菲佣打理,你只需多关照一下就行了,何况我每两个月获准回来一次。

夫：不行! 你不可以答应调职。公司如果不肯改变决定,你就辞职算了!

妻：上回你被调去中东,要我辞职随行。这次是我被调职,怎么也要我辞职?!

夫：夫唱妇随,理所当然。难道要我妇唱夫随?!

妻：我没有要你妇唱夫随,我只是……

夫：不要讲这样多。你若还要这个家,就不应该答应调职。

演算：

婚前：夫＝1,妻＝1

婚后：夫＝1,妻＝0

∴ 1＋1＝1

题解：一方失去自我的婚姻。

方程式二：1＋1＝2

例题：

夫：我交什么女朋友你别管! 我不愿意婚后就失去与异性约会的自由。

妻：那好! 以后你也别干涉我与男朋友出国旅游。

演算：

婚前：夫＝1，妻＝1

婚后：夫＝1，妻＝1

∴ 1＋1＝2

题解：你走你的阳光道，我过我的独木桥，婚姻名存实亡。

方程式三：1＋1＝3

例题：

夫：这个假期我想与一群打高尔夫球的朋友到澳洲参加一场比赛，顺便观光旅游，你要一起去吗？

妻：我没兴趣看比赛，况且我与你那群球友也不熟。你自己去好了。

夫：那好吧。年假我们就安排一个大家都有兴趣的地方度假。

妻：年假？不行，我已报名参加一个文艺活动了。

夫：那你自己去好了。你也应该多参加一些自己有兴趣的活动。

演算：

婚前：夫＝1，妻＝1

婚后：夫＝1，妻＝1，夫妻＝1

∴ 1＋1＝3

题解：丈夫有自己的一片天空。妻子也有自己的一片天空。夫妻共同拥有的一片天空。

（看官，你的婚姻，可以套用哪一个公式呢？）

[鉴赏]　这篇《现代婚姻的故事》与现代传统故事的结构方法有较大差距，属于一种探索性写法。作品在形式上是全新的，但对形式的重视，并不等于对内容的忽略，作者注意到了两者的有机结合。

婚姻，或者说爱情，或者说家庭，是千变万化的，但作者别出心裁，试图把现代家庭归纳为三种方程式。每一种方程式就是一种总结，代表了一个类型。为了证实自己的归纳，作者用某一对夫妻的生活方式通过对话来注解、演绎这个方程式。这种属于淡化情节、淡化人物的写法，颇带有现代派意味，比较新潮、前卫，缺点是可读性相对弱了些。不过作为一篇微型小说来说，应该是成功的，因为不同生活方式的夫妻可能从这三个方程式中看到了自己婚姻的影子，从中领悟到或意识到自己应往哪一个方程式靠拢比较好。

有人说微型小说是与诗结合的品种,有人说微型小说是与杂文结合的文体,也有人说微型小说是与小品结合的文章,各执一词。其实,微型小说作为一种新兴的文体,如何写还在探索之中,不应该有固定模式。作者的这种方程式结构写法,也不失为其中的一种,只要读者认可、喜欢,就有生存的空间。作为一种探索,作者的精神应该肯定。在一定意义上,它丰富了微型小说的写作手法,让读者感到微型小说文体的多样性,从而满足不同层次的审美需求。只是,这种写法只能偶然为之,不可能成为微型小说的主体写法。

(凌鼎年)

"金桂,你等等我!"　　［新加坡］张 挥

"金桂,你等等我! 你等等我! 我不再欺负你了!"

金桂没有停下来等他,只顾迈开小脚步往前跑。两条小辫子在后脑勺一下一下地弹跳着,像在远处跟他招手。小辫子跳啊跳的就隐没在通往水井的那条乡间的小路上了。他气得直想哭,把握在手里的一只椰叶蚱蜢扯个稀烂。

"金桂,你等等我! 你等等我! 我不会再骗你了!"

金桂没有停下来等他,只顾迈开脚步往前跑,一条马尾的发辫在后脑勺一下一下地弹跳着,像在远处跟他闹别扭。马尾发辫跳啊跳的就隐没在那辆红色的小轿车里了。小轿车绝尘而去之后,他气得把身旁的一个垃圾桶一脚给踢翻了。垃圾桶翻倒的时候,发出了一阵撕心裂肺的咆哮。那一晚,他把一腔懊恼全倾倒在冷冷的街道上。

"金桂,你等等我! 你等等我! 我知道我错了!"

金桂没有停下来等他,只顾迈开脚步往前走。一头蓬松凌乱的头发在风中乱舞,像在远处对他倾诉她的苦楚。乱发在风中舞啊舞的就隐没在那道铁门外了。他站在铁门内痛苦地数着手指头。一个手指头就是一年,他一直在铁门内把手指头数了好几遍!

"金桂,你等等我! 你等等我! 你不能就这样地走了!"

金桂终于停下了蹒跚的脚步,回过身来时已一头栽倒在他的怀里。他抚摸着金桂的一头白发凄苦地说:

"你终于肯停下脚步来等我了! 你已原谅了我的这一生,是不?"

[鉴赏]　这篇作品在构思上有自己的特色——即以小见大，举重若轻。

微型小说因篇幅短小，很难去表现历史长卷与多角矛盾，因此不少理论家提出了截取生活横断面、取单一矛盾展开故事等创作原则。但作者偏来个反其道而行之，他在千把字的篇幅里，写了主人公"我"与金桂的一生——从金桂"两条小辫子"一直写到金桂的"一头白发"，历史跨度至少半个世纪。千字篇幅，要写出两人一生的感情纠葛，这简直是天大的难题，但聪明的作者摒弃了那些琐碎的争争吵吵，只抓住一个点切入，用"金桂，你等等我"来作为故事的契机，又采用了回还复沓的修辞手法，先后四次出现"金桂，你等等我！"但这四次的反复出现又非简单的重复，而是代表了金桂四个年龄段"两条小辫子"（少女时代）；"一条马尾的发辫"（少妇时代）；"一头蓬松凌乱的头发"（中年妇女时期）；"一头白发"（老妪时期）——多么简洁啊，金桂头发的四种形态就代表了金桂一生的四个时期，这种写法是一种较为高超的技巧，是需要功力的。

作者在这篇作品里，自始至终没涉及金桂为何不原谅主人公"我"，只反复强调主人公"我"对金桂始终不渝的追求，这就留下了空白。最后的结尾虽然俗了点，但符合华人大团圆的心理，让读者终于释然。　　　　（凌鼎年）

喜　　鹰　　［新加坡］黄孟文

太阳悬在西边两座山之间的凹处。天气旱热。四周云霞血红。

盘旋于低空，我睁大眼睛俯视着不远处的一个形同废墟的村落。翅膀稍一挥动，激起一阵劲风，仿若一架快要着陆的微型军用直升机。

感谢上苍，让我出生在非洲的土地上。这里的人比先进地区的老鼠还要卑贱。天天有人在内战弹雨中身亡，不然就是饥饿而死。每天我都吃肉吃得不亦乐乎，养得身强体壮，哪里要像穷人那样为生活、为儿女而疲于奔命呢？

看！那里有个黧黑的小女孩！她枯瘠的右手握着一个小铁罐，在地上小洞中汲点污水。整10岁的人了还赤身裸体，比飞禽更不知耻——飞禽还有遮羞的羽毛！

望着小女孩那摇摇欲坠的瘦弱身躯，那呆滞的眼神，经验告诉我，机会来了，今晚肯定又有盛餐。

孩童的身躯虽然也一样是皮包骨，但是吃起来毕竟鲜嫩一些呀！

　　日落鹰翔霞满天……

　　小女孩仰颈喝下那仅存的几滴污水，啧啧嘴唇，蹒跚地退到近旁的一个垃圾堆，用瘦手挖掘着，颤颤然。真是笨蛋，垃圾堆里除了一些被我们吃剩的残肢断骸以外，还会有什么可以下肚的东西呢？

　　这个小女孩我早已把她盯紧了。我最憎恨的就是她那个小个子的黑妈妈。他们一家七口，有五口就先后饿死了，都被我们啄入腹中了。黑妈妈特别疼爱这个小女儿，每次觅得些许残羹，就全部让给女儿"虎咽"，宁可自己饿昏。更可恶的是，她整日把女儿牢牢护卫着，我每次想要偷袭都无从下手，只好知难而退。可是，现在好啦，时机成熟啦，再也没有人可以保护你了，看你这个小鬼还能躲到什么地方去？

　　黑妈妈昨天饿死了，就在这堆垃圾旁。临死时还紧抱住女儿不放，深怕她被我的鹰兄、鹰弟们攫去。我抿喙暗笑。自己已是泥菩萨过江，还要保护女儿？

　　我当然还是优先啄吃黑妈妈啦。死尸如果不趁早啄吃，很快就会腐烂掉，白白损失。黑妈妈的肉又干又韧，啄得我喙痛，肠胃也不舒服。吃剩的残骸都散落在垃圾堆里，东一块西一块。

　　我索性飞落到近旁的平地上，面对面地注视着小女孩。

　　小女孩还在垃圾堆里挖掘，有一下没一下的，数度跌倒又爬起来。她的四肢显然已经疲弱无力，颤抖得厉害。良久，她捡起一块骨头，急急放到齿间啃咬。嘴角嚅动，双目无神，茫茫然。嘻，傻东西，至亲妈妈的肋骨也会啃得津津有味！

　　好像咬不到什么可以入腹的残肉，小女孩绝望了，挣扎着站起来，举起小铁罐。罐内滴水全无。

　　小女孩终于支撑不住，全身一阵痉挛，倒下去了，再也爬不起来了。

　　我大喜，舌尖汩出了唾液，一步步地向小女孩跳过去。

　　［鉴赏］　这篇作品最大的特点是采用了"鹰"的视角，看到的、想到的、欲做的无不以鹰的眼睛、鹰的心理为出发点，这就使得这篇作品在写作手法上便与众不同，有一种拟人化的成分渗透在故事里。

据我知道,作者去过世界很多地方,在行万里路的过程中,他看到了一般人不易看到的人与事。例如,非洲灾民在死亡线上挣扎的惨景。如果是个摄影家,只需按动快门就会把瞬间定格;如果是个新闻记者,大胆地、客观地、真实地报道就能让读者的心灵受到冲击;但作为一位作家,如何把这些重大题材化为艺术形象,这是个大难题。黄孟文不愧是个高手,他的鹰视角,一下子就将这题材举重若轻。鹰的视角属于小口子,但非洲灾民却是个大背景。作者用鹰的眼睛将所看到的一切展现在读者的面前,使题材一路开掘下去;又用鹰的思维,间接地把它立意深化了。

整篇作品近乎一种白描,那勾勒、描摹的场景让铁石心肠的人也会为之动容。作者没有像鲁迅那样喊出:“救救孩子!”但读者分明感受到了作者那种强烈的人道主义精神,字里行间都渗透着“救救非洲孩子”的呼声。

近年,写动物的文学作品越来越多,以动物为视角、以动物为第一人称的作品也时有出现,但在儿童文学作品中以童话写法居多,在中短篇小说中以历史题材为主。作者这篇作品却是纯粹的现实题材,这更能拉近读者与作者之间的距离,给人的感受也就更真切,震撼也就更强烈。

作者为这篇作品起名为《喜鹰》也别具匠心,鹰是喜了,人却惨了,鹰之喜正是用来反衬人之惨的。整篇作品的画面感也特别强烈,读罢这篇作品,眼前便会自然而然地浮现出一幅非洲灾民图,这比空泛地呼吁救援非洲灾民更有说服力,这也就是艺术的、文学的力量。

（凌鼎年）

代　　价　　［新加坡］尤　今

他把手插在裤袋里。

他的裤袋里有一把刀。六吋来长,尖而利。握着刀的手,不但冷,而且抖。

“老天爷啊! 求求您帮我一次忙吧!”他诚心诚意地祷告,“只要您让我渡过这个难关,我愿意付出任何代价!”

这晚有月,月亮很圆。仰头看月时,他看到的不是月,而是小康那圆得灵活乖巧的脸,才四岁,却懂事得叫人心疼。自从两个月前他娘离家出走、下落不明后,这孩子仿佛便在一夕之间长大成人,莫说无理取闹,即使有理时也不闹,成熟得叫他这做爹的感觉陌生。

他原本在一家货仓当看守员,收入不多,但省吃俭用,日子倒也不难过。半年前,公司倒闭了,他目不识丁,又无一技之长,在全国经济不景气而处处裁员的情况下,要再重找一份工作,谈何容易！孩子的娘年轻，不懂得体谅，脾气又暴躁，伸手拿不到钱时吵、闹、喊、跳，最后，收拾包袱，一走了之。

妻子走了以后，他把自己的尊严完全典当了——能借的，能求的，能乞的，全都借了、求了、乞了。借钱给他的，都明白表示是看在孩子份上借的；但是，也正因为这个孩子，使他更难找工作。就在他觉得自己快要撑不下去时，孩子却染上了肺炎，连夜送进了医院。孩子入院四天了，但他不敢去看他，为的是没有钱缴医药费、住院费。

——孩子是命根，自然不能扔下不管。

他握着刀的手已被汗水浸透了。

"我只干一次，只干这么一次！老天爷啊，帮帮我！我愿付出任何代价！"他再次祷告。

这是一条僻静的巷子。他已观察过了，晚上有人取道于此回家去。在这里抢了，要逃跑很容易，因为巷子当中又分岔出一些支路，只要灵活地转几转，便能脱身。他甚至已拟好了逃跑的路线。

昨晚，11点过后，由这里走回家去的人，他算过了，总共有五个。可惜都不是理想的羔羊。男人，他不敢抢；老人，他不要抢；少年，他不愿抢；剩下的，就只有中年妇女了。

今天晚上，运气好像也不太好。他拿着一份报纸，站在巷口的街灯下，佯装读报，一双眼却毫不放松地觑觑走进巷子去的人。一个，两个，三个，都是男的。

11点45分。啊，来了。一个约莫四十余岁的中年妇女，走下巴士，手上提着一个袋子，沉甸甸地，腋下挟着一个古老的黄皮手袋。他听到了自己的身体发出了一种原始的鼓声：噗噗噗，噗噗噗。整个胸膛，几乎承受不了这猛烈的心跳而要爆裂开来了。

等妇女走进了巷子，他扔下报纸，以猫样的脚步跟在后面。

巷子很长，月光很亮，妇女从地上的影子里猛然惊觉他的存在，惊醒地加快了脚步。

良机不可失！他一个箭步飞上前，一只手搭上了她的肩膀，另一只手绕过去，大力捂住她的口，压低嗓子说道：

"别动，别喊！我只是要钱而已！"

妇女蓦然受此侵袭，吓呆了，腋下的皮包、手上的袋子全掉落在地,发出了很大的声响。

他慌乱地说:

"你不要反抗,我一定不会伤害你!"

妇女拼命地点头,他松了手,没想到那妇女却"扑通"地一声跪倒在地,呜咽地说:

"大叔,你可怜可怜我吧! 我皮包里的钱,是借来还我孩子的医药费的!"

孩子? 医药费? 他如遭雷击,脑子嗡嗡作响,但与此同时,小康圆圆的脸却浮了上来。他不顾一切地拾起了地上的皮包,朝原先想好的路子逃遁,背后传来了妇女带哭的喊声,声音无力地撒在阒静的夜空里……

回家后,蒙着被子,嗦嗦地发抖,拼命地压抑自己想哭的冲动,电话铃响了好多次,他都没有去接。

凌晨2点,门铃声突然凌厉而尖锐地射进了他的耳膜。他从被窝里弹跳出来,奔向门边。从门孔望出去,他蓦然张大了口,惊得冷汗涔涔而下。门口站着的,赫然是一名警察。

"怎么来得那么快!"

他头脑混沌,完全不能思想。

这时,门铃再度响起了。

他好似面临山崩似地拉开了门。

警察手上没有手铐,目光温和,语气平静:

"张平先生在家吗?"

"我就是。"他木然地答应。

"我来通知你,你的孩子昨晚11点45分在医院病逝了。"

孩子,病逝? 11点45分?

他双脚一软,昏厥过去。倒在地上时,他仿佛听到一个声音响自遥远的天边:

"你说过你愿意付出任何代价的!"

[鉴赏]《代价》是一篇让人掩卷三思的好作品。代价,顾名思义就是想做成某种事或达到什么目的所必须付出的东西,或物质的或精神的。

文中的主人公是个抢劫犯,是初次作案的抢劫犯。从作者的叙述里我们知道:他本性并不坏,并不是因为吃喝嫖赌才走上抢劫之路的,而是因为儿子染上了肺病，没钱交医药费、住院费才被迫走上抢劫之路的。整个抢劫过程没有太多的特别，特别的是他的心理活动。文中两次出现"只要老天让我得手，我愿意付出任何代价。"戏剧性的是，他抢劫的那位中年妇女的钱是借来的，也是为了还孩子的医药费，这不是与他的钱派一样的用处吗？这就使得故事复杂化了，对人物灵魂的拷问也就更严厉了。作者将他抢劫得手后的那种心情、那种神态、那种行为刻画得入木三分。谁又会想到，警察的出现，并不是逮捕他，而是通知他：你孩子病逝了！残酷，太残酷了，独生子病死了，那他的抢劫还有什么意义呢？

作品前后呼应，结构完整，逻辑严密，耐人寻味。最后，抢劫的代价竟然是儿子病逝，这个结尾是读者万万没有想到的，但作为作者的构思来说确实是颇具匠心的。

(凌鼎年)

精神与肉体的抗衡　［新加坡］林　锦

本篇微型小说可分为数种读法，请参阅导读排列顺序。

导读：（一）1、6、2、7、3、8、4、9、5、10、★。

（二）6、1、7、2、8、3、9、4、10、5、★。

（三）1、2、3、4、5、6、7、8、9、10、★。

（四）其他。

1. 陈老走进房间，取下摇篮，用一根尼龙绳打了一个圆圈，套在天花板的钢钩上。他双手拉住尼龙绳，双脚一缩，身体腾了上去。这样上下试了几次，证明钢钩够牢固，才满意地把摇篮挂回去。

2. 陈老走进厨房，在煤气炉前站住。他开了煤气炉的开关，火便着了。他关了，再开，开了，再关。一阵风从敞开着的玻璃窗外吹进来，火熄了。他缩一缩鼻子，嗅到煤气的臭味。他打开煤气炉的门，把煤气筒的开关掣扣紧。

3. 陈老走进客厅，探头窗外，看见停车场的几辆车子，像几个不同颜色的纸箱，不禁把眼睛深深一闭。十八层楼，跌下去只有一个结果，跌进十八层地狱。他把头缩回来，张开眼睛，探索着有没有椅子、凳子一类可以垫脚的东西靠在窗口下。他把窗户关了，上锁。

4. 陈老走进房间，拉开抽屉，拿出一瓶药丸，端详着。标签上说明，勿放置在小孩儿能触及的地方。药名是安眠药。他用力把瓶盖转紧，拉一把椅子，把药瓶放在衣橱的最高处。

　　5. 陈老走进厨房，在碗柜旁拿了一罐清洁剂。想起住在乡下的时候，隔邻的一个青年喝了杀虫剂，在地上打滚挣扎呼号呕吐的痛苦样子，他不禁打了一个冷颤，连忙把清洁剂收在壁橱的最高层。

　　6. 小宝睡的摇篮一定要稳固。万一摇篮掉下来，这可不是闹着玩的。陈老就只有这么一个孙子。

　　7. 小宝整天往厨房跑，小手爱抓东摸西，要是扭开煤气炉的开关，火又熄了，煤气不停地排出来，这可不是闹着玩的。陈老就只有这么一个孙子。

　　8. 小宝最好奇，如果爬上椅子、凳子，小脑袋往窗口一探，一失足倒栽下去，这可不是闹着玩的。陈老就只有这么一个孙子。

　　9. 小宝嘴最馋，要是把抽屉里的安眠药当糖吃，一口吞下几粒，这可不是闹着玩的。陈老就只有这么一个孙子。

　　10. 小宝最好玩，喜欢含一根吸管吹泡泡，万一把清洁剂当泡泡液，一口一口地吸进去，这可不是闹着玩的。陈老就只有这么一个孙子。

★

　　陈老试了摇篮，关了煤气筒，锁了窗户，也把安眠药和清洁剂收在高处。这些都无法说服儿子，让小宝留下来。儿子的理由是：不担心小宝的肉体受到伤害，只担心小宝的精神受到折磨。儿子决定把小宝带走，带到远远的西方去。

　　陈老的尸体被发现仰面朝天躺在公寓的楼下。查案人员发现一个很不寻常的现象：陈老的房里有煤气筒一个、安眠药一瓶、清洁剂一罐、尼龙绳一根，窗开着，窗口下靠墙的地方有椅子、凳子数张。

　　陈老的死，是肉体受到伤害，还是精神受到折磨？没有结论，判为悬案。

　　[鉴赏]　这篇作品在写法上别具一格。微型小说限于篇幅，通常不像中短篇小说那样分一二三四五章节，但作者非但分了，还分得很细，一个自然段为一节，相对独立，前半部共有 10 个自然段，分为 10 小节。更有意思的是，作

者在作品的导读中注明,此文可打乱 1—10 节自然段的排列,可有三种以上的组合排列。当我们读了这 10 节后,就明白了陈老关于摇篮、关于煤气、关于窗户、关于安眠药、关于清洁剂等等的妥善处理,都是为了小孙子的安全,更确切地说是为了留住可爱的小孙子,不让儿子把孙子带到西方国家去。然而,这一切都徒劳了。作为爷爷的陈老怕孙子肉体上受到伤害,作为儿子的却以怕孙子精神受到伤害而执意要让孙子离开爷爷。或许这就是两代人世界观、人生观、价值观不同的结果吧。

　　作为陈老的儿子他只考虑了自己儿子的精神不受伤害,却全然没顾及他老子的精神也会受到伤害。当他执意带走自己儿子时,他老子也即陈老在精神伤害下,只能选择肉体伤害了。可以想象,陈老在不堪精神伤害的压力下,对煤气筒、安眠药、清洁剂、尼龙绳一一有过考虑,最后选择了窗口,一了百了,成为永远的悬案。

　　这篇作品不仅形式上有自己的探索,立意上也极为深刻,是一篇形式与内容结合得相当完满的优秀作品。

（凌鼎年）

入　　殓　　　　［新加坡］林　高

　　他入殓时穿的是三十五年前的西装。

　　他最初是个演员,虽不是科班出身,也让他充上了主角。后来又跟着政要如影随形;后来听说又会水墨画,又会书法了;后来又听说他弄来一张大学文凭,教起书来。

　　其实,他最有兴趣的是名誉。为了上台从大人物手中领那张奖状,他特别定做了一套价格不菲的西装。为了做那套西装,倾其所有还不够,难怪他之后就一直用心收着,三番五次对老婆说:"我走的时候,要穿那套西装。"

　　三十五年后,一场恶病把他的三魂七魄都吃掉了,眼眶深陷,颧骨高耸,嘴巴塌了下去。瘦骨嶙峋的他再穿上那套西装,活像在田地里农家随意用几根竹竿撑起个空空洞洞的稻草人,滑稽得叫人难过。

　　他老婆不敢逆了他的意思,给他穿上,发觉束紧皮带,裤腰皱叠在一起了,仍会松脱掉下来的样子;不放心,便把一大叠冥纸塞进去,再束紧。

　　他儿子站在一旁说:"妈,还有贺词、相片。"这也是他临死前再三嘱咐妻儿要办好的事。他正当壮年的时候,精力足,靠着一腔声音，两条腿，东征西讨，哪里可以钻营就奔到哪里，达官贵人的门槛跨出、跨进也不计次数了，渐渐有些名气，头衔也就跟着来了，贺词也就跟着来了，簇拥的人群也就跟着来了。这可给他带来最大的满足。他是要把这一切的荣誉也带走的。

退休后这三年半以来，时不时他都拿着奖牌、奖盾、奖状，对着贺词，细细地看；内心却隐隐有些失落，眼睁睁看着心疼的东西掉进了狭谷深渊似的，急得直叫喊，却再也抓不回来了，只听见自己空洞的回音，最终嗡嗡地糊成一块。报纸上的贺词，尽管他都剪贴妥当、收藏妥当，时日一久，到底不免衰老变黄，憔悴了，露出了像惨遭淘汰出局的选手、脸庞上泛起的那种无奈的神情。

时势！这是他近年来最常琢磨的字眼。是"时与势"斗不过，还是"人与势"斗不过，还是"人与人"斗不过，还是……目光却又不自禁地移向那斗大、暖暖的文字："艺蕾绽放"、"孔门俊彦"、"社稷英才"，而他最喜欢的是，那一次他从海外载誉归来，同道、亲戚朋友给他登的全版的贺词："八斗任挥洒，载誉又归来。"下面是密密麻麻的人名。他一个一个地看，人名竟越看越生分。

他老惦着，多久呢？九年吧？他得病不再活跃奔走之后就没有贺词了，一下子，那一大群人竟都散了。三年半前，他退休，足等了一个月，仍不见有亲戚朋友登贺词祝贺他荣休，逼得他撑起精神在酒楼宴请老友，趁着饭饱酒酣暗示、暗示他们，才见到那么一小块，草草率率四个字——"儒门典范"，连姓名都省下来了，什么"三十年老友祝贺"。他看了不免动了肝火，自己掏腰包登了半版，用的当然是假名。

他的妻儿把一张一张的贺词铺盖在他身上，再把一张一张的相片也铺盖上去，他儿子移动了几张相片，他老婆也移动了几张贺词，让"典范"两个字在他胯下露出来，然后说："他还有什么遗憾呢！"他儿子也说："乍看好像是哪一国的国旗。"

看来一切都妥当了，就等明天发引火化。

晚饭后，他儿子猛然想起了什么，颇为焦急地对母亲说："妈，怎么忘了把那些奖状、奖牌、奖盾也放进去？"

"怎么可以放进去，还拿什么留下来？"过了好一阵子，她又感慨地说，"你爸一辈子奔来奔去，够累的，可明天一把火就什么都没了。"

［鉴赏］ 我们常说小说是写人的,微型小说既然是小说的一种,当然也要写人,但由于篇幅短小,微型小说要写活、写生动人物,确实不易。不过,作者的这篇作品确确实实把主人公写活了。虽然他已死了,作者截取了入殓这样一个生活横断面,采用回忆、追述等手法,引出了死者生前的种种,诸如个人喜好、生活态度、心底秘密等,一笔一笔活画出了"他"的脸面以及内心世界,让读者闭上眼睛就会出现一个活生生的人物来。如果给这个人物的一生下个评语,大概是可怜、可悲、可叹。

通过作者的笔墨,我们大致知道这个人物的经历,说得好听些:"多才多艺";说得难听些,"三脚猫""万金油"。其实,这倒也没什么,学有专攻固然好,但社会的底层毕竟都是普通人,"他"非科班出身而能赢得如此头衔、荣誉,应该也不错了,但他太看重那些虚名了。一个西装的细节,一个请客吃饭的细节,还有一个自己掏兜用假名登报祝贺的细节,活灵活现地画出了他"这一个",让读者不知该笑还是该哭。

一辈子为了虚名奔忙,到头来,除了那些贺词、相片、奖状、奖牌,还有什么呢?——用他妻子的话说:"明天一把火就什么都没了。"这样的作品让读者反省,给读者启迪;而在文字背后、故事背后却有着弦外之音、事外之意。

(凌鼎年)

回 乡 魂　　［新加坡］连 秀

据闻福水叔是操劳而死的,享年五十四岁。

他殁时,四个子女和一个媳妇都带着欢愉和如释重负的笑容办理丧事!惟独两个年幼不懂事的孙儿,擎香拜祭时给香火烫着,哭了个稀里哗啦,须劳动母亲又哄又吓的才止了哭,令丧堂上仅有的那么一点悲戚气氛也消殆了。

来吊丧的亲戚朋友开始议论纷纷。

"那些不孝子孙,真是大逆不道。老爸过世,一滴眼泪也没流,居然还笑呢,天打雷劈呀!"

"等分财产嘛,他们恨不得老爸早点咽气!"

"财产?福水叔一穷二白的,哪来的财产?"

"那块地呀!你懂什么!这些年经济好呀,加埔路到处在发展,以前两百元钱买到的烂泥巴,现在值二十万元咧⋯⋯"

福水叔的遗照似浮漾着一些感慨。他是由唐山南来的。韩战爆发那年胶价好,他把新婚妻子留在乡下,随着淘金梦的浪潮涌到星洲大伯的胶园干活。后来发觉大伯只当他是廉价劳工,一气之下跑到雪兰莪开荒！真正是披荆斩棘，辟出良田，有一种“含恨立志出乡关，淘金未成誓不还”的意味。

子子孙孙们披麻戴孝的，排成队伍，轻步走过乡间小路，过桥，越过北山的老橡树林……从山溪里汲起半桶清水；复慢慢地，静悄悄地回到乡居……他们脸上仍带着欢悦的微笑，像是去郊游一样悠闲！然后依照福建人的习俗，做大儿子的用毛巾蘸了清水，小心翼翼地洗涤父亲的遗体，拭抹干净，才穿上寿衣。

福水叔脸上带着安详。他仿佛在临终前已彻悟了，这辈子的淘金梦是幻灭了。守在福建乡下的妻儿等待的是他每年两封的家信！而守在南洋这头的他却仍然一锄一耙的开沟筑堤，保护着那三英亩的可可园，免得被黄泥浆及工业垃圾所淹埋……他就是这样累垮了，含恨归不了乡！

道士做法事的诵祷声嗡嗡扬扬。

孝子、孝媳们仍然保持那愉快的笑容，不敢稍露一丝一毫悲伤神色。

吊丧的人们还在七嘴八舌。

“不是吧？福水叔要是有钱，这些年早就回唐山了，就是筹不到旅费，不能衣锦还乡，跟唐山的妻儿团聚……唉，你们知道吗？他连做梦都希望自己死后能葬在故乡……”

“说来说去，都是那些不孝子孙……唉，也难怪，娶了半唐番的女人，生的孩子是差了点……改天没把祖宗的牌位拿去烧，谢天谢地啦！”

“半唐番？半唐番也是人吧？家里死了人呀，哭也不懂？太不应该了！”

丧事到了尾声。子孙们站在坟前，将麻纱和孝服除下，投入熊熊焚烧着的冥纸堆里，一瞬间便化为飞灰……孝子、孝媳仍带着笑意擎香朝坟头叩拜，始离去。

回到乡居，大儿子带头跪拜父亲的灵位，再次焚香祷告：“爸爸，我们都依照您的吩咐，在丧事期间不敢悲伤流泪，怕真如相士所言，子孙一哭，您回头一望，灵魂便找不到回唐山的路……”

跪在灵位前的媳妇、子孙们这才抑制不住地号啕大哭！悲痛的泪水似决堤般泛滥……

[鉴赏] 《回乡魂》在构思上是动了脑筋的,采用了一种逆转情节的手法。作品一开始,点明福水叔是操劳而死,享年仅五十四岁,这个年龄可归入英年早逝,按常理,在丧事上,儿子、媳妇、孙子辈应万分悲戚、痛哭不已,那才是子孙辈应有的孝道。但奇怪的是,福水叔的子孙们竟无一有悲戚状,或带着笑容、或郊游一样悠闲,连孙子给香火烫着了,因此而引起的哭闹也被制止了,总而言之,一切的一切都不符合常态,难怪要引起乡民的议论与谴责了。读到这里,我想连心静如水的读者恐怕也要不满了、愤慨了,或许还会腹诽几句:这几个不肖子孙真是太不像话了!

然而,读者哪里会知道,作者是在故布疑阵,诱导读者按常规思维去理解作品。当作者把气氛造足,笔锋一转,陡然来了个情节大逆转,抖出了包袱,原来福水叔在弥留之间关照过:丧事期间不准悲伤流泪,为的是怕子孙一哭,他回头一望,"灵魂便找不到回唐山的路"。至此,读者才恍然大悟,才感觉到错怪了福水叔的子孙们,感觉到福水叔用心良苦,感觉到也真难为他的子孙了。

由于这个结果是在读者意料之外的,所以审美刺激就更加强烈。作品把中国人客死他乡,希望灵魂回归故国、故乡的心态刻画得入木三分,这种手法的艺术效果也就事半功倍。

(凌鼎年)

雨哗啦哗啦地下着……

〔新加坡〕艾　禺

雨哗啦哗啦地下着。

我撑着伞走入山中,就遇见了她。

本来有点埋怨的,好好的天气说变就变。幸好背包里还塞着把雨伞,可以及时罩住一小片没有风雨的天地。

溪水边,她坐在小岩石旁,像坐着一座白玉瓷雕,任由雨水滑进轻纱般薄的衣服,好似不规则的如跌撞的鹿,突然闯进了一个无生物的禁区,在高山和低洼地带亡命般奔驰。

我不是一个无情的人,我也很想在高山和低洼地带奔驰……

雨伞递了过去,她抬起头来,一双眼里不知道是盈满了雨水还是泪水,汪汪地望着我。

不要在这里淋雨,我说,然后把她拉了起来。

就在她站起来靠近我的刹那,我可以感觉到一股寒意逼了过来。她的手臂好冰凉,一定是太冷了。

细雨飘入小亭中,纷纷飞飞,四周是如此的静寂,只有偶然的鸟鸣声在树梢间突然悲啼，还来不及辨别在何方，声音已戛然而止。

我不小心在这里迷了路，你一定要帮我，带我回去，好吗？她殷殷地哀求着。

我不是一个无情的人，我们的偶遇已经踏出了第一步，第二步我是一定要走的。只是我真的不明白，她怎么会在这里迷路的，难道就没有人来找过她吗？

游览西子湖是我们团的最后一个景点，从上海至北京，走入历史又走出历史，前人很不应该地给我们留下太多解释得不清不楚的故事，要我们去怀疑推断。现实生活的真假，我们尚且都没办法分得清，何以有能力去甄别五千年文化里有多少件赝品？！

来到杭州，我就把这"文化的包袱"丢到湖里去了。

西湖四面环山，在群山之中又深藏着什么烟霞洞和紫云洞等胜景，叫我说什么也不肯放弃观秘的冲动，决定入山一游。虽然导游再三劝说，更绘影绘声地说在山里很可能会碰上千年树妖或洞中早已修炼成精的狐狸。哈，如果真有这样的奇遇，碰碰又何妨！

当细雨走远，我陪她走出了山。天色已经暗了下来。

你家在哪里？

要送人回家总要知道她家在哪里的。

我住得很远的，和你一样远。她嘴角牵起了一个苦涩的笑。

开什么玩笑，她怎么知道我住得很远，我是从哪里来的，她会知道吗？

难道她的话里别有含意，在暗示着什么"远"、"近"的关系？

那我怎么送你回家？我"傻气"地再问。

你只要让我跟着你就行了。

果然被我猜中了，现代女子真不容忽视，她们的大胆度比男人还要勇猛！

你带我回去吧，我不会给你添麻烦的，我只是要回家。

我不是一个无情的人，要"回家"就来吧！

计程车来到酒店门口，刚一下车，带团的导游已扑了过来。

你不是要我死吧，去了那么久，狐狸精请你吃饭啊，吃到这么迟才回来？

说起狐狸精，我就想到他一定是看见了我带回来的女人，眼真尖哦，也够绝的，当着人家的面这么大声喊狐狸精，一点余地也不留！

　　喂，人家不是狐狸精……你不要那么没礼貌，好不好！？

　　我有点生气，把他拉过一边想解释，可是刚一回头，却发现"狐狸精"不见了，车前车后，一个人影也没有，怎么会走得那么快？

　　我不死心地奔出马路边往四处看，一样芳踪渺渺！导游跑了过来拉住我，问我找什么。我正在气头上，感觉全是他破坏了我的好事，一句话也不想说，拿起躺在车后座的那把伞，气冲冲地回客房去。

　　回到家里，心境一直都不能平复下来，本以为要跋山涉水的，没想到连想多做一点热身运动也没有！

　　我不是一个无情的人啊！

　　收拾着背囊，发现了那把"曾经在异地起过某种作用"的伞，也真奇怪，这么多天了，怎么还是湿漉漉的？

　　我把伞撑了开来，只感到有一股寒意从我身边掠过。

　　好熟悉的一种感觉？

　　很多天以后，我无意间在网络上看到一则"寻人启事"。

　　"少女钟爱梅，与家人同游西湖，谁知神秘失踪，疑跌落湖水，但始终未搜寻到尸体，家人殷盼奇迹能出现，如有任何人看见她，请即刻通知。"标题底下是一张少女的照片和地址。

　　我终于知道我遇到谁了，原来她真的和我一样住得很"远"。

　　她——应该回到家了吧！

　　我打了个寒颤，望望窗外。

　　雨又哗啦哗啦地下着。

　　〔鉴赏〕《雨哗啦哗啦地下着……》是一篇带有神秘色彩的作品。作者用诗意的笔触营造了一种神神秘秘的氛围。为了情与景相融，作者特意把作品的背景地安排在了远离新加坡的杭州西子湖，因为西子湖畔有白蛇传的故事，是神话与传说赖以生存的热土。然而，作者还嫌不够神秘，把故事的确切发生地安置到了西湖边的群山之中，外景是细雨、小亭，静寂中小鸟悲啼，由景而人，引出了溪边岩石上的迷路少女。在这样的环境中，遇到这样的人，是邂逅？是撞鬼？——令人想起传说中的千年树妖与狐狸精。

　　在这篇作品中，故事在现实与神话中切进切出，写得扑朔迷离。导游出现后，少女突然不见踪影，更增加了神秘性，让人不知到底是现实还是非现实。网络与神话，这中间，距离何其远矣。她，神秘失踪；我，自愿离群独往，入深山一游,心与心的距离又何其近矣。

　　一把伞,一帘雨,串起了整个故事。雨,自始至终在下着,下得读者的心头也湿湿的,有一种沉重感。作者用自己的笔,把一种意境、一种情绪传递给了读者。一篇一千多字的作品,能达到这样的阅读效果,应该也算是一种成功吧。

(凌鼎年)

蟑　蝆　王　　[新加坡] 董农政

　　我最怕蟑螂了。但是,我还是说服了一只长七公分的蟑螂去参加一项比赛……

　　有人怕老鼠,有人怕壁虎,有人怕猫,有人怕狗。

　　我最最怕的,是蟑螂。

　　但是当我看到那只蟑螂王,我对蟑螂的无名恐惧立刻消失得无影无踪。

　　它在白色的云石地板上犹豫着前进,显得它特别突兀、特别黑。估计它至少有七公分的长度,所以我叫它蟑螂王。也正因为它足以称王,所以潜伏在我心中的那股应有的惧怕,一下子就彻彻底底地撤走了。

　　我勇敢地伏向云石地板,勇敢地将整张脸、将鼻尖尽量地靠近它。它那独有的令人厌恶的千年腥臭,波浪似地袭入我的嗅觉。我忍着,加强勇敢的程度。

　　在短短的时间里,它以那千万年来不曾改变的充满敌意的步伐,连连向后退了三次。毕竟人类是它们的最大敌人。

　　最终,它还是被我最有力的一句话说服了。

　　坐在"灭掉它"杀虫剂主办的"最大蟑螂竞赛"的参赛者席上,我显得信心十足。当然参加这项比赛的,不可能是我,而是我的蟑螂王。

　　之所以信心十足,是因为其他参赛者的蟑螂都是被抓来的;我的蟑螂王却不同,它是自愿来的,而且非常乐意参与这项赛事。被抓来的,当然心不甘情不愿,在长度上已无形中短了半截,又如何能夺标。蟑螂王就不同了,看它神采飞扬,教我如何不信心十足。

　　看它那模样，也不知用什么方法，将宽大漆黑的背部，粉饰得油亮的，像旧时代的时髦青年涂满生发油的头发，神气得可以。

　　连过七关，它的分数仍然比其他蟑螂高出许多。单单那七公分的长度，就已叫评判团刮目，更别提它那弹跳飞跃的表演了。

　　评判团终于把冠军判给了它。当然，那一万元的奖金就纳入了我的口袋里。

　　主办当局对我说，奖金给了你，蟑螂王就归他们的了。他们要利用蟑螂王做一项噱头十足、宣传味道很浓的实验——将蟑螂王关在充满"灭掉它"杀虫剂的空间里，以证明连蟑螂王也要屈服于"灭掉它"的威力之下。

　　蟑螂王在那空间里挣扎了好几下，翻过身来，死了。

　　最后是众记者围上来，争着问我用什么方法训练出这么一只蟑螂王。

　　我对众记者说，我只告诉蟑螂王一句话，它就为我卖力了。当然它是不曾预料到，连命都要卖掉的。

　　那句话是：

　　你宏伟的外形能够解除人类对你族类的敌意。

　　[鉴赏]　董农政的不少微型小说，题材另类，构思独特，往往很难看懂，这篇《蟑螂王》算是难得的例外。

　　蟑螂王，顾名思义，乃是众蟑螂中的王者，个体大、生命力强是它的主要特征。有意思的是，它与其他蟑螂的区别最主要的不是外形上，而是参赛时的态度，其他蟑螂都是被逮来被迫参加蟑螂比赛的，而这只蟑螂王是自愿来参加比赛的。蟑螂怎么会自愿参加人类组织举办的蟑螂大赛呢？难道它受了一万元奖金的诱惑吗？不，作者在文中明白地告知读者，是被"我"的一句话说服了——这话说了什么？作者卖了个关子，故意不说，造成了悬念。到快结尾时，读者才知道：这次大赛是"灭掉它"杀虫剂制造商赞助主办的。作品一直到结尾才揭开谜底：那句颇有说服力的话原来是"你宏伟的外形能够解除人类对你族类的敌意"。只是蟑螂王万万没有想到，它最后的命运将是死于"灭掉它"杀虫剂的毒雾中，以证明"灭掉它"杀虫剂的强大效用。

　　这仅仅是写一次商业广告策划吗？不，作者借助这个既现实又荒诞的小故事，把黑色幽默注入了其中，再一次把人类与动物或者说昆虫的那种微妙的关系暴露了出来。在这篇作品里，蟑螂王只是个象征，是个替代物，作者想告诉我们的，远远不止是一只蟑螂王，作者最终的目的是要引起读者的思考。

　　　　　　　　　　　　　　　　　　　　　　　　　　（凌鼎年）

钟 摆 [马来西亚] 朵 拉

那天黄昏因为下雨,天黑得特别早。

林佳如煮好晚饭,围裙还没脱下来,就听见刚进门的李文启兴冲冲地说:"看,我买了什么回来?"

李文启抱着一个长方形盒子走到厨房来,搁在桌上,也不待林佳如回答,兀自将它打开。

林佳如揣测不出,既不是谁的生日,又不是什么纪念日,就算是吧,这几年来,李文启亦极少买礼物的,这一个长盒子里头会是什么东西呢?

"多漂亮,是不是?"李文启让它站立在桌上。

原来那是一个钟。

一个古旧的不用电池却需要上链、浸渍着时间痕迹的老爷钟。

林佳如看了也很喜欢。但还是忍不住要说两句:"家里都已经有好几个钟在用了,你还花钱买这样一个要上链的古老钟回来做什么?"

"古董嘛,"李文启仍喜滋滋的,"而且又便宜。"

那天晚上,李文启吃饱饭以后便忙着安置那个精致却上了年龄的古老钟。

他在客厅捶了根钉子就把它挂上去,然后郑重其事地一下一下地给它上链,每三十分钟便"当"一声,每一个小时它又"当当"几声,这样子不用抬头望也可以知道是几点了。上链以后,李文启把它抹干净,就坐下来对着它看。

"你瞧!"他叫林佳如来分享他的愉悦,"那个钟摆多有趣呀!"

也许是年代久远的关系,那个钟摆摇动起来,"的儿嗒、的儿嗒"的声音很是响亮。

从此以后,林佳如每天就听老爷钟的"的儿嗒"声过日子。

开始的时候,李文启倒是很有耐心的,每天下班吃了晚饭,一定给它上好链,因此这个钟虽然说是古旧,倒也没出过差错,定时地响,定时地"的儿嗒",长针与短针时时刻刻互相在追逐着。

林佳如无形中对这个钟有了依赖性,家里虽说有好几个钟,可是它们却都是不出声的,只有这一个,永远不停地忙碌着却又有序地"的儿嗒、的儿嗒"，林佳如一有空就坐在它面前看那个钟摆左右摆动。

"的儿嗒、的儿嗒"，一个上午过去了。

"的儿嗒、的儿嗒"，一个下午过去了。

"的儿嗒、的儿嗒"，晚上过了后又是另一个白天。

生活里没有期待，也没有新奇。

每个新的一天，都是旧日子的延续。

渐渐地，李文启正如每一个普通男人一样，其实也不只是男人，喜新厌旧原是众人的通病。

他总是忘了给它上链，有时吃过晚饭要赶着出门去应酬，有时要看电视节目，有时要看报纸，有时要到咖啡店去坐坐。

林佳如也不叫他，她自己来做。

因为她已经习惯那"的儿嗒"声，也习惯看着那钟摆的晃动，只要她忙完手上的家务，李文启又不在家，没有人相陪时，她便看钟摆左一下、右一下地"的儿嗒"。

这样子朝夕相处地看久了，有一个晚上，林佳如做了一个梦。

她忽然梦见自己变成了那个钟摆，非常有时序地、毫无变化地、很有规矩地左"的儿嗒"一下、右"的儿嗒"一下。

林佳如大吃一惊："我不要做一个钟摆。"她大声地喊，声音是充满着巨大的恐惧感的。

但是，她却陷在梦里醒不来。

林佳如一再告诉自己，这只是一个梦魇，可是，她却再也醒不过来了。

林佳如终于变成了一个钟摆。

　　[鉴赏]　《钟摆》这篇作品，其中心道具就是钟摆，作为道具，钟摆贯穿于全文。明里是在写钟摆，实质是在写人。

作品的前半部分写林佳如的先生如何喜欢收藏钟，怎样买了个古董钟，怎样挂上墙，怎样给它上了发条，这都是引子，引出的是林佳如从对钟的不当回事到有依赖性。在文学作品中，这属于铺垫。当林佳如与钟摆朝夕相伴多年，甚至替代先生李文启每日去为钟上发条时，她已与钟摆融为一体了。用文学术语谓之：蓄势已经完成，那么至此的转折性变化是什么呢？竟是林佳如醒悟到自己也变成了一个钟摆。至此，意象与寓意达到了高度一致，即钟摆就是人，人就是钟摆——用作者的话，即"生活里没有期待，也没有新奇。

每个新的一天，都是旧日子的延续"。生活变得如此地单调、机械，那还有什么意义。作者在文中没有只字片语地正面地去抨击李文启，但读罢全文，却又反衬了李文启的自私、冷漠、无情。

作者最后采用了荒诞派的手法结束全文，让读者不知道这到底是梦还是现实，这种手法对读者的艺术震撼力肯定超过常规写法。在艺术创作中有一句很经典的话谓之"化腐朽为神奇"，移之文学创作其理亦通。当然，作者笔下的钟摆并不属腐朽，但实在平常得不能再平常。即使是古董钟，在不搞收藏的读者眼里，也不过就是一只钟而已。以钟为道具，要写出深意，的确不易。作者巧妙地用现实主义的手法在写到全文快结束时，突然笔锋一转，借梦为载体，使文体过渡到了荒诞写法上。于是，平常便化为神奇、化为文学了。这是熟练驾驭写作技巧的一种，对初涉写作的人具有很大的借鉴意义。

（凌鼎年）

做　　脸　　［马来西亚］陈政欣

90 年代了嘛……

外科手术早在几十年前已从医学上转了个弯，伸展到人体颜面的整修矫正了。套句广告的术语：惊天裂地的突破，震撼美容界。

无论是先天性的美中不足，还是后天性的破损破格，或是隆鼻梁、除眼袋、装酒涡、拉脸皮、丰面颊、矫下巴、隆胸脯、修眼皮，甚至全身皮肤漂白以及脸部的美化、乳头的修饰、肚脐眼的美饰和阴部的矫正，现代的外科手术在各方面都已臻获令人满意的成果，至于文眉、点痣除痣、消汗斑雀斑老人斑，更是小儿科了。

然而，在这 90 年代，更有个空前的、改变人类行为的突破，要不是政府及时采取对策，这世界可就会变成……

且说外科医师张大夫在本市的美容院开张以后，本市的领袖人才突然间大量涌现，而且在各领域，无论是政界、财界、教界、商界，都是以领风骚、执牛耳的姿态出现。这些人才一外放到全国各地，所带来的效果不只令政府心惊肉跳，更令总理漏夜召开内阁会议，议决即刻礼聘张大夫为国家人才训练局的局长。

在这里，就得先了解一下张大夫的整容技术了。

张大夫最拿手的就是"做脸"。

人的脸皮就是面子，面子就是荣誉，荣誉就是人类生存下去的目的。没有面子怎么见人，不能见人又如何做人？所以张大夫的卓越成就就是从面部做起，而他这一套手术也叫作"做脸"。

拉脸皮消皱纹是小手术，张大夫的拿手招牌手术却是"垫"脸皮。张大夫按照客户的要求，适量地在脸皮底层注射一种叫"道德化剂"的液体，客户的脸皮就会随着日子的增长而厚化起来。脸皮的厚化也就是面子的厚化，所以，所有经过张大夫调理过的客户，没有一个在手术后不在自己的领域里以脸皮厚实著称而冒出头来的。

搞政治的脸不动容地说："当日不在朝，我能如此如此说；今日身在朝，不能不看人脸色。"

财商界的脸笑肉不笑地说："利字当头，人不为己，天诛地灭。"

从事"百年树人"的更是面不红、气不喘地说："误人子弟不正是我辈之本色？"

于是乎，本市的政党党员一旦流往外地，无不飞黄腾达，一下子从基层冒升至区代表、州代表、国代表，甚至当了国家部长。

至于财商界嘛，更是人才俊杰多方冒现。什么"现代陶朱"、"商业奇才"之辈，更把本国的经济高潮推上另一个高潮，市面上一片大好。

廉耻、信义道德嘛！已经不是人们的衣着，人们赤裸着自我，顶着一张厚化了的脸。

除了注射液体的手术，张大夫还有一套专为高官富贾而研究成功的手术。

把屁股的两块皮肤割下，然后以神奇的技术把它们塞进脸皮下面去。据张大夫的解说，这不止能让脸皮永远厚化，而且更能把笑容和蔼自然化，更其上者，经过屁股皮垫叠的脸皮，能使得当事人永远不会感受到别人投射过来的眼光的锐利，甚至不会因脸面的问题而感到内疚心痛；至于尴尬腼腆羞赧之情，更是遥远的事了。

当然，这一高超的手术是不可普及于大众的。

张大夫说：统治者与被统治者的关系不能不保留，所以这类手术也是保留给高官富贾这一阶层的。

在理解了张大夫的卓越美容技巧以及"做脸"的效果之后，作为国家领导人的总理，漏夜召开内阁会议，并议决即刻礼聘张大夫出掌国家人才训练局局长之职，不正是理所当然的对策吗？

当然,现在已经是 90 年代了嘛……

[鉴赏] 《做脸》不是通常意义上的微型小说,而是属于荒诞小说或科幻小说一类。即故事所说的事是非现实生活中的,属于虚拟世界中的情节,但这并不妨碍我们去阅读、去理解,因为作品的根是扎在现实土壤之中的。换句话说,作者把握了艺术真实与生活真实的关系。

"做脸"带有马来西亚的方言性质,放在我们中国则叫脸部美容或谓之整容手术。在现实生活中,进行整容手术通常是为了美,以求通过做脸使脸更靓丽,这自然是无可厚非的。当然,还有一种做脸是为了改变原有的面貌以逃避法律制裁。但作者笔下的做脸既不是为了求美,也不是为了改容,而是为了厚脸皮。文中出现了用屁股皮垫到脸皮下,以使脸皮厚化的细节。这细节或许刻薄了些,但暗喻了某些政界要人、商界奇才、学界俊才都不过是以屁股当脸的货色,这种讽刺也够辛辣的。

作者把那些厚脸皮者狠狠讥讽了一番后,还觉得意犹未尽,又加了个更深刻的结尾:总理礼聘会做脸的张大夫出任国家人才训练局局长之职。这就把对做脸的讽刺推到了极致,暗喻着这样一层意思:什么国家级人才,说不定是厚脸皮训练局培养出来的呢。作者的大胆、爽直,由此可见一斑。中国有《厚黑学》的书,作者这篇作品就是把厚黑学用文学语言、文学故事来诠释罢了,让读者在更轻松的阅读中,对厚黑学有一个形象的了解。

讽刺,永远是微型小说有效的写作手法之一。作者深谙讽刺笔法之三昧,在这篇作品中,字里行间流溢着讽刺性。而且,作者还知道把人与事写到极致将会加深阅读效果的美学原理。所以,在这篇作品中,作者把做脸写到了极致,用大大的夸张,让读者感到阅读的过瘾。　　　　　　　(凌鼎年)

心　　壶　　　　[泰国] 司马攻

古语道:"玩物丧志",但我管不了许多,我玩古董玩了三十多年,越玩越有兴致,打从去年退休之后更是成为古董迷,尤爱收藏小茶壶。

有一天我到"越沙攀"佛寺去礼佛,在寺里方丈室的一个古老的木橱中,见到了五把造型古朴的名贵小茶壶。我心一动,就和佛寺的住持巴空大师交谈起来,聊古说今,谈得很"投机"。从此我便经常去找巴空大师。

醉翁之意不在酒。我和巴空大师的往来,主要是看在那五把古老的小茶壶份上。

几个月后，我花了二百铢在"耀华力"茶行买了一斤"乌龙茶"。又以八十铢买了一把宜兴出品的新制小茶壶，兴冲冲地向"越沙攀"佛寺来。

"大师！我特地拿来一把新的小茶壶，换一换橱中的一把旧茶壶。还有一斤顶级的乌龙茶送给大师。"我一面说，一面打开橱，将新制的小茶壶放在橱里，随手将一把古老的小茶壶拿出来。

巴空大师瞪着眼看一看我的脸，我急忙从口袋里取出一个早已备好了的、其中放有一千铢的白信封放在桌上："大师，还有一千铢善金奉献。"

大师眼一闭，不说什么。我自言自语了几句，就拿着那把古朴的小茶壶回家了。

我以新茶壶四把、乌龙茶四斤，外加现金四千铢，在三个月内换到了四把名贵小茶壶。

方丈室里木橱中的第五把小茶壶，我当然是不会放过的。一天，我重施旧法，再往佛寺里去，走到木橱前，心中吃了一惊，橱中的第五把古老小茶壶不见了，代替那把茶壶的是跟我所买来的一模一样的新茶壶。一定有人依样画葫芦，用我的办法，换去了名贵小茶壶，我真后悔我来迟了！

"大师！是谁将另一把旧茶壶换去了？"

巴空大师把眼睛睁开："颂吉施主，这个纸盒送给你，你拿回家去吧！"巴空大师以手指着桌子旁边的一个大纸盒，说完后又闭眼入定了。

我回到家里，把纸盒打开，我的心几乎要跳了出来。纸盒里放着四把宜兴出品的新茶壶、四斤乌龙茶、四个里面各放有一千铢的白信封，还有我想得到的那把名贵小茶壶！

晚上，我整夜没睡，我不需付出什么就得到了五把名贵小茶壶，而这五把小茶壶整夜在我脑中转来转去。

第二天，我带了那五把名贵小茶壶到"越沙攀"佛寺里去。巴空大师又在入定。我将五把小茶壶轻轻地放回木橱里。

"颂吉施主，橱中有没有壶，是新的还是旧的，这对于我都是一样的。但是对你……对你可能很重要。"巴空大师的声音在我背后传来。

我一转身，双手向巴空大师合十为礼，低下头来坐在巴空大师身旁:"大师! 是的,很重要,这五把小茶壶对我一生很重要,我是真真正正地得到了五把小茶壶。"

我离开了佛寺,心中想着:"得失只在一念之间,失去的可能就是得到的。我虽然有不少古董,而永远留在我心中的是那五把小茶壶。"

[鉴赏] 《心壶》是一篇堪可玩味的作品。明明是茶壶,作者却起名心壶,通读全文方知作者用心良苦,方知取名《心壶》实在是远胜于取名《茶壶》。

这个故事写了收藏家与佛家大师之间的斗智或者说是较量,最后收藏家被大师感化,内藏禅机、禅意,让读者悟到一种生活哲理。我也接触过一些收藏家,其中相当一部分是出于对某一种东西的偏爱,也有的人则有一种占有欲。作者笔下的这个主人公"我",就是有着强烈占有欲的人,他看中了"越沙攀"佛寺方丈室的五把小茶壶后,为了占有可算是动足了脑筋,不惜用新茶壶、乌龙茶,外加泰铢去换取,但他不敢太贪,一次去方丈室换取一把,就在他以为将要"功德圆满",五把小茶壶即将全部到手时,发现第五把小茶壶不见了。这一急非同小可,但作者故布疑阵后又笔锋一转,使"我"的挖空心思一下没了意义,原来巴空方丈不但把宜兴新茶壶与乌龙茶、泰铢还给了施主"我",还额外地奉送了那剩下的最后一把小茶壶。这使"我"大感意外,然而更使"我"思想上受到震动的是巴空大师的话。因为对于四大皆空的出家人来说,旧壶与新壶都是壶而已,没有质的区别……

这等于点化了"我",使"我"恍然醒悟到贪欲的不该。作品最后落点到得失仅在一念之间,让读者明白得失之间的哲理关系,实在是可圈可点。

(凌鼎年)

三　愣　　[泰国] 曾　心

外面下着毛毛细雨,一个干瘦佝偻的病人,头上遮着一张旧报纸,步履蹒跚地推开一间医务所的弹簧门。

正坐在案头看《黄帝内经》的李医师,抬头一看,见那新来的病人,正扯下那张湿漉漉的旧报纸,一时觉得,他挂在鼻梁上的那副黑眼镜显得特别大、特别耀眼。

"请坐!"

"嗯。"

"贵姓?"

"张亚牛。"

"多大岁?"

"五十九。"

李医师伸出三个指头给他诊脉。片刻,又叫他亮出舌头,然后说:"请把眼镜脱下!"

病人似乎没听到。

"请把眼镜脱下!"李医师再重复一遍。

只见病人那干瘪的右手举到耳边,颤颤巍巍地脱下黑眼镜。李医师不禁一愣,原来他是个"独眼龙",右边凹陷的眼窝,却不见眼珠子。左边那呆滞的眼睛,只发出直勾勾无神的目光。

李医师张开嘴,想再问下去。却见病人举着颤抖的手,把黑眼镜挂回鼻梁上,嘴角撮起一阵凄酸的蠕动。

"哪里不舒服?"李医师用惯例的问诊道。

"没有一处舒服。"

"吃得下吗?"

他慨叹说:"做人真工(辛)苦,过去爱(要)吃无好吃(没得吃),现在有好吃唔(不)敢吃!"

病人答话绕着圈子,李医师心里却完全理解他的话意,问:"有消渴病吗?"病人点点头。

李医师安慰病人几句后,便伏案开处方。

"服药三天后,再来看一次。"李医师把一张处方交给病人。

"多少钱?"

"一百铢!"

"医生,八十可以吗?"他居然还起价来。

李医师不禁又一愣!觉得他当了二三十年医生,从来是医生说多少,病人就给多少,甚至有的慷慨的病人还多给,而还没遇上讨价还价的病人。这还是头一遭呀!李医师心里嘀咕着。

"可以吗?"

李医师不大自然地笑着,点头。

病人拿出一张一百铢。李医师还他二十铢。病人高兴地推开弹簧门走了。

在细雨中,李医师看着那个佝偻的病人,头上遮着旧报纸,步履蹒跚地挤上了一辆公共汽车。

李医师站在门口自忖:"也许他是个数米而炊的人!"

三天后，不见张亚牛再来看病，但是李医师偶然在另一个地方见到了他。

那天，李医师驾着轿车，到他三十年前读过的某所华文小学。这所学校已被封闭近半个世纪，最近又即将复办。许多校友和热爱华文的人士，闻讯都赶来捐款。

坐在捐献台前，正是那个佝偻且戴着一副黑眼镜的张亚牛。他正在讲述自己一段求学不幸的遭遇："三十年前，我曾在这所学校读过两个月书，不幸学校被封。我们组织了华文学习小组，才读不到两个月便来抓人。老师被抓走了，我越墙逃跑时，天黑不见五指，一个铁钩，把我的右眼球勾坏了。"他讲到这里，声音低沉且沙哑，伤心地从耳边脱下那副黑眼镜。在座的人的眼光即刻聚成一串光束，焦点全落在他那只没有眼珠的凹眼窝里。

"读过书的人，那是无法理解没读过书的人的痛苦。我右眼瞎了，是痛苦的事。左眼虽能看见东西，但不识字，也好像瞎了一样。"也许他讲得太激动，血脉有点亢进，脸上不禁涨红起来。他又脱下眼镜，用手擦去滚动在左边眼里的泪珠。

"现在学校要复办，我报名参加学习，当个胡子学生。"

在座的人都瞪大眼睛，哑然失笑。

"最近，我把一块地皮卖了，想把部分钱捐给学校。"他边说边把放在脚边的皮箱拿上台面来。他那颤抖而干瘪的双手慢慢打开皮箱。

呵！是一箱崭新的一千铢的纸币。

李医师和在座的人都愣住了。

看着捐献台上成叠的千铢纸币，李医师低头看着自己手上已写好的支票，脸上有点泛红，觉得太少了。于是他提起笔来，在数字后面再添上两个零字，又在字旁签了名。

[鉴赏] 《三愣》是写人的。作者用先抑后扬的手法，使张亚牛这个人物丰满了起来，有血有肉，让人读后难忘。

张亚牛在作品中刚出场时形象有点欠佳，一是独眼龙；二是口吃；三是付诊费时讨价还价。这确乎少见，何况诊费只是区区一百铢。如果说张亚牛到医务所看糖尿病是剧中人物的亮相，那么张亚牛在华文小学里的举动则是他的正剧了。李医师万万没有想到，这个瞎了一只眼的张亚牛三天前为了诊费少付二十铢也好的潦倒之人,竟然当场捐献了一箱崭新的一千铢一张的泰铢。这与三天前形成了鲜明的对比,反差之大令人吃惊。然而,这一切都是有缘由的。通过作者的追述,我们知道了张亚牛的独眼并不是打架斗殴做坏事造成的,而是为了学华文付出的代价。更令人感动的是,他三十年来矢志不渝,如今不但捐钱,还立志要当一名胡子学生,学好华文,读到这里,我们能不感动吗? 能不为作者的文笔折服吗?! 至此,张亚牛的形象一下子高大了起来。由于作者开头采用了抑的手法,人物的落差就大了,艺术的效果也就大了。先抑后扬塑造人物,确实不失为一种有效的笔法。

在这篇作品里,读者往往感动于情节,而忽视了细节。其实,作者为了塑造张亚牛这个人物,在情节的编排上采用了抑在先、扬在后的艺术手段,在细节的配合上也动足了脑筋。比如张亚牛到医务所来时,天正下着毛毛细雨,他是顶着旧报纸来去的,如果是个身无分文的穷光蛋,那也许算不了什么;但张亚牛是个能捐出一箱子千元泰铢的人,却以旧报纸挡雨,并在公共汽车上挤来挤去,这细节的真实便产生了感人的力量。因为感人,在榜样力量的感召下,李医师也增加了捐款数。全篇行文自然、流畅,读来无任何矫揉造作,显示了作者非同一般的功力。

(凌鼎年)

炼　　胆　　　[泰国]郑若瑟

"砰,砰!"关掉电视,刚要躺下睡觉,又传来叩门声。"谁!"我大声问,仍没有回答。明知多此一举,但仍开门探看。洗手间的天花板又响起吓人的撞击声。

自从下午住进这个房间后,已有三四次叩门声,而不见人影。奇怪! 心里猜疑,有点恐怖感。

自问平生没做亏心事,半夜敲门心不惊。强充好汉自壮胆,把被拉高,强闭眼睛。

又一阵声响,把我吵醒,细听之,是衣橱里衣架的碰撞声。急忙扭开电灯,打开衣橱看,衣架仍在摇晃,似有一阵阴风。洗手间发出撞心裂肝般的声响,禁不住毛骨悚然。

再也难以入睡,看手表才十二点过些,只得躺下看报纸。有条新闻:"三歹徒杀人'炼胆',已捉拿归案。"边看边蒙眬入睡。

一阵阴风,凉气袭人,一个裸体的漂亮女郎站在床前。我惊急万分,正要发问,女郎的玉手已按在我的两额角上,轻抓细摸;并把粉脸俯下,微笑着说:"给你按摩!"

　　骚味扑鼻，据说这里的人常吃羊肉，身上具有特殊的味道，在女人身上发出的便称"肉香"吧！飘飘然，如神仙。好色是男人的通病，真正能坐怀不乱的毕竟只是凤毛麟角，寥寥可数。凭你怎的硬汉，此情此景，也只有举手投降。心想，今晚真如李老三一样遇鬼了。可你这漂亮如花的女鬼，怎不找个英俊的青年小子，我又老又丑，如何对得上口？难道你要把我弄死吗？无冤无仇，你忍心乎！今晚就注定要死在牡丹花下吗？

　　"先生，"她忽然滴下泪，凄怆地说，"请你替我报仇！"

　　"有何冤情？请你细细道来。"美人的泪，激起我怜香惜玉之心，大有冒死相助之慨。

　　"我本是贫家女，母死父病。为筹集医药费，只得到酒店当按摩女。但我洁身自爱，誓不卖身。七天前，这房里来了三个流氓，召我们两个按摩女服务。其中一人要我脱去衣服，玩'鸳鸯戏水'，我坚拒，他们便亮刀胁迫。我仍硬抗，他们发火，用布塞住我的口，强撕去衣服，我死不就范。那个头头便对他的手下说：'敬酒不喝，他妈的，把她处死！看你有没有胆量！'那个流氓便使出吃奶力气，把我的头强按入满是水的浴缸，我终于软绵绵地死在水里。我那个女同伴吓得浑身发抖，让三个禽兽轮奸后，那个头头又说要另一个手下'炼胆'，把她处死。同伴哀泣求饶，凶狠的歹徒仍不放过，用力掐她的颈项，看着她眼突、舌吐，脸色变紫，跟我同赴阴司。"

　　"你可知道她的名字？"

　　"知道。"她抽泣着说。

　　我急拿纸笔，要记下名字。手往床头一抓，拿到报纸一看，名姓和情节都在报纸上登载了。不同的是，并非是这个金城宾馆。不觉自嘲一笑，女郎的倩影已消失无踪。

　　次晨，正如厕，从厕所门下透气的木条空隙里往外看，有一影子闪过，心内一惊，难道真的有鬼影？又是叩门声，一问，是旅伴黎毅兄到来。开门后，他对我说："有只老鼠从走廊闯进你房里。"

　　啊！原来都是它的杰作，至此我才恍然大悟！

　　［鉴赏］　郑若瑟的微型小说从写实到与杂文结合，一直有着变化，这篇《炼胆》则引进了魔幻主义色彩，现实与非现实，真实与荒诞，假假真真，真真假

假,一会儿梦幻,一会儿现实,杂糅在一起,让人读来惊心动魄又兴趣盎然。

作品的题目是《炼胆》,但通读全文,似乎含有两层意思。浮在面上的一层意思是歹徒炼胆,这在报纸上已有报道,而那位梦幻中的女郎也提及了,应该是实有其事。但如果仅仅是这层意思,充其量还只属于新闻报道性质,揭露了几个歹徒的恶行而已。其实,文字背后应该还有一层意思,那就是作品主人公"我"的炼胆过程。可能是看到了电视中关于歹徒炼胆的新闻,"我"就因如此治安而心有不安,以致晚上的每一声响动都让"我"毛骨悚然,乃至引出了裸体女郎的投诉,以及梦中相托要给她报仇。这一个晚上,梦中所见与现实所见,不正是个炼胆的过程吗?

这篇作品,人、鬼、鼠竞相出现,叩门声、天花板撞击声、衣橱衣架碰撞声交替响起,营造了一种多少有点恐怖的气氛。又因为有梦,有报纸新闻,有旅友,时空交叉中,生与死、人与鬼的界限打破了,亦真亦幻的故事让读者感受到了作者的写作技巧。

一般来说,现实主义作品,常流于实;而荒诞的、魔幻主义的作品,常流于虚。这篇作品可以认为是两种写作手法的结合。这样写,既增加了作品的可读性,又增加了作品的可评性,更增加了作品留给读者回味与思索的余地。为炼胆就杀无辜者,这是道德的悲哀还是社会的悲哀?人性泯灭到了何种程度,文中的"我"能为那冤死的亡魂讨还公道吗? 看来面对歹徒,他也有个炼胆过程。不过作品结尾暗示了歹徒不过是鼠辈而已,这多少透出些许亮色,让读者得到稍许安慰。

(凌鼎年)

凶　　　手　　　　[泰国] 黎　毅

雨声嘀嗒,不大,不小,不停……

点点打落在屋顶的瓦片,打落在屋后的芭蕉叶,打落在……

难得潇潇夜雨,老二却不能酣畅睡个好觉。雨夜勾起了坎坷的过去、目前的纷扰、未来的茫然……

失眠……幻影……

楼下电话铃声有如一阵骤雨。

老二将睡又醒,望床头闹钟,凌晨二时十五分。

深夜电话,十之八九并非好事。不是近亲传报噩耗,便是知交遭到不寻常的麻烦。

老二打算不接这个电话,反正天亮消息便能传达;但不接,在良心上又说不过去。蹒跚下楼抓起电话听筒,尚未开口,对方女人声像连珠炮般直迫过来:

"粗猪呀,你这斩头杀千刀的还不爬返来。你……"

原来是搭错线,不该代顶对方一连串狗血淋头的毒咒。一肚乌气,调儿僵僵地说:"不回!"

随着砰然挂线。

电话铃又响。

玩笑开到底,老二再抓起听筒。女人连珠炮又迫过来:"粗猪,你这早死,你不回……哼,你勿后悔。"

"等着瞧!"

老二又砰然挂线。虽被无端吵醒,无端顶受毒咒,内心却有种报复的快感。

静止,再登楼上床。

想着女人口中那头粗猪,想着连珠炮发那头母大虫,又睡不着觉。

猛然睁眼,阳光装满斗室,床头钟的指针搭在八时整。

早饭来不及,洗盥,匆匆上班。顺道到巷口伯顺油条摊买油条。

一个蓬头满脸油腻的少妇亦挤上来,有一句没一句地和炸油条的伯顺搭讪,好像记起什么地问伯顺说:"阿伯,你知不知对面母猪昨夜的事?"

伯顺头亦不抬,笑笑说:"你是说粗猪那个恶婆?"

老二心中一怔。

"还不是她!"

"有什么消息?"又是有一句没一句地搭着。

"粗猪滥赌,那头母猪深夜催电不回,死谏。"

伯顺停手,表情严肃,朝少妇问:"死了?"

对方没答,勾弯一食指晃动。

[鉴赏]　这篇作品乍一看题目,读者往往误以为是篇推理小说,或属通俗文学范畴,其实不然,这是篇社会小说,也是篇生活小说,不以情节取胜,却留下了让人思考的问题。

作品从雨打芭蕉切入,以景营造氛围,有一点冷寂,有一点凄美。雨夜让人睡不着觉,失眠是最难受的事,偏在这最难将息之时,不知趣的电话恰作不速之客访问,这对哪家都是一种干扰,谁都不会欢迎。且老二的电话在楼下客厅,接还是不接本矛盾过,接,多少还有点勉强,偏又是打错;打错也就算了,更不可理喻的是开口就骂。这就引出了"不回"的回答——老二的这个回答虽有不妥之处,但在那种情况下也没有什么好责怪的。如果事情到此为止了,那只能算是生活中的小插曲,过去就过去了,谁也不会去计较。问题是那个粗口的女人再次错打电话,再次出口脏话,由是,老二开了个玩笑。玩笑开过,事情如果也能到此结束的话,等到天亮就阳光灿烂了。问题是第二天阳光虽灿烂,却传来一市井消息——昨晚那打错电话的妇人,因催不回滥赌的丈夫,"死谏"自杀。这就使得老二震惊不已。全文结束,正好点题。更确切地说:应该是"谁是凶手"?

打错电话具有偶然性,滥赌导致妻子自杀也是偶然性吗? 从这个意义上看,《凶手》属问题小说。 *(凌鼎年)*

独　臂　村　　［泰国］克立·巴莫

我是个医生,又是个狩猎爱好者。有一次,我去森林里打猎,离开帐篷不到半天就迷路了,施展了作为猎人的全部本事,也没有找到归路。天色越来越黑,我步履匆匆,一心想找到人家。突然,有一只像铁钳般的胳膊卡住了我的脖子,然后我的猎枪也被夺走了。我回头一看,只见一位中年男子,黝黑的脸庞,长得又粗又壮。他开口问道:"是来拉选票的吧?"

我忙双手合十施礼,说:"不,不是! 我是来打猎的,迷了路。"

他把我从头到脚打量了一番,说:"那你得去见见我们的村长。"

"大……大哥! 请问这是什么村哪?"

"独臂村!"他干巴巴地回答。

我对这个村名并没有在意,林区稀奇古怪的名字多着哪。谁知,一进村,跑出来一帮孩子围住我看热闹。我打量了一下那帮孩子,忽然发觉他们个个都只有一只左胳膊,右肩膀以下光秃秃的没有手臂。

我感到愕然。这时,独臂村的丁村长把我迎进木楼,我忙向他通报了自己的姓名、职业以及当天的遭遇。没多一会儿,他的家人给我端来了饭菜,于是我就吃了起来。吃饭过程中,我听见旁边的木楼里传来女人的呻吟声,就问丁村长:"村长,有人生病了吗?"村长长长地叹了口气,凑到我身边说:"大夫,那是我女儿阿严,去年嫁给了阿初,现在要生孩子。可肚子痛了一天一夜,还没有生下来。"我赶紧把饭吃完,洗了洗手对村长说:"您领我去看看，兴许能帮上一点儿忙。"

丁村长看了我好一阵，才说："看样子您不是那种爱管闲事多嘴多舌的人。我们村里有些不同一般的风俗，您可别……"

"村长，我是一个大夫，只管救死扶伤！"

"谢天谢地！"丁村长双手合十举过头顶对我施礼，随后便领我去他女儿的木楼。在楼下，我看见一群男人正坐着，一个小伙子站了起来，村长说那就是他女婿阿初。我上了楼，走到产妇身边，为她做了检查，号了号脉。

婴儿终于生下来了，还是个小子呢！两只小胳膊完好无缺，这就是说，这个村里的人肯定不是天生的独臂畸形。我正这么想着，阿初走进来说："大夫，把孩子给我！"我递给他，然后转身回来照料阿严。忽然，我听见婴儿异乎寻常的哭声，就探头朝屋外看去，只见楼下的那群男人把婴儿的右臂拉得笔直，然后用刀子将整个胳膊齐着肩头砍了下来。我马上明白了：怪不得这村子里的孩子个个都只有左臂！

虽然我是医生，见过许多血淋淋的肢体，但看到这种手术，不禁汗毛倒竖，眼前一黑，晕倒了。我苏醒过来的时候，已是在丁村长的家里了。村长微笑着说："大夫，您真是个软心肠的人。"我竭力使自己镇静下来，然而最后还是忍不住问道："村长！我不明白，为什么要把一个好端端的孩子弄残废？"

"这是我们村的风俗，大夫。"

"什么鬼风俗！有生以来，我还没见过这么残忍的风俗！"

"残忍的事情往往有它残忍的原因，大夫！"丁村长继续说道，"我们已经选过好几届议员了。每次他们来拉选票时，都答应做这做那，保证让普天下的人民同享幸福。可是，他们一旦当上了议员，就开始出卖灵魂，变成一个表决机器。至于选民的饥寒死活，却不闻不问。他们这样对待我们，您说残忍不残忍？我们怎么能不愤恨？！于是，我们开会决定：在这村里，不管谁家生孩子，一出娘胎就得砍掉右臂，只留下左臂干活谋生，免得他们成人之后去举手投票，出卖灵魂，使父母伤心……"

［鉴赏］　一篇一千多字的微型小说要让读者受到强烈的心灵震动，这是何其难啊，但本文作者做到了，他用他的故事情节达到了这个效果。

　　独臂人不算稀奇，独臂村就让人吃惊了，整个村庄的人都是独臂，这简直让人匪夷所思，这等于设置了一个悬念，吸引了读者探谜般急不可待地读下去。在作品中，爱好狩猎的医生并非是作者要着力描写的人物，他只是故事发展的契机，或者说担负着引导读者去破谜的这样一种角色。由于有了这位迷路的猎手，不，这位迷路的医生，读者知道了森林深处有这样一个古怪的独臂村。又因为村长的女儿生孩子，读者更知道了这个村生下的孩子原本是双臂完整的健全人。更让读者触目惊心不可理解的是这个村的新生儿都要截去右臂，而这残酷而怪异之举竟是这个村的风俗。这是如何形成的风俗呢？这个谜更让读者的心揪紧了，欲罢不能地读下去。最后谜底揭晓：竟是为抗议不讲信用的拉选票的议员，而甘愿截去右臂，以便逃避举手投票。这自然是一个荒诞的结尾，这使中国读者想起了"苛政猛于虎"的典故，两者有异曲同工之妙。

　　用一则荒诞的非现实的故事来讽刺现实生活中的政治，抗议政客们的出尔反尔，这篇作品应该说是成功的。　　　　　　　　　　（凌鼎年）

可　怜　的　人　　［缅甸］何　峰

　　叶红是一位颇有影响的资深记者，又是一位小有名气的青年女作家。一直以来，她始终坚持深入到社会的各个阶层、生活的各个角落去采访调查，关注社会边缘人生的苦涩命运，关爱社会中弱势群体的生存困境，关心生活中可怜的人们，呼吁社会、呼唤人们用爱心温暖生活、净化心灵、澄滤社会。她部分作品中所反映的一些社会问题，曾引起很多社会学家的极大关注。

　　很多人都说：叶红的心中，与生俱来就充满着沉甸甸的爱；生活中的她有着强烈的社会责任感。一位评论家看过叶红的一些作品后说：心中有爱的人就有同情心，有同情心的人眼里就有可怜的人。叶红是一位可亲可敬的女作家。

　　生活中的叶红，在赢得社会的认同和肯定的同时，也得到了人们的喜爱和尊敬。

　　有一次，她到了一个非常偏僻的被丛林几乎淹没了的古老山寨。山寨的百姓生活极度艰辛，近百户人家的村寨，清一色的窝棚式茅屋；一户一座，一户比一户低矮，一座比一座残破。竹片胡乱围成的墙，穿壁漏眼，大洞小孔。赤条条的儿童瘦成病猴，白眼看人时，散射出白生生的光，盯在哪里就像钉在那里一样，死死不放。叶红看着看着，心惊肉跳，诚惶诚恐，从没想到还有如此贫民窟。

那天晚上，叶红留宿的那座茅屋是山寨里家庭条件最好的一户。睡觉的屋子好比一个较大的鸟笼，虽无法抵挡村民窥探的目光，还是可以隔住猫狗之类的小动物自由出入。

当晚男主人不在家。

热情好客的女主人是位不胖不瘦的中年妇女，很健谈，她也知道叶红是作家。叶红在油灯下拿着记录本正在写写画画。睡了一阵的女主人说睡不着觉，想和叶红说说话，加了衣服来到叶红的面前，想要打发时间似的。这当然方便了叶红。

山寨的夜里，有只漂亮的鸟笼里装着一盏灯，两个女人，准备来一次真情互动，心灵沟通。

两个女人一交心，不只是有缘，还有前世修来的福分，两颗落寞的心一碰就会产生热情。原来她俩的相逢并不那么简单：两个女人都姓叶，五百年前就是一家人。

两个女人是同年同月同日生。尽管看起来一个像女儿一个像母亲。

女主人出生的时候天还没亮开。

女作家出生的那天太阳已经升起来。

女主人自称是姐。

女作家自然为妹。

既然是姐妹，咋说都行，说啥都对。

姐姐讲她们村寨中的奇闻怪事一大堆。

妹妹听得认认真真、仔仔细细，越听越有劲。

妹妹讲她走遍千山万水，游览古迹名胜，外面的世界俏得很，讲得真情动人。

姐姐听得懵懵懂懂、含含糊糊，愈听愈糊涂。

虽然夜已很深，但天亮还早，不甘寂寞的两个女人开始瞎聊。三十年前死狗，五十年后死猫，南山北洼，东拉西扯，有一搭没一搭地瞎掰。

姐姐说没有男人的夜晚，有个妹妹在身边也不错。她的男人那个夜晚本属她，妹妹来了，客来客为大，男人借口女客女人陪，男人不方便，于是到了他那个两个月前娶的二老婆家过夜了。姐姐不恨她男人，最恨的是男人娶的那个女人。那夜让她占了便宜,她要让那女人加倍偿还,不然就是不服气。姐姐说完自己的男人,就想听听妹妹的男人是啥样的,让妹妹说来听听。

妹妹含糊其辞,想混舟过河。

姐姐说:"姐姐说了妹妹不说不公平,一定要说。"

妹妹嫣然一笑,却让姐姐看见。

姐姐取笑道:"哈哈! 都是过来人,还害臊,都是女人怕啥子? 还怕羞? 又不是大姑娘。又不叫你跟你男人做那事。羞个屁! 哈哈……"

妹妹说:"我还没有男人。"

姐姐倏忽一愣,急忙拉着妹妹的手愧疚地说:"妹子啊!"很难为情地看着妹妹,连连几声叹息,"真可怜! 妹妹,我们三十好几的人了,我哪知道……唉……没听说过,我知道了,你也别伤心,我们寨子里就有两个和你一样的女人,出去跑了两年,回来都两年了。没男人敢要,现在都闲着,丢人啰! 我们姐妹一场,听姐一句话,这次回去,随随便便找个男人嫁了再说。女人没有男人,像我们三十几的女人,没个男人就是没家,那多可怜! 可怜啦! 我现在还有半个男人都觉得可怜,可你……唉! 妹妹你也别难过,姐姐说话也直,连我儿子下个月都要结婚了。唉! 可怜!"

妹妹那夜里听到这话,心里一懵,突然感到一片迷雾,糊涂了。

那个晚上,妹妹坐在床上到天亮,也还是没有想出什么来。

第二天早上,姐妹俩作了一次深情的告别。姐妹俩都是泪眼汪汪地挥着手,全寨的人无声无息地注视着这两个女人。全是疑神疑鬼的目光。

一佝偻的老人和一位十来岁的小姑娘坐在一座茅屋前的木凳上看着含泪满眶的妹妹独自向丛林的方向走去。小姑娘说:"奶奶,那个姐姐哭啥?"

老人慢吞吞地说:"那么大的姑娘独来独往四处流浪,无家可归,不哭才怪呢!"

"真可怜!"小姑娘说。

叶红穿越在密林的小路上,还真感到自己有点可怜兮兮的样子,心中一片丛林似的荒芜。

叶红回望那个古老的山寨,座座茅屋如同芝麻似地漂浮在碧绿的大海。这时,叶红忽地一惊,突然明白:原来,在这个世界上根本就没有可怜的人，所谓的可怜人，只因为以不同的生活层面来审视生活而得出的错误判断罢了。

[鉴赏]　《可怜的人》以女性的视角、女性的见闻、女性的叙述形成全文。作品以访问的形式出现，更增强了作品的真实性，使读者随着作者的笔触有身临其境之感。

　　由于社会的开放、交通的改善，如今旅游已是世界性的一个产业，因此各种游记也日渐多起来，但通常只是见山写山、见水写水，较少有自己的感悟、自己的思考。这篇《可怜的人》好就好在用游记散文的形式写了一篇微型小说，文中不光记录了叶红的见闻，记录了两个女人的秉烛长谈，更有价值的是写出了作者对人性的思考、对生活的理解。

　　作品开始时，叶红作为女作家虽说是去深入生活，但多少有点高高在上的意味，因为她是去关爱弱势群体，并对偏僻丛林中的古老山寨的贫穷、落后充满了同情。其实，这是第一折，也即铺垫。留宿、交流交心是第二折，至此才进入正题。山寨的中年妇女很善良也很爽直。她的老公娶了二房，她只拥有半个男人。在叶红眼里，这个女人是够可怜的。然而，有意思的是，当这女主人知道叶红至今还独身，还没有男人时，反认为叶红可怜，把她视为可怜的女人，甚至那山寨的人都认为叶红是个可怜的女人——这种认识上的如此反差使叶红极为震惊，使她不得不认真思考这样一个事实，并因此悟到一个浅显的生活真理：关于可怜的不同认识。这是叶红的收获，也是读者的收获。从这个意义上说，作者给读者提供的不仅仅是个故事，还有生活哲理。

（凌鼎年）

火车上的女郎　　　　［印度］邦　德

　　火车开出后，包厢里只有我一个人。直到罗哈那站才上来一个女郎。前来送行的那对夫妇大概是她的双亲，他们好像对姑娘的这次旅行很不放心，那位太太耐心地告诉女孩子该把东西放在什么地方，什么情况下不可把头探出窗外，如何避免与陌生人交谈等等。

　　由于我是个盲人，所以无法形容出那女郎的容貌，但从她脚后跟发出的"啪哒啪哒"的声响，我知道她穿的是拖鞋。我喜欢听她说话的声音。

　　火车驶出站台后，我问她："您是到德赫拉顿去吗？"

　　可能因为我在一个幽暗的角落里，所以我的说话声吓了她一跳。她不禁轻声惊叫了一声说:"我不知道这里有人。"

是啊,眼睛没毛病的人却常对眼前的事物视而不见,想必是需要他们看的东西太多了的缘故吧。相反,双目失明的人倒能凭着感官察觉周围的事物。

"起初,我也没有看见您,"我说,"不过我听见您进来了。"我想,只要我坐在原处不动,她就不一定发现我是一个瞎子。

"我到沙哈兰坡下车,"女郎说,"我的姑妈到车站接我。您到哪儿去?"

"我到德赫拉顿,然后去木苏里。"我答道。

"啊,您真运气!我也想去木苏里。我喜欢那里的山峦,尤其是在十月份。"

"是啊,那是黄金季节。"说着,我的脑海里浮现出我眼睛没有失明时所见到的景象,"漫山遍野的太阳花,在明媚的阳光下竞相开放。到了夜晚,坐在篝火旁,喝上一点白兰地,大多数游客都已离去,万籁俱寂,仿佛在一个阒无人烟的地方。"

她默默不语,是不是我的话打动了她?还是她把我看成了一个多情善感的白痴?随后我错问了一句话:"外面天气怎么样?"

她对我的问话似乎不以为然,难道她已发觉我是个瞎子了?不过,她的一句话立刻解除了我的疑虑:"您自己往外看看不就知道了嘛。"语气十分自然。

我沿着铺位轻轻地挪到车窗边。窗子开着,我面窗而坐,装出一副欣赏外面风光的神情。我在想象中能看到电线杆飞快地从眼前掠过。"您注意到没有?"我试探着说,"树好像是在动,而我们好像是静止的。"

"总是这样。"她说。

我朝她转过脸去,有好一会儿,我们谁也没有说话。"您有一张挺有趣的脸。"我变得越发大胆了,我知道她是不会生气的,因为女孩子很少有人不喜欢奉承的。

她愉快地笑了,笑声像银铃般清脆,"您这样说,我倒挺高兴的,"她说,"人们一张嘴就说我长得漂亮,我都听腻了。"

这么说,她一定长得很漂亮了。于是我大声地说:"是啊,有趣的脸同样可以是漂亮的呀!"

"您真会说话,"她说,"不过,您干吗这么认真?"

"您马上就要到站了。"我唐突地冒出了这么一句话。

"谢天谢地，路途还不算远，要是在火车上再坐两三个小时，可真叫人难熬。"

然而，只要能听见她说话，我坐多久都没关系。她说话的声音，有如高山流水，清脆动听。我想只要一下火车，她就会忘记这次短暂的邂逅。然而对我来说，我会一直想到下车，就是在以后的一段时间里我也难以忘怀。

汽笛一声锐鸣，车轮的节奏慢了下来。女郎起身开始收拾东西。我不知道她是挽着发髻，还是梳着披肩发？也许剪着短发。

列车缓缓驶进站台，车外，脚夫的吆喝声、小贩的叫卖声响成一片，这时车门口传来一位女人的尖脆的说话声，我想一定是她姑妈来接她了。

"再见！"女郎说。

她站得离我很近，她头发上散发出的香水味扑鼻而来，我想伸手摸摸她的秀发，可是她已飘然而去，只留下一股清香缭绕在她站过的地方。

车门口一阵骚乱，一个男人结结巴巴地道着歉走进包厢。接着门"砰"地一声被关上，把我和外间世界又隔开了。我回到自己的铺位上，车长吹了哨，列车徐徐开动了。

车越开越快，车轮又发出有节奏的响声，车厢轻轻地晃动着。我摸到窗口，面朝窗外坐下来，外面分明是阳光灿烂的白昼，而对我犹如漆黑的夜晚。现在，我又有了一个新的旅伴，也许又会有新的节目了。

"对不起，我可不像刚才下车的那位那样有魅力。"他搭讪着说。

"那位姑娘很有意思，"我说，"您能不能告诉我，她留的是长发还是短发？"

"这我倒没有注意，"他好像有点迷惑不解地说，"不过她的眼睛我倒留意了，那双眼睛长得很美，但对她却毫无用处了——她是个瞎子，您没注意到吗？"

宋韵声　施　雪　译

【鉴赏】　这篇作品粗看起来似乎并没有什么特别吸引人的地方，盲人与女郎的对话也并无多少出彩的内容，甚至有些琐碎，读不出这篇作品有多少精彩;但假如你再耐心片刻,把全文读完,你保证会大吃一惊——万万没有想到会是这样一个结局,妙,妙不可言——这是典型的欧·亨利式的结尾,即结尾出乎意外,又在情理之中。所谓情理之中,因为女郎也是盲人。两个都是盲人,试回想两个人之间的对话,一切的一切都成了伏笔,都成了最后谜底的铺垫。作者在叙述时非常沉得住气,娓娓道来,不温不火,因为他深知,谜底越放到最后揭开,效果越佳。事实也果真如此,他确实达到了这个效果。

在微型小说中,叙述是最难出彩的,它不像描写可以用多彩的语言来铺陈。叙述要求精练,即言简意赅;如果不善于驾驭语言,闹不好就废话连篇,而微型小说因其篇幅短小更忌废话。作者在叙述时,乍读有点漫不经心,就像我们平常与别人搭讪,有一搭没一搭的,好像在没话找话。但当最后,那位新走进车厢的旅客说出了美丽女孩是瞎子时,所有原来平平淡淡、琐琐碎碎的对话,立刻变得堪可回味起来。通过分析对话,可以了解到两个盲人的性格、双方当时的心情以及他们的生活状态,所有这一切都是从对话中渗透出来的。作品运用了艺术的手段,又尽量不露痕迹,值得读者称道。

　　　　　　　　　　　　　　　　　　　　　　　　　　　(凌鼎年)

夺　妻　[不丹]达里姆·齐特里

卡尔下了车,走进朋友家宽敞明亮的宴会厅。今晚这里将有一个热闹的聚会。

卡尔是一个有钱的商人,三十多岁仍孑然一身,正打算物色合适的人选成家。一进朋友家,卡尔的目光就被一位迷人的姑娘所吸引。

随后的活动中,卡尔心中再无他物。他寻找一切机会与那姑娘接近。她叫比玛,在一家公司做秘书。她对卡尔似乎也很有好感。

两人谈兴正浓时,聚会却已接近尾声。于是,卡尔主动提出送比玛回家,她欣然同意了。

很快,卡尔的车停在一所幽雅的寓所前,两人依依不舍地道别。让卡尔略略有些失望的是,比玛并没请他上楼坐坐。

随着时间的推移,他们开始不断约会。一切都进展顺利,卡尔很高兴,终于找到了一个意中人。

但有一天,卡尔在与比玛共进午餐时,发现她神情有些抑郁。卡尔关切地问:"怎么回事,比玛,有什么需要我帮忙吗?"

比玛未作回答,眼泪却止不住地流了下来。

卡尔心都痛了："亲爱的比玛，我想娶你为妻，为你分忧。你愿意吗？"

可令他窘迫的是，比玛先是泪珠滚滚，继而失声痛哭起来，引来饭店里不少顾客好奇的目光。后来，比玛终于平静下来，说："卡尔，很遗憾，我已经结婚，我已属于别人。他是不会同意跟我离婚的。"

在卡尔惊愕的目光中，她拎起手提包，哭着离开了饭店。

打那以后，卡尔始终心神不宁，他放不下比玛，常常想起他们相处时的甜蜜时光，他们本就该是天造地设的一对！于是，他决定采取极端行动。

卡尔先作了一番周密调查，然后雇了个杀手，准备把比玛的丈夫除掉。杀手临行前，卡尔还一再提醒他行动要干净利落，以免被人发现。

计划能否顺利实施？那天晚上，卡尔焦虑地在屋中踱来踱去。终于，电话铃响了。

"喂！"他迅速抓起话筒。

"老板，您交代的任务完成了。"

"很好！"卡尔说，"一切是否顺利？"

"是的，嗯，不过……"

"不过什么？"卡尔心脏狂跳。

"不过，当我离开时，被一个女人发现了。"

"你这个傻瓜！我一再提醒你要小心。"

"没问题，老板，"对方回答说，"那好像是他妻子，我已经把她一起干掉了！"

郁　葱　译

[鉴赏]　达里姆·齐特里是不丹的一位作家。不丹的微型小说对于中国读者来说读得很少，但就作品的可读性来说，仅此一篇就令人对不丹的微型小说刮目相看。这篇作品既有轻松的成分，又有刺激的因子，最后让人哭笑不得，为作者设想的结尾拍案叫绝。

从艺术手法上来讲，这篇作品是典型的欧·亨利式结尾。虽然这种手法显得陈旧了一些，但作为微型小说的一种经典构思法，依然受不少作家重视，受不少读者喜欢，因为这符合大多数读者的审美要求。

这篇作品定名为《夺妻》，主要情节当然是如何夺他人之妻，作者分三个层次去写：1. 邂逅动情；2. 知道真相，雇用杀手；3. 如愿以偿，杀手得手。按这三段去写，这故事好读是必然的，这等于是好莱坞影视作品的浓缩版。

这篇作品妙不可言的是它的结尾，卡尔本来雇用杀手是想杀死比玛的丈夫，以达到夺妻的目的，但万万没有想到的是杀手在完成任务时，因被比玛发现，索性一不做二不休，把比玛也给杀了。读到这儿，读者往往忍俊不禁。幽默，黑色幽默！因了这一结尾，一篇原本仅仅是通俗性质的故事，其品位却得到大大地提高，寓意也大大地加深，从而给读者以深深地警示。　（凌鼎年）

一个老人的问题　　　　[埃及] 阿　里

酒店快关门的时候，一个衣衫褴褛的老汉迈进门来。酒店伙计惊奇地望着这个陌生客人。看上去，他是位饱经风霜的老人，满面皱纹，步履蹒跚，走起路来甚至跌跌撞撞，鼻梁上架着一副老花眼镜，右手拄着一根看上去已伴随他二十多年的拐棍。

老人一屁股坐在门口的凳子上，打了个手势，请酒店伙计过来，声音颤抖地问："有人问起过我吗？"

伙计闹懵了，忙说："没有啊！"

老人抬起右手，用手指揩了一下脸上的汗水，伤感地说："那么，请给我倒一杯酒来，先生。"

老人叹着气，两只眼睛忧愁地望着门口，慢慢地饮完了酒。随后，他用拐棍支着地、哈着腰、低着头，好像寻找坟地似地步出酒店。伙计目送着他，觉得他既可怜又古怪。

十多天过去了，顾客不断光临酒店，酒店伙计几乎忘记了那可怜的老人。但一天夜里，当酒店最后一个顾客走出门时，老人的面孔又出现在门口。他一声不吭地挪进屋内，又坐在门口的凳子上，悲伤地问："有人问起过我吗？"

伙计不安地答道："没有！"

老人抬起右手，用手指揩了一下脸上的汗水，像受了伤似的喃喃地说："那么，请给我倒两杯酒来，先生。"

老人一口一口地抿着酒，两只眼睛呆呆地凝视着门口。酒杯空了，老人用拐棍拄着地，慢慢站起身来，缓缓地挪动着步子，磨蹭着出了酒店大门。

几个月过去了，老人一直未再"光临"酒店。一天夜里……

　　"有人问起过我吗？"

　　几年过去了,酒店伙计的答复仍是那两个字:"没有!"

　　老人凄惨地说:"那么,请给我拿一瓶酒来,先生!"

　　伙计同情地问:"一瓶酒?"

　　老人点点头,抬眼看了看他,好像明白了他正在故意找话说。

　　酒拿来了,老人喝着、喝着,喝光了一瓶酒。伙计的眼睛始终注视着他的脸。

　　老人用拐棍吃力地撑起身,向酒店大门方向挪动着步子,但一个趔趄,拐棍滑出手,他一下子跌在地上。

　　他的两腿神经质地勾住一张桌子,颤颤巍巍地伸出右手,抓住桌子腿,挣扎着想站起来,但桌子倒了……

　　伙计赶忙奔过去,两眼涌着泪水,哭着说:"最近好像有人问起过您,爸爸!"

张　亮　译

　　[鉴赏]　读《一个老人的问题》,让人自然而然联想起鲁迅笔下的孔乙己。虽然这是两个不同国家、不同时期、不同阶层的人物,但至少有一点是相似的,都是生活在社会最底层的孤独而贫困的老人。从这位老人的衣着打扮看,虽衣衫褴褛,却鼻梁上架着一副老花眼镜,似乎以前也是个读书人,只是与孔乙己一样早已斯文扫地、落魄潦倒了。

　　作品在描写这老人时,几乎相同的情节重复出现了三次,但老人内心的状态、失望却在递进着,何以为证？请注意细节描写:第一次老人只倒了一杯酒;十多天后,他喝了两杯酒;几个月后、几年后,老人喝光了一瓶酒,从一杯酒到一瓶酒,这绝不是简单的量的增加,而是他内心痛苦的递增。因为他想得到的答复几年来始终没变,依然是"有人问起过我吗？"——说实在的,老人的要求也实在够低,只要求有人问起他而已。但令人遗憾的是,即使这样小小的要求,他也得不到满足,因为回答永远是两个字:"没有!"试想,老人是多么的痛苦与失望,他岂不成了个多余的人,成了个活死人,人们连问一声他的存在都不屑。

　　戏剧性的变化在结尾,当老人再在酒店门口跌倒在地时,那酒店的伙计奔出来对他说:"最近好像有人问起过您。"这也罢了,最让读者瞠目结舌的是最后两个字:"爸爸!"——这伙计真是老人的儿子吗？——不管是真的,或不是真的,都产生了瞬间的冲击力与震撼力。假如是真的,这儿子也够狠心的,这老人也够可怜的。假如不是真的,这伙计让读者肃然起敬,这是善举啊。作品戛然而止,读者却想得很多很多。

（凌鼎年）

后　记

　　本书是在多方面的支持下编就的。

　　感谢有关作者与译者,同意将他们各自的作品选入本书。有些作者还热情地告知作品最初发表的时间与刊载的报刊,给了我们有力的帮助。也有少数作者与译者未联系上,请能告知住址,以便出版社寄奉薄酬。

　　感谢汝荣兴、陆建华、凌焕新、凌鼎年、顾建新、谢志强以及徐学飙、顾震等先生,为本书撰写了精当的鉴赏文字。

　　感谢上海辞书出版社副社长王岳、编辑室主任杨宝林、编审卢润祥等先生,为本书付出的智慧与辛劳。

　　感谢中国微型小说学会在召开第五届年会期间,特意邀请了一些微型小说作家和评论家座谈,对本书的初选篇目进行讨论,提出了很好的意见。

　　感谢郏宗培、徐如麒、李春林、郑允钦、陈朝华等先生在介绍作者作品以及查阅提供资料等方面给予的关心和帮助。

　　限于水平与阅读范围,本书编选中的疏漏之处与遗珠之憾在所难免,恳望得到各方的理解与教正。

编选者

2005.12

图书在版编目(CIP)数据

微型小说鉴赏辞典 / 江曾培主编 . —3 版 . —上海：
上海辞书出版社,2024
　　ISBN 978-7-5326-6070-4

Ⅰ.①微… Ⅱ.①江… Ⅲ.①小小说-文学欣赏-世
界-词典 Ⅳ.①I106.4-61

中国国家版本馆 CIP 数据核字(2023)第 084005 号

WEI XING XIAO SHUO JIAN SHANG CI DIAN DI SAN BAN

微型小说鉴赏辞典(第三版)

江曾培　主编

责任编辑	陆琦杨
封面设计	姜　明
责任校对	左钟亮
责任印制	王亭亭

出版发行　上海世纪出版集团
上海辞书出版社® (www.cishu.com.cn)

地	**址**	上海市闵行区号景路 159 弄 B 座(邮编：201101)
印	**刷**	苏州市越洋印刷有限公司
开	**本**	890 毫米×1240 毫米　1/32
印	**张**	22.375
字	**数**	822 000
版	**次**	2024 年 1 月第 1 版　2024 年 1 月第 1 次印刷
书	**号**	ISBN 978-7-5326-6070-4/I・552
定	**价**	98.00 元